以前你都站在我这边的。

如果……

如果真有那样一天的话……

枕路抬眼：

你会不会站到我身边来？

汤介生 著

唐诗生死局

上册

CTS
中南出版传媒　湖南文艺出版社
HUNAN LITERATURE AND ART PUBLISHING HOUSE

博集天卷
CS-BOOKY

这是一本写给文学史的情书。

大喜大悲，梦游其境，那些炽热鲜活的情感在纸页间燃烧，

千古文人以另一种方式复活。

嘲弄者的泪水，失败者的大笑，千年万代，压抑而颤抖的心。

目录

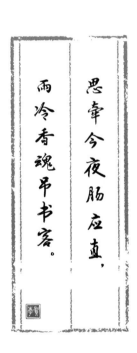

思韦今夜肠应直，

雨冷香魂吊书客。

楔

子

"你们……终于来了。"

瘦弱的少年瘫坐在一堆尸体上，盯着面前两个杀手。

狂风冲门而入，冷白的雪光照亮昏暗的室内，宫女们横七竖八地躺着，暗红的血流冒着白汽。

雪光中，少年坐在宫女的尸体上，闭上双眼，昂起头：

"杀我吧。"

他的睫毛因紧张而轻颤，嘴角却露出一个嘲讽的笑容：

"你们用了十年才找到我，真没用。"

话音刚落，一柄银白的长剑霎时抬起，向着少年迎头劈下……

你相信报应吗？

我不信。

否则为何善人们都死了，而我这恶徒，享尽一生荣华权势？

善人都软弱，于是命运欺压他们；恶人都强硬，于是命运绕道而行。善人敬神魔，神魔怕恶人。

听着，不许怕，你只需做个恶人，什么都不用怕！

就在银剑要斩上少年的一刹——

"老苏，"一个颇温和的声音说，带着些抱怨，"你吓他做什么？"

少年怔怔地睁眼，却看见左侧的蒙面青年蹲了下来，温柔地握住他的手："别怕，跟我们走。"

少年抽出手，目光警惕。

右侧被称为"老苏"的杀手，还在拎着长剑把玩，冷光在少年眼前一戳一戳，颇有些猫逗老鼠的意味："好，我现在不杀他，二十天后杀。"

"你被囚禁在这儿十年了，就不想出去吗？"左侧人又拉起他的手，"跟我们走，我们带你逃出皇宫。"

少年张唇，想要说些什么——

"砰！"

就在这一刹，一柄银白色的长剑迅速劈向他的后颈！

少年应声倒地，额头磕在地上，发出一声巨响。

"老苏！"左侧青年站起身，有些恼怒，"你怎么能现在就动手？"

"没死，晕了而已。"右侧杀手收回剑，"你确认他是张蝶城？十年前和皇帝同时中蛊的那小子？"

"他是张蝶城。"

"我现在杀他，皇帝只会残疾。我二十天后杀他，皇帝就会立刻丧命。"老苏咧嘴一笑，一把揪起昏迷的少年，扛在肩上，大步向外迈出，"放心，这笔账我算得清楚。"

左侧青年看了他一眼：

"你最好算得清，等够二十天之前不要冲动，别坏了天下大事。"

第一卷

绑架

『他是个好孩子，白侍卫，

求您一定要救他。』

第一章

冬月二十日。

今天早上，白侍卫好不容易能睡个觉。

白侍卫没有名字，他是从训练营里走出来的，训练营中的三千人都没有名字，他冷眼杀死了其他两千九百九十九个人，活着走了出来，成为皇帝唯一的近亲侍卫。

一年前，当少年遍体鳞伤，以剑撑地，流着血一步步踉跄走出训练营时，皇帝赐给他一柄剑：

白羽。

这柄剑，据说是十年前一位妃子行刺皇帝时用的。

美艳的妃子倒在血泊中，头颅被皇帝亲手砍断，红唇间露出诡异美丽的笑。这柄叫作"白羽"的软剑浸满血，提起来时如一条湿漉漉的红丝带。群臣震骇，要将这柄不吉之剑熔化。

可皇帝偏把它赐给自己的近亲侍卫。

剑名也成了少年的名字，皇帝唤他"白羽"，大家称他"白侍卫"。

这柄御赐之剑柔软如绢，轻薄如纸。此刻，已三天三夜没合眼的少年正蜷缩而眠，他皮肤有种冰霜般的洁净感，四肢纤长，手腕瘦削，洁白的软剑正缠在腰间，像一根羽毛轻柔裹住他。

他长得稚气，熟睡中更显幼小。

任谁看，都很难想象，他竟是三千少年厮杀的最终胜利者，视人命如草芥的皇家杀手。

外面大雪翻飞，他在昏暗的室内睡得很沉，睫毛一动不动。本来，白羽常年伴君如伴虎，早已适应了高强度的工作。可最近这个月，他不仅要贴身负责皇帝的安全，还要看守张蝶城，两边奔波不已。昨夜大雪，皇帝特允他休息，他本要拒绝，但皇帝不许他推辞。

"还剩二十天蛊虫就长成了……"白羽临睡前还想，"就休息一会儿，马上去看张蝶城。"

身体却不听使唤，他一头栽在床上，睡得不省人事。他实在太乏太累，连个梦都不做，如同昏死过去。

"出大事了！"尖厉的声音仿佛从极远的地方飘来。

"砰！砰！砰！"有人疯狂地拍打房门。

他烦躁地翻了个身。

"白侍卫，白侍卫！"一个宫女的声音带着哭腔，"质子不见了！"

别吵。他把头整个埋进棉被里。

等等……质子？

张蝶城？

瞬间，他一个鲤鱼打挺跳下床，腰间银光一甩化为手中长剑，他冲向宫女，一把提起她的衣领，吼道：

"是张蝶城吗？出什么事了？"

那个叫作玉儿的宫女带着满身雪屑，哭哭啼啼地说：

"张蝶城发烧了，奴婢让几个宫女出门去寻太医，半天没有人回来……奴婢不放心就自己出门，发现她们已在半路被杀害，奴婢赶紧往回跑……满屋宫女的尸体，张蝶城不见了。"

白羽的脸瞬间变得灰白。

他松手，整个人失魂落魄，冲进大雪飞奔，赶去向圣上请罪。

此等大错大罪……他想起那个残酷暴戾的男人，深知自己命不久矣。

十年前，当那个行刺失败的妃子倒在血泊中时，她嘴角那抹满足的笑意是因为——她已在皇帝身上种下了一个蛊。

同根蛊，天底下最邪的秘术之一。

同根蛊总是成对出现，中蛊的两人身似同根之木，一荣俱荣，一损俱损。若有一人不幸死亡，另一人即使身在天涯海角，也会瞬间重伤残疾。

而等十年之后，蛊虫就会彻底长成，两人连心思情绪都可以互通，若有一人死亡，另一人即刻暴毙。

而十年前，和皇帝身中一对同根蛊的人正是——

年仅六岁的前梁质子：张蝶城。

因此，皇帝在平定叛乱后，就将张蝶城囚禁于皇宫深处，侍卫亲军日夜严密看守。最近十年之期将至，更是特派白羽警戒，没想到大雪夜一时疏忽……

狂奔中，白羽浑身发冷，整个人如坠冰窟：

再有二十天，皇帝和张蝶城的蛊就满十年了。

那时候，若是有人杀死张蝶城，即使相隔万里，长安宫中的皇帝也会瞬间暴崩。

高烛堆泪，轻烟传香，温暖如春的宫室内众人噤若寒蝉，纸窗上映着伏在地上的满阁臣吏瑟瑟发抖的影。

"废物！"高座上，皇帝的手指在颤。他掩住手指，却难以掩饰盛怒中的一丝慌张。

身后的白衣少年忽地跪下："属下请罪。"

皇帝没有看他，转向地上瑟瑟发抖的中年都指挥使，目光威严而暴怒："你知罪吗？"

闻言，都指挥使"扑通扑通"拼命磕头，没几下便头破血流，染红了一方石板。

"在一百侍卫亲军的看守下，劫走质子。"皇帝的语气忽地平静下来，冰冷如刀，转向地上另一老者，"江司空，你不是说这双锁阵，世间无人能入吗？"

干枯的老者费力地睁着混浊的眼睛："关押质子的地下宫殿确实是按照秘陵建制的。老臣不才，竭力至此，还请圣上赐罪。"

闻言，他身后那些小吏猛烈磕头，"砰砰砰砰"成了某种古怪的节拍，鲜红血液在石板上蜿流。

皇帝却闭上了眼睛。

"白羽，"良久，他喊，"你在现场看出了什么？"

身后，白衣少年依旧伏跪在地："是两个人，都是蜀人。一个善剑，一个善弯刀。轻功绝世，谋略严密，两人恐非江湖散侠，而乃幕下之臣。"

"蜀人。"皇帝轻轻吁了口气。

"属下斗胆请命。此时天寒地冻，二贼出奔不久，若我即刻去追，仍有救回质子的希望……"

皇帝却挥挥手，打断了少年的陈词。

"杀了这些人，然后跟我进来。"

说罢，皇帝站起身向内室走去，还沾着雪的华美鹤氅被他单手解开，扔在金座上。他个头很高，脚步稳健，任身后剑光闪烁，红黑血液在地面上漫流。

暖香的内室中，他陷在花纹繁丽的软榻上，坐姿随意。他三十多岁，还是个相当年轻的皇帝，有一双凌厉的眉毛，皮肤却是罕见地苍白，从鼻梁到嘴角线条锋利，带着些许戾气。当脱掉龙袍的时候，他其实看上去不那么像个皇帝，不像是个在富贵权势中长大的人。

不到半炷香，白衣少年便推门而入。他单薄瘦削，提着一柄轻盈的软剑，那只刚刚杀了人的手洁净、纤细，白得透明，只见门外尸骸相枕，却连一丁点声音都没有发出。

"带走张蝶城的人留下了一样东西。"

皇帝并不看他，从怀中夹出一张纸条，递了出去。

白羽恭敬接过，展开纸条：

"二十日内，令小杜入蜀。见到小杜，归还张蝶城，二十日后未见小杜，立诛杀张蝶城，使赵琰血溅金銮。亡国之怨必报，以偿西蜀绵绵十五年之长恨。"

赵琰，正是当今圣上的名字。

看清文字的那一刹，白羽惊得声音发颤："小杜？他不是十年前就……死了吗？"

第二章

话音刚落，皇帝抬眼，面无表情地看着白羽。

白羽心中"咯噔"一声，后悔自己口不择言，犯了大忌讳。

他不该提"小杜"的。

没人敢在皇帝面前提起这个名字。

白羽垂头，心脏在怦怦直跳，等候着暴怒而起的责罚。

"你还不到二十岁吧？"

谁知，皇帝盯着白羽，竟突然问了这样一句话，白羽一时愣住了，仍垂着头不知如何回答。

皇帝也没等他回答，继续说下去，语气颇平静：

"你怎么评价朕和杜路的事？不要怕，都告诉朕。"

寒冬腊月，少年的额上霎时冒出一圈汗珠。

怎么评价……十八年前，杜路是良朝大将军，彼时皇帝赵琰只是个小奴仆，被杜路亲手提拔为心腹部将。五年后，赵琰却在战争中暗杀杜路，谎报杜路牺牲，取而代之成为新的大将军。一年后，赵琰发动兵变，毒杀幼帝萧念德，黄袍加身，确立新国号"定"，以乱臣贼子之心，演绎窃国大盗之戏码，从此江山易主。

一个东郭先生与狼的故事……他该怎么评价？

"臣、臣不知。"少年的脊背在轻轻发颤，"我在训练营里待了九年时间，不清楚外面的事。"

在皇帝冰冷的目光中，他只好硬着头皮又说：

"臣只记得，十年前杜贼造反失败，从高楼跳入大火中，被军队抢救出尸体，悬在长安城上鞭尸三个月……但那时臣才十岁，什么都记不清了。"

少年的头垂得更低，皇帝注视着他：

"也罢，想来在新世道里，你们这些年轻人是记不住那些旧事的。"

他顿了顿，说："记不得也好。"

"臣……遵旨。"

皇帝却沉默了。一时间，只听得窗外雪啸，屋内火盆发出细碎声响。

少年心中忐忑，不知自己说错了什么话，只是垂头盯着手中纸条，一遍遍看着。

突然，皇帝出声："看懂了吗？"

"他们要杜路入蜀，来交换张蝶城。如果二十天内见不到杜路，就杀死张蝶城。"白羽的声音越来越轻，惴惴地抬眼："小杜是不是……还活着？"

皇帝轻轻笑了，苍白的面上有了一丝生动："十年了，他居然还活着。"

这一刻，白羽惊住了。他很难描述皇帝的神情，像是欣慰，像是旧友重逢，眼底有难见的温柔与惊喜一闪而过，随即又充满痛苦、仇恨与厌恶。

那丝笑意很快消失，皇帝的面容依旧冷峻："你还看出什么了？"

白羽赶紧低头："西蜀与杜路有灭国之仇，他们发现杜路还活着，却通知了皇宫。怕是想借帝国的力量把杜路找出来，逼他入蜀，在四川完成对杜路的复仇。"

皇帝颔首。

"但属下有一事不明白……若是他们发现杜路还活着，为何不直接动手杀了杜路，而是威胁陛下来找杜路？"少年思维敏锐，声音越来越冷静，"我只能想到一种解释：他们虽然知道杜路活着，却没有能力找到杜路，只有动用国家力量才能找出杜路。但问题就在于：他们却有能力找到张蝶城。"

"你的意思是？"

"那两个杀手都是绝顶高手，能潜进皇宫深处在一百位侍卫的看守下绑架张蝶城，但找不到杜路……那么，到底是杜路藏在比皇宫更难找的地方，还是——"白羽的手指攥紧了纸条，"另有所图？"

皇帝饶有兴趣地盯着他："那你说，现在该怎么做？"

"臣愚以为，当急要务是救回张蝶城，以防二十天后蛊虫身成，贼人危害陛下。我们应当兵分三路，第一路立刻沿途追踪绑架犯；第二路抢先到蜀地寻找贼人的老巢；第三路则按照纸条上的内容去找到杜路，带着杜路入蜀，去交换张蝶城。"

闻言，皇帝似笑非笑地看着少年：

"如此甚好。朕便令你出宫，按照第三路的计划，你去寻找杜路。"

"臣、臣受令。"

白羽虽这样说着，心里却不由得打了个激灵：天大地大，二十天内要在茫茫人海中找到一个藏了十年的人，谈何容易？

"朕给你两个任务。第一，找到杜路，一路押送他入蜀，救出张蝶城。"皇帝的声音格外冷酷，"而第二个任务是：杀了杜路，护送张蝶城回皇宫时，带上杜路的人头。"

"臣遵旨。"

"张蝶城体弱易高烧，你要随身带上一颗金色回天丹，救出他后立刻喂补药给他，不得有误。"

"臣遵旨。"

"此外，朕给你二十日的解药，二十日内你不能带回张蝶城，就不必回来了。"

白羽打了个冷战："多谢陛下。"

十年前，在走进训练营的那个下午，白羽和其他所有少年一起，被迫吞下了一种慢性毒药。从此，他们靠着每日一粒的解药延续生命。一日之内吃不到解药，便会立刻毒发身亡。

皇帝掌握着解药，用这种办法，让他们成了最忠诚的死士。

只有二十粒解药……白羽心头发紧，他从小在训练营长大，从未外出执行过任务，更没面对过如此棘手的困境：

二十日内，要找到杜路，救出张蝶城，杀了杜路，带张蝶城回皇宫。这四件事谈何容易？

只要有一件事耽误了时间，他就会毒性发作，必死无疑。

仿佛有巨大的钟漏悬于头顶，"滴答""滴答"一声声逼近最后的死期。二十日后，若是张蝶城被杀害，皇帝赵琰会立刻暴死，帝国的命运将被彻底翻转，时代莽莽苍苍的洪流决堤而下，咆哮着冲毁红尘人间。

"臣即刻出发！"白羽跪下，重重地叩首。

皇帝俯视跪在脚下的少年。

"即刻出发？"他的嘴角挑起一个弧度，"你是吓傻了吗？"

第三章

当白羽找到宫女玉儿的时候，她正被关在地下宫殿内，在一队侍卫的看守下瑟瑟发颤。

白羽在面见皇帝之前，已匆匆检查过案发现场，但一时心急，竟忽略了一个诡异的事实：

只有玉儿活着。

负责照顾张蝶城的一共有十二位宫女，四位死在外面的冰雪里，七位死在屋内，唯有玉儿活了下来，通报了张蝶城失踪的消息。而那张字条，也是玉儿发现的。

刚刚，皇帝告诉白羽，全国的暗探间谍已经倾巢出动，仿佛一张无形的蜘蛛大网插进茫茫人海，粘取一字一句关于杜路的消息，在得到杜路的确切消息后，再让白羽出发。他命令白羽先去调查宫女玉儿，任何细节都不能放过。

"白侍卫！"玉儿一看见白羽，就带着满脸泪痕伏跪在地，砰砰磕头，"求您一定要救救蝶城！是玉儿该死，害了蝶城，求您快去追……"

她身边，火盆早已灭了，昏暗的地下宫殿内，七具宫女的尸体还在混乱地横躺。空气腥甜而冰凉，雪花从头顶的天窗一片一片吹落，暗红的血迹大片大片凝固。

白羽远远地站着，玻璃球般的眼珠无声打量着她。他手中拿着一册厚厚的文书，那是他刚从尚宫局司簿手中拿到的宫人名籍，纸页在风雪中呼啦翻摇。

他用手指夹住了某一页：

"你是前梁国的？"

她跪在地上不敢抬头。"是的，奴婢是东梁。十四年前，东梁被杜路灭国，父母亲人都死于战火，我被掳掠至长安皇宫成为宫人。十年前张蝶城入宫，奴婢被派来伺候。"她说着说着，双眼又噙满泪水，"十年来从未出错，不料一时疏忽……"

"你是哪里的人？"

"金陵人。奴婢和蝶城是同乡，又都亡国落魄，在深宫地下这十年来，都是我在贴身照顾他。"她望着白羽，泪水沿面颊滑落，"他是个好孩子，白侍卫，求您一定要救他。"

"你还有哪些宫外的亲戚朋友？认识东梁的旧部吗？"

"没有，没有。"她哽咽着摇头，泪落不止，"十四年前的战乱里，家里只有我和弟弟逃了出来，其他人都死了。我知道，您怀疑是我私通宫外贼人绑走了蝶城，可我真的不认识任何宫外人。玉儿犯此大错，死不足惜，甘心在您面前自行了断以证清白。对我来说，蝶城就像我弟弟一样，是我生命中唯一的温暖，请您快去救他。"

说罢，她站起身取下木簪，散开长发，额头朝着石壁狠狠撞去——

"唰唰——"

在她撞上石壁的刹那，一条柔软的白练迅速展开缠上她的腰，扯着她后退数步，把她掀翻在地。

白练的另一边，少年淡漠地看着她，手指一动白练便迅速弹开，飞动着缠回少年腰间。正是那柄叫作"白羽"的软剑，雪光中每一丝纹理都清晰可见。

"弟弟？"他警觉得像一只猫，"你曾有弟弟？"

"我有一个弟弟。"玉儿狼狈地趴在地上，喘着气，"杜路围城时，我带着他逃出金陵。他中了毒箭，我背着他走，他浑身抖着一声一声地喊：'姐姐，我好冷。姐姐，我冷，姐姐……'"

白羽冷漠地打断："他还活着吗？"

"我不知道。"她闭上眼，"我们没能逃出去，被士兵抓住后塞进不同的囚车，彼此看了最后一眼囚车就轰隆滚动了。十四年了，我在皇宫里，没有他的消息。"

"其中一个杀手是不是你弟弟，所以才没有杀你？"

"不可能！我弟弟不会武功。"

少年眸色转暗："可根据你的说法，今天案发时你没有见到两个杀手，又怎能确认？"他踏着大片大片血迹走近，背光站在玉儿面前。

"听着，把今天发生的所有事都告诉我，任何细节都不能放过。"

今年冬天，冷得异常。

入冬以来，张蝶城每天都捧着镏金小火炉，裹着厚重红裘，缩在软榻上懒洋洋地看人。他虚岁十七，皮肤白皙，眼睛乌黑似有水光，柔软的长发温顺地披在身后，像只乖巧勾人的猫。

没人知道，他心里住着个厌世的小魔王，又恶又狠烈，看见厨娘杀鸡掏肠子时兴奋得发抖。在那些无聊的冬日，他垂眼窝在软榻上，心里却模拟着一千种杀人而不被发现的方法。

"是在枕巾上抹砒霜，还是在银子上……"想着想着，他忽地躬身大咳起来，手指颤着把小火炉放到桌上。丫鬟玉儿连忙上前拍他的背，他回头冲她感激地笑，看见她白皙柔软的耳垂，心中一动：不如在耳坠上装一根倒刺。

一根刺，细得像头发丝，扎进了女子细腻的脖颈，留下诱人的红点。那画面在他眼前飘着，他兴奋得浑身发抖，咳得上气不接下气。

"公子，你身上怎么这么凉？"玉儿惊呼道，轻轻拍他的背，"你可别吓我，奴婢这就去找太医！"她扭过头，对满屋冷眼相看的宫女大喊，"都愣着干吗？质子出事了，皇上问罪下来，大家都跑不了！"

闻言，满屋躺在软榻上烤着火、聊着天、喝着热茶的丫鬟们才终于抬头望向张蝶城，有的嘟囔着"死不了"，有的骂怪玉儿多管闲事，有的不情不愿站起身，缓慢出门。

大雪中，那些人走远。屋内众宫女还在喝着热茶戏闹，少年窝在软榻里睡着了，苍白的脸埋在红裘里，火光跳动，时间静静流逝。

玉儿站在张蝶城身旁，抚着他滚烫的额头，心中焦急："怎么还没回来……"眼见半个时辰过去了，玉儿再也等不住，披上裘衣拿起纸伞，要亲自出门去找太医。

她早该知道这些人靠不住的。一个亡国的皇子，被关押在盛世新朝的皇宫深处，像条锁好的野狗被静静遗忘。每个人都在熬着，宫女们从红颜到白发地为他陪葬，谁能有什么好脸色呢。

大家都不明白，皇帝为什么要把张蝶城关在地下深宫里，也不知道外面有多少关卡和侍卫。她们只知道，十年来，她们没见过任何陌生人。两个太医，三个厨娘，十二个丫鬟，一个亡国的皇子，一直如此。

她已经拉开了门，凛冽的风雪往房内冲。就在这时，她发出了一声尖叫。

天地间一片冰晶洁白，远处的彩色格外突兀：四个年轻的女子倒在地上，彩色的衫带在狂风中向上冲飞，鲜血凝固进冰雪里。

"啪！"伞从玉儿手中滑落。她颤巍巍地向前走，逐渐在雪地里奔跑，当她终于能看清人脸的那一刻，她怔住了：

那正是先前出门的丫鬟们。风雪已经把她们的脚印盖住一小半了……

玉儿忽地向回狂奔，雪花灌进她的衣袖领子，可她只是拼命地跑，跑……命运的审判，终于来了。她一瞬间又像变回了那个小女孩，在江南的春天里，抱着弟弟在火光中逃窜。"伯父的军队还在保护我们，"她对着弟弟的小耳朵说，"他一定会战胜那个恶魔般的少年将军。"

终于，她狂喘着气，拉开了门。

一片寂静，唯有火炉里木柴还在噼啪作响。宫女们斜躺在花纹繁美的地毯上一动不动，手中的热茶在冒热气，血从脖颈上垂落，滴答滴答。

软榻上，空了。

镏金小火炉还放在桌上，那个很乖的孩子却不见了。

玉儿浑身颤抖地向前走。这是场梦吧？他只是回卧房睡觉了对吗？她走到了软榻前，像是恍恍惚惚走了千年。那软榻上放着一张字条，她缓缓拿起来，一字一字认着：

> 二十日内，令小杜入蜀。见到小杜，归还张蝶城，二十日后未见小杜，立诛杀张蝶城，使赵琰血溅金銮。亡国之怨必报，以偿西蜀绵绵十五年之长恨。

她发出了今天的第二声尖叫，字条飘落坠地，大段的噩梦席卷而来，啄着她的每一寸神经……战场横尸千里，金色面具的少年将长槊刺入伯父的胸膛；皇宫烈火滔天，他坐于黑色大马之上，喝着酒欣赏；她抱着弟弟混在难民中出城，被士兵扯着头发塞进木牢，而他披着黑裘站在城门高处，目光高傲，永远望向长空。

他那时才二十岁，但所有人都说，他是千年难遇的将军。

四年后，他从高楼跌入大火中，浑身是血，英俊的面上却有罕见的温柔，而后渐渐冷僵。

玉儿只觉得恍如隔世，这一定是场梦吧，怎么又见到了小杜那个恶魔的名字？他死了，尸体被挂在城头鞭了三个月，他死了十年了！

可满地宫女鲜红的血流与甜腻的腥气，格外逼真。

狂风击窗肆啸，她打了个冷战，恍然清醒过来，哆哆嗦嗦地攥紧手中的字条，跑进大雪去找都指挥使和白侍卫……

"所以说，你是在软榻上看见它的？"白羽从怀中夹出字条，迎着雪光看，上面一手清癯小楷，写得极工整，纸面干干净净没有一丝血污，唯有玉儿留下的手心汗渍。

上面"小杜"二字，写得格外黑亮，像在故意强调。

世间可以有许多叫"杜路"的人，但当人们说到"小杜"时，就是指那一个人：

风流兵书，公子小杜。

那个因为杜老将军战死沙场，十六岁就挂帅带兵，而被称为"小杜将军"的人，十九岁追斩可汗，二十一岁收蜀灭梁……战无不胜却身死国灭……

他是真传奇。

小杜一生中死过两次，都是因为赵琰。

第一次是平黔途中，杜路被自己的部将赵琰偷袭暗杀，身受重伤后被推下悬崖。但他命大，被苗寨的人救了，囚禁在苗寨里一年。当终于逃出去后，他却发现赵琰已经窃国称帝。时代乍变，宗国倾覆，杜路奔走江湖，联络天下有识之士成立"江湖联盟"，讨伐赵琰。战争持续三年，以杜路失败告终。

十年前的冬夜，赵琰亲自率兵破渝州城，放火屠城。杜路跳入大火中，以身殉国了。

他死时才二十四岁，还来不及被称作"杜大将军"和"杜老将军"，于是这一辈子永远成了"小杜"。这样也好，千秋万世会有无数个"杜路"，但只有这一个"小杜"。

"他们一定是弄错了……"玉儿声音在颤，"小杜十年前就死了，陛下把他的尸体带回了长安，我见过他的尸体。"

少年把字条放回怀中："你和小杜有什么关系吗？"

玉儿头发凌乱地摇头："我知道他，他不认识我。但他灭亡了我的国家，他的军队把我掳掠到长安，我和弟弟失散也是因为他……我的命运被他彻底改变了。"

"谁不是呢。"少年轻声说，"他从草原斩杀到江南，改变了天下所有人的命运。"

他俯身比对着血迹间的足印："从痕迹来看，张蝶城是坐在这堆尸体上，然后被人扛走的。那两个杀手身量中等，武器和剑法都有蜀地风格。十年前'江湖联盟'失败后，西蜀武林被彻底摧毁，陈苏白林四大名门无人生还，不料又出此俊俏后生。"他话锋一转，"你认识西蜀的人吗？"

"不认识。"玉儿茫然摇头，"我都没去过四川。"

少年微皱眉头：

"那我真的想不明白，你为什么还活着。"

"或许只是巧合？他们没有发现我——"

"不可能。"白羽指着软榻前凌乱的痕迹，又指了指地面上大片大片完整的血迹，"他们是故意等你出门，然后才进来杀人的。"

玉儿震惊地看着他。

"二人杀人极快，屋中七位宫女没有一人来得及反抗。然后，他们像猫玩老鼠那样，看着张蝶城从软榻上跳下来逃跑，又被尸体绊倒，还跟张蝶城聊了一会儿，才打晕他把他扛走。这样精密的时间计算，恰好是在你出门后他们进门，在你回屋前他们离开。"

"或许……他们只是为了留一个人发现纸条？"

"没必要的。"少年摇头，"把宫女全部杀完，对他们来说有更充裕的时间逃跑，因为直到巡逻侍卫进门才能发现惨案，追踪会慢一些。而专门留一个宫女，在他们离开后迅速发现字条，对他们逃跑是不利的。更何况，还有一个直接证据。"

少年用手向上指了指雪花飘落的天窗："你刚刚说，当你发现外面那四个宫女时，风雪已经把她们的脚印掩盖一小半了。那么，她们的尸体旁边有其他脚印吗？"

玉儿惊愕地看着他："没有，只有她们走出去那一列脚印。"

"也就是说，两人杀死四个宫女后，在外面等待了近半个时辰才进屋，这期间一直使用轻功来避免雪上留脚印。费这么大力气，就是在等你出门，专门让你活下去。"

他哗啦啦地翻动手中的宫人名籍："这上面只写了你叫明玉，对吗？"

"是，我名叫明玉。"

"父家姓什么？你弟弟叫什么？"

"大人，这件事绝对和我弟弟没关系，他不会武功——"

"十四年前，我也不会武功。"白羽的目光变得冷硬，"你说，你不认识东梁旧部，你跟杜路没关系，你不认识西蜀人，你的亲戚朋友都死了，你唯一可能活着的弟弟不会武功。如果这五句话都是真的，那么，为什么他们杀了其他十一个宫女，偏偏让你活下来？"

"我……我不知道！奴婢所言句句属实——"

"你和那两个杀手一定有关系，没有杀手会无缘无故在雪地里延搁半个时辰。"白羽俯视着她，手指摸上腰间的软剑，"我知道你不怕死，但深宫中有太多办法让人在半疯半傻间开口。我不想折磨女人，你最好自己说。"

凌乱的长发间，玉儿仰起头，泪眼盯着白羽，一字一字说：

"我和杀手真的没有关系，我照顾了蝶城十年，请您相信我对蝶城的感情——"

白衣少年盯着她，声音格外冰凉：

"我从不相信感情。"

天窗外，北风呼啸，幽蓝的天幕笼盖冰雪宫殿。

天暗了下来。

第四章

"老梅，你刚刚为什么拦着我，不让我杀最后一个宫女？"

黑风吹白雪，幽暗山路上二马疾驰。两位劲装青年一前一后驾马，稍后的那位怀中趴着一位红裳少年，身上金丝绣线在黑夜里闪动着隐约的光泽。

青年扬鞭，策马追上前面的同伴："你和她有故交？"

前面那人却不语，只是缓马，让出一条路来。

夜已深，窗外风雪未停。一位黑衣铁面人推门而入，草木萧飒的声响冲入静寂的御书房，雪打林木如波涛夜惊。

"你来了，"明灯荧荧的暖室内，皇帝从厚重文案间抬头："朕许你二十粒解药与一等阴符，你立刻出发，调八万禁军由渝州入蜀，务必封锁巴蜀仔细搜寻，不惜一切代价找出作乱者的老巢，带回张蝶城。"

"入蜀？"黑衣人掩门，沾满雪粒的皮靴一步步留下湿漉漉的痕迹，他在御书房中央跪下，却并不磕头，"我不去追潜入者吗？不和白羽一起去找杜路吗？只派白羽一个小孩，怎么可能找到杜路——"

"放肆！谁允许你在我面前提他的名字！"皇帝忽地暴怒，手中书册重重地掷出，狠狠打向黑衣人。

黑衣人并不躲避，仍仰着头，眼睛从铁面具的开孔间直视皇帝："整个帝国都和陛下一样，对杜路这个名字讳莫如深。十年前到底发生了什么，为什么小杜跳火自尽，为什么妃子刺杀，为什么陛下身中同根蛊，还是和八竿子打不着的张蝶城一起？冥冥之中，报应已定，才有了今日这张纸条——"

话音未落，一根狼毫毛笔撞上铁面具，发出"哐"的巨响，墨点四散。

"没有报应！"皇帝站起身，喘着气双肩起伏，双眼通红，语气却越来越平静，"没有什么敢报应到我头上，神魔怕我，命运都畏惧我。"

"那陛下为何不敢提杜路呢？你令我们去找杜路，去救张蝶城，却对这一切的因果缘由避而不谈。如此讳疾忌医，又怎能奢望找出真凶？"

"不是我不敢提杜路。"皇帝近乎是从牙缝里说，"是我不喜欢别人提。我不想听别人念他的名字。"

"但是，属下需要当年的全部真相。包括小杜造反，江湖联盟，妃子刺杀，渝州破城……这一切的史实。我需要找出线索，才能开始追凶。"

皇帝与黑衣人对视。窗外夜幕漆黑，莹白雪花大朵大朵飘落。

"啪!"皇帝将一沓纸稿扔下。

黑衣人俯身去拾,语气听似恭敬:"谢陛下。这些良史稿居然还在,陛下您当年,不是杀了好些学董狐直笔的史官吗?"

这次,皇帝却并没有被激怒。

"我有时候也在想,后人会怎么写我和杜路。"他缓缓坐下,若有所思,语气极严肃,"我管得了一朝一国,管不了千载声名。但至少在我手握生杀大权的此刻,我不许任何人写。"

"听上去,陛下您今日被小杜还活着的消息,刺激得着实厉害。"

皇帝抿唇,不语。

"为了尽快找出线索,能不能请陛下讲讲,小杜是个什么样的人呢?"

皇帝盯着他,面无表情:

"我永远不会和任何人谈论他。"

黑衣人终于磕头:

"微臣冒犯了。"

皇帝俯视着他,眼神冰凉,语气却更加平静:

"我不屑于你的冒犯,因为你算什么呢?"

话音刚落,黑衣人磕头不断,声音发颤:

"微臣鄙贱之人,有口无心,望陛下恕罪!唯愿报效陛下,肝脑涂地,誓死不还!"

皇帝别过眼,脚下"砰砰砰砰"的磕头声不断。过了好一会儿,他轻声说:

"退下吧。"

黑衣人如蒙大赦,再拜叩首:

"谢陛下宽宥!属下今夜即刻带兵出发!"

他恭恭敬敬地躬身倒退而出,再也没有进门时大步流星的神气。

他是皇帝的暗卫,一个隐身人,世间只有皇帝知道他的存在。平日里,皇帝爱和他说许多话,也容忍他的冒犯,给人一种亲密心腹的错觉。

可事实上,人类具有倾诉的欲望,对于皇帝,他不过是一条可以对着说话的狗,一口井,一个日记本,又算什么东西?皇帝从不容忍,只是不屑。

他却总是想挑衅皇帝,想激怒皇帝,想让皇帝露出失态的神情与丑陋的马脚。他骨子里不是狗,如果谁把他当狗,他就要咬伤谁。

但他从未挑衅成功。赵琰这个人,暴戾而冷静,恣睢而自持,幼年贫贱折辱的生活教会了他忍耐,而骨子里的施虐化为操纵天下的野心。这是一种难以想象的情感自制能力，恰如此刻，张蝶城已失踪了八个时辰，仿佛有人把炸弹点燃了抵到赵琰的额头上，他却依然稳坐在御书房里，熬夜批阅着塞北的军报。

每次挑衅失败后，铁面人都伏跪在地磕头谢罪，感受金座上皇帝近乎讽刺般的宽宥。跪在皇帝脚下，他盯着地板，觉得自己越来越像条狗，颈上的项圈被皇帝单手提着。

唯有这次，他感受到了一点胜利的甜头。"杜路"，原来他只要念一声这个名字，皇帝就能狂怒失态。

风雪愈大，铁面具越来越冰冷，砭着他的脸生疼，他的心里却火热热的，手指紧紧攥住那沓良史稿：

杜路，那到底是个怎样的人？为什么十年来所有人闻之色变、避而不谈；为什么皇帝如此在意，如此愤怒；又为什么会有人潜入深宫劫走张蝶城，只为交换杜路？

"你还是不肯说吗？"

血污斑斑的刑架上，玉儿头发凌乱，面部扭曲而嘶声狂叫，浑身颤抖不止。白衣少年远远站着，目光悲伤。

"我照顾……蝶城……十年，我……爱他。"她胸口起伏，剧烈气息中声音痛苦，"我不会做出……这种事。"

已经审讯一整夜了，这个柔弱的宫女，在痛苦和鲜血中依旧坚持。

白羽做了个手势，示意严刑停止。

他走到刑架旁，轻轻抚上玉儿的脸，白袖下干净冰凉的手指，抚摸着她血汗滚烫的额头。

"我给你讲个故事。"少年的声音如同平静微凉的山泉，涓涓流出，"曾经，也有一个人照顾了我九年。

"你知道训练营吗？我是从那里出来的。十年前，三千个少年被送了进去，因为他们的父母参加了杜路的江湖联盟，他们是乱贼之子。九年后，只有一个人能活着出来：最强的人，杀了其他所有人的那个人。

"如你所想，这是个人间地狱。少年们日夜厮杀，彼此仇恨，吞食着死尸的血肉活下去。我那时才十岁，又小又弱，本该是被最早杀死的一位。

"初春的夜晚，训练营里放入一百只虎狼，伤了腿的我被野兽团团围住，獠牙咬上脖颈的一刻——突然出现了一个人，他救了我。

"那个人说，他叫飞鱼，他有一双黑亮的眼睛，他说他总有一天会逃出这里，他要回到美好的光明的世界，他相信仁爱，他说他会永永远远地保护我，他让我叫他：哥哥。

"嗜血炼狱的训练营里，他照顾了我九年，无数次把我护在背后，为我包扎伤口，教我习武，给我食物。我们曾是最亲近的人，我曾愿意为他去死。

"可最后，他用长剑劈开了我的心脏。"

白羽抚摸着玉儿发抖的额头，语气依旧平静："九年来，我和飞鱼团结作战，成为训练营里最后活下来的两个人。但只有一个人能活着走出训练营。我想让他活下去，想让他回到美好光明的世界。于是在决赛上，我松开了剑，对着飞鱼微笑。

"但就在同一瞬，他的剑已穿透了我，我的剑还来不及落地，他面目狰狞地喊：'去死吧。'

"鲜血四溅中，我问他为什么。他说，他从九年前帮我，就是为了找一个弱小的助手，帮他杀人，并且在最后能被他杀死，确保他活下去。他说，我真是个合格的助手，他帮了我那么多，现在我该为他去死了。"

白羽俯下身，玻璃般的眼珠里映着玉儿通红的双眼："你看，感情，并不影响人类的利益决策。你照顾他十年，又能说明什么呢？"

玉儿挣扎着要说话，白羽冰凉手掌遮住她的唇，另一只手举起一粒晶莹的红色药丸：

"吞下这粒药，你就会有问必答，代价是永远成为一个疯女人。"

玉儿眼神惊恐，疯狂摇头，全身颤抖不已。

"我再给你一次机会。你和前梁旧部、西蜀人、小杜到底有什么关系，那两个杀手是谁？"

他挪开了手掌，玉儿一边大口大口喘气，一边鼻涕眼泪俱下：

"我和前梁旧部、西蜀人、小杜都没关系！我不认识杀手！"

白羽冷笑一声，玉儿终于崩溃，大叫起来：

"他们是我的仇人！为了让你审讯我折磨我，故意把我活着留了下来，快杀了我吧！"

"好。"

瞬间，他单手掐住了她的脖子，骨头发出吱呀的响声。

玉儿还被绑在刑架上，面色青白，发紫的嘴唇大张着，一双眼珠鼓凸出来，窒息中浑身每一寸肌肉都在痉挛，双脚扑腾着猛踢，两只手臂奋力向上伸，颤抖着够到了白侍卫铁钳子般卡在脖子上的手，十指用力却仍掰不开一丝缝隙。

那双绣着黄花的鞋扑腾得更厉害了，十指死死掰着白侍卫的手，散大的瞳孔无力地盯着他，两行清泪径自滑落。终于，暗紫色的唇里发出含混不清的呜呜声：

"我说，我说……"她的双腿猛踢着，口中呜呜地叫着，"我说……"

白羽并不松手，俯身盯着窒息中的女人：

"最后一次机会，你姓什么！你弟弟叫什么！"

他的语气冷硬而充满压迫，眼神里却有一丝不易察觉的悲伤。

"我叫刘明玉。"长发贴在她汗淋淋的面上，她徒劳地扭动，在窒息中嘶哑地开口，"我弟弟叫……刘田好。"

"说真话！"他的手上又加了一分力道。

她挣扎的幅度越来越小，声音近乎气声："这就是……真话……他叫刘田好……"

白羽松开了手。

脖上的重压一下子消失了，她大口大口喘气，冰凉的空气把缩成一团的肺部刺得生疼，头发和鼻涕都吸进嘴里，粘在已咬出黏血的门牙上。身体还在痉挛，指尖青白的手无力地垂下。

白羽将浑身血斑的玉儿抱下刑架，解开手脚镣铐，把浑身颤抖的她抱到软榻上躺下。他从怀中掏出一个白玉小瓶，轻放在她手边。

"一日四次，缓解疼痛，对疤痕有帮助。"

玉儿颤声道谢。

"我真不想折磨女人，也不喜欢做这种事。"白侍卫的表情依旧很冷淡，他说，"抱歉，身为人臣，事不由己。"

天渐渐亮了，显出一种琉璃般透彻的蓝。

雪已停，大风还在呼啸。漫地冰雪的平原，映出一种浅浅的青蓝。

今天是冬月二十一日，离十年期满，还有十九天。

户部尚书被连夜叫醒，满身风雪，肃肃宵征。从朝廷到乡县的各级文吏，搬着梯子在浩如烟海的档案中上蹿下跳，用手指蘸着唾沫指着密密麻麻的蝇头小字，一列列、一页页，寻找一个叫作"刘田好"的名字。

欲黄昏。扬州。

"呼啦啦啦"，一间破旧的茅舍外，一灰一黑两只信鸽在门前扑簌翅膀。两只鸽子都羽毛凌乱，应该奔波了许久。

"吱呀——"门开了，走出一位青衫破旧的书生，他把两只信鸽带进屋子，添水置食，取下它们各自脚上的字条。看完后，他将一张投入油灯，另一张字条叠好装入贴身口袋，迅速出门了。

书生走了一个时辰，才到达宋府，又通报了半天，方见到了浑身发颤、正急得双眼通红的江东巡抚：宋有杏。

冬日苍白的夕阳中，他再拜起身，对宋巡抚轻声道：

"我知道小杜在哪里。"

第五章

扬州。

青史文章争点笔，朱门歌舞笑捐躯。

夜幕四垂，小楼灯明。腰肢纤细的美人们倚在富商怀中，娇笑清脆。繁华迤逦的大殿内歌舞升平。轻烟暖雾中，浑身酒气的男人拥着娇柔无骨的女人上楼。

这里是铜雀楼，淮左最负盛名的妓院。

老板是一位清秀的男人，名叫温八，据说十三年前从长安逃难到此地，不常露面。见过温老板的人都说，他满腹诗书，倒像是个文静的秀才，但人不可貌相，他做起生意来可真是厉害。

扬州大城城中穿水，铜雀楼便邻水而立，前有开明桥，后有众乐坊，一共三层。每当入夜，满楼灯火在水中倒影如星，贵客们乘船踏桥而来。一楼是歌舞赏酒之处，二楼是暖阁温柔之乡，三楼总是紧锁着，据说是温老板住的地方。

今夜，楼前来了一个奇怪的书生。

他清瘦得病态，两颊凹了下去，这么冷的天只穿一件洗得发白的青衫，靴子上烂了两个洞。但他站得很直，头发束得极工整，睫毛在年轻的面上留下羽扇般的影。

任谁看来，他都不该来这儿。

第一，他明显没有钱，没钱的人是不该找乐子的；第二，他看上去那么干净，干净得像一块冷水中的玉石，让人害怕这酒色熏天的地方污了他的青衫。

可这书生一步步踏过拱桥，站在铜雀楼门前，注视着飞檐金铃间彩衣斑斓的女人们，眼神宁静：

"翁某求见韦二少爷，有劳通报。"

"噗。"

话音刚落，三楼暖阁里，小窗旁的紫檀木椅上，看药书的温老板呛了一口酒。

"韦二少爷?"一个声音从床幔间传出,格外戏谑。

闻言,温老板放下药书:"你内力恢复了?"

"没有。"

"那三楼下的声音,你为何能听见?"

床幔簌簌撩开,露出床头一个罂瓶,瓶口裹着薄皮,米黄色的瓶身直插进墙壁里。

"喊。我还以为上次的药方终于起效了。这种小把戏,你是怎么想到的?"

"不是我想的。"床幔里声音懒洋洋的,"这叫地听,是当年行军的时候一个小士兵发明的,他用兽皮做成空心枕头,夜里放在地上枕着,相隔三十里的马蹄声都能听见。上个月你出去找药,我怕门前来人滋事,就让花积装了一个。"

温老板摇头:"拆了吧,好不容易给你配齐了安神的药,这样一扰,怕是又睡不好了。这次我出去收了一个新方子,马上就配齐了……"

"其实不用配了,"床幔里的人说,带着淡淡的疲倦,"你没有学医的天赋。"

这话很伤人,但他真的想让他不要试了。

他该怎么告诉他,他并不想康复,只想在江南的温柔歌酒里,安静地死去。

"翁某求见韦二少爷韦温雪,有劳通报!"

楼下,那怪人又喊。

温老板皱眉,透过小窗对楼下的壮汉们比了个手势,让他们赶紧把他打发走。

"他是谁,怎么知道你的真名?"床幔里的人问道。

"你不记得了?"

"我认识吗?"床幔里的人自语道,"姓翁,我不认识什么姓翁的人。"

"杜大将军,你灭国抄家的时候,就没看看花名册吗?"温老板伶牙俐齿地反讥。

"韦二少爷,当年我抄过那么多家,哪记得住呢。"

"你把东梁的皇帝皇子都绑走了,让大臣们凑钱去赎,这事想起来没有?翁家掏空家底给你凑了十万黄金,你倒好,拿着这笔钱充军饷去平定贵州,皇子没还一个。杜大将军,翁家唯一活下来的小少爷就在门外,你倒不认账了?"

幔中人瞬间哑口无言。

他不该惹温八的,他从九岁就知道,世上没人能说得过温八。

温老板挑开窗帘一角,眯着眼向下看:"啧啧,穿的跟乞丐似的,瘦得跟饿鬼似的。杜大将军,你功不可没啊。"

"你似乎对这位翁公子颇有意见?"

"他爹跟我有过节。你知道,从我十六岁逛青楼开始,天下美人都只唱我写的词，从长安一直唱到岭南。他爹叫翁朱，名头'词家第一'，去酒楼时听见新曲，摇头说什么'词中多金银，并非富贵象'，满座大笑，告诉他这是长安韦家的二公子写的。这个笑话又从扬州传回了长安。"温老板讲着讲着，像是忆起了开心的往事，眼睛发亮，"韦家富贵的时候，他们都算个什么东西。"

幔中人不语。他记起来翁朱了，前梁的礼部刑部尚书。翁家显赫的时候，掌管整个江南的织造、漕运和盐茶，说"富可敌国"毫不过分，掏空家底硬是拿出了十万黄金。而长安的韦家虽出过十三代宰相，但其实到了温八这一辈，已经只剩下了一个空架子。但幔中人不想道出真相，他不忍打断青年的骄傲。回忆总会美化过去，因此给人慰藉。

他看不见楼下，但从罍瓶里听见了此刻发生的一切。大汉们粗鲁的推搡声，殴打在瘦削身体上的声响，热血滴落于石板上，青年不甘地喘气……他终是不忍了："何必这样对翁公子呢？"

"那怎么办？"温老板讥笑，"放他上来见你，然后连累我再被满门抄斩一回？"

"翁某求见韦二少爷，劳驾通报！"书生躺在泥泞中抱紧台阶，依然喊道。

大汉们围成一圈，拳打脚踢，像驱逐一只癞皮狗。铜雀楼的客人们厌恶地避开，彩衫少女们殷勤道歉，拉着华衣贵客走入暖歌美乐的大厅。

那个浑身补丁的书生，在殴打中既不躲避，亦不愤怒，双眼有种奇异的宁静，仿佛他此刻依然挺直站立在门前，等待旧友迎宾。

在泥泞与血污中，他却干净得令人肃然起敬。

终于，大汉们停了手，他们对着奄奄一息却紧抱台阶的书生无计可施，怕再打就闹出人命。

温老板皱眉，对小窗比了个手势，示意大汉们散开。

"随他去吧，他熬不了冬夜。"温老板揉揉眉头，抱起一摞药书，"你赶紧休息。"

不容幔中人置喙，他翻亮火盆，又点燃一炷安神香，带着些警告的语气："好生休养，别让我的心血白费。"

"嗯。"

就在温老板推门的那一刹，床幔里忽然问："楼下那位翁公子叫什么名字？"

"明水，翁明水。"

今晚的香，似乎格外烈。

他打了个哈欠，懒洋洋地想起翁家旧事，又一桩冤孽。倘若真有阿鼻地狱，他此生作的恶，怕是刀山火海都偿不清了。

他总想为善，却总是作恶。

为什么还活着呢？他恍惚地想，当初若是节义殉国，岂不皆大欢喜？既保全了青史名声，又恩恨两清。他本该在十年前死的。

可她满脸泪水地抓住他，要他不能死。

可温八发红的眼睛怒视着他，要他不能死，把他接到扬州的青楼里，养了他十年。

铜雀楼每日络绎不绝，有最好的酒，最美的少女，歌声清婉，可令一切男子忘记世间忧愁。江南的天很蓝，草长莺飞时孩子们放飞鹅黄色的纸鸢，雨丝儿轻，风儿更轻。

十年来，他总是昏睡不已，处在半醒半睡亦梦亦幻的状态，身边花草静谧，罗帐与纱帘层层叠叠地遮掩，屋内幽暗不通风。恍惚中有个人影在远处看书，或轻轻叹息着为他掖被，那是温八。

偶尔，他醒来，躺在金丝软榻之间，听得楼下温婉歌声与清脆娇笑，却只觉得疲倦入骨，盯着窗外小小的一格蓝天，眼神灰暗。江南的清风拂到他面上，他不动，雨丝儿吹落到他面上，他也不动。

他已满面霜尘，半生落魄后心事成灰。

温八却很固执，比金子还昂贵的香料日夜不停地烧，多珍奇的药草都要弄来给他尝。他时常感到愧疚，因为他心底一直有着隐秘的愿望：

让肉身成为辉煌王朝的祭品，在毁灭中赎罪。

只有在殉国中，才能证明精神的纯洁，赎罪的彻底和忠诚的永恒。

可他们要他不能死。

他忍受着一日日不堪的苟活，感受自己变老，变成贰臣，变成小人，变成贪生怕死之辈，在已逝的青史上发出浓浓的臭味。

只有毁灭苟活的肉体，才能使忠诚的精神成为永恒……

又一个冬天，他在江南等死。

温八一直站在门前，直到屋内呼吸轻了下去，他才抬手，用巨锁将屋门整个封起。

随后，他打开了墙上的暗格，里面有一排青铜把手。温八握住最大的那只，用尽全力旋转。

轻微的"吱呀"声被歌声掩饰，随着"咔"的一声，温八喘着气松开把手，将暗格恢复原样。

房外看上去并无二致。但在屋内，原来是锦幔软榻的地方，已经变成了一套黄花梨座几，上面花瓶微颤，茶盏冒着热气。

做完这些，温八擦了擦汗，轻呼一口气，向楼下走去。

夜冷了。天幕高远而疏朗，让人疑心天上星正一颗颗结冰，碎进湖水里。

连铜雀楼都掩门了。满楼红笼金铃在冽风里晃着，仿佛一场温柔旧梦。

外面天寒地冻，热闹喧嚣的花厅里，火盆烧得越来越亮，金光舔着每个人的脸，温暖得令人迷醉。男人女人们醉生梦死地拥抱在一起，像猫儿舔着彼此的毛。

"温老板，你答应奴家的新词呢？"娇媚微醺的声音在火光里发热。

温八独坐在花厅中央饮酒，面容平静，气度翩翩。美人们远远望着难得一见的老板，双颊醺红地互相调笑。一位胆大的少女忽地上前，干脆坐进了温八的怀里，仰头向他索要新词。

他笑着拉住她，一寸寸卷起繁美的衣袖，露出一截白如雪脂的手腕：

"别急嘛小山，让我找找灵感。"

金小山咯咯笑了，粉拳砸向胸膛，身子却向他怀里缩得更紧，轻衫下滑，肩膀白得晃人眼。

"老板，"她压在他耳旁说："你到底在多少女人身上找过灵感？"

一阵冷风忽地吹了进来，让她猛地打了个哆嗦——花厅的门，开了。

翁明水走了进来。

他衣衫狼狈，面上的血结成了冰晶，身形却依旧挺直如竹。他径直走到温八的酒席前，优雅行礼：

"见过无寒公子。"

温八不语，一手捧着玉腕，一手环住美人，低头轻嗅她的肩，有种温柔深情的错觉。

他知道这意味着什么。

铜雀楼雇的十位壮汉虽非绝顶高手，但也都是落魄江湖的散侠。一个时辰前，翁明水被打得奄奄一息；一个时辰后，翁明水却在无声无息间推门而入。

那些壮汉遭遇了什么可想而知，楼外现在什么样可想而知。

官府的人，到了。

他窝藏已久的那天下皆诛的罪人，被发现了。

"翁公子，我知道你来找什么。"温八仍慵懒地抱着小山，挺直的鼻梁在白嫩的肩膀上摩挲，"这里没有，请回吧。"

"韦二少爷——"

他被温八打断："叫我温老板。"

"温老板，我从三年前就知道他在这儿，但我一直没跟任何人说过。"

"但你现在就说了？"温八忽地暴怒，"真穷得连脸都不要了？"

"翁某虽穷，亦固穷。即使饥寒而死，也绝不愿扰他安宁。"翁明水挺直地站在花灯琉璃间，注视着温八，每一寸破烂的青衫都有种奇异的高贵，"我不是带官来抓他杀他的，我们需要他的帮助。昨夜长安城里，宫中发生了一件事——"

"住口！"温八气得浑身哆嗦。

这关他们什么事呢？

长安，他都离开那里十三年了。为什么命运的丝线，还紧紧缠着他不放？

他累了，他只想在无数妙龄少女的簇拥中虚度余生，纵情声色、高歌痛饮地死去。唯一的奢望是养活一位童年的旧友，可以偶尔聊聊快乐往事。

为什么总有人，可以轻易摧毁他想做的一切？

忽然，怀中的小山仰头，声音天真无邪："韦二少爷是谁，无寒公子又是谁？"

瞬间，温八捏住她腕上的脉，像是要捏碎一块铁。

那应是极痛的，但她凑得更近了，对他耳语道："三楼那个男人是个灾星，对吗？"

话音刚落，他咬住她的肩头，血珠淌下洁白的肌肤。

她却将他抱得更紧："你不该被他连累的，你快让他走吧。"

他刚刚还环着她的手，掐住了她的脖子。

她却凑得更紧，抱他更紧，胸乳贴着他的胸膛："你怀中硬邦邦的，是一把刀吗？你真的要因为那个灾星拼命吗？"

在旁人看来，他们正在温暖的冬夜里耳鬓厮磨。但实际上，只要温八的手指再扣紧一点，怀中便会多一具少女洁白的尸体。

"韦二少爷就是韦温雪，杜路的童年好友，长安人都叫他：无寒公子。十三年前，他是天底下有名的诗人。"在亲昵相拥的二人面前，翁明水面不改色，"温老板，您最好看看这个。"

温八松开了洁白的脖颈，接过他手中的信，展开瞥了一眼，然后扔了回去。

"我不会让他入蜀的。"温八说，"这和现在杀了他没有区别。"

"他非去不可。"翁明水说，"因为被劫持的人，是我们最后的皇子。"

话音刚落，无数官兵踏拱桥冲入铜雀楼，刀光冷冽，尖叫四起。彩衫乱飞，人群窜逃。不久，四周都静下来了，男男女女都抱头伏在地上，被冷刃指着脖颈。

温八仍陷在软榻里，搂着小山，任官兵举着长戟包围自己。

"翁公子，"温八终于抬头，平静地与翁明水对望，"他已经死过一回了，恨啊债啊都还清了，为什么还要逼他呢？"

翁明水亦望着他："不是我们要逼他，是西蜀逼我们。只有他能救皇子——"

"他不能，"温八叹气，"他全身的经脉都断了，站都站不起来，现在只是个等死的废物。他谁都救不了。"

翁明水的眼中闪过一丝诧异，但他很快又恢复了平静，睫毛垂下清晰的影："那也有劳了。"

"没有用的，你拆了这栋楼，也找不到他；杀了我，也问不出他。"

"我相信，温老板藏了十年的人，我是找不到的。但我也相信，如果带走温老板，他是会跟来的。"

瞬间，无数刀影冲了上来，四位黑衣人于官兵中飞出。温八只觉得背上被什么东西戳中，随后便浑身瘫软，甚至来不及掏出怀中的刀。

官兵们抬起被五花大绑的温老板，押送着满楼男女，严密有序地向外走，甚至不发出任何声响。

在这一刻，即使再迟钝的人也该知道，这绝不是衙门的官兵，而是专门执行特殊任务的戍外禁军。

温八被抬在空中，浑身酸麻，粗糙的绳子硌着每一寸皮肤。但他却闭上眼，露出一丝淡淡的笑：没用的，他们得不到小杜。

小杜已被他亲手反锁入地底的密室。即使安神香失效了，小杜也出不来。密室在一个月后才会自动打开，里面准备了足量的食物和药材。

除了温八，世间没人知道如何打开密室。

据那命定的一日还有十九天，他本以为自己把杜路藏得够好，好到可以逃开命运，却被一位翁家的落魄少爷捅出了一切，这是冤冤相报吗？十年后，命运的恶鬼如约找上了门。温八在这一刻反而释然了：

他这一生，总算做成了一件事。

"慢着！"

忽然，一只白嫩而发颤的手伸向半空："如果，我带你们找到那个男人，可以放过温老板吗？"

温八脸上的笑容凝住了。

第六章

深夜。

宋巡抚在等人。

他不知道那人何时会来，更不知那人会不会来，但他静坐于高烛美姬之间，心脏在怦怦急跳。

于是他命令姬妾高歌起舞，烛火明亮如昼，轻纱飞荡，银铃声声。宋有杏端坐于大堂中央，摊开玲珑酒杯与重重案牍，一边赏舞喝酒，一边执笔修《良史》。

他可真是个传奇。宋有杏想着那人，在草稿上写：

> 杜路，字行之，良朝大将。十六岁披丧挂帅，奔赴塞北。十八岁驱敌千里，一战扬名。十九岁击垮北疆草原七部联盟，追斩可汗，迫胡人为城下之盟，退雁门关三百里外，永不再犯。二十一岁权倾朝野，扶持少年哀帝，执掌金印虎符。收西蜀，灭东梁，声动天下，世称"风流兵书，公子小杜"。

越看越不像真的。宋有杏想了想，提笔补充：

> 生于富贵权势，长安杜家嫡长孙。

新朝里，还有多少人记得长安杜家呢？宋有杏轻叹一声，用朱笔小楷在下面注道：

> 韦、杜为良朝开国之大族，显赫三百年。韦家世代相门，荫庇相接，把持朝政。杜家出身关陇，开国大将军杜预指挥中原统一战争，晚良大将军杜佑抗胡保国五十载。当是时，韦、杜子弟聚居长安城南，渐成韦曲、杜曲，广厦接天，园林豪奢，时称："城南韦杜，去天尺五。"

宋有杏换回大笔，接着写：

> 二十一岁平黔，被陷。部将赵燕带兵来救，趁机叛变，偷袭于深山中，暗杀之。

他写不下去了。

他连忙把这行字抹掉，抹成一片漆黑墨点。

当年、当年背叛杜路的部将赵燕……正是当今圣上赵琰！

小杜权倾朝野，手握金印虎符之时，赵琰还是杜路亲手提拔的、最亲信的部将。数年军旅中，两人同生共死，可谓刎颈之交……

他不敢写下去了。

他必须时刻提醒自己，他是大定的史官，在修前朝史，而杜路是个曾谋乱大定的叛贼。

可谁会不喜欢小杜呢？

那个传奇的少年，仿佛身上带着全世界的光明，生来无畏，策马狂奔，斩断所有拦路者。

他能奔向任何想去的地方。

他能做任何想做的事。

哪怕最后，他被全世界背叛威逼，孤身从高台堕入大火，像一颗流星结束它短暂又尽情的生命。

良朝青史三百年，每一页都写满杜家的忠胆将魂。而一百年前，北方草原崛起，大可汗阿日斯兰一统北漠七部，他使分裂已久的蒙兀军团，重新汇聚为庞然的铁骑浮图，挥师南下，爆发了举世震骇的"五鹿之战"。

五鹿之战连绵十年，是大良由极盛到衰颓的转折点。就在战争的第七年，天灾忽至，连旱三年，饿殍千里。北方战事正紧，急需粮草；救灾不济，南方爆发了一轮又一轮农民起义，愈发脱离中央控制。在内外交困的危机中，大良割地纳币，仓皇结战。

大良北踞胡敌，南有叛贼，国困民乏，屡战屡败。天下四分五裂，各自为战，多年来南方逐渐形成了西蜀国、东梁国两大新政权。西蜀盘踞川渝，天险为关，易守难攻。东梁则由富庶江南发迹，吞并东南诸国，此后攻闽伐越，渐成大势。百年之中，大良在北胡西蜀东梁的包围中，风雨飘摇，勉强维济。

直到良史最后一页，小杜出现了。

那个眼神明亮的少年仗剑策马，挂帅之日，在六军前高声宣布他的正义和大道："礼乐政教，天下太平。"

这是正统，是国命，是经史之精神、三百年之将魂，是祖祖辈辈战死北疆的信仰。

他笃信他的正义和大道，并为此像流星一样发亮，奋力熊熊燃烧了自己的生命。

三年里定北疆，斩可汗，退胡兵。次年收复西蜀，后年率千万楼船顺江东下，灭国东梁，平定黔乱，直到……

后人总评他：操之过急，刚过而折。

可是，哪个男人不想成为小杜呢？

那般璀璨风光的人生，那般宏大辉煌的功业，那般尽情无畏的生命……哪怕再短暂，也算得上无憾吧。

宋有杏沉思着，忽地发现笔尖已在纸上氤氲一片。他苦笑着放下笔，注视着之前写下的字。

越看越不像真事。

人间怎会有这等人呢？

可宋有杏知道，世间就是存在过此般惊羡天下的少将。因为他……见过当年的小杜。

彼时宋有杏只是东梁的小文官，在大兵压境满城风雨中，远远望见过金陵城楼上的大良将军。

何等风华，何等意气。

十四年后，他落在青史上的笔，仍写不出半分。

东梁与小杜有灭国之恨，可多年之后，那个戴金面具的少年将军，仍是扬州街头巷尾里，传奇话本的主角。

这样一个人，居然还活着。

宋有杏把写好的草纸都扔进油灯里，在朦胧火光中凝思：杜路列传，到底该如何下笔呢？

"巡抚大人，小杜到了！"

宋有杏心脏又开始急跳。他轻吁一口气，整理衣冠，坐正。有生之年能再见小杜，也算幸事。

或许，新的列传要开始了。

但当宋有杏终于见到小杜时，他却诧异得几乎要叫出声。

第七章

杜路是被人抬进来的。

他被裹在灰色的棉被里，横直抬进大堂，放在软榻上。

宋有杏心中一惊，走上前去。

但见棉被之中，男人长发凌乱，呼吸绵长，眉骨鼻梁生得好看，但细小纹路已在眼角散开。他本身形高大，却消瘦异常，此刻闭着眼像只猫儿一样蜷缩安眠。

那神情很疲惫，又很温和。

这温和让人难受。

是不是搞错了？宋有杏心想，那可是小杜啊，十九岁横扫草原，二十一岁渡江灭梁，功业"垂辉映千春"的小杜啊，如此一代意气风发的少年将军，怎么会……沈腰潘鬓，如此消磨？

算算年龄，杜路还不到三十五岁。可此般情景，若说是个乡野村夫的酣睡姿态，倒更让人信服些。

那么浑浑噩噩，温和平良，没有一丝戾气，没有一丝期盼。

身后，金小山低头行礼，声音发颤："奴家已按约定，寻出了铜雀楼窝藏的男人，大人可否放了温老板？"

宋有杏眉头微皱："你确定他是小杜？"

小山把头伏得更低："奴家不知。但温老板藏了十年的人就是他。方才，温老板把他锁进地下密室——"

她被宋有杏打断："你不过是个寻常歌女，如何得知？"

金小山缄口沉默，在严肃目光的威逼中，最终开口："心有所属，目自随之。一举一动，心自察之。"

"你喜欢温老板？"宋有杏"噗"地笑了，拊掌称道："有趣，有趣，好一出风月救风尘。"

无寒公子的好皮囊，是当年长安的佳话。没想到十年后，仅凭一张假脸，亦能倾倒歌妓舍身救之。此时为宋巡抚听得，不知青史又要添得几许艳名。

"还请巡抚大人守约放人。"

"我要他醒来，不醒不算数。"

金小山抬头，愤愤地看着他，最终从怀里掏出解药包，递了上去。

发觉杜路只是被韦温雪下了安神香，宋巡抚悄悄松了口气，叫人煮了解药喂杜路服下，然后惴惴不安地等待着杜路苏醒，等了一夜一天又一夜。

在这一天两夜中，杜路睡得香甜，天下各地可是发生了太多事。

夜幕中，低矮的破马车在山路间狂奔，路过一个小店铺。

马车忽地停下。

033

"老梅，你又想干吗？"一位青年从车厢中探出身，颇不耐烦地望着驾车的年轻人。

"给张蝶城买件厚衣服。"

说罢，驾车的年轻人只身下车，不消一会儿抱着几件棉衣回来，钻进车厢，为昏睡的少年仔细穿好。他轻轻抚摸少年的额头，神情温柔，带着些许心疼：

"他发烧了，想必很难受。"

"梅救母啊梅救母，我们现在在逃亡啊，你能不能别这么圣人？咱俩刀光血雨里滚爬了这么多年，他这点小病算什么……"

"出去。"

"啥？"

"老苏你去驾车，我来照顾张蝶城。"

青年愤愤地跳下车厢，扬鞭，马像受惊一样飞快奔驰。车厢里，年轻人偷偷喂少年退烧的草药，把少年抱入自己怀中，反复揉搓他冰凉的手掌。

没办法，他就是心慈手软，见不得任何人难受。

冬月二十二日。天未明。长安。

黑暗中的后宫静悄悄的，一小队蓝衣宦官悄声又疾速地飞奔，两人一组从宫门处捧起一封又一封密信，黑暗中击鼓传花般往下传，最终由内侍悄无声息地呈进暖阁里。

没人知道，这一夜中，到底有多少封来自四面八方的密信，飞进了宫中。

黑暗中冷风如刀，两个年轻的宦官紧盯着脚底的碎石残雪，捧信的手指因皲裂而渗血，他们却浑然不觉，只是低着头拼命地奔跑。

和他们交接的是个颇主事的黄衣内侍，名叫潇潇，正注视着房檐上长长的冰凌，眼神灰暗。

没人敢说一句话。

可每个人的眼睛里，都弥漫着一种深深的恐惧。

幽暗中，他们踏着雪屑飞奔，像是一步步奔向一场无人可知却又近在咫尺的海啸，每个人的眼睛里都映着死亡的黑影。

暖阁内。

皇帝单手支头，强打精神听面前的内侍念道：

"……就是在扬州！前梁的旧部认出杜贼了……"

皇帝此刻手脚冰凉，头痛欲裂，在外人面前却依然是一张冷峻到毫无表情的脸。

扬州。那可真是个好地方。他恍恍惚惚地想，眼前蹦出一位少年亮晶晶的笑容：

"燕子，这里真漂亮啊，等我们把江南打下来，可要好好玩……"

皇帝摇摇头，想驱散这些陈年的记忆，可一切景象竟越来越浓，碧波映影，少年边策马狂奔，边回头冲他大笑，树和水的绿影从天连到地，晃晃荡荡……皇帝忽地盛怒，一把推翻了面前的几案，茶碟碎地，发出巨大声响。

幻象终于消失了。

明明要死，为什么不死得干脆点。

面前，内侍瑟瑟发抖，刚要跪下请罪，只听皇帝淡淡地说：

"没事，失手了而已。你继续说，是韦温雪藏了杜路吧？"

"圣上英明！韦家余孽大胆包天，窝藏杜贼，抗拒抓捕，严刑下拒不坦白。幸亏有个叫金小山的妓女说出来了……"

果然，又是韦温雪。头痛中，皇帝眼前浮现出一张男孩过分漂亮的脸，带着些漫不经心的傲慢，吩咐道："杜路，你过来，我今天想放纸鸢……"

那种精致利己的家伙，居然敢藏杜路十年，还严刑下拒不坦白？嗬，怎么听怎么古怪。

"韦温雪已经被收押，金小山说她可以找到杜贼并把他交出来，条件是换韦温雪平安。宋巡抚便先答应了。"

皇帝嗤笑一声。只要抓了韦温雪，杜路迟早会出来，他那个人太重朋友，又分不清利用和真情。但他在头痛欲裂中只开口问："白羽到哪里了？"

"回陛下，白侍卫还在路上。长安到扬州路途迢迢，估计要几日后才能与宋巡抚会面……"

忽然，剧烈的头痛得到了缓解。皇帝诧异地注视着自己的右手，暖意一阵阵传来，像是一双温暖的手掌，正在悉心揉搓。

"陛下，怎么了？"

"无妨，你继续说。"皇帝又恢复了冷漠的常态，垂下手掌，心想：

他还活着。

是真的。

天将亮，白羽跑死了第一匹马。

驿站里，少年亮出腰间玉牌，在两侧仆役的伏身跪拜中，径直走向最好的坐骑，飞身而上，纤细的身影消失于重重天幕。

卯时已过。

此刻据案发已经两天两夜。

据白羽出发才两个时辰。

寻常人从长安到扬州，骑马大概一个月。而两个时辰前，皇帝刚收到第一封密信，那是前天下午从扬州发来的，署名江东巡抚宋有杏，字迹潦草地写有人来告密杜路的藏身之地，还未知真假。可皇帝看完后，转身便对白羽吩咐道："你现在去扬州，后天和小杜出发。"

两日之内，三千里路，饶是全国密网系统中的鸽子，怕也恕难从命。但白羽只是沉默地受命，再拜，上路。

此刻，少年手中露出一粒黑丹，弹入马嘴。只一瞬间，大马痛苦地长嘶，双目怒瞪，蹬腿飞奔像是身后正有无数恶鬼追赶。它跑过了游船，跑过了游鸦，跑得满嘴白沫却依旧疯狂加速……

它已经疯了。

不消三个时辰，这匹健硕的大马也将浑身抽搐着倒地，但它这三个时辰跑的路，已比平时三日还多。

那应是极痛苦的，可白羽面无表情，没有一丝怜悯或同情。

他稳坐于疯马之上，拿出一个白色小药瓶，里面装着一粒金色的回天丹和数粒红色的解药。他夹出一粒红解药，吞下。

还剩十八颗。

如果十八天后红色解药吃尽之时，他不能带着张蝶城和小杜人头回到长安，他也会像疯马一样，浑身抽搐着倒地，闭上年轻的眼睛。

谁也不用同情谁。

天亮了。

一缕金色的阳光透过雪射进暖阁中。在内侍惊惧而担忧的目光中，赵琰一把推开面前的书案，起身站起，高大的身影被熹光从地面拉长到墙壁上。他双目凝着血丝，声音沙哑而低沉：

"更衣。"

"陛下——"内侍连忙伏跪在地上，战战兢兢道，"陛下一夜不眠，需保重龙体啊——"

那双漆黑而凌厉的眉毛挑了一下：

"区区这点事，就不上朝了吗？"

他忽地笑了，苍白的脸上满映着窗外的金光雪色，笑声从宽厚的胸膛里发出来，沉雄而响亮：

"我还没那么容易被打败。"

金光漫透空旷的御殿，朱红大柱一排排垂影，朝堂之上，众臣慷慨，年少声苍老声混在一起争吵不休，偶尔一人谈话激昂，惊飞了翠碧雕甍上栖息的灰鸦，灰鸦便扑簌着翅上的雪粒，直冲蓝天去了。

又是在议论塞北的战事。

"陛下，严寒已至，万万不可再战下去！"一位新上任的给事中声音尖厉，"士兵们正单衣草鞋在冰原上等着被活活冻死——"

左仆射苍老的声似在嘶吼："陛下，以史为鉴，一百年前裴容主战，在草原上与阿日斯兰鏖战十年，五鹿之战生生拖垮了良朝，盛世溃败于一旦，江山社稷落得四面烽火。饶是良朝二百年廪实尤不能战胜强敌，我大定开国十三年，又怎能好大喜功，置黎民苍生于不顾……"

人声鼎沸，红柱之间，一排排光影偏移。

光芒中，高大的皇帝独坐在金座上面对群臣，他面容沉静地挺直坐着，看上去威严而不可侵犯，可事实上，一阵又一阵的头痛和冷汗轮番袭来，宽袖下的五指紧紧握拳，指甲抠进了流血的掌心肉里。

他仍一动不动，面对着海水波涛般满殿的声音，静静凝思。

大定开国十三年以来，天下一统，礼乐定制，休养得宜，国力日上。在前良一百余年动乱频仍的战火之后，这份安宁格外不易。

这个年轻的王朝，似乎国运欲来，已隐隐显示出治世之象。

权臣们只担忧一件事：

外患未平。

去年秋天，一位名为布哈斯赫的可汗起兵，铁骑横越草原和荒漠，在鲜血与捭阖中再次统一北漠七大部落，颇有牧马中原之势，似欲重演五鹿之战。天子大怒，汉家军队浩浩荡荡奔赴塞北，鏖战三月，败多胜少。

国力尚薄，经不得长耗。况且酷寒将至，将士军心已乱。

他们说的，他都知道。

在群臣奏表不止中，天子紧皱眉头，最终开口：

"和吧。"

那声音里压抑着极其隐忍的恨意。

谈判的使臣迅速出发，不消说，这将是一场狮子大开口的敲诈。据说那位可汗还很年轻，但愿能满足于黄金和女人。

但群臣散朝后，皇帝眉头仍皱。

他孤身高坐于金座之上，冬日黄昏的光里影子慢慢变长。

还有十八天。

他想，眼中又迸出了熊熊燃烧的愤怒。但他的盛怒不仅是因为那些草原的蛮族，更是因为——

四川。

一场足以炸毁整个帝国的阴谋正在点燃。

四川，是接近帝国心脏的地方……北漠，是三百年汉家动荡的根源……恰好在这时候，两边同时发难……

他不允许，他绝不允许！

就在此刻，龙纹宽袖下，手指却又开始不由自主地轻微抽搐。怒火在天子眼中爆炸，他流着血握紧拳狠狠砸向汉白玉柱，一次又一次，直到手指在剧痛之下停止抽搐。

因此他没看到，窗外一颗流星划过渐暗的天幕。

"流星出则兵起外国，当有急使，纵横行太微中，臣强，四夷不制。"巴蜀之地，青青深山中，一位醉酒的青年平躺着望天，手脚在空中乱挥，"念恩，记住了吗？"

一位粉雕玉琢的女孩坐在一旁，双手托腮望天，圆溜溜的黑眼睛里映出漫天星色，声音清脆："是，仙哥哥！"

"什么仙哥哥？"青年对天吹着酒壶，声音含糊。

"苏哥哥临去长安前说，说以后喊你李大仙！梅哥哥让我把你看好了，别让你喝醉栽进雪堆里，冻上一个冬天。"

"屁咧，"青年翻了个白眼，"我的话一句不听，就知道听他俩的！"

"仙哥哥你快看！火入太微了！"女孩忽地站起，指着远方一颗橙黄的明星，嘴唇微张，呼出一串白汽。

青年顺着她的手指望向夜空，忽地大笑："火则有逆贼，宫中不安。好兆头，老苏和老梅得手了！"

"还有这里，星位跟昨天不一样了。"女孩又指，歪着脑袋想了一下，"这叫，嗯，太微之变两藩有芒及动摇，诸侯……诸侯有谋！"

青年在地上大笑着打滚："好一个四夷不制，宫中不安，诸侯有谋！赵琰命数已定，要完啊要完。"

群山之中，层层回荡着"赵琰命数已定，要完啊要完要完要完……"

以下犯上，直呼其名，看来是青年的常态。

"四夷不制我懂，是说北方北漠人要打仗。诸侯有谋我也懂，是说我们要谋反。但宫中不安是什么意思？"女孩睫毛很长，此刻低垂睫毛思考，忽地她跳了一下，"等等！苏哥哥和梅哥哥到底去长安做什么啦？"

"去偷人。"

"什么？！"女孩惊得跳起，面色绯红。

"我说的是，他们要去偷一个人。嘿，念恩你才多大，就这么不纯洁，小心我告诉聂君！让他给你上思想品德课……"

"去偷一个人……"女孩喃喃念着，猛地抬头，眼神惊惧，声音发颤，"他们可是要闯入皇宫，去偷张蝶——"

一根微凉的手指迅速抵上她的嘴唇，堵住了她脱口而出的话。青年转头，黑亮的眼睛注视着惊呆了的念恩，过了好一会儿，念恩才如梦初醒地点头。

青年重新躺下，沉默地注视着漫天星移，良久，轻声说：

"还差十八天。"

他们等了十年，还差十八天，来掀起一场颠覆整个帝国的谋乱。

第八章

韦温雪那炷安神香，实在下得太狠、太烈。

尽管宋有杏从金小山那儿要出了解药，可杜路仍然昏睡了一天两夜，无论用什么办法都唤不醒。宋有杏急得满头冒汗，除了一封封信往长安汇报，也自作主张对韦温雪采取了一些特殊手段，可他什么都不肯交代。

等到杜路醒来时，已是冬月二十三日的午后了。

冬日暖阳在雕花窗棂间晃晃悠悠，让他有些恍惚，他又躺下发了一会儿呆。

这一天两夜中，逃亡的杀手，狂奔的侍卫，不眠的皇帝，待旦的巡抚……到处人心惶惶，奔波忙碌。唯有他浑然不知，安稳长眠，此刻被窗前的小鸟逗乐。

年纪大了，他倒爱笑了。

终于认命了，他倒睡得好了。

一位青衫书生走了进来，逆着光。杜路眯着眼，想起他叫翁明水。翁明水走近，手中推着一把装有四轮的木椅，恭敬行礼："见过杜将军。宋巡抚求见一面，派晚生来请您。"

杜路依旧懒懒地躺着："翁公子如何称呼？"

"功名无分，有字映光。"

"映光公子，我怕冷，想穿厚衣服，想拿小火炉。"

翁明水微微惊讶，一代名将竟说出这般话，像是一点都不在乎面子了。他帮杜路穿上棉衣厚裘，扶他坐上四轮木椅，又放上小火炉，推他出门。

其实，韦温雪所说"站都站不起来"是夸张之词，杜路还是勉强能走完这几步路的。

若是少年时的他，拼死也是要自己走的；拼死也不能被别人看不起。

但现在，他不想走，他宁愿缩在棉衣中被推过去。

掉面子吗？他又笑，他这一辈子早就掉完了所有的面子，再也没有面子可掉了。

明堂之上，宋有杏搂着美人写史。

巨烛成簇，香炉堆烟。暖乐袅袅绕梁，肌肤莹白的美姬们翩翩起舞，红衫旋转如云。堂上正中央放着巨大案几，史册叠叠，酒杯荡荡，男人端坐其中，一边饮酒观舞，一边挥墨成行。

这情景说不出地性感。

最沉重苦难的青史，是在最妙龄风华的美人面前写成的。前者千载枯骨，后者刹那红颜。

"找我有什么事吗？"杜路被推上堂，冲沿路的美人们吹了声口哨。

宋有杏从史书中抬头，并不起身："你是小杜吗？"

"抓了人来，还不知道名字吗？"他笑得前仰后合，"抓错了，抓错了！快放我和温八回青楼吧。"

他笑起来依旧好看，总是仰头，笔挺的鼻梁笑出细小的褶皱，牙齿亮晶晶的，恍惚仍是少年模样。

"一个造反乱贼，一个亡命逃客，竟在扬州开了家大青楼，还开了十年？"宋有杏也像被逗笑了，"妙极！妙极！"

两人笑作一团，惹得跳舞的美人们也忍不住了。一时间，富丽大堂上笑声不绝，唯有站在一旁的翁明水面无表情。

"我这乱贼是该问斩了吗？"杜路伸手给自己倒满酒，"烦劳问一句，能送回长安斩吗？"

"当然，你还得再在城楼上挂三个月！"宋有杏说罢又笑，"韦温雪还能和你并排挂着看月亮呢。"

"有没有不看月亮的法子？"

"没有，必须看月亮。"宋有杏举盏，"我可是个铁面无私的巡抚。"

"可是，您这巡抚要巡整个江南，本该几个月后才回京吧？"杜路又笑，"扬州通判和知州在哪里？我想快点看月亮，不劳您这个铁面无私的巡抚了。"说罢，他作势转身，推椅要走。

"果然聪明人。"宋有杏敬酒，"本官是带着圣命而来。"

"赵燕子？"杜路脱口而出，忽觉不妥，低头喝酒。

"圣上需要你去救出一个人。"

"哦？"杜路无动于衷，"我这残废身体，竟担得如此大任？"

"你煽动朝野，联络江湖，于大定建国之初谋乱三年，原本罪无可赦。但时来运转，前夜突发事变。"宋有杏在心中斟字酌句，"长安宫中，潜入贼人，劫持前梁质子后不知所终，留下字条：见到小杜后归还质子。皇家侍卫判定，贼人出自蜀地，圣上命你入蜀，十七日内必须找出贼人，救出质子——"

"前梁质子？"杜路眯着眼，"哪个质子？这都十年了，赵燕居然没杀他，还养在皇宫里？"

"张蝶城，十四年前你带回长安的七个皇子中，最小的那个。"宋有杏避开了他的问题，"此番事成，也算大功一件。圣上宅心仁厚，隆恩浩荡，将不计前嫌，许你和韦温雪特赦。"

"不去。"

宋有杏的心跳慢了一拍。

"我想回长安看月亮，挂在楼上看三年也没事。"杜路耸肩，要了一壶新酒。

"可惜，韦温雪陪不了你看那么久的月亮了。"宋巡抚面色一转，幽幽道，"他中毒了。"

杜路被推入地牢深处时，恰巧看到了一幕：

男子躺在肮脏牢房的阴影中，背对外面一切。身后，美艳的少女抹泪哭泣，白嫩的手试图握上男人的手，却被他猛地甩开。

"滚。"

声音很低，透着极度的厌恶，还有一种近乎绝望的悲伤。

宋巡抚轻轻咳嗽一声。

少女闻声转头，忽地站起，发红的双眼怒视着宋巡抚："我已遵守约定交出杜路，大人为何陷我家公子于此般境地？不仁不义，何其歹毒！"

宋有杏还未开口，牢中男子忽地暴怒："滚出去！添的乱还不够吗！"

"公子，我本想救你……"硕大的泪珠从美人双目中一颗一颗砸落。她忽地抽出发间的步摇，锋利的尖端抵住自己白嫩的脖颈："小山错信奸人，枉害公子，唯有以死谢罪了。"

男人不语，算是默许。

美人闭上眼睛，握紧了步摇——

"小山，"杜路忽地喊道，"我听说温老板中毒了？"

金小山仍握着步摇，回头，愤愤地盯着杜路："你还有脸问吗？因为你，老板才被宋有杏下了毒，你这个叛贼，为何要连累……"

杜路并不回话，懒洋洋地坐在轮椅上，发问："我入蜀救人，韦二拿到解药和特赦，是这样交换吗？"

宋巡抚点头。

"那去吧。"

翁明水诧异地看他。只见轮椅上，男人缩在棉衣中，捧着小火炉，长发凌乱地缠绕，眼睛半眯着，那语气不甚严肃，每字落下却都让人心头一震：

"给韦二解药，帮我备马车，棉被要厚一点，火盆足一点，再带上十坛好酒。我现在就去。"

金小山僵住了，抵在脖颈上的步摇缓缓垂下。

宋有杏走到杜路面前，再拜："有劳了。"

他不回话。阴暗潮湿的地牢里一片寂静，手中的小火炉渲染出明亮的暖黄光晕。他垂头盯着它，眼神很宁静，带着淡淡的疲倦。

唯有一人笑着打破了这寂静。

"混蛋！"牢中的男人躺在地上，笑得脊背在颤，"我给你治了十年的病，你居然还想喝酒？"

杜路并不抬头："想啊。想了十年了。"

"全身经脉都断了，还想去救人？仇家满天下，还想入蜀？"他愈笑愈烈，"滚吧，滚吧，你是赶着去身败名裂、死无全尸！"

"我想死很久了。"杜路每一根睫毛都镀上暖黄色的光芒，"现在，我终于有了理由，还能顺便救了你，多好。"

牢中，男人的脊背还在颤，笑声却低了下去："像话吗？就因为一个女人——"

"跟她没关系。"杜路抬头，吩咐宋巡抚，"给韦二解药，我现在就上路。"

"烦请杜将军等候。圣上体恤，特派白侍卫来协助您入蜀。白侍卫尚在前往扬州的途中。"

"白侍卫？"杜路笑了，"赵燕封的那个'天下第一侍卫'？"

"正是。"

"那也先给解药吧，"杜路语气依旧温和，没有一丝要等待的抱怨，"长安距扬州三千里地，怎么也要跑个几天，不能让韦二一直躺在这儿，他最爱干净了。"

宋有杏道："有友如此，令人羡慕。"他随即令侍从向韦温雪奉上解药瓶。

牢中，韦温雪仍背对他们躺着，并不接药。

"朋友？"他脊背还在颤，又笑，"他可没把我当过朋友！这普天之下，人人得他而诛之，只有我冒着死藏他护他，可现在呢，他拿着我的心血往地上踩！"

杜路盯着手里的小火炉："你是我唯一的朋友了。我的命是你救的，因此要还你。"

"还我？我允许你还了吗！"韦温雪忽地暴怒，反手打翻了解药瓶，"杜行之你听着，你是这世上最窝囊最没用的人。你想死很久了？一个男人居然说得出这种话！原来这十年里，我熬尽心血地给你治病，你心里求着快些死，是吗？"

杜路一时无言以对——十年以来，他心里的确这么想。

"你的命是我救的，我要你活着。"韦温雪的脊背还在因毒性蔓延的疼痛而颤抖，四肢因穴道被锁而毫无力气。但他努力以手撑地，缓缓坐起，"活下去，不许求死，不许还命，不许入蜀。"

他艰难地转过身，直视面前的每一个人："我不许他死。我这一生什么都没做成，但这件事我一定要做成！"

众人都忽地失神。

阴暗的牢房里，像是锁着一位容颜绝代的仙人，忽然回眸，惊得冰雪骤化，云雾顿开，银白的惊蛰响彻春花荒原，又传向碧落黄泉。

杜路瞬间明白韦温雪为何一直背对众人了——他失掉了他的易容，也失掉了以"温八"见人的身份，被迫露出那张曾让天下倾慕的、无寒公子的脸庞。

但此刻的韦温雪，是不愿这么做的。

那时的无寒公子，是贵比皇族的韦二少爷，是名扬天下的俊赏诗客。此刻的温八，是个做着皮肉生意的男老鸨。

在韦温雪心里，无寒公子早就死了，死在十三年前的政变里，像一座冰雕般晶莹剔透地凝固。从此，无寒公子永远年轻美好，活在富贵温柔的长安，春酒吟诗，策马寻花。

在韦温雪心里，无寒公子并没有长成温八。温八是另一个人，在扬州做着最低贱的皮肉生意，跟各路新贵赔笑脸，将高歌痛饮、纵情声色地死去。

杜路想到这儿，心里忽地难受。

从九岁起，韦温雪就是他的朋友。韦温雪从小帮他护他，可他带给韦温雪的，只有无穷无尽的噩运和灾难。

十三年前为了救他，韦家被满门抄斩，无寒公子成了余孽逃犯。十年前为了救他，无寒公子被迫成了温八，用一个个姑娘卖身的钱为他寻药治病。

现在，他们早就过了三十而立的年纪，却仍是他连累他，他护着他。

他总想对朋友好，却总是连累朋友。

杜路放下火炉，从棉被和轮椅间努力站起身，颤巍巍地走到韦温雪身前，俯身帮他解开穴道，对他伸出手：

"我们谈谈吧。"

第九章

明堂之上，美人起舞。青史叠叠，美酒不绝。

宋有杏一边向杜路打听当年追斩可汗的细节，一边提笔写史。韦温雪还不肯吃解药，郁郁地坐在一旁。宋有杏询问韦老宰相的生平，他也不接话，反问道：

"那个白侍卫什么时候来？"

他似乎比杜路都紧张很多。

"可能明天，可能后天，谁知道呢。话说尊祖父当年——"

韦温雪含笑："你怎么不打听我的生平呢？"

宋有杏一时语塞。他该怎么回话呢？双方都明知，韦温雪一无官爵，二无功名，注定只是《良史》上名姓三行的"韦家众子弟"之一。虽说如此，可此话一出，他再开口打听掌故，倒也太尴尬了。

见他也被韦二的伶牙俐齿所陷，杜路大笑。

虽然被韦二堵得说不出话时很不爽，但看他堵别人一直是件很爽的事。

"说不定，宋巡抚有一天会想给我写很长的列传，那个时候，就算你送礼求我，我都不告诉你。"韦温雪粲然一笑，"行吧，先说我爷爷吧，宋大人要问什么？"

几人边聊边漫无边际地等着白侍卫。这个状态很奇怪，像是马上要生死决战，此刻却只能坐在热锅上等人。

宋有杏想起了《刺客列传》里的荆轲，刺秦前等待友人，友人居远未来，荆轲多等了一会儿，燕太子嫌他疑他，荆轲被激怒，与秦舞阳行，遂一去不返。

此时他对杜路，也是抱着这样的心情，能问一句是一句，怕他上路之后回不来。

杜路也察觉到这一点，可他并不恼。事实上，虽然说起来会让韦温雪难受，但他很想快点启程。他已预感到，以赵琰的性格，此事结束后定不会留他，"白侍卫"便是派来结束他生命的人。因此，他反而期待。

在这种复杂的情绪中，所有人并没有注意到，金小山不知何时已经不见了。

酒过三巡，杜路要去小解，韦温雪以女眷不便为由要亲自推杜路去。一个身体尚虚，一个毒药未解，宋巡抚倒也放心，告知方向后就让二人去了。

谁知，两炷香时间过去了，二人还没回来。

翁明水安慰说是人之常情，于是宋巡抚敲着笔架又等了一炷香，终于等不住了，派一个蓝衣小厮去寻。

没过一会儿，蓝衣小厮慌慌张张跑进来，满额是汗，扑倒在大厅中央砰砰磕头。

"说话呀！"宋巡抚皱眉，"杜路人呢？"

"回……回大人，"小厮仍不敢抬头，磕头中结结巴巴道，"茅厕里空荡荡的，没……没人。"

宋巡抚猛地站起，"啪"一声，手中的狼毫笔直直坠地。

他怔怔地看着小厮，眼眶渐渐发红。

"宋大人，宋大人。"见他发愣，翁明水在他耳旁轻声提醒道，"他们现在还跑不出扬州城，快调符锁城门。"

宋巡抚瞬间如梦初醒，一手解开腰间玉坠扔下堂，一手拍案怒道："愣着干吗，赶紧去找黄指挥使，让他调符把扬州所有城门都锁上！快去追人！"

还发着抖的蓝衣小厮拾起玉坠，连行礼都顾不上了，飞也似的狂奔出去。

黄指挥使见瑞之后，亦是惊骇不已，数千名官兵即刻出发，一时间扬州到处封锁，百姓惶惶不安，满城风雨。

等待中，宋巡抚浑身冰凉，抬手想喝酒压惊，杯子却颤得装不住酒。翁明水见状，出言安慰道："宋大人不必担心，那韦温雪身上剧毒未解，逃不掉的，杜路肯定得回来向宋大人求解药。"

宋巡抚只当这书生信口而言，不以为意，眉头皱得更深了，翁明水又轻声道："宋大人切不可乱了阵脚，我们仍占着先机。我们为韦温雪喂下的'谢桥散'极痛极烈，中毒者将肤如剥，肠如断，骨如削，心如焚，愈来愈烈，直至痛死。韦温雪此刻还能忍住疼，到了夜里就会疼得失去神志，而那杜路和韦温雪快三十年的朋友，又行走武林多年，自然清楚'谢桥散'的厉害，断无眼睁睁看着韦温雪疼死的道理，至多明天早上，一定得带着韦温雪回来。宋大人只需运筹帷幄之中，坐等两条鱼回钩。"

宋巡抚听得此番话，方才宽心下来，略一思考，却又暗中心生疑惑：翁明水这白面书生，怎么对"谢桥散"了若指掌？

宋巡抚百思不得其解，因为他非常清楚翁明水的底细：东梁宰相翁朱的小儿子，十四年前东梁被杜路灭国后，这贵公子一夜落魄，从金陵流落到扬州。十三年前赵琰建立新朝大定，翁明水又开始了漫漫科举之路，却连乡试都没通过一次，现在依旧每届应试，大有皓首穷经之势。他这小半辈子都耗在城郊茅草房里读书，没出过扬州。

翁明水的底细，没有人会比宋巡抚知道得更清楚了，宋巡抚从翁明水九岁时就认识他，见他生于繁华，终于沦落，半生流亡半生窘迫，却依旧痴心耽着富贵梦，囊萤映雪读着圣贤书。一个可怜的赌徒，用命在赌，但在科举场里，命可不怎么值钱。

由于一些不能说的原因，宋有杏不愿见这些东梁的旧人，翁明水更是最好老死不见。即使在这次紧急事件中，多亏了翁明水才能找到杜路，可宋巡抚仍不愿对翁明水表示感谢，而是态度冷硬，以官的身份指挥着一个草民，不肯流露出一丝一毫对翁明水的关切和亲近。

即使，他本该这么做，他有道德义务，去关照翁明水的一生。

"那就做个小人吧，"宋有杏烦躁地想，"反正我已经是个有愧于大节的人，注定是个青史上无德的小人，可这要做君子的书生，怎么会知道谢桥散？"

他又想到昨天翁明水那句"我知道小杜在哪里"，不禁更困惑了：韦温雪精心藏着杜路瞒天过海了十年，翁明水又是怎么发现杜路的？

"宋大人，宋大人，黄指挥使传信给您！"

蓝衣小厮狂奔而入，打断了宋有杏的沉思。宋有杏接过信封一把撕开，纸上字迹匆忙潦草：

　　官兵在沿街盘查中，打听到了一家商户的消息，就在一个时辰前，一名头戴金步摇的年轻女子买了四匹马、一辆车，直接套上马驾车飞奔而去。商户回忆道，被买走的马三骊一骃，都套着黑辔，车身是柏木的，门帘窗帘都是朱红色。

宋有杏看完信后，气得浑身发抖，指尖泛白，几乎要撕碎信纸。

居然被这样摆了一道，刺秦前，荆轲逃了！

头戴金步摇的年轻女子……阴暗牢中，少女手拿步摇指向自己白皙的脖颈，长长的珠花颤一下，颤两下，折射的金光在牢墙上流溢……这场景在宋有杏眼前晃着，他近乎是咬着牙从喉咙深处念出这三个字："金、小、山——"

"怎么可能？"翁明水一目十行读完，眼中亦流露出诧异之色，"她怎么可能有这样的谋略？明明前日……"

明明前日，宋巡抚稍加威逼利诱，她就和盘托出了，不仅交代了杜路的下落，还直接把杜路送上门来，可以说是把韦温雪的底牌拱手交了出来任宋巡抚拿捏。若是没有金小山，宋有杏还要和韦温雪谈判好一会儿，更不敢轻易对韦温雪威胁下毒，是金小山把韦温雪精心谋划十年的好牌一把打烂。牢中，她还声泪质问宋巡抚为何不守约放人，真的蠢得让人哭笑不得。

可一个如此愚笨的人，竟在宋巡抚和杜路已达成协议，韦温雪的失败尘埃落定，大家定盟后即将出发的最后一刻，不声不响地消失，迅速买车，随后攻其不备，驾马折返，从宋巡抚眼皮子底下救出韦杜二人，飞奔逃亡……

如此绝地逃生的奇计，怎么可能是她那颗脑袋能想到的谋略？

"宋大人，我……我想起来了……"翁明水的声音有些发颤，"最开始在牢中的时候，韦温雪一直背对着我们，脸朝着墙壁躺在暗处，我们只听得见他的声音，除了背影什么都看不见。"

话落，宋巡抚的脑袋"嗡"的一声。

他也明白是怎么回事了：

那个时候，站在韦温雪身旁的，只有金小山。

韦温雪先是怒骂小山，默许小山自尽，那根抵在白脖子上的金步摇吸引了杜路、宋有杏和翁明水三人的全部注意力。之后杜路答应入蜀，众人的眼睛又落到了杜路身上，而韦温雪忽然言辞激烈开始大骂杜路，杜路回答解释，众人的注意力都在两人你来我往的口舌之争上，直到韦温雪忽地转身——那惊艳的仙人容貌，确实使众人愣了一刹。

但回过神来才发现，直到韦温雪坐起转身之前，众人只看到阴暗中躺着一个面对墙壁的背影，没人能看得清韦温雪在做什么。

除了金小山。

金小山就站在韦温雪身后，俯视着他和墙壁之间那一小方空间。

"如果，如果他的手指藏在暗处，在空中一笔一画地写字，就只有金小山知道写了什么，而我们什么都看不到，事后也不会有任何痕迹留下……"

宋巡抚听罢，叹了口气：

"就是韦温雪。是他交代金小山演了这出暗度陈仓，就在我们眼皮子底下。"

他顿了顿，又说：

"十几年前，长安人就给韦温雪起了个绰号，叫：笑面狐狸。我本以为是说他的口舌之能，现在看来，倒是条真狐狸。"

"是我低估他了。"翁明水也吁了口气，"我总觉得他是青楼老板温八，十年酒色消磨早已没了大志，我的眼睛总是落在声名显赫的杜路身上，忽略了一个中年落魄的无名之辈。可我本不该忘记的，他可是十三年前死去的无寒公子啊，长安韦家的二少爷。如果不是因为政变，他本该是个和杜路一样的绝代传奇。我本该时刻防着他的。"

"一位有着如此智谋城府的绝代公子，却一篇诗词都不敢再写，十三年来隐姓埋名躲在小楼里，于酒色中消磨青春。"宋有杏摇了摇头，面色愈白，"对付这样的人，怕是不太容易。昨夜是靠着你的情报，出其不意，才一举包围铜雀楼抓到杜路。但此刻二人戒心已生，扬州城又运河通南北，江淮连东西，即使有效封城，他们仍可沿水路逃往八方。说不定，他们已经上了某艘船。"

"不，韦温雪身上还有剧毒。"翁明水很自信于这一点，"宋大人不必担心，每一剂的谢桥散和它的解药都必须是同锅同材熬制，非同锅同材的解药均无效。韦温雪即使再聪明狡诈，也没法解毒，他们一定得回来找宋大人拿解药……等等！"

他忽然间僵住了，惊骇得瞪大了双眼。

"怎么了？"

"我忽然想起来，牢中……牢中韦温雪是不是打翻了解药瓶？"

宋有杏猛地一怔：韦温雪在暴怒中确实反手一把打翻了解药瓶。如果……如果暴怒是伪装，那么打翻解药瓶——

他慌忙地扒出怀中的解药瓶，一股脑全倒在桌上。

两人同时伸出手指，瞪大眼睛查数：一粒、两粒、三粒……

一共八粒。

瞬间，宋有杏瘫坐在椅上。

翁明水焦急地吼："怎么了？这瓶原本有多少？"

宋有杏面色苍白，眼神失去焦点，喃喃道：

"明明有十粒的。"

翁明水浑身发凉，他想起了一件糟糕的事情：韦温雪打翻解药瓶之后，到底拾起了几粒？

铺满茅草的阴暗牢房里，会有谁留心药丸的去向呢？

那两粒，恐怕不是丢了，是被躺在地上背对众人的韦温雪藏在身下，伺机吞食了。

一切的一切，被陷入牢笼且身中剧毒的他，在极短时间内就计划好了。

他在任何一刻都没有绝望，一直谋划着活下去。

宋有杏忽地打了个冷战，他已历任两朝，官场沉浮十余载，见惯了城府手段，可这样的韦温雪依然让他感到恐惧：

若不是当年的政变，这样一位家世显赫，容貌无双，多谋多智，坚韧异常的无寒公子，真不可想象会有怎样的成就。

说不定，宋有杏真的要给他写很长的列传。

"宋大人，必须马上派人严查水路。"翁明水打破了沉默，声音极低沉，"特别是泗口和瓜洲渡两处。"

宋有杏猛地回神，看着身旁青衫破旧的翁明水，竟渐渐安下心来，他意识到：

现在，是新朝了。

在时代命运的洪流里，再骄傲的贵族都终将落魄。

新世道里，他们如何挣扎，都逃不过庞大帝国的手掌。这便是旧贵们飞蛾扑火般的命运。

第十章

"我说，你快把我送回去，咱们逃不掉的。"狭小的车厢里，杜路又伸出手去，拍韦温雪的肩。

韦温雪不理他。

"你别连累小山呀。"见此路不通，杜路撩开窗帘，对正在驾马的金小山喊，"快把我这个罪犯送回去，别连累你家公子。"

小山也不理他。

杜路以为她没听见，又喊了两声。车夫打扮的金小山回头，压低声音恶狠狠地喊：

"滚回车厢里！安静！"

杜路无奈地笑了，放下窗帘，又锲而不舍地拍了拍韦温雪："你知道，这样是不行的，提心吊胆一日日，总有一天还会被抓到——"

韦温雪并不看他，冷笑道："我都提心吊胆十年了，还差这几日吗？"

杜路一时无话可说。归根到底，这次又是他在连累韦二，而韦二在藏他护他。

他盯着韦二，心想，他对他总是有愧。

"怎么了？"韦温雪注意到他的目光，转过来问他。

"没什么，好久没见你这张脸了，想多看看。"杜路轻轻叹了口气，"你也有些老了。"

韦温雪转回头，语气颇漫不经心："能不老吗？你都多大了，咱俩生辰只差一个月。"

"可看见你这张脸的时候，总还以为你二十多岁，总以为我在长安。"杜路伸了个懒腰，忽然笑了，"我明白了，其实是因为自从离开长安，自从二十多岁后，我就很少见到你这张脸了。"

倘若有人看见车厢里的韦温雪，还是很难将他和温八联系起来。温八有一张平淡清秀的脸，头发束成整齐的髻，总是搂着美人纵情歌酒，待人言笑从容，做事四平八稳，是个有些神秘但相当油滑的妓院老板。

此刻，韦温雪垂睫坐在车厢的阴影中，长发凌乱，似垂未垂到地板上，浑身是从牢中沾染的污痕，整个人却似乎散发着清冷的光，仿佛经历了一遭凡间狼狈的白衣仙人，带着一身红尘悬坐于幽蓝浮冰之河川，垂睫凝思，细碎星光于长河上浮沉。

是那张脸的缘故。

他的脸无法言说，华美而清雅，俊朗而端正，每一个凡间词语都略低一筹，因为仓颉造字时他还未诞生，凡人们不曾见过这样的美，又怎能描述？

这是一张不该属于凡间的脸。

杜路倒是早已看惯了，从九岁起就不再惊讶，只是时隔十年后乍一见到这张脸，忽然发觉韦二也老了。

十年的病榻昏沉中，他总以为韦二是不会老的。韦二永远是那样充满热情干劲，他经营起淮左最负盛名的青楼，与各路权贵交好，一切都能滴水不漏，打点妥当；他千金求药，到处奔波，一次失败就再试下一次，易容下的眼神永远明亮坚定，像个二十岁的有志青年，总有希望完成的目标。

可现在想来，韦二这十年来想完成的事，其实也只是让杜路活下去。

看这张脸，杜路恍然意识到：他都三十多岁了，却还陪自己奔波在流亡逃罪的路上，无亲无故，无妻无子。

他心中一酸，觉得实在对不住韦二。

其实宋有杳的提议很不错。他想，他并不好奇那个前梁小皇子为什么会被关在皇宫，又为何被挟持，也不想入蜀去救小皇子，但他想让韦二开始崭新的生活，回到阳光下，过正常的日子。

如果他答应宋有杏，赵琰便能赦免了韦二。

他早已不想活了，也不相信皇帝会赦免自己——一个成立"江湖联盟"为乱新朝三年的逆贼，天下得而诛之。但韦二没做错任何事，他不该被自己拖累，隐姓埋名，颠沛流离地逃亡一生，而是本来能娶妻生子，过安稳幸福的日子。

不过，若是自己死了，韦二这十年来一直坚持的事，就又没完成了。

可是，人生不该只有一个十年，他已经被自己拖累了太久，他有更多该做的事。

想着想着，耳旁忽然传来一阵人吵马嘶的喧杂，杜路挑开窗帘，一片温柔暮色映入车厢，冬日黄白的残阳为城楼拉出长长的灰影，鸟群盘旋归巢，影子在地上闪动，忽地蹿进城楼的另一边了。

人的影子却蹿不过去，紧巴巴地彼此贴着。

因为，巨大的城门正紧紧闭着，门缝抿成一根细线，透着金光。

一队官兵持刀守在城门前，三五个官兵站在城门上眺望，地上还有无数官兵把想要出城的百姓们团团围住，一个挨一个仔细询问搜查。人群叽叽喳喳地抱怨着，好事者伸长耳朵听八卦，三五一群聊得热火朝天。

杜路把右耳贴着小窗，也想听听他们在聊什么，刚听见"铜雀楼""老板窝藏罪犯"几个字，忽地一下左臂上传来剧痛，五根手指掐着他的左臂，把他拉了回来。

"你干吗？"

"闭嘴！"韦二将窗帘严丝合缝地拉好，车厢顿时暗了下来。

"你要逃哪里去？北城门已经被锁了，一会儿就查到我们了。"

韦温雪语气认真："出城门一路向北，至山阳乘船至泗口，沿淮河西行至颍口，由颍水再进入中原。"

"到中原再被发现了怎么办？"

"那就再走，去齐鲁或燕北。"韦温雪毫不犹豫，"再被发现，就一路向北，穿燕山到北漠，我们既然讨不了贼，不如亡而越境，到草原去牧羊放歌当野人，再也不受这气了。"

杜路想象着韦二披着兽皮骑马的样子，想笑，又笑不出来。

这还是从前那个不愿出长安城的韦温雪吗？那个矜贵的、诗名天下的、千金买酒的无寒公子，下半辈子要带着一个废人，在草原大口吃羊肉？

"你不用担心，北城门不会锁太久。"韦温雪说，"我刚刚命令小山买了一辆驷马车，那辆车上坐了和我们身形相仿的二男一女。小山嘱咐商家，一旦有官兵出没，就把马车的具体信息全部呈报上去。那辆车挂满显眼的红帘，正在往瓜洲渡跑，半路肯定会被拦下。"

宋巡抚拿到的情报，只不过是又一出声东击西罢了。

杜路叹了口气："你前天傍晚看见翁明水走到楼前，就猜到怎么回事了，是吗？"

韦温雪刚欲说话，窗外又传来一片嘈杂："城门开了！""快走吧，一会儿天黑又锁上了！""逃犯的马车被抓到了……"

车外，小山轻吁一口气，擦了擦满额汗珠，握紧缰绳，粗声对车厢内喊："公子坐好，起马了。"

天色越来越昏暗，她驾马跟在拥挤人群里，一小步一小步"哒哒"向前挪。万幸，她赶在天黑前走到了城门处，掏出韦温雪早已备好的过所文书，递给城门兵。城门兵接过文书，对着微弱的阳光检查。

车厢内，杜路喉结一颤。

瞬间，韦温雪倾身，一手卡住杜路的脖子，另一只手紧紧捂住他的嘴，臂上青筋暴起。

第二卷

旧贵

『或许，我对他有一点……

物伤其类。』

第十一章

高个的红缨城门兵盘问着小山，背后矮个的城门兵对着夕阳，翻来覆去看着文书。

"逃亡那辆马车是驷马，这辆是骈马。"高个兵对矮个兵说，"不是他们。"

细查了几遍之后，矮个城门兵挥手，示意通过。

"哒哒""哒哒"，一小步一小步，混在人群里，马车走过了城楼，走出了城门。

人群四散，道路一下子宽敞起来。

小山按捺住鞭马狂奔赶紧逃跑的冲动，稳坐在车前，驾马微微加速，不急不慢地前行。

走出一段距离之后，韦温雪从后窗瞥见身后城门缓缓合闭，这才松开杜路。杜路狼狈地咳嗽，心中颇为无奈，他确实本想在过城门时大声嚷叫以暴露身份，但不料韦二再次棋高一着。

他想，韦二的心肯定像马蜂窝一样，密密麻麻都是窍，否则怎么什么都猜得到？如果比干真是七窍玲珑心，那韦二就是千窍万窍冻豆腐心。

韦温雪冷脸递给杜路一壶水，杜路喝了几口水，又开始说那些劝他回去的话，他不理，靠着软垫闭上眼，假装睡了。

杜路在他耳旁轻轻叹了口气：

"你这人啊，什么都好，就是太偏执。"

车厢外，天幕已变成一种冰凉的深蓝色，小山搓着手哈了口热气，抓起缰绳加快马步，前方尽头就是岔路口了，等一进小路就驾马狂奔，天亮之前就能跑到山阳坐上船，一入水路，可就不好查了。

她这样想着，迎面忽然传来一声连绵的巨响，尖锐而撕裂，所有行人不由得捂上了耳朵，小山正双手握绳，耳朵结结实实受了一下，刺得生疼。

这是……野兽的嚎叫声？

那声音痛苦而疯狂，愈来愈大，愈来愈响，仿佛要把天地劈成两半。

小山的侧额开始发疼，那声音像是锯着她的一根根神经。拉车的两匹马忽地停下，震得小山东倒西歪，它们变得胆怯难驯，无论怎么鞭打，都再也不肯向前一步。

小山想骂人，还未出口，忽然听见了地动山摇的"砰砰砰砰"声，那声音频率极快，震得地面在狂颤。有人高喊"地震来了！"，行人们纷纷抱头蹲下。

这时，车厢内传来杜路的声音：

"是马。"

什么马？小山还未反应过来，忽地前方蹿来一个幽灵般的白色身影，嘶吼声中风驰电掣地前进。小山定睛一看，白色鬼影身下正是一头高大的巨兽，一边甩头狂啸，一边"砰砰砰砰"撒腿狂奔，以非人的速度炮弹般向前冲刺，嘶声与蹄声山摇地动，掀起疾风阵阵。

"借过！"白色鬼影冲人们大声喊，竟是个少年的声音。

话音未落，少年便已蹿至眼前，众人慌忙避出一条路来，小山这才看清，那嘶吼的巨兽竟是一匹高大的黑马，双目流血，铁掌磨断，却不知疼也不知累地疯狂加速。

那白衣少年更奇，坐在此等追风逐日的烈马之上，他既不握绳操鞭，也不肯伏身马背，竟直愣愣地抱臂稳坐着，一条环腰白练和漆黑发丝一起，在夜风中飘扬。

"小哥，别跑了！"前面的菜农喊道，"城门封了，进不去。"

少年淡漠地看了他一眼，充耳不闻，继续策马狂奔。

一刹之间，他已越过金小山的马车，向着紧闭的扬州北城门奔去。

交汇的一刹，马嘶如雷，小山终于受不了放开了缰绳，紧紧捂住双耳。车前两马低头发颤，一动不动。

终于，大马跑远了，嘶声与砰砰声渐小。

小山握起缰绳，两匹马却仍半步不肯动，固执地停在原地，任她执鞭催马也无济于事。

就在这时，人群传来一阵惊呼。

小山还来不及回头，耳后便传来冰凉的声音：

"你这车里的，是什么人？"

她转过头，吓得身子一软——那白衣少年竟然站立在马车顶上，手中提着银白长剑，居高临下地指向她的脖颈。

少年身后，嘶吼的大马仍在冲城门飞奔，已奔出半里之远，鞍上却空无一人。

人群仍在议论纷纷：刚刚，他们亲眼看见疯马经过金小山的马车后，已跑出数丈远，忽然，白衣少年起身，单脚一点马背，瞬间脱马而去，整个人如一只轻盈白鸟，在夜空中翩飞，翻身一跃便落到了马车顶上，腰间亮光一甩，长剑就指到马童脑袋上。

小山努力撑住自己，粗声恶狠狠地说：

"你又是什么人！别惊扰我家公子！"

少年不语，单指一弹长剑，瞬间化为六尺白练，团团缠上小山的手腕，将她的手臂整个提了起来，吊着她的五指给众人看。

霎时，人群发出吃惊的叫声：

那是一只白嫩的手，五指纤细，小拇指长长的指甲上还染着蔻丹。

"哪个马童，会长着一双没有茧子的手？"少年腕上一扭，金小山整个人被掀翻马下，幅巾散落，露出一头如云的长发。

他在训练营那种虎豹横行的地方长大，时刻都保持着敏锐观察四周的本能，任何细枝末节都在无意识中进入脑海。刚刚他与这马童擦身而过，余光瞥见马童双手捂耳，走出十丈后忽地反应过来不对劲。

这里离扬州实在太近，他不由得警惕起来。

此刻，白衣少年由车顶跳到车前，对着帘布喊道：

"这车里的，到底是什么人！"

无人回答，他便一手持剑，一手掀开了车帘……

深夜，御书房内。

皇帝头痛愈来愈烈，强打着精神，批阅塞北传来的一沓沓军情奏折。

求和的使臣们已在路上。最后几天了，却仍是一场又一场的失败、不敌、伤亡……废物，真是废物。

赵琰手脚冰凉，扶着滚烫的额头，一页页朱笔小楷批注着，神情越来越暴躁，又生生压抑下情绪。

算了，这些庸人武将。他闭上眼：对他们宽容一点。

他又想起了前夜暗卫的话：只派白羽一个小孩，怎么可能找得到杜路？

当初，他一意孤行，将"天下第一侍卫"的名头赐给了白羽。众臣上书阻拦，说白羽年龄太小，恐引起天下不满。他笑而嗤之，让人挑起那一摞奏章扔进湖里。

年龄？他从不认为这是问题，因为他相信天才。

庸人之所以不满，是因为他们没见过真正的天才，他们觉得所有人都该和他们一起皓首穷经。

而他，见过真正的天才。

杜路像一个魔咒，刻在他十二岁之后的全部生命里。他曾亲手折断了杜路的生命，之后却又疯狂地寻找第二个像他那样的人。

白羽是这些年他找到的，最接近"他"的人。

赵琰不由得开始想象，想象白羽和杜路最终厮杀的结局，他丝毫不怀疑白羽的能力，但杜路……

那是个真正的天才。

那是个带着光的人。

多年后，杜路仍会想起他第一次遇见白羽的那个夜晚，昏暗车厢内的帘布被猛地掀开，光冲进来的一刻，一个洁净的少年迎面站着，白衫垂落。那夜没有月亮，但有无数巨大漆黑的鸦鹊展翼在广阔冰蓝的天幕上翱翔。白衣少年逆光站着，身后鸦鹊翔飞，天幕冰蓝。

少年洁净的脸上没有一丝情绪，像是一抔清澈的浅湖水，谁都能一眼望到底。或许是背光的缘故，他的瞳子又黑又圆，认真地盯着车里两个男人，像是一只打量人的猫。

"我想，你可能是韦温雪。"他的眼珠别过容颜绝世的男人，转向一旁的杜路，有些困惑地皱眉，"但是，你是谁呢？"

后来，白羽回忆那个扬州城郊的冬夜，当他掀开帘幕时，先看见了一个白衣男人，气质清绝，长发似垂未垂到地板，迎着光微仰着头，那面容气度，令人恍然惊觉人间真有谪仙。

愣了一下，白羽意识到此人大概就是无寒公子韦温雪。接着，他看见厢内还有一个黑衣男人，男人浑身裹着厚厚的棉服裘衣，却依然难掩消瘦，细得瘦削的手腕垂下，病弱地靠在软座上，看上去很是落魄。

忽然，那黑衣男人看着他。

"白羽你好。"那人忍不住笑了，牙齿亮晶晶的，"真巧遇见你。"

他的笑容发自真心，眉宇间隐约有些昔日英俊的痕迹。而他身旁韦温雪的脸色越来越差，目光冰冷。

白羽微微皱眉："你怎么知道我是白羽？"

"因为我认识这把剑。"杜路望着他手中的白羽剑，目光变得很柔和，"这是当年陈家最好的三把剑之一，我也试过它，但我更喜欢青木。"杜路看着白衣少年，又说，"你很适合它。"

"那你笑什么？"

"我很开心。我本以为，赵燕的近亲侍卫是个狗头鼠脑的恶人，没想到是你这样清爽干净的少年。"杜路说，"他能派你来杀我，我很开心。"

他的生命能终结在这样一个洁净的少年手上，他确实很开心。

他也如释重负，有些庆幸少年拦下了马车，韦二终于不用为了救他而冒死逃亡了。

"所以，你是杜路吗？"白羽的眉头皱得更深，目光困惑，喃喃道，"那可是小杜啊。"

黑衣男人带着淡淡的笑意垂下头："你觉得我像吗？"

白羽直接摇头："不像，你太狼狈了。"

"那还不放我们走？"

白羽想了想，又摇头。

男人哂然，心想这少年呆头呆脑真是好玩，正要开口再逗少年两句，却见白羽一指弹剑，数丈白练瞬间冲向了他和韦温雪，将他俩五花大绑起来。

"我先带你们去找宋巡抚问问。"白羽说，一手提着白练，另一手扬鞭掉头，两匹马恍然受惊，猛地掉头向南，冲着城门撒蹄狂奔起来。

这下，杜路笑不出来了，他和韦温雪被绑住四肢在车厢里左颠右晃，额头撞到车壁上就是一个大包。

颠簸中，韦温雪仍抿嘴一言不发，杜路忍不住问：

"你平时伶牙俐嘴的，怎么刚刚对着这个小哥，一句话都不说？"

韦温雪脸色很差：

"我说杜将军，你知不知道他是怎么成为近亲侍卫的？"

"不知道。"

"他是从训练营走出来的。十年前，三千个少年被关进了训练营，九年后只有一个人活着走了出来。"韦温雪皱眉，"喏，就是你那清爽干净的小哥，他杀了其他所有人，成了赵琰的近亲侍卫。"

韦温雪看着一脸震惊的杜路，叹了口气，语气格外沉闷：

"他是个真狠角儿，管好你这张破嘴，别瞎逗他。"

杜路张着嘴发愣，直到又一阵摇晃磕了脑门，才闭上了嘴巴。

第十二章

是夜，当宋巡抚气得浑身发颤，低伏在地面容陌生的两男一女满脸惊惶迷茫，翁明水对着他们连声询问之际，一位白衣少年驾着骈马车一路冲撞，风风火火闯进了宋府。

"江东巡抚宋有杏！"他亮出腰间玉牌，大声喊道，"速来接旨！"

一片慌乱中，丫鬟小厮们一个接一个下饺子似的跑进院里，跪得满地都是。宋有杏随后出来，整冠跪拜：

"微臣听令。"

"我乃圣上近亲侍卫白羽，传慈圣口谕：钦赐璲以重事权，以玉为信，见瑞则速移杜贼于侍卫羽，钦此。"

宋有杏跪在冰凉的地上，听见"白羽"的名字，心中叫苦不迭：他本以为长安到扬州路途遥遥，自己还有几天时间寻找补救。万万没想到杜路前脚刚逃，白侍卫后脚就到了！

他赶紧连连磕头，惶恐解释："微臣奉职无能，还请圣上赐罪！韦家余孽胆大包天，携乱贼杜路畏罪潜逃，微臣已调兵锁城——"

他被白羽冷冷地打断：

"你先接旨。"

宋巡抚愣了一下，抬眼看见少年玻璃珠般的毫无感情的眼睛，打了个冷战，俯首道："微臣领旨谢恩！"

他俯身长跪着，不敢抬头："但是，韦杜二贼已逃，微臣此刻无法将杜贼移交，急需白侍卫一同寻找——"

他再次被白羽打断："你先起来，去看看我身后的车厢。"

宋有杏惴惴不安地抬头，这才看见马车前少年一手持鞭，另一手握拳攥着绕腕的白练，长长的白练绷直了一直通进车厢内，帘布还在晃动，看不见车内。

宋有杏踉跄起身，低头走到车厢前，掀开帘布，瞬间发出一声惊呼：

车厢内一左一右坐着两个五花大绑的"白茧"——两人从头到脚被一层一层缠绕，双臂都缠进白练里动弹不得，唯露出两张脸，正是先前逃跑的韦温雪和杜路！

左边的韦温雪冷脸和宋有杏对视，右边的杜路则露出一个尴尬的笑容：

"又是宋巡抚啊，幸会幸会。"

宋有杏如释重负，对白羽深深行礼："此等重恩，多谢白侍卫！"

"不必。"少年说，"这车中二人，你可认得？"

"正是杜路和韦温雪！"宋有杏提袖擦满头汗水，不禁喜形于色，"白侍卫您在哪里抓到了这两个乱贼？"

"扬州北城门外。他们坐着一辆骈马车向北走，马童却双手白嫩无茧，我一时疑心掀开了车帘，见车中人如此天下无双的容貌，便猜想是传说中的无寒公子韦温雪。"

宋有杏拍手称奇，眼睛发亮："妙哉，妙哉！如此奇事，我今晚就要写下来。多亏白侍卫机敏，那韦温雪是条真狐狸，他竟还买了一辆骈马车，往南边瓜洲渡走，上面也坐了两男一女，官兵竟又中了他的计，把南城门的假马车拦下，北城门的真马车放走了。"

白侍卫摇手，"只是巧了，我从长安来扬州也是走北城门，撞上了而已。"

"白侍卫您一路车马劳顿，委实辛苦。来人，快服侍白侍卫下马，微臣这就给您接风！"

"不必。"白羽摆手，"我带着杜路，现在就出发。"

宋巡抚吓了一跳："现在就出发？您准备怎么去四川？"

"绑着杜路去。杜路坐车里，我驾着车，用苗药催马，疯马每个时辰可狂奔一百七十里地，虽然疯跑三个时辰就会过劳死，但一日一夜也只需要换四次马，就能走上两千里路。这样走上四五日就能到四川。"

宋巡抚闻言连忙摆手："不可，不可。白侍卫您从京城来扬州，官道畅达，十里一亭，三十里一驿，方可即时换马，日夜行千里。但是，扬州到四川不比平原，一路上山水险阻，陆路难行而驿站不齐。按您这样的驭马法，一旦上路就会出现马匹不济，根本做不到日行千里。"

白羽皱眉：的确，在水网密布和崇山峻岭之中，极容易出现未到驿站就已跑死马的情况，到时候怎么办，难道要自己拖着杜路步行？

时间根本不可控。

"那宋巡抚以为如何是好？"

"走水路。"

"水路？如此寒冬腊月，逆风逆水，只怕……"

"白侍卫可曾听说过淮盐？"

"淮盐？"少年眼神困惑，"我知道扬州有海盐之饶，可这与我入蜀有什么关系？"

"自古煮海之利，重于东南，而两淮为最。但是，白侍卫您可能不知道，这盐每年具体能产多少。"宋巡抚不紧不慢地说，"两淮岁办盐课一万万斤，勤灶余盐两千万斤，独占四岸，分占苏豫，半供天下之用。淮盐如此体量，南方又马匹不足，若仅由陆路肩挑背负，还如何行销？"

白羽行礼："还请宋大人明示。"

宋巡抚含笑："何以为江东都会：海盐之饶，章山之铜，三江五湖之利。这江湖之利，尤胜马力，每年淮盐沿长江西运，仅到夏口就有八千万斤之多。"

"宋大人是说，从扬州到夏口水路常年西行畅通，不用担心？"白羽的目光还有些犹豫，"但这寒冬腊月——"

宋巡抚摆手："白侍卫有所不知，淮南煎盐而淮北晒盐，一边是烟火三百里，灶煎满天星；另一边春秋各扒盐一次，动辄数万盐工。因此这淮盐西运冬夏皆有。冬天时，盐船西行不绝，长江非但不结冰，反而变湍急为平缓，水阻更小。"

看着白羽还有些犹豫的神色，宋巡抚又说："最重要的是，水路的时间可知可控。这么多年来冬季商船西行，从扬州到荆州，快则十五日，慢则三十日。我已为您备好大船桨手，日夜不停，七天八夜则至荆州。而后换小船拉纤入夔州，五天五夜则行至渝州；而后由沱江北上，即走中水，两日两夜而至益州。"他对白羽比画着手势，"如此一来，十四日内即可入蜀。"

"十四日？"少年皱了皱眉。

"微臣知道，水路不算快，但这是最稳妥的办法。"宋巡抚柔声劝说，"走陆路或许会更快，但意外太多，时间更不可控，万一马死半途可如何是好？相反，按这条水路，十四日内一定能到。"

少年沉默了。诚然，宋巡抚的路线最稳妥。可现在就剩下十七天，路上花上十四天，可就只剩下三天了。

三天里，他要在茫茫四川找到交接人，救出张蝶城，杀了杜路，带张蝶城和杜路人头回长安，三天啊！

他恨不得自己现在就变成只大鸟，叼着杜路飞到四川去。

可若是走陆路，扬州到四川五千余里山险水恶，寻常的跑马方式一个月未必能跑到，就算是按他那种三个时辰就换马的方法，万一马死半路困在深山里，他带着杜路十七日是走也走不到四川。

思考了半晌，他再次抱拳：

"多谢宋大人备船，烦请宋大人带路到渡口，我们今夜就乘船出发！"

夜半，瓜洲渡。

寒水上漆黑寂静，叶影在幽暗的江面上浮如鬼手，疏木向高远的夜空伸展，仿佛要去扒开幽暗浑厚的天空，把月亮扒出来。

唯有一艘灯火红亮的大船，浮于昏天黑水之间。

寒风打叶，满船灯火摇，一团团红光晕，水中的倒影在晃。

韦温雪沉默了一路，此刻挑开窗帘望着水中红亮的大船，不知在想什么，黑色眼眸里也映着一小团一小团红光晕，轻轻晃。

杜路也破天荒地沉默了一路。马车越来越慢，颠簸的车厢内，他垂下眼，低声说：

"韦二，你别难过。"

韦温雪仍侧身望着窗外，冰凉的发丝垂在面上，语气很平静："我不难过。我都耽误你十年了，不能再耽误你寻死了。"

杜路听得心里难受："别这么说，你是我唯一的朋友了。"

"我不是你朋友。"韦温雪望着窗外，声音越来越轻，"我只是想做成一件事都不得的人，是个连一件事都做不成的人。"

杜路低头坐着："你就当我死了吧。你还有更多该做的事。"

韦温雪对着窗户，说："在扬州娶妻生孩子，开青楼卖皮肉过一辈子？我还得年年带着孩子去给你上坟，感谢你今天牺牲自己赦免我的大恩情。"

杜路吁了口气：他的心里事，韦二什么都知道。

但他只是说："不是为了赦你，是我自己想去救人。"

"救人，你看看自己这副德行，再想想你那满天下的仇家：北漠、四川、江南、苗寨、西蜀武林、满朝君臣……我想你身死异地的时候，也不会有人通知我你死在哪一日。算了，就当你今日死了吧。去吧，你快去救人吧。"

杜路的头垂得更低了："我只有你一个能托付身后事的人，有三条嘱咐，你帮我记住吧。"

韦温雪不答，杜路自顾自说道：

"第一，从今天起，我们就是陌生人。你是扬州城的老板温八，我是长安城的乱贼杜路，一生从不相识。入蜀之后，小杜会在青史上身败名裂、遗臭万年，不能脏了你。

"第二，我大概会死在蜀地，死了化泥就好。不要寻我，不要立墓，不要连累任何一块无辜白铁。无论谁杀死我，都不要寻仇。

"第三，你生性爱豪奢，虽理财有道，但前途莫测，还是节省些好。我身上所有东西都是你买的，没什么能留给你。但若有一日你再履落魄，可以去洛阳城白马寺走一遭。"

韦二仍盯着窗外，只留给杜路一个长发散落的背影，沉默不语。杜路顿了顿，又开口：

"你总嫌我啰唆，我便再说一句，如果你觉得有道理就听，觉得没道理就当耳旁风吧。我知道你生来讨人喜欢，身边从不缺女人，从十六岁起就一身风流债。但……还是娶个平常人家的好女孩，早点安稳的好。"

他盯着韦二的背影，心想：

抱歉，你的余生再也没有我这个旧友了。

请你离我远一些吧。

安全地活着。

"遗嘱都想好了，你很确定自己回不来，是吗？"沉默了一会儿，韦温雪盯着窗外说，"你这么急着上路，真像十年前跳火自杀的那一次。十年了，你还是想死，你活不下去，我熬尽心血为你求医问药，也丝毫改变不了你，你只是不想活。"

"没有，我——"

"让我说完！我他妈根本不在乎你死不死，你死了我不会流一滴泪！"他的背影在发颤，"可你最好活着，因为只有你和我从小一起长大，看着你，我才知道过去那些日子不是假的！那时我们住在长安城南，鲜花着锦，门庭满客，我爷爷是宰相，你爷爷是将军，所有人喊我韦二少爷……现在良朝没了，长安没了，熟悉的人都死光了，'温老板，温老板'，我每天听他们喊，钻研着哪个姑娘能卖多少钱，变成一脸油光的男老鸨。只有看见你的时候，我才记起来，我是长安韦家的孩子！我……本来是个贵族啊。

"如果连你也死了，从前那个韦二少爷，便真的死了，因为再也没有人记得他了。

"所以，你最好活着回来。"

杜路垂着头，心窝里仿佛有一团又湿又乱的水草塞住了，张嘴好几次，却如鲠在喉，说不出一个"好"字。

韦温雪仍盯着江面，黑色眼眸里红船的影子越来越大。

哒哒的马蹄，停了下来。

翁明水撩开厢帘，扶杜路下车，沉默中，韦温雪仍盯着窗外，低声说：

"滚吧，我不送你。"

杜路微微一愣，却仍是说不出话。

翁明水推着杜路，与白羽、宋有杏等一行人向渡口大船走去。韦温雪转回头，独坐在幽暗车厢里，不再看窗外一眼。

杜路回头，只见天幕昏黑，树林的冷影呼啦啦地摇动，唯有马车里亮着一盏明灯。小窗里，韦二望着灯檠，垂睫沉思，不知在想些什么。灯火的光影明灭不定，他的面部线条倒有些柔和了。

他久久不动，直直盯着灯檠，像个失了心的木人。

直到白羽和杜路登上那艘灯火通明的大船，他都不肯转头再看杜路一眼。

巨锚解开了。吱呀呀，吱呀呀，纤夫喊着号子，大船缓缓离开了浅滩。三十名青壮年操着大桨巨橹，整齐划船，漆黑的江水中，红亮的大船越来越快，劈开白浪前行。

杜路被白羽推入温暖明亮的舱内，这里虽然狭小，却布置得温馨舒适。但他无心欣赏，只是疲倦入骨，在颠簸中有些恍惚。

船开出很远了，杜路忽然意识到：

刚才那一眼，应该是他见韦温雪的最后一面了。

他回想刚刚那一幕，想记住韦温雪的样子，可脑海里只有一个对着灯檠的模糊侧影，长发凌乱地垂落。

他想，也不知道韦温雪老了是什么样，像个白发老仙人吗？也好，他们盛年永别，不用看彼此的老年狼狈。

"你该睡了。"一直沉默的白衣少年，已经躬身帮他铺好了卧枕，铺得很细致平整，"需要我帮你脱衣吗？"

"好，今天穿太多了，不好脱。"

白羽身形一僵，随后走上前去，细长的手指帮他解开一件件袭衣棉袄，把周身臃肿卸了下来。

杜路配合地展开双臂，说："麻烦小哥了。"

很快，少年发现，这男人瘦削得异常，肩胛骨如高高的鸟翼，隔着棉袄也硌着他的手指。单衣下，后背轮廓清晰，腰身尤薄。他生得身材高大，此般消瘦让人不由得可惜。

"怎么瘦成这样？"少年抓过杜路的手腕，搭脉。

杜路看着面前猫儿般的少年，被逗笑了："小哥，你有几斤重？还好意思说我？"

白侍卫不理他，皱眉道："怎么亏弱成这样？倒是有人精心给你调着气血，续命到现在。"

杜路一怔，又想起花影床榻间韦二模糊的身影，叹息着为他披被。

"现在怎么办，你能坚持到四川吗？"

白羽之前收到的情报不全，今夜看到杜路被翁明水推着走，才反应过来一代名将小杜竟积病到不能站立。此刻，他发现杜路体内经脉半断，经受过此等大伤，早就命不久矣。倒是有人费心思帮他调养，但终只能是吊着命，撑了十年，此刻已到了油尽灯枯之时。

白羽目前的情况格外难办，他之前担心着，如何一路看好杜路，防他逃走，又如何在营救成功后杀死杜路。此刻，他才意识到，这两个担心根本不成立，最大的问题是：如何让杜路活着到达四川。

今年真是奇了怪了。白羽想，皇帝身上的同根蛊今年满十年，随时会被殃及丧命；而杜路十年前跳火假死，也恰好在今年陷入此等体衰力竭、朝不保夕的境地。

话又说回来，他如此亏弱的身体能撑过十年已是奇迹，现在每多活一天都是老天赏脸，纵是华佗再世也回天乏术了。

"当然。"杜路打了个哈欠，看着少年格外严肃的脸，不由得又被逗笑了，"小哥，你在瞎想什么？你脸色那么差，倒像是我得了绝症似的。"

白羽看着杜路嬉笑的脸，心中十分诧异：他不知道自己身体的情况吗？

十年来帮他调养的人是谁？难道没有告诉他，他已油尽灯枯、大限将至了吗？

白羽正要仔细询问杜路，舱门外忽然传来敲门声。

白羽怕杜路着凉，先把他扶到床上盖好被子，然后才去开门。门外站着几个灰衣小厮，挑着担提着箱，为首那位道：

"侍卫大人，这些是宋大人备好的上路的行李盘缠，小的们给您放屋里去吧。"

话罢，几个人提着东西就要进门。

"慢着。"白羽玻璃般冰凉的眼神止住了小厮们，"都开箱，我要检查。"

为首那位讪讪笑了："好好，给侍卫大人开箱检查，都是宋大人的一片心意……"

白羽不论人情，平时所有到皇帝手上的物件都要经他检查。永远不要相信别人送的东西，训练营如此，皇宫如此。

一包银锭交子，一包碎银铜钱，两箱冬衣，两箱锦枕棉衾，十壶酒，火炉火盆若干，连路上打发无聊的话本传奇都准备了一捆。白羽一边检查，一边感慨宋大人前夜才抓到杜路，两日之内意外频发，百忙中却安排好大船和行李，真是心细有谋。

只剩最后一个不起眼的蓝花布包，白羽打开后，脸色一变：

"这是什么？"

布包里，竟是一袋又一袋的药材，码得很整齐，旁边放着紫砂锅碗，还有一个正正方方的银盒。

白羽拿起手掌大小的银盒，取下银盖子，映入眼帘的是几页叠好的信纸，待把信纸拿起来，就看见盒底放着几十粒药丸。

白羽展开信纸，发现四页纸上密密麻麻，写着药方，煎药时间、火候，用什么水煎药，不宜与药同吃的相克食物，不同病情下如何调整用量……事无巨细，交代得极清晰。还特别说，如果路上来不及煎药或者病情严重，就让杜路吃药丸，能吊着一口气。

最后一页还写道，别告诉杜路他的真实病情，杜路一直想寻死，若是知道真相，怕是再也不会吃一口药了。

"是临上船时，一位仙人模样的公子交代小人的。这包药放在那辆骈车的车厢里，公子交代小人拿出来，一定要带到船上交给侍卫大人。"最后一位小厮满脸麻子，眼睛四处乱瞟，"哦，对了，那公子特意嘱咐说，让侍卫大人看着点杜路，千万别让他喝酒。"

白羽还未来得及说什么，只听房中杜路翻身叹道："韦二啊韦二，你管得可真多。"

他裹在棉被中，心想，那包药定是逃跑时韦二放在车里的。那般冒罪亡命的时刻，韦二还是嘱咐小山带上他的药。

他眼前又浮现出离别的一幕，小窗里韦二侧身坐着，盯着油灯，明灭光影中不肯转一下头。而他被翁明水推着，一路转着身望向韦二，远处马车小窗里的韦二越来越小，越来越模糊。

直到他被推上船，韦二都不肯回头，再看他一眼。

笔下写什么灞桥折柳月下送友的文辞，都是假的，韦二才不送他，韦二连看都不看他一眼。

韦二只是把药包交给了别人，交代别人看好他，别让他喝酒。

他疲倦地闭上眼，缩在棉被里，胸中似有一种温热的水流在涌动，眉间却染上哀愁。

白羽挥手让小厮将药包好放进屋内，握着那四页纸，也有些失神。

上面一手正楷，写得风神清雅，停匀合度，让人见字则想起那清绝端庄的公子，仙人模样，还有副仙人心肠。

白羽已经猜到了，十年来给杜路求医问药的正是无寒公子韦温雪，可这件事有点超出他的理解能力。朋友而已，他却冒死庇护杜路十年，在身陷囹圄的一刻想的还是让朋友活下去，冒天下之大不韪带着杜路再次逃亡。此言此行，倒像是个《春秋左氏传》里记录的古人，世间真的有这样舍身忘我的友情吗？

白羽很困惑，隐约觉得哪里不对，又想不出来。

屋内传来绵长的呼吸声，白羽回头，却见棉被里杜路已经睡着了。

白羽将这四页纸贴身藏好，又搬了个马扎，坐在杜路床前，听得脚下击水声不断，船身一阵一阵极有规律地摇晃。他有些好奇，从来没上过这么大的船，可又不能丢下杜路乱逛。他支着脑袋，渐渐有些困了，可又不敢睡。

子时过半，他隐隐听见了甲板上的更声，翻开口袋夹出一粒红药丸，吞下。数了数，还剩十六粒。

"阿母，船上那个人……那个人……"

船舱的底层伙房内，传来凌乱急促的脚步声，满面麻子的灰衣青年越过杂物和菜堆，踉踉跄跄跑来，喘着粗气："那个人是杜路！杜路没死！"

闻言，灶台前掌着大铁勺的矮小妇女缓缓回头，灰暗的眼睛像木雕的一样，呆滞地翻了过来，声音和面容一样饱含寒霜：

"哪个杜路？"

"将军小杜！十一年前带兵掳了我爹爹，我们找了他那么多年，后来大家都说他跳火自杀了，可他是装死，一个欺世盗名、贪生怕死之徒！"

两行清澈的眼泪，滑过妇人苍黄憔悴的脸。

她那双灰暗的眼里却有了亮光："带我去看！"她顾不得擦泪，松开铁勺，一把攥住青年的手，"我要亲眼去看他是不是杜路！"

"阿母，他还带了个侍卫，已经睡下了，现在看会打草惊蛇。"青年展袖为她擦泪，"明天你好好做饭，我带你去看。"

"阿夏阿九他们呢？他们知不知道杜路没死？"

"他们今晚都在划船，还不知道杜路在船上。"

"小宝，你快去告诉他们——"

"阿母！你别慌，这艘船可是宋巡抚安排的，船长直接听令于宋大人。我们无论做什么，都必须小心行事，千万不能被宋大人发现啊。"

第十三章

"泗水流，汴水流，流到瓜洲古渡头，吴山点点愁！"

曚昽中，传来孩子们清脆的歌声，他们蹦着，跳着，叫着，笑着……

白羽蓦地惊醒。

他环顾昏暗低矮的舱室，目光落在沉睡的男人的侧脸上，半天才反应过来，自己还在船上。

昨夜，他竟坐在小马扎上睡着了。

他有些懊恼，觉得实在失职。可实际上，他三天来车马劳顿，哪有不倦的道理。

晃晃荡荡中，白羽从马扎上站起身，浑身酸疼。他拉开木门，让孩子们别吵，赶他们去甲板上玩。

木梯上方透着光，白羽仰头，天色苍青微明，一抹鱼肚白横亘天幕，冬天清晨冷冽的气息混杂着水汽，让人吸一口便凉彻心扉。

他退回房内，添油点火，昨夜不知何时燃尽的灯又发出豆粒大的亮光。他在马扎上坐下，捧着脸，百无聊赖中，盯着沉睡的杜路，渐渐发起呆来。

他在想童年的事。

那时父母还活着，姐姐会用香软的手绢为他擦汗，二哥会带着他去山里偷鸟蛋，他还没被送进嗜血炼狱般的训练营，没有杀过人，没有仇恨，只是个普通的、有点傻气，但很快乐的小孩。

直到杜路起兵，讨伐新皇赵琰。

其实，白羽对皇帝撒谎了，他记得很多当年的事。

哪怕当时他只是个六七岁的小孩，可在那样变幻莫测的时代风云中，天下每个人都意气激厉，陈词慷慨。那是一场前朝大将与窃国新皇的战争，正统与天命，道义与利益，遗士与贰臣，许诺与投机，旧贵与新权……一切咆哮而下冲荡人间，每个草芥平民都被迫站队，而他的父母，站错了。

那时，他的世界太小，父母告诉年幼的孩子们，杜路，那个意气风发军功赫赫的青年将军，是守护正统的大英雄，是正义的一方。而赵琰是贼，是窃国大盗，是叛亲背主的卑劣者。他们教孩子相信，正义必将战胜邪恶，天下不能落到贼的手里。

那时，杜路奔走江湖，联络天下有识之士，成立江湖联盟。武林侠客云集，荆州旧部响应，揭竿而起，讨檄赵贼。热血偾张的时代里，分不清投机者和正义者的面容，只有无数响亮嘈杂的游说，每个人都说，去战斗，去讨贼，去亲手书写历史，天命未定，人事可尽。

可最后，英雄陨落了，贼登上了皇位。

现在，所有人都说，赵琰胜利是必然的，那时良朝国祚已衰，天命转移。赵琰是有德君主，天命归于有德者，因而大定天命当兴，而那场战争是杜路在造乱为祸大定。不仅他们这么说，史书上也这么写。没有人敢再提起杜路，更没有人说他是英雄了，当人们不得不提起杜路时，就说他是"祸寇"，是"乱贼"。

英雄又成了贼。

白羽一直很困惑，他那时年龄太小，对父母口中的"杜将军"深信不疑，他后来年龄大了些，听其他人说"杜贼"觉得也有道理。他终是分不清，杜路到底是英雄还是贼了。

此刻，昏暗的舱室内，微弱的火光在杜路脸上跳动，衬得他温和、衰弱又疲惫。原来，说书人口中传奇闪亮的"风流兵书，公子小杜"，终也只是一个平凡渐老的男人。

少年捧着脸坐在小马扎上，盯着面前熟睡憔悴的男人，心想：

他为什么还活着呢？

十年前，那么多人把他当作英雄，为他苦苦拼搏直至战死，为他呐喊正义以致家破人亡。他却躲了起来，心安理得地享受温柔富贵？

如果，当年他的跳火自杀，不过是个假死自保的把戏；而这十年来，当江湖联盟的所有人被折磨诛杀，子子孙孙被关入训练营日夜厮杀的时候，他只是躺在繁华扬州的青楼里，做着月光温柔梦。

那么，当年那些为了小杜牺牲的江湖侠客，到底算什么？

可笑吗？

杜路醒来时，天已近午。

或许是昨日奔波又吹风的缘故，他一醒来脑袋就晕晕沉沉的，整个人懒洋洋的。

那白衣少年冰霜般的面上依旧没什么情绪，只是一件事一件事打理得细致井然，服侍杜路穿衣、洗漱、吃茶。杜路坐在床边发呆，看少年在舱室内团团转，不由得说："小哥，你歇歇吧，这些事找个小厮来做。"

白羽却不理他，端来一碗温水放在床头小柜上，示意他喝水。

杜路端起水喝了一口，问："你怕有人做手脚？"

少年仍是不说话，沉默地立在床边。

杜路喝了几口温水，心口的不适稍微缓解了一些，终是忍不住了，抬头道：

"白小哥，你是不是生气了？"

白羽垂睫，他刚刚还在想杜路假死的事，心底有些无端的火气，但他只是平静地说："没有。"

他有些好奇杜路为什么这样问，憋了一会儿，终于开口："你为什么觉得我生气？"

杜路又喝了一口水，单手把茶碗放回柜上，说："我有个朋友，和你一样闷葫芦，一生气就不说话。"

"那一定是你不好，惹韦公子生气，他才不理你。"白羽下意识地为那重情重义的仙人公子辩护，全然忘了自己刚说过没有生气。

杜路苦笑："不是韦二，你没见识过他那张嘴，惹恼了他，等着他奚落你八百年吧。"他的声音轻了下去，"是赵燕。"

少年脸上闪过一片诧异的神色，不是因为杜路竟敢直呼圣上尊名，也不是因为听闻了皇帝这样的秘密，而是杜路刚才明明说的是：我有个朋友。

他依然把皇帝……称为……朋友？

"发什么愣？"杜路忽然笑了，抬手，摸了摸少年的脑袋，微湿的发丝冰溜溜的，"在算自己让皇帝生气了多少次？好回去请罪？"

少年还沉浸在诧异中，愣在原地任他摸头，过了一会儿才如梦初醒，躲开他的手掌，皱眉道："不是。"

说到韦温雪，他想起昨天晚上忘记告诉杜路一件事了：

"对了，昨夜宋巡抚让我告诉你，韦温雪暂时被看守起来了，住在一个套院里每日好酒好肉地供着，等你成功救出张蝶城之后，他就能拿到皇帝特赦的丹书铁契，从此一生自由。"

"嗯，我知道，昨天就是这样说的。"

杜路倒不担心宋巡抚言而无信：韦温雪一没参加过江湖联盟，二不曾与新朝作对谋反，唯一的罪名就是前朝贵族重臣的家世，可现在新朝已定，赦免一个流落江南的前朝遗少，并不算难事。

"可你这副样子，有什么把握救出张蝶城？"

杜路又笑："如果那张纸条写的是真话，你把我交出去，就能把张蝶城换回来。"

"如果那张纸条是假话，这是个骗局呢？"

"那你就先把我交出去试试看呀，若是肉包子打了狗，他们不肯还张蝶城，你就再想办法去救他。"杜路伸了个懒腰，"总之啊，小哥，救人是你的活儿，我就相当于是一包赎金，只负责换人质。"

闻言，白羽瞪大了眼睛："你怎么能说得如此轻巧——"

"否则还能怎的？一个前梁的小皇子，又不是赵燕他儿子，还能派军队过去不成？"

"你不知道张蝶城和皇上的关系？"白羽的眼瞪得更大了，愈发像只受惊的猫："你真不知道？"

"张蝶城多大了？"

"虚岁十七。"

"那赵燕的儿子现在多大了？"杜路像是忽地想起了什么，一拍大腿，有些激动，"是不是你们唬我？被绑的人根本不是什么八竿子打不着的前梁质子吧？被绑的人是朝中太子吧！是不是——"

"不，被绑的人就是张蝶城。"少年打断了他，表情愈发诧异，"为什么你会不知道呢？当年妃子下蛊不就是因你而起的吗？"

"什么？蛊？什么妃子？"

瞬间，男人抬头，与少年大眼瞪小眼，诧异的表情如出一辙。

少年盯着他，声音有些发颤："十年前，那个妃子为了救你而死在皇帝剑下，你却不知道？"

杜路一脸茫然。

白羽瞪着杜路，忽地发怒，气得声音都有些发抖："你真的不知道？她为你而死，父母弟妹都被株连折磨，而你呢，你躺在青楼里做美梦，还装成个跳火殉国的英雄，装英雄装久了，就真的什么都不知道了？"

他是真的怒了，气得浑身都在颤，又生生别过头去，喘着气压抑住情绪。

这少年一向沉稳老成，突然之间竟情绪激烈如此，杜路丈二和尚摸不着头脑，只得哄孩子般柔声道："小哥你别气，我这个人确实干了太多混账事，你骂什么我都认，但能不能先说清楚，她是谁？那蛊是怎么回事？"

少年闻言却更气愤了，转过头，双目怒瞪着杜路："你装什么傻？十年前，在皇帝身上种下同根蛊的就是陈——"

忽然，男人的手掌，捂住了少年颤抖的嘴唇。

宽大手掌之上，眼白处泛着抹淡淡的红，细碎的睫毛挂着水痕，此刻正怒视着他，眸子呈现出黑色与琥珀色的微妙变换。一双晶莹剔透的眼球上映着无数影子，一粒昏红的灯火摇晃着，似要燃之欲出了。

高大的男人坐在床边，抬着手臂，用手掌遮住了面前少年的嘴唇，仰望着那双燃火的眼睛，轻声道：

"别说了，门外有人。"

天地间白得刺眼，似有万吨盐粒倾盆而下。

山洞里，火堆因湿冷而时不时发出啪啦的碎响，青年骂骂咧咧地搓着手，咒骂这半途风雪忽来的鬼天气。

洞外，风声雪声愈大，似在和青年对着吵架。

火光中，另一位面容沉静的青年席地而坐，一位红裳少年枕在他腿上，熟睡中眉头紧皱，面色苍白而双颊酡红。

"老苏，你不要急。"青年抚摸着少年的额头，声音慢悠悠的，"你先睡一会儿，保持体力。"

"梅救母啊梅救母，你这圣人脾气能不能改改？书念多了说话越来越慢，脑子也拎不清了，现在是休息的时候吗？咱们才跑出长安多远，狗皇帝的人追上来怎么办？"

青年语气仍旧温和："说过多少次了，别叫我梅救母。"

"我就叫你梅救母，你能怎么样？"老苏欠揍地大笑，露出一颗又一颗大白牙。

青年颇无奈，垂头添柴："算了，你想怎么叫就怎么叫吧。"

老苏笑得像是占了什么大便宜："梅救母，我们还是接着走吧，赶路要紧。我来驾车，你们都坐车里，刮风受冻也轮不到你们。"还没说完，他便站起身来。

"你不要急，再等等。"青年耐心解释，"如此大风大雪，路上车马稀少，我们驾车也太显眼了，更容易让人起疑。"

老苏一拍脑门："有道理，那你先睡会儿，我等雪停喊你。"

"你睡吧，我照顾蝶城。"

"你睡！我得看着雪，雪一停我们就赶紧上路，别被人追上了。"老苏见青年似要开口推辞，又赶紧说，"你太磨叽了，等你喊我，狗皇帝的侍卫都能把这儿围三圈了。"

话音刚落，青年一怔，添柴的手指也僵住了。

见青年直勾勾地盯着自己，老苏心生奇怪："梅救母，你愣什么？我说错什么了吗？"

"不……你不觉得，有点不对劲吗？"

老苏不由得紧张起来："什么不对劲，梅救母你在想什么？"

青年不语，放下柴，径直走到洞口处，眺望一片白茫茫的群山，若有千万只堕落的白鸟，羽翼从天到地飘荡，构成这洁白得耀眼的人间。

他踏出山洞，转着身环顾四周，望得极远，在一片炫目的光晕中，呼出的白汽，随着他的目光而旋转。

从这儿能望见山下：静寂、完整的雪地，连绵到很远。

冰凉的空气中，他的声音有些发颤：

"我们至今，从未见过一个侍卫……"

老苏心头一震，正想说"是我们跑得快，还没有侍卫能追得上"，却听见青年对着雪山，又喃喃说了几句话。

听清楚青年话的一刹，老苏整个人僵住了，从头到脚如堕冰窟。

他说：

"我忽然发现，大前天我们从皇宫带走张蝶城时，既没有遇见一百侍卫亲兵，也没有碰见侍卫白羽，地下宫殿里，只有十二个手无寸铁的宫女。

"整个过程……是不是，太容易了？"

男人放下手。

少年如梦初醒，转身，腰间冷光一闪，人还未动剑已先至，白练如一条长蛇吸开了房门——

"扑通！"几个垂髫小儿如叠罗汉般，齐齐摔了进来，最下面的胖小子发出"哎哟、哎哟"的惨叫，最后面的红头绳小女孩站起身就想跑，被白练一伸缠了回来。

少年已走到门前，手腕一动，白练扑门"啪"地紧闭。他俯视叠成一堆的小童，目光冰凉：

"谁派你们来的？"

尽管少年面上没什么情绪，但实际上他心情极差。作为一位能耳听八方、眼观六路，比鹰更敏锐的皇家侍卫，他刚刚竟因为一时的情绪失控，忽略了门外的偷听者——而这群拙劣的偷听者，明显得连武功尽废的杜路都能发现。

"没人派我们来！"红头绳小女孩的声音极尖，"我们在外面玩木头人！"

白羽目光愈冰冷，手腕隐隐用力，正欲发作，只听得床上杜路远远地问：

"你们是谁家的孩子，怎么会在这艘船上？"

白羽一愣，意识到不对劲：这艘船明明是宋大人安排的，专门以最快的速度送他和杜路到荆州，不运货不载客，怎么船上会有一群小孩？

面对杜路的问题，这几个孩子你看看我，我看看你，目光躲躲闪闪，却都不说话了。

就在这时，门外传来了敲门声。

第十四章

白羽和杜路对视一眼，杜路微微颔首，白羽便伸剑再次掀开了房门。

门外，站着两个人：满脸麻子的灰衣小厮在前，身后跟着一位颤颤巍巍的矮小老妪。两人手中各提着一架朱漆食盒。

灰衣小厮和老妇规矩地低着头："小的们来给大人送饭。"

白羽皱眉："这群小孩是怎么回事？"

灰衣小厮抬头，看见房内站成一排的四个小童，着实吃了一惊，忍不住用诧异的目光看着白羽："他们怎么在大人屋里？"

"这得问派小孩来听墙脚的大人了。"

"听墙脚？这……"灰衣小厮满额是汗，"这群黄口小儿懂什么，误会，大人，这一定是误会。"

"他们是谁家的孩子，为什么在这艘船上？"

小厮低头："回大人，是船长家的孩子。"

白羽的声音变得严厉："这不是宋巡抚安排的专船吗？船上怎么能私带这种无关闲杂人等！"

小厮头勾得更低："这艘船本是盐船，前日临时被官家征用，要我们把盐全部卸掉，专门把二位大人送到荆州。船长方诺是湖北人，本要携儿女回家过年，事发突然，不忍心把孩子留在扬州，便想悄悄把孩子捎带在船上……"

小厮悄悄抬眼，看见白羽愈发冰冷的脸色，吓得声音发颤："此事跟小人无关，都是船长擅作主张。我是临时来这艘船上打杂的，跟我没关系——"

忽然，一个沙哑的声音愤怒道：

"两个大男人，连几个小孩都容不下，乱发什么脾气！"

杜路诧异抬头，循声望去，只见小厮身后那矮小的妇人，正双手提着食盒佝偻地站着，头却高昂着，脸上两颗亮晶晶的眼珠怒瞪杜路，浑身发颤：

"不想坐船，就滚下去自己走！"

"阿母，不要这么和大人说话。"小厮吓得连忙抚摸她的肩，又转过身赶紧冲杜路和白羽作揖，"我阿母只是市井粗人，没见过世面，大人大量，别跟我阿母计较——"

"出去。"白羽面无表情，声音极平静，"把这群小孩管好了，以后再敢乱逛，我见一个杀一个。"

小厮连忙把食盒放下，招呼着孩子们一个个出门。那老妇却仍定定地站着，亮晶晶的眼珠盯着杜路，良久才眨一次眼，晶亮的泪水沿面颊滑落，眼珠瞬间变得灰暗，却仍紧紧盯着杜路，干枯的双手攥着食盒发颤。

"阿母——"小厮催促着，掰开她的手指放下食盒，把她拉扯出去，毕恭毕敬地关上房门。

房内又陷入昏暗，豆大的火光跳着。

白羽将两架食盒提到床前，因为想着那奇怪的孩童和老妇，目光尚有未退去的冷意。杜路伸了个懒腰，见少年生得面容稚嫩，却偏偏总是严肃地板着脸，不由得有点好笑：

"小哥，你刚刚吓唬他们也忒狠了。"

"我没有吓唬他们。"白羽转头，圆眼睛注视着杜路，极认真地说，"这群窃听的小孩一个都不能留，我今晚就动手，以绝后患。"

杜路不笑了，注视着白羽："小哥，你怎么能这么想？仁者爱人，他们是人，是活生生的生命，你不能这么冷血——"

白羽盯着他，明亮剔透的眼球上，火苗的映影在燃烧：

"轮不到你教我。"

伙房内，老妇伏在垃圾桶上，边呕吐边失声痛哭：

"杜路！愣种！化成灰我都认得，你的报应来了——"

她骂得咬牙切齿，咳嗽中带着腥臭的黏沫，糨糊般的暗黄色呕吐物粘在下巴上，声泪俱下。

身后，满脸麻子的青年目光紧张，拍着她的背："阿母，你不要慌，别气坏了身体。"

青年拍了一会儿，妇人干呕着，从垃圾桶旁直起身，浑身颤得更激烈：

"我今晚就杀了那个愣种！拼了这身老骨头，我和他一起下地狱炸油锅！"

青年慌了："阿母，你别冲动！他身边那个少年可是皇帝的近亲侍卫，武功高深莫测。退一步讲，即使你真能杀了杜路报仇，船上的人怎么办？宋大人降罪下来，所有人都性命不保。"

见妇人神色似有动摇，青年赶紧又劝道：

"你不怕死，我也不怕死，可总得想想阿夏阿九他们吧。阿夏哥的儿子才刚摆了满月酒呢，你想想，那个白胖小子。"

妇人在灶台边的木椅上缓缓坐下，若有所思，半晌道：

"小宝，你爹的仇不能不报。得想个点子，把宋大人那里糊弄过去。"

青年低头，注视着一头灰草白银般的头发："我倒有个主意，就看阿母你狠不狠得下心了。"

"你快说！此仇要是报不成，我躺棺材里都合不上眼。"

"那我说了，阿母听完后可不许骂我。"

青年俯身，嘴唇贴在老妇耳边，上下嘴唇微动。过了一会儿，他直起了身，扶住阿母颤抖的肩膀。

妇人抬头，灰色的眼珠紧紧盯着他，瞳仁似也在发颤："万一……万一……这可是满船四十条性命——"

青年放在她肩上的手掌又加重了力道，这个平时里畏畏缩缩的小厮，此刻的目光中，却燃烧着一种危险的疯狂：

"只有死人，才没有供词。"

妇人愣愣地注视着儿子，双眼渐渐蓄满泪水，亮晶晶，泪盈盈，映照着儿子长满麻子的脸，映照儿子的眼睛。

那疯狂的目光，也映在母亲的泪眼中。

忽然，她狠狠地点头，银亮的泪水流溢于千沟万壑的脸上：

"就这么做。"

"那好，阿母，我们什么时候动手？"

老妇略一沉思，随即说：

"等到了浔阳。路过半途，夜里大家放松警惕，我们便在鄱阳湖上趁机下手。算一算日子，应该是——"沧桑的声音微微发颤——

"三天之后。"

扬州。

"多谢映光公子昨日的大恩德，宋某感激不尽。"

酒宴之上，宋巡抚又一次举杯敬酒，向着翁明水一饮而尽。

"区区小事，宋大人不足挂齿。"

宋有杏又欲酬谢，只见那青衫破旧的书生，坐在上好花雕与红衣娇媚之间，周身有种奇异的宁静，纯黑的眼珠注视着宋巡抚，缓缓推辞道：

"上报社稷，下安黎民，自是儒者本分。这一回，宋大人与我同心协力，共同报效陛下，彼此之间何足言谢？"

"话虽如此，可昨日是宋某失职，以致虎兕出于柙，龟玉毁于椟中，那般紧急危机的关头，多亏映光公子及时补救……"

昨夜，当白衣侍卫风风火火驾车闯入宋府之际，满院丫鬟小厮乱窜，面容陌生的两男一女跪伏在地瑟瑟发抖，宋有杏望着大门，慌张的目光中流露出了绝望之色。

离十年之期只剩十七天，皇帝性命生死攸关，整个帝国的命运都押在杜路身上的一刻，杜路从他手上逃了。

这一刻，宋巡抚已毫不关心皇帝的生死和仕途的浮沉，望着白衣少年，只觉得白无常拿着索命绳，正一步步走近，来取自己的项上人头。

忽然，一只骨节分明的手，轻轻拍了拍他的后背：

"宋大人，翁某有几句刍荛之言，或许可以化解眼下困境。"

宋有杏诧异地转身，只见那青衫破旧的翁书生垂眼，颇平静地说道：

"同根蛊一事事关机密，扬州长安之间的消息，能传入皇帝耳中的，无外乎出自你、我与白侍卫之手。杜路逃罪之事，是大是小，是谁之过？"

宋有杏额上滴汗，双目发红："这是宋某的大过错，是死罪——"

"宋大人，你平生铁笔铸史，怎么这会儿倒糊涂了？"翁明水仍垂睫，说道，"太史公评仲尼：笔则笔，削则削。此事可大可小，是过非过，全凭白侍卫手中那一杆笔墨。片言可以折狱，笔下可以超生，宋大人是写史人，怎么会不明白这个理？"

宋有杏猛地一怔。

"虽说今日杜路逃罪，可在前夜，是宋大人您一举抓捕了韦杜二贼，怎么说也算是有功在前。这先有匡周之功，后有灭项之罪，若论起刑赏，也是全凭白侍卫手中一杆笔，看他呈给皇帝的奏状上如何计算功过。"

宋巡抚额上豆大的汗水往下砸，眼睛却猛地一亮，上前一步，双手握住翁明水的宽袖："那公子以为，宋某此刻该如何出门应对白侍卫？"

青衫书生抬眼，目光沉静如冷潭："如今韦杜二贼逃罪，大过已成，与其遮掩，不如对白侍卫和盘托出。这般紧急之下，他必须得和你我一同寻找。寻杜路若得，功在三人；寻杜路不得，错在三人。如此一来，日后白侍卫下笔呈给圣上的一方奏状，虽未必能避毁就誉，但总不至于直言贾祸，推诿于宋大人一身啊。"

宋大人盯着翁明水的黑眸，刹那间如梦初醒，心生敬佩：此人虽落魄穷困，却能三言两语间拨云见日，可谓有大才智。

门外，白衣少年已勒马院中，亮出腰间玉牌。屋内，宋有杏双手颤抖："多谢，多谢公子——"

"宋大人千万不可慌张，只需在白侍卫面前直言勿讳即可。"书生拍着他的手，交代道，"此外，趁昨日杜路熟睡之时，翁某去联系了一艘盐船，此刻正在瓜洲渡候着，已安排了三十桨手，日夜不停，七天八夜即至荆州，然后换小舟拉纤，七日即可入蜀。翁某本想提前安排船家，便于白侍卫和杜路沿江西行入蜀。此番困境下，宋大人不妨在白侍卫面前说您已安排好水路，也算另一件功劳。"

门外少年喊道"速来接旨"。宋巡抚整理仪容，瑟瑟紧张中说道："先生的功劳，宋某不能一人独占，还请先生与我一同出门接旨。"

翁明水摆手："我明为一介草民，暗为朝廷鹰犬，此等场合，自当避退。宋大人快去接旨吧。"

宋大人听到"朝廷鹰犬"四字，满面诧异，还来不及回头，便被那双骨节分明的手轻轻推出了房门，恍恍惚惚走到庭院中，下跪接旨。

万幸，白侍卫竟在扬州城郊截下杜路和韦温雪，宋有杏在掀开马车的那一刹失声惊叫，随即长长松了一口气：自己的人头保住了。

也多亏翁明水的安排，白侍卫和杜路连夜就在瓜洲渡起航，翁明水还早就安排好了几箱行李盘缠，以宋有杏的名义送给白侍卫。宋有杏又感激又慌乱，忽地想起杜路说要带十壶酒上路，便在渡口小肆买了十壶，混在行李里，托小厮送了上去。

渡口一别，翁明水不顾挽留，回到康海门外的城郊草庐中去了。宋有杏回府之后，经过一天的离奇颠簸，困倦之下竟不能入睡，躺在床上把这两天的事仔仔细细回想一遍，越想越觉得翁明水身上充满神奇和谜团。

他这才意识到，前天黄昏翁明水找上门来时，那句"我知道小杜在哪里"并不是偶然。

翁明水是朝廷安插进民间的秘密间谍。

"同根蛊一事事关机密"——翁明水知道同根蛊的事！他知道张蝶城和皇帝之间的帝国最高机密。

"能传入皇帝耳中的，无外乎出自你、我与白侍卫之手"——极可能，翁明水就是直属于圣上的御内间谍！

宋有杏越想越激动，最后干脆披件衣服爬起身，点亮灯，奋笔把这奇人异事写了下来。

翁明水，字映光，是前朝东梁的礼部刑部尚书翁朱的小儿子。翁家显赫时，掌管整个江南的织造、漕运和盐茶，可谓富埒王侯。当年杜路率千帆下江南，把东梁皇帝和七位皇子掳掠而去，为了军饷而勒令东梁旧臣拿十万黄金赎皇帝。

可谓是天下一桩大笑话。

只有翁家，真拿出了十万黄金。

话说，在当年小杜渡江灭梁的战役中，东梁军队的总统帅正是翁明水的三伯翁垩，金陵战败后被小杜亲手砍断首级，血溅三尺。

宋有杏又想起昨夜杜路缩在棉被中被抬进大堂的景象，这么一个衰弱、狼狈、说话又很温和的男人，真想不到当年那么狠烈过。

可宋有杏还真见过当年的小杜，真见过他戴着金面具站在城门高处，欣赏人间妻离子散、少女被官兵抓着头发塞入囚车的场景，目光高傲地望向远方，像是永远不会停止飞翔的苍鹰。

宋有杏其实很想写当年那场东梁灭国战争，很想写东梁史。那张氏皇帝，父子三代，经营江左，内以金陵为都，江淮为险，姑苏、山阳为守，占尽龙盘虎踞之势；外则西出荆襄，北图齐鲁，南下攻闽伐越，凭两翼山河而北伐进取，立国于东南而图谋天下。

最终，却功败垂成，百年经营毁于一旦，金陵王气折辱于小杜的千万楼船下益州，连皇帝都被掳掠，为天下人所耻笑。

但宋有杏再一次按捺住自己：他不能写，他是贰臣，他要避讳。

他不能写他那已被毁火的无比美丽的故国。

算起来，他和翁明水还是故国旧交。

只是，在许多年前的东梁，翁明水是显赫翁家最受宠的小少爷，他父亲翁朱是位高权重的当朝宰相。而彼时，宋有杏只是个囊中羞涩的穷酸书生，一次次腆着脸皮献书行卷，幻想着自己的才俊得到宰相翁朱的赏识，从此平交王侯。

说到翁朱，那可是东梁最著名的宰相词臣。十四岁以神童入试，官拜尚书而笔扫千军，以诗词著于文坛，被誉为"词家第一"。翁朱名声极好，更是以爱才惜才之德闻名于世，平生兴办学校，重才育才，选贤举能，提拔后进。当是时，东梁重臣多半出自其门，宋有杏也是打着这样的算盘，想以诗干谒，成为宰相门生而踏入仕途。

十六年过去了，宋有杏仍清晰地记得，他第一次去拜访翁朱的情景。那一夜，他一路上低着头，盯着自己灰白的破布鞋，跟在颐指气使的小厮身后，小心翼翼地抬脚，踏进了纤尘不染的大厅，手心发汗，攥着诗帖。

他在角落里站定，刚一抬眼，登时觉得头晕目眩。

大堂中央，金丝纱帘低垂，半掩着两根巨大如房梁的蜡烛，晶莹的蜡泪滚滚流溢，映照着两侧连绵不绝的酒席。光影间，欢客们酒杯飞落如银白鸟，语笑喧阗似要震碎天上月。

金丝纱帘缓缓掀起，瞬间，光芒璀璨灼目，灼得宋有杏双眼热泪，过了一会儿，才看清巨烛的盛烈光芒之下，屋中竟起着一方高台。

莹白少女站在高台之上，眼如惊鹿，貌若神仙。

光芒中，朱唇微启，清丽的歌声似长出透明的双翼，在仲夏黑夜幽暗广袤的大宅里穿梭翔飞：

> 银雨飞白千树湿，病酒一春，雪染青丝。
> 晚晴风打碧笛声，渐暗黄昏，孤影西池。
>
> 夜渐飘零辗转时，雨乱风狂，魂断芳失。

灯灰春骨寄谁知，鬼怨红愁，命短情痴。

风起，光更盛，少女的耳垂上，一根长长的银链系着水晶珠，折射着明亮的光流在墙壁上飞动。房梁上悬着琉璃坠，一时清脆击响，流光闪闪，飞落在欢客的银白酒杯里，长席上一盏盏酒水在晃，满映着耀眼的流光。

明亮盛烈的世界里，宋有杏被灼得满手心是汗，将诗稿夹在腋下。目之所及，皆是豪门贵胄，他便夹着诗把自己缩成一团，生怕挡人视线得罪了哪位官贵。忽地，他又担心自己一身汗臭染了诗，拂了翁大人的雅兴，于是赶紧在旧衫上蹭蹭手，从腋下又拿出诗稿。

小厮冷笑一声，给他指了指翁大人的席座。

他央求小厮引自己过去，小厮看了看他衣衫上的汗手印，又哼出一声冷笑，再不睬他。

璀璨富丽的大厅，像是一方锦绣地狱，满座醉酒欢歌，发出油锅的嘶嘶声。他咬着牙，紧紧攥住手中的诗，一步，又一步，像是踏着刀山火海，走过高台，走到宴席的中央，对着矮胖的男人深深行礼，声音发颤：

"晚生宋有杏，字答春，家居京口，久慕翁大人诗名，特来拜谒，还请翁大人多多赐教。"

话毕，许多道傲慢的目光落在他身上，两侧宾客发出零星的嬉笑，有人交头接耳，有人趁着酣醉大声喧哗。丫鬟们偷瞄他，带他进门的那位小厮更是直直望着他，面上露着赤裸裸的幸灾乐祸。

他躬着身，毕恭毕敬地走上前，双手捧上诗稿行卷。

那矮胖的宰相并不看他，正靠在椅座上，眯着醉眼，紧盯高台上吟唱的少女，左手拍着桌子打节拍，越听越双眼发亮，最后干脆拍掌喝彩道：

"妙哉！简直句句鬼语，是怎么想出来的！"

翁朱身旁，一位衣着清雅的男子提袖，掩口而笑。

"灯灰春骨寄谁知。"矮胖宰相双颊酡红，醉语喃喃又念了一遍，眼睛发亮，"小梅，你知道这首词是哪位公子写的？赶快引荐给我啊。"

那清雅男子忍俊不禁。宋有杏认出，他正是梅寻，翁朱最得意的门生之一，当朝的国子监直讲。

"别笑！"翁宰相有些急了，"快说啊。"

梅寻这才强忍住笑意，举杯，对翁朱道："老师，学生无能，可没法把韦家二公子引荐过来。"

话一落，四座哗然大笑。翁朱醉醺醺的，一时反应不过来，还在嚷嚷："哪个韦家二公子？"笑声起得更厉害了，几位锦衣雅士边揉肚子边说："哎哟，我的好老师呀，就是那长安无寒公子韦温雪啊。"

翁宰相却垂下头，沉默了。

笑声渐渐低了下去。雅士们你看看我，我看看你，他们本来是觉得可乐：去年翁宰相批评韦温雪"金银臭味"，今年竟夸"妙极鬼语"，还非要引荐，传出去又是天下一大桩趣事。但此刻，翁宰相面露伤心，众门生一时面面相觑，说不出话来。

"唉——"过了好一会儿，翁宰相抬起头，醉眼湿润，长长叹气一声，"韦无寒啊韦无寒，写得真好，可惜生在长安韦家，不能为我大梁所用。"

这回，众人不敢笑了，彼此间交换着眼色。

一片尴尬的沉默中，不知是谁忽地瞟见了呆站在席前的宋有杏，伸胳膊从宋有杏手上抽出诗稿，挥舞着诗稿，尖嗓子叫道："老师啊，别管长安了，我们面前也站着位大才子呢！"

刚刚，宋有杏一直站在翁朱面前，像只鸵鸟把脑袋插进沙堆一样躬着身站着，眼睛只看得见面前饭菜，耳朵听头上人言人语，嘴巴像粘死了一样说不出一句话，手足绷直，额上大汗淋漓。

突然间，手上一空，他惊得整个人弹了起来，心脏怦怦乱跳，笨拙地瞪大眼，注视着翁宰相伸手，接过诗稿，缓缓展开。

梅寻也凑到诗帖上去看，发出一声噗笑："咦，巧了。"

宋有杏心口一沉：他想起来了，诗帖上的第一首也是伤春诗。

矮胖的翁宰相眯着眼，用胖乎乎的短手指一字一字指着，刚看完，抬手便把诗帖扔到宴桌上，郁郁地嘟囔道：

"没意思，真没意思。"

宋有杏仍盯着翁宰相，脑中"嗡"的一声，刹那间脸色青白。

翁宰相扔了诗后，勾着头，一动不动地盯着桌子，满面伤心。门生们喊他，他也不理，像极了闹别扭生闷气的小孩。四座私语纷纷，梅学士伸手轻拍翁宰相的背，柔声哄道："老师啊，别生气，这位答春公子写得也不错啊。"

翁宰相转头，梗着脖子瞪着梅学士，怒道："是不错，但也不好！"

顿时，四下鸦雀无声。

这一刻，贫寒的书生站在一片璀璨繁华之间，只觉得像是在噩梦中一脚踩空，浑身冰凉地下坠。

其实，翁朱本是个温厚之人，平日里对后辈书生也多鼓励扶持。只是此刻他醉得太深，发起酒疯来；又被韦温雪的词一激，犟劲儿上头，非要和梅寻抬杠，全然忘了照顾宋有杏的面子。

场面已经静得连一根落地的针都容不下了，偏偏翁宰相的酒疯越来越烈，油光手指抓着满头灰发，烦躁地大嚷：

"是没什么错，也没什么好。我早就看透了，你们这群人都这样，永远不犯什么错，也绝做不出来什么好！"

梅寻伸臂想安抚翁宰相，被激动中的翁宰相反手打了一掌，翁宰相双颊红彤彤地继续愤然道：

"北良有韦无寒、杜行之，俊才名将十八岁而齐名天下。你们总说，无寒嚣浮，小杜刚愎，皆不能成大事。就你们厉害，你们不嚣浮也不刚愎，从不犯错，可你们做出过什么好来？哪个天下，是能靠不犯错打下来的！"

话落，对桌的一青年拍案而起，面色颇不服气："那韦温雪空有一手文章，全费在花街柳巷中，写几首歪诗艳词，不肯入仕，能有多大出息？那杜路和他爷爷一样执意用武，已经困在北疆两年，刚愎不仁，又有多大能耐？四叔，小侄儿知道你是忧心国家，可我江东子弟三千才俊，怎么就比不上韦杜两人了？四叔这番言论，也未免太长他人志气，灭自己威风了。"

这青年正是翁垔的二子翁明离，自小习武，性子极冲，又听不得四叔翁朱在面前夸杜路，便不顾礼数愤然驳斥。几个兄弟一直在桌下拉他的衣角，暗示他不要拂了翁宰相的面子，他也不理，直愣愣地当着满座宾客，把话说完了。

谁知，醉醺醺的翁宰相听完这段话，并没被激怒，反而呆坐着，两行清泪兀自滑落，在宴席上失声痛哭起来：

"你们还是这么想，你们从来不觉得自己错了！"那头发灰白的矮胖宰相，坐在明亮无绝的筵席与热气腾腾的酒肉之间，哭得涕泪满面，"大梁无臣。只有我这把老骨头知道，花无多日，花无多日……"

大梁无臣。

你们绝不犯错，但也绝做不出什么好。

花无多日，花无多日。

十六年后的深夜，当回忆起这场声色奢靡的宴会时，宋有杏诧异地发现，那时翁宰相在酒疯之中，已做出了关于东梁帝国命运的精准预言。他那流泪眼、沉醉口、癫狂心，实则是在看见了未来残酷结局之后发出的最后一声不甘呐喊。那是一声凄然的谶语，在巨烛欢歌中，无人能应。

那时的长安，韦温雪不肯入仕，杜路被困北疆，良灵帝身陷大病，膝下太子萧念德年仅九岁，人心叵测而外戚攒动，大良摇摇欲坠。而东梁势头之盛，可谓其命维新，江南地方千里，带甲百万，铸山煮海，富甲天下，而张氏皇帝三代经营，举国一心，翁宰相在位期间，更是千金买骨招揽天下士，收闽吞越彰明进取心，满朝文武同心同德，良才俊士俱来江左。一片国运兴荣之中，锦衣雅士们摇着羽扇在江南春明中谋划天下，忽听见"大梁无臣，花无多日"的醉语，一笑置之，大家只以为翁宰相醉了，以为他爱才心切。

没人听得懂他。

唯有翁朱，透过重重繁华帘幕与温柔月光，敏锐地意识到时代巨大变革即将到来的微小征兆，那是个十四岁以神童入仕，少年时意气风发，要运筹江南而逐鹿中原的男人，却在头发灰白之时，坐在明亮筵席之间，泪落若雨。

这个国家的问题，就在于它总想隔岸观火。因为恐惧火焰而失去了犯错的勇气，繁荣困住了它自己的手脚，而这正是他的绝望：

此刻的强盛，终将使东梁成为一圈乱世中的肥羊。

大良百年衰落的根源，是令人闻之色变的蒙兀军团，连绵不断的战火彻底耗空了那个国家。而东梁的迅速崛起，竟同样受益于蒙兀军团——大良对北漠侵略的顽强抵抗，看似只是两个国家的战争，但事实上有力地阻遏了蒙兀骑兵南下，而为东梁提供了广阔的隔离带。由此，江南三千里风月能够免于铁骑的扫荡，如同乱世中的一筐鲜花，背靠着长江的庇护，远离战火而美丽盎然地生长。

东梁的富庶繁华远远超过了大良，因为它几乎是乱世中最广阔的安全岛；而东梁的问题是如此隐晦，因为它要想确保自己的繁荣安全，就被迫要放弃许多本该争取的东西：

比如淮河。

欲窥中原者，必得淮泗；有江汉而无淮泗，国必弱。淮河不仅是进攻中原的有力跳板，更是整个江淮防御中的重要国关。东梁如果能得到淮河，得到的不仅是逐鹿中原的能力，更是国家自身的边境安全。

但问题在于，蒙兀军团还在北方虎视眈眈，东梁此刻是依靠着大良屏障才能远离北漠骑兵，一旦越过长江争夺淮河，就意味着东梁要和大良开战，蒙兀军团定然会乘虚南下。到时候，东梁必须面对恐怖的蛮族铁骑，一着不慎，旋踵即灭。

在北漠蒙兀军团的威慑下，东梁被迫卷入了一种身不由己的困境：一旦大良国灭，下一个要面对浩然铁骑进攻的，就是东梁。而要想维持大良对铁骑的屏蔽，东梁就只能放弃北进，放弃战略上极为重要的淮河与齐鲁，转头南下，经营闽越。

可是这是个什么经营法呢？纵有国富，而无国关，纵然繁荣富庶，怕终将给他人做嫁衣。

此刻花开正好，是因为筐外的二人还忙于决斗。可一旦一方倒下，这筐里的可就不再是鲜花了，是给胜利者准备的满圈肥羊。

此刻，整个国家沉醉在一片希望的、富庶的、温柔的春光里。可它需要的不只是这些能经营春光的才俊，它需要的是一些强有力的人物，一些能带领国家奋力挣脱繁荣困境的人，一些敢于犯错也敢于前进的人，那是能赋予国家新命运的人。

没有天下是靠不犯错打下来的，东梁经营三代而仍守江左，屡屡试探而不能决心吞齐鲁，早已注定了进取无望。翁明离还在说什么"江东子弟三千才俊，怎么就比不上韦杜两人"，这哪是韦杜的事呢，一场繁华一场空，梦中人哪听得梦醒人。

清醒者总是痛苦。

可惜，直到十六年后，宋有杏才在回忆中明白了那段醉语的深意。此刻夜深人静，纸笔沙沙，唯有一盏孤灯明灭，而东梁已被杜路灭国十四年了。宋有杏恍然一惊：仅仅两年后，醉语便成了真。

若是时间倒回到翁朱的筵席上，有人说，两年后东梁便会灰飞烟灭，不仅宋有杏不相信，就连翁朱都不可能相信。虽然翁朱那时已发觉，自己做宰相半辈子，东梁的繁华困境难以挣脱，但他仍不相信花会落得这么快，时代的巨变会如此陡然地发生。可青史就是这样荒谬，两年后的春天，杜路千万楼船下益州，赵琰百万铁骑渡淮水，两军合围，三月而灭梁。梅寻惨死，翁朱自尽殉国，宋有杏投降二仕，翁明水落魄流亡，张蝶城被掳至长安……

而这战争的开始，却只是因为韦温雪对杜路的一句谎话，再往前追溯，则是因为韦老宰相的溘然长逝，这又是另一桩故事了。所谓铜山西崩，洛钟东应，十六年前欢宴上的雅士们，却是如何都猜想不到，一年后长安韦家老宰相的去世，竟会给千里外的东梁带来灭顶之灾。当时的他们，只是对着痛哭流涕的翁朱，手忙脚乱起来。

那一刻，众人都慌了，纷纷起身安慰翁宰相，一个个凑过去，轻声软语地劝，满口"学生无才，惹老师伤心"，每一张脸上都写满悔恨着急，看上去恨不得动手扇自己几巴掌。

宋有杏还恍恍惚惚，就被门生们挤了出去，茫然地注视着雅士们把翁宰相围得密不透风，满身热汗漉在脊背上，渐渐凉透。

他的诗帖行卷被扔在一碟红烧肉旁，随着人群推攘，桌上碗碟越挨越近，白玉酒壶挤黄花鱼的汤盆，汤盆挤红烧肉，红烧肉的碟子推着诗帖，一节一节推出桌面，微颤着悬在半空。

就在这时，一位红袍山人向前倾身，伸长了手臂，想给翁宰相敬酒，不料肚皮上的肥肉卡在桌角，整个人往前一倒，手中小酒杯顿时抛了出去，向着桌外直直坠去。且因为他这一倒，酒壶猛推汤盆，汤盆猛推红烧肉，肉碟冲向诗帖，带着诗帖就往地上砸！

只听得"哗啦啦——"，诗卷浸在满盘金黄的油汁中，一块又一块粉红油腻的红烧肉粘连着下坠，白雾热气腾腾。又听得"哐当"一声，清凉美酒当头浇下，沿着一块块红烧肉往下流，浸入油汁诗卷。

宋有杏浑身冰凉地呆站着，茫然地注视着这一切，抽动鼻翼，只觉得肉气真香，酒也香。忽然腹部"咕"一声，打了个响亮的饿嗝。

"爹爹，爹爹！"

就在这时，两个男童戏闹着追赶，跑进了大厅中央。蓝衫的小男孩看见落泪的翁宰相，挥舞着圆滚滚的小手臂，向筵席上跑来："爹爹你怎么了？"

另一红衫男孩跑向了梅寻，瞪着圆溜溜的眼睛："爹爹，明水的爹爹为什么哭了？"

梅寻用手指点了点男孩的小鼻子："你又乱跑，饭还没吃一半，又找不到你人影了。"

男孩有点不好意思地缩了缩脑袋："爹爹，我好久没见明水了，想和他玩。"

这男孩是梅寻的独子梅臣香，七年前，母亲苏珍死于难产。梅寻放不下心爱的结发之妻，年轻俊朗却不愿再续弦，独自抚养幼子梅臣香长大，生活琐事全都亲力亲为。老师翁朱为此劝过梅寻好多次，他这好学生表面上恭顺，回去后却依旧闭门谢绝各家小姐踏破门槛的媒人。

"翁宰相没哭，只是喝醉了。"梅寻说着，把儿子抱起来，让他坐在自己膝盖上，"香香，你别管了，好好吃饭。"

谁知，还没坐稳，儿子就往地上跳。

梅寻诧异："香香？"

"不要喊我香香！"小男孩握紧小拳头，轻轻跺脚，憋得满脸通红，"他们笑了我半天了，说这是女孩的名字。"

梅寻无奈地笑了："好，叫你臣香。臣香，别乱跑了，过来吃饭。"

"也不要叫我臣香啊。"小男孩垂着头，很是羞恼，"你起的什么破名字嘛，就没听过沉香救母吗？翁明水天天喊我梅救母，气死我了。"

梅寻一愣，目光渐渐悲伤。

小臣香却掉头就跑，钻进人堆里，拉住小明水，凑到他耳旁："我爹爹说你爹爹喝醉了。"

小明水歪着脑袋，认真地打量着面前涕泪满面的父亲："我爹爹哭得像个小孩一样，没出息。我才是男子汉，我从来不哭的。"

小臣香不甘示弱："我也不哭！我也是男子汉！"

"你不是，哪个男子汉的名字叫香香？"

小臣香从背后一巴掌打上他的脑袋，像只发怒的小豹子："不许叫我香香！你才叫香香！"

"梅救母你打我！"翁明水小胖手捂着小脑袋，双眼发红，向着梅臣香扑上去，愤然大嚷道，"你打我，我再也不跟你玩了！"

两个刚刚还亲热得勾肩搭背的男孩，转眼间就打得难分难舍，推搡中，干脆抱在一起倒在大厅的地面上滚来滚去。众人刚刚凑在一起安慰翁宰相，此刻又被脚下打滚的小孩挤出一片空地来，惊呼不断。小丫鬟急得双眼泛泪，跺脚道："别打了！翁少爷、梅公子，求你们别打了！"

"小弟！"纱帘后的女眷宴席上，一位粉衫明媚的少女站起身，柔声呼喊。她袅袅扶帘，半掩着面穿过庭，从地上扶起两个男孩，帮他们整衣拂尘，语气温柔得体："小弟，你在宴会上打闹，成何体统，还不快给梅公子道歉？"

"我不！"翁明水仰着小脑袋，"姐姐，是他先打我的！"

梅臣香颇不服气，憋红了小脸，大喊道："谁让你叫我香香！"

满座宾客哄堂大笑。

小臣香羞得脸红欲烧，握紧拳头，又要扑上去和翁明水厮打，这一刻，一只大手拉住了他的后襟——

"臣香，快给翁公子道歉。"

梅寻站在他身后，声音冰冷，面色严肃。小臣香扭头望见了父亲，被他的神情吓了一跳，只好用蚊子般的细声，不情不愿道：

"对不起。"

然后，他就被父亲拉回宴席上坐着，垂头丧气地扒着饭。翁明水也被姐姐拉走，颇不服气地中断了这场战争。

翁宰相渐渐止了泪，众人陆续回座，宋有杏缩回角落里。晶莹的高烛已燃烧过半，满堂流光愈发明亮，一个颇漂亮的男童上台，唱起清赏的小戏，声音朗朗，仿若荷香溢满深夜。一片祥和中，梅寻试图和翁朱聊天，后者却怎么也提不起兴趣，郁郁地独坐着。

梅寻不知道怎么样才能让老师开心起来，环顾四周，看见大厅角落里站着一位少女，她就是刚刚上台唱词的歌女，正举着小酒壶为宾客们添酒，飘飘衣袖下露出一截洁白如玉的臂腕。梅寻放开了儿子，走到歌女身后，问道：

"你叫什么名字？"

那少女吃了一惊，连忙回身行礼道："奴家名叫刘明玉。"

梅寻皱眉："也叫明玉？"

少女头更低了，声音微颤："我和弟弟前段日子刚被卖进翁府，还没来得及改名……"

梅寻心中了然，记起这个月翁府刚买进了十二个唱戏的女孩子，想必还在调教。翁宰相少即富贵，常嘉宾客，未尝一日不燕饮，亦必以声乐佐之，彩衫少女穿梭于高烛欢筵，到处是青春歌声与粲然笑颜，四座谈天，满席佳肴，虽两鬓微霜而不改此乐，府里年年买进乐坊新少女。梅寻听得她身世凄然，也不忍斥责，只是吩咐道：

"等一会儿，你再登台，把刚刚那首《一剪梅》再唱一遍。"

刘明玉仰头看他，眼神疑惑："再唱一遍？"

梅寻颔首："对，翁宰相刚刚听得高兴，想必是喜爱韦无寒这首词，你再唱一遍，让他开心开心。"

刘明玉行礼："奴家听梅学士吩咐。"

梅寻转身离开，忽地瞥见角落里的宋书生，拍了下脑袋，又折了回来，对刘明玉道：

"我想起来，这首词韦无寒写了两版，另一版是'香灰春骨'，你再唱唱这版。这一字之换，各有意趣，我便乘机问翁宰相喜欢哪个，他平生最爱推敲，一定能提起兴致。"

明玉再次行礼，温顺答应。

梅寻坐回宴上，翁宰相仍闷闷不乐。

一曲终了，肌肤莹白的少女，踏着满庭夜风和明灭烛火，迤迤然上台。

熟悉的曲调响起。

忽地，翁宰相抬起眼，盯着台上的少女。

梅寻见此情景，又提袖偷笑，心想老师果然是爱极了这首词。见翁宰相来了兴致，梅寻也心情轻松，夜风穿衫而过，清雅歌声飘荡，这是韦温雪的新词，早就从长安唱遍了扬州：

银雨飞白千树湿

病酒一春

"霹雳哗啦!"

忽地一阵震耳的坠地声,酒壶、碗碎了满地。

翁宰相双目通红地站起身,掀翻一桌佳肴,浑身发颤,狠狠地喘着粗气:

"停下!"

笙箫笛筝兀地停顿,一片寂静。

台上,刘明玉打了个哆嗦,一双含水的杏眼像受惊的小鹿,怯怯地望着梅寻和翁朱。

"再也别在我面前唱韦无寒的东西!"他看上去很痛苦,油光手指紧抓自己的鬓发,"用不了的,写得再好,又有什么用!"

梅寻一惊,起身想要道歉。翁宰相却把梅寻一把按回座上,他醉得厉害,手劲儿大得惊人,粗壮的手指指着台上少女,满口热乎乎的酒气往梅寻面上扑:

"这个歌女,归你了。你今晚就把她带走!"

梅寻惶恐摆手拒绝:"学生怎么敢夺老师所爱——"

"你不要她,我就把她卖了。"翁宰相的双眼却渐渐失去焦点,脚步踉跄,满口酒气地大嚷,"唱着韦无寒的词,名字还叫明玉,看着真心烦。用不了的,不留了!卖了!"

台上,少女吓得满面苍白,跪下身磕头:"奴婢知错了,翁大人,求您放过奴家这一回吧!我不想走,我还有个弟弟在这儿,我走了他该怎么办——"说到最后,少女已泣不成声。

"姐姐!"刚刚那个唱小戏的漂亮男孩,跑到台上,依偎在少女怀里,抬手为她擦泪,"姐姐你不要哭,姐姐……"

翁宰相仍死死按住梅寻,烦躁地挥手:"别吵!把你们一起卖了,不就得了!"

闻言,少女面色焦急,赶紧朝着梅寻砰砰磕头:"梅学士,我是因为你的吩咐才上台唱词的,现在这番情况,求求您收留我们姐弟吧!"

"这……这——"梅寻仍在慌乱摆手,额上是汗,"这成何体统。"

他深知,虽然此刻翁宰相是在发酒疯,可君子一言驷马难追,何况是在这种大人物的宴会台面上,今天说的话,明天断无后悔的道理。三两句疯话,就将决定这一对姐弟的人生。

他同情她们,亦知道姐弟此刻的噩运都是因为自己而起,为此满怀愧意。可若他在酒席上带走老师的歌女,传出去像样吗?

"梅学士！"刘明玉抬起头，满面泪水，"我不能被卖走，我生来下贱，不在乎自己去哪里，可我心爱的弟弟，他是个好孩子，我怕他被送进狼窝里……"

刹那之间，如雷轰顶。

梅寻在翁宰相的满口酒气中，努力挣着身，去看少女怀中的男孩。那男孩一身戏服，正跪在地上抬手为姐姐擦泪，唇红齿白，面若新月，右眼下有一颗细小的泪痣。

这一刻，梅寻终于明白了一位弱小歌女的坚持。

对于穷人家的儿女，摊上一副好皮囊，常常是一种噩运。她可以流落风尘，辗转歌舞场。但她不能让一丝一毫的污秽龌龊，染上她心爱的弟弟。她以瘦弱的身躯抱紧弟弟，想努力隔开一切外面的风雨。

此刻，她瑟瑟发抖，却依然在明烛高台上疯狂磕头，求着这些华衣雅士饶过他们，只用大人们的一句话，她弟弟尚未开始的稚嫩人生，就不用陷入阴暗。

梅寻看那男孩和儿子身高相似，却瘦弱很多，鬼使神差地竟开口问道：

"你弟弟多大了？叫什么名字？"

少女在泪眼中缓缓抬头，哽咽着，浑身发颤。身旁，小男孩站起身，整理衣衫，对着梅寻沉静行礼，童声慢语道：

"回大人，我七岁半了。我的名字叫：刘田好。"

第十五章

刹那间，梅寻抬头，愣愣地盯着台上的姐弟：

男孩和儿子一模一样的年纪。

他忽地想起儿子，环顾四周，本该好好吃饭的梅臣香又不见了。大厅门外，他才看见梅臣香正拉着比自己高半头的翁明水一起玩，两个孩子勾肩搭背地往远处跑，全然没注意到屋内宴席上的混乱。

这样梅寻一挣，却又被翁宰相死死按回座上。这回梅寻终于急了："老师，你按我干什么？"

闻言，翁宰相一怔，目光迷糊，似乎也不知道自己为什么要按着学生了。

梅寻终于丧失了所有耐心，抬手掰开翁朱的手指："老师，你坐下吧，你醉了。"

"我没醉！"翁宰相愤然抽出手，拂袖转身，醉眼盯着台上的姐弟，"我……我要把他们卖了！我没醉！"

少女又对着翁宰相砰砰磕头，眼中清泪横流："奴家知错了，翁大人，求您，求您留下我们姐弟——"

"别跪了，给我起来！哭哭啼啼真烦人！"翁宰相怒吼道，指着台上，"我绝不留你。名字叫明玉，还唱着韦温雪，绝不留你……"

翁宰相颤巍巍的手指晃着，左右画着圈，圈住了满座宾客："你们谁，谁可怜他们，就把他们带走吧。让我清静清静，眼不见心不烦。快把他们带走啊！"

满座鸦雀无声，没人敢再多说一句话。

少女又啼哭求饶，翁宰相抓着头发大吼，嚷道："卖了！拉下去！卖了！"

话落，几位年轻力壮的小厮上台，粗暴地拉起跪在台上的姐弟。明玉还不肯走，又跪在地上啼哭，被打了两个耳光硬拽着抱下去。弟弟看着打姐姐的小厮，眼中燃着怒火，冷声道："别拽我，我自己走。"

众人瞩目中，男孩提起衣角从容下台，戏服纤尘不染，身板依旧挺直如竹。

这场权贵集体失态的闹剧中，这个七岁半的男孩却不许自己有一丝一毫的出丑。

梅寻狠狠地坐在位上，注视着男孩走远，想到这男孩和儿子差不多大该识字的年纪，却沦落戏班，如此漂亮的相貌，以后免不得惹上些玉堂金门后的腌臜事，心中便是一声叹息。

男孩走到转角处，一个光点从脸上垂落。

梅寻看到，那是一滴晶莹的泪，砸在地上碎掉了，男孩却仍提着衣角挺身直行，踏着自己的泪走进黑暗中，留下一个小小的背影。

梅寻恍然意识到，在台上面对众人时，男孩没说过一句求饶话，没掉过一滴可怜泪。

如此雅静而耿介的性子，若是能让他当个书童，与儿子做伴长大，倒真是无可挑剔。

梅寻摇摇头，把这莫名的想法驱逐出脑海，让弟弟当个书童委实不错，可姐姐呢？在翁宰相的宴上带走老师的歌女，传出去像什么样子。

即使这件事是他的错，可他丢不起这人，也太爱惜自己的名声。

或许也不是他的错，他想：人各有命，姐弟俩今日注定有如此遭遇，来日的际遇也未可知，这都是他们的命运，和他没关系。

翁宰相还在大叫大嚷，满头灰发被扯得凌乱，众人好言相劝了半天，方才把他扶进厢房里休息了。

月已上柳梢，筵席也该散了。

梅寻走出大厅，在院子中找到了正在捉迷藏的梅臣香，监督着儿子又吃了半碗饭，与同僚寒暄几句，便准备告辞。

出门时，梅寻又看见了角落里眼神畏缩的宋书生，想他今夜的献诗无疾而终，定是心中郁郁，便携着儿子走过去，拍着肩想宽慰他几句。

"梅……梅学士！"宋有杏站了一整晚，一整晚没人理他，便觉得自己闯了弥天大祸，忐忑不定地猜疑着，散席时忽地有人搭讪，定睛一看竟是梅寻，不由得受宠若惊，想要赶紧抓住最后的机会补救，"晚生……晚生不是故意惹翁大人生气的，还请梅学士帮晚生看看诗帖——"

话音未落，宋有杏猛地反应过来，自己的诗帖已成了红烧肉下鬼。尴尬的沉默中，他双手抓着衣襟，又留下一排汗手印。

梅寻看他双手空空，心中了然，便道："答春公子的诗真是极好，宴上拜读之后，梅某心生仰慕。只是今夜众人醉酣，白费了此等好诗。还望宋公子不要介怀，日后多多赏光鄙府。"

彼时梅寻已是官场老手，这三句寒暄，真是极体贴，极恰当，分寸自然，不多不少。而宋有杏是个刚弱冠的愣头青，见眼前梅学士眼神真挚，言语之间敬佩之情微露，又联想到宴席上梅寻那句"答春公子写得也不错"的辩护，不由得有些飘飘然起来，嘴上说着"梅学士谬赞了，晚生德薄才浅，徒增笑耳"，心中却想：我的诗固然是不错，连梅寻散宴后都专门来找我聊天，想要结识我，说明不是我写得不好，是翁宰相醉太深了，不懂赏识，害我担心了这么久。

梅寻便又顺水推舟道："宋公子不必谦虚，如此青年才俊，日后定是国家栋梁，正值为国效力之时，万不可空负一身才学。"

宋有杏便又谦虚了几句，说了些恭维话，心中转念一想：既然梅学士对我如此赏识，我必须抓住机遇让他对我印象深刻，既已献诗，也该展示满腹学问。如此想着，宋有杏便又接住话头，开始高谈阔论起十三经，从郑玄王肃漫谈到杜预，一会儿六经皆史，一会儿五经注我，谈到兴头上又辩起《鸱鸮》与《金縢》来。

小梅臣香站在爹爹身后，等了半天客套话，心想终于结束了，却见宋有杏又开始滔滔不绝，听着满耳"救乱还是止乱""诛管蔡还是保诸臣"，心里急得想去撞墙，使劲儿拉着爸爸的手臂，想赶紧回家，却被梅寻反手打了下手心，示意安静。

今天爹爹生气了，小臣香有点害怕，只好委屈地盯着地板，听着头上书生滔滔不绝的"王亦未敢诮公，究竟是未敢还是心惑……"，一只小脚在地上转啊转，想看看能不能钻出一个洞来。

《七月》和《东山》可与《鸱鸮》互证。由此，晚生认为孔颖达《尚书正义》所言有理，周公是摄政东征而灭管蔡，而非《郑笺》以为之东避。"宋有杏行礼，眼角微露得意之色，"此问题已困扰晚生多年，还请梅学士不吝赐教。"

其间，梅寻面上微笑颔首，心中却觉得这书生卖弄，听到"周公摄政东征"时更是反感，心道：这"周公摄政"四字，岂是一个布衣书生能妄言的？虽口诵《郑笺》，未能知其深意，还谈何经史？只怕此人还须得从"四书"读起，先识得"纲伦"二字。

话毕，梅寻听得宋有杏反问，心想郑玄之言非错也，意不在此也，是宋有杏只识字面而不解深意，却不欲再言，只道："博闻强识，实属厉害。这《金縢》乃一桩千年公案，宋公子却能从东征东避之辩入手，穿插毛、郑、孔三家之言，诗史互证，讲得井井有条，令梅某大开眼界，一时无言了。"

宋有杏听得此话，瞬间如沐春风，一脸欣喜藏不住，登时连谦虚话也忘说了。

梅寻身后，梅臣香已呈小鸡啄米状，站着打瞌睡，头一勾一勾地撞到爸爸身上。梅寻见状有些心疼，一把揽住儿子，提袖为他擦口水。梅臣香迷迷糊糊地睁开眼："爹爹，我好渴睡，想回家困觉。"

梅寻见这书生精神奕奕，心知他正在兴头，说起话来怕又是没完没了，便先发话道：

"有幸结交宋公子这样的风雅人物，本该彻夜长谈，可惜犬子年幼，你我二人只得改日再叙了。"

"自然自然，晚生今夜叨扰梅学士与令公子了。"

梅寻便与他别过，牵着儿子走出翁府，欲上轿离开。宋有杏跟在后面送了一路，临别时终于忍不住了，又叫住正抱着儿子上轿的梅寻，问道：

"梅学士贵人多事，不知何时有空，晚生也好拜访贵府，再向梅学士请教啊。"

梅寻的身形僵住了。

没人可见的暗处，他的眉头不耐烦地皱了一下。

但当他再次开口时，声音依旧清雅柔和：

"近日来政事繁忙，一时竟不敢与宋公子妄下约定，生怕落下诳驾之罪。恰好下月初三，翁尚书欲在九曲清溪举办次韵和诗之乐事，金陵才子都去赏酒，宋公子也请前去，或可邀得翁尚书青眼。"

宋有杏听得如此，当下喜不自禁："届时还请梅学士在翁宰相面前多多美言。"

"那是自然。"梅寻对书生颔首，"就此别过，清溪再会。"

宋有杏恭送梅寻离开，待马车在黑夜中消失后，终于按捺不住兴奋，在原地跳了起来！

他飞步往家里走，心中欢呼雀跃：真是起死回生的一夜！结识了梅寻这样的当朝红人，游上龙门便指日可待了。

更何况，梅寻已答应将自己引荐给翁朱，自己很快就是宰相门生！

宋有杏想着想着，禁不住兴奋地跑了起来。明月下，夜风穿衫而过，他像只轻盈的白雀，马上就要飞起来了。

跑着跑着，他又将今夜与梅寻的对话想了几遍，不禁佩服自己灵机一动谈起经史，向梅学士展现了满腹学问，他可不仅背了诗书，还将《郑笺》和《尚书正义》背得一字不差哩！梅寻那句"令梅某大开眼界，一时无言"在耳边回荡，他越想越开心，禁不住像喝醉酒一样哈哈大笑。

梅寻也真是个伶俐人，眼见今夜翁宰相醉酒误读了我的诗，便赶紧邀我下个月参加清溪诗会，我可得好好准备，到时候一飞冲天，万不可在翁宰相面前埋没了这满腹的学问哩。

宋有杏跑回家后已是三更，脱下一身满是汗臭的破衫，解开纶巾，躺在吱吱呀呀的木床上辗转了许久，兴奋得不能入寐。

自己后半生的富贵景象在黑暗中飘着，触手可及了。花灯高烛银光流溢，他坐在热气腾腾酒肉连绵的筵席正中央，怀中娇媚少女欢笑清脆，宾客门生轮番敬酒，争相诵着他新写的诗……黑暗的被褥间，他闭着眼微笑起来……

不知折腾了多久，他才在疲倦与快乐中堕入梦乡，沉沉睡去。

长夜，茅草屋，书生梦。

渐亮，纸窗摇，熹光落进来。

"嗝！"

他忽地惊醒，坐起身来。

"嗝！嗝！嗝！嗝——"

睡眼惺忪的书生，捂住自己饿到痉挛的小腹，缩成一团，疼得额上冒汗。

过了好一会儿，饿嗝声才止住了。

他跳下床，披上汗臭青衫，找到半碗昨天中午的剩米饭，倒进锅里加了些水进去，又草草劈了两块柴，好不容易烧开了水，狼吞虎咽起来。

很快便吃完了，他在灶前蹲下身，仰着头，上下唇紧紧贴着锅壁，一手扶着锅下倾，一手拿一根筷子挑锅壁上粘的米粒，小心地扒进嘴里，用门牙咀嚼着下咽。锅倾斜得更低了，他也蹲得更低、头仰得更高了，一滴不漏地喝完最后一口米水。

胃还在隐隐作痛。

他放下锅，脚步飘忽地走回屋里，躺倒在床上。

一身汗又渐渐凉透。

他盯着满是垂落枯草的天花板，几道熹光从草缝射入房内，映在眼中。他又想起了梅寻，想起翁宰相，想起黑夜月下的大笑飞奔，只觉得恍如隔世。一夜狂梦悲喜从地狱游向天庭，梦醒，又回到了贫贱人间。

梁上鸟声在跳，一根枯黄的干草折断，悠悠向下，几道熹光落满屋，洁白光芒中无数微小灰尘旋转，枯草穿过光芒往下飘——正方形的草屋里，塞着一张木板床，灰黄床单下露着半截红砖头，两个书柜，脚下书页散落一地，一张极小的案几被左右各四块红砖支了起来，砚中墨已干涸了，宣纸草纸凌乱，四根毛笔倒塞进笔筒，给右边清出一小块空地——这正是他意兴飞扬，挥墨写出无数绝代好诗的地方。

枯草落了下来，才知道仅有的一块空地板也是坑洼不平的。

他回忆昨夜的宴会，却只记得漂着细葱花的金色黄花鱼汤，一块块粘连而热气腾腾的红烧肉，白玉小酒杯里银光闪闪……

"嗝。"

他没吃上一口。

他真饿，饿得整个人在血淋淋汗淋淋地颤，昨夜的冷眼笑声在四周晃荡，他颤得愈发厉害，指甲刺进掌心，握紧了拳：

再也不能干看着别人喝酒吃肉……缩在角落里干看着酒肉被别人瓜分……

他也该吃上一口的，他该得的！

人生只有一次，他不能一辈子就旁观别人喝酒吃肉，他的一辈子就这么短……酒真香，肉也香，可他一口都吃不到，错过了，就一辈子吃不到……

他暗暗发誓：下一次，他一定要吃肉。

宋有杏记得清那根枯草的飘落，但怎么想，也记不得后面半个月的事了，记忆再次连上时，已是下个月初的清溪诗会了。

这一日诗会上的每个人、每句话，他都记得纤毫不差。因为这一日，是他一生命运的拐点，凭借着这一日诗会上的表现，他得到了翁宰相的青眼，并由此在当年中了进士。

那天早上鸡还没叫，他就起床换了最体面干净的一身衣裳，在怀里揣好新写的诗帖，喝了半碗凉水就出门往清溪走。之所以出发这么早，一是因为凌晨凉快，二是因为不能走快，害怕出汗弄臭了衣服。他拣着凉阴地走走停停，想着要怎么自我介绍，也不知道梅寻和翁宰相打招呼了没……

"啪。"

世界陷入了一片漆黑。

正托着腮的宋有杏陡然一惊，这才发觉，面前油灯已燃尽了。

他在回忆中写史，竟不知不觉写了一整夜。

他茫然地环顾四周，一片漆黑中，唯有窗户透着沉蓝微明的天色，早起的厨娘已在花园中穿行，红茶花开了满园，在纸窗上徐徐晃着影；冬日冰凉的晨风飘荡，房檐上铜铃轻响，屋里平棋上吊着的八角琉璃灯也在颤，红黄相间的长流苏轻轻拂动，扰得香炉里长烟也在袅袅晃动，拂向旁边的花瓶，瓶里插着几枝刚从闽北送来的海棠，幽暗中寂寂的、艳艳的。

那根枯草，似还在半空中飘着。

他点亮了灯。

灯下纸稿上，一行行墨字淋漓，让他疑心不是自己写出来的。他陌生地读着，读到翁家的故事、梅家的故事、东梁的战争、自己的故事……十六年了，他想，竟已十六年了。

那场盛筵，那些人，那个国家，早已没影了。

那么热热闹闹的、鲜亮体面的排场，那么位高权重、翻手为云覆手为雨的士族，威严得让人不敢直视的宰相，富裕强盛仿佛春阳般光芒万丈的国家，竟然就在两年后，忽地就没了。

而终结这一切，戴着金面具在江水春色中率万船东下，从草原征战到江南，在二十一岁完成天下一统之不世功业的将军小杜，如今……谁还认识他呢，一个虚弱的残废。

冥冥之中，所有命运在即将崩溃之前，总会出现热腾腾的繁华狂欢。东梁在春景盛世中走向毁灭，北良在天下一统中江山易主，小杜在不世功业中遭暗杀取代。宋有杏不禁想，古人常道盛极而衰，真耶假耶，其天命耶？文王演《周易》，仲尼做《十翼》，洋洋洒洒数千言，亦不过是说了盛衰二字。如此看来，青史即轮回，兴亡幻梦中，一场又一场热闹终究归于寂灭，八千岁为春，八千岁为秋，四十三亿两千万年不过大梵天里一白昼，面前百柜经史只是同写了一件事。宋有杏思及如此，笔头停滞，灯火愈闪愈暗，纸上水墨越晕越远。随着长长一声叹气，笔被提起，判道：

富贵难终

不过，若是一切权势与荣华都注定衰败，那么衰败后的事物，又该如何存在呢？

宋巡抚摇摇头，将这个莫名的想法驱逐出脑海，站起身，吹灭灯，在心中盘算着中午和翁明水的会面。

身后，海棠还在浓烈地、哀寂地盛放着；空中，长流苏轻轻拂；平棋上，一格格蓝底牡丹在幽暗中浮着隐约金光，静静俯视着宋有杏走远，又俯视着"富贵难终"四字。

第十六章

"……总而言之，昨日之事多亏翁公子倾锦囊助妙计，方才救宋某于困局。于国有功，于私有恩，宋某万不能做一个知恩不报的负心人。"

话毕，宋有杏又举起酒杯，对着翁明水一饮而尽，目光却躲闪着，不愿直视对方。

此话虽说得体面，其实宋有杏心虚得很。

尽管宋有杏隐瞒了这么多年，但他其实……是翁朱的门生。

翁朱是他的伯乐，是恩人，是老师。而翁明水是翁朱唯一活下来的儿子，宋有杏本有道德义务，应该关照翁明水的一生。

但宋有杏对于翁明水，却十年来视而不见装作陌生人。宋有杏时来运转，在新朝仕途腾达，明明该报恩，却眼睁睁看着翁明水单衣过冬，没施与过任何恩惠；眼睁睁看着他功名蹭蹬困于科场，亦不肯拉他一把。银两冬衣或是几句话的科场关照，对于此时的宋有杏都不费吹灰之力，可他不愿做，他避得远远的，暗中祈祷一辈子都别再和这些旧熟人见面。

他已是贰臣，他避讳得很，敏感得很。

可在昨夜，宋有杏才在震惊与慌乱中知道，翁明水竟是直属于圣上的密探！

一个前朝亡国、满口仲尼的穷书生，怎么会成了新朝皇帝的心腹间谍？

宋有杏百思不得其解。昨夜翁明水执意回草庐，他只好约翁明水今日中午设宴会晤，一是为了补过谢恩，弥补这十年来的怠慢之罪；二则唯恐翁明水虽表面和气，暗中却向圣上刺言讽谕；三则按捺不住写史人的好奇心，想打听他到底是怎么成了皇帝的暗探，又是如何知道杜路的藏身之处的。

"翁某分内之事，还请宋大人万万勿言恩德了。你我各司其职而已，无须言谢。"翁明水放下玲珑茶杯，"如无要事，翁某便请告辞了。"

"翁公子留步！"宋有杏慌了，赶紧击掌，绣帘画屏后十余个窈窕少女款步而出，以圆扇半掩面，笑语盈盈地望着翁明水，云鬟间花钿步摇，金银明灭，流光拂动在翁明水的侧脸上。

翁明水并不转头："宋大人这是为何？"

"我知道翁公子孤独自在，能乐居陋巷与圣人诗书为伴，是淡泊君子。可丈夫生而愿为之有室，翁公子已近而立之年，也该考虑成家了。况且令先尊有大恩于我，我不忍看恩师孤子无家无依，恰好在太平桥处有一空宅，年久失修，街市吵闹，所幸较为宽敞便利，可暂御冻馁之患。这十二少女是府中刚买入的，个个伶俐体贴，翁公子不妨挑数位添室，其余侍奉照料，寂然苦读之中亦可聊以慰藉。"

"这些东西，我都不需要。"

宋有杏盯着书生沉静的侧脸，恍然大悟，忙改口道："年后朝廷开科取士，宋某自当为国求贤。陋宅庸姿，自是比不得旧时公家富贵，暂屈公子数月，以待春风。"

话落，书生竟笑出声来。他像是听见了什么天大的笑话，笑得上气不接下气，只好以袖掩面，趴在桌上笑得双肩发颤，颤得怀中跳出一方羊脂白玉牌——与昨夜白侍卫身上佩的一模一样。

"宋大人，我是真不需要。"他好容易笑过来了气儿，面上酡红，气息还有些乱，"你太有意思了，我好不容易装了十年书生，你却要送我一栋大宅子？"他忍不住又大笑起来，笑出了泪花。

宋有杏猛然一惊。

注视着大笑的翁明水，他真想给自己两耳光。

太蠢了，说话前怎么不好好想想，翁明水可是皇帝亲手安插在扬州的秘密间谍，手中权势滔天，怎会需要他人的帮助？区区富贵功名，又怎能入得了他的眼？

自己竟真以为他是个困于科场十年的钝书生，竟真以为献美姬豪宅就能使他感激涕零，竟真以为他需要自己的提携。

另一边，翁明水止了笑，转头，懒洋洋地盯着一众少女，泉水般干净的双眸还带着笑意：

"还不滚？一个个找死吗？"

那清俊的面上，一种久居高位孤独杀戮的嗜血笑容，渐渐浮现。

少女们尖叫着四散，鸟兽状逃出房间。

黑眸上移，盯着目瞪口呆的宋有杏；鲜红的舌尖舔了一圈皴裂的嘴唇，他似笑非笑：

"宋大人，您若是真为我好，从今起就别再见我，只当我是个连秀才都考不上的穷书生。"

宋有杏喉中发涩："翁公、翁大人，宋某愚笨，错表一片心意，不是有意冒犯大人，还请大人大量，不记小人之过……这十年来宋某有愧于令先尊，怠慢了大人，在此给您赔罪——"

翁明水一边听，一边懒洋洋地单手托腮，睫毛如扇，黑眸仍盯着他："要说怠慢，也是我怠慢了你哩。这当今政事堂中半是吾家旧客，我也没工夫一个个见啊，这是要我给您赔罪吗？"

宋有杏看着面前青年微笑的脸，只觉得当头棒喝，脸上火辣辣地疼，脑中一片混沌，只是低声喃喃道："不敢，不敢……"

青年抬手，修长的手指夹起胸前白玉牌，收入怀中，眸色暗转：

"我与侍卫白羽同级，是直属于圣上的近亲暗探，我们的存在，是帝国的机密。暗探亲卫之间，绝不可以互知身份，亦绝不可以见面，以保证对圣上的绝对忠诚。此番为了替您解围，我已经破例了。您再如此张扬地献礼，倒真是教我难堪了。"

宋有杏又开始出汗了，正要辩解，被对方一个冰凉的眼神止住：

"您是先父的学生，我为您解围，对您暴露身份，都是因着十六年前的那些情分，您可千万不能——"冰冷的黑眸带着笑意盯着他，"以怨报德呀。"

宋有杏额上冷汗直冒："大人，宋某该如何做，才能报答大恩呢？"

"三件事。"

见宋有杏不解，青年鲜红的舌尖又舔着嘴唇上冻裂的伤口，洁白的牙齿上沾着细小血迹，一颤一颤：

"为了隐藏身份，我已筆门闺窦寒窗苦读了十年，借由落魄愚钝书生的伪装，四处监察，打探消息，才能在此番张蝶城被劫后及时找出杜路，救国家于危急。如今国难当头，更需要我在暗中提供情报，因此我千万不可暴露身份。而你，要协助我调查，帮我三件事。"

"这……这……宋某愚钝，恐难当此大任——"

"这可是圣上的意思！"青年"砰"地拍桌，额上青筋暴起，命令道，"暗探是国之机密，扬州城众官员都不知我的真实身份，现在唯有你能协助我，你必须答应我这三件事！

"第一，有些事是我做的，但你必须承认是你做的。比如发现杜路、抓捕韦杜、安排盐船等事，你必须对外承认全是你做的，无论任何人问起，都不能提我的名字，无论是对黄指挥使张知府刘通判白侍卫，哪怕是圣上亲自问，都必须这么说！"

宋有杏被吓了一跳，连声答应。

"第二件事，不许暴露我的身份。收回你的美人房子，我苦苦隐于市井十年，千万不能招摇显眼。"他拉了拉自己身上满是补丁的青衫，颇嘲弄地笑了，"我不去找你，你不许来找我。不许和任何人提我，哪怕陛下问起来，都只能说我是个痴心科举的笨书生，一个字都不能多说。"

宋有杏有些困惑："为什么……连圣上都不能说？"

翁明水抬起黑眸，颇为不屑地看了他一眼："暗探不可对皇帝之外的任何人暴露身份，我此番救你是破例。若在圣上面前，你胆敢提我的真实身份，就是让圣上知道我已坏了规矩，圣上肯定会降罪于我。这不是以怨报德，是什么？"

此话一落，宋有杏吓得赶紧作揖："万万不敢，万万不敢！小人一定谨守翁大人的吩咐。"

"最后一件事，韦温雪移交给我负责。你找个囚犯替他，若是任何人问起来，就说韦温雪还在地底大牢里押着。"

"这……这……万万使不得啊，大人！"宋有杏慌忙摆手，"韦温雪是逋逃十三年的重犯，是钳制杜路的重要棋子，必须牢牢关住他啊。"

昨夜，宋有杏让白羽转告杜路，说韦温雪被看守在套院里，每日好酒好肉地供着，目的是让杜路安心上船，专心救出张蝶城。可事实上，马车刚回扬州城，韦温雪就被带到了地底大牢，十三根锁链上身，手铐脚镣钉死在墙上，任何人不许探监。

宋有杏见识过韦温雪心思的细密恐怖，让他逃过一次，绝不会让他逃第二次。

事实上，韦温雪的囚室是完全密封的，连一丝光都透不进去。方圆三丈的囚室全被清空，空气中静得连根针掉在地上都听得见，他嘴上绑着钢铁罩，没有与任何人交谈的机会。

唯一没撒谎的是好酒好肉——每天两餐，由地牢中的资深老狱卒端进去，一勺勺喂进韦温雪嘴里，这是韦温雪唯一能以言语诱惑人的机会——但这个老狱卒，既聋又瞎，喂饭经常戳到鼻孔里。

"你说这些事我会不知道吗？"只听"啪"的一声，青年拍案而起，一把揪住宋有杏的衣领，双目狠烈，指着鼻子骂道，"我装贱民装久了，你他奶奶的也敢跟我发号施令？这是我的意思吗？这是圣上的意思！"

被揪起的宋有杏憋得满脸通红，仰头望着他，额上一大颗一大颗汗珠砸落。

"宋答春啊宋答春，你当年不就是条巴结我爹的癞皮狗吗？你知道梅寻跟我爹怎么说你吗？说你有庸才自矜，目无纲常，劝我爹不要用你。我爹却羞愧于一次喝醉后在大庭广众之下恶言对你，为了补偿你，方才在科举中提携，后又给你补了个小文官。可两年后你做了什么？啊？父亲把我们姐弟托付给你，你当年做了什么丧尽天良的事，需要我再讲一遍吗？"

四十多岁的江东巡抚宋有杏，此刻胆怯地望着对方，满脸汗水滑进嘴里："我没有，没有，我不是故意的……"

翁明水仍揪着领子提着他，双目漆黑如恶鬼，冻裂的嘴唇满是细小的皮屑，因情绪激动而撕裂，正渗着鲜红的血：

"你看着我被锁进战俘囚车，可惜你没想到吧，我不仅从长安活着回来了，还从此为赵琰效力，成了他的至亲暗探。那是十四年前，赵琰还没当上皇帝的时候，我就是他的心腹了。而你，一个卖乖弄巧的贰臣，还敢在我面前装大官？一个贰臣还敢写史？真是枉费孔子作春秋。"

他忽地又大笑起来，舔着嘴上的血沫，青白的天光打在他清癯凹陷的脸上，发带飘荡。他在光中仰头大笑，似痴似癫地长叹："宣父啊，我亲爱的圣人啊，你为什么要脏了我的圣人呢？"

宋有杏仰视着他，浑身发颤。

他垂下头，满嘴是血，苍白的脸上，黑幽幽的双眸盯着宋有杏："我念你侍奉先父的情分，为你解围。可你却一而再地阻挠公事，再这样违抗上意，可就不是我能救得了你的了。"

浑身热汗早已凉透了后背，脑子里混混沌沌似在发烫，理智似细线般纷纷崩裂，"好"字就要脱口而出了，却被最后一丝未崩塌的理智拉住舌尖，抵了回去。衣领紧绷中，宋有杏大口喘气，咬紧牙关发出了最后一声质疑：

"韦温雪这种人，怎么能放出来？圣上要你怎么处置他？"

最后一丝仅存的理智告诉他，在杜路救出张蝶城之前，皇帝绝对不可能放走韦温雪，即使要将韦温雪押回长安，也应该由特派军队来完成，这绝不可能是翁明水一人能完成的事。

翁明水像是又听到了什么天大的笑话，笑得眼泪纷纷，嘴上的冻伤纷纷撕裂，血渗出来，满脸泪亮晶晶地滚落，他说：

"韦温雪这种人，又怎么能活着？"

宋有杏一怔："可是，之前圣上给我的信中明明说的是看押他——"

"那是怕你在杜路面前露出破绽。"他伸手擦泪，却弄得满面血泪斑驳，一双黑眸高傲地俯视宋有杏，"圣上真正的吩咐，是先让你收押韦温雪，再让我偷梁换柱，用一个买好的假囚犯把韦温雪换出来，秘密杀死韦温雪。那杜路以为只要他救出张蝶城，韦温雪就能拿到特赦，可事实上，在他出发的第二天，韦温雪就已经死了，但不会有人知道，白羽、宋巡抚、天底下的暗卫暗探都只以为韦温雪还锁在扬州的牢里。等杜路老老实实救出张蝶城的时候，就是他自己的死期。或许杜路死在白羽剑下的时候，还以为自己换了韦温雪一世自由吧。"

宋有杏顷刻间上下唇打战："原来如此，原来如此……"

一切都解释得通了，皇帝虽在千里之外的长安，可早已布下了外臣、内卫、暗探三颗棋子。

外臣接到的命令是看押韦温雪，出面以"救出人就能得到特赦"为许诺和杜路定盟；内卫的任务是带着杜路上路去救人，帮助杜路救人来获得特赦；而暗探收到的旨意是暗杀韦温雪，杜路一上路就动手杀韦。

这样，韦温雪的死就能瞒着其他所有人，以防他们在杜路面前露出破绽。

这样，每颗棋子都只知道片面的旨意，却能完美地配合完成任务。

棋子之间，本是绝不能互通旨意的。

而昨日，暗探为了给外臣解围，在他面前自暴了身份，坏了圣上的安排。外臣还一直喋喋不休地问到底，不肯配合暗探。想到这儿，宋有杏只想抬手给自己两耳光：他问出了太多不该知道的事，完全打乱了圣上精心的安排，日后降罪下来，他和翁明水都跑不了。

不，翁明水是圣上十四年来的心腹。被迁怒而掉脑袋的，或许只有他自己。

现在唯一的办法，就是继续装作不知道，不知道翁明水的真实身份，对韦温雪的死亡也毫不知情，不知道任何不该知道的。宋有杏想到这儿，终于顿悟了翁明水为何要他答应这三件事。

为人为臣，最可贵的不过四字：难得糊涂。

"对不起，对不起，"宋有杏颤声说，"翁大人对我的大恩大德，比我想象的还要重于百倍，宋某没齿难忘，这三件事我一定照办，一定不会给翁大人添麻烦。"

翁明水冷笑一声，松开他的衣领："也请宋大人日后，多改改你那打破砂锅问到底的习性。"

宋有杏一边咳嗽，一边摆手："不敢了，万万不敢了。"

他此刻完全理解了翁明水刚刚的愤怒，如果时间能重来，他一定要回到翁明水发话要韦温雪的那一刻，一句话也不多问，赶紧把韦温雪交出来，而不是像现在这样，既激怒了翁明水，又听了满耳不该听的话。

"你把韦温雪看得太严了，我偷不出来，只好来要人了。"翁明水从怀中掏出一方洁白的手帕，优雅地擦脸净手，"至于圣上那边，多一事不如少一事，宋大人以为如何？"

"少事好，少事好。"宋有杏点头如鸡啄米，"我什么都不知道。"

血泪被手帕擦净，露出那张清俊的脸，头发仍束得一丝不苟，书生负手而立，又恢复了那沉静垂睫的神情：

"烦请宋大人为草民带路。"

宋有杏赶紧迈步，背影还有些发颤："翁大……翁……翁公子，这边请。"

地牢中，一片阳光射了进来，背光站着两个人，打量着面前的一切：

黑暗深处，一位白衫男子被绑在囚室里，云雾般的长发曼丽地下垂。十三道冰凉沉重的铁链从上到下，束缚着他漂亮的脖颈、劲瘦的腰、赤裸的脚腕。钢铁线条犀利，巨锁随着呼吸微颤。

男子的双臂被高高吊起，袖口下垂，露出的手腕已被冻得青白，手铐上连接着长长的铁链，钉死在天花板上。

一方钢铁嘴罩，被近乎粗暴地扣在他面上，绕过耳朵与脖颈上的铁链锁在一起。漆黑的嘴罩上雕着狰狞狰狞的花纹，他的眼皮却柔软地闭着，一根根浅灰色的睫毛垂落，鼻中呼出乳白色的水汽，在黑暗中轻柔慵懒地飘散。

不可思议的是，他竟然在沉睡。

被关入这无声无光的囚室，常人都会狂躁、恐惧、崩溃，甚至随着时间的推移而咬舌自尽。但他却从昨夜被锁入的一刻，就保持安静，在漆黑中闭眼安眠。

像是正在承受天谴，身旁却依然云雾缭绕。

"野史上写，无寒公子的好风姿，是当年长安的佳话，淑德太后频繁召他入宫，连花魁都为他相思自杀。他出游时，贵族小姐们都扮成男子上街，只为见他一面。马车被围得水泄不通，他却不以为恼，反而跳下车，抱臂靠着车舆，笑嘻嘻地任大家看，拍车舆唱道：生来俊俏皮囊，多累美人心肠。"宋有杏盯着囚室中的白衣男子，长叹一声，"我以前觉得是写史人爱夸张，现在终于相信，当年长安的所有姑娘，都愿意为他去死。"

翁明水垂眼，道：

"宋巡抚，你知道我在想什么吗？"

"嗯？"

"我在想，以前听他十六岁就常醉花柳的故事，总觉得他是个嚣浮的酒色徒，可没想到他长成这个模样，逛青楼倒像是做慈善一样。"

两人拊掌大笑。

可惜啊，宋有杏心想，这样绝代的美男子，这样风华的皮囊，今天就要死了，再过几日，便成了一堆臭虫和白骨。

他注视着白衣男子，忽地想起一件事："翁公子，你是怎么知道杜路还活着的？

又是如何发现他的藏身之地的？"

见翁明水沉默不语，宋有杏又忙解释道："我不是有意刺探大人，只是怕日后别人问起我来，我不好回答啊。"

面容沉静的书生站在阴影中，耳垂的边缘映着浅金色的光："其实，我能发现杜路，还是因为韦温雪。"

"哦？"

"三年前，扬州商贩丘大得了笔横财，捐了个功名，便也穿起长衫，修了片园林，日日设宴开诗会，四处结交些山人、处士、小名家。晚生不才，因着先父的声名，竟也被请过几回。一日，丘大邀众人赏茶，自夸道，春末得了两罐阆苑制法的罗岕茶，一直未敢用平常水煮，生怕折了香气，前些天去无锡游玩时，专门载了三十坛惠山山泉，命仆从连夜运回。当着众人的面，丘大倒泉煮茶，盛茶用的是金芒口的定窑茶盏。唉……"书生眯着眼回忆，叹息道，"可惜了那套白薄如月的定窑盏，芒口竟镶成了金的——"

"翁公子，"宋有杏一头雾水，不得不打断，"我是在问杜路，你一直说这水啊茶啊盏的，跟杜路有什么关系？"

"宋大人，你若是在场，怕是发现不了杜路的。"翁明水摇头，嘴角勾出一丝笑意，"这水啊，茶啊，盏啊，你都得记住。"

宋有杏更困惑了，却没再出声，示意他继续说。

"茶煮好后，一杯杯回传，拿到茶的人们都抽动鼻子深吸着香气，一小口一小口地啜着，赞美之声不绝。唯有一位面貌无奇的男子，坐在角落里，喝了一口茶后却突然间面露厌色，趁旁人不觉，他飞快地用衣袖掩口，把一口茶水全吐了出来。然后，他把茶盏放在一旁，与众人言笑却再不看茶盏一眼。"翁明水注视着远处沉睡的韦温雪，那丝笑意更浓了，"我心生奇怪，于是赶紧举起茶盏尝了一口，瞬间惊住了。宋巡抚，你猜怎么着？"

宋巡抚也已享尽宦场荣华十余载，天下八方的贡茶奇茗都是府中常客，自诩对茶也有些见解，沉思片刻，便道："莫非那茶叶不好？或者并非真正的惠山泉水，是滥竽充数的？"

"若是这种都尝得出的事，我倒不会吃惊了。"翁明水摇头，"确实是一等一的好春茶，也确实是连夜送来的惠山泉水。只不过，取泉水时没有淘井。"

宋巡抚霎时目瞪口呆："这……这你都喝得出来？"

"少时宰相府里富贵，嘴养刁了。"翁明水垂眼，语气很平淡，"只有顶尖的茶师才知道，取惠山泉水前一定要先淘井，把老水清理干净，然后等待黑夜里新泉水涌上来，马上汲水封瓮，趁着风满快舟运回。这样的泉水煮茶，才是最鲜美、最活灵的。而那丘大一知半解，只知附庸惠山泉水的风雅，取泉时却不知淘井，装回来了三十罐老水。不过，纵未淘井，这阆苑制法罗岕茶已是世间珍奇，惠山泉水亦是陆鸿渐所评的人间第二，只见手中的杯盏里，茶色如山窗透光，袅袅香气逼人，众宾欢乐，赞不绝口，我也忍不住又喝了一口。说来惭愧，自我十一岁离开宰相府后，再也没见过这样好的茶了。"

宋有杏终于意识到了问题所在，眉头紧皱："而那男人，只喝了一口就全吐了出来？"

"正是。"

"那他……他到底是什么人？"

"我便悄悄问旁座的宾客，"翁明水又微笑了，"宾客说，那人是妓院铜雀楼的老板，名叫温八，是个酒色徒。"

宋有杏登时目瞪口呆。

"我便想，这么珍奇的茶叶，这么名贵的泉水，却只是因为取水时没淘井这种常人根本喝不出来的微小差别，他就一口全吐了出来，面露厌色再也不肯喝，这人，到底是个什么人物？"

宋有杏打了个哆嗦，如梦初醒："我明白了，能喝出这种微小差别，说明他旧时家中富贵未必逊于翁公子，才养成了这么挑剔的一张嘴。他全吐了出来不肯再喝，说明他时至今日仍能经常喝到一等一的好茶，瞧不起此茶，更不愿委屈自己。此等心气，怎可能只是个开妓院的酒色徒？多半出自簪缨世胄之家！"

翁明水颔首："可别说扬州城、金陵城了，就是整个江左，放眼望去能有几个此等人物？又有哪个不是我从小认识的？"

此话一出，宋有杏心道：怪不得你能成为暗探，江左豪门世家哪个不是你幼时的家中常客？你如今落魄不起眼，又对各家情况了若指掌，皇上选你打探消息监察众臣真是再适合不过。

"旁人告诉我，都说温老板是十三年前从长安逃难来的，但一口扬州话却说得比谁都好听，跟三教九流都能言笑晏晏，会说话，吃得开，各路聚会都常邀他。"金光渐渐从翁明水的耳边滑落，"我当时心里一惊。十三年前，长安，我们这种人，都知道这两个词意味着什么。"

宋有杏叹气："他不是在逃难，是在逃杀身之祸。"

十三年前，赵琰兵变成功，窃国称帝，确立新国号"定"，起用东梁旧臣和南方新贵，而对当时妄想复良的关陇旧士族覆宗灭祀，以儆天下。

长安首当其冲的便是韦杜二家，抄家毁庙，老幼杀绝。

"温八，温八……我当时念着这个名字，渐渐想起一个人来，那个生下来就不会哭只会笑的传奇婴儿，降生时白雪长安城一夕回暖冰河夜开；那个八叉手成八韵的俊赏诗客，天下人把他的诗从草原唱到岭南——他是长安人的无寒公子，是韦家的二少爷，是那个早就该死在十三年前的——韦温雪。"

"温八，韦温雪，韦二……"宋有杏念着这些名字，眼神逐渐清明，"原来如此。"

"那场春末的茶会结束后，我暗自跟踪了温八三个月，他没露出任何破绽。直到一个明月夜他醉了酒，一人泛舟出游，酣睡于水月十里荷花中，我终于得到机会，窥到他易容下的真面貌，亦听见了他醉后清梦里的呓语。我终于确定，温八就是韦温雪，他没死。我以为他十三年前就被满门抄斩，没想到他逃出来了，更没想到竟因为一口茶被我认了出来。"

宋有杏登时眼神发亮，拊掌称道："妙哉奇事。"

"我父亲在时，对无寒的诗词又恨又爱，不许任何人在自己面前提无寒，却又忍不住搜罗市面上无寒每一首新词。可惜，直到我父亲仙逝，他仍没去过长安，仍没见过无寒一面。我常想，他们若是黄泉下相逢，定会有好一场口角舌战，又忍不住一起并肩推敲起来。"他似在微笑，神情却无限悲伤，"没想到，若干年后，无寒竟来了扬州，唯有我父亲黄泉花鸟下诗魂孤眠。"

宋有杏喉中发涩。

"我本想烧些无寒的新词给父亲，却发现这绝代公子竟连一首新词都不敢再写，一年年空耗青春。"金光已滑落到翁明水的后背，"宋大人，您也是写诗人，您明白这种痛苦，可他忍得住。他谨慎得很，心思周密得很，能把一切打点得滴水不漏没有任何马脚。

"我又监视了他半年时间，终于等到一个冬天的深夜，他披着单衫提着灯就踏桥从铜雀楼跑了出去，紧张万分地拍开药铺门，提着数包药材跑回去，冷风中长发乱飘。第二日我去打听，楼中姑娘保镖却无人患疾，更何况谁能使得动他半夜买药呢？我那时才意识到，楼中应该还藏了一个人。那是个他很在乎、很熟悉的人，或许，还是个和他一样的正逃罪的人。

"大前天宫中事情突发，圣上命令全天下的暗探寻找杜路。我不敢知情不报，便来禀报宋大人。所幸猜得不错，韦温雪藏在铜雀楼里的病人，正是杜路。"金光顺着后背向下溜，书生抬睫，沉静地注视着宋有杏，"大人，这便是我找到杜路的全部故事。但凡有人问起你，你就把故事中的我改成你，讲给他们听。"

宋有杏连声答应，转念一想，发现了古怪之处：翁明水既然三年前就发现了韦温雪，为什么知情不报？直到事发之后才带兵去捉韦温雪？

理智告诉他，难得糊涂，别再追问翁大人了。可那写史人爱打听的好奇心又一次没按住，他脱口问道：

"那为何大人当时发现韦贼后，不立刻上报呢……"

话音未落，他便已后悔了，生怕又激怒了翁明水，惴惴不安地偷觑对方的脸色。

可这一次，翁明水很平静。

他背着金光立着，长睫微垂，沉默地注视着黑暗中的白衣男子，轻声道：

"我也不知道，当时只是觉得，他这一生实在太不容易。我父亲生前也喜欢他的词……他好不容易能活下去，我不忍心举发他。"

他顿了顿，又说：

"或许，我对他有一点……物伤其类。"

宋有杏心中猛然一酸。

他还来不及说话，忽地听见耳旁翁明水声音冰凉：

"你都醒了，还装睡做什么？"那双黑眸直视着囚室内的白衣男子，透着森森的凉意。

话音刚落，黑暗中，一双莹亮的眼睛蓦地睁开，带着些浅淡的笑意，扫视远处的二人。

原来，他早就醒了。

宋有杏跺地三下。门外，传来了"啪嗒""啪嗒"的声音，那聋耳瞎眼的老头儿拄着拐杖在幽暗的甬道里前行，他高瘦而干枯，一个巨大的钥匙圈挂在脖间，哗啦啦地响着。

老头儿敲着拐杖走到韦温雪面前，摸索着解锁，取下钢铁嘴罩，露出半张苍白的脸，带着些浅浅的红压痕。随后他直腰踮脚，松开了手铐，又摸索着解开身上一道道锁链。

被解开双臂的白衣男子伸着懒腰打了个哈欠，呼出白汽袅袅，那双眼里因而染了些盈盈泪，半眯着道：

"映光公子，你可讲错了一件事。"

"哦？"

"那惠山泉水在运载的时候，罐底还要再堆些山石，这样水生于石，才是一等一的妙味。映光啊，下回你一定要试试。"

"韦公子真是讲究人。"

"不讲究，不讲究，十三年来没事干，找些无聊事消磨时间而已。"那双眼含泪带雾而透着笑意，在幽暗中晶莹地凝视着翁明水，"明年花落春尽的时候，你来铜雀楼啊，我泡茶给你喝。"

"为何突然邀我？"

"因为我此刻才听见这故事，我若早听闻，便早就该邀了翁公子赏茶。两个落魄茶痴，本该夏雨冬雪多打扰，方不委屈了这寂寥苦闷的人间一遭。"

他活动着手腕笑了起来，笑容似孩童般落拓明亮，眼睛却落寞着：

"我小时候极爱传奇话本，看书时却不理解，为什么罽宾王的鸾鸟三年不肯鸣叫，直到见到镜子中的自己，以为是同类，便慨然悲鸣直头叫死。直到二十二岁遭逢国变，流落江南，我终于明白了这种刻骨铭心的孤绝。十三年了，我连个说话的人都没有，却又要与众人言笑晏晏。

"映光，年后的春天，你一定要来喝茶啊。天底下最好的茶都在我的铜雀楼里，天底下所有的苦闷也在里面。"

"我不去。"

谈话间，翁明水径直走到韦温雪面前，与他对视。宋有杏站在身后。

"我的舌头已经习惯了野菜，无福消受那么好的茶了。"

书生与韦温雪靠得越来越近，黑眸直视着他晶莹的双眼：

"你也不必因见我而悲鸣，因为我，从来不是你镜中苦闷的同类。"

韦温雪的眸子蓦地张大。他猛然一惊，似乎意识到了什么，向后退步，却被书生一把拽着衣领拉了回来。

幽暗囚室与冰凉铁链间，青衫破旧的书生单手攥着白衣佩玉的男人，贴在他耳旁，睫毛轻垂：

"你也该上路，去陪我父亲作诗了。"

话未落，他便手起如刀，向着韦温雪的后颈狠狠劈下！

"哗——！"

身后的宋有杏只觉得一阵疾风从头顶劈下，随后看见黑暗中，洁白的身影似一幅从空中抛下的白色丝绢，踉跄，虚晃，滑落……

他又被翁明水单手提了起来。

翁明水揽着昏迷的韦温雪，冰冷地瞟了一眼身后的宋巡抚，吩咐道：

"备车。不要告诉任何人。"

天地迷蒙。日渐沉。

翁明水把绑成一团的韦温雪塞进车厢，确认他还昏迷不醒，然后跳上马车，扬鞭离开。

冷风呼啸中，宋有杏目送黑色的矮小马车走远。

他抱臂依靠着光秃的柳树，注视着烟雾弥漫中马车越来越小，一身凉透的汗黏附在身上，整个人又累又倦。他眯着眼望着，心底忽然冒出个想法：

此刻，杜路正在百里之外的大船上奔波吧？他或许正和白羽讨论着营救计划，眼神明亮、满怀希望地要为韦温雪争取特赦。

可再过半个时辰，等马车到达城郊时，韦温雪就会被翁明水一刀割断脖子，找一片恶臭的荒冢胡乱埋了，连个标记都留不下。

再过几天，血便臭了，然后生虫，皮肉被蛆干净，露出森森白骨，永眠于狗彘冻殍之间。

一代风流绝世的无寒公子，白衣与一片脏臭腌臢同化。

宋有杏思及如此，不禁痛惜：他为朋友求医问药十年，熬尽心血想让朋友活下去，到头来反误了自己的性命。

他已经开始后悔，没在韦温雪活着时，多问几句当年的事了。

第三卷

谋杀

这要你如何相信，

他年少时的眼泪都是骗局？

第十七章

两岸青山，白江流水，孤船影。

舱里。

"你不能杀了那群偷听的小孩，他们是人，是活生生的生命，你不能这么冷血——"

"轮不到你教我。"

这带着讽刺的话音落地后，一种苍凉的狼狈浮现在杜路面上，他张嘴欲言，却说不出一个字。

孤灯晃着，仿佛一层幽暗的雾气充塞于两人之间。

白侍卫别过眼，深深吸了一口气：他现在只是尽忠于陛下的臣子，那些十年前的旧事纵有亏欠，也是私怨，不该在公务中掺杂感情。此刻，他只应该把杜路当作一次任务的合作对象，平生无交，事后灭口，恰似两个陌生人于茫茫人海中擦肩，无论前半生做过什么混账事都与彼此无关，切不可谴责对方，更不能感情用事。

杜路还在抿紧了唇线沉默。白羽想结束这无必要的冷战，开口欲道歉，可一看见他坐在床沿上消瘦的身影，那股暗火猛地一下就从心底蹿上了上来。

凭什么他要向杜路道歉，明明是杜路欠他的！

父母因他而死，哥姐因他而死，就连这十年炼狱生涯，也是拜他所赐！

他却无知无觉，躺在江南青楼里做着温柔安乐梦，被人安安稳稳、红巾翠袖地伺候了十年。

杜路跳火自尽时，白羽十岁，他的父亲跟随着杜路在渝州城内坚守到了最后一刻，葬身于屠城大火。消息传来后，一家人都蓦地静默，母亲空洞的双目中静静流出清澈的泪，窗外雪还在下，白茫茫的一片。小小的孩子攥着一个小皮球梦游般走了出去，站在大湖边发呆。千万朵梅花倒映在翠碧的冰湖上，他哭得上气不接下气，脏兮兮的手指带着冻疮抹泪，风雪和泪掉在一起，皮肤如刀割般生疼。

十年前，父母为英雄末路而落泪。十年后，他方知道，英雄是假的，英雄有自己全身而退的法子，没有退路的、被牺牲的、被赶尽杀绝的，只是那些被英雄感动的平民。

或许，这些平民的泪水，在杜路看来也是可笑而无意义的。他不是说了吗？他连妃子陈宁净都不记得，他根本不知道天底下曾有多少人为他而死。

或许，他也根本不在乎。

杜路已沉默了太久，久到白羽以为他也生闷气了，但白羽亦不愿向他妥协。就在这时，杜路忽然抬眼，望着白羽，那目光诚恳而哀伤：

"你是对的，轮不到我教你，我这个杀尽天下的屠夫没有资格教你向善，可说来奇怪，其实我……从来没有想过要做恶事。"

这声音太苍凉，又太温和。

白侍卫一怔。

"只是不知道为什么，越是一心向善，就做了越多的恶事，越是挣扎坚持，就背了越多的冤孽罪过……我坚信着理想，一步步实现，回头却发现，理想……都是错的。"

他仍坦诚地望着少年。那目光里包含了太多直达生命本质而难以理解的苦难过往，他明知理解无望，却依然一块块亲手剥开自己浑身累累的伤疤，坦诚地，温和地：

"我是个遗腹子。在我出生前的一个月，我的父亲战死在北漠。那年下着大雪，我爷爷用马驮着自己儿子的尸体从战场上归来，他们说老将军那一路都没有流泪，直到抱住刚刚出生的婴儿，他发着抖望着身后一路走回来的雪路，轻轻掩住了自己苍老的脸。

"'可我们杜家不怕绝后。'那是我爷爷六十岁时再次披甲时说的话，'我从不后悔让自己的儿子走上战场。'他戴正了自己白发上的铁盔，'若我死前不能把蛮族人驱逐出雁门关，那我的孙子还会去。'

"他从小教我经史，教我写的第一句话就是'怀与安，实败名'。在礼坏乐崩、贵族乱政的时代，他是一个坚毅得令朝堂恐惧的男人，面对着令人闻名胆战的蒙兀骑兵，他撑着群臣的腰杆不许他们跪下去。'被权力嫌恶是所有武将的宿命，'他说，在整个朝堂的窃窃私语声中,他坚定地把北方的兵权重柄握在自己手中,与关外的虎狼厮杀,'而我从未想过要善终,我只是要为国家做完必做的事。'他为我树立了一个金色的理想,一个我曾坚信不疑的理想。'为此你可以杀人,甚至可以杀一国的人,'他俯身教我,'时代必有牺牲,然后才有政教与太平。'"

"你不能说他错了。"白羽轻轻吁了一口气,承认道,"若没有你们这些偏执的铁血者,蛮族铁骑早在五十年前就踏平了中原。"

而杜路,是一百年间唯一战胜过蒙兀军团的人。白羽不想承认这一点:此刻大定的一切和平繁荣,正是建立在面前这个衰弱男人的功业上。他才是被背叛、被损害、被掠夺的那一个。

"可我要说,这或许是有错的。"杜路缓缓抬头,望向白羽,"为了安全地把我送到目的地来交换张蝶城,我们可以毫不犹豫地杀死一群可疑的小孩,是这样吗?"

白侍卫没有犹豫:"是的。"

"我少年时也是这样毫不犹豫。"杜路说,"十六岁时,我的爷爷死在北疆,那个男人以他的方式为国家尽忠到了最后一刻。在满朝绥靖的声音中,我穿着丧服跨上了战马。我毫不犹豫我为什么要杀人,那些蛮族人是杀死我父亲、爷爷的仇人。只有战胜他们,才有国家的未来。后来我也毫不犹豫为何要杀西蜀人、东梁人,尽管他们与我无冤无仇,但只有消灭了那些国家,才能恢复大良的社稷山河。

"为理想而征战,在战争中殉道,一步步地收复失地,时刻准备好用自己的生命来重振国命,这就是我前半生的故事。"杜路垂下了眼睫:

"但当我终于完成了这一切后,我的国家反而遭遇了灭顶之灾,被我最好的朋友夺走了。"

这不是一个侍卫该听到的话。

白羽垂下了头。

"你们当年到底发生了什么?"良久,白羽知道自己不该问的,但他听见自己的声音在寂静中轻颤着响起,"陛下……那时你的副将赵琰,为何会暗杀你?"

杜路苦笑了一下。

"这个问题,很多人问过我,我也想了很多年。"他轻轻吁了口气,"可答案是,我不知道。"

白羽瞬间抬头:"你不知道?"

"很奇怪吗?我的一生都受困于这两个错误的真相。当年燕子把我推下悬崖时说,我是他最恨的人。可我并不明白仇恨是如何发生的。就像我为何会在热烈的理想和一步步的奋斗中,断送了大良的国命,我这个人总是在做错事,可我从未明白,到底是哪里出错了……"

这是他一生的困惑。

他一直都做着对的事，做着理想中的事，只是不知道为什么到头来，一切都错了。

曾经，他是个眼神明亮的少年，要用热情的生命温暖整个冰冷的世界，要结束人间的一切苦难。可到头来，更多的苦难因他而起。他带来不了和平，只带来了愈来愈多的纷争和战乱。

良朝因他而灭亡，他最好的朋友其实恨他，他想恢复良朝正统却杀害了更多的人……如果不是他，家族不会遭遇灭顶之灾，韦二不会冒死逃命、被迫流亡，西蜀武林不会惨遭清算，还有从草原到江南，那么多死在他刀剑下的无辜生命……

他年少时所有的理想都坍塌了。

他也放下一切，执着落地，只祈求死亡早日把自己湮灭，以赎清这一生的罪过。

只是，这种困惑将永生永世地伴随着他，孤寂地、绝望地伴随着他。世间没有一个人能解答这种困惑，甚至无人能理解，他只有一个人孤独地苦苦思索，直至在无解的困惑中孤独地死去。亦唯有这种困惑，能陪伴他踏上无人与共的黄泉之路。

"不要说了，都过去了。"白羽如此说道，心想：或许你根本没做错什么，只是你妨碍了他的路，帝王的大业，总该有被他踩在脚下铺路的人。你以为他是你最好的朋友，可他只把你当成垫脚石。

白羽并不理解这种困惑，因为白羽从未参与过两个少年的友谊。那时在长安城明星如缀的夜空下，杜路拉着赵燕的手逃出那压抑的痛苦的家。"没有人再能打你，哪怕他是你父亲也不行。"他一边拉着黑衣少年跑着，一边转头说道，"燕子，从今天起就不回头了，那个家不值得你留恋。"飞奔中耳旁夏风如响箭，他拉着他跳进夜河，溅出的水花波光粼粼，仿佛要去击中月亮。面色苍白的黑衣少年把头埋在水中，整个人还在颤抖，良久，才带着满脸水痕和血疤抬起头，安静地望向他，轻声说："好。"

北疆的第一个冬天，是可怕的酷寒。一次严重的溃败后良朝军队弹尽粮绝，杜路受了致命伤。那一夜，漆黑的冰原上卷起了漫天的暴风雪，他们两个都会死在这里。"放下我，然后离开。"他在濒死中下令，可那个皮肤苍白的黑衣少年依然背着他往前走，在暴风雪中把他的手臂越抓越紧，低着头，一言不发。那年杜路十七岁，那个不爱说话的少年把最后一双靴子留给了他，穿着草鞋背着他冒着风雪在冰面上走了三百里，差一点永远失去了双脚。而他肋间插着长箭，在少年颠簸的背上发着高烧，看见暴风雪中少年安静的眼泪不断砸落在大雪中，"放我下来吧。"他虚弱地说，"你不要哭。"少年摇头说："没有哭，你就这样活着跟我说话，我就不会流泪了。"

多年后，当杜路疲惫地靠在床上，试图给白羽讲述这个故事时，一切却变得如此难以理解：天下所有人都明知故事的结局，知道在五年之后，这两个男人之间将发生一场极为惨烈的背叛：苍白的青年赵燕，将与杜路的宿敌勾结，在战争中发起暗杀而把匕首插进杜路的胸膛。他亲手把自己的朋友推下悬崖，他夺走了杜路的军队，他还会取代杜路成为新的大将军，并最终踩踏着杜路的平生而建立起自己的大业。这才是故事的结局。人们站在结局去看开头，便说那一切友谊与记忆都是骗局。

在这一场惨烈的背叛发生之后，当年的故事已变得面目全非了，仿佛既不值得回忆，也无所谓真假。

可杜路知道那些事曾无比真实地发生过，十八年前，当他穿着丧服跨上战马，在群臣的摇头声中带领爷爷留下的残兵奔赴战场时，苍白寡言的黑衣少年赵燕，是他身后唯一的追随者。在北漠夜晚尖锐的风声中，当所有士兵怯懦地望向铁骑浮图时，赵燕是他坚定不移的勇士，嘶吼着跟随他冲向了漫天火海。"在我战死之前，我们会看到世界的和平。"火光中，杜路取下了金色的面具，带着满身血污躺下，疲惫地望着远方的城池，轻声讲起那个梦想中礼乐教化的美好未来。黑衣少年安静地坐在他身旁，扒着火堆说："我相信你。"

赵燕曾毫不犹豫地相信杜路的一切理想。

他是唯一的信徒。

他们之间发生过太多故事，连那场近乎赤脚走过的三百里风雪，都是很小的一部分了。数不清有多少次，战场上赵燕扑到少年杜路面前，为他挡住漫天流火与飞矢；他无数次去做最危险的先登士兵，他在埋伏受困中留下，为杜路断后；被北漠军队俘虏时他才十八岁，在对方逼问杜路的下落时紧紧咬住自己的牙。当杜路终于救出他时，抱着一个几乎血肉模糊的人形。杜路看着他流泪，他却笑了，说："能再见到你真是太好了，我本来就相信你会战胜他们所有人，只是担心自己看不到那一天了。"

这些都是真实的故事，只是最终没有一个好结局。

悬崖上发生了那场暗杀。

赵燕杀死过他，也亲手杀死了自己的年少过往，杀死这个故事中所有的泪水与理想。当多年后皮肤苍白的皇帝披着金袍独坐在高座上时，他用死亡恐吓所有史官不敢再写杜路的名字，他偏执地要抹杀掉自己年少时的任何痕迹。

"我不明白。"

这种无解的困惑永生地缠绕着杜路，他不明白赵燕的仇恨是如何发生的，他不明白世事到底哪里发生了错误。

一个人救了你，又杀了你。一个人曾无私地尽忠于你，最终却又恨你。这要你如何相信，他年少时的眼泪都是骗局？

杜路不是执迷不悟的东郭先生，但他至今仍不相信赵燕是一匹从小伪装的恶狼。如果只是为了权力，赵燕早就动手了。他们一起打了五年的仗，每日同席而坐，共营而眠，他的脖颈随时向赵燕坦露着。赵燕有无数更好的时机，可他只是一次次本能地冲来，用自己肩膀的血肉挡住冲杜路而来的利刃流箭。

可白羽若是听他讲完这些友谊的故事，大概也并不能理解这种困惑，只会嗤之以鼻，并把飞鱼的故事讲给杜路听，再次重复道：感情，并不影响人类的利益决策。

"我其实是想说，小哥，你还小，要去做个善良的人。"男人依然坦诚地注视着面前的少年，声音很温和，"虽然我满心理想却背了满身罪孽，但这不能影响你对善良的信念。我做了太多错事，但从来没有想过要做恶事。"

"可我生来就是做恶人的。"

白侍卫注视着他，冰霜般的目光极冷，声音更冰凉：

"我没的选择，没有做善人的命。我从十岁就开始杀人，手上有几千条人命。我唯一的价值就是杀人，如果哪天我杀不了人了，我也活不成了。你说，我该怎么行善呢？"

男人张张嘴，却说不下去了。

一种致命的疲倦如同浓重的墨汁，从他心脏里漫了出来，染上周遭的一切，这幽暗封闭的舱室，这明灭的孤灯，这遥远的水声桨声，这一阵阵的颠簸恰似平生风雨无奈。

他虚弱地坐在幽暗中，抬眼注视着面容稚嫩、清爽干净的少年，却在少年的眸子里看见了一个同样老去的灵魂。

他们一样苍凉，一样无奈，一样残缺。他解答不了自己一生的困惑，亦无法拯救从地狱里吞噬死人血骨长大的少年。

他从幼年时，就格外喜欢呵护脆弱的东西，他捧着奄奄一息的小灰猫一滴一滴地喂米水，冒险给冷宫中哭泣的念安公主送食盒，把大雪中跟在身后乞食的小狗抱在怀里暖，拉着满身鞭痕的赵燕逃出痛苦的家……可到头来，他谁都救不了。

那少年嘲弄的声音还在耳边，一声声似要撕裂他的灵魂：

"大圣人，大英雄，你既然不能解救芸芸众生，又何必把你高尚的理想强加在他们身上，平白教他们挣扎痛苦呢？"

这一问如当头棒喝，震得杜路目眩耳鸣，似有千只蜜蜂绕着头嗡嗡飞翔，又似有万斤黄铜大钟罩在他身上，外面万人诵经撞钟声如海涛，他被关在钟里浑身发颤，用尽最后的力气孤独地、虚弱地说：

"不，不是这样，不是……"

他说不下去了。

他也不知道为什么，说不出为什么少年是错的，更不知道自己是不是对的。可他还是想说，还是想对整个世界说不是这样的。但他什么理由也说不出来，他拼命想说些话，急着想说些话，越来越多苦热的气体在胸间积聚，哗地冲了上来——

那是一口黑红色的血。

急骤的热气在身体里乱窜，他抓住床沿，顷刻间咳得上气不接下气，整个人摇摇欲坠地下趴，黑红色的血液四处溅落，染上了少年的白衣。

白羽吓坏了，他赶紧蹲下身扶着杜路，轻轻拍打杜路颤抖的脊背，焦急地问："怎么了？你还好吗？"

杜路吃力地抬头，一种苍凉浮现在眉眼间，却颤抖着伸出手，摸了摸少年的脑袋，轻声说：

"对不起，我不该那样说你的。对不起。"

那只大手缓缓滑落了。

他整个人向前倾倒，像一只重伤后竭力飞翔却又被一箭射中的大雁，闭上了疲倦的眼睛。

"喂！喂！"

少年跪在地上，用尽全身力气支撑住男人："你怎么了？杜路，你别吓我啊，杜路！"

没有回答，白侍卫只好伸出双臂，紧紧环抱住黑衣男人，将他的下巴托到自己肩上，摇摇晃晃地抱着他站起来。杜路比白羽高出太多，这猫儿般的少年像拔了一颗大萝卜，咬着牙抱起杜路，又倾着身小心翼翼地把他放回床上，轻手轻脚地把脉。

这一刻白羽才意识到，杜路的生命有多微弱。他赶紧从行李的银盒里取出一粒药丸，拿小刀仔细切碎了就着凉白开喂杜路服了下去，又按照四页纸上韦温雪专门的嘱托挑了些药材，吩咐小厮赶紧拿着紫砂药锅去煮。

等药的时候，白羽又坐在床边的小马扎上，目光落在杜路身上。男人躺在一片幽暗的光影中，紧闭着双眼，他的睫毛其实很长，一根根投下清晰的影子，随着船的晃动而轻颤着，而细小的纹路已在眼角散开，像是岁月把透明的雪花吹散在他面上。

他已不再年轻。

白羽望着望着，伸出手指，一点点擦掉了他唇边凝结的血污。他下巴上有一些浅灰色的小胡茬，扎了少年的手指。

他实在太消瘦了，下颚的线条锋利得像把久未出鞘的古剑，又在时光蹉跎中变回毫无光泽的废铁。白羽用手包住他的下巴，感觉到手心里被轻轻刺着，像是锈。

白羽忽然有些难过。

他本来有很多事要追问杜路，他的家人都死于对杜路理想的尽忠，而到头来理想是一场泡影，杜路自觉亏欠吗？这么多年来心安理得吗？从年少孤勇到落魄流亡，从理想世界到世事残酷，杜路还在执迷不悟吗？背叛、暗刀、火海、唾弃，这才是世界的真相。他二十岁时就建立起"垂辉映千春"的不世功业，在那个权力摇摇欲坠的时代，他若是做个恶人，将是这世上最伟大的恶人。可他偏要做那个扶持幼帝的好人，于是成了这世上最凄惨的好人。历经种种幻灭后，他还对一群小孩心怀怜悯，不觉得自己这一生讽刺而可笑吗？

他活不长了。

白侍卫像个被一针扎破的气球，软塌塌地垂着，望着面前人命危浅的男人，满腔愤怨与追问无处可去，只能是一声无奈的叹气。

"算了，我不气你了，也不杀那群小孩了。你快点醒过来，你一定得活过这次绑架案。"

顿了顿，他又说：

"我也……不恨你了。"

少年闭上眼，浅浅两道晶莹的泪却无声地从脸颊上滑落。

恨吗？

不恨吗？

他原本可以拥有快乐的、自由的一生。

他的家人和姐姐，都惨死在十年前江湖联盟的失败中。他作为乱贼之子，被掳掠到生不如死的训练营中。

在成为一个恶毒的杀手之前，他也曾是一个天真的孩子。

没有一个孩子会以为，自己长大会成为一个坏人。孩子们都以为自己也会成为英雄——

像杜路一样。

小小的他握着小皮球站在春庭中，虔诚敬爱地望着杜路的背影。

那个落雪的冬天，小小的他为杜路堕火殉国而悲伤地哭泣，却从未想过，命运的苦难马上要降临在自己稚嫩的头顶。

他被送入人人相食的厮杀地狱，他被喂下一生无解的剧痛毒药，他浑身伤痕，日夜匍匐在别人脚下乞讨活下去，他失去了他的自由，他的尊严，他的梦想，他的姓名。

白羽，是那柄剑的名字，不是他的名字。

他真正的名字，早已被掩埋在深海下的废墟中，那里葬着无人问津的过往与带有那个孩子幸福记忆的尸骸，时光泥沙俱下，光影中海水震荡。从此再无人知晓，世间最残忍恶毒的杀手，也曾经笃信着光明的英雄。

白侍卫一生的苦难都因杜路而起，最初的信仰也因杜路而起。此刻白侍卫望着杜路，竟一时不知自己该怀着何种感情。该恨他吗？自己的家人都因他牺牲，他却为何还苟活于世？

可杜路又即将死去，他衰弱的生命之火正在白侍卫眼前一寸寸熄灭，这就是一代英雄最终的狼狈结局。

算了。白羽稳了稳心绪，深吸一口气，对自己说：

不要再掺杂感情了。

无论如何，在这场旅途的终点，他都将亲手结束杜路的生命。

晚饭时，杜路还没醒。

一船上下人心惶惶，三四个小厮急急忙忙地煮药换热水，走马灯似的奔来跑去。船长方诺学过一些医术，也赶紧来查看杜路，眉头紧锁着建议微调几味药材的剂量。

其间，白侍卫一直坐在小马扎上，寸步不离地守卫着杜路，玻璃球般的眼珠无声打量着一切，任何喂到杜路嘴里的东西都要他先点头。少年单手支着下巴，面无表情地听完方诺的建议，对门外吩咐道：

"把之前的汤药倒掉，按方船长的话，重新煮。"

舱门外候着的小厮们马不停蹄地又跑走了，捧着药碗跑到甲板上，把先前熬了几个时辰的黑色药汁全倒进了映着黄昏的江水里，又奔到伙房内重新劈柴洗瓮，满头大汗地对着火苗摇着小扇。

舱室内，方诺用手帕擦汗，对着少年躬身行礼："草民狂瞽，多谢白侍卫信任——"

"不必。"白侍卫仍坐在马扎上，像只漠然的白猫，打量着面前躬身的矮胖男人，"方船长，你是宋巡抚安排的人，我自然信你。如今杜路病重，想你也不敢妄语。只是有些事，你也不该妄做。"

方诺刚擦净的额头上霎时又流下一片细密的汗珠："草民愚钝，不明白大人的意思。"

白侍卫注视着他，冰霜般的面上没有一丝表情："大家都是绑在一根绳上的蚂蚱，杜路但凡出一点差池，我们都得死，对于杜路，你自是不敢有危害之心的。但我不明白，你私自安排那么多小探子来监听我们，是什么意思？"

方诺把身子躬得更低了，面上汗流如雨："白……白侍卫，您误会了，那是草民家中儿女——"

"唰"的一声，话音还未落，一条白练已缠上了方诺的脖子！

白练彼端，少年仍坐在低矮的小马扎上，颇平静地说：

"不得放肆。在我腰上这一方御赐玉牌面前撒谎，与欺君同罪。你是湖北人，那群小孩满口四川话，怎么可能是你的孩子？"

方诺刹那间已脸色发白，双手用力扯着脖颈上的白练，激烈恐慌地挣扎着："大人饶命！不要杀我，不要杀我！"

"不想死就别乱动，老老实实回答我。"

话毕，方诺整个人被吓得一动不动，整个人从腿到脖子都在发抖，弄得绷直在空中的白练也在簌簌颤动。

"说啊！"

"不……不是我的孩子。"

"这艘船到底是谁安排的？这趟行程都有哪些人嘱咐过你？"

"是宋……宋有杏宋大人安排的，昨天上午他亲自交代小人送二位大人去荆州，他还让小人保密，不许告诉别人。这趟行程只有宋大人嘱咐过我，别人都不知道，昨夜你们上船时，岸上那些送别的人除了宋大人以外，我都是第一次见——"

"够了。下一个问题：那些小间谍是你自作主张，还是宋大人安排的？"

"这……这……"

白侍卫两指一夹，方诺瞬间痛苦地捂住脖子："我说！我说！是……是宋大人安排的，还交代我对船上伙计杂役都说是自己的孩子，为了回家过年偷偷带上船的……"

"目的？"

"让孩子们监听二位大人的一举一动，每天用鸽子传信给宋大人，他说他生怕路上出事，不放心二位。"

听闻此话，白侍卫冷笑一声："昨夜交接突然，信了他的鬼话。可现在仔细一想，哪有用盐船送人的道理，那么多东南水师和军舰是吃闲饭的吗？他理应安排军队送我们，哪用得着你们这艘众人各怀鬼胎的贼船？真不知道宋有杏那厮肚子里打的什么算盘。"

"小人万万不敢！万万不敢！"

"我此趟时间紧张，现在靠岸换军舰手续太冗，耽误不起，只能到了荆州再做计议，但这绝不意味着你们可以为所欲为。七天后到不了荆州，你们这辈子就别想上岸了，还有——"

他洁白的手指捏起腰间玉牌："此乃慈圣赐璲，见瑞如面圣。从现在起这艘船听令于我，你若听命于宋有杏而不听我令，则形同犯上作乱，懂吗？"

绷直在空中的白练颤得更厉害了："懂，懂，大人您比宋大人官更大，我全都听您的，都听您的。"

"唰"的一声，白练缠回少年腰间，他玻璃球似的眼珠冰冷地扫视方诺："明白就好。"

方诺还呆站在原地双腿发抖，缓缓伸出又粗又短的十指，摸了摸自己已被勒出红痕的脖颈，如梦初醒："谢……谢大人饶我一命！小人什么都听您的，再也不给宋有杏传信了——"

"不必，你每日拣些无关痛痒的写给他，以防他起疑，再把他的每封回信都拿给我看。"

"小的遵命，小的遵命。"

"还有，管好你手下那些虾兵蟹将。你的手下有个脸上长满麻子的小厮，还有个有眼病的老厨娘，两个人鬼鬼祟祟，你让他们去外面划船，不许再进舱房，也不许再接触船上食物和饮水。"

"好的大人，小的现在就去吩咐。"

白侍卫抬抬手指，示意他下去。

方诺赶紧告辞，擦着额上的冷汗退步出门，心中暗自惊叹：这少年小小年纪却如此机警，任何一点风吹草动都逃不过他的眼，谈话间又如此冷静，从容发问而字字直击要害，看来是久掌重权，不可小觑。

方诺走到甲板上，湿润的夜风吹得衣衫翩飞。天地之间，狭长的银色凝云横亘于夜幕中，江水里渔船灯火红影斑驳，他长长舒了一口气，暗自心想：

不知今天的谎话，到底圆过去没有。

那冰霜般的少年实在聪明，不知道信了多少，又看穿了多少。

这艘船真正听令的人，根本就不是宋有杏，而是……

他得赶紧放鸽，连夜飞回扬州，传信给老板。

第十八章

"薛姨，你和小宝怎么出来了？"满身横肉的水手正擦着头上汗，破毛巾上黑油油的线球一撮一撮的，他看见迎面走来的二人，握着毛巾的手不由得一顿："夜里船上风大，你们快回伙房去吧。"

船篷中，老妪莹亮的双眼幽幽地发光，凝视着水手，缓缓摇头："阿夏，我们回不去了。"

"这？"被称为阿夏的男人又是一愣，连忙放下毛巾，带着倒刺和血沟的手拉住老妪，"薛姨，你好不容易谋了个船上做饭的差事，这是怎么了？"

老妪还未开口，身后橹棹的阴影间，满面麻子的青年已忍不住了，声音激动："那方诺突然要我们来篷里划船，不许再进伙房和舱房，去他奶奶的！"

"薛姨一把年纪了，怎么能在篷里吹风？"阿夏当即面色一变，拍了拍老妇的肩，转身道，"我现在就去跟方船长说。"

"不！"那双皱如橘皮的手赶紧拉住了他，"你别去，千万不能去……"

"薛姨！"阿夏拉下她的手，"别担心，方诺他得卖这个面子给我。夜里风大，这破篷里冷得透骨，根本不是你能待的地方。船上大橹都一丈多长，划一夜浑身汗都湿透了，也不是小宝能干的。"

幽暗中，那双银灰色的眼珠盈盈晃晃，含泪而未泣："不……"

身后的小宝又忍不住了，破口大骂道："找方诺没用，他本来屁事没有，一从舱房出来，就把我和阿母赶出了伙房，定是听了舱里那厮的话！夏哥，你还不知道舱里那厮是谁吧？"

阿夏一愣："船长不是说，是宋巡抚上面的人，身份尊贵机密，不许妄言吗？"

小宝听罢仰头狂笑："他娘的狗屁！"他笑得狰狞，"夏哥，那厮你也认识。十四年前，咱们两家可都是托了他的福气，死的死，疯的疯，失踪的没消息，被掳的回不来……"

瞬间，阿夏怔住了。老妇不忍再听，垂眼，一连串莹亮的水珠滴落胸前。

那满面麻子的青年仍站在一根根橹棹的光影中，越过母亲直视阿夏，血红嘴唇中露出森森白牙，咬牙切齿，一字字说：

"我们都以为杜路那厮早死了，去地狱受报应了。可这畜生是假死逃命去了，现在，他就坐在这船舱里，舒舒服服的、暖暖和和的，整船人伺候着他，他还骂着我们，赶阿母去日夜划船做牛马，好早点送他去荆州！"

他仰面又是狂笑："十年了，这畜生逃了十年，最后竟又和我们同船共渡，到底，到底，还算苍天有眼……"

暗处，阿夏握紧了拳头，一整臂虬结的肌肉在轻颤。听完后，他仍伫立在原地，一双眸子暗得像被打翻的墨汁在向深渊里蔓延，紧抿着嘴，锋利的犬齿似要咬开自己的下唇。

良久，他松开了拳头，低声开口道：

"我知道了。"

他缓缓放下了两臂的衣袖，对着面前的老妇轻轻躬身：

"薛姨，感谢你这些年的照顾。你和小宝留在这儿，红漆的木箱里有棉被，后半夜风凉，你们好好盖着。"

他的身子躬得更低了，带着血沟的手掌摸索着地板，他握住了一把大刀。这是船上用来割绳子的银黑色大砍刀，刀身二尺，柄上缠着一圈圈磨得发毛的麻绳。

此刻，阿夏握着这把近半人长的大刀，缓缓站直了，语气很平静：

"今晚无论发生什么，你们都不要下去。"

他转过身，背对着二人，一步步迈出船篷——

"阿夏！"

那只沟壑纵横的手，又一次紧紧攥住了他。

他身后，妇人那双银灰色眼球怒瞪着他，又一次蓄满了泪水，声音尖厉，似要撕破人耳膜："给我回来！哪儿都不许去！"

"薛姨，让我去吧。"阿夏仍不回头，后背宽阔如山，"我必须亲手杀了那恶贼，才能告慰黄泉下的家人，我受了薛姨你太多恩情了，可这次，求你们不要和我抢，让着我吧，我只想亲手报仇雪恨，不为你们，只为了我的父母。"

"那你儿子呢？你要让他一出生就没有爹吗？"

阿夏喘气声一顿，随后，胸腔中传来低沉的声音：

"生前……哪管得了身后事呢？"

话毕，他一把推开了老妇的手，握着大刀，大步流星走出了船篷。

深夜，杜路醒了一次，又是咳血。

他迷迷糊糊地发着低烧，眼也睁不开，只是忽地一把抓住白侍卫的手，颤抖着脊背咳成一团，一声声咳声震颤痛苦，似要把肺都咳出来。

"韦二，我渴……"他紧紧握住少年瘦削的手腕，碎发搭在挺直的鼻梁上，胡言乱语地喊，"我好渴，韦二，花积……"

他还以为自己在铜雀楼里。

白侍卫抽出手想给他拿水，他却侧过身又剧烈地咳嗽起来，整个人弓着背缩成一团，满是刀伤的手指无力地垂下。

白侍卫只好喊人拿茶来，趴在杜路床边，用手抚着他的背，帮他一遍遍顺气。

这一刻，白羽和他离得很近，扑面而来都是他身上衣物的气息，格外好闻又琢磨不透，灿烂的阳光晒过，草木的清香四溢，药味带些苦涩，又熏了乌乌沉沉的名贵香料，密密麻麻地交织在一起，沉淀进他的黑衣里，在舱内冷如薄雾的昏黄灯光中四处游荡。

"韦二……"他又叫，手指虚弱地勾着。

少年终是不忍心了，握住他空空荡荡的手：

"在的。"

他又一次固执地握住少年的手腕，口齿不清地喊："韦二、韦二……"

白侍卫心情复杂地注视着他，心想，这么多年了，每天夜里都是无寒公子在守着他吗？翻遍药书，求尽良方，却没有一丁点办法能挽救杜路的颓势，眼睁睁看他被疾病逼成一个将死的残废，看着他犯病时痛苦得不能入眠，亦看着他一日日虚弱下去，英雄末路，毫无希望……无寒公子，他该有多难受？

但杜路的下句话却让少年猛地一怔。

"放我走吧，韦二。"

幽暗中，男人虚弱地侧躺着，浑身颤抖，却仍固执地拉着少年的手，一遍遍口齿不清地重复："韦二，别治了……我等死太久了，不想等了……"

正在这时，方诺跑了进来，他在梦中被叫醒，胡乱披了件夹袄便冲了进来，短褐下透出腰间一叠叠的肥肉，实为狼狈，神情却紧张万分，目不转睛地盯着咳嗽的杜路。

白羽仍趴在床边，用十指为杜路顺气，并不抬眼：

"你那服药，怎么他吃完病倒更重了？"

方诺满头大汗，支支吾吾道："小人斗胆，还望白侍卫再给一次机会，允许我为杜将军把脉。"

白侍卫颔首。

方诺便半跪在床前，垫着布帕抓住杜路颤抖的手腕，凝思把脉，片刻之后惊诧得瞪大了双眼："怎么会……怎么会亏弱成这个样子——"

一根冰凉的手指抵上方诺发颤的嘴唇，少年凑近，剔透的眼球盯着他，示意保密。

方诺紧张地咽了咽口水，也咽下一肚子就要脱口而出的讶异，压低声音对白侍卫耳语道："他体内的经脉断如藕丝，塞如乱麻，除非有神仙能帮他再捏一具身体出来，否则是医无可医，调无可调，没人能救活他。白侍卫，你摊上他，可是摊上大麻烦了。"

"可他前天在扬州时还很精神，昨天醒来时也好好的，怎么突然间吐了一口血，就成了这副模样？"

方诺听闻此话，皱眉，又拉住杜路的手腕把脉，一动不动了好一会儿，才摇着头松开手，低声道：

"他是不是着急了？"

"什么？"白羽像是听见了什么笑话，"他又不是个刚生下来的婴儿，一着急，就至于咳血昏迷了吗？"

方诺赶紧作揖："白大人有所不知，杜将军这病太怪太奇，脉象不仅虚弱，而且极不稳定，一旦劳累或情绪不稳，气血便忽然之间淤塞成一团。依目前的情形看，大概是前日路上奔波了太久，还没缓过来，又忽然急火攻心了，才造成现在的境况。"

方诺放下杜路的手腕，垂头，声音更低了下去："可纵小人一生走南闯北，也从未见过如此积弱又毫无病因的脉象。杜将军的五脏六腑都很健康，身上既无重伤，又无病灶，一身经脉更是断得相当蹊跷，就像……就像……"

"就像什么？你别吞吐，快说。"

"就像是……这十余年间，浑身经脉渐渐……自行断掉的。"

瞬间，抚在杜路背上的手指僵住了，白羽瞳孔张大，缓缓转过头："你说什么？"

方诺马上以头抢地，浑身发颤，却不敢再抬头说一句话。

白羽注视着他，目光复杂，声音似乎也在发颤：

"你是说，他身体如此积弱，既不是因为受过重伤，也没有任何病灶，没有任何原因，体内经脉就随着时间的流逝而断掉？可是这……怎么可能呢？"

方诺仍不敢抬头，嘴唇贴在船板上，呜囔道："此刻的杜将军，就像是一棵从中间被掏空的树，枝叶和树根都还茂盛蓬勃，但是树干内部因脉络堵塞而渐渐枯死，叶不连根，根不达叶，气血受阻，五行不流。但古怪的是，经脉既没有受到外力的损伤，又并非因为脏腑筋骨的病害，这种阻塞毫无原因，奇也，怪哉。依小人之见，这根本不是病。"

"不是病，那是……什么？"

"看上去倒像是——"方诺将头埋得更低了，几乎是从喉咙里低沉地发出了最后一个字：

"蛊。"

刹那间，似有一道冷白的天光从白羽头顶劈下。

他几乎是从齿缝里，一个字一个字颤抖着往外蹦：

"你在说什么？"

方诺砰砰磕头："大人饶命，草民并非妄言，还请大人明辨啊！据脉象来看，杜将军体内经脉半断，可经主神，脉主血，若是经断，轻则四肢无主，重则疯癫昏迷；若是脉断，轻则手脚坏死，重则痴傻偏瘫，乃至一命呜呼。可杜将军此刻虽虚弱，但四肢仍灵活随心，虽嗜睡，但神志仍清晰不减当年，可见他体内经脉看似堵塞断裂，实则半堵不堵，欲断未断，而且是时好时坏，时断时续。"

白侍卫目光失神，喃喃道："时好时坏，时断时续？"

"这种独特迹象，并不像是疾病所能导致的，因此小人怀疑另有缘由，可能是被人种了蛊……"

被人……种了蛊……

脚下，方诺还在喋喋不休地说着话，白羽却已经什么都听不清了，一张脸，在他记忆深处渐渐浮现……那个异邦女子，红纱半掩，明眸秀眉，在青青竹林中飞舞旋转……许多陈旧的画面走马灯般，在他脑海中回放着……

十年前，妃子陈宁净在皇帝身上种下了同根蛊，现在十年期限马上就到，皇帝随时会被殃及丧命。

十年前，渝州破城，杜路跳火假死而保命逃出，也恰好在此时陷入这样体衰力竭、油尽灯枯的境地。

为什么杜路会不知道陈宁净对皇帝下蛊的事？为什么他会不知道自己身体的真实状况？甚至于为什么，他竟不知道张蝶城的重要性？

有时候，一片深海，会遮蔽住底下的火山。

如果，一个复杂的谜面，只是为了掩饰另一个更复杂的真相呢？

白羽手心发凉，他在试图回到谜面的最初：两个狂徒潜入皇宫，绑架了与皇帝生命相连的张蝶城，却只为了交换杜路。

这样疯狂的交易，真的只是为了向杜路复仇吗？

如果，对那些疯子来说，杜路比张蝶城更重要……

白羽瞬间心口狂跳，一个匪夷所思的谜底几乎要呼之欲出了：

万一，万一十年前和赵琰种了同一对同根蛊的人，根本不是八竿子打不着的前梁质子张蝶城，而是……杜路呢？

但方诺的下一句话却令白羽恍然一惊，整个人像是一头冷水从头浇下，从头皮凉到了脚底：

"……之前是谁在照顾他？杜将军被调养得真好，应该是这些年都住在恒温的室里，从不见风，从不劳累，茶食都精挑细选，还有人每日帮他按摩活动，以防血管栓塞，连这一身香气都是顶尖的天竺货。都说久病床前无孝子，那人也真是重情义，毕竟杜将军身陷这种情况，至少也有十三四年了。"

十三四年了？

浑身冰凉的下坠中，白羽下意识地咬紧了下唇：这绝不可能。

因为他……见过十三年前的杜路。

春日洁白的光芒中，风过，白杨树叶哗啦啦地拂动，青年带着满身树影穿庭而过，笔挺的鼻梁上跳着春光。

阴凉的游廊上，他正在拍姐姐刚缝的小皮球，看见青年迎面走来，手心却猛地一滑，小皮球砰地弹起，高跳着，向头顶冲去——

他害怕地闭上眼。

额头上却没有传来预想中的撞击。

"嘿，小家伙，怎么这么不小心？"

爽朗笑声中，一只温暖的大手拍了拍他的肩膀，那声音似乎就在他耳边："别怕，我接着你的球了。"

他缓缓睁开眼，青年半蹲在他面前，正笑着望向他，年轻的脸上光芒跳动，向着他抬起另一只手：

"喏，你的球。"

他耳尖都红了，垂着眼一句话不说，小心翼翼地伸手，从青年掌心里拿回自己的小皮球。

青年又笑，他不知道缘故，因而感到气恼。但记忆中青年总是爱笑，能看着一只抓蝴蝶的小猫笑上一会儿，和大人口中佛鬼无挡的"将军小杜"仿佛是两个人。

他攥着小皮球站着，盯着地面生气。青年便笑着站起身，穿过游廊和风声叶响，健步如飞地走入了月门。

他在青年转身的一刹悄悄抬头，拼命仰起脖子，却只能看见青年宽阔的肩膀，仿佛一只大雁张开双翼将飞越万水千山。那时他才七岁，因而觉得青年高大得不可思议，像是神话中扛起天地的巨人，可这巨人刚刚还拿着自己的小皮球，冲他笑着，牙齿亮晶晶的。

他在一刹那冲到眼前，拦下了空中的皮球。又在一眨眼的工夫，走到了远方。

小小的孩子呆呆站在原地，目送着他的背影消失在月门后，手指松开了。

一声又一声，小皮球便在春日阴凉的游廊上，踩着自己的影子，跳啊跳，越来越远……

而方诺说，杜路陷入这种境地，已经至少十三四年了。

白羽第一反应是方诺在胡说，毕竟他亲眼见过十三年前的杜路，那样风华的、强健的、神采飞扬的青年将军，和眼前咳得浑身发颤、在棉被中缩成一团的黑衣男人，真不似同一个人了。

可方诺对韦温雪的推断却又极为准确，对杜路病情的描述之精准，也绝非他自己口中说的那样：只学过两天医术。这让白羽不得不认真思考方诺的话的可能性。

十三四年前……

白羽知道，十三年前杜路已经是他家座上常客，到处奔走。那么，十四年前呢，十四年前杜路在做什么？

对杜路而言，那是军功赫赫的、急功近利的、过刚而折的一年。

那一年，是杜路一生命运的拐点。

而天下每一个人，也都在那一年，被杜路强行改变了原有的命运。

春天里，他率领千万楼船东下益州，在江水春色中顺流千里，与赵琰指挥渡淮的百万铁骑合围，三月灭梁，将包括张蝶城在内的七位皇子掳走，命令东梁旧臣拿十万黄金赎皇帝。中秋时发生了苗乱，杜路不顾朝廷猜忌，用那十万黄金充军饷，强命十万禁军奔赴贵州平乱。而在深山峻岭中，杜路遭遇了赵琰的埋伏，被他一手提拔上来的部将，用匕首插进了胸膛。

说书人都说，杜路命大，被苗寨的人救了。

可事实上，哪有什么命大，哪有什么偶然。赵琰的这场兵变暗杀，被原本埋伏在暗处监视的苗族哨兵看得一清二楚。赵琰将杜路推入悬崖，命手下割取杜路手下士兵的耳鼻来杀良冒功，随后他飞速带兵离开。军队一走，苗寨身形灵活的少年便攀爬下悬崖，将只剩一口气的杜路五花大绑吊了上来，作为人质带回苗寨。

苗寨本想用杜路做交换，威胁长安不许再次动兵镇压。

可政治风云的变幻，总是出乎所有人的意料。

赵琰回到长安后，谎称杜路中了苗民埋伏而牺牲于战场上，此后他在淑德太后的支持下掌握金印虎符，取而代之成为新的大将军，收拾党羽，笼络旧部，在关陇

127

子弟中威望高涨，势力日上。淑德太后防范之心渐生，将赵琰以"镇远将军"的封号外派到雁门关驻守国门，这一番明升暗贬，实则是剥了赵琰的精锐部队，把杜路生前留下的庞大军队扣在长安编入禁军，落入国舅们的手中。

来年九月，赵琰谎报北狄来犯，忻代失守，晋阳岌岌。国舅仓皇带禁军往山西支援，却不料赵琰早已金蝉脱壳，带着精锐骑兵从晋阳一路潜行南下，奇兵突袭，夜夺蒲津，然后假冒驻兵，在黄河西岸静候禁军到来。

第二天晚上，国舅率领着十八万大军到达了蒲津，由此东渡黄河，方能从关中进入山西。驻兵为他们划船，千只小船在汹涌浪涛中争渡，大军浩荡无边，一切井然有序。

杀机是在国舅上船的一刻发生的。

驻兵抽剑从背后砍断了国舅的脖子，喷射的血浆中，脑袋咕噜噜滚落。

身后，千只小船同时放火，熊熊焚烧，沉没于汹涌黄河中。

数万大军被截了去路，当下群龙无首，一片喧嚣中，赵琰出现于高楼之上，手中高举着杜路留下的旧旗，振臂高呼道："肃清党羽，还政于王。"

兵变在这一夜发生，众将士"还政于王"的震天呐喊中，赵琰率大军西入关中，直逼长安，一路收复旧部，势如破竹。消息传入宫中，小皇帝携幼公主萧念恩仓皇逃往蜀地。关中，守城将领们的防线节节溃败，七日后雨声磅礴的黄昏，大军踏入了长安城。

那一夜暴雨奔流，赵琰率兵逼入宫门，第二天金光升起来的时候，人们在潮湿的凤藻宫中发现了淑德太后白绫自缢的尸体。一个月后，蜀道上小皇帝突然身中剧毒而死，幼公主在雷雨中失踪，史稿对此皆是语焉不详，成了后世一桩谜案。

一夕之间，赵琰率重军铁骑踏入紫微宫阙，山呼万岁，拥入金銮。随后他以铁血手腕清算外戚和山东党羽，对意欲保良的长安旧贵族斩尽杀绝，重用南方新贵和东梁旧臣，开启了大定新朝的绵延基业。

这窃国大盗的运气，好得连写史人都要感慨。

但细思之下，这又不是运气。

原本，良朝的北门羽林，是由裴、杜、高等几位将军制衡分权，补以武举和皇族将领，但在杜佑老将军长达五十年的在外拥兵和抗胡保国中，北方的驻外兵权渐渐向杜家收拢，而杜路十九岁手刃可汗、驱胡千里的不世功业，更是将杜家手中戍外兵权之重推向了极致。彼时良灵帝暴毙，小皇帝萧念德年仅九岁，外戚势力攒动，文武重臣各怀鬼胎，北门南牙钩心斗角，小皇帝成了所有人的眼中肥肉。而杜路罔顾军令，带大军回镇长安，打击奸佞，还政于王，全力扶持小皇帝萧念德，彻底表明了与外戚内侍和南牙文臣势不两立之态，韦、杜二家的关系因此跌入冰点。

朝廷调杜路去指挥南方战线，赶紧把这尊菩萨请出了长安。但没人想到，仅仅两年之后，西蜀国和东梁国都在铁骑炮火中灰飞烟灭。小杜结束了百年纷乱，带领着三国重兵穿越春原，凯旋，回到长安。

由此，杜路一举将驻外戍兵、中央禁军和蜀梁编军全权握于股掌之间。

"权倾朝野"四字，对于当时的杜路，毫不为过。

但天下百姓没有人怀疑小杜，相反，人们更加敬佩小杜，他是良朝的大英雄，他打败了百年间无人能战胜的蒙兀军团，他收复了辽阔的疆土，他还要清除外戚宦官的干政，将大权交还给皇帝。那是一个忠君爱国的将军，那是个带着光的青年，为了他理想中的礼乐，做着一切正确的事。

当然，这也是为什么，八月苗乱中淑德太后会与赵琰密谋，制订了在平黔途中暗杀杜路的计划。

而杜路一死，巨大的兵权空缺，被赵琰一人独占。

太后、国舅们虽有心夺兵权，可留给他们的时间终是太少。为了掌控军队，他们把杜路的军队打碎了编入禁军，换上一群从没上过战场的山东权贵子弟做教头，激起了军中一片怨声载道。士兵们多是关陇子弟，对山东统领素来不忿，他们是杜路的旧部，跟着小杜将军从草原征战到江南，出生入死，抛头洒血，怎能坐视拼死打下来的天下被外戚窃享？赵琰是杜路最亲信的部将，在军中声望之高远非太后所能及。杜路死后，不明真相的士兵们在黄河边追随了赵琰。就这样，赵琰窃取了士兵们对杜路的忠诚。

赵琰取代了杜路的高位，把揽了杜路手中的军政大权。他走在杜路铺好的路上：北方胡敌已平，南方蜀梁灭国，再无战事之忧，而社稷刚刚统一，又带来了兵权极盛；庙堂之上，南牙文臣怯弱；后院之中，外戚内侍式微；金銮之内，良哀帝尚还年幼。如此，杜路平生建立的一切，到头来都为赵琰做了嫁衣。

可以说，没有杜路打下的基业，就不可能发生赵琰的窃国。没有杜路这样的英雄，就不会有赵琰这样的大盗。甚至于，如果没有杜路的巨大功业，就没有赵琰的改朝换代。

圣人不死，大盗不止。

或许，这无情的世代永远是圣人与大盗间不死不休的争斗。历史，不过是人间一场场荒谬的轮回。

"……若是知道十三或十四年前，杜将军是在哪里被人下的黑手，又是谁做的，说不定还有一丝希望……"

十四年前，这一年发生太多事了。

不过，虽然杜路这一年去了很多地方，但每个地方都是清晰的，连时间都能对应得上：

正月从益州沿江东下，出巴东，一路顺江陵，夺夏口，占武昌，攻山阳，直入金陵，在江左辗转，灭梁后渡过淮水，五月凯旋，回长安。之后他在朝廷之上施展权术，继续打压外戚和文臣，以手中重权全力扶持小皇帝。八月与念安公主结亲送聘，若不是中秋突发苗乱耽误了婚事，杜路便已成为将军驸马。十月赴黔平乱，他遭赵琰暗杀，尔后长达一年时间被困在苗寨，并被掳到南诏国，直到第二年九月发生了赵琰窃国。

被灭国的蜀梁，被打压的外戚，危机中的内侍外臣，暗藏祸心的赵琰，动乱中的苗寨……到底是哪方对杜路下手了？

想到这儿，白羽不禁苦笑：看来，当时天下的每个人，都有充分的理由对杜路动手。

床榻间，黑衣男人还发着低烧缩成一团，迷迷糊糊地说着些昏话，不时咳嗽，仿佛要把肺都咳出来。

白羽低头注视着狼狈的男人，心想：

一个人能得罪天下每一个人，做尽天下每一件恶事，也真是不容易。

"白侍卫您急不得，杜将军这一发病，起码要等三服药下去，渐渐才能平稳住。小人来的时候，已经命伙房又去温药了，马上就端来。"

"这样不行，"白羽又伸手帮他顺气，"你得想个办法，起码再给他吊上十几天的命，不能——砰！"

忽然之间，一股钻心的剧痛在五脏六腑间蔓延。

白羽身形不稳，一步踉跄摔倒在船板上，发出"砰！"的一声巨响。

"大人！"方诺见状，顾不得礼数赶紧从地上爬起，连忙过来搀扶白羽，"您怎么了？"

白羽颤抖的手掌伸向半空，止住了他：

"你出去。"

方诺不放心地伸手："大人——"

"滚出去！"

少年趴在阴影中，声音冰冷得像是冻在冰里的尖刀。

方诺仍向前倾身，这才看见少年的脸色已变得灰白："让草民瞧瞧吧，大人您不能再病倒了——"

话还未落，一条白练缠上矮胖船长，瞬间掀风而起，推着方诺，直接把他撞到了门外。

"啪"的一声，白练吸着房门合上，飞速缠回少年腰间。

幽暗中，瘫倒在地上的少年颤抖着，从怀中摸出一个玉白色的小瓶，哆哆嗦嗦地抠出一粒红色药丸，塞进嘴里干嚼着，使劲儿咽下。

这一夜忙着照顾杜路，他竟然忘了吃解药。

身体每一寸都在撕心裂肺地疼痛，但长达十年的训练，使白羽早已习惯了这种熟悉的煎熬。他像一只被晾在岸上的鲢鱼，闭上眼，大口大口喘气，独自忍受着，不发出任何声响。

良久，他才带着满身冷汗，一手撑地，一手扒着床沿，缓缓爬起身。

"咚咚咚咚——！"

就在这时，门外传来了粗重的踢门声。

第十九章

"夏哥，你听着，你必须一刀砍死他。只有一刀的机会。"

白水银般的月光穿越船篷的缝隙，似在流飞，一格格橹棹斜长的阴影间，青年浑身光影斑驳，脸上一粒粒麻子或暗或明。他的目光越过空中漫飞的光尘，望向阿夏宽阔的背，声音沉静：

"若一刀之内报不了仇，我们这一船人，就白白牺牲了。"

阿夏握刀的手颤了一下，却并不回头：

"不会的，阿夏一人做事一人担。"

小宝摇头，满面光影晃动，每一粒麻子都忽明忽暗：

"你不懂，那畜生身边跟着一位白衣侍卫，武功深不可测。昨夜渡口送别时，宋巡抚对他可是一口一个'白大人'，看来是个位高权重的皇家侍卫，专职一路护送杜路那畜生。你只有一刀的机会，出其不意闯进去，提起刀就砍死杜路，若是没成，那侍卫反应过来动了手，就绝无第二刀的可能。"

"那便如此，一刀之内，阿夏赌命。"

小宝苦笑："你赌的可不是你的命，是这一船人的命。你赢，一船人死；你输，一船人死。"

阿夏一怔："此话怎讲？"

"夏哥，你就不觉得奇怪吗？定朝开国时，杜路成立江湖联盟造反三年，皇上对他恨之入骨，即使他在渝州城跳火死了，皇帝也把他的尸体挂在长安城门上鞭打了三个月。现在杜路被发现只是假死，暴露行踪后，他却没被当作重犯押送回长安，反而坐上了一艘开往荆州的船。"

阿夏沉默不语。

"夏哥，你再想想安排这艘船的是什么人？那可是江东巡抚宋有杏！再想想杜路身边的是什么人？是来自长安的皇家侍卫。这些官老爷，不仅不收押逮捕杜路，还捧着他护着他，一口一个'杜将军'。谁让官老爷们这样做的，背后的人到底是谁，你自己想。"

阿夏握住大刀的手又颤了一下："皇上明明那么恨杜路，他们竟敢违抗上意……"

"他们才不敢违抗上意，他们的脑袋可比咱们值钱，也比咱们爱惜！"小宝又是大笑，森白的牙齿在光下仿佛被镀了层银，"这整艘船，方诺听宋有杏的，宋有杏听白侍卫的，白侍卫听的是……上面那个人。夏哥，你明白了吗？这艘船背后的人是那个，送杜路这畜生去荆州，也是那个人默许的。"

闻言，阿夏的背影一动，转过头，诧异地望向小宝。

小宝注视着他，目光嘲讽而悲伤：

"夏哥，我们要杀的不是一个船客，动手后，得罪的也不是一个官老爷。"

举着大刀的男人望着他，长长地叹了口气：

"阿夏只想父仇子报，杀人偿命，想不了这么多复杂的事。"

小宝仍望着他：

"杀了这个人，要偿命的不只你我，不只这一船人，还有无数头顶乌纱的老爷。

"我倒不怕死，和那畜生一起下地狱，看他受折磨，我炸油锅也快乐。只要报了仇，同归于尽也值得。

"最怕的是，你那一刀没砍死他，被白侍卫夺下来了，官老爷们便呜呼惊叹，抚着心口庆幸杜路没死，赶紧把这一船罪魁祸首斩首示众，好一层层往上交代，保住头顶乌纱。

"到时候啊，夏哥，我们死得多冤屈。那畜生换了艘船，依旧舒舒服服地、暖暖和和地坐到荆州，我们这些贫贱鬼，父辈也死在他手上，自己也死在他手上，妻儿还沦为寡妇孤儿。仇也没报，人还死了，窝囊得可笑。

"夏哥，你现在说，你有把握一刀砍死他吗？"

船篷内，满面麻子的青年和双眼盈泪的妇人，直直地望着手握大刀的男人。

船篷外的男人注视着他们，缓缓地，松开了手。

"哗啦！"

大刀掉落在船板上。

雄壮的男人注视着地上的刀，整个肩膀的肌肉都在颤抖："小宝，按你这么说，我们这些穷鬼贱民，连为父报仇都不可能成功，只会窝窝囊囊地送死？"

小宝干脆地点头：

"是的，他身后有方诺和宋巡抚，身旁有白侍卫，我们基本上不可能杀了他，一旦动手被发现，就是一船人送死。除非——"小宝拖长了声音，"老天爷帮我们。"

"什么？"

"老天爷帮我们，让这艘大船失事了。船沉了，一船人都在睡梦中被淹死，包括杜路和白侍卫！"

阿夏猛地抬头，瞳孔似在颤动："你是说——"

"我记得去年，釜溪河上三艘盐船都失吉了，河面上黑红的引筒漂来漂去，夏哥你应该也看见了。我那时就想，天灾这种事，若是船上某个人会算卦，早一盏茶的工夫预知了，赶紧吹个羊筏子，不就保住了一条小命？可见大家都是不会算卦的，出事前一刹，还该喝茶的喝茶，该划橹的划橹，嬉嬉闹闹的，直到忽然之间色变惊恐。你看，老天爷做事，怎么就不知会大家一声呢？"

阿夏抿唇沉思。

"可老天爷做事，又是最公平的，我们杀不了杜路，斗不过官大人，但老天爷可不认。天灾嘛，船沉的一刻大家都是公平的，有人能逃出来，有人逃不出来，也没什么规律，不是吗？"

阿夏终于开口，声音很低沉：

"我是一定要报仇的，可我，不想连累船上其他人……"

小宝仍在摇头：

"夏哥，只要你打算在这艘船上动手报仇，你就得连累所有人。区别只是，我们动手，不仅要连累所有人死，还杀不了杜路。让老天爷动手，一定能杀了杜路，船上的兄弟们水性都好，夜里又都在划船，还能活下来不少。"

阿夏听完此话，愣愣地站了半天，终于眨了眨眼，道：

"那……那怎么确定，这种办法一定会杀死杜路？万一他也游出来了呢？"

小宝又笑：

"因为出事那晚风大，我怕门被吹开，就给白侍卫和杜路的舱房门上了个黄铜大锁。船都沉了谁还知道门上有锁，这只是个意外，不是吗？"

阿夏又愣愣地站了半天，狠狠咽了口唾沫，说：

"是。"

"所有人都会因为深夜鄱阳湖上的大船失事而丧生。这是老天爷做的事，而我们只是算了一卦，提前知道了。"

阿夏点了点头，问道：

"那你算的，是哪一晚这艘船会出事？"

小宝走出船篷，遥望着黑蓝欲明的天色，轻声说：

"马上就天亮了，那就是……明天晚上。"

"咚咚咚"，门外踢门声不绝。

白羽虚弱地依靠在床尾，喘着气，手指一弹，腰间白练飞了出去，掀开了房门——

门外站着那个扎红头绳的小女孩。

她恶狠狠地注视着白羽，双手捧着一个红木托盘，上面一碗黑色的药汁轻颤，白汽袅袅，尖声说：

"你的药，自己拿。"

白羽并不看她，仍依靠在床头，每说一个字胸口都在震疼，因而声音极轻：

"送进来，然后滚出去。"

小女孩正要尖叫，那条盘在门上的白练刹那间缠上腰，捆着小女孩飞速强拉到杜路床前，白羽伸手取下药碗，随后软剑把小女孩推出门外，轻轻松开。

门又合上了。

药还很烫，白羽将碗放在小柜上，望着白汽袅袅。

等待中，他将白色小瓶倒扣在手中，红色的药丸缓缓滚满手掌，一粒粒点数着。

还剩十五粒。

清晨，金陵，司户曹内。

"我找到了！我终于找到了！"

重重书架，满地书牍之间。

双目布满血丝、形容枯槁的蓝衣老人，费力地高举起一张纸契，骷髅般瘦长的手指紧紧攥着纸页，喘气着嘶声大喊：

"刘田好！找到刘田好了！就在这儿。"

闻言，满屋埋在纸页里低头翻找、满脸倦容的小文吏们瞬间跳起，一窝蜂向老者跑来。

"在哪儿呢！快拿过来！"

司户参军是一位留着山羊胡子的中年男人，闻言忙放下手中烟筒，一把夺过老者手中的纸契，双眼紧盯着上面细如蚂蚁的文字，粗大的手指一行行指着，嘴中喃喃念道：

> "立卖仆文契人李胜文，今有承祖遗下仆人刘明玉、刘田好姐弟，今因正用，自愿央中出卖与翁名下为仆，当日得受价银三两整，银契两相交明。倘有一切来历不明等情，尽是卖人承值，不涉买人之事……恐口无凭，立此文契存照。"

下面的落款是：

"大有二十七年五月七日。立卖仆文契者：李胜文。凭中人：郑祁连。其原身契一纸，当日交付。"

话音一落，登时，围成一团的文吏们一片欢呼，击掌相庆！

"可算找着了！"灰衣的户曹吏捶着自己的腰，打了个哈欠："都困在这破屋子里找了五天五夜了，再这样下去，我家那位可要打上门了！"

众人笑骂，提灯的书童也笑道："怪不得不好找，原来这刘明玉、刘田好姐弟世代是李家的仆人，根本没入籍！"

"原来如此，幸亏林老师谨慎，去扒了那些老契书，否则咱们就是把整个金陵城一千年来的户籍翻个遍，也是瞎忙活！"

这么一说，众人赶紧把蓝衣老者围到中央，赞声连连。还有几位青年已按捺不住地收拾着东西，想赶紧开溜回家。

"且慢！"

留山羊胡子的中年男人威严地扫视四周，众人赶紧低头垂眼。

"高兴什么？这是高兴的时候吗？你们查出来什么了，李胜文是谁，姓翁的买主又是谁，刘田好现在在哪儿？说话啊！"

刹那间，一片寂静。

"愣在那儿干什么，动作都麻利点，赶紧给我接着查！"

午后，扬州，城郊草庐。

"呼啦啦啦"，一灰一花两只信鸽在门前扑簌翅膀。灰色的那只羽毛凌乱，花色

135

的那只精神抖擞。

"吱呀——"门开了,走出一位青衫破旧的书生,他把两只信鸽带进屋子,添水置食,取下它们各自脚上的字条,却并不展开。相反,他紧紧攥着两张字条,向内室走去。

破旧的板床上,支着层层叠叠的白纱帐。一个影影绰绰的人形,正独坐在如雾漫散的白纱内,倚着金线绣牡丹的软枕,手拿一本《游仙窟》,聚精会神地读,读得太过入迷,以至于连来人的脚步声都不曾听见。

书生只好轻咳了一声。

幔中人这才猛地抬头,而后缓缓放下书,懒洋洋地打了个哈欠。

书生便拿着纸条,在床尾坐下,隔着纱幔,隐隐望着那人又在打哈欠,便问:

"昨夜没睡好吗?"

幔中人伸了个懒腰,翻身,将金线牡丹软枕垫在背后半躺着,眯着眼,带着些鼻音不满地说:

"映光啊,你的床怎么能这么硬。"

书生俯视着他,嘴角有一丝忍不住的笑意:

"硬床对腰好。"

幔中人咧嘴笑了:

"假的,我从来不睡硬床,腰板好得很,哪个姑娘不念我的好?倒是你这小雏儿,怎么知道自己腰好不好?"

翁明水移开了对视的目光,转过头,背对着床不语。

"别臊!"幔中人笑了,指尖点着书脊,漫不经心地说:"你的圣人们恐惧女人,几乎到了闻虎色变的地步,是小人是祸水是淫欲,总归是她们乱了圣人们的道心。连你这个小正经人,未尝过红纱帐底卧鸳鸯,刚听见几句姑娘,耳朵尖就都红了——"

"别瞎说了!"

"可我非要说,"幔中人玩世不恭地笑了,"要我说,那是最没男人样儿的了。这世间孤独得可怕,漆黑寂静生死一瞬,不需去装那些正经的道学,而恐吓女孩们不敢欢笑也不敢奔跑。她们鼓足勇气去爱人时如此可爱,寒夜里落在你肩头热腾腾的一滴眼泪,便抵过所有永恒的寂寥的东西。世上所有的经书史籍加起来,在我眼中,都抵不过一句凝睇怨绝,幽辉半床……"

书生终于挂不住了,呵道:

"这是大白天,当着我书房墙上的画像,你在瞎说什么。"

"好好好。"幔中人见他耳背已通红欲滴血,便笑着放过了这个古板正经的小书生，"咱们说正事，杜路那个大傻子今天到哪儿了？"

"我正要和你说这事呢，谁让你瞎打岔。"

书生将手心里的两张字条递进了纱幔里：

"老板，信来了。"

黄昏，长安，暖阁内。

天黑得早，清冷的暮色压着冰雪房檐，偶有游鸦，在薄暮中散飞着哀叫。

雪已停了几日，冰却愈结愈厚。宫中从清晨到黄昏都传遍"嚓嚓嚓"的铲雪声。大道上，宦官们身负皮绳，拉着一架架木轮平板车运雪块，亦载着些太平湖中刚捞出的剔透莹净的大冰块，拉进仓里供盛夏时消暑。冷风四啸，偶有吹起的冰碴迎面扑来，吓得人赶紧闭眼。

暖阁内，十六个火盆烧得很旺，噼里啪啦地响着，温暖的气流轻轻蹿，银纱花梨木宫灯下流苏摇曳。

"啪！"的一声响，狼毫毛笔带着淋漓墨汁砸向墙壁。

候在一旁的内侍们猛然一惊，双腿发颤着跪下。

圣上最近总是突然暴怒。

他们不知道原因，只是惶恐地连声磕头。

"那些噪声快把人逼疯了！"赵琰双目通红，手指在剧烈地颤抖，"雪都铲了多少天了，这声音每天都在我脑袋里晃！还有那些乌鸦又叫了，怎么还杀不干净，宫里人都聋吗！"

内侍们仍在齐刷刷地磕头，没人敢说一句话。

"谈判的使臣是死在路上了吗？高旄是老得动不了了吗？那群北漠人为什么还不停兵？那个新可汗到底在想什么！金帐里的间谍都是废物吗？为什么查不到新可汗的出身！布哈斯赫，北漠七部的军队朕都交手过，这个布哈斯赫到底是从哪里冒出来的？他动兵统一蒙兀军团时，为什么没有任何情报传给朕？草原上的间谍是被杀光了还是买通了，朕吩咐过职方郎中要厚赂边民……"

他絮絮叨叨地骂着，手头抓住什么东西就"哗！"地往墙上扔，他狂怒，因为北漠的失控超乎了他的想象，更因为眼前又涌出了许许多多的幻象……

少年正望着他，目光担心。

夜黑如雾，他咬紧口中的尖刀，粗重的绳子绑在腰上，紧紧硌着泛酸的胃。少年担心地望着他，他却努力冲少年笑了，闭上眼纵身跳下城楼。危楼千尺，风声呼啸，他却一点都不感到害怕，因为他知道绳子的另一端正攥在少年手里，他最亲近

137

的朋友正用尽全力拉着他。下坠中，他的整个心窝都是温暖的。"为将军而战，"他想，"为了我的将军……"

黑夜中，漫天燃火的羽箭，绚烂得仿佛千万流星迎头劈下。

身边战士们纷纷失手下坠，他咬着尖刀，冒着漫天燃火的羽箭，一步步攀上了城墙，一把夺过戍兵的长戟……他的胸前在燃烧，但他浑然不觉地提着长戟狂砍，转身将一个偷袭的戍兵挑下城楼……"为了我的将军。"他默念着，流血的手臂颤抖着，抓紧了搭向地面的绳梯，用肉体当护盾，扑在绳梯上……

一声呐喊，鼓角齐鸣，杀入营门。

身后北漠军帐鼓声大作，数千士兵举着火把奔涌而来，仿佛燃烧的赤海要把他吞没……"咚！咚！咚！"他右臂的骨头已经断了，松垮地拖在身后，他便换了左手挥着沉重的大斧，一声声劈着城门后巨大的铜门闩，整条手臂被震得生疼……他浑身都在流血，脑袋嗡嗡地发晕，并肩的几个士兵还在咬牙劈门，他带着满脑袋冷汗，双眼发红地呐喊着，用尽最后的力气劈向门闩……一片漆黑的晕眩中，他似看到了洁白的光缓缓展开……

"燕子！燕子！"

千万铁骑擦面呼啸而来，戴着金面具的少年坐在高马之上，破城而入，指挥千军。银甲铁骑直冲北漠军帐，恰如一条银色蛟龙搅乱了赤红血海，鼓角齐鸣，弩箭遮天，一切都在燃烧，在怒叫，断肢在地上跳跃，马头被整个砍断，血雨奔流……他虚弱地靠在城门的暗处，带着浑身烧伤和污血，摸到了地上的一张弓，他将弓弦架到断臂上，咬着牙冒着冷汗，用左手拉开了弓，箭射出去的一刻痛得几乎哀号……

凌晨绚烂的熹光中，头戴金面具的少年登上城楼，将大旗迎风插下。

狂风吹大旗，照亮了满地残骸，一些燃烧的军帐还没有熄灭，青烟在狂风中乱飞、战马安静地吃着秣谷。戴着金面具的少年不顾一众军士的簇拥，站在城楼上俯瞰，焦急地高声大喊着："燕子！燕子！燕子——"

他听见了，可他已经连举起手的力气都没有了，只能像条癞皮狗一样拖着断臂躺在阴影中，费力地抬眼，望向高处的少年，露出了浅浅的笑。这就是他的将军，年轻的、身上带光的、注定要征服天下的将军。太阳的光芒正在从将军的身后升起，金面具熠熠生辉，像个高高在上的神明。他望着，微笑着，终于在疲倦中闭上了眼睛。

十八年前，他们就这样，一遍遍经历胜败，流亡，偷袭，被困，一个城池又一个城池，一个关隘又一个关隘，一片草原又一片荒漠。天底下人都摇头说，没有人能战胜蒙兀军团，一百年来北漠的铁骑令汉家天子闻名胆战。可小杜的名字震颤了整个草原。北漠人都说，小杜是个长着鹰眼狼牙的战神，所以要戴金面具遮挡。而只有他知道，将军虽生得高大，但挂帅时才十六岁，为了遮挡稚嫩的面孔，方才戴上面具，以便如嗜血野狼般嘶吼着上阵杀敌。

那个身穿孝服面戴金面具的少年将军，用三年时间逐渐收复了边陲城镇，击垮北漠七大部落的联盟，彻底粉碎了号称铁骑浮屠不可战胜的蒙兀军团。最终，将军带领一百轻骑横越草原，追敌八百里，亲手斩断了可汗的头颅。那一夜，他看着将军三年来第一次喝酒，酹酒于地，放起熊熊大火，将可汗的头颅扔进火焰中燃烧，冲着爷爷战死的方向，磕了三个响头。

这是他们并肩打下来的和平。

这是将军的理想。

皇帝撞翻一架书册，猛烈地用拳头击墙，嘶声大叫道：

"狗屁的理想！他死了！死了！他当着我的面跳火自杀了！他竟然敢！我没允许他死！他竟然敢！"

一屋内侍把头埋得不能再低了，恨不得一个个堵住耳朵。

"北漠人——"他几乎在咬牙切齿，"北漠人！"

他们摧毁了将军的和平。

他们竟然敢。

火盆金色的光芒在跳，六个内侍瑟瑟发抖地低着头，心里想提醒皇上杜路没有死，又都暗自忍下了这个念头。这几日，他们轮流在内阁里守夜，念出一张张来自全国各地的密信，念得越多，越感到项上人头不保。

皇帝，亦随着时间的推移，站在失控的边缘。

这种失控不仅是情绪压力，更是神志上的，随着同根蛊十年期将满，皇帝偶尔会出现神志上的问题，有时突然暴怒，有时将往事当作现实，更有一次竟盯着窗外梅花笑了，冲着窗外朗声呼喊道："杜路！杜路——"又猛地反应过来，抿唇不语。

这种失控只有极短的时间，却因此格外让人觉得恐怖。

赵琰是那样一位冷静自持的君王，天底下再没有人比他更擅长压抑自己的感情。三天前的夜里，内侍正在念宋有杏的信，皇上突然就暴怒着掀翻了案儿，内侍在那一刹意识到了皇上在经历幻觉的折磨，因而瑟瑟发抖地下跪。但那时皇帝仍能掩饰住幻觉，以平静的语气生生压抑暴怒。

而仅仅三天后，饶是以赵琰的自制力，也无法在同根蛊的威力下保持时时刻刻的清醒与冷静。他竭尽全力与失控搏斗，但在极短的刹那，他仍会失控。

失控正在战胜他。

精神的失控正在战胜这个世上最凶狠的帝王，而帝王却无力抵挡，这是多么恐怖的事。

此刻，他正在敲打书架的拳头，突然又停下了。

赵琰转过身，注视着满屋狼藉和地上小鸡啄米般磕头的内侍，怔了怔，嘴角渐渐挑起。

那是一抹嘲讽的、苍凉的笑。

"我还没那么容易被打败。"

他自语道，声音在金光与阴影间空空荡荡的。

漫天银白，漆黑江面。红明的大船冒大雨夜行。

又是人间雨夜。

淋了无数人家的房子，顺着灰瓦往下滴，打摇了红灯笼，染湿了泥燕巢。房子里的人睡着了，枕着雨声。他们相拥着沉睡，在同一张床上，安放了一辈子的梦。

淋了江水，淋了青山，湿了冬花香气，湿了千户房檐。它们不动，任雨水连绵。

这是人间安睡的时刻，唯有这江湖飘荡的夜行船。

船是永不得安宁的，它一生从无旧友只有新相识，亦找不到地方来安放一辈子的梦。客来客走，从此无消息，渡来渡去，从来不上岸。船只能孤独地前行，任两岸春花遍野又秋雨淋淋，共枕的，同船的，世世代代，聚散悲喜，冤孽情债，梦里梦外，雨已下了千百年。

漫天银白雨丝磅礴而下，江水不动，青山不动，两岸冬花不动，千家万户不动，唯有这灯火通明的夜行船，正劈开漆黑江面，掀着白浪冷雨，徐徐前行。

而在十二个时辰之后，它将永远沉没。

这一夜里，长安寂静的深宫中，腰间挂着鱼符的蓝衣宦官正捧着来自四面八方的密信，两人一队地奔跑传递，脚下冰雪飞溅；

金陵城司户曹内，双眼通红的文吏翻着一箱箱残破的老契书，拼拼凑凑，指着一个个蝇头小字寻找一个叫作"刘田好"的名字；

扬州城宋府，门前大红灯笼迎风飘荡，两个门卫揉着眼交接。红烛昏罗帐中，宋有杏正搂着肌肤嫩白的小妾，鼾声如雷；

益州隐蔽的深山中，层层树枝遮蔽了一座高耸的观星台，青年一边操弄浑仪，一边对壶喝酒，小女孩靠在浑仪下面，吹着鼻涕泡沉睡。高台之下，千帐连绵；

漫漫夜路上，两个蒙面青年一前一后，驾骏马奔驰。后面的那位怀中抱着一位昏迷的少年，红裳在风中飘扬；

草原金帐里，头戴皮帽的北漠官兵接见了刚刚抵达的汉家使臣，盛大的夜宴招待到很晚，篝火未灭，使臣们却早已酩酊大醉，七倒八歪地沉睡；

雷池江面，大雨淋漓，红明大船行驶于翻滚的银灰色江面。舱里，少年和男人共被而眠，柔和的金光镀上他们的脸。船上，二十位戴着青箬笠的壮汉正喊着号子划橹，银白的雨滴从帽檐滑到下巴上，又滚向甲板。

谁也想不到，就在这样的夜晚，一个注定会惊动整个帝国的巨大变数，正在由几个划船做饭的小人物，躲在船篷里悄声商量。

即将炸响。

天亮了。

还有十四天。

第二十章

这一日，看上去颇为平静。澄澈的熹光透过木花窗棂，在墙上影影绰绰。铲雪声终于停了，万物似在光下晶莹地闪烁。

这种冬日晴朗的清晨，总能让人神清气爽，皇帝一边用着早膳，一边伸了个懒腰，说话声音很是平和。

内侍们见状，在嗓子眼提了一整夜的心脏也稍稍放回了肚里。

一切似乎又回归了控制。

就在这时，一位腰间挂着银鱼符的蓝衣宦官沿游廊飞奔，脚步声震天。他猛地在门外停下，俯身大声喘气，颤抖的手指里紧紧攥着一封信。

候门的黄衣内侍微微皱眉，向外一步，扶起蓝衣宦官。就在接触的一刻，那人的手指微微一动，瞬间将一封信弹入了内侍宽大的衣袖中。

黄衣内侍松开手，面无表情地走回门内。他躬身小步走到桌前，一手收拾碗碟，一手攥住金线云纹的桌布，微微倾袖。

那封信无声滑落到皇帝的膝上。

皇帝一手捏着粥勺轻轻吹气，另一只手在桌布下，无声地展开了这封来自千里之外的密信——

忽然，粥勺从他手中滑入碗里。

他起抬头，满面震惊。

"宋——有——杏！"

一声咬牙切齿的低吼声，震飞了门外满树夜宿枯枝的游鸦，它们啊呀叫着，冲长天飞去。

他却顾不得乌鸦了，猛地站起身，吩咐道："三千里加急，马上传金字牌下去，封锁长江沿岸各港口，让白羽立刻带杜路下船，立刻下船！"

一瞬间，内侍们色变惊惶，连声称诺，下跪后爬起身飞奔传令。

这封只有皇帝打开过的信，是两天前的夜里从扬州发来的，上面墨迹斑驳，看来是还未等墨干就急匆匆地寄出。纸上交代了白侍卫和杜路出发的过程，写信人还特别矜功道，昨日就已联系盐船安排桨手，日夜不停，七天八夜即至荆州。

而写信人是：江东巡抚宋有杏。

金粉色的熹光使得赵琰侧影分明，他盯着信，浑身发冷：

居然上了一艘……盐船。

一种冰冷的荫翳从眼前涌来，皇帝忽然打了个冷战，仿佛有什么巨大的、暗中发酵的、即将掀狂澜席卷而来的灾难，正在一步步逼近，巨大的黑影罩在每个人头上。

就在这时，传讯的内侍跑了回来，跪在地上请示道：

"回陛下，十二道金字牌已经向沿江各州下达，烈药催马，日行千里，最快的明天早上就到——"

"太少。"

身后，喘着粗气的内侍伏跪在地，神色越发惊惶。

高大的皇帝背对着他，声音冰冷如刀：

"传一百道金字牌下去，直达沿江各乡县，封锁江面，仔细搜查每一条船，一旦发现杜路和白羽，立刻让他们下船，逮捕船上其他所有人，严刑审讯！"

"遵……遵旨。"

"救出白羽和杜路后，换当地水师楼船护送二人入蜀。此外，立刻收押宋有杏，此人大有问题，朕会派人到扬州提押审讯！"

内侍赶紧诺了一声，一刻不敢耽误，飞快传讯。

就在这个宁静晴朗的清晨，枢密使自禁中受旨，出付中书，中书受承，速成宣底。一百匹驿马同时从长安出发，嘶嚎着狂奔。它们身上，背负着一百块漆着黄金的字牌，光明炫目，过如闪电，这是天底下传信最快的一等橄牌。

一百匹驿马双目通红，迅疾风声中疯狂加速，必须快一点，再快一点，才有机会跑赢时间，拦下一场毁灭性的灾难。就在今晚，一切将出乎所有人的意料，又摧毁所有人的希望，就在今晚。

快跑。

要来不及了。

金字牌发出七百五十里。

在漫天紫红金银的晚霞中，白羽推着杜路走过艋板，依依不舍地回头，望着满江绚烂。

身后，瑰丽天幕一直低垂到甲板上，船还在行着，木架上挂着的笼子飘飘晃晃，一笼笼花鸽又一笼笼白鸽，对叫着叽叽咕咕。夕阳光芒晃动中，水手们拉着绳子走来走去，十二桅巨大洁白的风帆迎金光而张。杜路今天跟他讲过，水手们逆风拉帆，是为了利用风与船帆间的夹角，走"之"字形前行。

是挺有趣的。白羽垂下头想：是在宫中都没听说过的事。

杜路见状，低声道："小哥，别舍不得，明天一大早我们就出来看江水。"

"不，以后都不要出来了，你吹了风再发病怎么办？"

说到这儿，白羽不禁有些懊恼，今天本来说好出来一会儿就回去，结果杜路讲起多年前在洞庭湖底下的海恩县夜入鬼城的故事，他听得入了迷，不知不觉竟听了一下午，午饭和茶点都让人端上甲板来。虽说他们这一天都坐在舵前艏楼里，从小轩窗中张望江色，并不怎么吹风，但他还是担心杜路的身体。

杜路笑着摇头，却不欲再与他争辩，从木椅上站起身，扶着把手向艋板下走去。白羽赶紧跑在他身前，拉着杜路的另一只手臂搭在自己肩上，一步步下台阶。

忽然，耳后传来了轻轻的声音：

"你有没有开心一点？"

白羽一怔，下踏的右脚停在空中。

他缓缓回头，在暮光中回望杜路：

红金斑斓的天幕下，白色的大水鸟击江后腾飞而起，向着长空滑翔出遥远的长线，羽翼间晶莹的水珠向下洒落。暮色斑斓中，高大的黑衣男人正望着他，神情温和，目光认真。

他身后，云霞旋转，时空流动，一切金光红彩水鸟清江都在模糊着飞逝……春日洁白的光芒中，风过，白杨树哗啦啦地拂动，青年带着满身树影穿过游廊，年轻的脸上光芒跳动……

恍然间，周遭一切和十三年前重合在一起。

只是，他的手中空荡荡的。

再抓不住那个姐姐一针一线缝成的小皮球。

白侍卫垂下眼。

他转过身，面对漆黑的舱房，拉着杜路的手臂，沉默地，缓缓地，一步步顺阶而下。

金字牌发出八百里。

最后一丝金光消失在结霜的琉璃瓦上，冰蓝的暮色笼罩了整座幽深的宫殿，游鸦结群，一大片黑压压的鸟影在暮色天空中飘飞，冷风中一声声呜哇哀号，冰凉洁白的鸟粪，穿越浓雾，垂落。

怎么都杀不尽。

宫里的老宦官总是说，是当年紫微之变死了太多人，宫里每一寸华丽的雕砖下都浸满臭血埋烂白骨，暴雨中空旷的金殿上淑德太后的尸体悬在白绫上荡来荡去，冤魂困在这座古宫里，不得超度，于是一年年化为怎么都杀不尽的乌鸦翔飞而去，在宫殿上哀号着散飞。

当然，这些话是只能暗地里嚼舌根的，从不敢让人听到。

陛下，是不信这些的。

那个男人既不信报应，更不信轮回。他嗤于善恶，不敬生死，甚至不拜先父，是百无禁忌而大逆不道的枭獍，乱世中虓阚振厳的恶虎。他是开国之君，踏血成皇，一朝史书的伊始总是没有什么父慈子孝的美好故事，唯有烈马、长戟和四方杀戮，杀死自己最好的朋友取而代之，踩着恩人的尸体逼入宫门，肃清长安，火烧屠城……阴谋、野心、欲望、捭阖，这才是史书的第一页。随后掩饰起一片人伦纲常的清美图景，教导凡人们善恶有报，因此一辈子忙着做积善积德的恭顺人。

没有什么能阻挡那个男人，没有什么能使那个男人敬畏。

然而此刻，他的眼皮在跳。

御书房中空无旁人，赵琰独立窗前，遥望沉蓝天幕下大片大片黑压压的乌鸦，面容阴郁而锋利，唇线紧抿。

他的眼皮一直在跳。

窗外乌鸦一声连一声地哀叫，夜色里雾气愈发浓重，一种紧张的闷气在胸腔间淤塞，心脏越跳越快。

高大的帝王深深地呼吸，闭上了眼睛，脑海中浮现着那明亮灼目的金字牌，正在黑暗中一站又一站地飞奔传送……他宽慰自己，当时可能只是事出偶然，比如当时扬州的水师调动出了问题，只能临时征用盐船，宋有杏并非叛变，反贼的势力还尚未能蔓延到心腹命官身上，一切只是他多虑了。

这样想着，胸中的郁结稍微缓解。

可他心里明明知道，他此刻不过是在自欺欺人——盐船？哪个官员会征用臃肿缓慢的盐船来送人？

一切都不正常得如此明显。

一切又如此明目张胆地在他眼皮子底下发生。

白羽到底是年轻，第一次出宫执行任务，即使再少年老成，也压不住这些厮混官场二十多年的老狐狸，还是被糊弄住了。

他绝不该上这艘船。

但这其实也不怪白羽，皇帝在同根蛊十年之期将满时，除了加强宫内戒备，还特设了八位巡抚，亲自派下去八方镇守，名为巡视刺察，实则是专门为了预备万一，一旦宫中出事，就能立刻八方消息接连。宋有杏是江东巡抚，相当于负责同根蛊之事的专员。同根蛊关乎帝国机密，白羽在江东地区只能和宋有杏交接，不能外泄。可谁又能想到，江东巡抚宋有杏，竟会在这节骨眼摆上一道，将皇帝的近亲侍卫领上了一艘身份诡异的盐船？

贰臣，终是不可信的。

宋有杏把杜路白羽送上一艘盐船，他到底是要干什么？躲开水师军舰的一路监视，垄断向中央的汇报？另有阴谋，想神不知鬼不觉地把二人带到其他地方？甚至于……在船上暗杀杜路？

眼前迷雾重重，皇帝的心脏越跳越急。

他此刻只能寄希望于那一百块封锁长江的金字牌，赌自己能跑赢时间。

仿佛站在巨大的赌盘前，每一刻长江滔天的波浪都在怒吼着裹挟，跃跃欲试。

本朝之前，即使采用西域最名贵的汗血宝马，天下最快的金字牌也只能日夜行五百里。直到杜路利用苗毒，发明了烈药催马之术，金字牌的速度忽然间提升到日夜两千里，是古今以来从未有过的极速。

服药之后，一匹驽马也能瞬间一跃十步，每个时辰狂奔一百七十里，虽然这种烈药毒性极大，服药后的疯马至多跑三个时辰就会抽搐而死。不过，只要驿马交换顺畅，金字牌便可沿着四通八达的官道以日行千里的速度疯狂地传递，"千里马"终于不再只是稗官野史的夸张之词。

这种催马术极为劳民伤财，此次一百块金字牌同发齐下，更是意味着将有数百匹骏马劳毙于驿道之上。但此刻，什么都顾不得了，哪怕能赢来一炷香的时间，一切代价都是值得的。

长江涛浪的赌盘前，赵琰仍握着最大砝码，他仍有机会赢，而且赢的机会很大。

长安与襄阳仅隔九百里，此刻距他发出金字牌已过去五个时辰，金字牌马上就会达襄阳。这是帝国最高级别的命令，地方官员必须立刻警戒，连夜顺江而下，一县一乡地通知消息。天明之前，消息就能从襄阳传到荆州，再从夏口向东传，即刻封锁长江，在各个港口关卡查船，全力寻找那艘盐船，以救出杜路白羽二人。

当然，据信上时间推断，此刻距白羽和杜路从瓜洲渡出发仅仅三天四夜，盐船不大可能已至夏口。但在一百块金字牌的保障下，夏口以东长江全线每个乡县收到命令，也最多不过两日两夜的时间。到时候，哪怕盐船早已偏离航线而驶入哪个小支流，只要有一个乡民看见，都能立刻上报。

这场赌局的背后，是整个帝国千万官吏和繁密户籍体系全力以赴的支持，他要赢，但只缺时间。

只要熬过这三个时辰，等金字牌发出一千四百里，到达荆州，就有办法找到盐船，把白羽和杜路救下来。

漆黑的冬夜里，一百块明亮如火的金字牌正沿着纵横交错的官道在全国各地狂奔，疯马吐着白沫，颤抖的身影疾驰如风……他安慰自己，再有三个时辰，一切都结束了，只要这三个时辰里不出事……

可他的心脏在怦怦急跳，眼皮也越跳越厉害。

金字牌发出一千一百里。

黑暗中。

满面麻子的青年小宝，正静静站在船舱杂物的阴影里。

他手中握着一方黄铜大锁，长长的铜链绕在腕上，被他半掩在袖内。

他身侧，是船上最舒服、最暖和的舱室，可以透过木墙板隐隐听见里面的谈话声。

不顾木丝扎脸，他整个人都贴在木墙板上，竖起了耳朵。

舱内。

晚饭后，白侍卫给杜路喂药端茶，又准备热水毛巾，忙了半天，方才将他扶到床上。

白侍卫自己也擦了脸，坐在几案前，回想今日江上所见的景色，不由得有些发呆。

他从未见过那样蓝明透亮的世界，云霞绚烂，江水连绵，清风吹起十二面巨大映光的白帆，水鸟逆风冲着蓝天直上，叫声若尖厉的哨子，劈开天地，霎时间凌空而去，金色的光芒追逐着洁白的羽翼。

此刻，坐在封闭昏暗的舱室内，四周冷雾弥漫，那浩大美丽的世界格外像一场幻梦。

这一天，两人坐在艄楼里，望着阳光下波光粼粼的世界，吃着茶水点心，聊了许多事。谈到航船，杜路随口说："我们现在这艘盐船是十二桅六篷，运载量八百料，七十尺长十八尺阔。"

白侍卫一一点数，竟都如他所言，诧异地瞪大了眼，暗想杜路这几日从未上过甲板，怎么心里一清二楚。杜路淡淡笑了，说："小哥你有所不知，这官方的漕运船都是定好规格的，这样过港口时方便收税，八百料的盐船一定是这个尺寸，这是南台船场造的官船，有些年头了。"

白侍卫不语，心道："一艘破船你也能看出籍贯，定是在胡说。"恰在此刻，身边绿衣小厮添水换茶，接过话头道："大人好眼力，就是福建南台产的老盐船。"

白侍卫这回倒真是惊住了，追问了半天，又给杜路这无赖削了个苹果，方才问出来：原来，这艘盐船的木料是福建南台特产的大柯木，外形上巨枋搀叠，上平如衡，下侧如刀，都是南台造船的典型工艺。当年梁中主在位时攻下了福建，不出十年，东梁水师就雄霸长江，独甲天下，靠的就是南台擎天巨木和闽人绝妙船工。

杜路这一生走南闯北，经历过也听说过太多故事，白羽听得入迷，方才知道船底板加起来一定是单数，小孩们唱的童谣都有掌故，朝廷和私盐船的斗智斗勇，还有相船师的传奇故事……

到最后，干脆是他在求着杜路讲故事，他被关在深宫里什么都没听过，而杜路什么都懂点，又有些说书先生似的小坏，每回断得都勾人心痒痒。他也讲什么都好玩，地理水经，风土掌故，全都张口就来。

他却唯独不愿再聊战争。

望着金光下黑衣懒散的男人，听着这些壮阔精彩的故事，白侍卫不由得想象到他当年身披黑甲，两岸战火连天，在江水春色中率千万楼船顺江东下的情景。

此刻旧景重走，不知是什么感受。

金光下，男人裹在厚重的棉袄里，眯着眼，说起话来总是带着笑，还捏着苹果皮一根根清理好。他望着男人，男人望着长长的江水流动，目光淡淡的，像是看着很平常的事。

"小哥，早点睡吧。"

身后，杜路的话一下子把白羽拉回了这孤灯幽暗的封闭船舱。白侍卫望着舱门，又想起船上的古怪小孩，习惯性地皱眉：

"我可是个侍卫。你睡吧，我守夜。"

舱外。

满面麻子的青年眉头一跳。

他本来就吃不准这侍卫的作息，刚刚听杜路劝侍卫睡觉，心头一喜，拿着大锁，悄声向舱门走近了半步，准备锁门。但此刻听见侍卫守夜，刚刚踏出的脚又收了回来，整个人往船底的阴影里躲了躲。

阿母已和夏哥约定好，一个时辰后动手。

一个时辰后，这艘大船将到达鄱阳湖中央，突然漏水，然后迅速沉底，四周茫茫水面孤立无援，不会有任何得救的机会。

可他还是不放心，一心想在白侍卫和杜路的舱门上加上这把四十斤重的黄铜大锁。一旦上锁，沉水后，封闭舱室内的杜路便如笼中之鸟，绝无游出去的可能。

只是这把大锁要想锁上舱门，一定会摩擦发出响声，万一侍卫今夜不睡，听见锁门声，定会打草惊蛇。

已是寒冬十一月，额上汗水却一滴滴沿着鼻梁下淌，小宝已在门外等了太久，等得实在有些心急了。

他悄悄地低头，望向自己的怀中，那片衣衫的正中央，正静静地放着一根细小的黄纸筒。

里面装满了迷药。

就在这时，舱房内又传来动静。

他连忙把整张脸贴到木墙板上——

"你睡吧，熬了那么多天夜，身体怎么吃得消。"

杜路一边说着，一边自觉地往墙边缩，留出一大片空床来。

白羽摇头："这船太奇怪了，我不放心。"

"宋巡抚安排的船，又能有什么不放心的。"杜路不解，"你再不睡，我就不讲那天竺第八个皇子的故事了。"

"不讲就不讲。"

"嘿，你白天还催着我讲，这会儿倒不听了？"

"因为我想明白了。"

"你想出来结局了？不可能，那故事特别长……"

白侍卫含笑摇头，躬下身，打开了墙脚木柜，从柜子里拿出一捆线装书，放到桌上。杜路的目光追随着他，不由得问：

"这是什么？"

"传奇志怪。临别时宋大人送的，说是怕你路上无聊，消磨时光。"白侍卫说，"我想明白了，这么多本小说里，肯定有那篇故事。你不给我讲，我就自己看。"

杜路望着天花板，叹道："又是闲书，怎么连史官也读这些。要是搁小时候，我爷爷看我读这些，非抽一顿皮鞭不可。他写通典的时候，可是翻烂了几房间的书，呕心沥血地推敲，夜里写着写着忽然痛哭。哪像宋有杏，喝着好酒看着舞，真不像个写史人。"

"什么闲书史书的？"白羽不解，翻着书页道，"你要是没看过闲书，怎么会知道皇子的故事？"

"我不是从闲书上看的，是听一个天竺的大胡子讲的。"杜路裹在棉被里，摇头笑了，"还不是因为韦二，他小时候最喜欢新奇事了，闲书搜罗了几箩筐，为了听个好话能跑遍长安城。那年波斯和尚变魔术，被他拆了台，灰溜溜离开了长安城——"

"无寒公子怎么会拆人台。"白羽笑着摇了摇头，在他心目中，这种事和那个温柔的公子真的扯不上关系。

"是真的，那年我们十一岁，春天长安城来了个会变幻术的波斯和尚，那和尚不仅会喷火，喷出的火焰还会变成一堆蝴蝶飞走。韦二从小就喜欢新奇事，那时更是对这个戏法着了迷，天天拉着我去五陵乐坊看洋和尚表演，绞尽脑汁地钻研窍门。就这样我们整整看了六天，等看到第七场演出时，韦二终于看出了门道，那一刻，他抢在洋和尚之前翻过勾栏跳上台，袖口一甩，口中忽然啸出一尺高金光四溢的火焰，而后千只绚丽的蝴蝶浴火飞翔，哗啦啦擦过每一个观客的鼻尖，迎风飞远了。"

白羽听得怔住了，停下了翻书的手指，侧头道："无寒公子还会变戏法？"

"他什么不会。"谈到韦温雪，杜路不由得笑了，语气间也露出骄傲，"他是天底下一等一的聪明人，只要他愿意做的事，他都能做得顶好。九岁的时候，他下围棋接连赢了宫里二十位国手；二十岁的年纪，他已经是著名的博物通才了，经史兵政书画音律无所不通，就连古董金石、驯兽养花都算得上行家。你都不知道他的脑子是怎么长的，箜篌琵琶他上手摸一摸就会弹；从不背书，躺在床上边看画册边听书童念'四书'，他听过一遍就记得一字不差；偶然看见的街景，十天后还能一个窗户都不错地画下来。你到底是生得晚些，没听过他那些传奇事，大家都说，他生来就是个该当宰相的人。"

想到那白衣公子的模样，白羽不由得也露出微笑："我其实不惊讶，韦公子看上去就是个风雅灵杰的人。"

"他年轻时更好看，可惜蹉跎了这么多年。说到底，是我连累的他。"

韦温雪本有光明的未来，而杜路毁了他的一生。

白羽一阵沉默。他心知，杜路的战败和良朝的毁灭，改变了天下众生的命运。被连累的，又何止韦温雪呢。

"不过，他本来就是不太上进的人，性子懒散，玩心又重。良朝的时候，他不肯入仕，耽在花柳欢场里不进科场，韦老宰相极宠爱他，想用家族的荫泽给他找个俸禄，韦二却说他讨厌官场。可他越是这样，名声就越广，最后弄得比终南山上所有的隐士还有名，全天下的人都盼着他出山。"杜路又笑，想起了当年众人慷慨激昂地劝说，韦温雪坐在一旁满脸冷漠的情景。"其实，那些年里他暗下指点过我许多事，都是悄悄的，不肯声张。攻蜀顺流东下，铁骑渡淮合围，这个方案最早是韦二提出的，却把全部的声名都给了我。他本是该做帝王师的人。"

白羽一怔：如此胸襟气魄的青年，却藏进江南歌舞场里躲了十三年，这怎是"蹉跎"二字了之？

"说回你手中的话本，那个变戏法的波斯和尚离开后不久，乐坊里新来了个天竺教士，讲起故事来如梦如幻，勾栏前场场爆满。当年长安的说话人，最流行讲的是小说公案参请历史这四类，而那天竺教士不一样，他最新奇了，讲的都是天竺的史诗，一开口就是那八个神仙下凡轮回，前七个皇子淹死在河里。韦二听一次就迷上了，天天拉着我听到散场，听到兴头上就抓起一把又一把的铜钱往台上砸。对了，你在那些话本上肯定翻不到这个故事。"

"为什么？"

杜路说："因为，当年天竺大胡子足足讲了九九八十一天，方才讲完这故事。每天散场后，韦二听得心痒难耐，恨不得搜罗了全天下的话本，翻来覆去，却都找不到这故事，更别提宋有杏送的那一小摞书了。"他说到这儿，忽然一拍脑门：

"对了！我想起来了，宋有杏不是还送了十壶酒吗？"

白羽面无表情："倒了。"

杜路笑着望着他："好孩子，我知道你肯定藏在柜子里——"

"想都别想。"

"就喝一杯，一小杯。"杜路看着白羽冷漠的脸色，毫不气馁，笑着讨价道，"现在不喝，明天中午吃了饭再喝，怎么样？"

白羽垂眼看书，又不理他。

"你呀你，怎么跟韦二一般小气。他那楼里藏着从各地搜罗来的好酒，但一口都不给我喝。可气的是，丫头伙夫们还都只听他的话，十年来防我喝酒如防贼入室，生生逼得我滴酒不沾。"

"韦公子若是还小气，天下就没有大方的人了。他对你，真是满腔心血养了个白眼狼。"白羽摇头，"你这病不能喝酒。"

"谁说的，我在宋有杏席上偷喝了一杯，这不是好好的？"

白羽瞬间瞪大了眼："你偷喝酒了？原来如此……怪不得前天一觉醒来就犯病！方船长还找不到原因，原来是你自己偷喝了酒，不要命了吗！"

"就喝了一点点……"杜路看着少年冷若冰霜的脸，声音越来越低，最终叹了口气，"算了算了，听你的话，不喝了。"

白羽这才面色稍缓，低头，呼啦啦地翻动着书页：

极欢之际，不觉悲至……韶颜稚齿，饮恨而终……

书页旁还偶见一行颇漂亮的笔迹，朱笔小楷的批注也在闪烁：

梦泽悲风动白茅，楚王葬尽满城娇。千古一悲……

杜路又打了个哈欠：

"别看了，没有那个故事，快睡吧。"

像是被他传染了一样，白侍卫也不由得单手掩面，打了个哈欠，蒙眬中望着那句批注，脑中似有什么话想说。但眼皮不听使唤地越来越沉，手指点着那句批注，已经忘了自己要说什么。

眼前的字越来越模糊。

他强撑着摇了摇头，盯着那句话，问道："梦泽在哪里？"

"洞庭湖。"杜路口齿不清地说。

是吗？白羽茫然地盯着这句话，感觉自己刚刚的问题好像不是这个，却怎么也想不起到底是什么。困倦如浪潮般一浪浪涌来，他勉强捏着那句话，心里茫然地说着：宋巡抚送的书，我看过他的信，可书上这个笔迹……

"啪！"的一声。

书终于从他手中无力地落下。

他沉沉地瘫倒在桌子上，意识弥留的最后一刻，一切想法都像抓不住的青烟般飞散，他什么都想不起来了。在昏睡过去的刹那，他恍然闻到了什么，面色一变：

这个味道……

不对劲。

他眼前陷入了一片身不由己的黑暗。门外，传来了落锁的轻响。

门外。

小宝熄灭了那一根伸入门缝的迷药筒。

他从黄铜大锁上拔下唯一一把钥匙，转过身，在黑暗中缓缓离去。

寂静中一声声怦怦的心跳，时间似乎在致命地飞逝，又黏稠着拉长成丝，无限延宕着下垂。黑暗中，时光如雨水降落，无数画面飘荡，汹涌强烈的情感咆哮着狂卷，在胸口痛苦地燃烧……

江南江北旧家乡，三十年来梦一场。

十里长街万里芦花在堤岸上摇动，海云明灭，有人牵着他的手，温柔地垂着头。

芦花在天上飘，海潮哗啦啦地扑过来，野草在堤岸上疯长，云朵遮了月亮，暗下了整个扬州。

而他牵着父亲的手。

海声草影中，父亲温柔地垂着眼，任天边的云光在眸光中明灭。

回家，回家。

父亲背着他大笑着，摇摇晃晃地走过童年熟悉的一切，十里长街，明月，玉笛，神仙酒。

那是短暂的和平。

在那场摧毁东梁国的战争结束半年后，杜路死了，他在贵州中了埋伏。而已经被俘虏了一年的父亲，终于从长安城被释放回了家。那时小宝已经和屋里的黑木桌一样高了，父亲愧疚地抚摸着他的头，说："该带你去买书识字了。"

扬州，是天下最美好的地方。

尽管不再是东梁的扬州，而变成了大良的扬州，但当归来的父亲牵起小宝的手的一刻，那依然是美好的日子，母亲笑着在桌前择菜，父亲搬着梯子拿下书架上尘封的韵书，他摇头晃脑地扔着纸蜻蜓，屋子小小的，灯光黄黄的，一家人围坐着喝热气腾腾的菜汤。

他在一天天长大，念着父亲教给他的书。

直到那个恶魔又回来了。

杜路没死，他从苗寨中活着赶回来向赵琰宣战，他再一次带兵占领江南，强力征兵来制造争夺天下的庞大军队。漫天的柳枝向上冲飞，父亲举着纸板声嘶力竭地呐喊，万千民众在他身后挥臂，那是浩瀚的声音，跟礼乐和崇高理想都不一样的声音。

纸板跌落了。

父亲和叔叔都被抓走的那一天，小宝流着泪，读他剩下的书。

他们都没能再归来。

最后幸存回来的人说，他的爸爸和阿夏的爸爸因为反战扰乱军心，被绑着走在军队的最前方，用肉身抵抗对面的炮火。他们所有人的生命，都被杜路亲手推进了战争的火海中，熊熊燃烧到牺牲殆尽。

杜路，杜路。

这个平日里唯唯诺诺的麻子青年，眼睛里又燃出了那种疯狂的火焰。

在踏上最后一级台阶时——

一个金色的光点从他手中抛出，那是一条漂亮的弧线，横越着穿过船板，直直地坠入月色下无边的巨湖。

唯一一把钥匙，在鄱阳大湖无尽厚重的水波中下沉，或许会到达湖底，或许会被某条银鱼吞入腹中。

小宝目不斜视，踏上了甲板。

二十名轮班的水手正操着大桨长篙喊着号子，他和熟人打着招呼，穿过一片嘈杂，走到汗流浃背的阿夏身旁，接过阿九递来的桨。

他也呐喊着激烈的号子，使尽全身力气用力地挥桨，汗如雨落，双臂暴筋，推动着这灯火红明的夜行船。

水波荡荡，漫湖星影追随，这永不停歇的夜行船正划开一片涟漪，劈开银灰色水浪，穿越巨湖，与湖水下唯一的钥匙越行越远。

而在一个时辰后，它将永远沉没。

千百年后，若是沧海幻化为桑田，大湖干涸，这艘悲剧的沉船从皲裂的沙石间探出水面，那有幸用手掌推开尘封的后人啊，会惊讶地发现，在甲板下面正中央的舱室木门前方，正绑着一把沉重的黄铜锁，锈迹斑斑。

那时火已熄了，灯已灭了，摊在桌上的传奇书册早已在湖水的消磨中湮灭，枯黄的尸骨在颠簸中散落满室，在浅水中半掩。

浅浅的、晶莹的水仍缓缓地流着。

或许又过了一千年，在相隔数十里的原野上，一个人掀开了石头，发现一把锈迹斑斑的古老钥匙。

他捏着钥匙，茫然地四顾，天地间万野青葱，牧歌忽响一声，袅袅的炊烟冲向青蓝的天幕，黄昏垂了下来。

黑夜巨大的阴影，笼罩了平原上小小的人影，他向着大地，扔下了那把莫名其妙的钥匙。

万野寂静。

金字牌发出一千二百里。

明月西移，上夜和下夜的水手们该交班了。

甲板上瞬间人声沸腾，光影晃动，打着哈欠的壮汉一边抓着毛巾擦汗，一边向船篷和艄楼拥去。他们手中的烛火颤动着，照亮了一片又一片挤挤攘攘的通铺，有人扯着被角倒头就睡，有人从怀中掏出一小块冰冷的剩馒头咀嚼，起得晚的水手被工头叫醒，散着乱发狂奔出门……一片喧嚣中，小宝和阿夏正拿着打更的梆子，从容地穿越人群从船头走向船尾，一声声敲打催促。

他们将脸埋在船帆的阴影中，用余光瞥视船篷中晃动的每一个身影，在心中默默计数。

在经过楼梯口的一刹——

小宝侧过身敲梆板，宽阔的背影挡住来往的视线，阿夏便在这一瞬间跳进木梯，飞快蹲下身。

落地的巨响被更声掩住。

小宝目不斜视，转身走向船尾，手中梆子起落。

这一串急促而响亮的更声中，阿夏沿木梯狂奔而下，跳到船底板上，飞快蹿进伙房，反手扣上了门。

"啪"的一声，伙房里高大的柜门自动弹开，黑暗中亮起一双晶莹含泪的眼睛。

白菜湿润的气味在黑暗中浓郁，这是个巨大的储物柜，一丈高一丈宽六尺深，贮藏着整船的瓜果。两面柜壁上竟有两个光点，那是两个被精心凿开的小洞，映着幽幽的光。木柜里，那双晶莹含泪的眼睛垂下，随即一只皱巴巴的手抓起一株大白菜，堵住了漏光的小洞。

她已在这储物柜里藏了一天一夜。

嘈杂的大船上，有谁会注意一个老太婆的去向呢？

方诺前天下令，让小厮们看着老妇人和麻子脸的青年，不许再进伙房。但又有谁能想到，她竟趁着昨夜大雨，溜进了伙房的储物柜，将自己埋在一堆白菜萝卜里面，藏到了今夜。

这个木柜和木船是一体的，更像是伙房里的储物间。她在昨夜的大雨声中，用锥子在两面柜壁上凿出两个小洞，分别对着船长方诺的休息室和杜路白羽的舱门。

那只带着疾病的盈盈泪眼，已然贴在小洞上监视了一天一夜。

"方诺睡了，白侍卫也昏迷了。"老妇轻声说，"杜路已经中了迷药，舱门也被牢牢锁死。这一次他必死无疑。"

阿夏无声点头。

那双鹫皱的手掌，扒开一株又一株沉甸甸的白菜，抓住了一个米灰色物件的边缘，奋力往外拉，一根根胡萝卜和苹果纷纷掉落——柜底，露出几张破旧的羊皮。

这也是她昨夜藏好的。

两人将这些羊皮从柜底扯出来，憋红了脖子吹气，一个又一个革囊像是椭圆形的大气球，慢慢胀起。

老妇低头解开腰带，将四个羊皮气囊并排绑在一起。与此同时，阿夏手臂上青筋暴起，抓住案上大菜刀，"砰！"的一声劈向了地面木板。

柯木的船板涂满了榄糖，干透后滴水不透，坚重如铁；木板的交接处用铁钉钉成人字缝，填满石灰和桐油，严密而紧固。但是柯木纹理直行，随着大刀反复起落，底板顺着纹理裂开了一指长的细缝。阿夏便将大刀斜拿，刀尖先顺着缝隙的走向插下去，然后不断横扭大刀，木板吱吱呀呀的，渐渐磨出了一个两指宽的小洞。

阿夏抽出刀，妇人放下绑好的一串羊皮囊，低头望去，不由得问：

"怎么没有水？"

"这是艘双底船。"阿夏一边说，一边转身摸到打更的木梆子，紧紧握住，"这是舱底，下面才是船底。"

话音未落，他握着实心梆子插进小洞里，一头上翘顶着船板，一头奋力往下压。这梆子细如拇指，不到一尺，此刻随着下压而弯曲成弧形，颤抖得像只即将折断的苇秆。但就在这时，不可思议的力量从这小小的梆子上传来，黑暗中"啪"地一响，霎时船板劈裂，一指长的细缝蔓延到三尺长，火光中，毛糙的木粒颤抖着下坠。

阿夏抽出梆子，站起身，宽大的脚板踏在裂缝上，用力地踩，木板在他脚下迅速塌陷，露出下面茶褐色的船底。

他跳进船底，再次举起了大刀，劈开细缝，然后如法炮制，随着梆子的弯曲，黑暗中蔓延出一条长缝，轰然洞开……

恰在此刻，头顶上那一直连绵响亮的打更声，忽地停止。

甲板上，小宝走到了船尾，扔下梆子和梆板，躬身走进了空荡荡的船篷。

这个船篷的水手都是值下半夜班的，刚刚听着更声全跑了出去，长长的大通铺上一片狼藉。小宝直直踏着通铺走了上去，踏过发黄的枕头，踢开黑絮的破棉被，踩了黏巴巴的饭团，走到了通铺的最里面。

他蹲下身，掀开了棉被下草席的一角。

两个干巴巴的羊皮囊正垫在下面。

他抱起羊皮囊，忍着口中浓郁的腥膻，鼓起腮帮用力地吹气，洁白的革囊缓缓胀起……

黑夜中满空璀璨星辰，万顷鄱阳，水波荡荡，如同碎掉的钻石洒到湖面上，摇晃着旋转。

灯火通明的大船，正划开黑水与星影，飞速地穿行。船身朱红大漆，金黄色的铜钉熠熠生光；十二张洁白的巨帆并排，像鹤羽般直直地捅向夜幕。

甲板上明灯荧荧，二十位壮汉喊着响亮的号子，一排排粗壮的手臂整齐地划桨，有人讲了句粗俗的玩笑，引得男人们大笑一片，工头便厉声催促，惊醒了一笼笼叽叽咕咕的鸽子，扑簌着翅膀在木笼里飞腾。水波起伏，灯影摇晃，星空浩瀚，人声喧嚣，两岸遥远的晕光柔柔地晃动。

直到忽然之间，满天星辰开始倾斜。

第一声惊恐的尖叫响起。

黑夜如千丈幕布，垂落到银光耀耀的无垠湖面，浩广而寂静。尘埃般的星星和湖中影子对望，万千光点，悬浮，破散，重聚……天地之间，恰如黑色绒布衬着银色大镜子，无数玻璃碎屑静静洒落。

黑暗与银镜之间，浮着一艘鲜红的大船。

"哗啦"一声，银镜碎掉了。

船头向下，缓缓栽进银色大镜子里，光芒的碎屑在四周闪烁。

惊惶与嘈杂中，十几架鸽笼撞击倒地，数百只洁白的大鸽扑簌着羽翼逃出木笼，尖厉的鸣叫刺穿夜幕，鸽群连成长线，在沉船的上空一圈圈盘旋，首尾相连，齐声扇动翅膀，巨大扑簌的声音响彻天地，在水面上汇成滔天的诵咒。

洁白的鸟，猩红的眼。

无数猩红鼓凸的鸟眼，像是一个个剔透的红水晶球，映着天地间巨船摇晃的光影：

"是船底破了！快下来补船！"艄楼处，六七个小黑影匆匆忙忙冲下楼，提着一桶桶桐油石灰，狂奔穿过甲板；与此同时，船头在向下缓缓倾沉，而一位满脸麻子的青年正举起羊皮囊，纵身一跃，跳进湖水，迅速游泳，逃离现场。

"都别站在甲板中间，桅杆快断了，桅杆快断了！"在一位水手嘶声的大喊中，尾桅上洁白的大风帆在黑夜中颤抖不止，缓缓折断，人群惊叫窜逃……"别害怕，船不会沉的，快往外扔东西！"白鸽还在天空中飞翔，望着甲板上人们蹲下身一瓢瓢向外舀水，几个人呐喊着递重物，无数木箱的影子飞来飞去，从他们手中直冲冲地抛进水里，发出响亮的落水声……十几位壮汉在甲板上狂奔，一桶又一桶的舱料击鼓传花般往舱底送："堵住了吗？"身旁人焦急地问："船底堵住了吗？"

没有回答，鸽子们便拍打着翅膀飞向了狭小的船尾，那里传来了争吵与混乱的声音："都别抢了！""羊皮囊留给小孩们！"有个青衣小厮在奋力大喊，却无济于事，密密麻麻的人群争抢着仅有的羊皮囊，拉扯中有人扑通落水……惊慌中，这时有人从舱底冲甲板上焦急地大喊："白侍卫舱门上怎么有一把大锁？钥匙在哪儿？钥匙在哪里！"

根本没人理会他。

一眨眼的工夫，水位已经与船舷持平了，正一浪一浪地往甲板上倒水，船头越沉越快，越沉越快……

"木筏被搬出来了！不要抢了，都往木筏上坐！"

几位强壮的水手合力从舱底抱出小木筏，放入湖中，拉住号啕大哭的小孩，指挥着混乱的人群，一个挨一个地坐下。

船头一旦沉没，整艘船就往湖底迅速栽了下去，深黑色的湖水漫上了甲板，越涨越高，明亮的七层艄楼被一层层淹没，"船长在哪儿呢？"有人问，声音被一片嘈杂淹没。

湖水飞速地向上升，空掉的舱料桶在四周飘飘荡荡，冲向了艄楼，冲向了船舷，向着最后一片安全的船尾冲去……

在这沉船的最后一刻，矮胖的船长终于哭喊着挣扎着被人强行从舱底架了出来，他跌跌撞撞奔向了未倾塌的鸽架，不顾众人劝阻，他放出了一笼又一笼被困的花鸽。

数百只湿淋淋的花鸽惊恐地扑簌着翅膀，冲天而飞，迅疾逃离了湖面，仿佛一束绚丽的烟花，炸响在漆黑天幕中。

那一连串白鸽，仍在绕着黑水中的大船盘旋，一声声哀鸣，如同超度的诵经。

艄楼最后一丝光点，也栽进了银黑色的大湖里。

船尾直立着，下落。

最后一丝朱红，消失在黑色的湖中，斜斜的水纹长长地荡开。

无数细羽在黑色的夜幕中降落，仿佛漫天白雪闪着玻璃碎屑，弹飞到破碎的银镜上。

千里之外，漆黑的旷野上，闪光炫目的金字牌还在狂风中飞奔，驿马嘶叫，却无力阻挡命运的沉没。

幽深的湖面上，冒起了一连串水泡，无声无响。

这是千百年寂静的湖水。彭蠡曾吞没海恩，转眼鄱阳又吞没了彭蠡，大湖上卷，沉没一切。

漫天洁白的细羽中，斜斜的水纹渐渐消散，陷入一片幽柔的宁静。

那银色的大镜子，又闭上了。

星光悬浮，黑色的绒幕又垂到银光耀耀的大镜子上，光滑得像是没有一丝缝隙，仿佛什么都没有发生过。

唯有鸽群洁白的影子，还在夜幕下一圈又一圈盘旋，久久不散。

半个时辰后。

第一块明亮炫目的金字牌传入江陵府。

长江被连夜封锁，一个港口又一个港口，一艘巨舫又一艘舴艋，搜寻着一个名叫白羽的侍卫，命令他带着杜路，立刻下船。

第二十一章

卯时，扬州城外。

黑蒙蒙的黎明，冷雾在空中浓郁地下坠。朔风呼啸，如同粗糙的砂纸打磨着行人的皮肤。

日出之前，是冬夜里最阴冷的时候，若非为了生计，谁又会愿意在黑雾中穿行？树影飘荡的小道上，唯一的行人一边挑着菜担，一边使劲儿缩着脖子，袒露的耳垂已被冻得发红。

可就在这时，一阵奇异的声响从他头顶掠过。

那是无数尖厉的咕鸣，带着哗啦啦的振翅声，浓雾中巨响移动。

菜农扶住担，抬头望去——

一大片遮天蔽日的阴影，正在深蓝的天幕上滑翔。

阴影滑到眼前，方看清是数百只毛色花杂的信鸽，振翅夜游，无数猩红的眼珠反射着暗暗的红光。

它们刹那间飞远，振翅声越来越远。

大抵是哪位早起的养鸽户在训鸽吧，他想，也真是勤奋。

似乎为了验证他的猜测，天空中数百只花鸽忽然间整齐下落，全都落在街角的破草房前，扑腾着翅膀一声声往木板门上撞。

菜农见状不禁有些羡慕屋内人，不用鸽哨，就能让鸽群这么听话。他摇着头叹了口气，挑起沉重的菜担，继续前行，孤独的脚步声在郊野小路上回响。他缩着脖子，在心中盘算着生计，一定要在日出前赶去康海门排队进城，才能在市场占个好位置……

雾太浓了，夜太黑了，他又被重担压着，没有力气回头。

因此，他没看见，身后破草房的木门，并没有应声打开。

那群鸽子足足扑腾了一盏茶的工夫，一个睡眼惺忪的书生才打着哈欠拉开了门，一低头，看见门前扑腾的数百只花鸽，瞬间变了脸色。

他慌慌张张地跑到里屋，一把撩开如雾四漫的白纱帐，身子前倾，对着帐中人大吼："老板，出事了！"

帐中人皱眉翻了个身。

他瞬间抓住帐中人的肩膀，使劲儿地摇："别睡了，船上出大事了！快醒醒！"

帐中人被他摇得晕晕乎乎，眼睛费力地睁开一道小缝，带着鼻音："嗯，什么……"

那样子，似乎只要翁明水一松手，他就能贴着枕头再睡死过去。

"老板，是杜路！"

帐中人猛地坐了起来。

他还不甚清醒，只是费力地瞪大眼睛望着翁明水，下意识地问："杜路，杜路怎么了？"

"船上所有花鸽都在夜里飞回来了，一共三百只鸽子，没有一只身上带信。"

帐中人怔怔地望着翁明水。

翁明水握住了他的手腕："记得吗？你和方诺约定过，如果船上遇上急事没法写信，就放三十只鸽子回来；如果事情再急，就放一百只鸽子；如果……杜路死了，就把所有鸽子都——"

一只洁净修长的手，瞬间捂住了他的嘴巴。

"不会的。"

帐中人定定地望着他，双目微微发红：

"杜路不会死的。他怎么能死，我的事情还没做完，他怎么能死！"

不等翁明水回答，帐中人抽出手，拂衣便从床上跳了下去，披上暗红色的狐裘，一边胡乱地绑着头发，一边喊道："备车！你赶紧收拾东西！"

"老板——"

老板并不理他，双手用红绳把黑发松松垮垮地缠住，同时光着脚往外面张望，语速极快："杜路那混蛋没死，我们得快去救他。看见了吗？那群鸽子尾巴里面都湿漉漉的，翅膀上却是干的，有的还带着冰粒。"

"老板，我们应该待在这儿，等方诺再发来消息——"

"你是不是傻子！"披着红裘的男人忽然暴怒，"你没听懂吗？杜路没死，那船沉了！"

翁明水瞬间惊住了："你说什么？船沉了？你怎么知道？"

"我刚刚不是说过吗！你为什么听不懂！"他从来没有这么急躁过，光着脚拉开屋门，"船沉了，那群鸽子从水里飞出来的，这么冷的夜里，沾水的地方很快结冰，但它们一路飞回来，尾巴里面的冰被暖化了，所以是湿的。翅膀外的冰一直接触着冷气，冰化了又结，结了又化，所以翅膀是干的，只剩了些冰粒。你快收拾啊！车呢？"

门外幽黑一片，冷风冲门吹进来，在两人之间呼啸。

翁明水打了个冷战，猛地反应过来，伸手把红裘男人推回白纱幔间："我这就去喊其他人准备，你把衣服穿好，别冻着。"

"不，我和你一起，宋有杏很快会查过来，这个破房子不能再回来了，花鸽子不用管了，其他鸽子都带走。"

他一边说着，一边胡乱套上棉袜，镶珠银兔暖帽罩上乱糟糟的头发，遮住半只眼睛："别愣着，该销毁的销毁，该带的快带！"

翁明水按照吩咐，很快收拾好了箱子，拎着放到床前。老板低头一一检查，点头道：

"走，我们现在就去找杜路。"

翁明水担忧地望着他："老板，不再等一下方诺——"

老板一把推开房门，直面漆黑的清晨，红裘在冷风中飘荡，他回头，银帽下露出的一只眼盯着翁明水：

"扬州，不能待了。"

一束束清明的熹光穿透黑暗。

天大亮。

淡青色天幕笼罩着扬州城的十里长街，车马渐渐熙攘，裹着棉衣的路人揣紧双手，行路匆匆。忽然，一个青衣小孩在路中央停下，从袖口中伸出小手，指着天空，一连串白汽从嘴中呼出：

"妈妈你看，好多好多鸽子！"

挎着蓝布包的妇人回头，正欲催促孩子快走，目光顺着手指一望，整个人也愣在了路中央。

后面的行人也依次闻声望去——

一大片洁白炫目的鸽子，像是垂天的云雾，缓缓滑翔在青灰色的天际。

它们越飞越近，白翼掠过安江门城楼灰色的房檐，振翅声与檐底铃声遥远地回荡。

广袤的青天下，冬日的风声中，几十位行人就这样呆呆愣在路中央，同时仰头望，目光追寻着鸽群的痕迹。

连绵的白翼从南边翔飞而来，掠过所有人的头顶，又冲着北方振翅而去。

所有人的目光移向北方。

数百只白鸽越飞越低，六条街后，终不再飞，在空中一圈又一圈地盘旋，却并不降落。

六条街外的耀德坊中，行人们同时驻足，顺着盘旋的白鸽向下望——

清光笼罩着吻兽蠹立的飞甍，重重叠叠的雕瓦之下，是一座深宅，前檐门廊足有半开间，门楣上葡萄缠石榴，四枚金簪，往里望去，朱门高槛，琉璃影壁，门枕石上刻猴子摘印，须弥座上雕宝瓶莲花。

前檐门廊里站着两名门卫，面对行人们纷纷望来的目光，投以严厉眼神。

路人们迅速低头，若无其事地继续行路。

但眼尖的已然认出，这座不同于扬州建筑的气派大宅，正住着今年来江东做巡抚的京官：

宋有杏。

这数百只白鸽，竟在大宅子上空绕圈，咕鸣着盘旋，久久不散。

一名门卫终于忍不住了，悄悄闪进了影壁，向门房里通报，不多时，他又飞快走了回来，持刀守门，面无表情。

朱漆大门后，这怪事正从一个小厮的嘴里悄声传进另一个小厮的耳朵，从仪门传到大厅，从大厅传到内庭，一直传到内堂候门的簪花丫鬟耳里。不一会儿，门内主人喊她沏茶，她接过小银壶，纤手撩开珠帘，灰裙细腰，款款走进了屏风。

水声荡杯盏，十二扇金红大屏风上，升起了袅袅白汽。

"怜儿……"

金红屏风后，男人低低地唤。

满室紫纱锦带飘荡着下垂，铃铛轻响，琉璃灯晃着，八面透净的灯壁上橘红灯点融融。

女声轻哼几下，手中水声不停。

橘红灯点连绵一片，一只手的浮影，抚在灰裙的纤腰上，揉着。

琉璃灯一晃，浮影又掠上另一面灯壁。

"老爷……"大手之下，柔软的纤腰轻轻下压，少女的声音清冷如山雾花影间的凉露，"别闹，要洒了。"

琉璃灯晃着，手在灰裙间钻得更甚了；橘红光点细碎的另一面上，映着另一只手握着笔，纸页上落墨连绵。

"啪。"

金红屏风后，传出了毛笔落地的声音。

少女娇声笑了，茶盏间水声汩汩，玉簪撞着桌棱，又传来细细的痛苦的呜咽，一滴滴垂落玉碎般的清鸣，燥热的喘息，极乐的低吟，怜爱的舔舐，晃荡着整架史册撞响，一本传向一本，响彻冬日冰凉的清晨。

琉璃灯不晃了。

八面光影幢幢的灯壁上，少女双颊绯红，从长桌前滑进男人怀中，转过头，含泪凝睇。

簪花砸碎在几上，绿云鬓发凌乱下垂，脸上湿汗盈盈，嘴唇微张着喘息，浑身还在发颤。

男人抬手，带着袅袅白汽喝下一杯热茶，满足地呼出长气。

放下茶盏，那只手又沿着锁骨钻进一片温热，捏住一颗柔软的樱桃，一下，又一下。

浑身发软的少女坐在他膝上，一阵一阵地颤抖，睫毛带着细碎的水珠，葡萄般黑亮的眼珠凝视着，蓄满盈盈泪。

"老爷……"她终于带着哭腔开口，"饶了奴婢……"

男人的手在衣衫中用力掐了一下。

一滴豆大的泪珠砸下，在宣纸上碎成一团。

"怜儿，怜儿，让人怎么怜都怜不够。"衣衫下手掌移走，他贴在少女带花香的脸上，摩挲着，舔着她的泪痕，"哭什么，这么美的小人儿，真教人心疼。"

那双晶莹的眼珠凝视着他，泪水却越滑越多。

"我不是有意哭的，"她一边双颊绯红地喘息，一边颤抖着流泪，抬起纤纤盈盈的手腕，抹着泪辩解，"今天能得到老爷的恩宠，本是极幸福快乐的事，可一想到明日，老爷未必会再怜爱我，就不由得悲从心生。"

"怎么会。"男人的鼻梁摩擦着她白嫩的脸颊："小人儿这么美，怎么会不教人怜。"

那脸颊却忽然变湿了，热泪一滴滴滑落到他的鼻梁上，她喘息着压抑着哭腔："色相虽美，但青春转瞬便白发，一旦色衰，又该如何承受大人的恩情？"

宋有杏一愣。

摩挲在少女衣衫里的手停住了。

他低头望去，那双葡萄般黑亮的杏眼含泪而痴怨，在他的目光下，她垂下纤长的睫毛，像是从飞翔到栖息的蝴蝶。

"你怎么会这么想？"他怜爱地把她揽在怀里，贴在耳旁问。

她缓缓喘匀了气，止了泪，垂着眼道："胡思乱想的，就当我发痴罢了。"

宋有杏又问。

那双明眸只好隐去了哀怨，缓缓抬起："嘴碎的和我说，早晨飞来一群鸽子，围着老爷的宅子打转，定是圣上传好事来了，老爷一回京，也不知何年才能再见怜儿一面，到时候怜儿颜色不在，又如何能再讨得欢心？"

"鸽子？什么鸽子？"

"一群白鸽子，好几百只呢，成片成片地绕着宅子——"

宋有杏瞬间从木椅上弹起。

怜儿被他从怀中猛地推开，尾椎撞上桌棱，惊叫一声，眼泪又落下来了。

但宋有杏此刻已毫无怜惜之心，瞪着面前的少女：

"你为什么不早说！"

怜儿扶着后腰，一边吃痛，一边柔声道："我本是要沏完茶就说的，谁让老爷……"

宋有杏登时怒了，"砰！"地拍案，厉声吼道：

"没羞的东西，滚出去！"

怜儿打了个哆嗦，顾不得衣衫松散，连忙一手抓起小银壶，一手绾着凌乱长发，带着浑身狼狈逃出红金屏风。

正当她要冲出珠帘的一刻——

"站住！"

屏风里传出威严的喊声。

她连忙立住，听见身后主人快语吩咐道：

"赶紧去喊人，把那群白鸽都弄下来，一只不许落下。白鸽身上的每一封信都直接呈给我，任何人不许看！"

怜儿连声称诺，在珠帘后稍整衣衫，飞速跑了出去。

不多时，在几位驯鸽师的努力下，三百只白鸽全部关进了笼中。但一一点数后，竟没有一只身上带信。

宋有杏徘徊在一个个扑腾的鸽笼前，不由得眉头紧锁。

这群鸽子，怎么这么像船上的鸽子……

自打上次与翁明水会面，宋有杏总是反复琢磨这些天发生的事，后怕的同时，不禁庆幸翁明水肯出手相助，不仅帮他抓捕杜路，还在两日之内迅速联络大船备好行李，在圣上面前把一切功劳都给了他。突发危急之中，多亏翁明水，方才化险为夷。

杜路上船这三天来，宋巡抚更是惊叹翁明水心思之缜密，办事之有力。那船长方诺，每日早中晚各发一只白鸽直入宋府，事无巨细，实时交代船行方位和杜路情况。传信的鸽子都通体洁白，没有一丝杂色，方便宋有杏一眼就认出是船上的消息，以免误泄机密。

可今天早上，怎么三百只鸽子都飞回来了？船上的信呢？

宋有杏下意识地想去找翁明水问问。

可望着青灰色的天幕，他又有些犹豫。

这几日的琢磨中，他心底反复有一根刺儿：如此手段地位的暗探，他却故意冷落了对方十几年，上次送礼被拒，免不得越想越多，再加上对方愤怒中那几句斥责，心中更是一股股惶恐翻腾。每思及此，不禁激动扼腕，想要赶紧补救，又怕越描越黑；欲要靠近结交，又记起对方三件事的警告。思来想去，只得作罢。

此刻，他又陷入了纠结的境地。

一方面，杜路的安危是此刻天底下最要紧的事，如果那艘船真出了什么差错，就是割了他一家老小的脑袋都抵不清。咕鸣中，他绕着鸽笼一圈圈踱步，心急如焚，恨不得现在就冲到鄱阳湖上去看看情况。

可另一方面，船是翁明水找的，事由翁明水担着，若是翁明水都不急，他又何必自乱阵脚呢？

他又想起了那冷酷公子"我不去找你，你不许来找我"的警告。

此刻，翁明水没来找他，这不恰恰说明船上没事吗？

这群飞回来的白鸽都干干净净，身上没有一丝水污或冰粒。看上去倒像是有人误开了鸽子笼，毕竟船上人多手杂，负责传信的又只有方诺一个人。

这样想着，宋有杏心中稍稍宽慰了些，可还是在院中一圈圈地走，压不下心底的焦灼。

就这样又踱了一刻钟，一个想法突然滑进宋有杏的脑袋：

可是，鸽子都飞我这儿了，如果我不说，翁明水该怎么知道呢？

想到这儿，宋有杏拍了下脑袋，暗骂一声呆子——翁明水没来找他，不是因为船上没事，而是因为翁明水还不知道鸽子都飞回来了！

他得赶紧告诉翁明水！

再也顾不得三条警告，宋有杏赶紧吩咐备轿，急匆匆出了朱漆大门，催促着快去城东康海门。

起轿的一刹，不知怎的，宋有杏挑开帘子回望了一眼——

浅白的天幕下，前檐门廊投下深深的阴影，笼罩着猴子摘印的门枕石、宝瓶莲花的须弥座，琉璃影壁上斑驳的流光变幻，映着一粒粒石榴葡萄，映着轿子的鲜红顶，却没藏住墙内女眷打闹间的清脆笑声，恰似飞鸟一群，翩飞着穿壁而出。

他的鼻尖还残留着少女温润的体香，却只把一切当平常的景象。

手一落，轿子里便陷入了幽暗。

柔软的轿子颠簸着。

这一刻，距离皇帝收押宋有杏的诏书传到扬州，还有五个时辰。

第二十二章

当宋有杏走近那间灰扑扑的茅庐时，不禁有种隔世经年的恍然。

十六年前，他从京口移徙金陵，忍着无数冷眼一次次怀牒自列时，落脚的也是这样一间漏光漏雨的茅庐，几根干枯的稻草正在冬天阴冷的天幕下飘荡。

宋有杏一边在心中感慨，一边恭敬敲门。

可一连敲了几十声，屋里都没有一声动静。

宋有杏迟疑着，刚把耳朵贴上破木门，登时被冰得倒吸一口气，正欲揉耳朵，忽然听见了门后一大群叽叽咕咕的叫声。

这是鸽子的叫声。

宋有杏登时加大了力气哐哐捶门，大喊道："翁公子，我不是有意破规矩，此事火急万分，快开门啊！"

到最后，干脆是拳打脚踢，震得整面泥墙都在哐哐颤动，破木门都快捶散架了，却硬是没有一声回应。

宋有杏以为是翁明水避嫌不愿见他，可此事事关机密，又无法在大庭广众下直说，拍门拍了半天，最后干脆一跺脚，喊来候在一旁的八个轿夫，硬是抬着大轿冲到门前，"哐——"的一声撞开了木门！

两扇绳枢的破门板应声倒地，宋有杏往里面一望，登时愣住了——

满院的花鸽子！

看上去起码有几百只，密密麻麻一大片，一点都不比落在自己宅子里的少！

他小心地抬脚，一步步避开满地鸽子，穿过小院，站在了茅屋门前，心脏在怦怦急跳，深吸了一口气，抬手拍门——

"砰。"

门应声而开。

他不可思议地愣在门前，一眼就望穿了整间狭小的茅屋：一张简陋的板床靠墙放着，上面还不合时宜地罩着层层白纱蚊帐，一架书，一方极小的书案，一个破矮凳在坑坑洼洼的地面上斜躺着。

里面空荡荡的，没有一个人。

"这……一大早出门了吗？"宋有杏喃喃自语，又绕回院里拉开灶房的门。

屋里，依旧是空的。

刹那间，一股冰凉的寒意沿着脊柱蹿了上来。

他说不出这古怪的感觉从何而来，但是盯着满地扑腾的花鸽，浑身发凉。

"快去沿街打听翁公子的去向！"他对众人吩咐道，"问问街坊，他平日里都去什么地方！快！"

这些也是船上的鸽子吗？怎么都没水没食的散落在院里？翁明水出门多久了，看见鸽子飞回来了吗？

他得赶紧联系上翁明水。

过了一会儿，有街坊说翁书生去了盐务巷附近的早市，一群人又赶紧抬轿，风风火火穿过康海门往城区赶，大家顺着盐务巷翻了个底朝天，又挨个找遍了都酒务美俗坊，却连半个人影都没见着。在翁书生常去的地方沿街打听了几个时辰，竟是没有一人见过他。

扬州三城人海茫茫，寻找一个无名书生岂是易事？眼见日已近午，宋有杏心急如焚，不由得想依靠士兵搜查全城。欲调厢军，但免不了要惊动州府；欲劳戍外禁军，但师出无名，又该如何与黄指挥使交代？宋有杏顾虑不已，翁明水是朝廷鹰犬，身份不能见光。自己虽急着找他，但也不能弄得满城风雨，暴露直属于圣上的暗探。况且翁明水说过，他经常扮成穷书生四处打探情报，若是他今日外出就是在执行机密任务，自己大庭广众下派兵寻他，岂不是陷他于不利？

但又有什么事能比船上的事更重要呢？

冬日砭骨的冷风中，宋有杏咬着冰凉的嘴唇，最终下令掉转轿头，奔向了城北。

"你什么都不要问。"

这是宋有杏见到黄指挥使之后，说出的第一句话。

而后，宋有杏要求黄指挥使立刻封城，派出人手全城寻找翁明水，紧接着强调，翁明水没有任何罪名，不要逮捕他，让手下人礼貌地请他过来。

黄指挥使面露难色。

他满腔欲言又止，犹豫了一会儿，终是咽了下去，沉默地点头。

此事虽不合规矩，但自宋有杏从长安被派来巡抚江南，黄指挥使就接到了上头极为古怪的命令：无条件帮助宋巡抚任何事，不许探听。

上面的事不是他该推测的，但他也隐隐感觉到，这名为巡抚的大人应是身兼机密，少问少听，方是保全之策。

宋有杏唯恐翁明水已回到草庐，加之此时已经有足够人手在城中寻找，便交代黄指挥使道："有劳了，我们分头行动，我去翁公子家里等他，你安排人手在城中寻找，一旦找到，立刻带翁公子回康海门外的草庐里和我会面。"

黄指挥使见他面色焦急，便亲自带兵出去寻找。宋有杏也赶紧摆轿回了草庐。

屋中还是空的。

他扶起地上唯一一把矮脚凳，吱吱呀呀地坐下，望着院门发呆。

已是下午，冬日苍白的阳光照得人眼前昏发，茅屋里一声声地漏风，冷若冰窟，加上半天来滴水未进，宋有杏既冷且饿，又生怕错过翁明水回家，只好坐在那儿跺着脚等着。

一旁的轿夫看不下去了，走进灶房里，勉强抓起来一把米，熬了碗稀粥，冒着热气端了上来，递给老爷。

宋有杏接过热粥，坐在矮凳上一勺一勺地舀着。

四下寂静。

一根茅草缓缓悠悠从半空中飘了下来。

黄昏暗淡的金光，渐渐从院子里消散。

一屋人守着一小粒灯火，在草屋里跺着脚等待。门外冰蓝色的天幕变成漆黑，风声愈大，整座草屋都在呼呼地颤。

随着黑夜一起降临的，除了寒冷，还有浓重的不安。

宋有杏坐在那儿，焦灼一阵阵翻滚着，疑心越来越重，潮水般不停地冲荡着他毛躁的内心。

翁明水……是不是有问题？

宋有杏一遍又一遍地回想这八天来发生的一切：冬月二十日卯时，张蝶城被劫持，皇帝传令天下寻找杜路；冬月二十一日酉时，他收到了长安发来的密令，正急得手足无措时，翁明水前来告密，带着他们当晚就抓捕了韦杜；二十二日杜路昏迷，韦温雪被收入狱中；二十三日下午杜路醒来，韦杜二人逃跑，被从长安赶到的白侍卫迎头截住，翁明水帮他解了困境，准备了大船行李，是夜白侍卫便带着杜路从瓜洲渡上船；二十四日翁明水赴宴，表明身份后，依照皇帝密令暗杀韦温雪；二十五日，船上传信回来，汇报杜路昏迷，害得他担心不已；二十六日早晨，船上又汇报说，杜路醒来了，他便长舒了一口气，可这口气还没喘完——二十七日早上，也就是今天，满船的鸽子一股脑全飞回了扬州，翁明水不见了。

翁明水为什么会在这个节骨眼上消失？

真的……是巧合吗？

若他真的只是偶然出门，那现在天已经黑透了，怎么还不回家？他明明昨天还在城里，密儒坊的店小二说了，昨天翁书生来买了两根新毛笔。可今天一整天过去了，黄指挥使把扬州城翻了个遍，愣是没有一个人再见过翁书生。

翁明水……到底是什么人……

豆大的汗滴在宋有杏冰凉的额头上凝固，他越想越觉得眼前发黑，胸口一阵阵心悸似的痉挛，双手下意识地抓紧冰凉的凳腿，手背上青筋暴起。

冷静，冷静，切不可自乱阵脚……他一边抓着凳腿，一边逼迫自己深呼吸，眼前的黑雾渐渐散去。

突然，眼前黑雾中跳出一方洁白的玉影。

宋有杏登时坐直了，死鱼般瞪大双眼，手指如鸡爪般扭曲，像是突然抓住了一根救命稻草——

他想起来了，他想起来了！

他怎么能忘了这么要紧的事！翁明水脖间明明挂着一方玉牌，和白侍卫身上的玉牌一模一样！

那是昆仑山上的羊脂玉，莹白洁净，润若凝脂，乃是皇家禁中专用。本朝以玉为信，这两方羊脂玉牌不仅价值连城，更是令重如山，背面雕刻着一模一样的花纹，正面篆书"瑞示御权"四字，威仪棣棣，见之则如面圣！

想到这儿，宋有杏长舒一口气，眼前登时一片光亮。

翁明水的的确确是圣上的暗卫，别的都造得了假，可唯独这一方玉牌造不了假。那方玉牌足有半个手掌大，有市无价，珍奇难得。宋有杏癖爱藏玉，府中最为得意的便是一枚羊脂玉扳指，但凡拿出去，总是引得一座惊叹。手中扳指把玩了十几年，宋有杏一眼就能认出，翁明水脖间的正是白润光莹的上等羊脂玉，纵是本朝达官显贵家中，也再难寻到一块能与之媲美。

更重要的是，玉牌背面的花纹是本朝独创禁中秘用的，宫外的人根本没有机会窥探。事实上，就连显赫如宋有杏，都是在看见白侍卫腰间玉牌的那一刹，才第一次目睹禁中纹饰的形制。

也就是说，即使一个穷书生真弄来了一块上等羊脂玉，即使造假雕出了"瑞示御权"四字，他也没有任何办法能雕出背面花纹——因为除了皇帝的宫中亲信，根本没人知道背面花纹的样子！

更何况，当白羽亮出腰间玉牌的一刹，翁明水为了避嫌正躲在内室里，几重墙外，他根本没有办法看见白羽的玉牌。

凡是带有此花纹的玉牌，一定是皇帝亲赐。

白羽是确凿无疑的皇帝亲卫，而翁明水的玉牌和白羽的玉牌一模一样！

宋有杏登时喜极，大口大口喘气，双手缓缓松开了凳子腿，胸中如云雾顿开，一片舒展。

翁明水确实是皇帝的身边人。

今日他的离开虽然有些古怪，但在今日之前，揭发杜路，抓捕韦杜，准备大船，配合白羽，他做的哪一件事不是在为陛下效劳？

翁大人此刻不在扬州，定是有他的原因。说不定，他正在承办圣上安排的新任务。那样位高权重身份机密的暗探，行踪隐蔽乃是常事。

可是，翁大人到底在哪儿呢？

四周昏黄，风声穿过草墙呼呼地响，灯火悬在薄油上轻跳，屋中所有人像是哑掉了，一动不动地垂头等待，鼻尖徐徐白汽上升，地上浓黑的影子忽闪。

突然，门前一阵马嘶声，打破了凝固的寂静。

所有人登时抬头。

"宋巡抚，您在里面吗？"

一个熟悉的声音在风中呼喊，正是黄指挥使！

宋有杏登时起身，坐久了双脚发僵，一个趔趄，左右连忙上前搀扶，他还没站稳就急声喊：

"在！在！快带翁公子进来！"

话音还未落，他推开侍从，急匆匆地就往漆黑的院里走，侍从赶紧秉灯带路，唯一一粒灯火飘荡着穿过漆黑的院落，悬在坍塌的院门处。

"翁公子在哪里——呀？"

宋有杏探头望去，漆黑中几十个火把在空中燃烧，一队禁军罗列森严，为首几位坐在高头大马上，戴着头盔，一时竟分不清哪位是黄指挥使。

他刚一探头，数个火把便直冲他照了过来，灼得他流泪眨眼。

"不错，便是江东巡抚宋有杏了。"

为首那匹马背上的那位说道，黑夜中洪亮如钟响。这声音似曾相识，宋有杏泪眼睁不开，一边举袖挡光，一边闭着眼问："夜里眼拙，请问阁下是——"

"大胆逆贼，还不快快服罪！"

一声厉呵如万顷雷霆当头劈下，登时劈得宋有杏头晕眼花，太阳穴咚咚嗡鸣，还没来得及放下袖子，无数士兵的阴影潮水般涌来，刀戟冰凉的锋芒在黑夜中闪烁，身后的仆从轿夫呐喊着冲出去，一片惊叫中，金属的撞击声响彻天幕，刀刃劈向了他的膝盖，他痛叫一声滑倒在地，像只大圆球般在人潮中被推来搡去，官靴踩上脆弱的手背，拳头雨点般落下。

混乱很快结束，四下寂静。

宋有杏和一干随从轿夫被扔在冰冷的地面上，列成一排，腹部着地，双臂向后拉，与双脚束缚在一起，如同一排被翻过面儿来的王八，口中堵着一大团硬麻纸，冰凉的寒意扎着他的舌头。

太阳穴还在嗡鸣。

宋有杏使劲儿仰着脖子，拉得整个背部都绷直了颤抖，这才在火光中看见来人的脸——方脸浓眉，鼻若悬胆，眼纹散如鱼尾，斑白须髯垂至胸前，在看清长相的一刹宋有杏吓了一跳——竟是王念老将军！

瞬间，他口中呜呀大叫，拼了命地扭着身子望向王念，浑身颤动，叫声不绝。

马背上，王念望着他，示意拿出宋有杏嘴里的麻纸。

一个士兵向前，粗鲁地揪着头发掏出麻纸，宋有杏被激得流泪咳嗽，忍下干呕，嘶哑着声音呼喊：

"鄙人于扬州执行公务，王将军此番突然逮捕，受意何处，师出何名？"

"令承禁中。"

马上将军不愿再语。

刹那间，宋有杏的背上冷汗湿透了棉衣，尖厉的声音近乎扭曲：

"圣上不会这么做的，不会的……口谕是什么？宣本在哪里？玉符呢？说啊，圣上到底说了什么！"

黑夜与火光中，王念悲悯地瞅着他。

那地上的声音愈发疯狂，喃喃念道："……错了，一定是错了……我奉命于危难之中，忠心耿耿奔波多日，何罪之有，何罪之有……抓我可以，告诉我罪名是什么，宋某何罪之有啊！"

将军狭长的眼睛瞅着他，缓缓道：

"密旨不可言。自己做过的事，自己心知肚明，又何必再装糊涂。"

他转身望向身后的黄指挥使，黄指挥使立刻会意，发令道："来人，通通带走！"

话音一落，士兵按住宋有杏，粗暴地将沾着口水的硬麻纸塞回他嘴里，宋有杏像只大白鹅似的扑腾，呜咽呐喊，双目发红，却身不由己地被士兵托举着绑上马背，狂风中被运向扬州城大牢。

浓雾黑夜里，井然有序的禁军举着火把，本已紧锁的康海门无声洞开，一队人马飞速穿过。颠簸中，宋有杏被横绑在马背上，寒风灌进他的衣袖领口，身旁一切景物横转着飞掠过他的视线……张楼巷、状元坊、庆延坊都黑漆漆的，一栋栋小房子里，人们正拥抱着他们的爱人安然睡去……明月楼还亮着灯笼，今天早上他刚从这儿路过，那时天色浅蓝，行人笑语，他坐在温暖的大轿子里摇摇晃晃……飞马掠过了庆丰楼，一片光明连绵的乐坊，清脆笑声传来，宋有杏眯着眼，恍然正坐在琉璃灯下的内室里写史，怜儿在身旁拨着茶盏，水声泠泠荡荡，洁白的水汽升了起来……

他笑了，氤氲的白雾弥漫……清婉的吟鸣，细齿咬着红唇，纤纤的手指在发颤，晶莹的汗珠滚落白嫩的肩头，压抑着痛苦与快乐的喘息……他坐在暖室的长桌下，温暖的掌抚过一片滑嫩……琉璃灯晃荡着，点点橘红的火，晃着，晃着，连绵一片……

突然，光灭了。

他猛地一惊，恍恍惚惚地抬头，眼前漆黑一片恰似墨汁倾流，狰狞的高楼仿佛铁兽，在地狱刀山剑树中踊跃着咆哮。定睛一看，面前漆黑的高楼上，分明悬着一方牌匾：

铜雀楼。

狂风如刀，冰冷地割着每一寸皮肤，宋有杏打了个冷战，这曾是江左最繁荣的歌舞场，日日夜夜千灯照碧云，红袖客纷纷，翠屏金殿，温柔歌吹，凡此种种风月乐事仿佛昨日。

此刻灯灭人散，一片黑寂。

烈马还在迅疾地奔跑，宋有杏挣扎着回头，却只望见铜雀楼暗金色的琉璃瓦间衰草拂荡，隐没在漆黑的天际。待回过头时，禁军已踏过开明桥一路向东，风声四啸，疾步如雷。

黑暗中，前方等待他的，是扬州地牢的大门。

第二十三章

是夜，地牢中。

王念单手秉着灯檠，独自站在一列列木栅栏之外，火粒摇曳，一道道明亮与漆黑的斜影在狱中人身上晃荡。

宋有杏抱头坐着。

狱栏外，王念低头注视着宋有杏，沉默着，如同一座黑夜中的大山，并不开口。

他在思考该如何开始这场审讯。

两人都是当朝重臣，共事了十三年，虽算不上莫逆，但看到眼前之景，总觉得荒诞。

尽管，十年前那场筵席上，当酒杯破碎中蛊虫钻进身体，皇帝反手握住白羽剑斩向妃子，妃子带着满面笑容倒向血泊的一刹，王念望着面前十四位宾客或惊或惧的脸，就已隐隐预感到十年之后，在座的某个人将会与自己拔剑相向。

他们目睹了皇帝中蛊。

他们被迫成为一个守秘共同体。

在社稷与皇座的诱惑下，没有永远的忠良。

妃子倒在血泊后，帐内的仆役歌女被即刻拖出去斩首灭口。正当宴席上十五位宾客低头惊颤时，皇帝带着满身血迹，独坐在长桌一角，神情平静地举起筷子，吃肉，喝粥。

帐外传来恐怖的尖叫，血泊中白羽剑染红，美艳的妃子横在长桌的前方，尸体上笑容依旧。皇帝垂着眼睑，一块一块地夹肉片，一勺一勺地喝米粥。帐中寂静，只听见筷子落在盘中一声声响，勺子吱吱刮着碗底，十五位宾客绷直了坐着，能听见彼此胸膛中怦怦怦怦的心跳。

皇帝擦嘴，抬头。

那一刻，王念只觉得恐怖的高压迎面而来，眼前登时发黑。

他曾以为自己会死在那一晚。

恐惧中，他深刻地理解接下来的命运，身为帝王，赵琰只能毫不留情地灭口宴席上所有目睹妃子下蛊的人，只要有一个宾客活着，便是无穷无尽的后患。

但皇帝接下来的话，出乎所有人的意料。

"诸位爱卿，菜要凉了，快吃吧。"

他的声音很平静：

"怎的，因为这点事，就不吃饭了吗？"

筵席平静地继续，可帐中所有唱歌跳舞的乐伎、奉酒添茶的奴仆都已被拖出帐外砍了头，沉默的死寂中，皇帝轻声劝他们喝下一杯又一杯佳酿，要他们吃一道又一道珍馐，叫他们喝下一碗又一碗热粥。

半个时辰后，当十五位宾客走出皇帝的军帐，闻到冰凉而新鲜的空气时，有人浑身发颤，有人双脚发软瘫倒在地。

他们还活着。

终于酒尽盘空的一刻，皇帝居然抬手，轻轻放走了所有人。

明亮的月光下，王念将军蹲下身"哇"的一声呕吐起来。

那一年他五十二岁，见惯了太多泰山将崩的场面，又早过了知天命的年纪，尸体前的宴席上，当众人在皇帝的注视下拿不稳筷子时，他面色如常地咀嚼，大口大口吞咽，吃得很急，吃得很香，一饮而尽后还冲着皇帝豪迈地亮了亮杯底。

但就在走出军帐的一刻，王念终于绷不住了。

他呕得直不起身，一坨坨青色的黄色的黏糊混着食物残杂往地上淋，激烈的咳嗽中，呕吐物倒灌进食道和气管，发出强烈的气味，恶心，越吐越恶心，激得更多糊糊汁汁直往嘴里喷涌，几粒米饭裹着黄色的黏糊冲出了鼻孔。

过了好一会儿，王念才喘息着捂住嘴巴，颤悠悠地站起身。

身旁还站着一位青年。

王念想问青年借个布帕，却看见那青年正仰头望着夜空，澄明的月光落在青年的脸上，照亮了满脸亮晶晶的泪光。

王念认出，那青年是前年入仕的东梁才子宋有杏，正在按照皇帝的旨意编写良史。王念见他涕泪满面，又想到他年纪轻轻又经历如此死劫，不由得拍了拍他，出声安慰。

那青年仍望着天空，一边抹着满脸的泪珠，一边摇了摇头：

"今晚的月亮多美啊，我刚刚以为，我再也看不见它了。"

王念闻言一愣。

那一夜，双鬓微白的将军站在面容青涩的史官身旁，看了好久的月亮。

皇帝，为什么不杀了目睹下蛊的十五位宾客呢？

十年来的每个夜晚，王念都在琢磨着这件事，想不明白。

虽说这十五人中不乏心腹大臣与开国武将，但以陛下的性格，绝不可能因为那一点君臣恩义而手下留情。更何况，随着当时天下局势的平定，功臣反而成了帝王最大的忌惮，所谓勇略震主者身危，功盖天下者不赏，自古如此。这些位极人臣者的存在，除之则立断，放任则养患，陛下一向果决，怎么会在这种大事上当断不断？

更古怪的是，十五位宾客中还有好几位写时政记和起居录的小史官，这些随军的文官可有可无，即使皇帝真是念着那几位心腹，也可以留下心腹，杀掉这些位卑言轻的小官，又何必要留下足足十五个后患？

这十五人，已然手握着能炸毁整个帝国的机密。

而陛下，竟然坦然地告诉他们所有人：和他身中一对同根蛊的人，是前梁亡国的小皇子张蝶城。

同根蛊的感应已然在两人之间产生，对于这致命的机密，陛下毫无顾忌，甚至满不在乎，当着这十五个人的面问道：

"众爱卿，你们说该怎么办？"

空气冰冷而死寂，所有人垂着头，想着妃子临死前的警告，在心中盘算：十年内，如果张蝶城遇害，赵琰会重伤或残疾；十年后，若是张蝶城遇害，赵琰则一定会随之暴毙。

史官们翻遍书卷，证实了这个诅咒。

赵琰这种杀伐决断的性子，当时想直接动手杀了张蝶城，永绝后患。

但史官们竟齐声上奏，劝赵琰千万不能冒险。杀了张蝶城，听上去只是"重伤或残疾"五个轻飘飘的字，但实际情况却是一场可怕的随机。他们一共找到了十九对有史记载的中蛊者，其中有六对在十年内出了问题，一方死去，受波及的另一方有两个从此痴傻的，一个昏迷不醒直至老死的，一个瘫痪的，一个失明的，只有一个是左手不能动而已。问题在于，这六个人的病情轻重与中蛊时长完全无关，一切都是在赌命，若是一国之君从此痴傻或昏迷，那还不如先熬过这十年时间。

换而思之，只要张蝶城活着，同根蛊对于赵琰就没有作用，除了两人的心思会渐渐互通外，没有任何危害。张蝶城比赵琰年轻十八岁，只要不遭遇意外，不太可能会死在赵琰之前；他被监禁在大内之中以举国之力保护，也尽量杜绝了意外的可能。

杀死张蝶城，皇帝要承担痴傻、昏迷、瘫痪等等可能的后果；而只要保护好张蝶城，皇帝就能健康地活下去。两害相权，赵琰最终放弃了当断则断的想法，转而在深宫建造地下秘殿。

但最大的问题在于：十年后呢？

当妃子下蛊的那一刹，她极可能已经安排好了暗中的复仇者们，来完成十年后的最后一击。

十年后蛊虫身成，皇帝将与张蝶城生死同时，万一，复仇者们真的杀死了张蝶城……

皇帝，就不怕十五臣子与复仇者们勾结吗？

社稷江山的诱惑，唾手可得的杀机，十年，有太充裕的时间来改变一切忠诚。

明知妃子背后的复仇黑影，明知人性的贪婪善变，明知悬在头顶的血光利剑，可皇帝依然抬手，放走了在座所有人。

每一夜，王念的思绪都会在这里卡顿，久久没有答案。

没人知道那暴戾的君王到底在想什么。他或许是一瞬间的仁慈，或许是不想损失臣子，又或许，他只是极度自信，坚信能在十年内剿灭一切复仇者，坚信命运的因果报应追不上他，坚信能将一切的背叛与变故置于他的高压监视之下。

他坚信他能战胜命运。

暴戾的帝王已战胜了世间一切，拥有金光下的辽阔河山和至高无上的辉煌，他却不肯拜山礼佛，像凡人那样祈祷自己能拥有福泽连绵的命运，相反，他要去驯服命运。无常的、令人恐惧的、诡谲难测的命运，他却要把它压在手心里驯服它，像是驯服一只趴在臂膀上的苍鹰。

他也确实拥有这样的铁腕。

妃子死后的第十天，杜路从高楼跳向大火，以身殉国，宣布了江湖联盟彻底的失败。平静的社稷，重归于君王的掌下。

渝州城门洞开，一片火海中，山呼万岁。

金殿上，帝王一把将写满仁政怀柔的奏表撕得粉碎，肃清战犯，族诛连坐。最惨烈的是西蜀的武林世家，他们是江湖联盟中支持杜路的主力，被连根拔起，斩尽杀绝，只留下三千位身体健康的童男，被喂下慢性毒药后推入训练营，彼此厮杀。

皇帝以举国之力剿灭每一个曾经的反叛者，建立失踪逃犯的画像名单，举国通缉，每一个关隘、城门、县道都被封锁彻查……更为恐怖的是，全国上下大索貌阅，新造户籍，废除之前的过引文书形制，平民必须凭借新户帖才能取得新过引，这让隐漏户口者无路可去。此番令下，全国每个村落都开始清查人口核对身份，一旦发现可疑者则立即逮捕。如此一来，逃亡者要么坐以待毙，要么亡命于途。

而一旦逃犯被捕，则整族男女老少格杀勿论，断其子孙，永绝后患。

在如此强硬的血洗之下，不出两年，逃犯名单几乎被勾销完毕，一页页被红笔画掉的名字沦为地下孽魂。

王念每思及此，总是侥幸想，说不定那些坏人已经被全盘剿灭了。只要复仇者死了，陛下身上的同根蛊就相当于解除了。

如果埋炸弹的人都死了，地下的炸弹就只是一个永远沉默的铁球。

可是，如果埋炸弹的人都死了，那么十五位宾客就成了唯一知道地下炸弹的人。

如果最危险的复仇者都被杀了，那么最危险的人，就成了十五位宾客。

可陛下偏不杀他们。

不仅不杀，还纷纷重用，就连那几个资质平平的小史官都在本朝平步青云。这十五人明明掌握着足以摧毁社稷的机密，皇帝却丝毫不冷落忌惮，反而优厚善待，委以重权，似乎是想用仕途上的优待使十五位臣子满足，收买人心。

可是这种用人方法是有问题的。

人，是越满足越贪心的。

给他的越多，他想要的越多。人对于权力的野心是没有终点的，王念半辈子待在羽林军中，见惯了军队中太多恩甚怨生的纠葛。一味地满足与施恩，绝非用人之道。

所谓启宠必将纳侮，王念执灯望着地上宋有杏的背影，又想起头顶那片月光：眼前人，会是这样的例子吗？

"我本来还想着，再过几年，就厚着老脸托你为我写墓志。"

寂静的地牢中，突然，王念没头没尾地来了一句。

宋有杏背影一颤。

"我知道你喜欢故事，你也见过我半老得志。可没想到有一天，竟是我亲手把你送进了狱栏。"

幽暗中，身后人似在叹息：

"答春，你是聪明人，你怎么会走上这样一条路？"

狱中，罪犯只是怔怔地望着地面。

火粒跳着，光芒填满将军脸上的褶皱："从长安到扬州的一路上，我一直在想，如果十年前我们没有参加那场筵席，不知道同根蛊，更不用守护这罪恶的机密，是不是就不会走到这样的地步？

"我思来想去，方才明白一切的因果报应早在十年前那一晚就定好了，即使我没去，你没去，十年后的今晚，依然会站着筵席上的两位旧友，反目成仇，人物换了，故事不换。今晚，只是十年前那晚的延续，妃子的笑容浮在我们每个人身后，笑得越来越烈。

"答春，我敬你惜你，不忍心看你落入这样的孽报，今日的恶果因不在你。都是臣子，我明白你这十年来的不易。"

狱中人终于抬眼：

"抓错人了。我不是恶果，是冤果。"

身后，王念压低了声音：

"你说出冤情，我才能帮你。外面人多口杂，不得已才搬弄些威严，此刻只有你我二人，我便和你交个底。皇上那边，是因为你那封信才龙颜大怒，你是真不明白吗？"

宋有杏轻轻摇头：

"将军明说吧，让我冤也冤得明白些。"

"那我便直说了——你为什么放着东南水师舰船不用，偏偏要把杜路送上一艘盐船？不怪陛下暴怒，现在这种特殊时候，你这不是在自己给自己讨疑吗？"

宋有杏登时愣住。

他今年被特派到扬州，名义上是"江东巡抚"，实际的职责是机密通信，预备的就是万一同根蛊事发，八方巡抚能立刻网罗天下情报密送入宫中。可万万没想到，张蝶城的失踪竟牵扯出来一个死了十年的杜路。突然之间，"找到杜路"就成了火急火燎的皇谕。宋有杏受任于匆忙之际，围捕铜雀楼、唤醒杜路、逼供韦温雪种种急事一件接一件地突发，情况之复杂早已超出他的本职，韦杜的突然逃跑更是杀得他措手不及，加之白侍卫提前到来，严词要求当夜立刻上路。一片晕头转向中，翁明水挺身而出，见到那一摞摞安排妥当的行李和江面上整饬划桨的大船，宋有杏不由得谢天谢地，终于擦了一把额上热汗。

那艘盐船是翁明水安排的，可翁明水交代过，无论是谁问盐船的事，哪怕是陛下亲自问，宋有杏都必须承认是他自己全权安排的，千万不能暴露他和暗卫已经互知身份。

"盐船……又怎么了呢？将军，同根蛊的机密是你我九人全权保密负责的。杜路

177

和白侍卫此次行踪隐蔽，没有圣上的特许，我又怎敢私自将这件事移交给水师？"

"那你就敢私自把他们送上一艘私船？"

"私船？……"宋有杏想到那每日三次白鸽飞入府中，那一封封事无巨细的船上汇报，咬紧了牙，硬扛着说了下去，"不，不是私船，上面的人都是我安排好的，他们每日向我传鸽汇报——"

"你竟然还敢用鸽子！答春，你真是昏了头了！你忘了两年前拂菻国的事了吗？自从那次起，圣上就严禁用一切信鸽传密——"

"船上人都不知道杜路和白侍卫的真实身份，只知道把他们送到荆州，更不知道这次任务！"宋有杏急匆匆地辩解，"信都在我府上的书房里，你可以现在就去查。信上写的'石先生'就是杜路，'石少爷'是白侍卫，船上人只知道他们是一对叔侄，到四川去看病。"

闻言，王念沉思。

见他似有些动摇，宋有杏赶紧又说：

"我真是冤极了，明明是不敢私自交接水师唯恐泄了密，急得嘴角起泡才安排好了一艘船，纸上辛苦辛酸不敢言，诚惶诚恐地如实禀告，却惹了陛下一片盛怒，招来今日狼狈入狱。王将军，你问我为什么不交接水师，可换作你，事关机密，你敢擅自带着白羽去借舰吗？"

"你应该先请示陛下。"

"当时白侍卫箭在弦上，我若是从扬州传信到长安，再等来圣上的旨意传回扬州，一来一回就是三天三夜。我倒是想请示，可我能拖得起三天吗？"

"你二十一号晚上就抓到了杜路，早就该预备送杜路去四川的事了，若是你及时请示，未必不能在白侍卫到来之前收到陛下的回信。"

"我二十一号晚上抓到杜路后，就写信给陛下汇报了。可王将军你知道，扬州到长安三千里路，苗毒催马的极限是每时辰一百七十里，传到长安至少要十八个时辰，再传回扬州又是十八个时辰，就算陛下立刻回信给我，我收到信，也至少是二十四号晚上了。可你能想到吗？白侍卫二十三号下午就到了扬州，举着玉牌催促连夜上路，我又怎敢不从？"

王念有些意外："白侍卫竟到得这么快？"

"我当时也纳闷，按理说，我抓到杜路的消息要二十三号早上才能传进宫里，就算圣上立刻派他来，他路上也得十八个时辰，怎么会下午就到？"宋有杏一边说，一边用手指划着牢底写算术，"但我又想，都说白侍卫的轻功独步天下，或许可以常理推之。"

王念抿唇不言。

陛下是昨天早上发的火，命他立刻从长安出发去扬州收押宋有杏。他紧赶慢赶，才在今天晚上子时前赶到了扬州，这样一路是十九个时辰，已接近速度极限。宋有杏只是个文人，还以为是白羽轻功更快，可王念是习武之人，自然明白，哪有什么轻功能快过日行千里的疯马呢？

事情确有些蹊跷。

但这不是审讯的重点，王念心里跟明镜似的，清楚宋有杏此刻是在避重就轻，把那艘不合理的盐船全推到白侍卫头上：全是因为白侍卫早到一天，没等到陛下的许可，他不敢私接水师才不得已用盐船。这样一来，他把自己的谋乱嫌疑撇得一干二净，还反手把白侍卫拉进了这团乱麻。

文人执笔杀人，自古如此。王念不想在这团乱麻里搅和，眼见宋有杏不吃软的，干脆单刀直入，变了怒容厉声大喝道：

"谎话连篇！别以为我不知道，翁明水到底干了什么？"

宋有杏登时僵住。

王念他怎么也知道……翁明水？

王念是禀了皇帝的旨意过来的，难道说，是皇帝让他来查翁明水？

莫非皇帝已知道了盐船其实是翁明水安排的？那王念知道吗？皇帝向王念透漏翁明水是暗探了吗？还是瞒着他，只是先让他调查翁明水？

若是王念知道翁明水的真实身份，一切倒都能敞开天窗说亮话了，自己不需再担盐船的责。可若是王念不知情，自己暴露了圣上暗探的身份，这不是罪加一等吗？

狱栏里，宋有杏犹豫不决；狱栏外，王念心头一喜。他在驾马去抓宋有杏的途中，匆匆听见黄指挥使说宋有杏找了一整天的翁书生，心中便有些起疑。刚刚见宋有杏说话滴水不漏，便想诈他一诈。谁知一声喝下，宋有杏的背影瞬间僵住，王念见状，终于抓到了审讯的突破口：那个莫名其妙的翁书生多半和此事脱不了干系！

登时，王念怒容更甚，声音愈厉：

"你和翁明水，到底在密谋些什么！"

厉声喝下，宋有杏登时心底凉透：

这是一顶何等大的帽子！

外臣与内探勾结，这才是陛下盛怒的真正原因吗？

王念这么问，不就是在昭然地揭示，圣上已然怀疑他与翁明水互露身份了吗？再加上同根蛊事发这种紧急关头……

想到这儿，宋有杏急忙转身，撞上狱栏："冤枉啊将军！绝无此事！将军你怎么会这样想？我这人愚笨，总是听不懂话，还是不明白圣上怒在哪里，请将军说得再明白些……"

宋有杏的本意，是想先问出王念知不知道翁明水的真实身份，才好决定要怎样交代。可这话听在王念耳里，分明是又一套打太极的话术，学那陈元方囵伛为恭、梁惠王顾而言他，噫，好一个写史人。

见他这么明显地要避开翁明水，王念就更要抓住这点紧紧逼供："翁明水到底为你做了什么？你们从什么时候开始勾结？翁明水背后又是什么人——"

此番话后，王念还在喊些什么，宋有杏已经听不清了。

他靠在栏杆上，手指缓缓滑下：

不，王念不知情。

想来也是，翁明水手握禁中玉牌，他是皇帝的人，而王念是朝中臣。即使真要查翁明水，也该是从禁中派个宦官过来，不会是王念这个外臣。

听着王念一连串的急声斥问，宋有杏却只能靠着狱栏不断摇头，哑巴吃黄连般说不出话来。

王念本来只是诈他，此刻见他沉默，愈发怀疑翁明水与他真有阴谋，乘胜追击地连环发问。且不知他这一问，倒让宋有杏更确信了皇帝派王念来，正是有意要查翁明水和自己是否有暗通。

他只能咬紧牙关，不断否认，坚持说翁明水和自己没有任何关系，私下也没有任何密谋。

当王念问他为何发兵找了翁明水一整天时，他也只能咬紧牙，说翁书生是自己恩师唯一活下来的儿子，天寒衣单，他想送些银两，可没想到翁书生自尊耿介，竟一直避着他不肯接受照顾。他一口一个"翁书生"，唯恐王念向陛下汇报时，被陛下发现他已经知道了翁明水的真实身份，末了还说：翁明水只是个穷书生，已经困在科场里十三年了，家里穷得连个带靠背的椅子都没有。与谁密谋，也不可能和那样一个饿死鬼密谋。

这一番话说得倒圆。

王念将信将疑，这时手下送来了宋府搜查出的信件，倒也和宋有杏的供词如出一辙。

此人说起话像提笔写故事似的，信口就来，滴水不漏。这样审下去没用，要想套出点真话，总少不了严刑逼供。可刑不上大夫，宋有杏又是重臣。再说他此次若是真冤屈，日后二人朝上相见怎么也要留些余地。

王念生性稳妥，便想先写封奏传回长安，等陛下定夺。最好派人过来把宋有杏押回长安去审，免得他在这趟浑水里担责。

殊不知狱栏内，宋有杏打的也是这样的主意。朝廷中知道同根蛊的一共是九个人，八个以"巡抚"的名义布局天下八方，只留王念一人镇守帝京。此番王念被派到扬州押了宋有杏，自然要接替江东巡抚的职位，守在扬州一时半会儿回不去，翁明水的事与王念多说无益。宋有杏等的是皇帝另派人把他押回长安，到时候面见陛下，再一一陈情。

灯火摇着，一道道狱栏的黑影在两人间拂动。

"答春，你可别再做糊涂事啊。"王念举着灯檠，长吁了一口气，"我还想着，托你写我的墓志。"

他垂下了灯。

踏着一道道黑影和光亮，他离开了牢室。

幽深的大厅中，烛花明明。

王念端坐在金光浮闪的匾额之下，白发威严。

黄指挥使躬身对着王念，交代出了他和宋有杏的全部接触：二十一日夜，宋有杏找他借兵，查封了铜雀楼，逮捕杜路；二十三日下午，杜路逃跑，宋有杏指挥他调符封城，搜寻逃犯的马车，但还是抓错了马车；二十七日下午，宋有杏让他在城中寻找翁明水，但直到王念将军带旨过来，都没找到翁明水……

王念坐在一旁，若有所思，狭长的双眼一直望向远方，只是在黄指挥使讲述的过程中突然打断，陆续问了三个问题：

"他向你借兵抓杜路是什么时候的事，哪个时辰？"

"你知道他为什么要安排盐船吗？"

"翁明水是谁？"

第一个问题黄指挥使只记得是在天黑之后；第二个问题黄指挥使直摇头，说自己完全不清楚，甚至都不知道杜路后来坐上了盐船；第三个问题倒好答了，翁明水是个穷书生，年年考科举都不中，平日里和宋有杏也没什么来往，不知道为什么今天宋有杏突然找他。

王念连眼皮都不抬，听完后忽地转头，盯着黄指挥使的眼睛，发问：

"你相信宋有杏是在谋反吗？"

黄指挥使赶紧低头抱拳：

"末将不敢妄言。"

王念眼皮耷拉的双目盯着黄指挥使，末了，轻轻垂下：

"其实，我是有点不信的。"

他摇摇头，想起头顶一片澄明的月光。

好歹，也共事了这么多年。

他挥手让黄指挥使退下，而后铺开纸笔，打算赶紧写出奏表，连夜送出。

夜色愈深，无星无月。

黑雾寂静地笼罩着大地。

路尽头，出现了两团橘红的光晕。

两束橘光穿透黑雾，越来越近，越来越大，摇摇晃晃地照亮了坎坷不平的泥路，亦映出身后马车隐于黑暗中的轮廓——几匹灰马无精打采地赶夜路，戴着棉手套的马童坐在车前拉缰，两团橘红灯笼一左一右，挂在两侧，马童背后，暗红的车帘上绣着浮金光的蔓枝莲，四边被紧紧地钉在车门上，狂风中绷直如一面旗，瑟瑟地响。

突然，两根洁白的手指探了出来，拉出一条缝。

绷直的车帘霎时间凹了进去，冷风呼啦啦地击打着，往缝里倒灌。

缝却拉得愈大了，另一只洁白修长的手，捧着灰色的鸽子，从车厢里伸了出来。

冷风打面，灰鸽瞬间缩下了脖子，蜷缩在温暖手掌里，不肯再动。

磨蹭了一会儿，那只洁白的手已冻得微红，突然反手抓住灰鸽，像扔石块一样掷了出去。

下坠中，灰翼在狂风中舒展，忽地弹起，哗啦啦飞进了漆黑的浓雾。

绣着蔓枝莲的红车帘又合上了。

"也难怪鸽子不想飞，这么冷的天，怕是有去无回。"

车内，翁明水望着对面人，叹了口气。

对面人正搓着手指哈气，并不抬眼，漆黑的发丝垂在睫毛前："所以要一路走一路放，二十只鸽子，总有一只能飞进四川。"

"你就不怕鸽子被人劫走消息——"

"我当然知道信鸽容易泄露消息，我都劫过朝廷多少次信了？赵琰两年前就不许用鸽子传密了，我也一直告诉你们少用鸽子，赵琰在各地都安插了弓箭手监视信鸽。可现在能有什么办法？我必须联系上聂君，让他赶紧派人去鄱阳湖救杜路，实在不行，带上蛊虫——"

"老板！"

翁明水终于忍不住了，激烈的情绪在胸膛间汹涌起伏，声音发颤：

别再自欺欺人了，杜路，可能已经死了！

他想说又不敢说，无数情绪涌到了嗓子眼，又沉重地压回了心底。闷了一会儿，他轻声劝道：

"老板，我们赶到鄱阳湖，至少都是沉船五天后的事了……"

对面的男人裹着红裘，倚在兽皮软榻上，闻言抬眼，从漆黑的发丝间冷漠地望着他。

翁明水声音愈轻柔："老板，你虽然不承认，但你心里其实是知道的，你……不可能救得了杜路……"

老板伸了个懒腰，就势侧卧在软榻上，黑发披身，红裘散落如莲。

翁明水望着他固执的背影，依旧劝道："我们等了这么多年，不能因为一个杜路就乱了大局。振作一点吧，老板，杜路命该如此，你还有天下大事要做，你得肩负起我们所有人的命运……"

绣枕的阴影间，男人微眯着眼望着天花板，似听未听，像只慵懒的卧虎。

翁明水又劝了好一会儿，终于说累了。

车厢颠簸的昏暗中，红裘男人躺在软榻上，闭着眼，一阵寂静。

"不。"

突然地，他轻声说：

"哪有什么狗屁的命。"

之后他拂袖翻身，任身后翁明水再怎么苦口婆心地劝说，他只是闭着眼抱紧绣枕，一动不动。

"大事不好了！大事不好了！"

王念将军正在埋头写奏，一个蓝衣小厮飞奔着穿入大厅，边跑边气喘吁吁地大喊：

"船沉了，那艘船沉了！"

王念并不停笔，埋头问："什么船？"

"宋大人安排的那艘大盐船，昨天夜里，在鄱阳湖的中央沉了！"

"啪！"的一声，王念手中毛笔跌落，写好的信纸登时墨汁四溅。

他白发颤颤地站起来，瞪着眼睛向前倾身：

"消息确定吗?！"

"确凿无疑，引筒在湖面上漂了一夜，被江边的渔民打捞了上来，取出里面的引纸一看，写的是二十三日晚从瓜洲渡出发的扬州宋巡抚安排的大盐船！渔民们上报给乡里，乡里赶紧派信鸽往扬州禀报，消息刚刚才到。"

"会不会是弄错了……"

"那艘船肯定沉了！"见王念是北方人，小厮连忙解释道，"大人你有所不知，这边的盐船凡是上路，盐商都会随身带着一个髹漆防水的竹筒，里面装着记录船上信息和航行位置的纸片，这就是引筒和引纸。只有船沉了，引筒才会漂到水面上，告诉人们沉船的信息。只要见了引筒，就是船沉了。更何况，沿湖沿江的渔民打捞到了好几个引筒，纸上写的都是宋巡抚安排的盐船，那天刚刚到达鄱阳湖……"

王念跌回了椅子上。

他有些头晕，靠在那儿，带着最后一丝侥幸问道："救出来人了吗？有没有一位白衣少年和一个中年男人？"

"大人！您刚刚没听见我说吗？那船是大半夜在湖中央沉的。鄱阳湖浩荡千里，就算是大白天，也很难有行船恰好经过来施救，更何况深更半夜，只能指着鬼神去救了。"

"船上就没有幸存者吗？"

"大人，就算有，现在又有谁敢出来担这么大的个担子。若是真有游上岸的，早就四散逃命去了，唯恐官府追究，又怎么会有人站出来说话呢？更何况，千里鄱阳，寒冬仲月，怕是还没游上岸就冻死在湖里了……"

在小厮的喋喋不休中，王念一把抓起面前的信纸，撕得粉碎。

"宋——有——杏！"

他咬牙切齿地喊，想起牢中宋有杏巧舌如簧的种种开脱，又想起刚刚自己的心软，恨不得现在就冲回牢中撕烂那一张谎话连篇的嘴。

"立刻传令，联络湖北巡抚，把白侍卫和杜路的画像寄过去，让沿湖沿江各乡县赶紧找人！赶紧找人！"

小厮退下后，王念忍着头晕新铺信纸，疾笔写下沉船的事，写得一阵心悸手抖。

陛下与张蝶城的性命危在旦夕，若是杜路真的死在了路上……他深吸一口气，又将宋有杏刚刚的那堆谎话拣要紧的写了一些。宋有杏一直在找一个穷书生翁明水，这事可有可无，王念犹豫了一会儿，还是如实写了上去。

信被密封住，连夜发出。

窗外渐明，靠在椅子上，王念揉着发疼的太阳穴，心中一片恍然：

十年了，他们依旧对那群黑暗中的叛乱者一无所知。

宋有杏，会是他们揪出来的第一个吗？

黎明时，不知路过了哪个荒村，打更声在旷野中响起，一声声回荡着光阴新旧

184

的交替。

翁明水挑开帘，又放飞了一只灰鸽。

还有十二天。

他遥望白雾中幽蓝的长路，不禁沉思：

杜路，真的还活着吗？

第二十四章

白侍卫在一片模糊中醒来。

那只手的温暖却仍停留在额上。

"还是有些低烧。"那个颇温和的男声又说，"非要穿着湿衣服过夜，这么不爱惜身体。"

白侍卫睁开眼。

一片幽暗的尘雾中，杜路坐在身边，垂头看着他，眼神安静。

白侍卫侧脸，躲开了他的手。

"我睡了多久，今天是几号？"

"二十八号。"

"我们现在在哪里？"

"浔阳一带吧。"

"那离荆州——"

"还有一千多里，从扬州到荆州的路，我们刚走了一半，就沉到了湖底。"

杜路说得轻快，白侍卫一阵头晕。

他疲倦地躺在那儿，望着四周耸立着的巨大狰狞的神像，蛛网飘荡，高宇寂静，斑驳掉漆的壁画爬满穹顶。

一阵寒风拍打着门窗光秃秃的木框，杜路赶紧护住手心火苗，火光与巨大的黑手印便在穹顶飘荡。

是座荒村神庙。

白羽躺在那儿望着，望着，恍然间觉得自己身处的似乎已并非人间了。

双腿又轻又软，冰冷的波涛仿佛仍围着他全身上下起伏，像一双双柔软的手拂动着他的脖子。他不禁心生疑惑，怀疑自己仍然身在无边冰湖中，游不出去，眼前的火光神庙只是幻觉。

他们，是怎么到这儿的呢？

白侍卫是被一阵尖叫声惊醒的。

他在沉沉的昏睡中产生了一种不祥的预感，努力掐住自己的手心，勉强睁开双眼，看见昏暗的船舱内，橘红的残灯跳着，像是一条条红纱尾巴的金鱼，在地板上游着，光点粼粼。

是满地的水在晃。

"船漏了，伙房地上有个大口子，快下来补船！"焦急的呼叫隔着门传来，砰砰的脚步声在头顶跺响，"全部舱料都提下来，赶紧补船！"

一片嘈杂中，无数铿锵的脚步踏过门前，狂奔中一桶桶舱料摇荡着撞击，洒落的桐油随着积水流进屋内，一层碎金亮闪浮在水面上，绕着床流。

瞬间，白羽把杜路拎了起来。

不顾他睡眼惺忪中的呢喃，白侍卫拉住他的手臂搭在自己肩头，用肩膀撑起他全身的重量，踏着水奔向房门。

冰水浸泡着脚心，杜路一个激灵终于清醒过来，耳旁脚步声砰砰砰砰，他看见满地积水，赶紧伸手推门。

门不动。

白侍卫拉开杜路，大喝一声，一脚踹向了木门。

一连串锵锵铮铮的金属声中，木门猛地弹开了一个细缝，又被硬拽着撞了回来。

见状，二人都愣住了。

门外有锁！

明摆着有人要置他们于死地，白羽使尽全身力气往门上撞，"砰！"的一声，浑身骨头似乎都要砸碎在门上，门外锁链丁零当啷一阵响，少年咬紧牙"砰"的一声又一声，连续不断地撞门，瘦削的肩膀几乎要砸出血来。

"你砸不开的，这扇门的木料已经浸水膨胀了，又沉又密，根本撞不断。"

杜路出声劝阻，可少年已撞红了眼，把杜路往后一推，顺手抄起桌椅木箱就往门上砸，哐哐巨响中硬要砸出一条生路。

突然，船舱一阵猛烈地晃动，二人东倒西歪，再站稳身时，冷水已冲到了膝盖，鞋子茶盏都在水面上漂。

"杜将军！杜将军！"就在这时，门外终于传来了救命的敲门声，"你们怎么还在里面呢？这门上——这门上怎么有锁！"

方诺的声音瞬间变得惊恐。

这一刻，白羽哐哐地拍着木门，近乎是在嘶吼：

"钥匙呢？快去开锁！没时间了，开锁啊！"

方诺的声音也愈发尖厉：

"这是谁上的锁？钥匙呢，你们有谁看见钥匙了——去甲板上问！所有人快找钥匙！"

嘈杂中，门外那么多模糊的声音混成一团：

"舱料用完了，补不住……"

"船长快走啊！"

"去甲板上问钥匙了，没人理我，都开始吹筏子跳船了，谁还顾得上……"

泛着白沫的水从门缝四周淌入，愈发湍急。

黑暗密闭的舱室内，少年蹲下身，用手指堵住门缝：

"我们会被锁在这里沉下去。"

他的声音很平静，蹲在那儿，碎发下的眼睛埋在阴影中。

他还不到二十岁。

他还没有过一天自由的日子。

"所有人都到甲板上去，准备弃船，准备弃船！"

头顶的甲板上，传来焦急响亮的梆子声，无数脚步声踩着跑着，扑通扑通的落水声，孩子的哭声远远地传来。

门外，方诺绝望而尖厉的声音穿透一片混乱，脚步匆匆，无人停留，更没有一个人见过那把救命的钥匙。

杜路的声音穿透嘈杂：

"方船长别找钥匙了，喊人拿刀，直接劈门。"

舱门外，方诺如梦初醒，大叫着喊所有人找刀拿斧。

正在这时，船身一阵激烈地颠簸，天旋地转，水面倾斜，无数尖厉的惊叫从四面八方响起：

"船头沉下去了！"

"快上去！船长别站在这儿了，快走啊，快把船长拉走！"

"跳水！跳水！不要抢羊皮筏子……"

白侍卫仍蹲在那儿，听着，带着满脸晶莹的水滴，面无表情，只是死死按住门缝。

舱里，水已冲上了几案，杜路眼疾手快地抢出油灯，护住那一粒橘红的光亮，一册册纸书滑入冰水中下沉，大木箱浮了起来。

他举着灯，喊道：

"方船长，你能从门缝里递给我一把刀吗？"

"人都跑光了，船在往下沉。"方诺的声音愈发绝望，"时间不够劈开门了……"

舱室封闭而黑暗，咆哮的水流压着四面墙壁的缝隙涌入，门外响起无数绝望的呼号。满室橘红水影晃荡中，杜路持灯站立，宁静地注视着死亡的来临。

突然，他说：

"白小哥，你把十壶酒给我。"

第二十五章

这一次，白羽没有和他争辩。

他木木地站起身，拉开柜门，露出绑在麻绳上的一连串酒壶。

杜路举着一粒摇曳的橘红灯火，踏着及腰深的积水走到木床边，竟直接站到床上。

白羽把酒壶堆在床上，从麻绳上解下一瓶，单手拔掉瓶塞，仰头痛饮。

口中的烈酒却被突然夺走。

他抬眼，望向杜路，碎发间水滴凝落。

杜路并不看他，站在床上，握着那壶刚打开的酒，单手一扬，清冽的酒水全都泼在了天花板上，滴滴答答地往下流。

少年垂眼，自顾自又开了一壶酒，正要送到嘴边，却又被杜路猛地夺去，噼里啪啦地泼向天花板。

剧烈的颠簸中，白羽懒得和杜路争吵，摸着麻绳，只想在淹死前清净地喝完一壶酒。

谁知，杜路更快一步攥住麻绳，一把抛起，哐哐当当，麻绳带着一连串八壶酒就往天花板上砸！

碎瓷片砰砰砰地落水，飞溢的烈酒淋了白羽一脖子，他愤怒地抬头，却望见了难以置信的一幕——

杜路轻轻端起油灯，火苗冲向了天花板。

而天花板刚刚被洒上十壶烈酒！

一瞬间，金红色的火焰高高蹿起，火烧燎原般在头顶木板上飞速蔓延，烧到木板间的桐油，"轰——"的一声发出爆裂的巨响！

而杜路抢先一步跳下床，一把将白羽拉入齐胸深的积水中，护住耳鼻，避开了连绵坠落的燃烧物。

再抬头时，金红的火焰已烧穿了甲板！

顺着焦黑的边缘，白羽能望见天幕上满缀的明星！火焰还在噼里啪啦地燃烧，他的心中也燃起了绝境中的希望，天花板上焦黑的洞越来越大，马上就够钻出去了——

可就在这时，船身整个竖倒！

密封的船舱猛地倾斜，木门处下沉，对面墙往上翘，满室积水激烈地冲涨，瞬间淹没了白羽的口鼻，裹挟着二人冲向天花板上明亮的火焰。杜路瞬间按住白羽的脑袋，自己也扎了个猛子，将两人全身都埋进冷水中，躲过了扑面的烈火。

可是旋即，汹涌的水浪扑向天花板，淹灭了火焰。

水面下落后，露出的洞口，方才只有半尺宽。

"抱住箱子！"

杜路将白羽提了起来，伸手拉来一个漂浮的大木箱，白羽下意识地抱住。而杜路转身扎进积水，用力一蹬墙，整个人从积水中蹿向倾斜的天花板，水面晃动中勉强扒住了洞的边缘。

他喘着气，仔细地分辨着木板。借着那点微弱的星光，他终于看见了人字缝中裸露出来的生石灰，捧起一把水，艰难地洒了上去。

瞬间，缝隙中浊白的水沫沸腾，本就被烧断了的木板发出吱呀的声音。杜路伸手探入了人字缝，手背上瞬间烧出几个水泡，他咬紧牙，手指顶着生石灰释放的高温硬是往里面伸，终于，他捅透了木板缝。

激烈的起伏中，他整只手伸出木板缝，用尽全力往外推，拳头和胳膊肘砸在硬柯木船板上砰砰响，在木缝的挤压下，手背上的水泡一个个破裂，流水不断，而他只是专注地砸着，砸着。

身后，白侍卫爆发了一声惊恐的尖叫。

船身猛地下坠，像是头顶之上有无形巨人手持重斧哐当一声将船砸入湖底，舱室内水浪哗啦啦地上涌，巨大的水流裹挟着白羽抱住的箱子，瞬间冲向了杜路——

就在这一刻，杜路砸开了那块船板。

在白羽的尖叫声中，巨浪包裹着他瞬间冲出了大洞，沉重的木箱狠狠砸在杜路身上！

船板从杜路手中飞了出去，他终于耗尽最后一丝力气，在重击下虚弱地睁着眼，身体却不由自主沉入一片幽暗的舱底，缓缓下坠。

在巨大的冲力下，白羽被推出了封闭的舱室，抱着木箱渐渐浮高，四溅的水花中，漫天星月的光辉就在眼前。

白羽焦急地低头，望见落入船舱中的杜路，幽蓝的湖水下，光影在他苍白的脸上晃荡，一连串泡沫在鼻尖散开，越沉越深，越来越远。

冷水起伏中，他终于疲倦地闭上了眼。

这一次，终于结束了。

沉沦于浩大幽静的湖底，悄无声息地安眠，这对于他这个满身罪孽的人，真是个不错的归宿了。

漫天湖水在耳朵里寂静地嗡鸣，渐渐窒息的眩晕中，他恍然看见了一大片白茫茫的光亮。

那是冰雪中寂静的行宫，朔风呼啸，大片大片白雪在灰色森林中旋转漫飞。有人在落雪中孤独地荡着秋千。

灰衣的少女转过身，鼻尖红彤彤的。

她对着他笑。

他也笑了，高高地扬起手臂，冲着她飞奔，沉重的银黑色铁甲上流动着倏烁的光。

洁白的细雪吹进眼中，温暖地融化，像是泪水。

她安静地坐在那儿，发丝落满白雪，眼含热泪，冲着他笑。

他停在她面前。

灰暗与白雪中，他仰头望着秋千上的人，久久地望着，手指蜷缩。

他们静默，呼吸间热乎乎的白汽，在冰凉寂静的风声中长长地萦绕。

晶莹的雪粒，渐渐蒙住了眼。

四下狂风并起，灰色的枯叶和洁白的细雪漫天旋转，衣衫呼啦啦地响，秋千高高吹起，少女如同一张薄纸般扬起，在一片白茫茫的广袤中消逝。

他却无法拉住她。

雪粒，在瞳孔上融化了。

眼里，又冷，又热。

他一动不能动，仿佛长明灯台一样层层结冰，在刺痛骨头的冰冷中被大雪掩埋。

除了白色，他什么都看不见了。

无边幽暗的湖水中，唇边一连串细小的泡沫破碎：

念安……

念安。

白茫茫的寒冷，无尽下坠。

刻骨的冰凉中，一双温暖的手臂突然拥住了他。

有人紧紧抱住他，浑身颤抖。

他茫然地睁开眼，却看见一双清透的眸子，眼神焦急又自责。

那少年望着他，突然笑了。

他发抖的心房温暖了起来。

细碎的星光穿透幽暗的舱底，光影游荡，水波在两人间起伏。

少年的白衣雾气般漫散，幽暗的光影浮动满身。他身后，软剑如同一条长长的白飘带，一端打结绑在少年腰上，透明水母般向上绵延，彼端绑着漂浮于湖面之上的木箱。

幽蓝湖水冲荡。

无比寂静。

第二十六章

趴在浮箱上，白羽顾不得滴水的湿发，焦急地拍着杜路的背。

他呛得大口大口咳嗽，苍白的面上满是水痕，浑身冷得像石头，嘴唇冻得发紫。

白羽怕他睡过去，一直叫着他的名字，可他只能虚弱地扒着木箱，勉强睁开眼。

不远处，红头绳的小女孩抱着木板，冲他们焦急地张望，尖声穿透夜幕：

"广济县五丈河河口，我们在那儿汇合——"

话音还未落，滔天大浪席卷而来，瞬间将她冲了出去，在粼粼的湖面上身不由己地漂远。

大浪冲来了另一只木箱，白羽眼疾手快地拉住，用软剑将两只木箱绑在一起，托着杜路，尽量让他趴在木箱上，不再泡水。

冷风砭骨，又瞬间吹透湿衣。

冰湖千里浩荡，黑夜漫漫无期，杜路根本熬不过去。

正想着，一阵钻心的疼痛忽地传来，疼得白羽差点松开木箱，这才想起自己今晚竟又忘记了吃解药。

他一手扒住木箱，一手伸进冷水，小心地抓住腰间的白玉瓶，送到嘴边。

就在这时，他看见了重重红药丸间，唯一的一粒金丹。

回天丹。

一粒值千金，黑市上叫它还魂药，以百种珍稀补药为底，配以大量的麻黄草，服之则浑身生热，精神奕奕，就算是濒死之人也能立刻跳下床，药性极烈，可持续四五日之久。

不过，它虽然可暂缓百病冲解千毒，但终是拆了东墙补西墙，等药效一过，人的气力会被迅速掏空，异常虚弱，甚至会因为透支而猝死。

陛下交代过，这粒补药是留给张蝶城续命用的。

寒风如刀割面，浑身厚重的棉衣浸满冰水，湿淋淋地贴着每一寸皮肤。起伏的木箱上，杜路闭上眼，嘴唇近乎透明。

这或许不是个好主意，可白侍卫现在已经没有了别的选择。

傍晚时，他们终于漂到了岸边。

所幸，一路上还没碰到船上人追上来。趁着冷雾昏茫，两人迎着冬暝的冷风奔跑，湿衣滴水成冰，终于在天黑之前，他们看见了一座荒废的乡野神庙，木门上蛛网飘荡。

二人赶紧藏了进去。

好不容易把巨大的泥塑像推过去堵住门，二人对视着，喘着气，缓缓双腿发软，瘫倒在地。

过了一会儿，白羽开始生火。

地上堆着白黄色纸钱，积满灰尘的供桌上，灯台里的薄油早已干涸，旁边摆着一方锈迹斑斑的铁火镰。白羽躬下身，在桌子底下找了好一会儿，才摸到了一块小小的燧石。

他一手持火镰，一手握住燧石，猛地擦了上去——

"砰！"

一声脆响，几点火星亮了起来。

白羽松手，火星落到了纸钱堆上，登时熊熊燃烧，明亮的光拂动着四周狰狞的木雕像。

白羽拿起一个木雕神像，想了想，又放了回去，扬手将软剑抛起，把木供桌狠狠砸碎在地板上，木屑四溅，桌子腿被抛进火堆中，激起的火星四溅。

"都什么时候了，还讲究这个。"杜路在火堆旁坐下。

"我这种杀手，还是敬神些好。"白羽将大木箱拖了过来，"要找我索命的鬼魂已经够多了，还嫌不够，非要惹神遭报应吗？"

"我也一直在想，这世上到底有没有鬼。"杜路低头解着湿棉衣，"可韦二说，世上是没有鬼神的，生就是生，死就是死，万事有终结，千业由人定。无休无止的轮回和来世，都是骗穷人的谎话。"

"你也杀过那么多人，你怕鬼吗？"

"第一次去草原经历战场的时候，有些怕。后来，做的错事太多了，再想起尸填巨窟的血海，倒一点不怕了。若真有恶鬼索命，也都是我应得的。"他把冬衣架到火上，"你怕鬼？"

白羽赶紧摇头。

杜路压住嘴角的笑意，低下头解着单衣："别怕，有位姓袁的才子说：见鬼莫怕，但与之打。就算打败了，也大不了和它一样化鬼，再狠狠揍它一顿。"

"可我不想和它一样。"

金光跳跃，黑影幽暗的神庙中，只听少年一人喃喃：

"我好不容易活到二十岁，每一天都在紧绷着努力活下去，使尽全身力气才能活下去……我不能和它一样，我想活着。"

杜路怔住了。

"可我知道，我是会遭报应的。我这辈子杀过太多的人，为了活下来不择手段。我总是害怕睡觉，我怕梦见那些死人腐烂的脸，他们倒在我面前的时候，就像睡着了一样，闭着眼。

"我总想，我睡着的样子，也像是死去了一样。

"我得时时刻刻睁着眼，确认自己活着。"

少年垂头打开木箱，满身金光拂动："我讨厌梦，梦里我经常看见自己以千百种惨状死去，像那些人一样，满脸血，在黑夜里孤独地腐烂。"他说着说着，却被自己逗乐了，"我杀过越多人，见过越多死人，却会越惜命，越害怕死亡，真是挺可笑的。"

他从木箱中翻出新棉衣，递给杜路。

火光长长的影子，在两人之间拂荡。

杜路接过棉衣。

"这是你喝酒的原因吗？"

他突然问。

白羽的手僵在空中。

封闭的漆黑的船舱内，颠簸不断，尖叫声声，积水眼看就要冲到胸前，少年坐在床上，面无表情地喝着烈酒，手指却在颤。

他怕。

他要抓紧时间灌醉自己，麻痹周身所有知觉，以免直面死亡的黑影呼啸着披头而下，冷水冲入口鼻，泡得发胀发白的尸体撞撞晃晃，永世被囚禁在封闭的船舱里，鱼虫一小口一小口咬噬，死寂。

温暖的金光镀在杜路身上，他握着手中的棉衣，突然叹了口气。

韦二说，白侍卫是训练营的三千少年里唯一活下来的人，是个真狠角儿。可又有谁知道，这个杀人机器般的少年，每次目睹剑下旁人的死亡时，内心经历的却是同样的恐惧呢？

为了活命而杀人，又为杀人而恐惧。他的一生都活在这种无休止的煎熬苦海中，无法挣脱。

杜路心中沉重，低头掀开湿在身上的湿单衣，声音很低：

"为什么……会有三千个少年参加训练营呢？"

少年垂下手：

"因为他们的父母都参与了江湖联盟，他们是乱贼之子，被流放到那里厮杀。"

闻言，杜路瞬间抬头，声音惊颤：

"那你，你也是……你的父母是谁？"

火光中，他盯着少年，瞳孔在颤。

白侍卫别过眼：

"不要问了。"

杜路定定地坐在那儿，半截腰还露在外面，他却浑然不觉了。这些天来少年垂头沉默的神情在他眼前走马灯似的晃，那封闭船舱里的欲言又止，那目光中闪烁不定的痛苦……忽然间，他明白了：

少年的父母，都是因为他而被杀。

那时只有十岁大的少年，被粗暴地关进训练营里，在血腥和恐惧中长大，再没有过一天自由的日子。

为了活下去，他在恐惧中拼尽全力地杀戮，终于在九年后带着满手血孽走出了训练营，跪在皇帝脚下，伏下身去，从此成为一条毫无尊严的忠犬。

这个天赋盎然的少年，本该拥有无限美好的一生。

因为他，少年成了孤儿，成了杀手，成了日夜伴君如伴虎的宫中人。而他却在口口声声指责少年残忍，问他为什么不能仁者爱人。

他是一切不幸的起源。

火光中，他望着少年，心脏在轻轻地颤：

"告诉我……你真正的名字。"

幽暗中白汽升腾，颤抖的心脏里，无数苦涩的汁水晃动着流淌。

对面人沉默着。

"我太累了。"少年突然说，"浑身仿佛还在湖里漂着呢。这一路，我真的好累。"

他在泥地上躺下，疲倦地眯着眼：

"你是不是傻了，我是白羽呀，皇帝亲封的天下第一侍卫啊，杀手是……没有过去的。"

他望着金光拂动的穹顶，目光渐远：

"大英雄，收起你那泛滥的同情心吧，我还有很多好日子在后面……你为什么就不担忧担忧自己呢。"

"你活不长了，我不会和你计较……"他渐渐睁不开眼了，口齿不清地嘟囔道，"你也……千万别为我难受。"

他平躺着睡着了。

柔软的金光垂在他脸上，光影映着森严罗列的高大神像，庙宇广寂，纸钱飘洒。

男人坐在那儿，漆黑的背影一动不动。良久，少年在冰冷中发抖。

第二十七章

"我的衣服已经干了，你还是换上吧。"

耳旁，杜路的声音打断了白羽的回忆，白羽忍着头晕坐起身，掀开自己身上盖着的棉衣，思路渐渐清晰：

"我们不能一直呆在这儿，我怕宋有杏和方诺的人会马上追杀过来——"

"追杀？"

"世上怎么会有这么巧的事——船在夜里突然漏水，而我们的舱门正好被结结实实地锁上？一定是方诺和水手们早就策划好了谋杀，等深夜走到鄱阳湖中央时，突然动手锁门沉船，无声无息就把我们沉入湖底。这么严密的计划，一群草民是吃了什么样的熊心豹子胆才敢施行，别忘了，这艘船是江东巡抚宋有杏安排的！宋有杏暗中指挥他们沉船杀人，本可全责推诿于天灾水祸，可谓死无对证，却没想到，我们竟借着他送的那十壶酒逃了出来，他此刻自然是要急着杀人灭口，说不定正沿江各县搜查——"

"那我们现在出去，岂不是正好被他们抓住？"

白羽一时语塞。

"那宋有杏是朝廷命官，杀你不就是在和皇帝作对？"杜路摇头，"没有道理，他是和你交接的人，你死了，对他能有什么好处？"

白侍卫冷笑一声：

"他想杀的可不是我，想杀的是你！"

"我？"

"十二天后，你就是死了残了成仙了也不会有人再看你一眼。可在这十二天过去之前，全天下的希望都在你身上担着，你要是死了，陛下就难办了。"

"怎么你越说，我越糊涂了——"

"糊涂些好。你只管记住，我们见到张蝶城之前，你一点闪失都不能出。谁要是想杀你，谁就是在和皇上作对。"

"这么说，宋有杏真的是在和皇上对着干了？"

"他何止是在对着干，他根本就是在……谋反。"

杜路愣住了。

见他面露不解，白羽知道早就该把同根蛊的事告诉他，之前苦于船上耳多，匆匆说了一半就不敢再说，此刻趁广庙寂静，他凑近杜路，快语道：

"简言之，十年前有人在张蝶城和皇帝身上中下了一对同根蛊。八天前，也就是十一月二十日早上卯时，一伙贼人闯入皇宫劫走了张蝶城，他们要求二十天内把你送到四川交换张蝶城，否则就杀了张蝶城，使皇帝随之驾崩。"

幽暗的火光中，少年声音放低，眸子张大：

"现在这天底下，谁敢谋杀你，谁就是在——谋杀皇帝！"

杜路的瞳孔中，湿亮的光影在拂荡。

"怪不得，怪不得是比太子被劫还大的阵仗。"他突然笑了，摸着下巴，"而就在入蜀营救的关键时候，朝廷命官宋有杏决定把咱俩一锅淹死在路上，有意思，真有意思。"

"更有意思的是，就在全天下间谍暗探倾巢出动寻找'杜路'的时候，宋有杏率先向陛下汇报了你的消息，并且飞速逮捕了你，移交给了陛下派来的侍卫，先树立了他的功德和忠心。然后，他再暗中安排手下沉船杀人，令尸体和船骸沉入鄱阳湖中央死无对证。"白侍卫想起交接时宋有杏满头大汗唯唯诺诺的姿态，不由得眯起眼，"真是天衣无缝。"

"说到这儿，你怎么会来得这么快？"

"什么？"

杜路这问题太突然，白羽抬头望着他，一脸茫然。

"我是说，从长安到扬州，你怎么会来得这么快？"杜路掰着手指头，"我不清楚现在苗药催马法有没有改进，但我第一次试验着把苗药用于催马的时候，测出来的极限速度是每时辰一百七十里。二十一号晚上，宋有杏逮捕了我和韦二，如果立刻传信给宫中，皇帝应该是在二十三号早上收到消息。可是你，居然在二十三号下午就到了扬州——"

"我到得一点都不快，还在路上走错了一大段路。本来十八个时辰就该走到的，我走了快二十个时辰。"白羽摇头，"是你想错了，宋有杏不是在抓到你们之后才写信的，而是在动手抓你们之前、有人向他告密说你藏身在铜雀楼的时候，他就给皇帝写信了。陛下在二十二号凌晨就收到了消息，立刻派我去扬州追查，我走了二十个时辰，二十三号黄昏才到了扬州。"

他说着说着，不禁有些困惑："说来奇怪，宋有杏那封信上明明写着，刚刚收到告密，还未知真假。可是陛下一看到那封信，就断定你在扬州，立刻派我出发。陛下他到底是怎么看出来的呢？"

杜路"扑哧"一声笑了。

白羽疑惑地看着他。

"你还不明白吗？"杜路望着他，笑意愈甚，"那封信，赵琰是什么时候收到的？"

"不许直呼圣上！"白羽看了他一眼，随后交代道，"二十二号寅时打更的时候。"

"那么，这封信是什么时候寄出去的？"

"这……"白侍卫一时语塞，干脆低头，用手指在泥地上一个个写字，口中数道，"寅到丑，一个时辰，丑到子，两个时辰……"

"你这人，精的时候那么精，怎么不会算数？"杜路又笑了，拉住他在泥地里比画的手指，"我教你，你知道拂菻国的计时法吗？他们把一天一夜分成二十四个小时，两个小时相当于一个时辰。子时末是一点，丑时半是两点……亥时末是二十三点，子时半是二十四点。这样算，从扬州到长安，最少要几个小时？"

"十八个时辰，嗯……是三十六个小时。"

"皇帝收到信是二十二号丑时末寅时初，也就是凌晨三点，而路上需要三十六个小时。三减三十六，是多少？"

"负三十三。"

"再往前借一天呢？"

"负三十三加二十四……负九。"

"从二十号的二十四点往前数九个小时，便是信的发出时间。"

"也就是说，宋有杏是在二十日的十五点从扬州寄出信的？"白羽有些茫然，"对啊，他是收到告密就写了信的，有什么问题呢……"

杜路缓缓摇头：

"可张蝶城被劫持，是二十号早上六点的事。"

白羽登时僵住。

长安与扬州相隔三千里地，消息最快也要二十一号十八点才能传到扬州。而宋有杏，却在二十号下午十五点，张蝶城刚刚被劫九个小时之后……就知道绑匪在迫使皇帝寻找杜路了？

也就是说……

"宋有杏提前知道了绑架信的内容？"白侍卫抬头，眼神中还带着震惊，"那个时候，他甚至不该知道宫中发生了绑架——"

"在收到皇帝要寻找杜路的命令之前，他就已经写好回信来汇报杜路的藏身之所了。"杜路摸着下巴，"一封提前了二十七个小时的回信，事情，越来越有意思了。"

"你本不必设这个局，老板，都是我的错。"

颠簸的车厢内，红裘的男人躺在兽皮上，手上晃动着紫蓝变色的扳指，闻言一笑：

"无妨。赵琰这种人，让他越多疑越好。"

"可是他很快就会收到沉船的消息。"翁明水目光担忧，"第一封信提前了那么久，一旦宋有杏被审讯，事情是瞒不住的……"

"你有没有按我教的，给宋有杏看羊脂玉牌？"

"看了，但我担心他不识货——"

"那就赌一把呗。"老板懒洋洋地支起头，望着那垂头的青衣书生，"反正这一路上，你若赌输了，我就陪你死。"

"老板——"翁明水垂眼望着他，声音愈发自责，"如果不是我非要陷害宋有杏，你本不必提前一天送信——"

"我说了，真的无妨。"男人挥手，扳指变换的光彩在眉间浮动，"你的圣人都讲了，成事不说，遂事不谏，既往不咎，你现在担心宋有杏那边和盘托出，还不如想想怎么救杜路。"

杜路，又是杜路。

翁明水蹙眉，心中乱如猫挠，却不敢再开口说出一声劝。

老板这个人什么都好，可一旦他下定决心做什么事，任是神鬼当道，都没的商量。

突然，一双颀长匀称的手，抚上了他的额头。

"映光啊，"老板支着头，双眼望着他，伸手轻轻展平了他的眉头，"不要乱想，不管任何事发生我都会陪着你，知道吗？"

书生垂下眼："你已经为我做了太多了。"

"还远远不够。"小灯温柔的金光下，老板注视着他，眼神认真，"你的家业，你的辉煌，你失去的一切，我都要帮你夺回来。还有怜儿，我知道她以前是你屋里的姑娘……"

翁明水轻轻摇头：

"都是过去的事了。"

他抬眼，黑眸中光影跳跃：

"老板，遇见你，是我这十四年来唯一有盼头的事了。我真害怕是因为我，弄砸了你苦心布局的一切——"

"不会，我既然决定提前一天送出那封信，就已经把它纳入了全盘计划。那封信，也不止是为了陷害宋有杏。"老板低头玩扳指，眼珠中反射着蓝紫色的流光，"不过话说回来，你为什么那么恨他呢？"

闻言，翁明水露出了苦涩的笑容：

"这是我心底的痛苦，从不愿跟别人说，但我唯独愿意告诉你。十四年前，宋有杏害死了我姐姐，我最后一位亲人。"

他猛烈地喘着气。

他说不下去了。

"罢了，不愿讲就不要讲了。"老板不忍地挥手，叹了口气，"我不想让你回忆痛苦。"

"也就是说，宋有杏早就打定主意要背叛陛下了？"白羽还在震惊中，"甚至说，他和劫走张蝶城的贼人就是一伙的？"

杜路却缓缓摇头：

"还有另一种可能。"

"什么可能？"

"那就是，这封信根本不是宋有杏写的。"

白羽登时目瞪口呆。

"原理很简单，有人冒用了宋有杏的名义写这封信，而后寄给宫中。"杜路捡起一根木棍，扒拉着渐弱的火堆，"但实施起来却颇有难度：皇家驿站是全程保密护送的，如何把信混进去；宋有杏在信上还要盖上章和官印，如何仿制；还有最重要的，如何让皇帝相信这封信就是从扬州寄来的？一路驿站的盖戳签字缺一不可。"

"那你就是说，这种可能性极其微小了？"

"不，恰恰相反。我是说，外人能做到这样，技术上难度太高。"

"外人……你是说——"

"是的，就是皇帝身边那些传信拆信的内侍。"杜路停下了手中木棍，望向白羽："要是太监们想往里面混进去一封信，那就容易太多了。"

"这……这不可能——"

"怎么不可能，你们每年从北漠金帐里听见了多少消息？皇帝身边，就能完全杜绝间谍吗？"杜路摇头，"很正常的事。内侍们能把信封调包，能用以前宋有杏的信纸贴印上去，还能随时销毁证据。"

白羽沉默了一会儿，抬眼问：

"那你觉得，这两种哪个可能性更大？"

"我怎么想不重要，重要的是，皇帝相信第二种可能。"

"怎么说？"

"所以他立刻把你派来扬州了啊。他一看见那封信，就立刻发现了时间上的端倪，但他选择信任宋有杏，认为这封信是绑匪借着宦官之手呈到他眼前的讯息，因此他赶紧派你去扬州，以防事变。而他则在宫中，对付他身边的假想中的间谍。"

白羽摇头："圣上不该信任宋有杏的，他不知道宋有杏早已计划好了沉船杀人——"

"说实话，其实，我也更相信宋有杏一些。"

"你是疯了吗，还是忘了昨夜泡水的滋味？"

"可若是他早就计划好了半路沉船杀人，早一天寄信，晚一天寄信，又有什么区别？"杜路望着白羽，"若你是宋有杏，你会在绑架发生九个小时后就寄信给皇帝，用那么明显的时间问题来引火烧身吗？"

不等白羽回答，杜路又道："也是，或许他跟你一样不会算数，掰着指头数时辰，数了一会儿数错了就把信寄出去了——啊！"

白羽掐了杜路一下。

"说不定，宋有杏就是利用你们这种心理呢？偏偏用明显的时间问题来引火烧身，反而会让你们觉得，这不是他做出的事。"

"那大船怎么解释？"

"那些诡异的小孩和老妇，船上的那些监听和打探，还用得着解释吗？"

"不是，我是说你看那艘船的船体，造型看得出来是福建南台的老盐船，但船底的铁钉人字缝根本不是福建的工艺，福建缺少桐油，不用铁钉桐油造船，而是直接用榄糖，江东造船法才会在甲板上钉上铁钉人字缝，填上石灰桐油。也就是说，这艘船在江东进行了大面积复杂的翻新，重重加固，就是为了让船万无一失。而根据沉船时间来看的话，那艘船是双底船，也是特别改造的。还有船上人员的安置，舱底那么大，却只有两个舱室，而水手们都是在甲板上的冷风船篷里睡觉，这样做是为了预防舱底躲人，把水手和我们隔绝开。"杜路揉着胳膊，"用种种复杂精心的工艺尽可能地提高安全性，却又在深夜里锁上舱门费力劈开两层船板沉船杀人，真是矛盾。"

"对了，那个扎红头绳的小女孩说，让我们去广济县五丈河和船上人汇合。既然你相信宋有杏，那你要去吗？"

杜路摇头："不去。在弄清楚情况前，谁都不能相信。"

他在少年的白眼中，露出了狡黠的笑：

"这可是你说的，我肩上担负着所有人的希望嘛，我不能有闪失。"

白侍卫轻声："还是这么贪生怕死。"

杜路没听清："什么？"

"没什么，问你要怎么实现所有人的希望。"白羽拿过木棍继续比画，"我们现在离四川还有千山万水，没有马，没有船，离同根蛊十年期满只剩下十二天了。"

"全天底下，就只有宋有杏一个巡抚吗？"

"当然不是，皇帝特设了八方巡抚，就是为了预防万一同根蛊事发……等等，你是说——"

"总不能天底下所有巡抚都叛变了不成。"杜路又笑，"离我们最近的下一个巡抚是谁？"

"湖北巡抚。驻扎在夏口。"

"果然是个要地。"杜路道，"再下一个巡抚是不是在渝州？"

"南方有好多，渝州、东南和云越都有……"白羽突然反应过来，"你不要探听机密！"

"好好好，那我们就去找湖北巡抚吧。白天休息，晚上行路，避开宋有杏的搜查。"杜路说着说着，不禁面露困惑，"今天奇怪得很，我虽然累，但却一点不困。平日里病发时走几步都很困难，今天又跑又走却毫不吃力。我感觉我都有力气走到湖北。"

白羽心虚地低下头。

给杜路这种气血虚弱多年的病人吃回天丹，几乎是在透支他的寿命。杜路此刻有多精神抖擞，四五天后就会加倍地气衰，白羽都能想象到他浑身疼挛痛苦咳血的样子。可他又有什么办法，若不是那颗回天丹的大补大激，昨夜杜路就要命丧冰湖了。

归根结底，都是因为沉船，一切计划全乱套了。

好在杜路并没有在意这件事，若有所思道：

"整整八个巡抚，未免太多了些吧？同根蛊这种生死攸关的机密，怎么会让这么多臣子知道？奇怪，赵琰真是奇怪。"

白羽不敢妄议。

"按你说的，赵琰收到那封时间诡异的信后，立刻选择相信宋有杏，派你去扬州。可他为什么如此信任宋有杏呢？宋有杏这种写史文人，不像是赵琰会看重的类型啊。"杜路说着说着，突然问，"这八个巡抚，到底是怎么选出来的？"

白羽垂下眼：

"具体过程我不能说。但你可以理解为，这些人通过了另一场历时九年的训练营。"

杜路摇头："赵琰对他们过于信任了……"

"圣上的心思，不是你我该揣度的。"白羽并不想继续这个话题，"我们的任务就是救出张蝶城，除此之外不该多嘴。趁现在四下清净，我们不如定个营救计划，等天黑下来我们就上路去湖北。"

杜路又是摇头："如何营救？凡事有因有果，除果必先知因，解铃还需系铃。"

"你要问什么？"

"赵琰为什么会和张蝶城身中同一对同根蛊。"杜路望着他，眼神愈发凝重，"两个八竿子打不着的人，为什么是他们，为什么是张蝶城？"

白羽迟疑着，小小的白齿咬着下唇。

"你不敢说？"

白羽垂下头，沉默。

"那是你不知道？"

"不。"

白羽终于下定了决心，抬起眼，望着火光旁的男人，瞳孔中湿亮的光芒拂动：

"为什么，你会不知道呢？下蛊这件事不就是……因你而起的吗？"

第二十八章

"老苏，到了。"

冰蓝色的熹光染上寂寥的土地，渐渐透出金杏色的亮。青年勒马，年轻的脸庞在蓝光下苍白而肃穆，长袍在风中呼呼啦啦地鼓动，马背上彩绳飞舞。

光升了起来。

黑暗的界限在光明的大地上须臾飞逝，他们下马，站在拂升的光芒中，静静等待。

庞大建筑的黑影中，走出了一位白袍遮面的老人。

"辛苦了，大良的英雄们。"白袍老人对着二人行礼，"我们已经在这里恭候多时了。"

这委实不是句客气话，他们已经等了整整九天九夜。

"本来不必绕这么远的路，奈何老梅疑心重，非要一路兜圈子。"老苏接过随从的布帕，大大咧咧地擦着脸，"妈的，这一路的风雪，我脸上都要被吹掉三层皮了。"

身后，青年正低头抱住怀中高烧昏迷的少年："一路上都没有人追上来，我是觉得有些蹊跷。罢了，不说这个了，眼下快给张蝶城抓些药吧。"

"烧傻了最好，死不了就行。"

青年抬头看了老苏一眼，然后径直迈步将少年抱进房内，晃动中，昏迷的少年面色酡红，双眼紧闭。厚重的棉衣一层层臃肿地套在少年身上，可他的手脚冰冷如铁。

老人和随从赶紧跟上，搭着手把少年抱到内室，放到暖和的床被间，披好棉被。

可就在这时，少年突然直着身坐起，像受了什么刺激似的大声吼道：

"我看见了梦！你居然……原来如此，原来如此！"

他闭着眼摔了下去。

他摔到软枕上，弹起又落下，浑身压在被子上，手指垂下床沿松开。

老苏吓了一跳，而后抓着他又摇又问，可他只是软塌塌地躺在那儿，像个摔掉了棉花的布人偶，双目紧闭，额上细汗连绵。

老者上前把脉，转头对床前神情紧张的两人说道：

"只是做梦罢了，他很快会醒来。"

你相信梦吗？

我小时候听人讲《百喻经》，说，乐是悲的，幻境是空的，美好终将毁灭，宇宙

203

寂寥而浩大，没有轮回，也没有我。

我的渴望，不过是心里的孽障。

讲经人诚道，一切都是假的，是细雨中飞散开的烟。尊严权贵，金门玉堂，繁华风月，金粉温柔，凡此种种靡丽乐事皆不过大梦一场，切不可沉迷。

可我想问他，如果世事是梦，那么梦是什么？

如果色即是空，那么空又是什么？

你为什么不说话？

原来，你还没醒。

你还在梦中。

皇帝嘶吼着醒来。

玫金色的光照亮幽暗中纱幔垂荡的大床，在金绣银鱼的柔粉色锦缎上洒落一条条长方形的光块。肌肤乳白的女人陷在锦被间，长发零落，脸还上带着昨夜干涸的泪痕。

她皱眉，侧身抱住了被噩梦惊醒的男人，光洁的手抚摸着他赤裸的脊背。

男人推开了她。

他掀开暖被，跳下床。女人乳白色的裸体暴露于一片突如其来的寒冷中，她下意识地环住自己，浑身暗红的伤痕与寒青色的血管交织，在明亮的光块下随着呼吸起伏。

皇帝沉默着穿衣。寂静中一声声呼吸沉重，残留的梦境压迫着他，熔岩冲破心脏疼烫着燃烧。而他只是沉默地喘着气，一块块坚硬的肌肉在阴冷中划出漆黑的阴影。

他推开门，回头。

金色光晕下，无数尘埃弥漫着旋转，赤裸的女人环抱着自己安睡，缩成小小的洁白的一团。

他望了一会儿，抓起一张毛毯扔了过去，盖住了她的身体。

皇帝走出了光影寂静的深宫，门外候着的内侍赶紧跟了上去。

天空晴朗而明蓝，金光在枯园中四处散落，鸟雀的灰影在树枝上跳，昨夜那场雪，到底是没下下来。

"陛下，王念将军的信到了。"

皇帝接过信封，边走边拆开。信封碎片纷落中，他拿着信，浑身僵住了。

那艘船……沉了。

明亮的阳光下，他攥着信纸，眼前发黑，一阵眩晕。

王念白纸黑字，激动中草书淋漓地写道：杜路和白羽基本上是死了，同根蛊的期限越来越近，用杜路换张蝶城的计划没法继续下去了，劝陛下赶紧加军队过去彻底搜查四川，必须赶在十二月十日前端掉作乱者的老巢！

信上还特别问道：宫中侍卫追到那两个杀手了吗？

他垂头站在光芒中，握住信封的手在颤。

乱套了，一切全乱套了，十年来何等严密地布局应对，千般防备中来重重筛选和安插，堆土九仞固若金汤的巨坝，却在一阵轻狂的笑声中吹气而溃，暴河奔流。

皇帝不信命，可这一刻，他恍惚看见了命运猩红的目光如蟒蛇一般对视。

他本有十足的信心和严密的安排，所以他从一开始根本……根本就没派人去追那两个杀手。

是的，九天前的早上，在发现张蝶城失踪后，皇帝拒绝了白羽和铁面暗卫立刻出发追踪两个杀手的请命，任由杀手们带着张蝶城逃向茫茫冰域。他敢这么做，因为他本来有……另一个计划。

一个疯狂的、不可思议的、飙风雷霆般激进的计划。

世间没有一个人知晓这个计划，因为皇帝从未和任何人商议过，没有人会同意这个计划，天底下甚至没有一个人敢这样想。恐怖的、偏执的计划，暴君冒着血雨挥剑，狂妄得要一举将命运和无常通通斩杀于马下。

而此刻，白羽和杜路死在半途，铁面暗卫的搜寻没有任何结果，两个杀手早已带着炸弹般的张蝶城逃向了茫茫天涯，离爆炸只剩十一天了。

赌局对面的暗中人，仍未现身。

除了宋有杏。

皇帝握破了信纸，眼中燃起狂怒爆裂的火焰，那封提前了二十七个小时的回信，那艘诡异的盐船，那审讯中的弥天大谎……种种古怪的细节在此刻终于连上，一个小小的史官，翻手玩弄了整个帝国。

他杀死了杜路。

他摧毁了最后一丝谈判的希望。

"传金字牌给王念，让他见信之后，"皇帝握紧拳头攥住信纸，漆黑的影子转过身，声音格外阴厉，"立刻诛杀宋有杏！"

第二十九章

一天一夜后，扬州。

王念走入地牢，握着那封刚刚拆开的信，手指在微微发颤。

狱栏一道道光明与漆黑的斜影中，宋有杏闻声抬头，目光中藏不住隐隐的期待："将军，可是长安来信了，是要把我押回去了吗？"

王念望向他，目光沉重如铁。

他低头又看了一遍信上的字，然后深吸一口气，折信收入怀中，缓缓地走向宋有杏。

两人愈来愈近，昏暗中距离的威逼下，宋有杏不由得站起身，望着王念那面色凝重的脸："将军，信上怎么说，派谁把我押回长安？"

王念没有回答。

他停在狱栏前，与宋有杏几乎是面贴面的距离。

冰冷的长剑突然抵上了脖子。

银白的光芒中，王念单手拔剑，挥向了狱中人；狱中人错愕地眨眼，看见剑柄上那只青筋暴起的手。

剑的彼端，王念盯着他：

"别怪我，是你走错了路，都是因果。"

宋有杏终于反应了过来，满面错愕，声音开始颤抖：

"王念将军，你……你这是要——"

"叛徒不可留！你从十年前军帐中那场宴席就该明白，陛下对叛徒绝不容忍！宋答春啊宋答春，十年来你暗怀着谋杀圣上的不轨心，苦心隐藏在朝臣中间，骗过了我们，骗过了圣上，可你能骗得了一世吗？既然做出了这样大逆不道的事，就早该知道自己的下场！"

"谋杀圣上？我……我……怎么可能，怎么会给我扣这么大一顶帽子，我到底做错了什么……盐船，只是一艘盐船而已，何至于此？"

见他又在装傻，王念终于愤怒：

"还在装什么糊涂，那艘船沉了！杜路死了！"

耳道中传来血管裂开的声音。

一瞬间，时间像是凝住了，空气一缕缕稀薄地降落，无数细小的冰锥刺进耳朵。双耳嗡鸣中，宋有杏怔怔地望着王念："你说什么？"

"你被捕的前一天夜里，盐船在鄱阳湖沉了，杜路没救上来，没人再能去四川换回张蝶城了。"王念握着剑盯着他，一字字道，"恭喜你，谋杀皇帝的计划成功了。"

宋有杏瘫在了牢中。

银白色的剑尖向下滑，又指上了他的脖子："圣上传金字牌到扬州下令斩立决，今日此刻，便是你的死期了！"

白花花的嗡鸣声在脑子里乱窜，宋有杏瘫坐在牢中稻草上，眼前哗啦啦，飞过一大片遮天蔽地的鸽子。

他打了个激灵，突然大笑：

"怪不得，怪不得，原来那天是船沉了……白鸽子飞进我家，花鸽子飞进他家……船沉了，他跑了……"

滚烫的泪珠从面上砸落。

"而我竟还给他背了罪，给他背了罪……"

冰冷的剑尖却猛地向前一捅。

血滴四溅中，宋有杏惊悸地抬头，望见了一张苍老的愤怒的脸：

"不要再说出新的谎话了！我信你第一次，还会信你第二次吗？答春，我给过你机会的，我给过你机会的！"

王念握紧剑柄，瞳孔中压抑着深藏的痛苦："我本是信你的，你本该是个举头吟月的人。"

银白的长剑斩向了狱中人的脖子。

血河顺着手臂流了下来。

"宋有杏本是个穷书生，十六年前我爹送他功名初启，十六年后我送他冤狱而终。本是个京口抄书挣钱的寒家子，志高命贱而心不甘，一生辗转求富贵，求恩于金陵，求官于长安，求死于扬州。都说京口瓜洲一水间，到底，也算是魂归故里。

"昔者，诸葛长民富贵后，经常睡梦中惊跳起来，挥拳踢腿，如与人打斗。毛修之和他同睡，见状而问其故，诸葛长民道：自他拜官之后，每天睡着醒着都看见长着黑毛的怪物，一会儿变成蛇头从屋柱里伸出来，他拿出刀，蛇头却不见了，收了刀，蛇头又伸了出来；一会儿捣衣棒又发出人声，他凑近，却听不懂在说什么；一会儿墙壁上长出七八尺长的巨手，他持大刀斩下去，巨手霍然消失。不久后，诸葛长民遭皇帝刘裕疑心，被杀了。

"只要赵琰杀了宋有杏，就没人会怀疑那封信了。十天后，就是赵琰的死期。

"我们，快赢了。"

铁剑在血河上颤抖着，颤抖着停住。

流血的五根手指紧紧握住刀刃，宋有杏伸手抬起了颈上的剑：

"不能杀……你不能杀我……"他不知痛似的将刀刃握得更紧，失了心似的盯着王念，"救皇帝，快去救救皇帝……翁明水要谋杀皇帝……他逃了……"

"你又在瞎说什么！"王念往回拔剑，却怎么也拔不动。

"翁明水是皇帝的亲派间谍，杜路是他找到的，盐船是他安排的，行李是他备的，就连满天的白鸽飞信都是他做的……他收信的是花鸽子，沉船的第二天他就消失了，是他害死了杜路……"

"什么间谍，你有证据吗，又在空口捏造什么？"

"证据，我——"突然，宋有杏僵住了。

他终于反应过来：

翁明水所做的一切，都是用的宋有杏的名义！

翁明水一直藏在暗处，铜雀楼里的韦杜是他报信让宋有杏出面抓的，盐船是他以宋有杏的名义安排的，白羽到扬州时，是他悄声指导着宋有杏一步步把白羽杜路送上盐船，他自己却躲在院中，自始至终没和任何人见面！

会面时，他三言两语间蛊惑人心，令宋有杏坚信他是暗探，身份不能曝光，两人那次会面是秘密中进行的，谈话内容没有第三个人知道！

没有人知道翁明水到底做了什么，因为所有人都看到了那些事是宋有杏出面做的！

而宋有杏自己，竟然也在第一次审讯中亲口承认了！

满面涕泪中，宋有杏浑身颤抖地大笑起来，三天前那次审讯上，他对着王念将军，是何等小心地为翁明水保密，何等奋力地把一切事都揽到自己名下，唯恐暴露一丝一毫翁明水的消息。他又想起那日白羽冲进来时，翁明水巧言教自己如何说服白侍卫带着杜路坐上盐船，自己匆忙之际一字不差地照说照做，还庆幸翁明水为自己解决危机，对翁明水感激涕零……他笑得眼角带泪，隐约想起读过的一则笑林：昔者有富人犯了事，得在衙门里挨上三十大板，富人便找上了一个不识字的笨人，许诺给八十文让笨人替他挨打，笨人便欣然往之。谁知衙役们因为没收到贿赂而下手极重，打得是皮开肉绽血肉模糊。笨人差点一命呜呼，送去找郎中，开药要一百文。这时富人赶到，送去了八十文，笨人便对着富人又拜又谢，感激富人救了他的命，庆幸自己只用掏二十文。

当时宋有杏读罢大笑，果真是不识字的笨人，他本不必受这顿打，本不必赔这二十文！

如今事情轮到了他头上，他这满腹经纶的读书人，竟也是对着翁明水又拜又谢；这执笔判人的伶俐官，在入狱的第一刻，心里想着的却是千万不能让人发现自己替富人挨了打。可乐，可乐，天大的笑话！

这边癫笑着，那边王念趁他松懈，双手握住剑柄"刺啦——"一声，硬是从宋有杏手心伤口中抽出剑来！

王念握紧剑，又冲着牢中刺了出去——

"等等！"宋有杏猛地后退，避开了剑尖的攻击，"停！翁明水真的是间谍……"

王念不语，一道道狱栏的空隙中，他执剑伸入牢中横砍竖劈，剑光"唰唰"闪烁有声，宋有杏在狭小的狱室内左闪右避，抱头鼠窜中，突然大叫道：

"我有证据！"

王念剑光一顿。

"我突然想起来，我有几百个证人！"宋有杏喘着气停下，带着满脸血泪抬起头，"只是，它们都不会说话。"

寂静漆黑的冬夜，一辆囚车从地牢出发，一路向东，紧闭的康海门徐徐而开。辘辘的车轮声穿过城门，穿过郊野，在一间大门倒地的破草庐前停下。

王念跳下马，踏进了草庐。

身后的囚车里，宋有杏伸长了脖子探出头望着王念的背影，焦急地大喊道："将军，你看见了吗？好几百只花鸽子！"

王念的声音在风声中传来："不，院子是空的。"

宋有杏瘫了下去。

他像是被剥去了最后一丝希望，双目失神地坐在囚车里，嘴唇发着颤："飞了，飞走了，最后的证人飞走了……"如此重复了几次，他又突然坐起，流血的双手握住车栏疯狂摇晃，脑袋砰砰地往上面撞，大吼道："王将军，你信我，你一定得信我，那天我看见院子里有几百只花鸽子——"

"我信你。"

囚车还在激烈地震摇，激动中撞车的宋有杏没有反应过来，过了一会儿，他终于听懂了这三个字，颤颤地抬头，望向黑夜中老将军的背影。

王念并不回头，执灯站在草庐中，凝视着黑暗中光影摇曳的地面，声音不带丝毫感情：

"鸽子是飞走了，但留下了满院鸟粪。"

巨大的风声中，宋有杏长长舒了一口气。

"但这并不能证明任何事，"老将军的声音极平静，"我只看见了翁明水的院中确实落下过许多鸽子，你认为鸟粪能说明什么？"

"这是船上的信鸽！那艘盐船是翁明水全程安排的，船上的人都是他的人！他随船带了两种鸽子，白鸽子能飞回扬州城中我的府邸，花鸽子则飞到城郊翁明水自己的草庐里！这是阴阳信，阳信给我，阴信给他，明面上船员们是每天向我汇报三次，实际上是向他汇报！他把船上的真实情况瞒着我——"

"一个穷书生养这么多信鸽确实奇怪。但你口中所说的什么白鸽花鸽，什么阴阳信，真的不是你刚编好的谎话吗？"

"王念将军，求你再信我一次——"

"证据，给我证据。"

完美的犯罪，百口莫辩的时刻。

宋有杏将翁明水这些天做的事情仔仔细细从头到尾地想了几遍，终于痛苦地承认：除了那群早已在酷寒中飞走的鸽子，翁明水没留下任何证据。真正的杀人无形，拂衣而去。

黑暗中早已有蜘蛛结好了无形大网，等待着将被粘住的猎物，一口吞杀。当九天前的下午翁明水走向宋有杏的那一刻，宋有杏就注定了要踏入陷阱坠落下去，注定了要毫无挣扎之力地含冤而死，对方早已设好了局，引着他一步步将蛛网裹满自己全身。

此刻，就算宋有杏从头到尾把真相讲一千遍一万遍，天底下也不会有一个人相信他，因为所有人都看见了：是他没有请示皇帝，私自将杜路送上了一艘盐船，三天后他安排的盐船沉了，杜路死了。

而他自己，竟也在审讯中亲口承认了。

远处，王念面色凝重地转身，执剑走近了囚车。宋有杏抓紧了栏杆，绝望中大口大口地喘气，浑身冷汗在寒风中干透。

圣命难违，皇帝斩令已到，今夜王念不得不斩了他！

"你会后悔的！你们所有人都会后悔的！我如果今夜死在这儿，就永远没有人知道真相了！杀了我，并不能阻止皇帝遇害，只会让翁明水更快地谋杀皇帝——"

那柄剑，又架到了脖子上。

"这一段谎话听上去更动人了，可惜，你不该把聪明错用在这种地方。"

"不，我是被翁明水陷害的，我所说的句句属实——"

"句句属实？"王念终于不耐烦地眯起了眼，"你刚刚说，向你告密杜路藏在铜雀楼的是翁明水；你现在又说，杀死杜路的也是翁明水。那我问你，如果翁明水真要杀杜路，当初他何必给你告密让杜路落到你的手里呢？"

"这……"宋有杏一时噎住。

"我再问你，同根蛊事发之后，天底下只有翁明水一个人知道杜路的藏身地，他若真想杀了杜路，那时直接动手杀人，就能神不知鬼不觉。可他为什么要费那么大力气地把杜路暴露出来，把杜路送上盐船，再费那么大力气在鄱阳湖中间把船沉掉，弄得天下皆知、引火烧身呢？"

宋有杏登时哑口无言。

"你编了这么大的故事，全部证据却只是一地鸟屎。"王念注视着宋有杏，"你身为朝廷命官却怀有弑君之心。同根蛊事发后，你借着扬州巡抚的便捷，率先找出杜路，在皇帝面前立了功德；之后你罔顾圣意，私自把杜路送上一艘盐船，使航行脱离中央监控，三日后在鄱阳湖中央沉船，杀了杜路，毁了换出张蝶城的希望；每一次审讯，你都满口谎话，前后矛盾。上述的种种罪状，哪个不是证据确凿？而你到了这一刻还毫无反省之心，张嘴就把全部罪状推给了一个找不到人的穷书生，你要我怎么信你？"

宋有杏满面绝望地摇头。

他说不出话了。

沾满毒液的巨大蜘蛛越逼越近，獠牙尖锐，而他浑身缠满黏稠的蛛网，再怎么有满腹的愤怒冤屈不甘，却裹在蛛网里挣扎着一动也动不成。

就在这时，远处突然爆发了一阵恐惧的尖叫。

王念扭头斥责道："乱叫什么，成何体统！"

"将军，刚刚我的马……我的马……"风声中，传来了士兵惊魂未定的声音，"踢到了一具尸体！"

"郊野之地，尸体有什么好大惊小怪的？"

"回……回将军，是个遇害公子的尸体，长得……我不知道怎么说，您最好自己来看一下。"

王念只好走了过去，一边骂着地方军没规矩，一边把灯探过去一照——

光明骤然照亮死者脸庞的一刹，王念僵住了。

忽然，他扔下剑，疾步走回囚车前，一把提起宋有杏的领子，抬手就是一个响亮的耳光。

黑暗中一声声急喘着，这素来冷静的老将军压抑不住胸口的起伏，直接破口大骂："宋有杏你他妈的，你他妈到底在扬州干了什么！"

"王将军，这……这又跟我有什么关系——"

"你奶奶的自己滚过去看！"暴怒中，王念一脚踢向囚车，硬是把车拉到尸体前面，按下宋有杏的脑袋。

漆黑中，暗黄的灯光照亮了荒草地上一具白衣尸体，长长的黑发在碎石泥泞间缠绕，血迹在胸口干涸，玉佩散落，鞋已丢了一只，冷风中一簇簇草影在灰白色的脚腕上浮动。

他侧卧着，双手捂住胸口将自己蜷缩起来，脖颈低勾，那双眼却柔和地垂闭着，光打在玉石般的脸上，恍惚似仍在熠熠生光，仿佛受了什么委屈后躺在一片白汽云雾间，抱住自己，渐渐睡去。

那是韦温雪的尸体。

宋有杏登时眼前一片发黑。

他只知道翁明水那天去郊区杀了韦温雪，但他万万没想到，翁明水直接在草庐旁边的野地里弃尸。

酷寒冬月，那绝世的容颜甚至还没开始腐烂，就这样暴露在了王念面前。

第四卷

夜奔

『我这一生从不觉得自己错过，

可现在，我有点后悔了。』

第三十章

地牢中，两位彪形大汉抬起韦温雪的尸体，"哐当!"一声扔到长桌上，桌面震颤中，尸体微微睁了眼。

宋有杏正坐在长桌旁，差点跳了起来。

"哗——"的一声门被推开，狱卒押着一位高瘦瞎眼的老人走了进来，老人衣衫凌乱，显然是睡梦中被突然叫醒。狱卒捏着他的手，压在了尸体面上，老人在五官间摸了一下，登时吓得往后一躲，双手乱比画着，嗓中发出吱唦吱唦的哑叫声。

见王念怒容正盛，狱卒于心不忍地开口："王将军，这老家伙又哑又瞎又聋，只会给死囚犯上锁送饭，在这儿老老实实干了一辈子，只会听指挥，什么也不懂……"

王念面色终于稍缓："我知道了，你先带老人家出去。"

门又闭上了。

幽暗的囚室与墙上林林总总的刑具间，王念站在一旁盯着宋有杏，宋有杏坐在尸体旁满头大汗："冤枉啊王将军! 杀了韦温雪的真不是我，翁明水说，这是圣上的安排，圣上派翁明水在杜路出发之后秘密杀死韦温雪……"

他一五一十交代出翁明水带走韦温雪的全部过程，特别提到了翁明水那块和白侍卫一模一样的羊脂玉牌。坐在王念漆黑色的影子中，灰白的尸体盯着他，宋有杏越说越不安，声音在寂静的囚室中打起战来。

他感觉自己像是说了三天三夜那么久，突如其来的疲倦感席卷了全身，没人会信他的，他亲手把韦温雪关押进地牢，几天后韦温雪就死了，他难逃干系的，他拿不出证据的，在别人耳里他说的都是谎话。

一个人只要一次说谎被发现，以后他说什么都像谎话。

他终于说完了。他垂下眼，浑身无力地等待着审判。

王念沉默着。

冰冷的地牢中，两人沉重的呼吸声对峙。

"不可能的。"良久，王念轻轻摇头，"圣上不可能派人秘密杀死韦温雪，万一杜路半途反悔，韦温雪死了，那可就没有人质能要挟杜路了。更何况，圣上与韦温雪素无怨仇，他一个流亡破落户，怎么能劳得动圣上在日理万机中亲自安排呢？让他多活几天少活几天，又碍得了圣上的眼吗？韦温雪是圣上这边的人质，只有想谋反的人，才会杀了人质。"

宋有杏将头垂得更低了。

一旦细想，翁明水那套说辞处处是破绽，而他偏偏被骗得团团转。

今日，便是他的死期了。

"但我相信，韦温雪不是你杀的。"

一瞬间，宋有杏身上的血液都凝住了，他愣愣地盯着地板，不敢相信自己听到了什么。

"我现在也有点相信，或许整件事并不像我想的那么简单。"

宋有杏颤抖着抬起头："王……王将军，我终于说动你了，你终于肯相信我了——"

"不，我仍不信你，你的每一句说辞依然漏洞百出。但更奇怪的是，随着尸体的发现，原先我的推断也变得漏洞百出起来。"

王老将军盯着长桌上的白衣尸体，目光沉重而困惑："我不明白，我怎么都想不明白，他为什么会死。"

宋有杏眼看事情似有转机，连忙开口："因为翁明水要谋反！韦温雪是我们的人质，杜路是为了保韦温雪才答应上路去救张蝶城的，翁明水想破坏营救计划，便假借着圣上的名义把韦温雪弄出来杀了——"

"那为什么要暴尸？"

王念拉开死者的双手，眉头愈皱："如果真按你说的，翁明水如此心机手段，杀杜路于无形之中丝毫不留证据，那么到了韦温雪这里，为什么要把尸体扔在自家草庐旁附近，生生留下这么大一个物证呢！你看尸体的手指间，干干净净，没有一丝土屑，说明杀人者从一开始就没想过要埋尸，明目张胆地暴尸于野！"

"那王将军你还是怀疑我了——"

"不可能是你。"

"为……为什么——"

"因为我在草庐中逮捕你的那天晚上，走的也是这条路。那是三天前，你白天下令让黄指挥使寻找翁明水，士兵们在城门和草庐间来来回回好几趟，愣是没有一个人发现尸体；晚上我抓你时带兵走过那里，也没有一个人注意到尸体。所以很有可能，那个时候路上根本就没尸体。"

"什么！"

"今天是冬月三十，那天是冬月二十七，弃尸是在这三天中发生的。而你这三天三夜都被关在扬州地牢内，没法送消息给手下人，做不成这样的事。那么在这三天里，到底是谁弃的尸？我刚刚想过会不会是你还有谋反的同伙，他们眼看你被关押，为了迷惑我而专门抛尸——"

"我没有同伙，谋反的不是我！"

"你即使真有同伙，也不可能这个时候弃尸。韦温雪是你关进牢里的，他死了，所有人都会怀疑是你杀了人质，暴尸只会加重你的嫌疑。更蹊跷的是，弃尸的不是你，杀人的更不是你，因为我能看出来：韦温雪是在两天内被杀的！"

宋有杏这回真跳了起来："不可能！翁明水冬月二十四带走了韦温雪，他明明六天前就杀了韦温雪！"

"你没上过战场，你不知道人腐烂时是什么样子，看看韦无寒这张完整的脸，胸前血还没招虫，尸体还未腐烂，种种迹象说明他的死亡时间就是最近两天。

"也就是说，在你被收押入狱之后，有人杀了韦温雪专门暴尸于野，故意加罪给你，把你谋反的嫌疑坐得更实。可那人万万没想到，我是个老兵，一眼就看出了韦温雪是两天内遇害的，这就有了三个漏洞：第一，你这三天都被关在牢中，做不成这样的事；第二，假如是你同伙杀了韦温雪，又为什么要明目张胆地暴尸，坐实你的嫌疑？第三，杜路四天前已经死了，韦温雪作为一个人质已经没用了，为什么要在杜路死之后才杀韦温雪？

"这件事蹊跷的关键就在这里，韦温雪为什么会死？杀他有什么用？为什么要暴尸？我想来想去，只能想出嫁祸给你这样一种动机。"

宋有杏愣在那儿。翁明水六天前就带走了韦温雪，三天前就逃出了扬州，但韦温雪最近两天才死，尸体直接扔在了翁明水草庐旁的野地里，这也……太古怪了。

杀人弃尸的到底是谁？

王念大手抚上尸体的脸，为韦温雪合上了双眼，不由得叹息道："这张脸啊，十四年前我还是羽林军中的小什长，淑德太后常召韦温雪入宫，他穿过宫殿中高高低低的红楼，所有人的眼都往他身上看。后来他年纪轻轻就被满门抄斩，新朝里没人记得他，我压根没想过能再见到他，更没想过再见时他已经是这般模样。唯有这张脸，还是让人看一眼就忘不了。你要庆幸，死的人是他，我一眼就认出来了这张脸，否则你今夜就是刀下亡魂了。"

宋有杏一怔，登时语无伦次："王将军，你……你是说——"

"我明天早上杀你。"

宋有杏又落回了椅子上。

"圣旨不可违，斩立决已到，我不可能刀下留你，除非有新的圣旨。"

宋有杏头垂在阴影中，喃喃道："圣旨一来一回要三天三夜——"

王念摇头："我没法留你那么久，那是抗旨，但我可以多给你一夜时间。"

"一晚上能干得了什么？"

"写供书。"

宋有杏苦笑出泪："我明白了，王将军你素来谨慎，如今事有蹊跷，可你不敢抗旨保我，便想留个笔供，以防日后你难做人。"

"不光是为了我，也是为了你自己。"王念望着他，"答春，这几张纸，就是你身后的清白声名。若你真是含冤而死，文字会替你告诉世人真相。"

宋有杏低头，泪溅了下去。

"你要快点写。"王念别过眼，"现在离天亮还有四个时辰，太阳一升起来，我就再也留不住你了。今夜你能写多少写多少，把想说的话都写出来，明日虎头铡上莫留怨怼。"

这一夜，官兵们踏着雕花台阶冲进了朱门，查抄宋府，四处缉拿，一时间众人乱如蹿蚁，女眷啼哭，连绵火把的影子在琉璃影壁上晃荡。

与此同时，一灯如豆的冰冷狱室中，宋有杏掌心渗血的手伸向毛笔，颤抖着抓起，俯下身在纸上狂笔直书。

他从来没有如此痛苦地写字。

如此迫切，如此倾尽全力，仿佛燃尽生命在写，写字写得生命越来越短，每写出一笔时间都在无情地消逝。

血滴落在纸面上，一声又一声。

他却将笔握得更紧，奋笔写得更快，没有泪，没有恨，只是死死盯着眼前一方白纸，仿佛在狭小寂静的囚室中与无限宇宙对望，笔杆挥动，呼起星尘海啸千丈。

万千朝代瞬息湮灭，代代美人成白骨，一阵黄沙罡风吹遍空荒城，他会死去，而文字将与时间为敌。

这一刻，积雪多年的冰原上，"沙沙沙"的笔声如同万天雷鸣，他和囚室中的宇宙对望、凝冻，在月塘色的星球上凝成两片玻璃的剪纸。这短暂的、易逝的、无常的空间与时间，在书写中凝冻成一片漫长的冰河，冻着漫天鼓声和囚室中还未消逝的生命。

这短暂的一刻，这晶莹的一刻，将凝冻成一个永恒的世代，一粒晶莹渺小的、却包纳世间一切盛烈感情的芥子。这粒凝冻的芥子将被几月几年、世世代代地传递，等待千年后被打开，这凝冻一幕便蓦然融化，后人翻着书页，看见年轻的史官手掌流着血在囚室中奋笔疾书，他的冤屈，他的悲哀，他天亮时就要走向刑场的恐惧，他在百口莫辩中用沙沙沙的纸笔声嘶力竭地呐喊，读到的人都会懂的，读到的人都会懂的。

千百代的后人都会为他哀悼。

尽管那时，他早已是一片玻璃的剪纸。

但在这片月塘色冰原的漫天鼓声中，他释然了，他想起了子犯和钟。那巨大而锈迹斑斑的八件青铜编钟上刻满了晋文公重耳的故事，在最小的编钟的最后一列，子犯刻道：

"万年无疆，子子孙孙，永宝用乐。"

世上唯一能对抗时间的，就是文字。

世人皆死，而我将被铭记。

文字会在天地间立起巨灵的神像，任千里森林上拱成冰峰万座火山下沉悬于幽蓝深海，任万亿代婴孩啼哭着降世又蜷缩着在土地中腐烂，春风在死亡中吹起绿色的洪水，我的故事被刻在矗立的神像上，永世无疆。

以书写凝冻短暂的时刻，以此保鲜千年。

以文字对抗时间，成为不朽。

由此，渺小的我能在浩渺宇宙无尽时空面前，使自己刹那的冤屈和卑微的爱恨成为永恒。

沙沙声中，鲜血滴满几案，而他不知痛不知冷更听不见了几更钟，俯身按着渐薄的白纸堆，挥墨淋漓。

"王将军！大事不好了，您快去宋府，小的们在那里搜到了一个满是血迹的房间！"

王念站起身一把推开了屋门："怎么回事？"

外面天还黑着，两位士兵举着火把站在门前，带着狂奔后的喘气："宋有杏家里有一间偏僻的厢房，门上锁着好几把大锁。兄弟们一时疑心，撞开门就看见了满屋子的血，地上桌子上到处都是。胆大的走进去一看，血泊里还躺着一只鞋！"

后面那兵又补充道："最古怪的是，屋里有一个比棺材还大的木箱，里面装满了大冰块，这两日天气暖，融得只剩一半了，融化的冰水就冲进血泊里，那鞋都快漂起来了。"

鞋……冰块……

王念眉心一跳，突然大步跨出了房门，怒声道："带路！快带路！"

宋府内。

站在血淋淋的房间里，众人面面相觑，向来沉稳的老将军经历了今晚的第二次暴怒，握拳的指甲几乎要刺入手心。

那个今夜踩到尸体的新兵被叫了过来，提着那只浸满血的鞋，几乎不敢看王念的脸："将军，这鞋和尸体脚上那只鞋子……好像是一对。"

王念不语，沉重的目光落在那半箱冰块上。

"小的们问过了，是宋有杏六天前吩咐下人们买了两百斤的大冰块，下人们照做了，也不知道大冬天买冰块是干什么用的。"

大冬天买冰块是干什么用的……还能是干什么用的，当然是藏尸用的！

王念盯着那比棺材还长的大箱子，几乎要被气笑了，一时竟不知自己是该佩服宋有杏的聪明，还是该愤怒自己上了他一次当还不行，居然还敢相信他第二回。若是自己今晚再心软一点，说不定还真的对宋有杏法外开恩了！

"可那人万万没想到，我是个老兵，一眼就看出了韦温雪是两天内遇害的……"王念想起刚刚自己说话时的自得，又想起自己洋洋洒洒的满篇推论，双拳握得愈紧，那时表面上瑟瑟发抖的宋有杏，心里一定在窃笑吧。

事情就是这么简单，宋有杏六天前就杀了人质韦温雪，藏尸在木箱冰块中。后来，沉船的事情败露，宋有杏被收押入狱，他的同伙为了迷惑王念，故意暴尸在草庐旁边，宋有杏今夜引他过去发现尸体。而因为尸体一直藏在冰块中保鲜，所以他才会以为韦温雪死在两日内，不是牢中宋有杏做的事，这才推理出了那么多矛盾的地方。

宋有杏怎么不知道他是个老兵，宋有杏恰恰就是在利用这一点！冰块藏尸，先混淆他对死亡时间的判断，再利用这三天的牢狱关押来撇清嫌疑。若不是今夜抄家撞见房中的古怪，他还真就被宋有杏糊弄过去了！

王念思即如此不禁庆幸：宋有杏如此诡计多端，幸亏圣上敏锐，从盐船就看出不对，否则这次沉船还真能让宋有杏用天灾水祸的名头糊弄过去！

十年了，今晚他们终于抓出了第一个证据确凿的谋反者，当务之急是在同根蛊期满前将他们一网打尽。王念思即如此，厉声问道：

"府中人都收押完毕了吗？"

"回将军，都收押完了，除了一个叫怜儿的婢女，她今天早上请假回家了。"

狱室中，宋有杏用流血的手掌奋笔疾书，写到动情处，写得浑身发颤。

寂寂的熹光，在天外亮了起来。

一张张血墨淋漓的白纸，铺满了长桌。

他写完了，坐在长桌前，只想大哭一场，不是因为冤屈，而是因为世间怎么会有这样好的东西，文字怎么会这样伟大。

马上走向死亡的宋有杏与满桌纸页对望，已然在积满白雪的冰原上看见了永恒的倒影，他们将凝成一片月塘色的宇宙，冻成一粒晶莹剔透的芥子，轮回百世，辗转书册，却依旧鲜活如初，千年后打开的一刹迸溅光芒耀眼如陨石撞向燃烧的星辰，文章千古事，诞生之日天地为之惊动鬼神风雨夜哭，他听见了，他面对着满桌纸页浑身发颤。

竟然是自己，竟然是自己落的笔。

他无悔了，这一刻，甚至连死亡、冤屈和理解与否都不再重要了。他注定要被铭记，注定要在后世文集中孤篇与所有人类天才光芒的名字为邻。就在这冰冷囚室的最后四个时辰中，就在面前这血墨未干的纸页间，一切已落笔注定。

他将成为永恒。

这片积满白雪的冰原却在猛然间碎裂，飞荡的纸屑间，宋有杏惊愕地抬头，却望见了王念盛怒的脸，喘着粗气的胸膛前单手提着银色的长剑。

"谎话说第一遍，第二遍，还能再说第三遍吗！"在宋有杏还未反应过来的瞬间，王念再次提剑狂砍，银色的惊蛰瞬间将盖满长桌的白纸劈成一阵飘荡的细雪，洋洋洒洒分落于二人之间。

宋有杏怔怔地望着。

恍惚间，他仿佛看见多年前的筵席上，诗卷"哐当"一声砸进满地金油粉肉，酒浇了下来，湿透日日夜夜熬成的诗篇。

他几乎要喘不过气了，强烈的热流裹着满腹辛酸直冲胸间，鼻子里又酸又热，他不敢呼吸了。

细雪的对面，王念喘着粗气红着眼盯着他："满嘴谎话，不留也罢！来人，绑了他直接上虎头铡！"

顷刻间，狱卒们已冲了上去，五花大绑后推搡着他走出囚室。踉踉跄跄中，宋有杏奋力地扭头望向王念："那是我写了一夜的供书，你怎么能毁了它，怎么能毁了它!"

"圣上本来就令我收到金字牌后立刻诛杀你,他从不二审反贼。可我到底又被你说动了仁慈心,又怜惜你的才华,想让你多留些供纸,想着日后万一你真是冤枉,也好有昭雪之日。可事实证明老夫我真是走了眼,你三番五次戏弄我于股掌之上,连环谎话嘴硬到底。既然你谋反之心坚固如此,我便从了你的心愿,让你求仁得仁!"

"王将军——"

"来人!把他这谎话连篇的嘴堵上!算我好骗,昨天两次要动手杀你,都被你的巧舌如簧挡下了刀。今天我不会再听你一句谎话,也不会再自己动手,也不会再心软。狱卒们,直接把他绑在虎头铡上,一刀铡下脑袋,即刻行刑,今天就是神鬼都救不了他!"

宋有杏被塞住了嘴,被人推着走,脚步踉跄,宛如梦游。

满桌白纸被劈得粉碎的一刹,宋有杏一下子从漫天冰原永恒的幻象中跌落入残酷的消逝中,他要死了,像卑微的蝼蚁般无声无息地消逝。

他们毁了他的文章。

后世什么也看不到了,他的冤屈将无人知晓,他的嘶吼无人能听,囚室中月塘色的宇宙在寂静中炸裂出璀璨炫目的光波,而王念一柄银剑挥下,纸屑四荡,光芒四射的宇宙猝死于一片无可追迹的黑寂中,伟大的文字消逝于一片卑微的无声无息中。

再也不会有那么好的文章了,再也不会有了。

再也无人能看见那片宇宙了。

他好想停在这儿大哭一场,为自己而哭,也为星尘宇宙和身后的千世万代悲恸。

光芒从书册中消逝了,冰芥子无法穿过千年洪水,后人收不到了。

一行人已走出了位于南边的狱房,隔着仪门和戒石坊,衙门大堂在北,虎头铡就在大堂中央。

狱卒们推搡着他走上通往仪门的甬道,向北望去,虎头铡凛凛的刀光就在眼前。

他打了个哆嗦。

他终于从自我感动的悲恸中醒来,空气冻着他的耳朵,屋檐上传来鸟雀跃鸣,从北向南的穿堂风迎面而来,他闻到了刀和血腥的味道,在那间深广昏暗狰狞的庭牙内如有巨鬼张开血盆大口,他正一步步走进森白的牙林,巨鬼咔嚓合齿,嚼得骨髓血浆四溅。

仪门走过了。

他要死了，他要死了！

一种巨大的恐惧抓紧了他的心脏，他浑身哆哆嗦嗦，小腿僵硬着不肯再向前，却被人直接硬架了起来，粗鲁地拖着往前走。虎头铡锋利的刀刃越来越近，越来越近……

他像只被绑住的大公鸡扑腾着尖叫。

腥臭的麻布塞满口腔，狱卒们的大手硬压在他身上，像是万斤铁担，他被压住了脖子继续往前走，颤抖的绝望中，他突然想：

如果当初留在京口当个抄书匠，该有多好。

如果十六年前他没有去金陵那一场筵席，没有拜访翁宰相，没有步入官场，该有多好。

不曾在漫长的苦寒中呕心沥血读着圣人书，不曾觍着脸追在权贵身后怀牒自列，不曾在受辱后咬牙切齿；总是发奋，总是苦闷，总是心不甘而意难平，这些组成了他痛苦的青春；亦不曾华袍坐在长安金玉屋下听碧笙花落，不曾在明烛荧荧红裙飞舞中提笔写青史，不曾于金殿上言辞激昂指点帝王山河，意气风发地跨白马追逐着春景美梦，追功名、追富贵，更要追得青史千古名。

这一刻，他在断头台上醒来。

青衫破旧的老抄书匠坐在草庐的台阶上，牵着苍老的妻的手，夕阳渐沉，风摇茅草，他们望着彼此，突然笑了。

平平安安地过完一生，有人用温暖的手掌牵着你共赴死亡，他们在一张床上躺一辈子，拥抱在睡梦中，拥抱在坟墓里。

戒石坊走过了。

他们走进了大堂，虎头铡就在面前了，只剩六步、五步……宋有杏盯着越逼越近的凛凛刀光，眼前一片发黑。

天地间似有一本巨册，无形书页在他耳旁哗啦啦地翻动。

青年时他在苦闷中读书，读到李斯说"诟莫大于卑贱，而悲莫甚于穷困"时不禁潸然泪下，那时李斯还是个郡小吏，却下定决心去秦国施展一番宏图抱负，毅然辞别西行，因为他不能忍受在困苦中度过一生，不能容忍自己的生命被白白地空费。他读到"吾闻丈夫处世，当带金佩紫"时心头热血如波涛澎湃，赶紧刻写于书桌右侧，看书倦怠时便以此自励。草庐孤灯中，他读着书拍着腿，在幻梦与书页间大喜大悲地游历，金殿玉堂，长安春花，红粉鸳鸯温柔乡……

贫贱常思富贵，富贵必履危机。

多年后，李斯腰斩于咸阳，在行刑前的最后一刻，他转过头问身边的儿子："吾欲与若复牵黄犬俱出上蔡东门逐狡兔，岂可得乎？"

又是许多年后，诸葛长民被刘裕疑心，弟弟劝他赶紧造反，诸葛在要命的关头犹豫不决，最终叹道："今日欲为丹徒布衣，岂可得也？"

富贵大梦中，身周玉树、流光、鲜花、美眷，笑语盈盈，宾客满殿，醒时，方看清自己原来睡在一片白骨荒村。

假的，错的。

繁华大梦，怎么能把假当了真。

还剩三步……两步……一步。

他们站到了虎头铡前。

宋有杏挣扎着，扑腾着，身后有人一脚踢向膝盖，他痛叫着跪下，无数冰冷的手掌压着他的后颈，硬生生往下压，压到断头台上。坚硬的铡口冰着他的脖子，前后手脚被人按死在地上，他像只螃蟹似的趴在那儿，塞嘴无言，满面热泪。

"即刻行刑！"

头上传来了铡刀劈下来的风声。

他闭上了眼，发凉的后颈上等待冷刃劈下。

这一刹，千里之外，蜀地森森青山中。

醉倒在观星台上的青年突然一拍大腿，赞道："想得好，想得妙，要是十三年前我大师兄能有他一半的觉悟，我早就能回去了！"

眼睛圆溜溜的小女孩转头："仙哥哥，你在说什么？"

"我什么也没说。"他翻了个身，半眯着眼枕着酒壶嘟囔，抬起手指虚晃着往远处轻轻一指，"咦，东边有只灰鸽子飞过来了。"

第三十一章

"王将军快快住手！刀下留人——！"

就在刀刃劈下的冷风冲向后颈的一刹，衙门外突然传来了一声焦急的呐喊，有人扒着门缝冲大堂内吼道："宋有杏万万杀不得！"

悬空的铡刀一顿。

宋有杏还没来得及睁开眼，就听见头顶王念冰冷严厉的声音：

"门外无论何人嘈杂，通通不理，你们只管下刀，立刻行刑！"

223

已经被戏弄了三次之后，王念此刻是铁了心要快刀斩乱麻，唯恐眼前又是什么花招，他多留了宋有杏一夜已然是抗旨，此刻就是天王老子来了他也非得先按旨斩了宋有杏再说！

一声令下，铡刀再次高高推起，带着呼呼风声向下劈去——

门外人却急得叫了起来："快停手啊！王将军！公事！是公事！"

铡刀再次一顿。

"门外的人全部拘了，什么狗屁的公事，有圣旨吗？"王念眼皮都不抬，声音愈发冷硬，"都给我下刀！诛杀宋有杏是圣旨，现在谁停刀就是在抗旨。先杀了反贼，别的事都排后再说！"

冰冷的刀刃倏地劈下，宋有杏紧闭的眼皮一抖。

门外一片惊叫，衙役的吼叫声和门外人的呐喊混在一起，嘈杂得似要劈开世界，银刃却丝毫不受影响地笔直劈下——

"哗啦啦啦！"从门缝中，竟突然飞进来一纸金黄的文书！

铡刀却依然笔直地劈向了脖颈——

"哐当！"

温热的腥血在后颈上涌流，宋有杏趴在那儿，浑身发颤。

他颤抖着，颤抖着睁开双眼，不可思议地望着面前的人：王念正蹲在他面前，右臂上的肌肉虬结地发力握紧，手中银白的刀正垫在宋有杏和铡刀之间，握紧剑柄的大拇指已被铡刀切伤，坚硬的剑柄却仍死死撑起铡刀，卡住宋有杏的脑袋和铡刀的最后一丝距离。

就在刀落下的最后一刻，王念伸手，"哐当！"一声用剑柄挡住了宋有杏头上落下的铡刀。

在众人的惊呼中，王念一边因疼痛而喘息，一边死死盯住砸在地上的金黄文书，缓缓抬头：

"外面来的，到底是什么人！"

"回将军，是老老少少一大群人，昨天晚上从金陵来的，满城地找宋有杏。不知他们从哪儿知道宋有杏被押在地牢里，一大早就围在衙门口，刚刚什长说王将军行刑前要清场，小的们便把他们撵走，不知道他们怎么又绕回来了……"

"金陵来的？找宋有杏？"

"是的大人，他们自己是这么说的，说有要紧的公事非要见宋有杏。王将军，这些人还拘不拘？宋有杏还杀不杀？"

"杀不杀？"这是王念第二次被气笑了，"圣旨在这儿，我还怎么杀！"

众人倒吸一口冷气，这才反应过来，在刚刚的混乱之中，门外人从门缝里扔进来的金黄文书，分明竟是一方御中圣旨！

幸亏王将军眼力好反应快，这才在最后一刻伸手出剑，在刀底下救出宋有杏的脑袋！

在宋有杏的颤抖中，铡刀终于升起，王念用流血的手指收剑，缓缓站起身来，苍老而复杂的目光望着门外：

"金陵来的，你们到底是什么人！为什么要扔圣旨来救宋有杏！"

两扇森严的狱门徐徐打开，衙役推搡着门外那群人走了进来，王念顺着望过去——竟看见了一群八九品的小文官！

提灯的书童、形容枯槁的蓝衣老人、背着大书箱的青年们，个个风尘仆仆，神情焦急，紧张的目光转着头追着宋有杏，要不是衙役们推搡，他们看上去恨不得现在就扑到宋有杏身上。

一行人让人摸不着头脑。

为首的是一位留着山羊胡子的中年男人，手中烟杆还冒着青烟，半躬着身冲王念一拜，不太标准的官话说得很慢：

"王将军，先给您赔罪了，我们这些芝麻绿豆官，本是绝不该打搅您办案的，也绝没想过刀下救人，这完全是撞上了——"

"到底是怎么回事！"

"将军，这事一时说不清楚，您且先听我说完。"一行人已走到面前，中年男人又作揖道，"我们是金陵司户曹，十一天前突然收到长安宫中的一道圣旨，让我们调动全部人手紧急去查一个叫刘田好的人。"

张蝶城被劫持那天，身边十一个宫女全部被灭口，杀手却唯独放过了最后一个名叫玉儿的宫女，陛下怀疑其中有蹊跷。白侍卫审讯一夜，方问出玉儿原名刘明玉，金陵人，亲朋早亡，却唯有一个在十四年前失踪的弟弟，名叫刘田好，这个人成了劫持案的重点怀疑对象，陛下紧急传旨，令金陵司户曹调用人手全力搜查。这些事王念在长安时有所耳闻，此刻却不禁更为困惑：

"那你们不待在金陵好好查户籍，跑扬州来干吗？"

"将军您有所不知，我们查了五天五夜都没找到任何一对叫刘明玉刘田好的姐弟，直到发现了一张老契书，这才知道刘明玉刘田好原来世代是李家的奴仆，在大有二十七年五月七日那天，李家把他俩卖给了翁家。可问题来了：契书上只写了买主是翁家，没有写具体的名字。"

"那你们就去查姓翁的人家啊，跑我这里干吗！"

"回将军，我们查了自大有元年到东梁灭国这二十九年里金陵户籍上所有姓'翁'的人家，比对了浩如烟海的赋税县志，最后确定，大有二十七年买走刘氏姐弟的可能只有一个翁家：东梁宰相翁朱那一家。"

"那你们去找翁朱——"

"翁朱早死了！十四年前小杜灭梁那场战争中，他哥哥翁垩战死，逃难中儿女们死的死，失踪的失踪，赎回皇帝无望后，翁朱和他的门生们自杀殉国了，乱世之中，显赫家门尚且一夜衰颓，更何况两个寂寂无闻的小奴仆呢？自此之后，户籍上就再也找不到刘氏姐弟相关的东西了。"

"这……"王念老将军一怔，"这岂不是断了线索？"

"从记载中看，刘氏姐弟十五年前被买入翁家，而翁家在十四年前家破人亡，要想再打听刘氏姐弟的消息，就要找到当年翁朱的熟人，可东梁早已灭国，门生纷纷自杀，翁家后人不知所终，新世道里去哪儿再找一个认识东梁翁宰相的人呢？前天我们查到这儿时也陷入了绝望，唯有林老师不气馁，硬是连夜看完了四十年来翁朱主持的每一场春闱名目，这一查不当紧，竟发现了一个格外熟悉的名字！原来我们朝中大臣里，就藏着一位当年翁朱的门生！"

"那你们快去找这人啊！"

"对啊，所以我们来这儿了啊。"

"你是说——"

"是的，故纸堆中那位翁朱的小门生，此刻就在扬州，准确地说，他就在我们眼前。"山羊胡子抬头望向王念，"那人便是如今大名鼎鼎的御派江东巡抚——宋、有、杏。"

一阵飒飒的冷风，在青霜庭院间回荡。

所有人同时怔住。

天光中，那几个八九品的小官同时作揖，干瘦的老人低头道：

"下官不敢妨碍将军公务，但请将军刀下留情，让下官先审问宋有杏，待打听出十四年前翁朱府中刘田好的下落，再动刀不迟！"

王念微微眯眼：

"若我现在非得斩呢？"

干瘦老人仍拱手躬着身，不卑不亢道：

"圣旨上写，金陵司户曹全力以赴速查刘田好，百官协同，万事放行！此刻若是王将军执意要斩人，草民虽不敢言，纸笔却是无情。"

听了这话，王念不怒反笑：

"斩也是抗旨，不斩也是抗旨。此番情形，你们的纸笔须得写清楚。"

老人再拜：

"那是自然，请将军放心。"

王念收了刀，一个手势，满堂衙役狱卒便把五花大绑的宋有杏从铡刀下提溜了起来，后者还在浑身发颤，惊魂未定地盯着眼前人，似乎还不能理解眼前发生了什么。

冷风中热泪在颊上凝成冰河，摇晃间，他被提溜着扔进黑暗的房间，衙役告退，王念反手锁门，残蜡渐亮中一群人簇拥了上来，脑袋围成一圈俯视着宋有杏的脸。

山羊胡子的男人伸手捏住宋有杏的下巴，迎面大声喝道："嗬！你知道刘田好吗！"

宋有杏呆若木鸡地望着他。

"翁朱府中的小男孩，还有个姐姐。"他一把扯掉宋有杏口中的布条，"翁朱呢，翁朱你还记得吗？"

宋有杏仍一动不动地盯着他。

呆滞的眼神看见了怀中的金黄圣旨。

他突然疯狂地点头。

"我知道，我知道，我都说，我都说！"热乎乎的眼泪鼻涕甩得满面都是，宋有杏却只是抽搐般不停地点头，长发凌乱，带着哭腔大吼道，"求你们不要杀我！不要杀我！"

山羊胡子迟疑着，背后老人和书童交换了一个担忧的目光。

宋有杏却已不管不顾，双手紧紧攥住了山羊胡子怀中的圣旨，瑟瑟发抖地吼道："我都记得！我全记得！刘田好刘明玉，他们后来离开翁府去了另一家，买他们的新主人就是——"

一时间，所有人的目光都落在宋有杏身上。

他却猛地刹住了车。

满面泪痕凌乱中，他的目光却猛地清醒过来。

"他们的故事我全都知道，太长太复杂了。"宋有杏忍住全身的颤抖，缓缓松开了圣旨，面对着满屋一张张焦急的面孔，深深吸了一口气——

"我必须慢慢讲给你们听。"

登时，王念"刺啦！"一声拔出银白长剑，剑尖指着脖子吼道，"不要再耍花招了！现在就讲，他们后来去了哪里！"

银剑的冷光中，宋有杏的目光却愈发清醒。

"刘田好后来去了哪里？这要从十六年前讲起，"剑尖顶着脖子，宋有杏的声音却渐渐平静下来，他垂下眼，在众人焦急的目光中，缓缓讲出那个在心底藏了十六年的故事：

"那是一个初夏夜，明灯荧荧，宰相翁朱家里举办了一场盛大的筵席，就在那场筵席上，我第一次遇见刘田好。彼时，我只是一个怀牒自列的穷书生，刚从京口来到金陵……"

"念恩，你照顾好自己，我得去找聂君了。"

森森青山弥漫着清晨的白雾，浑身酒味的青年单手抓着那只灰鸽，展开信纸，盯着上面的字，双目中是少有的清醒。

"李大仙，到底怎么回事呀？"

"跟你说不清楚，我和聂君得向东出发去救人了。唉，我这个大师兄，真是麻烦得很啊。"

话音还未落，青年抓着鸽子一跃而起，跳下观星台，跌跌撞撞地往山下跑去。

千里之外，宋有杏的故事还在娓娓道来，除了隐去了当年翁明水小小的身影，十六年前筵席上发生的一切都照实讲着：

"……就这样，只是因为刘明玉唱了两遍韦温雪的词，大醉的翁宰相被彻底激怒，当场把刘氏姐弟逐出了翁府。这对姐弟很快被卖给了新主人，那人就是——"

霎时，围成一圈的脑袋全都屏住了呼吸。

宋有杏却突然站起身来，梗着脖子猛地大声喊道：

"剩下的事我不说了！你们要想知道刘田好的下落，就把我送回长安，我要亲自进宫跟圣上说！"

这话一出，众人惊得大眼瞪小眼，山羊胡子更是"哐当！"一声惊掉了手中的圣旨，顾不得拾圣旨，他反手操着烟杆冲了上去，揪住宋有杏的领子恨不得往他脑袋上暴敲一顿，敲出他后面的话。

宋有杏赶紧抱头蹲下。

七嘴八舌的威胁声中，他蹲在人群的腿林间一动不动，像块茅坑里的臭硬石头，梗着脖子吼道："要杀要剐随你们便！反正老子不说了！"

王念气得喘粗气，手中长剑"哗啦"一声架在脖子上。

已然三番五次被刀架在脖子上威胁惯了，宋有杏此刻连头都没抬，盯着地面一双双鞋吼道："杀我啊，杀了我你们自己去查刘田好啊！还有九天，快去查啊！"

228

王念气得把剑往前一推，众人吓得赶紧拦住，这边好不容易夺下了王念的剑，那边宋有杏还在梗着脖子吼："杀啊！你杀啊！"

他躬着脊背，像是一头被逼进绝路的豹子，抬头与身周每一个人对峙，满脸血泪斑斑。

总是遇事慌张，总是把他人当作救命稻草，即使在含冤走上断头台时也只会痴痴寄希望于一纸文书有日昭雪，这个一辈子唯唯诺诺的文官，此刻却像是换了一个人，用疯狂而坚定的眼神死死盯着每一个人，眼中燃着鱼死网破的火焰。

千丈悬崖上最后一米，野兽猛地转身，巨吼一声踏石而起，森白的獠牙扑向围成一圈的猎人。

猎人在这一刹扔了武器退后，所有的虚张声势登时轰塌。

"都找了十一天了，我他妈——"山羊胡子抓着自己的满头乱发破口大骂，又猛地松开头发，冲过去攥住宋有杏的肩膀使劲儿摇晃，"我他妈求你了行不行，宋大人，宋大爷，求你开开金口再说几句当年的事，那场筵席结束之后，刘田好到底被卖到哪里了！"

宋有杏仍躬着脊背，浑身每一寸肌肉都汗淋淋地绷紧。

"你怕死吗？"他梗着脖子盯着山羊胡子，"我现在不怕了，我横竖都是一死，何况死了还能拉你们当垫背。九天之内你们要是查不到刘田好的下落，一群人脑袋落下碗大的疤。上断头台的时候可别忘了参王将军一本，要知道是他枉杀了我，才害得你们找不到刘田好，也掉脑袋！

"妈的！你——"

山羊胡子跺脚大骂却说不出话了，转身看见王念将军的脸色早已铁青。

一直站在后面的蓝衣老人悄悄扯了王念的衣襟，耳语道："王将军，你看当下的情形，上刑能审出来吗？"

"怎么审？"王念的脸色愈发难看，"他现在明白过来了，就指着那一句话活下去，怪就怪在你进门说漏的那一嘴！"

"是草民的错。"

"审出来倒好，要是死鸭子嘴硬审不出来怎么办？到时候半死不活耗上几天，我这儿是抗旨保贼，你那儿是办事不力，掉脑袋事小，要是——"

要是九天后没救回张蝶城，整个天下就全乱套了！

盐船已经沉了，沿江搜救至今无果，用杜路换回张蝶城的计划行不通了；蜀地的搜查毫无进展，根本连作乱者的人影都没摸到；唯有疑犯刘田好的下落近在眼前，可唯一的知情人宋有杏已被皇帝下令斩立决。更何况，宋有杏本身就是反贼一员……

王念思即如此，突然豁然开朗：

宋有杏如果真在谋反，那宋有杏就该知道其他反贼成员的下落！他虽然审不出宋有杏，可若是移交给长安，宫中人用药用刑总有办法审出真话来。

如今杜路已死，搜查无果，只剩刘田好和宋有杏这两条线索了。此刻杀了宋有杏，不异于自蒙双目。不如赌一把，真把宋有杏押送到长安，同时在东南这边加紧寻找那个失踪的翁明水……等等，他叫翁……

"如今两旨相掣，不如将军传信给长安，请陛下定夺？"

耳旁一声响，脑中思绪顿时消散，王念抬头望见满屋小官等待的目光，略一沉思，道：

"你们也写，我们两封信放在一起寄出去，同时传回长安。至于宋有杏——"

王念用浑浊的双目上下打量着绑紧全身的宋有杏，后者用疯狂坚定的目光死死盯着他。两人对峙了一会儿，终于王念别过了眼，松口道：

"他既然这么想去长安，就把他装进麻袋里放在疯马上，一路随着两封信一起邮回去！"

沙沙沙的纸笔声中，王念和山羊胡子坐在长桌两侧低头挥墨写信，门外喂着驿马准备上路，趁着这点空闲，宋有杏被紧急押入宋府，脱掉带血的薄囚衣，换上一身能御寒的旧棉裘——已经是腊月，一路上疯马疾行冷风砭骨，冻死他事小，耽误了传信可是谁都担不起责。

"我去书房拿个帽子，马上出来！"

趁着拿帽子的机会，宋有杏一把撕开了书房门上的封条，闪身走进十二扇的金红大屏风。他在书柜前蹲下身，十指飞动，在一沓沓纸堆史稿中疯狂翻找，双目含满红血丝，死死盯着变动的文字。

终于，他看见了"翁明水，字映光，朱第七子……"这一行字！

他哗啦一声抽出这一沓纸，上面墨迹淋漓，正是八天前他下笔写了一整夜的翁家旧事！

他赶紧把这些纸稿藏进亵衣中，贴近怦怦跳的心脏。

幸好，幸好没被人发现！

他擦了一把额头的汗，戴上帽子，刚往前走了几步，突然停住：

长长的宫灯流苏下，枯萎的丽格海棠旁，一格格金边蓝底牡丹的平棋正俯视着桌上一张白纸，纸上水墨晕染，写道：

宋有杏望了一会儿，突然抓起这张纸，"刺啦"一声撕得粉碎。

给他等着，都给他等着。

碎纸飘落中，他摔门走出了书房，和两封信一起被送上了奔向长安的疯马。

清晨雪白的冷雾中，王念和司户曹的一群小官目送着疾马离开扬州。

两刻钟后，临时休息的卧房内。

王念松了衣扣，一边揉着因整夜没合眼而发胀的眉心，一边回想着这一夜发生的种种古怪。

突然，揉着眉心的手顿住了：

翁明水……那书生叫翁明水……姓翁……

第一次审讯中宋有杏那套虚虚实实的话在耳旁回荡，终止于那句："翁书生是我恩师唯一活下来的儿子。"

翁明水是宋有杏老师的儿子，而宋有杏第一场春闱的主持是翁朱，翁明水、翁朱……多明显的关系摆在眼前！为什么还是让宋有杏钻了空子！

王念登时拍案而起，气得大口大口喘气：

原来翁明水就是翁朱的儿子！

那群金陵司户曹的人之所以找不到翁家的后人，是因为唯一活着的翁明水去了扬州！

要打听翁家小仆人的去处，哪里求得着一个八竿子远的宋有杏，明明可以去直接问翁明水的！

宋有杏心里跟明镜似的，他为了保命，故意瞒下来翁明水和翁家这层关系，让所有人误以为只有宋有杏才知道刘田好的去处，生生在斩立决的圣旨之下保住自己一条命！

早已失踪的翁书生，古怪的尸体……王念再也顾不得休息，冲出门外，跨上马去找黄指挥使。

已经整整找了四天五夜，黄指挥使那边却还是一筹莫展。王念让他加大人手继续找，把翁明水和杜路白羽的画像一起沿江发放下去，任何一个渡口关卡城门都不能放过。

如果真如宋有杏所说，翁明水手握禁中玉牌是皇帝的暗探，那事情可要麻烦多了……

第三十二章

白侍卫真担心杜路会死在今天。

此刻，就在熹光照亮大地的这一刻，驮着宋有杏的疯马从扬州向北，往长安狂奔；聂君和李鹤驾着马车，从蜀地向东奔向鄱阳湖救人；翁明水和老板从扬州向西，也奔向鄱阳湖救人；鄱阳湖上狂风怒浪，千百只小船还正不懈搜救。而杜路和白羽，即将到达夏口。

这是杜路吃下回天丹的第五天。

金光明媚的田野小道上，杜路越走越慢，单手掩住口鼻间冒出的一连串白汽，眼皮早已耷拉着。

白侍卫看在眼里，心中焦急。

药力在慢慢散尽，杜路开始感到疲惫了。一旦丹药完全失效，他浑身的力气会被瞬间抽空，如同苗药下疯跑三个时辰的马一样彻底透支。船中那次发病杜路就咳血昏迷了两天，此次衰竭的后果更是不堪设想。

他们现在离夏口只有六十里了，可他们没有马也没有车，已经靠着两条腿在寒风中走了一整夜，走得冬衣湿透。白羽心急如焚，却只能跟着杜路慢慢前进，他不知道杜路还能走多久，还能撑多久。

必须在药力失效前走到夏口，找到湖北巡抚，他们才能得救。

否则，杜路可能真的会死在这短短六十里路上。

白羽已经开始后悔了。

他不该给杜路吃那粒回天丹。可他还能怎么办呢？病魔、沉船、冰湖、回天丹，一切的天灾人祸都让杜路赶上了。似乎全世界的一风一息都在和杜路的生命为敌，种种力量都在阻止着他们到达四川，他们越往西走，死亡的阴影就越笼罩在杜路头顶，这是躲得过初一躲不过十五的事情。

六十里路，只剩六十里了。在离开神庙之后的四天里，他们躲避着宋有杏的搜查一路北行，靠着驴车和双脚走过了广济、阳新、大冶和武昌。此刻夏口仿佛近在眼前，又在杜路的喘气声中那样遥不可及。

清晨的金光越升越高，他们必须咬着牙在太阳底下走下去，无论再累再困，都必须走下去。

枯黄田野上空一片晴蓝，杜路单手扯着有点紧的衣领，出声打破了沉默：

"我一直在想，你的父母是谁。"

白羽抬头，望见漫天蓝色上大片大片的白云，金光朦胧，清风吹动额上的碎发，他轻轻吁了口气：

"你不用知道。"

白羽已下定决心了，把所有往事的委屈和痛苦都锁在心底，不要再让杜路知道。

每想起这些痛苦的往事时，他虽然会暗自怨恨；但当他看见杜路因为这些事而痛苦时，他也并不好受。

"可是我——"

"你不要问了。"白羽瞥过眼，"保存体力，快点赶路，我们必须在今夜之前走到夏口。"

否则，你可能再也走不到了。

金光中大风吹荡枯草地，少年垂下眼，藏住心底的一片担忧。

万物的灰影在大地上摇晃，晴蓝天幕上大片大片云朵连绵，更远处，天尽头连着长长的野草路。

他们一路走远。

从清晨走到黄昏，路过山丘和湖泊，光亮了，光暗了。

野麦寂寂。

广济，五丈河口。

傍晚红霞金光中黑漆漆的渡头，几个人坐在那儿苦等，支着头望着金光灿烂的河水缓缓流动。

一辆风尘仆仆的马车，在渡头前停住。

扎着红头绳的小女孩百无聊赖地回头，看见车帘猛地拉开，一位黑眸红唇的青衣书生跳了出来。

"翁公子？"她惊得脱口而出，"你怎么来这儿了？老板呢？"

书生指了指身后的车厢。

他还来不及说话，车帘后便传出一声沉沉的低音："不错啊，你们一个个都活得好好的。"

一声落下，坐在渡头上望着河水的几个人纷纷回头，一看见马车，登时惊得几乎要跳起来。

"老……老板？"方诺揉了揉灿烂金光中昏花的眼睛，"翁公子，你和老板怎么会来得这么快？"

"还不是多亏了温八的产业。他生意做得可真大，扬州、金陵、当涂、池州、浔阳，这一路我们都是用他的青楼酒馆赌坊来帮忙换马。他这些年赚得委实不少，可惜落得个暴尸野地的下场，也算是我对不起他。"翁明水抱臂倚着车说道，黑眸带着冷意望向他们，"我和老板跑死了几匹马终于赶了过来，你们一群人，就天天坐在这儿看太阳？"

方诺一惊，跳起来连忙摆手："翁公子你误会了，不是这样的，是那天晚上有人和白侍卫说了，让他上岸后带着杜路来五丈河河口汇合，我们是专门在这儿等他们，也给老板留下了记号——"

"等他们？"车厢内的男人几乎要被逗笑了，"五天过去了，你们就坐在这儿，等他们从湖底下自己游出来？"

方诺正欲再言，被翁明水冰冷的眼神止住："老板精心准备了三年，才修整出那样一艘铁钉双底的巨船。他也信任你来当船长，要你一路上负责杜路的医药，并事无巨细一日三次汇报给扬州，白鸽送明信给宋有杏，花鸽送暗信给我。老板专门嘱咐你，船上用的每一人都必须知根知底，经过仔细检查并且有熟人担保，水手只能在船篷休息，隔绝与杜路的接触。此外，还要安插六名自幼习武的小孩，佯装嬉戏来监视船上的每一个人。离开扬州时，你是怎样拍着胸膛答应老板的，你都忘记了吗？怎么才航行了三天，那艘大船就能被你折腾得生生沉了？"

方诺登时赧颜，低着头说不出话来。

他身旁，绿衣小厮打扮的青年站起身，解释道："翁公子，真不是船长的错，是所有人都没想到，有人居然在杜将军门外上了一把黄铜大锁……"

他一五一十，把沉船当夜的来龙去脉都复述了一遍。整艘船航行需要四五十个水手，只能大量雇临时工。为了安全，老板规定所有船员都只能在船篷中休息，同时为了防止舱里藏人，甲板下只设了三个完全封闭的小房间，分别是方诺的房间、杜路的房间和储物的伙房。平日里，这样的设计确实能避免旁人接触杜路，但成也萧何败也萧何，那天晚上，这样的设计恰恰杜绝了旁人经过杜路的门前，以至于直到沉船的时候，才发现杜路门上竟早已挂好了一把巨锁！

而那一刻，离大船倾覆只剩刹那。

鸟笼摔得粉碎，白鸽呼啦啦盘旋而出，那群临时雇来的水手在晃动的甲板上抢夺着羊皮筏，天摇地转中，方诺还在紧紧扒着杜路的舱门声嘶力竭地呼救，积水冲向胸前，死亡阴影咆哮而下的那一刹，他们只能先把船长拉出去，给六个小孩放好筏子。

而在轰隆下坠的一刻，涕泪满面的船长还不忘冲向鸟笼，放走了全部花鸽，飞去给扬州翁明水报信。

那夜确实是他们疏忽了，可错误的根源不在船长，而在于老板让所有人住进船篷的规定。

老板实在太过谨慎，他不放心方诺以外的任何人，更不愿有任何人住在杜路隔壁。可倘若他从一开始就在甲板下多建几个房间，多安排几个人住在舱里，也就不至于此。

翁明水听完他这一番解释，眸中的寒意却又冷了几分：

"你们自己连这点小事都防不住，怎么还怪到了老板头上？"

青衣小厮直着脖子说："我们老老实实地听话不进舱，哪想得到有人会从门外锁门？"

"后来呢，杜路被锁着沉下去了？"

金光的黑影中，青衣小厮沉默着，低下了头：

"我不知道。"

帘后呼吸声猛地凝重。

大片大片血红的晚霞中，万物沉默，车厢中传出了大口大口的喘气声，又生生压抑着，在胸膛中强忍住。

"老板——"翁明水担忧地喊，他拉开了车帘往里面望去，"人死不能复生，你还有大事要做——"

手指颤抖着攥紧，眼中带着水光抬头，无数风暴在颤抖的瞳仁上酿成雷霆大雨，老板用这样的眼神盯着他。

他永远忘不了这个眼神。

翁明水垂眼，轻轻放下了车帘。

沉默中，所有人将头埋得更低。

"不！不是这样的！"红头绳的小女孩急得跳了起来，"我发誓杜路没死，那天晚上我真见到他了！"

帘后人颤了一下。

"沉船之后，我抱着一块木板和别人漂散了，突然一抬头，看见黑漆漆的湖面上一身显眼的白衣，那小侍卫正抱着两个大木箱子，拉着昏迷的杜路趴在一个箱子上面，两个人正在浮水！我不知道他们是怎么逃出来的，但我发誓我真的见到他们了！"小女孩的尖嗓子急冲冲的，"我赶紧冲他们喊，让他们来广济县五丈河口汇合。虽然只喊了一句我们就被大浪打散了，但是小侍卫确实听见了，他的表情变了。"

翁明水问："你怎么确信他会来找你们？"

"小侍卫一上岸，肯定得带着杜路来找我们，因为杜路没力气走远，他被冷水泡了一夜肯定会发病，小侍卫要想救他，在这样人生地不熟的荒村里只能来找我们帮忙。"红头绳小女孩焦急地盯着车厢，"老板，是我让船长在这儿等着的，我们人手太少，只敢派出三个人在这附近搜查，其他人日夜不停地坐在这儿等着，唯恐一眨眼就错过杜路。只是不知道为什么，五天过去了白侍卫一直没有来，船长都开始怀疑我在说假话了，可我真的见过他们……"

小女孩的尖嗓子说个不停，旁人在夕阳中低着头，翁明水沉默着望向车帘，目光担忧。

他们都知道这意味着什么：杜路趴在木箱上时已然昏迷，在寒冬冷水中又泡了一夜。诚如小女孩所言，如果上岸后白侍卫要想救杜路，就只能来五丈河找方诺。如今五天过去了，白侍卫没来，那便是杜路……已经没法救了。

他那样油尽灯枯的身体，就算真的侥幸游上了岸，又能支撑多久？

在无望中死去，像一条搁浅后渐渐干涸的鱼。

翁明水不忍再想下去了，他望着面前厚重的车帘，不敢再掀开，不愿看见帘后人在这一刻的神情。

夕阳璀璨的光芒似拖着长长的尾巴，漫天红鲤在透明缸中旋转，缓缓俯向大地，游隼惊飞，漆黑的阴影浸染平原的尽头。

漫天光影拂动中，所有人僵在原地，低头等待着。

车中人却一言不发。

方诺再也忍受不了这样的沉默了："老板，我们在这儿等着就够了，你快去做别的事吧，四川还需要你。"

帘后，那声音干涩地开口，低低沉沉：

"如果不是因为我，他就不会死，是不是？"

"老板——"

"我这一生从不觉得自己错过，可现在，我有点后悔了。"

方诺说不出话了。

他们站在黄昏的冰冷中，黑暗在原野上浮浮沉沉地游荡，狂风中大片荒草巨鸣齐响，海底般幽寂。

"船长！我们回来了！"

就在这一刻，衰草连天的地尽头突然传来几个人狂奔的脚步声，一边跑一边在风声中大声喊："找到了！你们快来看找到了什么！"

霎时，紧闭的车帘挑开了一条缝。

在原野最后一丝暗淡的光芒下，方诺定睛望去：正是先前派去搜查的三个人！他登时喜不自禁，顾不得腰间层层肥肉的颠簸，冲着三个人奔了过去，边跑边吼：

"你们找到了什么！"

"两个大木箱！"

荒野的中央，矮胖船长站住，定定地望着水手们怀中的木箱：樟木仔细刷着黑漆，又用榄糖刷过几遍，防虫防水，正是先前杜路带上船的行李！

"你们在哪里发现的？杜路人呢？"

"回船长，是在浔阳远郊一个荒废的神庙里看见的，地上有这两个箱子，一篝烧黑的灰烬，还有许多凌乱的脚印，但人却早已不见了。想必是白侍卫和杜路逃出湖水后，在神庙中烤干了衣服，扔了木箱，又继续上路了。"

"那他们为什么不来五丈河找我们？"

"我们几个弟兄沿路打听，发现他们不仅没来找船长，也根本没求助当地的官府，长安下旨让封锁江面寻找白侍卫，扬州那边也传画像过来搜救两人，现在每个关口都查得严严实实，却没人查到两个人去了哪里。"

"他们既然活着，却既没有找我们，也没有找官府？这……"方诺一时噎住，"这也太奇怪了吧。"

"是啊，我们都在怀疑杜路和白侍卫已经放弃了去四川，各自逃命了。"

方诺接过木箱，与水手们面面相觑。

"不。"

车厢内，传来了轻轻的声音：

"那个傻子不会放弃，他答应的事，从来没有放弃过。"

翁明水迟疑地开口："可是——"

"我们得快去找他，天这么冷，没水没食，他那样的身体状况，真不知道是怎么熬过的这五天。映光你快上车，我们现在就走！"

"可是我们去哪儿找他？"

"夏口。"

"夏口还有四五百里远，他那样的身体，怎么可能会去那里？"

"因为湖北巡抚驻扎在夏口，白侍卫一定会带他去那里。就算白侍卫抛弃了他去逃命，他那样的人，爬也会往四川爬，这一路一定会经过夏口。"

车内人顿了顿，从帘缝中扔出一个小药瓶：

"映光，给马喂药，我们现在就出发。"

"老板，我们可就只剩这两匹马了——"

"你怕什么。"车内人说，"到了夏口，还有一家温八的店，还有新马可以骑。"

"老板，我真的不想再看见你一次次燃起希望——"

"啰唆什么！我们现在去四川也要走夏口，你只管赶路，别的人留在这里继续等，继续找！"

翁明水乖乖低下身，拾药喂马。

在疯马嘶鸣的咆哮中，车厢在漆黑的原野上顶着星河劈开草海，一路北上，在喘息与颤抖中向着夏口飞奔而去。

在漫天繁星升起的一刹，细碎银光如洒下一把萤火在荒草幽影间跳跃，洒在一高一低两个行路人身上，衣衫拂荡。

"白小哥，我想今晚是走不到夏口了。"

"只剩三里地。"

"可是城门已经锁了。"

"这个你别担心，我有御赐玉牌，可以命令士兵开城门。"

"你不是说不能暴露身份吗？这一路上这么多士兵拿着画像搜查，你怕是宋有否派人在半路拦住我们——"

"等他们开了城门，我飞速带你闯进去，我们直接去找湖北巡抚，不和其他任何人交接，不给他们拦住我们的机会。"

"那就好，终于要走完了，我现在又累又饿，只希望能坐下来吃碗热饭，和你聊聊天。"

"有什么好聊的。"

"我总觉得你瞒了我好多事。"杜路转头望着他，"白侍卫，我有时候觉得你特别熟悉，好像我很久之前就认识你，现在是多年重逢一样。"

浮游的星光间，少年猛地抬头，猫似的圆眼睛盯着他："你想起我是谁了？"

"我总在想，却总是想不起来。"杜路摇头，"说来奇怪，十年前你应该只是个小男孩，我记起来了长安、四川、苗寨几十家小孩子的名字，一个个想过去，却怎么都找不到你。"

"算了。"

"不，"幽光中，杜路垂着头，"十年前江湖联盟的事情……是我害你失去了父母，也害你被关进训练营，可现在我却连你的名字都想不起来，这感觉真的太……"

少年别过了眼，快步赶路。

"……太混蛋了。"

杜路轻声说。

两人之间又陷入了静寂。银色的星光寂寂地闪烁，照着寥远的长路，枯草摇曳，那么高大的一个男人，垂着头却越来越低。

你不需要我道歉，却也并不打算同我说话。

我像你这么大的时候，最喜欢爬到高高的城墙上俯瞰金光熠熠的大地，喜欢骑着逐风的烈马高歌狂奔，我在万军前呐喊，在金殿上大喊，觉得自己无所不能，觉得一切都向着光明前进，浑身热血在涌，勇敢而无畏。

你这么年轻，却总是沉默着打量世界，眼神悲哀。

我明白，你把所有痛苦都藏在心底。我也明白，这些痛苦在未来也不会变好，永远都不会变好。

少年时代我总想，只要努力，世界就会变好。可事实上我什么都做不了，世界永远是那样的世界。正如我现在无论做什么，都无法弥补你的痛苦。

失去父母，失去自由，护送一生苦难的罪魁祸首去四川，你逆来顺受，一言不发，沉默着千里奔走以赴君命。我垂头跟在你身后，猜不透你也触不到你，想说些什么，却什么也说不出来。

无可救药，这感觉真是无可救药。

白侍卫猛地停住。

杜路想着心事低头往前走，差点撞了上去，他慌忙抬头，却看见白侍卫转过身：

"喂，你不是想吃碗热饭吗？"那少年望着他，突然笑了，露出明亮的小白牙，"跟我走吧。"

白侍卫向前一指，只见漆黑野路的尽头，竟出现了一片明黄晕染的灯海，热腾腾的白汽在光中飘荡，人群穿行，喧嚣声，叫卖声，深蓝夜幕下一盏盏橘红的灯笼起伏，像是冬夜里的火光镀在他们脸上。

是腊月市啊。

他们数着日子匆匆赶路，竟忘记了，今天是腊月初一啊，村野之间已炒着豆子支起摊位，买肉买酒，慢慢准备着腊八和新年。

"我带你去吃饭！"少年抓住杜路的手腕，风声中他们踏着草地奔跑，前方明亮的灯火染在他们翻飞的衣袂上，身后，漆黑中漫天银星，草声呼啸。

喧嚣近了，温暖将他们包围。

"你吃什么！"白羽拉着杜路在火炉旁停下，俯下身望着灶上咕噜噜的大煮锅，"有肉串、鸡蛋、豆腐皮、面条和粉，你想吃吗？旁边还有卖粥的卖包子的，各式各样……"

少年明亮的眼睛中映着闪烁的火光，说着说着露出了开心的笑容："你舒舒服服地吃上一顿，然后进城门到夏口，一切都刚刚好。"

此刻，夏口离他们不到两里地，黑夜中城墙庞然的轮廓仿佛触手可及。

白羽终于如释重负，他们快到了，杜路的身体还很健康。天知道他今天有多担心杜路突然发病，不敢让杜路浪费体力多说一句话，唯恐一天一夜的劳累压垮杜路。

幸好，幸好他们走到了。

"是啊。"旁边的店家帮腔道，"夏口的城门就在眼前了，一刻钟就能走到。我们这儿有孝感的好米酒，你们二位不如喝点米酒暖暖身子，将就着趴一夜，明早城门一开就能进去——"

"他可不喝酒！"白侍卫连忙打断。

"好好好，不喝。"杜路笑着说，"店家，我要一碗热腾腾的鱼面，你们锅里煮了什么都端上来些，咕噜噜的热气都飘到我鼻子上了，夜里闻着真香。"

"是的。"这边店家笑呵呵地去煮面，那边白侍卫一摸衣兜，笑容僵在了脸上。

他身上一文钱都没有。

他怎么能忘了呢，行李细软早已随着大船沉没，浮出来的那两个木箱里装的都是冬衣。他们在神庙里换上黑袄后就扔了木箱接着上路了，此刻新衣服的口袋里自然是空空如也。

"那个，"白羽拉了拉杜路的衣袖，"我们没法吃——"

"大荟，二荟，别玩了，都过来给客官端饭！"汤锅前，老板挥着大勺向不远处摇骰子的小摊喊道，一群蹲在地上盯着赌盅旋转的少年如叽叽喳喳的鸟雀，突然间飞出两只，两位十六七岁的少年郎乖乖跑向自家面摊，一位熟练地从大煮锅中捞了一碟，另一位双手捧着油灯端到杜路面前，带着些腼腆小声问："客官，您坐哪里？"

"辛苦二位小哥，就放这儿吧。"杜路笑着拉开面前的矮椅，在摇摇晃晃的小桌前坐下，伸手把白侍卫也拉着坐了下来。

菜碟和油灯在桌面上放下。

白侍卫登时手足无措，缩在小桌旁，简直不敢抬头看两位兄弟的脸。

杜路却已伸了筷子，挑起一块红油闪亮的豆腐皮入口，嚼得爽脆生汁，口齿不清地赞道："你们家做得可真好吃。"

旁边个头稍高的哥哥倒着茶水，带着些小小的自豪轻声说："只是乡间小摊而已。"

弟弟将两杯茶递了过来，小声补充道："大家都说好吃。"

"店家，好福气啊。"杜路接过茶水，扭头对汤锅旁白汽中的摊主喊，"一对双胞胎，又听话，又能帮你干活，以后越老越有福啊。"

热腾腾的白汽中，中年人应声转头，搓着手露出了笑容，一边说着哪里哪里，一边在寒风中笑开了花，每一根皱纹都镀上火炉的金光，望着儿子们，眼神明亮而慈祥。

两兄弟也羞涩地笑了，低下头，露出一颗小小的虎牙。

热乎乎的鱼面也很快端上来了，杜路沿着碗沿，低头咕噜噜地喝了一口，喉结滚动，发出一声舒服的吁气。

白汽在小桌上弥漫，杜路端着碗，望向另一旁局促地缩着肩膀的白侍卫，凑近问：

"白小哥，你快吃啊。"

"我……"

白侍卫搓了搓手，低下了头，心虚的眼睛埋在碎发的阴影中，心说：你快点吃吧，我就不吃了。

"我知道了。"杜路突然笃定地说，一边咬着滋溜溜冒红油的鸡腿，一边冲大苕、二苕兄弟招手，"两位小哥，过来过来。"

"有什么吩咐？"

"你们这儿有汤圆吗？"他笑着说，"邻家摊位也行，给我侄子买碗汤圆，他最爱吃这个了。"

"好嘞。"年轻的少年郎像白鹤般矫健地跑了出去，向着左边对面的摊位喊道，"佟姨，下碗汤圆。"

"我什么时候成了你侄子？"白侍卫侧坐着，瞥他，"净占便宜。"

"你早上过关的时候自己说的啊，孝顺勇敢的小侄子带着身残智弱的叔叔一路去夏口看病……"

"不要说了！"

"这就不让说了，早上一声声叔叔喊得多亲啊，你小子还挺会演戏的。"杜路又夹起麻辣鸭肠往嘴里送，"就是你下次能不能别让我翻白眼流口水了，口水滴在下巴上吹着风还挺冷的。"

"没有下次了！"白侍卫猛地抬头，"你快吃！"

他仍侧坐着，下颌猛地扬起，拉起脖颈一条洁白光滑的线，在漆黑的夜幕里镀着浅金色的光。杜路望着他，手中的筷子停在空中。

白侍卫被盯得莫名其妙："怎么了？"

"你好像没有喉结。"

白侍卫还没反应过来："什么？"

"我早该明白的。"杜路垂下眼，声音很低，"你脸上那么光滑白净，从小被抓去关在那种地方，还日夜出入深宫守护，我早该想到你是……我欠你的实在太多。"

"我不是！"白侍卫突然反应过来他在说什么，连忙用双手捂住自己的脖子吼道，"你别瞎想！"

杜路低头："对不起，你不想让人知道，我不该说这个……"

"什么叫我不想让人知道！我根本就不是！"白侍卫急了，"有些男人就是不长胡子，女相而已，你明白吗？好多人都是这样。"

杜路连忙点头。

他越点头白侍卫越急："谁说我没有喉结，你好好看着。"话落，他拿起一双筷子夹菜送入口中，扬起脖子咽了下去，指着自己上下滚动的喉壁，还没来得及说出话，就被满腔辣油呛得一阵咳嗽。

"看见了看见了。"杜路伸手拍着少年颤抖的后背，"是我弄错，你慢点吃。"

"汤圆到了！"就在这时，哥哥大苔小心翼翼地端来一碗热汤圆，在小桌上放下，"五文钱，我去递给佟姨就好。"

此话一出，白侍卫缩着肩，登时呛得更厉害了。

身旁，杜路不以为意地摸向衣兜，在手指触到兜底的一刻，他也愣住了。

"白小哥，"他连忙俯身对白侍卫小声道，"你身上有钱吗？"

"我没钱啊。"白侍卫被辣油呛得泪花都出来了，咳嗽着断断续续，"沉船之后咱俩都换了新衣服，兜里哪有东西啊。"

"我怎么能把这事忘了！"杜路慌乱地解开衣带四处摸钱，"你原来的白衣服不是贴身穿着吗？那里面有没有钱？"

"我原先从长安带了一个钱包，沉湖底下了。"白侍卫的咳嗽渐渐缓了下来，带着泪光扭过头小声问，"你呢，原先的衣服里有没有钱？"

"原先的衣服，宋有杏是从床上把我裹着被子抬出去的，出发时我身上还是床上的睡衣，外面是翁明水给我披的新棉袄，兜里都是空的。"杜路一边翻口袋找，一边小声道，"白侍卫，我身上一片纸都没有。"

桌旁，大苔见两人坐在那儿私语不断，却假装没听见似的一动不动，说来说去就是不给钱，他站了一会儿终于忍不住了，出声说："佟姨那儿不赊账，才五文钱，先给她付了吧。"

白侍卫又被辣油呛得咳了起来。

杜路眼神焦急，低声说："你再摸摸内兜，说不定还能翻出来几个铜钱……"

白侍卫一边咳嗽，一边解开棉袄往里面寻找，淡淡的兰香中，腰间垂下了一方洁白的羊脂玉牌，在黑夜中柔柔生光。

玉牌晃了大苔的眼，大苔愣愣地抬头，盯着白侍卫腰间那方前所未见的珍奇美玉，嘴唇微张。

突然，白侍卫跳了起来。

"我找到了！"他抬手一掀，周身黑袄滑落，兜中纸页和小瓶飘散，手指间却已抓着一块亮白的银锭，一头悬空，一头还用细线缀在黑袄的暗兜里，针脚缝得密密麻麻。

他使劲儿一拽，细线便断开，银锭落在手心中，他递给大苔，如释重负地笑了："连饭钱带汤圆，不用找了。"

大苔吓了一跳，小心翼翼地伸出手，想拿又不敢拿，抬眼望着他。

白侍卫抓着银锭往他汗津津的手心一扣："拿去吧。"

大苔手心发颤地捧着那一块银锭，小心翼翼地合上了五指，突然攥紧，猛地对着白侍卫鞠了一个深躬，像只矫健的白鹤在黑夜里奔跑起来，跑到弟弟二苔身旁，偷偷伸开拳头缝，二苔一探头，满脸惊喜地捂住了嘴，兄弟俩攥着那小小的银锭想看又不敢看，像两个兴奋的小孩。

"白小哥，你是怎么找到银子的？"

"宋有杏送的那两箱冬衣上居然有暗兜。"白侍卫坐了下来，膝盖上放着刚脱下来的黑袄，伸手在一个个暗兜里摸索着，"里面缝了银子，你摸摸你那件。"

"哟，我也摸到了，居然还缝了银子。"

"真是奇怪，宋有杏只有两天时间帮我们准备行李，居然还能想得到在暗兜里缝银子，细心得让人有点害怕。"白侍卫摇了摇头，"算了，这次多亏他了，我可不想伤害这么好的一家人。"

杜路摇头："你给他们的饭钱也太多了些。"

"没事，衣服里还有几块银锭。"

"路上的账可不是这么算的。这些银子是最后应急的钱了，万一再有意外怎么办？"

白侍卫一愣，看了看桌旁的杜路，又望着不远处挤成一团笑闹的兄弟俩，终于一咬牙，支支吾吾道："店家，我……"

"给我们找零吧！"杜路拍了拍白侍卫，声音洪亮地冲锅旁的店主喊道，"劳驾！"

几个矮桌旁，正轮番从拳头缝里看银锭的兄弟俩同时愣住，笑容在脸上消失。

"大苔、二苔，你们怎么还没给客人找钱？"店主从忙碌中转过头，望着两个儿子眉头皱起，"光顾着玩，不干事。"

"可是我……"弟弟盯着爸爸，在严声训斥下委屈不已地喊道，"明明是他们说好的——"

哥哥赶紧从背后拍了弟弟一下，示意他不要再说了。

"怎么能怪客人！你还瞪我，快去找钱！"

弟弟攥紧手心的银锭，低下头，眼中已憋出了泪光。

"是我不懂事，爹你别生气，我现在就去换银子找钱。"大苕安抚过父亲，转身抱住弟弟，低声说，"小苕，把银子给我吧。"

"我不！"弟弟仍紧紧攥着银子不肯撒手，挣脱了哥哥，委屈得整个胸腔和鼻腔都在发酸，"明明是他们说好的，他们怎么能欺负我，怎么能这么欺负人——"

一颗滚烫委屈的泪，落了下来，打湿哥哥的衣襟。

哥哥鼻中发酸，却更加用劲儿地抱紧弟弟，抓住他的手臂，硬生生一根一根掰开手指，强行抠出了那一块汗津津热乎乎的银锭。

弟弟猛地松开手，蹲下身，耸着肩膀哭了。

"哥知道，是他们欺负咱俩。"哥哥蹲下身拉住弟弟，"可爹还看着呢，别哭了，千万别既让那两个小人欺负了，又挨爹一顿骂。"

弟弟抽泣着用手背抹眼。

大苕握着那块滚烫的银锭，去肉摊上换零钱，交还给白侍卫，手心一空的一刹，他垂着眼一言不发，弟弟的眼泪仿佛还在心口坠着，整颗心憋着，委屈又愤愤不平。

大苕抿着唇，拉着弟弟在火炉旁坐了下来。他们相互依偎着，望向星空。

冬风渐起，深夜的乡野越发宁静，汤锅咕噜噜地冒着白汽，银色的细星遥远地闪烁。黑夜中，他们被火炉橙红的光泽笼罩，像是坐在浩瀚宇宙中央一个橙色的透明气泡里，万千星辰在外面流动，而他们在里面依靠着彼此，无声却慰藉。

这是田地、茅屋、家园和亲人。

白侍卫低头舀着汤圆。

他刚吃了一个就停下了勺，喃喃道："为什么非要买汤圆呢？"

"我以为你喜欢，你做梦都在喊着汤圆。"

白羽一怔。

他像是一把绷紧了的弓，慢慢软了下来。

多久没去看它了，心里那只名叫汤圆的小狗怎么样了，是不是正耷拉着耳朵蹲在那间温暖的小房间里，默默地等着他推门回来？

不远处，父子三人正坐在白汽弥漫的火炉旁，哥俩打闹着，又在父亲的眼神下乖乖坐直，黑夜中橙红的火光在他们身上拂荡，汤锅咕噜噜地沸腾着。

寒冷的冬夜里，白羽喝下一大口热汤，长长地呼出白汽。他望着这安宁的世界，冰冷中依偎在一起取暖的家人。如果有一天,他可以不再当侍卫,他可以不再刀刃舔血地千里奔波,如果真有那么一天的话,如果,如果他也有资格能去拥有一丁点生命中美好的东西,哪怕只有一天,哪怕只是一只小狗,哪怕他这悲凉的一生终将在永恒的孤独中死去……

"你怎么只喝汤不吃汤圆,不喜欢吗?"

"我以为我是喜欢的,可我太多年没有吃过甜的东西了,竟不知道会这么甜,甜到吃不下。"

白汽安静地在他们周围散开。

杜路垂下了头,白侍卫轻轻舀着热汤。

那么,他喝着热汤想,如果真有那一天的话,那么就不枉费他这么多年来努力地、颤抖着、用尽全身力气也要活下去了。

第三十三章

"老板,现在离夏口只剩八十里,半个时辰就到。"

"好。"颠簸的马车内,红裘的男人扔下笔,递给翁明水一页墨迹未干的宣纸,"等会儿到了,你就用这个开城门。"

飞驰的摇晃中,黑眸红唇的书生捧着这一张纸,浑身幽光拂动。

热汤渐渐喝尽了。

"这是什么?"杜路俯下身,从白侍卫的脚旁捡起几张纸,困惑地展开,"是不是你掉的——"

白侍卫从沉思中惊醒,反手抢出了那几张纸,迅速塞进怀中,紧紧捂住。

好险,差一点就露馅了!

刚才他忙着脱外衣找银子,兜里这几张纸竟然掉在了地上。

那是韦温雪偷偷放在药盒里的四张纸,交代了杜路的真实病情,并嘱托白侍卫千万别让杜路知道,怕杜路没心再活下去。

这一路的意外已经够多了,白侍卫呼了一口气,只希望别再有新岔子了。

可就在这时——

"这儿还有一张呢。"杜路俯身,伸手捏住了地上的最后一张白纸。

白侍卫赶紧去抓。

只听"刺啦！"一声，白纸撕裂开，上下各一半捏在两人手中。

白侍卫扑了过去，去抢杜路手上的那半张纸。杜路连忙闪身，双手在眼前展开抓紧了读，白侍卫的心提到了嗓子眼——

"什么东西，都泡得看不清了。"

突然，杜路嘟囔了一句，抬手把半张纸扔到小桌上。白侍卫抓住一看，谢天谢地，上面的墨迹早被那一夜的湖水泡花了！

"不过，轮廓倒有点像韦二的字。"杜路略一沉思，"肯定是他，他又背着我干了什么？"

"他……他交代我怎么给你熬药，四页纸都是药方。"

"交代你？"杜路突然想起了什么，"不对吧，那天他哪有时——"

"我们别聊这个了！"白侍卫猛地抬头，"跟我讲讲第十个皇子的故事吧，他最后当上皇帝了吗？"

"别打岔，这四张纸是怎么回事？"杜路并不吃这一套，盯着那四页纸，目光愈发紧张，"告诉我，韦二到底写了什么。"

写了什么？

白羽眼前浮现出那些清雅的字迹，煎药时间火候，用什么水煎药，不宜与药同吃的相克食物，不同病情下如何调整用量……墨字拂襟，仿若白衣公子垂睫，单手抱着药材，踱步走过十年的斑斓光阴。十年无言，在江南那一方小小的明月楼上，公子藏着一个罪人。日日夜夜，从天下通缉和无情病魔手中，他护着他的旧友。

"韦二为什么给你写信？他在背着我做什么？"

白羽几乎难以置信："他十年来给你寻医问药，你却在担心他对你不利？"

杜路摇头："不是。"

见白羽不肯说，杜路叹了口气，低头盯着皱巴巴的纸页，想从氤氲的墨痕中看出些什么，却什么字都看不清，都像画一样迷着他的眼，浅墨像远山，水渍像鸟，一格格斑驳的字仿佛一栋栋茅屋，覆了好大好大的雨声……

他突然打了个冷战。

十三年前，暴雨秋夜，四川。

韦温雪站在这样一栋黑夜中的茅屋里，怀中抱着一个三岁的小女孩，望着房檐上雨丝如银注地。

"公子。"门外有人作揖，"杜将军到陈家了，他叫你快逃，派我过来接你。"

"你告诉杜路，在陈家安心养伤，等着我过去。"

"公子，可是……赵燕的军队已经逼迈宫门了，长安城血流漂橹，蜀道正在被军队包围，再晚就走不了了！"

沉默中，门外人呼吸凝重，等待着公子发话。这一刻，仿佛全天下磅礴的雨声，都敲在了他的心口。

"我会去的。"屋内，公子的声音依旧轻柔平静，"你带幼公主先走，我随后就到，让杜路别操心这个，安心养伤。"

"念恩。"他转过头，对怀中的小女孩轻轻说，声音在黑夜里湿漉漉的，"乖，有人来接念恩了。"

小女孩却将他搂得更紧，暖呼呼的脸蛋蹭着他挺直的鼻梁。

"我还要去找你哥哥呢。"韦温雪抱着小公主，声音是那样耐心而柔和，有种令人安心的力量，"再说了，我哥还在后面，我不能不管他们，是不是？"

小女孩抱着他的脖子，轻轻点了点头。

他便抱着小公主，踏出了门。

门外人看清公子的一刹却吓了一跳。

一身漆黑的长衫，也掩饰不住浑身的血迹斑斑，那张脸在大雨中愈发苍白。颤抖的手指抚摸着女孩的头发，将她交给了眼前人。

"让杜路照顾好幼公主。"

"公子！杜将军嘱托我一定要带你回去——"

"我有我脱身的办法。"

他摆手，转身走入了漫天大雨中，双手戴上了黑色的连帽，背影挺直。

杜路在陈家等了半个月。

他等来了韦温雪的死讯。

后来的很多年里，杜路一直在自责。如果那夜是他亲自去接的韦二，如果他绑着韦二绑到陈家来，说什么都不让韦二回头，事情总不至于、总不至于到那样的田地。

可那夜，派去接应的人就是听信了韦二的话，真以为他有什么脱身的法子，真放任他单枪匹马去救小皇帝，真让他回了头。

暴雨中，叛乱者的百万军队包围了蜀道。

杜路总是不愿意回忆后来发生了什么，尽管他经历过那么多残酷的事情，可他总希望、总希望韦温雪没有……那些折辱的、不堪的、令人深夜浑身发抖的事，不该发生在韦温雪身上。

他差一点就死了，他从世间最肮脏的炼狱里走了一遭。

杜路永远记得，当三年后他终于又见到韦温雪时，那白衣公子安静地坐在他身侧，单手为他斟酒。旧友重逢的喜悦中，杜路说笑着喝了一大杯，韦温雪拉他，让他喝慢些，杜路不经意地低头，却看见了长袖下只剩半截的手指。

"怎么回事？"

他抓住了韦温雪那只缩回去的手。

"那没什么。"

韦温雪说，眼神宁静，如同落满细雪。

多年后，韦温雪终于开口，说出了死囚牢中发生的事。他语气轻淡，说自己没能救出小皇帝，小皇帝路上中了毒，七窍流血死了；说自己没能救出哥哥，哥哥死在自己怀里，胸口插了三把刀，他从三把刀的缝隙中看见哥哥红彤彤的心脏，温热的血液跳动着喷出来，哥哥的血浇在他身上；说他被人锁着装进囚车里，从蜀道押回长安，关进死囚牢里等着斩首；说他在狱中如何受刑，失去了他的手指；说斩首前一夜，满牢贵胄女眷啼哭，和尚们念经超度，像蜜蜂一样嗡嗡嗡嗡地叫，众人跪着哭着爬向佛前忏悔，烦得要命，他吼他们，他砸碎了那个小佛像，他说，他这一辈子绝不忏悔。韦温雪说，然后，那些求佛的人都掉了脑袋，而他逃了出来。

那时杜路裹在棉被中，浑身在轻轻发颤。

"这么多年，我一直在后怕。"昏暗的房间内，只有杜路大口大口沉重的呼吸声，"如果那夜宁老师没有出现，如果你没能逃出死牢，如果你和那些人一样被当街斩首——"

"世间并没有神魔，只要你有一颗强硬的心。"

韦温雪垂头注视着他，嘴角勾出了淡淡的笑："杜行之，你也知道你对不起我，那就好好养病，我在死囚牢里都不悔过，你天天磨磨叽叽在这儿忏悔什么！"

"我总在想，那时我为什么会信了你的话，为什么在陈家等你，为什么没有硬把你带回去，如果那一夜你没能逃出来……我总是不敢再想下去。"

"你来了又怎样？我还是会去救我哥。"

"你把我从苗寨救出来了，派人把我安顿好；你把幼公主从追杀中救出来，叫人护送她去陈家；你还要去救你哥，可你为什么就……不想想你自己呢？"

"可他毕竟是我哥呀，就像你毕竟是我朋友一样。"韦温雪笑了，他望着小轩窗外幽幽散落的杨花，"所有这些过往的事，我都绝不后悔。"

他总是这样，安排好一切，照顾好身边所有人，却唯独不提自己。

他有无数张面孔，无数的笑脸，无数的谎言。那样清绝端庄的面容，却时刻露出灿烂的笑，在权力的漩涡中优雅从容地交际。世间没有人比他更擅长伪装，脸上笑着，嘴里却在说谎；温柔地俯身吻人，心中却疲倦又淡漠。

杜路是韦温雪最亲近的人了，可他总是不知道韦温雪在想什么。

杜路想做什么，韦温雪眼皮不抬就知道；但韦温雪想做什么，杜路挠破头皮都看不出来。

他如果想瞒什么事，天下所有人都会被瞒过去；他如果想撒什么谎，三十年的旧友杜路依然会被骗过去。而等其他人反应过来时，事情早已无可避免地发生了。

杜路害怕，他怕韦二自作主张，他怕韦二又瞒着他做什么，他怕……十三年前的那些噩梦一样的事，再次发生。

而他此刻，盯着这四页纸，浑身在发颤。

他终于看出了哪里不对劲，他恨自己为什么没有早点看出来，他想揪着韦二的领子问他是不是疯了，他自责了十三年，可十三年后，为什么，为什么他又让韦二做出了同样的事情，再一次在那个暴雨夜回了头？

"你到底在担心什么？"身旁，白羽低头问他，眼神担忧。

杜路摇头，竭力压抑着自己颤抖的胸膛，攥着纸页的拳头却早已青筋暴起，他绷不住了大口大口地喘气，压住满腔激烈的情绪。

他绝对不能让白侍卫知道。

脑中一片混乱，整件事的复杂程度远远超出了他的想象，震惊、茫然、恐惧，旧事重演的失控感，仿佛无数张手掌撕扯着他的心脏，堵住他的口鼻，压住他的胸口。

十年了，他在噩梦中一脚踏空。

他满额冷汗，在混乱与茫然中思考，想找出一丁点对策来，一丁点阻止事情彻底崩坏的转机。他仿佛在噩梦中狂奔，筋疲力尽，浑身冷汗，却根本找不到出口。

胸膛在剧烈地起伏，他喘得越来越厉害，胸口被坠得越来越沉重，他在气自己，更在气韦二，为什么不动声色这么沉得住，为什么狠得下这样的心，为什么不曾有一刻钟卸下自己的满身伪装。哪怕他对往事有那么一点点后悔，哪怕他对道德和秩序有那么一点点畏惧，他都绝不该做出这样的事，绝对不该——

杜路突然俯下身，剧烈地咳嗽了起来，满桌空碗碟震得"噔噔"直颤。

白羽脸色一变。

他赶紧给杜路顺气，抚着瘦削颤抖的后背，听见气管中传来嘶哑的声音，那人在痛苦却努力地抬起头，用尽全身力气发出声音：

"无论发生了什么，只要我救出了张蝶城，韦二就能拿到朝廷特赦的丹书铁契，是这样吗？"

"你别说话了。"白羽急了。

"是这样吗！"他近乎是在吼道，"无论发生了什么，韦二都能获得免罪，是这样吗！"

"是是是。"白羽拍着他的背，哄着他，目光焦急，"你别说话，你先缓缓气。我们救出张蝶城，韦二就能获得自由，好不好？"

"好。"

他轻轻说。

他闭上眼，疲惫地滑在座椅上，突然间浑身痉挛。

"杜路！"

白羽跳了起来，摸到杜路全身滚烫，艰难的呼吸声像是残破风箱在使劲儿一拉又一拉，命运的丝线在颤着，随时会绷断。

"客官怎么了！"火炉旁，摊主站了起来，紧张地跑来察看杜路的情况，"他这是什么病？"

"一路上累到了。"白羽心知这是回天丹的反噬，杜路此刻危险万分，他焦急地问，"附近有郎中吗？先给他开两服药稳住气血。"

"这……"摊主面露难色，"有倒是有，但那郎中住在城里，现在夏口城门已经关了，要等到天亮才能进城——"

他话还未说完，便见那少年一咬牙，硬生生抱起比自己高了一头的男人，踢开矮椅，脚步踉跄就往外走！

"小哥！"摊主吓了一跳，"你现在进不去城的——"

少年咬着牙往前走，一声不吭。

"小哥我知道你救人心切，可你别累坏了自己，就是把他扛到了也进不去……"摊主慌了，追在白羽身后不住地摆手，却见那少年浑身肌肉绷紧，眼神坚毅，不达目的誓不罢休地向前行进。摊主这才想起发病的人是他叔叔，侄子此刻心急如焚，哪里又肯放弃呢？他便叹着气放弃了劝说，转身喊道："大荼、二荼，你们过来，帮这小哥把病人扛过去。"

兄弟俩听见父亲的话，从火炉旁站起身跑了过来。两人帮着白侍卫，大荼抬着双脚，白侍卫抬着双臂，一起把杜路抬了起来。

父亲递给二荼一盏灯笼，让他拿好灯油："二荼，前面的林子里黑，你打好灯笼帮大家照路。到了城门，你们别着急回来，等早上城门开了再帮他们叔侄一程，抬到郎中那里。我在这儿看着摊，要是有什么事你们兄弟俩就跑回来一个给我传信，别在城里瞎玩，早点回来……"

"知道了，知道了。"

父亲不放心地交代着，语气慈爱又话语琐碎。他是个善良的乡民，担忧地注视着两个儿子摇摇晃晃地前行，又追了几步，才停了下来。

他站在火炉的金光里，望着儿子们帮助陌生人远去。

但他不知道。

黑暗的小道上，树影婆娑中。

在拐角处父亲身影消失的一刹，小儿子抬起头，看着哥哥，交换了一个意味深长的眼神。

第三十四章

"黑衣的小子，你说，做人是不是要知恩图报？"

橘红色的灯笼突然灭了。

高大的树影包裹着坑坑洼洼的细路，黑暗中，像是无数条巨人的胳膊垂在头顶上。

白侍卫沉默着。

一阵冷风，树叶在身后飒飒地落下来。

腋下，一条热乎乎的胳膊捅了捅他，像是一只蠕动的肉虫："喂！说你呢！"

一声压抑的吸气。

暗无天日的黑夜遮蔽了白侍卫的神情，他在忍耐，在胳膊捅过来的一刹，他差点随着身体本能而反手去锁喉。

身旁，那十六七岁的少年却并不知道自己刚刚和死神擦肩而过，语气愈发不耐烦起来："哑巴了？吃饭喝酒时吃得香，一说起报恩，就吓得连嘴都不敢张开了？"

白侍卫压抑住满心的暴戾，尽量平静地问："你想干什么？"

"把钱还回来。"

"要多少？"

"那块银锭。"

摇摇晃晃的队伍停住了。

三人僵持在一片黑暗中。

"把他抬到夏口，我给你银子。抬不到，一文钱也没有。"

一片静寂。

初一的夜里没有月亮，只有零散的星光在密林里忽隐忽现。兄弟俩对视了一眼。

"若是抬到了，你说话不算数怎么办！"

"那你现在就掉头回去吧，这半路可就白抬了，一文钱都拿不到。"

白侍卫的语气平静。

这是一个审讯中的小技巧，他知道一定会奏效。

果不其然，兄弟俩的呼吸声猛然一顿，在黑暗中沉重地喘了一会儿，最终沉默了下去。

摇摇晃晃的队伍再次前进。

灯笼又亮了起来。

白侍卫透过摇晃的光，注视着昏迷的杜路，男人面色发白，滚烫的身体在寒夜中颤抖，血沫从嘴角涌出，颠簸中湿漉漉地流向下巴。

他连咽口血的力气都没有了。

白侍卫把杜路的脖颈支得更高一些，避免噎住气管。他真不知道杜路还能坚持多久。

如果杜路死在这儿，他烦躁地想，那还不如把尸体扔回鄱阳湖里，赶紧回宫报案，就说杜路死在沉船里，把一切担子都往宋有杏身上撂了得了。

可一想到杜路会死，他就更烦躁了。

明明是四页泡得模糊的纸，杜路看见后怎么会情绪激动成那样，白侍卫想不通，如此急火攻心，到底是因为什么？

突然，一只温热的手贴上了他的侧腰，偷偷拽住了羊脂玉牌。

白侍卫终于忍无可忍，单手推出，扼住手腕，绕着对方的胳膊，一个反折，在对方痛苦的叫声中，手指已压住了颈椎。

橘红色的灯笼摇颤着。

"做事规矩点。敲竹杠敲到我头上，你娘的活腻了。"白侍卫声音强硬，他从来没有如此烦躁过，"别找死，给我快点抬！"

突然，一把冰凉的匕首，抵住了他的胸口。

面前，大苦松开了杜路，双手颤抖着握住匕首，猛地捅向了白侍卫。

"老板，还有十几里路。"

"过了前面的乡集，再过一片林子，我们马上就到夏口城了。"

说时迟那时快，白侍卫猛地松开了二苔的颈椎，单手抱着杜路，另一只手双指夹住迎面而来的匕首，轻轻一弹，在刀锋闪动中反手握住大苔的腕，向后一推，弹出去的匕首尖正好弹回到大苔脖子的血管上！

大苔吓得赶紧松手。

匕首掉落的一刹，白侍卫抬脚，脚尖一勾一顶，匕首向上跳进白侍卫的手中，二苔提着灯笼冲了过来，白侍卫单手握着匕首，挥臂一指，匕首尖就迎面指向了二苔冲过来的胸膛。

二苔差点没停住。就在他勉强站稳的一刹，白侍卫手腕一转，刀锋折了过去，插脖、刺心、破腹，三捣三击，银色的亮光在黑夜中连续如闪电，轻盈如滑蛇，二苔堪堪地躲过脖子上致命的一刀，匕首却早已顺势游走，在他还没看清楚的一刻，心口突然剧痛，腹部被猛地重击，他瞪大了眼睛，他怎么都看不见面前的匕首，他离白侍卫越来越远。

橘红灯笼"扑通"摔在地上。

大苔赶紧冲了过去，扶起仰面倒在地上的弟弟，焦急地问他怎么样。白侍卫长长的影子逼了过来，大苔抬起头，眼神恐惧。

他不知道，若是有武林中人目睹刚刚发生的事，一定会惊得合不拢嘴，因为这是一门早已失传的刀术——

滑蛇刀。

曾经的西蜀武林，陈苏白林四大名门并立，而滑蛇刀正是林家绝学。传说林家师祖少年时犯事，三百仇家一路追杀到蜀山，少年被追得跑上山躲了起来，仇家们放火烧山逼少年出来。绝境中，少年突然看见山中一豹一蛇搏斗，坐地观看，突然顿悟，便转身下山，一人一刀斩杀了三百人，滑蛇刀术自此而始。不出十年，林家就凭着一把匕首在西蜀声名鹊起，是四大名门中最晚发家的一支。

也有人说，这滑蛇刀根本不是什么悟道自创，就是北漠刀术。所谓的林家师祖，其实是个北漠少年，他是草原上战败部落的世子，一路逃命到了蜀地。追杀他的也不是仇家，而是北漠人要斩草除根。

这滑蛇刀到底是不是北漠刀术，成了一段众说纷纭的公案。武林中人经常为此争论得脸红脖子粗，却永远不可能得到答案，因为滑蛇刀早已随着十三年前林家灭门而失传了。

三捣三击，刺心破腹，疾如闪电，轻若滑蛇。极简，致命，只有三招，被誉为近身战斗中无解之术，却没有一个人亲眼见过。这种神秘的刀法，就像那个火烧山林中豹蛇决斗的故事一样，随着时间流逝而变得玄玄乎乎、惹人质疑了。

见过滑蛇刀的人都死在刀下了，懂得滑蛇刀的人又都死光了。

白羽苦笑。

他或许是这世界上最后一个会用滑蛇刀的人了。

天下没人知道白羽会用滑蛇刀，即使在皇帝面前，即使在高手过招的生死之际，即使是在一场场危急万分的刺杀任务中，他从不使这一招。

因为，这是那个人教他的。

"速度，极致的速度。"

刚下过雪的黄昏，少年站在满山暮光中，用那双微笑的眼睛望着他："小家伙，刀要像蛇一样跳起来，伸长又缩短再伸长，连环咬人，明白吗？"

他在雪地上踏出小小的脚印，困惑地望着少年："可是，武林中所有人都会攻击这三个地方，这有什么特别的吗？"

"特别之处就在于，蛇的第四招。"

"哪有第四招啊？"

"第四招是看不见的，"少年笑着说："蛇出第四招时，人是看不见的。"

"我要学这个，飞鱼你什么时候教我？"

"等你……活过这个冬天。"

白羽活过了第一个冬天，学会了飞鱼的滑蛇刀；活过了第二个冬天，学会了偷偷在山洞里煮火锅；活过了第八个冬天，练成了训练营里最好的轻功；活过了第九个冬天，杀死了飞鱼。

那又是一个冬天的黄昏，暮光绚丽，鸟雀归巢，飞翔的黑影成片漫过大地。

咔！——

飞鱼的长剑穿透了白羽的胸膛。

鲜血四溅中，那双微笑的眼睛注视着白羽，那声音温和地说："我帮了你那么多，现在你该为我去死了。"

一道银光闪过。

他仰面倒了下去，轰然如同山崩。

面前，插着沉重长剑的白羽颤抖着，喘息着，满脸血泪地望着自己手中的一把银色匕首。

三捣三击的滑蛇刀，看不见的第四招。

这是白羽在最后一刻杀死那个人的那一招。

此刻，漆黑寒冷的树林里，白羽低头，望着橘红光芒中两个瑟瑟发抖用双臂护住彼此的少年，握着匕首的手缓缓垂下。

他终是没有使出第四招。

"你们走吧。"他转身说，"提着灯笼，别烧了。"

只剩一里地。

二苕在他身后咳嗽着站起身。

白侍卫一个人扶着杜路，勉强把杜路背到身上。他一边脚步踉跄地前进，一边侧过头瞥着男人昏迷的脸，心想：你睁眼看看吧，我又没杀他们，你这次又在激动什么呢。

黑夜中传来簌簌的声音，光在白侍卫身后闪烁，两条影子长长地垂了过来。

白侍卫叹了口气，他想自己还能怎么办，真转身杀了那两个见财生歹意的小子吗？

可那个火炉旁的父亲，还在金光中等待着两个儿子回家。

身后，那兄弟二人还在跟着，仿佛黑暗中两只簌簌的老鼠，一路尾随。

白侍卫终于忍不住了：

"不是让你们滚吗？怎么又追上来送死？"

"有种你来杀老子啊！你凭什么欺负人，我们怎么也帮你抬了半路，你凭什么！"

身后，二苕梗着脖子吼道。

他刚刚打着战从地上站起来，却发现自己浑身无恙，连个匕首的划伤也没有。一阵羞辱涌上心头，他又恨又恼，甩开了哥哥搀扶的手，咬着牙非要追上去。此刻，他怒视着白羽，浑身发颤地吼道：

"有种你过来啊！你就是杀了我，我也不受你的羞辱！"

大苕护住弟弟，警备地望着白侍卫，少年坚硬的喉结起伏：

"你凭什么打我弟弟！你再敢过来试试！"

白侍卫几乎要被气笑了，心说自己当恶人时万事无阻，这才当了几天善人就碰上一路的事，连乳臭未干的小子都爬到了头上。他此刻没心情跟两人再纠缠下去，杜路病情危急，再说看在两兄弟父亲的面子上，他也不想真动手，于是从黑棉衣兜里拉断了一块银锭，扔了过去。

"给你了，滚。"

"这本来就是我的！是你们说话不算数！"

身后，那少年又在颤抖着吼。

白侍卫不理他，咬紧牙背着杜路，接着往前走。

身后寂静了一阵。

突然，那簌簌的声音又响了起来。

摇晃的光芒中，两条长长的影子搭在白侍卫肩上，像是两条潜行中随时准备着蹿起来咬人的蛇。

骂也骂过了，吓也吓过了，这两个不知天高地厚的小子到底想做什么！

白侍卫心中一阵烦躁，黑暗的丛林里，软剑在他腰间嗡嗡地颤，像是终于忍不住了，要飞出去刺破一地鲜血。

白侍卫深吸一口气，按下了自己的剑：

"你们还跟着做什么？"

二人不语。

白侍卫一动，二人又接着尾随。

黑暗中，簌簌的声音像是绷紧的一张弓，越逼越近。

白侍卫见过灾年里的流浪狗，就是这样一声不响、成群结伴地跟着落单的人。那些狗都很小，走一步跟一步，不叫也不咬，直到人走得筋疲力尽往下倒的一刻，便一拥而上，成群结队地露出尖牙，撕扯着尸体分肉。

眼看离夏口城墙不到半里，白侍卫不想再生事，便从兜里又摸了一块银锭，扔了过去。

突然，一阵冷风。

黑暗中树叶落下，像是无数指甲从手指上脱落。

那张弓绷紧了。

白侍卫绷紧全身，注视着那流浪狗般的二人越走越近，他们手中那一盏灯笼摇摇晃晃，像漆黑夜中一只猩红的眼睛，越逼越近。

他没有任何理由惧怕这两个毫无武功的小子，但他突然间有一种非常不详、非常不好的预感。

仿佛有人贴着他的耳旁说：

"相信你的直觉，白羽，相信你的直觉。"

第三十五章

不到两里外，乡野间的小摊上。

面摊的汤锅咕噜噜地响，中年人正在哼着小曲收拾桌椅，他端走碗碟，清理地面，从两半皱巴巴的纸页旁，捡起了一个白色的小药瓶，打开一看，里面是九粒红色的药丸。

白羽拔腿就跑。

昏迷的男人在他背上摇摇晃晃，骨头拍打着骨头，砰砰地撞响。白羽手腕发青地攥住杜路，狂奔中身周一切都在摇晃，黑夜中无数树叶脱落，仿佛成群的乌鸦冲着眼睛冲了过来，他像是在一个妖怪洞中狂奔，在漆黑蛛网间寻找出路。

身后，橘红的灯笼追了过来。

白羽边跑边回头，摇晃的世界与刺眼的光芒中，那两条长蛇似的影子越逼越近。

错了，全都错了！

他终于明白那种奇怪的直觉来自哪里，他一边跑一边反复扭头，他望着眼前漆黑的城墙越来越近，两条腿却止不住地打起趔趄来。

该死！

子时半到了，他身上的毒发了！

他单手拉住杜路，另一只手在身上里里外外地摸索，却怎么也找不到那个救命的白色小药瓶。

一股钻心的剧痛，在肉体里猛地蹿了起来，仿佛无数只水蛭扭动着在血管里咬来咬去，咬穿他的骨髓。满身冷汗流了下来，他咬着牙哆哆嗦嗦地往前走，每一寸皮肉都仿佛被人狠狠撕裂。

身后，簌簌的声音越来越快，橘红灯笼越来越近，仿佛深海里巨大的鱼，张开了一口獠牙。

"砰！"的一声。

白侍卫直面摔了下去，杜路压在他身上，皮肤滚烫，像个沉重的米袋子，被摔得嘴角积血四溅。

白侍卫伸出颤抖的手掌，勉强爬出半个身子，又被杜路压了下去。

簌簌的脚步声终于停下。

两兄弟站在他们面前，居高临下地望着。

白羽手腕上青筋暴起。

"唰——"

他腰间的软剑飞了出去，黑夜中，仿佛一条弓着身的白蛟龙，横亘在两兄弟与白羽杜路之间，蓄势待发。

白羽咬着牙抬起头，盯着二人，发出威胁的低吼声。

软剑在夜空中绷得砰砰响。

大苕又向前逼近了一步。

软剑瞬间扑了过去，疾风般团团缠住了来人的手脚，向下一绊，大苕便叫着跌倒了下去。

白羽喘着气，勉强把杜路从自己身上挪开，浑身疼得像在忍受剥皮断骨之痛，眼神却坚毅得如一只带着浑身伤痕的孤狼，手臂上肌肉突起，紧紧控着软剑，用全身力气阻止大苕站起。

但他毕竟只有一柄剑。

黑暗森林中，弟弟提着橘红的灯笼，一步步往他面前走，凝视着，黑洞洞的眼珠里红光在颤抖：

"你叫谁滚呢？"

"十六岁生日那一夜我发誓，我不会再让任何人瞧不起我，不管是城里人、地主、富人的女儿，还是收税的官、买饭的人。我发誓我不再受任何人的侮辱，你懂吗？你不懂。我被困在这儿，我任人侮辱，我还那么年轻。"

"我穷，贫贱，卑微，却那么年轻。年复一年耕不完的地、拔不完的草，熬着夜刷不完的盘子，我浑身的热血在流，眼前却只有荒芜的村野。我看着别人坐轿子，我看着远方的旅人一掷千金，我看着城里美丽的女人，青楼、歌馆、赌场、饭店、所有鲜亮的地方，所有年轻人该去的地方，我像狗一样流浪，所有人对我呼来唤去，你不懂，你和我一样的年纪，你什么都不懂。我快被憋死了，我被困在这儿，我难受得想要撕破自己浑身的皮，我恨土地，我想我会死在这儿，我一辈子都挣不到钱，一辈子都会被人侮辱，你们为什么有那么多的钱？"

红光中，那少年低着头，颤抖着：

"你扔银子给我们，像打发一条狗一样。这对你根本不算什么钱吧。我阿爸在地里，辛辛苦苦两三年，都赚不够这一块银锭。我要刷几万个盘子，才赚得了这一块银锭。你们不种地也不刷盘子，你们的钱是怎么来的呢？我为什么一辈子也不可能像你们这样呢，到死也不能呢？

"人为什么是不公平的呢？

"我不怕死，我只怕侮辱。阿爸在田里被收税的人踹屁股，他爬起身，却对那些人赔笑脸。我在端菜的时候被城里的公子哥扇耳光，阿爸却按住我，要我给扇我耳光的人道歉。阿爸是个好人，可我再也不想做一个好人了，我浑身的骨头在咯吱吱地长，我日日夜夜想要女人，像是渴的人想要喝水一样，我疯狂地想要从土地上离开，我再待下去真的会挠破自己浑身的皮。我要被憋死了，我不能死在这里，我恨这个憋死我的小村子。

"你有那么多钱，而我为什么不能有？"

他停在白羽面前。

居高临下地，他单手提着那一盏灯笼，夜风中光芒在白羽身上哗哗地颤动。

"唰——"的一声。

白侍卫瞬间收回了剑，单手一抖，银白长练以猛虎之势扑了出去！身后的大苔还没站起身，软剑已经抵住了二苔脖子上的血管！

白侍卫抬起头盯着二苔，眼神中写满嘲讽：

"你为什么不能像我这样？你知道我在过什么样的日子吗？"

他顿了顿，承受住内脏一波剧痛，稳住呼吸开口：

"我像你这么大的时候，每天都在山谷里抢死人的骨头，因为砸碎了可以吸出髓来。

"你问我钱从哪里来，钱就从你吃的死人骨头里来。你问我为什么要做这样的事，因为，我被我的亲生母亲扔到那里送死。

"我这一生都没法回头了。可你们现在回头，只有二里路。"

二苔极认真地注视着他：

"那你现在把银子都掏出来，我们就回去。"

白侍卫终于怒了："你们有什么资格跟我这样说话，就凭你们——"

眼旁银光一闪！

大苔的怀中居然还有一把柴刀！

在白侍卫用软剑指着二苔的一刹，身后的大苔掏出柴刀，猛地插向了倒在一旁的杜路胸前——

"哐！"

瞬间，白侍卫手腕一折，软剑绕着二苔的脖子硬生生转了个弯，猛地扑到了杜路胸前，"哐！"的一声挡住了大苔的柴刀！

这一柄白羽剑是东海鲛丝铸成的，柔韧如羽，刀枪不入，被誉为陈家第一奇剑。十年前，赵琰幸蜀，为了得到陈家铸剑法，强命陈宁净入宫，封她为妃。陈宁净便将这一柄白羽剑系成花结绑在丝裙上，蓄意行刺，未遂。当她倒在血泊的前一刻，赵琰却喝下了引蛊虫入身的酒。阴差阳错，酿成了今日一切混乱的起源。

此刻，这刀枪不入的羽剑恰若一块护盾，紧紧地贴在杜路身上！

"哐！哐！哐！"

大苕提刀狂砍，软剑如影随形，"哐！哐！哐！"地抵住柴刀的利刃，百发百中地抵挡！大苕愈加发怒地狂砍，却丝毫伤及不了杜路的皮肤，他已经用了最快的速度，可在白羽眼中，柴刀仿佛是慢动作一样，太慢，还是太慢，他能轻而易举地预知刀锋落下的轨迹——

可就在这时，心尖一阵猛痛涌来，刹那间白羽几乎要咬住自己的舌头！

毒发得越来越烈了！

如果一天一夜内吃不到解药，他将必死无疑，白羽在训练营中时曾被疼昏过数回，他真不知道自己还能清醒多久。

身旁，大苕手中柴刀狠狠落下——

白羽的手臂却疼得发颤起来，根本拿不稳剑，他咬紧牙关发力，用软剑颤悠悠地去抵挡——

"刺啦！"

白羽慢了一步！

大苕的柴刀挑破了杜路的冬衣，直插着心口进去！

白羽慌了，他忍着全身经脉的剧痛，颤巍巍撑起身，朝着杜路扑了过去！

他掐住了大苕的刀尖。

"砰！"那一把柴刀在四手争抢中被白羽一脚踢飞，向着夜空直腾而去，画出一道银白的曲线，高高升起又落下。

在柴刀滑落的一刹，白羽趴在杜路胸前，用颤抖的脊背朝外抵挡着一切伤害。

就在这时，大苕跳起来抓住了柴刀！

"松手！"他抓着柴刀红着眼对白羽吼道："松开我弟弟的脖子！"

白羽手中的长练还缠在二苕脖子上，且因白羽刚刚那一扑一踢，扯得二苕整个人都在跟跄，脸色发青，手中一盏灯笼在簌簌簌地颤。

"你往后退！"白羽吼大苕："把刀扔了！你扔了刀，我就松开你弟弟。"

"现在就松开！"

大苕吼道。

见白羽不动，他猛地冲上前，双手握刀刺向了白羽的后背——

瞬间，数丈白练冲了过来！

白羽猛地松开二苕，一指弹剑，"唰唰唰——"数丈白练冲了过来，将他和杜路团团围住，从头到脚五花大绑了起来，裹成了一个巨大的白茧！

就在这时，大苕的柴刀劈了下来。

"哐！"的一声，他劈到了白茧上，被柔韧的鲛丝高高弹起。

大苕诧异地盯着面前巨大的白茧，提着柴刀一顿乱砍，砍得双眼发红，击打着鲛丝，发出砰砰锵锵的响声，却丝毫奈何不了羽剑！

裹在白茧中，白羽露出了苦笑。

八天前在扬州城门外，他用羽剑把杜路和韦温雪绑成一团，真没想到，仅仅八天之后，他竟用同样的方法把自己和杜路也绑成了一团。

可现在只有这个办法了。

他不知道自己在剧痛中还能清醒多久，但他知道，一旦他倒下，杜路就完了。此刻他唯有把自己和杜路从头到脚绑起来，才能躲过两个宵小之徒一阵又一阵的偷袭，白色的大茧是天底下最好的护盾。

此刻，两个宵小之徒围着他们，又劈又砍，又叫又骂，却根本没有一丁点办法。

白羽祈祷他们快点走，他身上的毒痛一发比一发重，再耽误下去，说不定真会被这种小野狗咬死。

他不是没想过用银子息事宁人，可这两个小子竟在那两块银锭的刺激下越来越兴奋，他摸不透这两个小子想做什么。白羽一生常与恶人打交道，但所有人做事前都有起码的权衡。他从没见过这样半大的小伙子，正是血气方刚的时候，说话前言不搭后语，做事没轻没重。他们拿了银子就会收手吗？白羽很怀疑，他在宫中学会了一件事：人只要拿到银子，就会开始琢磨杀人灭口；只有拿不到银子时，才会收手。

茧外的铿锵声渐渐弱了下去。

白羽趴在杜路胸前，听着杜路微弱的心跳，忍着自己浑身经脉的剧痛，努力不让自己抽搐。

砰砰锵锵的砍刀声终于停了。

白羽舒了一口气，心想外面那两个小子是倦了，他们砍不动白茧，便逐渐失去了耐心。

耳旁传来了后退的脚步声。

是要离开了吗？

白羽捏着长练，在心中默数着那人离开的脚步声：一步，两步，三步……

突然，脚步声停了下来！

白羽捏紧了手中的长练，屏息侧耳倾听——

"哗啦啦啦！"

一瓶刺鼻的液体突然泼了过来，液体顺着白茧迅速下渗，瞬间落到白羽和杜路身上，令白羽始料不及，这个气味是——

灯油！

"你别动。"

二苕松开了手。

隔着薄薄的白茧，他把灯笼放在白侍卫的脑袋上，松开了灯笼的提柄。

而白侍卫和杜路身上，刚刚被他泼了一瓶灯油！

沉重的灯笼压在头顶上，白侍卫的脖子和肩膀在砰砰砰地发颤，火苗的热度摇晃着，湿淋淋的灯油已经渗入棉衣，白茧内都是刺鼻的味道，他手指发青地掐着自己的大腿。

"灯笼要是掉了，你们就会烧起来。"

白侍卫努力昂着头，脖子已经僵得发烫，砰砰砰的颤抖声终于小了下去，灯笼在他头上勉强稳住。

二苕盯着地上的白茧：

"把你们身上这些白色玩意儿解开，否则我就掀翻灯笼，让你们捆在这里烧死。"

白侍卫痛苦地闭上了眼睛。

油滴还在下坠。

此刻，他和杜路被紧紧捆绑在一起，只要一丁点火着起来，便是无可挽回的火中焚身。

他没有别的选择。

他必须收剑。

白茧轰然解散，一大半的软剑收回到白侍卫手中。可灯笼还压在白侍卫脑袋上，压着最后一寸洁白的软剑。白侍卫不敢动这最后一寸软剑了，他浑身是刺鼻的灯油，害怕灯笼会掉下来着火。

突然，体内又是一阵钻心之痛！

白侍卫咬紧牙，圆灯笼在他头顶上砰砰砰地响，浑身刺鼻的灯油味笼罩在火焰的红光里，一切都在颤，他用力掐着自己的大腿，他僵挺着脖子，他不能让那一点火苗摔下来。

"你敢反抗，我就把灯笼扔下来烧死你。"

两个小子扑了过来。

白侍卫听见了令他耻辱的声音，他闭紧眼不愿看眼前发生的事。

那两个流浪狗一样的村野小儿，将灯油泼到他身上，将灯笼放在他头顶，然后一拥而上，扒开他周身的棉衣，窸窸窣窣地翻找着，贪婪地洗劫一空。

一个顶级杀手，被迫忍受两个乡野少年的羞辱，几乎要咬碎自己的牙。抢劫迅速结束，在二苫兴奋地抱着胜利品站起的一刹，白侍卫秉着呼吸稳住身形，小心翼翼地伸长手臂，想要取下头顶的灯笼——

突然，他腰间猛地一坠！

大苫扯下了他的羊脂玉牌！

灯笼因这股突如其来的力量在头顶猛烈摇晃起来，最后一寸软剑"唰"的一声从灯笼底下滑了出来。灯笼颠簸，白侍卫赶紧侧头，灯笼在头顶上打着旋，噔噔噔噔噔噔地稳住。

他能忍过一时来顾全大局，能闭着眼忍受他们抢走全身的任何东西，但只有这块玉牌不行！

这是开城门的凭证！

如果没有这块玉牌，杜路今夜根本进不了城，他会死在这儿的！

浑身颤抖的虚弱中，白侍卫掐得自己大腿出血，猛地运气，丹田中忍着剧痛爆发力量，软剑瞬间缠上了大苫的脖子，紧紧扼住，白练和骨头一起发出吱吱吱的响声。

"还回来！"白侍卫不顾灯笼在头上乱晃，双目充血地吼道："把玉牌还回来！"

窒息中，大苫双脚乱踹，一只手使劲儿掰着脖子上的白练，另一只手颤抖着将玉牌伸了过来。

但就在这时——

白侍卫头顶突然一轻。

弟弟举起了灯笼，红色的光芒笼罩住了地上昏迷的杜路。

"松手！"少年用力吼道："你敢动我哥，我就把灯笼砸到他身上！"

两人僵持着。

白练吱吱吱地颤，红灯笼的火光在男人身上跳动。

男人长发凌乱，胸膛还在痛苦地起伏，像是和死神挣扎着狂奔，他的时间不多了，生命正在激烈的呼吸声中流逝。

"你别碰他！"

白侍卫扭头盯着二苫："你把灯笼放下，我就松开你哥。"

"你把剑扔了！不然我就烧死他！"

二苫吼道，双手颤抖着将那一盏红灯笼逼近了杜路，照亮了杜路满身湿淋淋的灯油。

灯笼越来越低。

杜路还躺在地上痛苦地喘气。

白羽望着这一切，咬得牙齿咯咯作响，充血的双目紧紧地盯着二苕，终于，在火苗擦上杜路额头上的一刻，他受不了了。

他松开了自己的软剑。

大苕咳嗽着蹲下身，赶紧从地上捡起这柄白银蛟龙般的软剑，揉成一团，塞进自己怀中。

"他身上还有我的那把匕首。"大苕对弟弟说，"叫他把匕首也还回来。"

灯笼的火光却还在杜路头上打转，二苕眼神威胁地望着白羽。

白羽"哐——"的一声扔出了那把匕首。

大苕也捡了起来。

红灯笼这才从杜路头上离开，二苕俯视着手无寸铁的少年和人命危浅的男人，终于露出了满意的神情。

白侍卫喘息着望着他们。

"别拿那样的眼神看着我们。"大苕说，"你们病成这样，还有几天的活头？你的银子，你的玉，你的剑，就是我们现在不拿，以后也会有别人拿走。"

白侍卫眼神冰冷：

"这也是你们父亲交代你们的吗？"

"别这么说，我父亲可是个善良的好人，老实了一辈子。可你看看他辛辛苦苦过了什么日子？我想明白了，牛马活该被骑一辈子，懦弱的人活该受辱。我看透了他的一生，而他还想按着我的头，让我也过他那样的一辈子。"

"我没法过他那样的一生，我会被憋死的，我要做一件大事。今夜，我要改变我的命运。

"我们再也不受你的侮辱。"

二苕转过身。

他们提着那一盏橘红的灯笼，走进了黑暗中的密林。

身后，昏迷的男人躺在地上痉挛，双目充血的白羽喘息着，望着他们的背影走远。

一瞬间，无数种从背后袭击的方法在白羽脑海中闪过。

可下一秒，他一个踉跄，再一次直面摔倒在地上，浑身抽搐，如一只发病了的瘟鸡。

熟悉的毒痛撕裂着他的内脏，白羽看着眼前杜路苍白的脸，十指颤抖，几乎要掐进自己的掌心。

"我死了，你该怎么办？"

他突然说。

他浑身都在哆嗦，却努力地伸出手，擦着杜路面颊上的血污：

"你只剩我了。"

一瞬间，岁月在宇宙打碎的水晶皿中倒流，他又回到了那个洁白春光拂动的青叶庭院，伸出手，握住了青年手中的小皮球。

风声在这一刻静止。

灰色的地面上，一颗颗光点如水滴般凝结，他注视着青年，身后万千水滴斑斓闪动。脑海中渐渐浮现一段早已尘封的、恍如隔世的记忆。

"你啊……真是非常麻烦。"

白侍卫摇着头，叹了口气。

他忍着浑身的剧痛，手脚并用地发力，把自己的身体撑了起来。

我不会抛下你的。

杜路。

我答应过的，你只能死在我的手里。

白侍卫勉强直起了身，在浑身痉挛的痛苦中步履摇晃。连爬带摔地，狼狈万分地，他向着只剩几十丈远的夏口城门，咬牙用尽最后一丝力气向前进，徒步去搬救兵。

他必须赌一把。

在毒发昏迷之前，他一定要找到湖北巡抚，才能救杜路。

身后——

大苕猛地停住了脚步。

"那个小子呢？"他转过身，拉过二苕的灯笼照向远方的树林，却只看见黑衣男人孤零零地躺在地上喘息，"老病鬼还躺在地上，小病鬼跑哪儿去了？"

他突然望见了夏口城门前跌跌撞撞的背影，面色一变：

"他是去……报官了吗？"

第三十六章

城门就在眼前，还有二十丈路，十丈路，五丈……

白羽头晕眼花地向前走。

掀开眼前一根根枝丫，脚步颠踬，如深陷在沼泽里，黑漆漆的密林像是某种诅咒，从四面八方包裹着他不让他逃脱。白茫茫的水汽在四周愈发浓郁，是雾吗？白羽快把自己的大腿掐出血了，突然眼前一片清晰，这才发觉，眼前既无枝丫，也无白雾，他走出树林了。

还没看清自己在哪里，眼前又升起一片白雾。

他又掐大腿。

终于，眼前的白雾又散开了，他看见了一块块灰色的墙砖，层层叠叠地向上垒去，他仰着脖子看啊看，看得瘫坐在地上，使劲儿仰着头，方看清灰砖高墙顶上刻着三个威严的大字：宾阳门。

自冬月二十八夜里离开浔阳神庙，他们紧赶慢赶，终于在腊月初二子时到达了夏口东城门。

此刻，距同根蛊期满只剩八天。

距离四川还有两千里地。

白羽仍瘫坐在地上，使劲儿仰着头，举着胳膊，用颤抖的手拍响了钉头磷磷的巨大城门。

黑夜中，声音炸响，如同一颗颗石子击中了森严铜钟。

"何人犯夜！"

城楼上，传来守门士兵威严的喝声，数把火光照了过来，照亮了巨大城楼脚下那一个小小的身影。

"哥哥你快来，老病鬼身上也有银子！"

二苕一手提着灯笼，一手摸上杜路的黑袄，兴奋地转过头对身后抱着柴刀和匕首的大苕说："我们今晚可要赚大了！"

大苕忧心忡忡地望着远方，望见城楼下白羽的身影被一群执刀士兵围了起来，大苕舔着自己冻得起皮的嘴唇："可是那个小子——"

"无故犯夜，笞二十杖，他啊，被打一顿就扔出来了。这么冷的天，那些大爷才懒得出城理这些乡间的破事。"

"可万一官兵们过来了呢？我们还是快走吧——"

"哥你害怕了吗？十六岁生日那天夜里，你说的，我们不能这样活一辈子，我们要做一件大事，你不会现在后悔了吧？"

"不。"大苕轻轻咬了下嘴唇，"我只是……怕连累阿爸。万一官兵们听信了他的话，把我们当贼抓了呢？我们就算逃了，可他知道我们的村庄，也知道阿爸的摊位

266

在哪里，会去抓阿爸的。"他懊恼地摇了摇头，"我们动手前怎么没想到这些？"

"对啊，我们本该把他们绑起来的。"

大苔望着白羽的背影，目光愈发紧张："不行，我们得把这个小子叫过来，不能让他告诉官兵。"

"他要是不回来呢？"

"老病鬼在这儿呢，叫他回来他就得回来！"大苔突然抬头，眼中闪现出坚定的光芒，他单手伸进口中，在黑夜中吹了一声长长的口哨。

夏口城门下。

面对着持刀士兵的包围，少年正在口干舌燥地请求开门，突然身后响起一串尖锐的口哨声，少年一回头，登时变了脸色。

漆黑的树林中，唯一一点火光旁，两个人无声地站在杜路身旁，眼神幽幽地望着白羽，像是黑暗中反光的兽眼。

"回来！"他们无声地张嘴，对白羽做口型，袖中银刀闪闪，一盏火红的灯笼早已抵住了杜路的额头。

火光在杜路身上摇着。

他们像是两个站直了的鬼影，冲白羽勾魂式地招着手。

"你们快去林子那边！快去！"

白羽猛地转过身，拽住了离他最近的士兵，仰起头使劲儿地吼道，每说一句话，肋骨间都痛得像是在燃烧。

"你们快去林子那里救人！躺在地上那个男人犯病了，他们要杀人！"

白羽嘴唇发紫，瘦削的身体在寒夜中颤抖着，他咽下喉间一口恶心的血腥，对着这一群官阶远远低于自己的地方士兵，吼道："快去啊！"

一圈士兵盯着他。

"我们管不着城外的事。"细长鼻子细长眼的士兵揉了揉眉心，有些困倦地开口，"天大的事，都得等五更过了再说。"

"这就是天大的事！你们快去！"

"小子，犯了夜禁还这么狂？"胖脸长须的士兵瞥着他，讥笑道，"跟我们哥几个发号施令呢？无故夜闯城门者，杖二十，懂吗？"

"算了算了，"细长鼻子的士兵伸手拍了拍胖脸士兵，"一个小孩，看起来还病恹恹的，这小身板再打二十杖不得散架了，让他走吧。"

"你们快去！"白羽嘴唇青紫地打着哆嗦，肺里像有石子一样，每一次呼吸，肋骨间都会热辣辣地痛，他紧紧攥着细长鼻子士兵的衣角，忍着剧痛发出声音，"他们要放火杀人——"

"乱喊什么，最近风声紧，你别把监门官给招过来了。"细长鼻子的士兵皱眉道，他抬头往林子那里瞄了瞄，"那边不就是两个小孩提着盏灯笼吗？放什么火？杀什么人？你们小孩之间的事，别瞎闹到这里来。"

"不是瞎闹，你知道地上那人是谁吗！他是——"白羽在剧痛中突然清醒过来：张蝶城绑架案乃帝国机密，杜路作为人质更是密中之密，身份怎能暴露给这些地方上的城门兵？他无奈地摇头，"算了，你们若是不愿救人，就把城门打开，我去找湖北巡抚。"

"开什么城门，别瞎嚷嚷！"胖脸士兵猛地一拽他，低声说，"最近不知道出了什么大事，三天两头地寄画像抓人，上个月紧急传了诏，诏上写：'凡夜过州县镇寨并关门桥渡者，有符者审问，唯事干军期、御令及急速者，方才放行；无符者收押，轻则杖之，重则流放。'风声一天比一天紧，别说开城门了，你夜里就算过个桥，现在都不许开锁。"

"此事紧急异常，你快开门！"

"嘿，你这小子怎么不听劝！"胖脸士兵怒目，"非得挨一顿打才老实？"

"算了算了。"细长鼻子的士兵扶起了白羽，"小兄弟，我看你可怜，现在悄悄放你走还能免了打二十杖。我们监门官脾气不好，你要是再不知好歹，一会儿惊动了监门官，就不是我能帮得了你的了。"

"不是我们不帮你，我们实在开不了这个门。"见白羽执拗，旁边一老弱的士兵也帮腔道，"如今没符擅自开门，监司与夜闯者连坐。这么冷的天在城楼上站一夜，我们也不容易，你就别再难为我们了。"

话已至此，白侍卫自知严令之下，这群士兵不愿意担责任，既不肯出城门，也不肯开城门，此刻除非露出自己的身份用强权命令，否则再怎么说都是白费口舌。他心说这已经是千里外的湖北了，总不至于宋有杏安排人手到这里，不如说出身份，才好搬救兵。

可他心里没谱得很。

平日里，白侍卫御令在手，千门次第开，天下莫敢拦。但此刻，那一方令重如山的玉牌竟被两个山野小儿窃入囊中，他身无长物，又该如何自证身份？

他只能赌一把。

"你们知道我是谁吗？"

他玻璃球般的眼珠扫视一众士兵，整衫，强撑着拿出些平日的威严道："我乃圣上的近亲侍卫白羽，急务在身，速速开门！"

胖脸士兵扑哧一声乐了："小嘴一闭一张的，点子倒不少，你说你是你就是啊？大冷天的，要玩找你朋友玩去，别在城门这里瞎找事。"

白羽仰头还欲争辩："我……"

"禁中玉牌呢？"

"这……"白羽一噎，终于垂下头，认命地说，"被那两个提灯笼的小子抢了。"

一圈士兵哄堂大笑。

胖脸士兵笑得不成声："那白羽是天下第一侍卫，羽剑随身，轻功绝世。白侍卫的玉牌被乡野间两个小儿抢了，说出去你信吗？"

"纵是你的玉牌真被抢了，你的软剑呢？再不济，你的轻功呢？你给哥几个飞一个，哥几个就让你进城，怎么样？"

白羽痛苦地咬住了自己的牙。

他们在开什么玩笑，他此刻若真有力气飞上城门，还不立刻转身手刃了那两个小子？

五脏六腑都仿佛被绞了一遍又一遍，绞痛中他浑身发颤，从脖子到指尖青紫一片，瘫坐在那儿连呼吸都不敢用力。毒发成这样，此刻再敢运功，那就是真的不要命了。

"白羽？什么白羽？"

突然，高耸的城门上传来一声威严的喝声。

细长鼻子的士兵捅了一下身旁还在笑的胖脸，心底暗叫不好，竟真把监门官给招来了！

他还没来得及回话，就听见楼上瞬间来了精神：

"是那个长安侍卫白羽吗？你们快拉住他，让我下去看看！圣上一百道金字牌传令天下，天下都急疯了一样在找白羽，若是真在我们夏口城门找到他，那是天大的功劳！"

细长鼻子的士兵看了看面前浑身打战的瘦小少年，又仰头望了望城楼，有些犹豫地开口："长官……他应该不是……"

"你们先拦着。扬州那边还传了画像过来，我现在就拿画像下去！"

白羽突然眼前一亮。

对啊，画像。

寂静的上空，传来了匆匆的脚步声，灰黑耸立的城墙上，突然垂下来了一架长长的软梯。一个宽肩粗腿的背影顺着软梯，竟自己矫健地爬了下来。他一手握画卷，一手拉软梯，右脚略跛，却爬得虎虎生威，气都不喘地跳到地上，一转身，面若重枣，眼中发亮，张口就声如洪钟地大喊道："白侍卫在哪儿呢！"语气之中，甚至有些喜气洋洋的味道。

白羽静坐以对，心中了然。

此人一看便是军功上位，而定朝内战结束已经十年了，此人却还只是夏口东门的一个监门官，恐怕是上阵杀敌有勇，官场逢源不行，手下人畏他又瞒他，也可窥得一番。

一个战争起家的人，憋在城门上这么多年，怕是想立功想疯了。

见监门官兴奋，官兵们面面相觑着交换眼神，细长鼻子推胖脸，胖脸又推细长鼻子，最后还是那个老人站了出来，有些迟疑地指着地上的白羽说：

"禀……禀长官，就是地上这病恹恹的小鬼，他说他是白侍卫。"

监门官顺着手指望去，这才看见众人包围之下，缩坐在地面上那一个小小的、发颤的身影。白羽抬头与他对视，一瞬间看见监门官兴奋的笑容僵在脸上，他拿着画卷，僵硬中竟伸手捏了捏。

"没事。"还不等白羽张口说什么，监门官突然转过身，他说，"你们不懂，白羽就是很年轻。你们没见过高手，外表越不显山露水，越是厉害。"

士兵们赶紧点头。

"看画像就知道了！"监门官凑近，"来来来，抬头——对——"

白羽认命了，反正今夜已经把脸都丢光了，他猛地一抬头，眼睛望着监门官，反正再忍这一会儿，等确认了身份就好。这监门官是个积极人，肯定会把救兵搬到，总不至于再出什么岔子了。

一片火光投照到白羽脸上。

手中画轴缓缓展开。

白羽坐在火光中，努力睁着眼，眼皮在打战，被光照得眼泪都快落下来了——

监门官缓缓合上了画像，面色凝重。

白羽长舒一口气，心说终于结束了，终于有人明白过来了。

监门官伸手把白羽扶了起来。

连绵火把飘荡的光芒中，他低头注视着白羽，双手紧握着白羽的臂膀，缓缓开口，声音凝重：

"你小子是活得不耐烦了吧？"

白羽震惊地望着他。

"夜闯城门，戏弄官兵，冒充身份，假传御令，这四条罪加在一起，死几回都不亏你的。"监门官说着说着，怒容愈胜，"来人，把这小子给我收押了，好好审审！"

"等等！"白羽一阵眩晕，雾气又升了起来，他在满眼白雾中不可思议地盯着监门官，"你们是不是搞错了什么？"

"是你搞错了吧，小子。"

"那画像——"

"那画像和你长得没有一丁点像的！"监门官越说越怒，拿着画卷恨不得往白羽身上敲，"这画上的白侍卫窄鼻长眼方脸，眉宇英气。你小脸圆眼的，在装哪门子的白侍卫？"

什么？

白羽震惊得不敢相信自己的耳朵。

画像上的白羽，和自己长得不一样？

他联想到这一路上他们过城门时的畅行无阻，自以为是杜路装傻演得好，其实是因为……画像上的杜路和白羽，长得和他们根本不一样？

也就是说，有人从扬州寄来了一批假画像……

"你他妈的宋有杏！"

寂静的深夜，众目睽睽之下，只见那少年突然爆发，对着天空破口大骂，浑身发颤。

他终于反应过来，从扬州寄画像的还能有谁？多半又是宋有杏那狗贼干的好事！

宋有杏或许不能把势力伸到湖北，但他可以篡改画像假传天下！那一路上拿着画像搜救拦截他们的人，不管真心与否，不管令承何处，手中画像全都是假的，又怎么可能找得到人。

监门官愣了一下，随即气得发丝都在抖："你竟然还敢辱骂朝廷命官——"

"骂的就是他。"白羽眼神冰冷，"你们手中的画像是假的，我是白羽，我现在身上中了毒，被人抢了玉牌，我今夜必须见到湖北巡抚。你再不信我是白羽，别说立功了，官帽子都得被摘了！"

监门官气得瞪大了眼睛："你……你——"

"你什么你，叫我大人。"白羽任他擒着双臂，脊背因剧痛而蜷缩，眼神愈发充满杀意，"你看见林子里躺着的那个男人了吗？他是我押送的帝国重犯，赶紧让你的手下人把他抬过来！他要是死在你这夏口城门旁，你们所有人都得为他担罪。"

一瞬间，白羽在监门官的眼中看到了迟疑。

监门官看着这个病弱少年凶狠的眼神，恍然间以为自己回到了战场，这绝不该是一个少年的眼神，这种成竹在握的布政语气，不像是一个普通的少年该有的。

可下一秒，监门官又望见了自己手中的画像，低头仔细揣摩了一会儿。当他抬起头时，眼神已然变了：

"来人，把这口出狂言的小子给我收了！先打上二十杖，再仔细审问。什么帝国重犯，什么侍卫白羽，他小子怎么会知道这么多，说不定是个奸细！"

执着火把和刀剑的士兵们逼了过来。

白羽真想撂挑子不干了。

他真心觉得自己的职业生涯应该在今夜结束了，天底下再也不会有这么丢人的侍卫了。这都算什么事？弄丢了自己的解药，被两个十六七岁的小孩乘着毒发抢走了禁中玉牌。而城门处这群傻瓜拿着一张假画像，把真侍卫给收押了。死在这儿算了，他自暴自弃地想，他没脸回宫了。

平心而论，他觉得自己担不起"天下第一侍卫"的称号。倒不是说他的功夫不行，而是他这个人有点呆。听上去很奇怪，白侍卫的机敏是闻名的，雪地里的脚印、扬州城外马童的手、睡梦中盐船沉落的响声，外界的风吹草动都逃不过他的眼——只要杜路那个麻烦星不在旁边捣乱。但白羽确实又有点呆，不过这是赵琰赞扬他的地方。"你是个想法很少的人，"赵琰曾说过，"朕最喜欢你这一点。侍卫就应该想得少。"

白羽的那种机敏有点像猎豹，直觉型机敏，眼疾手快，想得也快，闻着空气中的味道就知道该往哪儿跑，对单件事的判断极其精准。但一旦周围事情太复杂，他就会有点转不过来弯。

话又说回来，碰上自己的画像是假的，换谁谁都转不过来弯。

他服了，他真的服了。

若是此生有幸再遇见宋有杏这狗贼，白羽一边任官兵把自己五花大绑起来，一边乱七八糟地想：他一定要给宋有杏好好鼓个掌。先把侍卫送上大船，再无声无息在千里外把船沉了；先把侍卫安排在船舱里，再往门外上一把黄铜大锁，沉他个昏天黑地；侍卫逃出来了，就往天底下寄假画像，让各地拿着假画像把真侍卫当细作——这一连串的操作真是精彩得让人叫好——如果他不是这个可怜的侍卫的话。他丝毫不怀疑，宋有杏还有一万种能整死他的办法，只要他再带着杜路往西走一步，这一万种办法便会在脚底下像炸弹一样被触发，轰的一声，炸个天崩地裂。

等等，炸弹。

眼花缭乱的草原上，猎豹突然看见了唯一的目标，砰的一声疾速转了个弯。

灰黑的城楼前面，白羽被绑着双手吊上城门，楼上的士兵们喊着号子往上拉绳，楼下的绳子吊着少年缓缓上升。终于，白羽升到了城楼上，绳子被解开后，数只手

272

同时擒住了他，要换上铁枷锁牢牢锁住他。士兵们粗鲁地按下白羽，让他以一个极难受的姿势趴在城楼上。

白羽却猛地抬起头，露出了阴森森的笑，小声说：

"我身上有炸弹。"

离他最近的士兵，瞳孔猛地放大。

几十丈外，漆黑的树林里。

兄弟俩并肩站着，望着城墙上被五花大绑的身影越升越高。

"你看哥哥，我没说错，那小子被绑起来收押了，看来免不了二十大板。"

大苕舒了口气："这就好，我们快回去吧。"

"你等等，棉衣最里面还缝着一块银锭，我摸到了，硬邦邦的。"

"咦，真有一块，我也摸到了。"

二苕蹲下身，趴到杜路胸前，使劲儿地伸手往里面拽："咦，怎么拿不出来？"他趴得愈低了，侧过脸张开嘴，乳白的小虎牙映着灯笼的金光，凑过去想把缝着银子的棉线咬断。

"棉线缝得太紧了。"大苕见状摇头，"你起来，我把匕首插进去，用匕首把棉线挑断。"

二苕便让开了身。

树林中，一阵响声之后，传来了大苕有点难堪的声音："怎么连匕首也缠进去了……"

他们黑夜里看不清，那缝住最后一块银锭的并不是棉线，而是纤细如发的黄金丝，缝得针脚极密，像是条绷带一样缠住了刀尖。他乱捣一通，越缠越紧，还缠上了别的线，弄得整个棉衣都缩紧了起着褶，吞住了匕首。

二苕不服气，双手握住刀柄用力往外拽，匕首没拽出来，棉衣倒是被那几根线勒紧了，钩住了衣领里面，勒得杜路脖子上都印了一圈红痕。

"这样不行，得把棉衣掀起来，把匕首露出来！"

大苕推开弟弟，将柴刀放在一旁，双手在杜路身上摸索，这一身黑袄里棉花填得极实，又厚又沉，他勉强找到棉袄衣角，手忙脚乱地抓住，使劲儿往上推去。

与此同时，城楼上。

"退后！所有人往后退！"

瞬间，所有瞭望台上的士兵全都扔下手中弓弩，紧张地往后撤，所有人都站在监门官身后，无数长戟指着白羽，犹如一道道铁刺瞄准了同一个点。

面若重枣的监门官头上带汗，他双手伸在胸前，一边示意士兵们再往后站，一边试探性地小步小步靠近白羽，大喝道："大胆逆贼，交出炸弹，速速服罪——"

白羽向前扑了一下。

所有人登时往后仰。

监门官僵在原地，双肘贴在胸前，盯着白羽的眼神像是在看一个可怕的疯子："你何必如此，把炸弹交出来，我们有话好好说——"

白羽环视着所有人，痛苦中面容显得愈发狰狞：

"我是北漠人的间谍，你们上当了，我就是来上城炸你们的！"

所有士兵登时又往后退了一步。

"看见楼下林子里打灯笼的那两个人了吗？他们是我的同伙，地上躺着的那个男人是北漠大臣！今夜，他们要动手炸掉夏口城门。"

城楼上静得可怕。

心脏怦怦怦乱颤，要裂开了，白羽疼得实在说不下去了，他嘶哑的喘气声在寂静的高楼上一声声回荡，像是落地的银针，一根根砸在人们心尖上。

火把在嘶嘶地响，一柄柄长戟的黑影微微发颤。

他终于喘匀了气，抬起头，眼珠中火光跳动：

"你们听着，我弃暗投明了。今夜，我要举报我的同伙们，他们都是北漠奸细，你们快把他们抓上来好好审讯，否则炸弹就要点燃了！夏口城就保不住了！"

见没有一个人动，白羽咬咬牙，扯着声带沙哑地吼道：

"闻见我一身的灯油味了吗！你们再不动手，一切就都来不及了！"

监门官抽了抽鼻子，神情终于为之一变。

"细作在哪儿？你快指给我们，我现在就派人去抓！"

监门官仍不敢靠近，只抬起一只手掌，隔空示意白羽。

白羽仍以那个别扭的姿势趴在城楼上，他努力翻过身，面朝着瞭望台下的树林，伸出手臂，伸长了去指黑夜中那唯一一盏红灯笼的所在。

突然——

他面色一变。

"你别动，领口越扯越紧了，这样下去他会被勒死。"

"怎么办？"

"你把柴刀给我。"

树林中一阵窸窸窣窣的声音。

"我把银子和玉牌垫好了。"

"你给我打着灯笼。"

"好。"

"行，我劈了——"

一瞬间，白羽觉得浑身所有的热血都冲上了耳朵，空气仿佛凝结成一絮又一絮，在耳旁发出玻璃般的尖鸣——

漆黑的树林中，唯一一盏红灯笼的明亮光芒下，大苕高高地举起一把银白的砍刀，冲着地上人命危浅的男人劈了过去！

白羽忘记呼吸了。

耳后，传来了士兵们的惊呼声。

"射箭！"突然有人喊，"快射他！"

这自然是句空话，因为士兵们离城墙还有两丈远，那一排排弓弩都被扔在瞭望台上。

可白羽就趴在瞭望台上！

接下来的一切都仿佛是身体的本能，在白羽看清手中箭矢的一刹，他已爆发猛力拉开了长弓，嗖的一声，像一条响蛇直奔着树林而去！

"砰！"

一箭穿心。

大苕不可思议地抬起头，望着短短几十丈外城楼上拉弓的白羽，瞪着鼓凸的眼睛，缓缓地倒了下去。

红灯笼炽烈的光芒全都照在他身上，鲜血在光芒中破碎，一朵蒲公英被猛地击碎，散落成无数细点，闪烁着四溅，一地晶莹。

柴刀从他手中脱落了。

他的后脑砸在了弟弟跪坐的大腿上。

一脸四溅的血滴。

颤抖的手。

声嘶力竭却再也听不见的大喊。

白羽趴在大风中的瞭望台上，眼前一片白雾，他像瞎子一样什么都看不清，他掐着自己的大腿。

当视线再次清晰的时候，他望见了对视的少年。

大风在天地间尖鸣。

他们望着彼此。

那不该是一个少年的神情，那是一种——

悲愤。

白羽恍然打了个哆嗦。

风声与白雾拂过远处漆黑的森林，落叶纷纷，地狱却燃起了熊熊的烈火，红色的血斑半明半暗地铺在地上。二苕跪坐在黑暗中，颤抖的手掌不敢去碰哥哥的头。

灯笼的暖光罩在他们身上，像是宇宙间一个小小的橙红的气泡，里面是生与死亡。

哥哥躺在他腿上。

红色的火光在黑色的瞳孔里颤抖，他盯着远处的白羽，仿佛是黑暗中一个红色的鬼魂，暴怒的脸，绝望的眼。

"去死吧！都去死吧！"

他咆哮着，吼叫着，在地狱的红光烈火和满地血迹中，伸手拾起那一把残留着温度的柴刀，猛地捅向了地上的杜路——

"砰！"的一声！

黑夜中，又一支锋利的箭镞擦着落叶而过，瞬间洞穿了他的心脏！

他倒了下去。

红灯笼还燃烧着。

橙红色的光晕镀在两具少年的尸体上，满地红色的血迹，散落的银锭反射着璨白的光点，像是一颗颗黎明的启明星，在幽暗的春河中银光粼粼。

城楼上。

白羽趴在那儿，喘着气，远远地望着这一切。

他松开了弓。

白茫茫的雾气在他眼前弥漫，这一次，他任由白雾遮蔽天地，仿佛在冬季的清晨缩进一床薄薄的棉被中，遮住口鼻，水汽渐湿，明明半醒的梦却不愿睁眼。

寒风，却吹散了眼前的白雾。

一切都纤毫毕现。

他喘着气，沉默着望着自己的杰作：那残酷的凶杀现场，那彼此枕藉的兄弟，那疾速得洞穿一切的箭头。年轻的生命消亡在寂静的冬夜里，身后，村庄安详。

灯笼在风中寂静地燃烧。

那把柴刀去哪里了？

"你……你到底是什么人？"

身后，士兵们漆黑的影子密密麻麻地压了过来，监门官声音惊惧，指挥着所有人拿着长戟上前，包围那个趴在瞭望台上一动不动的背影。

突然——

那个背影跳下了城楼！

在众人的惊呼中，那背影仿佛月下仙，黑袄掉落，白衣翻飞，从高楼风声中一跃而下，仿佛水上轻功一般，奔向了漆黑树林中那一盏燃烧的红灯笼。

众人这才看清：

地上躺着的那个男人，胸口上正插着一把柴刀！

白衣少年奔向了地上的男人。

"走！快下去看看！"监门官如梦初醒，"放云梯，都去给我追！不能让这小子跑了！"

浩浩荡荡的军队包围了黑林中那唯一的红灯笼。

瞭望台上，数十把弓弩同时架起，瞄准了红灯笼旁的白衣少年。

少年缓缓转过头。

他手中握着一把带血的柴刀，目光嘲讽而悲哀。

"何至于此。"他望着他们，也望着地上的尸体，青紫的嘴唇打着哆嗦，"何至于此。"

杜路的衣领皱缩着，勒得他脖子上一圈青红色的痕迹，面容憋得发白，像是个泡死鬼一样。

但衣领上面，却摆好了数块银锭和那一方羊脂玉牌。

错了，都错了。

在杜路快被勒死的时候，他们手忙脚乱，拉着衣领又扯又撕，可棉花填得太厚实，他们扯不开，匕首又被缠进衣服的缝线中，于是，二苕打着灯笼照明，大苕举起了那把柴刀。

他们要把衣领劈开。

他们甚至想得很周全，先用银锭和玉牌垫着杜路的脖子，以免柴刀落下的刀锋太长，顺势劈开了杜路的血管。

一切准备好，他们举起柴刀向杜路的衣领劈去。

与此同时，城墙上的白羽拉响了那一张长弓。

哥哥在弟弟面前倒下。

悲愤地，绝望地，颤抖地，弟弟拿刀捅向了杜路。

那一瞬间，白羽还未能意识到其中致命的错误，却拉弓射出了第二支箭。

悲剧发生的刹那，命运还未睁开嘲弄之眼。

白羽颤抖着，扔掉了手中那一把沾血的柴刀。

"杜路！"他趴在冰冷的胸膛上，伸手摸到了棉衣中黏稠的血。成片的火光在他瞳孔里颤，他呆呆地望着男人，双手扒着棉衣上的洞往两边撕，紧绷的衣领终于松开。

杜路的脑袋歪到了一旁。

白羽颤抖着望着他。

"当众射箭，连杀两人，置夏口监门监司于何地！"身后，红脸的监门官看清眼前的尸骸枕藉，气得浑身发抖，"来人，立刻缉拿杀人重犯！今夜发生此等恶行，若不严加处理，堂堂大定律例颜面何存——"

白羽没有回头。

他向后伸臂，亮出了手掌中那一方莹白如雪的禁中玉牌。

监门官的呼吸猛地屏住。

一片寂静。

在一把把火炬拂荡的黑影中，白羽转过身，面对着火光中目瞪口呆的士兵们，嘶哑的声音在黑夜中威严大喝：

"御令在此，速开城门！"

众人手忙脚乱和赔罪喋喋，杜路被抬上担架，嘴唇青紫的白羽被四手搀扶着上了某个士兵的后背，一行官兵背着白羽抬着杜路，脚步匆匆地跑向城内，连夜赶往湖北巡抚处。

监门官跛着脚跑在前头，不停催促，鬓角带汗。这期间他对白羽拜了又拜，交代说他已经派人去通知湖北巡抚接应了，白侍卫的解药瓶也派人向东边那条路上去寻了，杜路身上已经盖上了一个小士兵脱下来的棉袄，今夜这一摊子事请白侍卫千万多多担待……他说着说着，只见那少年趴在别人背上，突然掐住了自己的掌心。

一片殷红，从他的指间滴落。

"你接着说。"白侍卫抬起头，对上监门官诧异的目光，他把手往暗处藏了藏，触目惊心的血液却越滴越多。

"下官，下官还要汇报……那个，"监门官不太自在地移开目光，"大人你押送的重犯只剩一口气了，他虚弱异常，属下已经派人去请全夏口所有的好郎中了。"

"嗯。"

"至于……至于大人处死的那两个罪犯，"监门官悄悄瞥了一眼少年的神情，"他们妨碍公务，罪……罪有应得。官兵们已经把两具尸体悬在城楼上了，通知家属明日来领。下官想来想去，还是出两吊钱，和那些银锭一起，就当吊唁了……"

"嗯。"

见白侍卫神色如常，监门官悄悄舒了一口气。

血突然濡湿了一整片衣裳。

背人的士兵不敢说话。

两里外，汤锅咕噜的火炉旁。

那位父亲垂头坐在金光中。

他今夜做了一件好事，他让两个儿子送病人去夏口。这一晚上他坐在火炉旁，为那发病的陌生人担忧。

明天早上——

他却被通知去领两个儿子的尸体。

第三十七章

寒风中的夏口城门。

"今夜真是怪事多，西城门来一个马驮马，东城门又来了一个真真假假的白侍卫，老大这回又没立着功，回头等他训我们半个月吧……"

那边官兵们急匆匆护送白侍卫的脚步声刚走远，这边胖脸士兵和细长鼻子士兵爬回到冷风城楼上，趴着瞭望台，忍不住聊起天来。

他们一句话还没说完，突然听见楼下又响起了击门声。

这次他们不敢怠慢，赶紧往下问："来者何人，有何事干？"

一片火把照了下去——

照亮了城门阴影下一辆马车。

两团橘黄的灯笼一左一右挂在车前，暗红的车帘上绣着浮金光的蔓枝莲，四匹马筋疲力尽地抽搐着，戴着手套的马童们打着哈欠。

"我们来送画像。"

一位青衣书生挑帘而出，束发极工整，清俊的面上丝毫不见旅途的疲惫，黑眸抬起，宁静地注视着楼上官兵。

"又是来送画像的，画得一点都不像。"胖脸士兵一边抱怨着爬下软梯，一边问，"这次通缉的是谁啊？"

"一个扬州的书生，名字叫翁明水。"翁明水平静地说，递过去一张宣纸，上面盖着江东巡抚的官印。

"扬州的书生，都通缉到湖北来了，这才几天时间，借他个翅膀也飞不过来。"胖脸士兵嗤笑着接过画像，"进去吧，进去吧。"

两扇城门缓缓打开。

突然，车厢里传来另一个男子的声音："诸位，可曾见过一位白衣少年和一位中年男人在此经过？"

"呦，刚进去，那中年人发病发得厉害，监门官带着他急匆匆找湖北巡抚去了。"

"湖北巡抚？"

"是啊，湖北巡抚就住在离城门口不远处，估计他们现在刚好能接头……"胖脸士兵打着哈欠絮絮叨叨地说，却突然听见车厢中极为低沉短促的一声：

"操。"

胖脸士兵打哈欠拍嘴的手停在了半空，他怀疑自己的耳朵刚刚是不是幻听了："你说什么——"

"什么也没说。"翁明水眼疾手快地塞了袋铜钱给他，"诸位官爷守门辛苦，我们还得赶着给下一处城门送通缉画像，就不多打扰诸位了。"

两个瘦弱的马童扬鞭催马，登时，那劳累不堪的四匹马又来了精神，追风逐日一样狂奔起来，拉着马车旋风一样飞进城里，砰砰砰的马蹄敲着地面，激起一片灰尘四荡。

身后，灰尘中，胖脸士兵面无表情地抹了一把自己的胖脸。

车厢颠簸中，翁明水看了一眼郁闷的老板，有些无可奈何地笑了。

"好啦。"他笑着拍了拍老板，"恭喜你都猜对了：他没死在湖里，他来了夏口，他去找湖北巡抚了。"

老板声音低沉："可惜就差这么一会儿工夫，还是让官府的人先得手了。"

"我在想，别人都说你凡赌不输，我以前不信，今天发现，你真的从来不会猜错任何一件事。"

"小映光，那你还不听我的话？"

"我什么时候不听你的话？"翁明水忍俊不禁，"你别冤枉我啊，老板，这三年来我何曾有一刻对你不是百依百顺，你摸着良心？"

老板终于笑了：

"有时候我想，我要是早认识你一些就好了，也不至于你那些年过得那么委屈。"

"我已经很知足了，国破家亡十四年，见惯了流亡破落和人情冷暖，居然还能遇见你，还能有人真心待我，体贴我，理解我。这个世界上我只听你一个人的，我愿意拿命去陪你赌。"

"我不会赌输的。"老板笑着望着他，"这一次，我们会赢得盆满钵满。"

"我信你。"

之前这一路上，翁明水还在心事重重，他怕杜路早已死了，他怕老板耽误了大事。可事实证明，老板的每一个判断都是对的。

比如说，幸亏他听了老板的话在船沉后第二天早上就迅速离开扬州，才能有时间赶在宋有杏和王念往天底下传画像之前，先沿路发出一份份假画像。

有谁能想到，天底下所有"翁明水"的通缉画像，都是翁明水亲自送的呢？

每一个城门每一个士兵，看见他们送来画像，都以为他们是扬州官府的送信人。

他们就这样，过了一路的关，留下一路的假画像。

至于那批用鸽子送的真画像……就像宋有杏那封提前了二十七个小时的回信一样，老板有老板的办法。

在这张赌桌上，赵琰掏出了整个帝国千万驿站、百万城门、八方巡抚和一百块熠熠生光的金字牌。

而老板什么也没掏。

他正在作弊。

湖北巡抚府，两条街外。

震天的脚步声咚咚咚地踏碎黑夜，一行官兵背着白羽抬着杜路，在监门官的声声督促中，风风火火地冲向府邸。突然，一辆马车迎面过来！

所有人猛地停住了脚步。

那马车也连忙闪避，四匹马仰着前蹄嘶叫着停了下来。

"监门大人！"驾车的青年搜着缰绳刚稳住马，一抬头看清眼前人，登时面露惊喜，"正好碰见你们，小的们刚从沈巡抚府中出来！"

监门官擦着汗："沈巡抚已经收到消息了？"

"是啊，刚刚两位郎中赶到了湖北巡抚府，沈大人一听此事，连忙命令小的们载着两位郎中过来，先接到病人赶紧治病。郎中就在车厢里，你们赶紧把病人抬上来吧，小的们把他们载回府上。"

"好，好，沈大人费心了！"

监门官刚刚还在担心病人死在担架上，整个监门军都难辞其咎。此刻他听见有人来接病人，登时喜出望外，恰似烫手山芋有人接手，不禁连说两个"好"字，这才想起白侍卫还未发话，赶紧转头抱拳询问："白大人意下如何？"

白羽此刻亦是泥菩萨过江自身难保，虚弱地趴在别人背上，指甲尖在掌心血洞里掐，强撑着睁开眼。他刚刚于激动中忘记了周身痛楚，竟动用了真气，跳下城楼跑到杜路身旁，引得浑身剧毒都沿着经脉逆向攻心，此刻已经痛到发麻，像是被人用巨轮碾轧过几百次后，又扔到温水海洋里。此刻他仰面漂在温热的海面上，浑身疲惫，意识一丝丝游离，又被手心剧痛强拽回来。

他勉强睁着眼，在热气白雾中看清了青年车夫的样子，嘶哑地开口："沈大人可给你信物了吗？"

"这……"青年车夫登时面露难色，"事发匆忙，沈大人半夜起床下的口令，没给我信物啊。"

"那你有什么自证身份的办法？"监门官赶紧启发他道，"只要证明你是湖北巡抚府的人就行了，有家徽吗？马臀上有烙印吗？"

"都没有。"青年车夫蹙眉，"沈大人是京官外派，就来夏口住一年，府上没有这么全备。大半夜的，我何苦撒谎骗监门大人？"

"真的什么信物都没有？"监门官焦急地问，"你再想想。"

"我想不到。"青年车夫一脸沮丧，"算了，人命关天，我们还是别磨嘴皮耽误了时间，此地距府上就两条街远，既然官爷们不放心，就劳驾你们把病人抬过去吧。"

监门士兵们一听让他们接着抬病人，登时急了，七嘴八舌地嚷道："我看他是个老实人，我们就抬上车吧……""大半夜的，长官你就听他的吧……""你快再想想！再想想有什么信物！"

青年车夫连连摆手。监门官望着白侍卫，亦是不敢出声。

"我能证明！"

突然，车厢里传来一个男人的声音。

监门士兵们霎时抬头，一道道视线都望着车厢。

"我是个郎中，这是我的药箱，药箱总是不会骗人的吧？"车里人说着，从车帘里递出一个木衾，里面整齐摆着小包药材若干、十几根粗细不一的针灸银针，还有诊脉丝线、推拿酒、火罐和拔牙钳等等，"人命关天，还不快把病人抬进来让我瞧瞧！"

监门官见此，终不再疑，示意手下把杜路抬上车。

"慢着！"白羽虚弱地抬起手，指着那个青年马夫，"你下来。"

"我？"青年指着自己，神情诧异，"我下来了谁赶车——"

"你上去驾车。"白羽手指一转，指向了监门官。

"我……我……我……"监门官的脸色登时比哭还难看，"白大人，我——"

"快去！"

监门官苦着脸换下了车夫，白侍卫这才点头，对一众官兵命令道："把我和病人抬进车里，你们扣了这个车夫，仔细审查。"

"大人们，我冤枉啊，我真的是沈大人府里的车夫啊……"

不顾身后慌张的哭诉声，官兵们把杜路抬进车厢，车里两个郎中赶紧围了过来，一个把脉，一个查看胸前伤势。白羽随后坐进来，对车帘外的监门官吩咐道："起马吧，你把我们送到湖北巡抚府。"

"得令。"

监门官愁眉苦脸地拽起了缰绳。他心知白侍卫对这个半路冒出来的车夫不放心，既然证明不了这人是否为沈巡抚所派，干脆就不证明了，直接换个人驾车，便可杜绝被马夫骗到其他地方去。只可惜苦了自己，这烫手山芋可千万别死在车厢里。

这样想着，他已跑过了一条街。

湖北巡抚府就在眼前了。

突然——

他后颈处一凉。

一肘重击猛地落了下来。

"我真是冤枉的，沈大人半夜把我叫醒，让我来接人，怎么你们还把我押上了……"

车厢外，传来了一阵嘈杂。

"映光，外面在吵什么？"

"我看看。"翁明水挑帘张望，蹙眉道，"一群监门兵围着个马夫，要把马夫绑了。"

"前面就是湖北巡抚府，他们在这儿闹什么？"

翁明水侧耳，突然听见前方一辆马车砰砰砰的奔跑声，他神情猛地一变：

"糟了，我们快追。"

"砰！"

一肘重击。

白羽眼前一黑。

他倒在车厢地板上的一刻，脑中残留的最后一个想法是：防不胜防，他果然还是低估了那个狗贼，宋有杏果然还有一万种整死他的办法。

车外。

昏迷的监门官被抬着扔了下去，倒在路边，像是一个醉酒的流浪汉。受惊的马拉着车绕过了湖北巡抚府，一路向西狂奔，拐进了黑暗中错综复杂的巷道，黑色的车帘消失在浓雾中。

那个车夫是真的。

湖北巡抚派来的这辆马车也是真的。

但这两个郎中是假的！

就在官兵们满城敲门通知郎中们前往湖北巡抚府的时候，两个假郎中拿着一个药箱，踏着夜色，率先敲开了湖北巡抚的大门。

他们坐上了湖北巡抚派来的马车。

他们把杜路和白羽接上车。

他们敲晕了监门官。

此刻，他们相视大笑，一个郎中掀帘而出，坐在星空下扬鞭纵马，另一个郎中拿出毛巾，用力擦着自己脸上的粉，露出满脸黑红的花纹。

"聂君，杜路那家伙死了吗？"驾马的青年一边单手拿着酒壶对天吹，一边回头，对车厢内喊道。

"这家伙心脏长得偏，又没刺中。"黥面的青年有些遗憾似的，"真是祸害遗千年，命这么大，这混蛋属王八的吗？"

驾马青年笑得打嗝：

"你可当心别被那谁听了去，他骂得，旁人可骂不得。"

"知道了知道了，那谁还不让我动杜路，只答应把白羽给我。"

"白羽就是那个杀你妹妹的？"

"不知道是不是他动的手，但训练营里只有他活下来了，三千条人命都在他头上。我想报仇，也只能找他了。"

"那你现在就动手呗。"

"算了，我看白羽的样子像中毒了，杀一个动弹不得的仇人，没意思。"

驾马青年又发出了一阵爆笑："你矫不矫情啊你，学谁不好，非得学宋襄公？"

"你这种酒鬼怎么会懂。十年了，我顶着一张黥面在日日夜夜的磨剑中等待这一刻，手刃仇人，手刃狗皇帝，为我黄泉之下的姊妹和父母报仇雪恨。你是不懂武林的。"

"好好好，我不懂，你想什么时候杀白羽什么时候杀，我闭嘴行了吧。"

"我要和他决斗。"

"决斗好玩！到时候记得喊我去看！"驾马的青年登时眼睛发亮，"说起来你这一辈的西蜀武林，活下来的也只有老苏、老梅、白羽和你四个人了吧。你们谁最厉害？"

"老梅的差劲功夫你又不是没见过，他学得实在太晚了，没办法。"黥面的聂君也笑了，"老苏天资好，目前逊于我，以后潜力无限。至于这个白羽，我也很好奇，能让赵琰封为'天下第一侍卫'的人到底是什么样的。"

"我之前收到消息说这个白侍卫轻功好，擅速战，后手打先，反应神敏。但他那一柄白羽剑没有刀锋，不可劈砍。我想他这样的功夫，做个侍卫是够的，可遇上你这样的重剑，就难说了。"

聂君的声音低了下去："说起来，白羽剑还是家姐铸的。"

"你把剑拿回来吧，也算物归原主。"

"不。"聂君盯着地板上昏迷的白羽，"我要打败他，夺回来。"

"堂堂西蜀武林，如今就剩四个后辈，还要如此互相残杀，真是挺令人唏嘘的。"

"在帝国的威严面前，武林早就该没了。我们，是见证武林消失的最后一代。"

"永远不会再有侠客了。"

"说来讽刺，我父辈那一代侠客都极尊重杜路，苏持为他孤身刺蜀，白山林为他盗取国印，当真是提携玉龙为君死的气概。"聂君的目光移到了男人身上，"可杜路说，个人之侠义不可平天下，侠是违抗大道。天下需要的是大治大礼，是圣明之君南面听天下。你说他最后失败了，那他的这些话到底是对是错——李大仙你干什么！"

"砰"的一声，马车一个急速转弯，聂君一不留神"砰"地撞上了车壁，疼得直皱眉。

"不是我想转弯，是后面有人追我们！"驾车的青年扔了酒壶，一边用力扬鞭，一边焦急地扭着身子往后看。

聂君登时紧张："什么人？官府的人发现我们了吗？"

"不是，是一辆马车。"

聂君便也挑开窗帘，探头往后望去，只见飞速颠簸的视野内，闯进来一辆悬着橘红灯笼的驷马车，金绣的暗红车帘在风中如一面摇荡的旗子。那四匹马明显双目充血，铁掌磨断，口吐白沫地疯狂加速，向他们冲了过来！

"李大仙你快点啊！"

"我再快也跑不过啊，人家的马明显吃了药！"李大仙一边抱怨，一边拉着缰绳以惊险的角度拐进了一个狭窄的巷道，马车擦着巷子两边窗户的雨篷硬是强闯了过去。

身后那辆马车速度太快，竟一时没有刹住车，从巷口前滑出十丈才堪堪停住，马童一拉缰绳，四匹疯马又嘶吼着，掉头冲了回来！

这边李大仙已经跑出了巷子，听见身后马嘶声，一抖腕，硬生生拉着四匹马的前腿往右拽，马车堪堪折了个弯，向着右手边鸡肠般七扭八扭的小巷中冲了进去，车檐擦着红砖墙刺溜刺溜地响，所到之处留下两道长长的白划痕。

身后的马童早有准备，在巷子中段就开始拉缰绳勒马，四匹疯狂冲刺的大马惊叫着高高扬蹄，掀得车厢差点仰到地上，这才刹住车，刚刚好在巷口停住。然后马童瞄准方向，拍着四匹马冲进了右手边的鸡肠小巷，瞬间加速，速度之快，车厢擦过墙壁的瞬间迸溅出一连串流星白屑。

"停车！"

身后马车中有人大喊。

见对方的车厢略宽几寸，疯马之快又难以转弯，李大仙便又是一个勒马急转，拽得那四匹马腿上都一片痕迹，匆忙闯入了一条泥泞的小道，溅得车厢上一片泥点。不等身后马车追来，驾马青年又是一番腾挪大法，四匹马踢开青石板上的花盆，钻进了彩衫晾在空中飘飞的染坊后街，在蛛网般四通八达的巷子里四窜，几个令人晕头转向的转弯之后，他们终于甩开了身后的疯马。

"跟我赛马，弟弟们还是往后站吧。"驾马的李大仙望着身后空荡荡的巷子，不禁自得地吹了声口哨，"聂君，坐稳了我们走！"

"劫了我们的人，你们要走到哪儿去啊？"

一语落下，面前突然传来了砰砰砰的震天马蹄声！

只见那辆金绣暗红帘的马车，突然从面前横街的尽头出现，铿锵的马蹄击打着地面，震得房檐都在狂颤，四匹大马嘶叫着甩头狂奔，鬃毛在寒风中如暴雨般连绵起伏，潮鸣电掣地冲了过来！

他们竟绕过了一整片小巷，从外面包抄，顺着大街冲了过来！

尖鸣的大马扬着前蹄在他们面前刹了下来，地面上被擦得起热气。四双通红的马眼在黑夜中反光，望着他们，整个车厢横了过来，截住了他们马车的去路。

"诸位，把人交出来再走！"

此声落下，暗红帘幕被猛地掀开，一个人下了车，从暗处进到灯笼的亮光中，长身挺立，赫然一黑眸红唇的青衣书生。

"真是不知死活。"

这边车厢里，黑帘也哗的一声掀开，一个肌肉虬结的男人跳下车，单手握着一条用黑布包裹的长柄武器。他一抬头，对面马车前的马童瞬间发出了一声惊叫：

此人竟文着一脸红黑色的骷髅花纹！

此刻幽暗的灯光中，他黑洞洞的双眼直盯着那瘦削的书生，魔头黥面上露出阴郁的神情。他伸出手，缓缓握住了腋下的长柄武器。

"别别别。"车前驾马的李大仙站起身，出声阻拦，"书生你打不过他的，赶紧走！"

"是吗？"那青衣书生盯着他，眼中满是玩弄。

"我说弟弟，你看看自己身上有几两肉好吗？"李大仙无奈，"小书生你赶紧走，别在这儿添乱。"

"把人交出来，不然你们会后悔的。"

"年龄不大口气不小，你这个小书生——算了算了！聂君聂君！你千万别在夏口犯事！"

那一柄包着黑布的武器，瞬间架在了书生的脖子上。

书生却挺直了雪白的脖颈。

李大仙还在那儿上蹿下跳地劝说，黥面的男人和青衣书生却直面盯着彼此，视线交汇之中若有雷霆杀意四动，那柄武器压在书生肩头，渐渐压出一片红痕。

突然——

暗红车帘动了。

车厢里传来一个男人低沉的声音：

"是我。"

听见这个声音，李大仙和聂君对视一眼，面带震惊。

过了一会儿——

寂静的黑夜里，书生忍俊不禁，终于发出了笑声。

"映光，别闹了。"车厢里的声音变得柔和，顿了顿，又说，"我本来想直接叫住你们二位的，谁知道你们见了我就跑，兜了这么大的圈子，我们才说上话。"

聂君垂下了武器，身体在微微发抖："老板，你终于……你终于到了。"

"是呀，十年了，我终于到了，你也长大了。"车厢里的声音带着少有的温柔，"我们都活着，而且又重逢了，这真是很让人欣慰的事啊。"

寒夜。

287

两辆马车并肩，穿过夏口城向西狂奔，身后漫天千缕彩布飘荡，像是黑夜中放飞了斑斓的凤凰。

这一夜，冬风宁静地吹拂过漆黑中一列又一列村庄。

火炉旁的父亲打着哈欠，头顶星空变幻，身边白汽飘拂，有人喊他盛一碗热汤。不远处，他的两个儿子悬挂在城楼上，胸前的小孔还在冒血，从高楼滴到地面，于寂静中滴答不停。

长安深宫中，狂怒的陛下正在与自己搏斗，扭曲的黑影在镜中对望，从右到左地将一列案牍摔下几案，满庭瑟瑟。

漫漫驿道之上，疯马嘶鸣狂奔，宋有杏双臂抱住自己缩成一团，满是血丝的眼球却瞪着窗外景物疾驰，浑身紧绷着不肯闭眼。

扬州阴暗的地牢中，韦温雪的尸体仍睁着哀伤的眼睛。白衣绝代的公子赤着脚躺在肮脏的长桌上，孤独地躺着，在冰冷中缓慢地腐烂。身边囚着千百代的枉魂怨鬼，千百代与死亡寂静凝视。

灯火如海的北漠包帐中，一匹汗血宝马冲了出来，像是一颗银白的流星劈开草原，霎时向南狂奔，马眼鼓凸着反射前方无数篝火光点。身后，汉家使臣列成两队，神情肃穆，沉默地目送白马南下。

明亮的星空笼罩着青青重山，铁面人坐在风楼上，秉烛读史稿。他每读一页，便扔掉一页，泛黄纸页在寒风中凌乱地纷飞，散尽时光。

夏口城，并肩的两辆马车驶入了一家酒店的后院。半响，八匹骏马拉一个高得异常的车厢跑了出来。辘辘的车轮碾在石板上，夜空下传来旧友们重逢的笑语，他们望着彼此老去的模样，十四年的时光在无言的微笑中静默。

颠簸车厢中，杜路在痛苦中痉挛，昏昏沉沉之间，一只冰凉的手探上了他的面颊：

"对不起。"

蒙眬中，有人垂头轻声说，熟悉的气息在风声中弥漫：

"你知道我是谁吗？"

浑身透支的虚弱中，杜路努力想要睁开眼，却怎么都看不清眼前人的面孔。

"睡吧。"那人叹息着，在风声中离开了他，"一天一夜后，我就能把你送到四川。等你醒来时，你就已经身在……反贼们的老巢了。"

杜路费力地抬起手，抓不住。

"做个好梦。"

那人说，随着这句话落下，杜路不由自主地陷入了昏睡。

梦境中，杜路听见了一句话：

"为什么，你会不知道呢？下蛊这件事不就是……因你而起的吗？"

梦里，他还坐在那座金光与黑手印拂荡的高宇神庙下，对面白羽抬眼望着他，瞳孔中湿亮的光芒拂动。

"那你把同根蛊的真相告诉我啊！"

他拉住白羽，焦急地问。

"我们从前往后说吧。"白羽坐在热气腾腾的山野小吃摊上，又圆又亮的眼睛凝视着他，问道：

"十四年前，你为什么会在贵州遭遇暗杀？又是在哪里身中毒蛊？"

"十三年前，本该被满门抄斩的韦温雪为什么没有死？"

"十年前，你为什么跳火自尽？"

"还有今天，十年后，一群早就不该活在这个世界上的人，为什么又突然出现在夏口，他们把你从官府手中劫走，又要把你带到哪里去？"

"我也不知道。"杜路垂下头，"你问的这些旧事，经历过的人都宁愿忘记，真相令人发抖，掀开禁史只能看见满页满页的阴谋和背叛。"

他顿了顿，抬眼望着白羽：

"你真的……要听吗？"

这一夜，有人读史，有人回忆，有人做梦。

寒风吹过一列又一列村庄，熄灭了世间每一盏灯火。

黑夜像潮水般吞噬着，滚流着，翻涌着。时光模糊了自己本来的面貌，春尽秋来，芳华难挽，倒影却又伸出软黏黏的触角，溺死鬼企图爬上岸。

重来。

不甘心的，被遗忘的，嘲弄者的泪水，失败者的大笑，从高楼一跃而下，在大火中噼里啪啦地燃烧。大雨中金光的阳台上，年轻的女鬼穿着绿色长裙跳舞，长安城百万尸体弹着站立起来，骷髅套上金缕衫，腐烂的霉菌在夜光杯里起伏，海底下的黄公吱呀呀地唱社戏，金陵城燃烧的孩子还在拍手唱着春天的歌，不服输似的尖声一边赛一边地飙高，身上千疮百孔，骨头渣像炸开的白梨花树一样四溅。

银丝雨幕从地上往天上涌。

盛夏葱绿的树木被连根拔起，暴风雨中旋转着破碎成一粒粒金色发光的种子，阴曹地府被打翻了，尖叫声中人间陷落，华服髻花的贵妇人尖叫着，被无数只手扒得赤身裸体，莹白的身躯在黄昏的雨幕中溶化，金衣的帝王从高高的座上梦游般跌落，遍布尸斑的少年被细心包裹上绸缎，悼词声中一步步傀儡般向前，尸体的手脚捆上白色的细线，僵硬地抬起手，挑开了皇座后的帷幕——傀儡漆黑的瞳孔，映着躺在粉金色大床上的美丽的母亲，床上白色鲜花重重腐烂。

虚影变形。

时光向洪水一样疾速向后，醒着的人在读史，睡着的人在做梦，幻觉在黑夜中斑斓如同一面映着天空的湖，冬雪砸落冰面，湖面上还存在着天空的影子吗？冰碎了，湖水还在，可过去的天空在哪里呢？影子可有一个收藏者吗？生者凝视着镜子，镜子也在凝视着生者，镜子会有复活影子的那一日吗？还是复活的只是幻觉，是后人的回忆，是捏造，是死去的史官被毁了的书，是再也记不清词的歌，是骷髅幻想一张青春的脸？

今夜，死者吻着生者的脸。

十四年前究竟发生了什么？被盗毁的帝国，已消亡的集团，天才的阴谋，争列捭阖与功亏一篑，银明的流星闪电般轰然坠击平原，黄河渡口千船沉落众军高呼，长安城贵族的亡魂在琉璃瓦上飞翔，风雨中苗寨鲜红地燃烧。死而复生的将军，女子洁白手指间的同根蛊，摇旗呐喊，步步为营，全盘崩坏，黄雀在后。错误的已失败的，绝望的不甘心的，亡魂与怨鬼，旧恩与情郎，内战与决裂，鲜血与暗刀，曾经的种种秘密，那不堪的真相，那些被青史故纸精心掩饰过的一切过往——

今夜，全部复活。

第五卷

禁史

『你会不会站到我身边来？』

第三十八章

十四年前，八月，长安。

大良。

狂怒雷声中的暴雨。

阴暗的金殿上，满朝文武瑟瑟伏身，唯有一位年轻的将军迎着冷白光芒站立，抱臂铁甲相撞：

"请陛下拿主意。"

一柄如意敲碎的声音，从帘幕后传出。

坐在高高的金座上，小皇帝晃着脚，不安地回头张望。

将军依旧仰头，眼中唯有金座的长影：

"请陛下拿主意！"

帘幕后，满桌琉璃瓶、茶盏被猛地掀翻，噼里啪啦地落了一地。

一枚断掉的玉虎头，骨碌碌地滚了出来，滚过金座，滚下台阶，兀自在大殿中央停下。

满殿脑袋伏得更低。

厚重的帘幕猛地摇曳，帘后人拂衣而去，地面与帘底晃动的缝隙中，隐隐露出蓝银孔雀羽连缀的裙摆，长长地颤。

暴雨呼啸。

金座上，小皇帝跳了下去，稚嫩的背影消失在帘幕后。

两帘麟凤锦绣闭合。

雷声中，他仍抱拳站在大殿中央，铁甲挺直地矗立，目光笔直地望向金座，满脸雨光。

"杜行之，你他妈到底在做什么？"

满园淡金色的桂花垂落，衣衫月白的青年一边抚下头顶落花，一边极为平静地骂出脏话，声音冰冷：

"你以为你是什么东西！天下是他萧家的，能赐你金印就能断你虎符，你是有多狂妄才会在大殿上吼叫！"

高个的青年垂手蹲在池塘的独木桥上，望着他：

"是韦大让你来当说客的？"

"别扯我哥。"

"或许不止韦大。"杜路眸色转暗，若有所思，"听说因为我的事，你们几家都不再争斗了，甚至和那些山东人日日密谈，在商量些什么？"

韦温雪望着他，目光冰冷：

"你在怎么跟我说话？"

"你又在怎么和我说话呢？"杜路微微侧头，"真奇怪，像是我们从小就是对手一样。"

"杜大将军没有对手，他从草原征服到江南，战无不胜，攻无不克。现在，他看见一小撮苗民暴动，就迫不及待要开战西南。"清俊绝世的青年站在桂花影里，露出冰凉的微笑，"如此壮志，我哪配当他的对手呢？"

杜路抿唇不语。

他真讨厌韦温雪这副样子。

就仿佛这么多童年的陪伴和默契都是假的，他们从来都只是博弈的双方罢了，心底盘算着家族的利益，时刻打量着彼此，用微笑掩饰着算计，转身便拔剑对决。

"我永远不想成为你的对手。"他说，"从小你就一直帮我，那样的智谋手段，真难想象有一天你会用到我身上。"

"悬崖时必须勒马，除非马自己停下。"

杜路沉默着。

他望着池塘里大片大片的荷叶，莲子已干瘪了，枯黄的叶边卷了上来，稀稀拉拉地浮着。

"以前你都站在我这边的。"

杜路垂着头，突然闷闷地说。

"都说你嘴毒，但我知道你心肠是软的。如果……我是说如果，如果真有那样一天的话，"杜路抬眼——

"你会不会站到我身边来？"

凉风穿梭。

两人对望着。

桂花淡金色的碎屑向西旋飞，月白色的发带长长地飘荡，他身后，荷塘沙沙地响。

"将军！将军！"

就在这时，一位身形高大面容苍白的黑衣青年穿庭飞奔，拜倒在池前，捧起手中卷轴：

"探子们寄来的西南军事图。还请将军过目！"

杜路径直擦过韦温雪，接住青年手中的地图，却并不展开：

"燕子，你先去内堂休息，我们等会儿商议。"

身后，一声冷笑。

面前，黑衣青年垂着眼，五官线条凌厉，神情却沉静从容。他一语不发地起身，迅速离开。

"你还在用他。"韦温雪嘴角笑意愈浓，神情愈发嘲讽，"你要赶我走了吧，准备和他商量什么？"

"我跟你们全都商量过了，所有要说的话都在朝堂上说过了。"杜路望着他，"你们不愿意做，那就只有我来做了。"

突然，韦温雪大笑着，鼓起掌来。

"只有你来做了……好不委屈，好不豪迈，好一个为国为民的大英雄！"满空桂花乱飞，他笑得眼角带泪，突然一下子伸手提起对面人的领子，"杜行之，你知道你这是在谋反吗？"

杜路任他提着，语气平静：

"我是去讨贼。"

"禁中不发兵，你有什么资格说'讨贼'二字。"

"还不是因为太后弄权——"

"那她也是太后！"韦温雪单手攥住他的领子，气得浑身发抖，"别忘了，她废了你的虎符，武将无符而擅调兵可是罪同谋反！"

"那你们就忍心看着贵州的汉民被一个个屠杀——"

"萧家看得，你又怎么看不得。"

一片静寂。

桂花浅淡的灰影在两人脸上浮动，杜路望着他，目光生疏又不可思议，像是看什么陌生人。

韦温雪松开了他的领子。

"你还不明白吗？他们现在在乎的根本不是发兵去贵州的事，而是你的态度。"他注视着杜路，"他们在等你服软。而且这次，你也必须服软。"

杜路仍生疏地望着他。

"你要想天下安定，就先要庙堂安定。哪有什么和平，不过是各方竭力维持的平衡。宫中府中互相牵制，北门南牙分工制约，士臣皇权合离博弈，这才是长稳之道。两年前先帝暴毙，陛下年幼，国戚傍权而重用山东，朝堂之上关陇贵族与山东士族对峙，局面一触即崩，而你擅自带驻外重兵回镇长安，更是扯断了最后一根绑着千钧的发丝，砸碎了所有的平静。你忙着打压宦权外戚，自以为是在肃清朝野，实则只是将一摊水越搅越浑。看在别人眼里，倒真像是你要浑水摸鱼了。"

"我是什么样的人，你自然清楚。"

"我知道你的忠义，可旁人知道吗？天底下那么多张嘴你辩得清楚吗？"

"小杜一生磊落，只要做着对的事，便顾不得别人怎么想了。"

"别人怎么想你不管，萧家怎么想你也不管吗？"

杜路盯着他：

"我一介武夫，忠的是君，爱的是国，打下的是太平，维护的是正统。而你们，这些最会搬弄文字的读书人，又在向陛下谗言什么？"

韦温雪被逗笑了：

"我们向陛下谗言了什么？看看你自己啊，杜行之，天下人的大英雄，身居不世功业，手握内外重兵，拥趸无数，振臂一呼而天下应，一举一动还都是'还政于王''忠君爱国'的大道义。如此功高震主，如此冠冕堂皇，还需要我们再谗言什么吗？"

"一定是你们在背后离间，明明两年前，陛下还在全力支持我去收蜀伐梁——"

"两年前，"韦温雪冷笑一声，"两年前你重兵驻扎长安，朝堂上下有谁不想赶紧把你这尊菩萨请出去！"

"可明明当时……明明是你在鼓励我讨蜀。我们一起熬夜制定战略，喝酒告别，你勉励我大丈夫自当为国奋战，早日收拾河山。"杜路盯着面前人，瞳孔在颤，"你说那些话，都不过是为了让我早点调兵离开长安？"

韦温雪别过眼：

"现在翻旧账，有什么意思？"

杜路仍死死盯着他：

"回答我！"

"好。"他抬头，"既然你想知道，我就全都告诉你。两年前，你斩杀了可汗，签订了城下之盟，却一直没有收到返回长安的调令，那是因为宫中三十二岁的良灵帝突然暴毙，年仅九岁的幼帝登基，太后弄权，南牙抗衡。本朝重用关陇，而太后起用山东，从而借助五姓七望之势，大涨自身之威。朝廷之中格局大变，清河崔氏、赵郡李氏、范阳卢氏陆续出仕中央。而好巧不巧，我爷爷韦老宰相就在那年夏天病逝。乱成一锅粥的时候，没人敢让你回来，而你罔顾军令，擅自带着驻外大军回镇长安，打着'还政于王'的旗号，手里握着先帝赐的金印虎符。乱世之时，你声望之重，足以带兵自拥，朝中谁人敢不警惕？"

"所以，你就想了个调我去南方讨蜀伐梁的点子？"

"我是了为你好，你从来只懂攻城略地，却不懂审时退让，可自古勋冠者斩于钟室，讨封者自污而保，师左次，方无咎，你那时必须离开长安，否则就非得在庙堂上拼个你死我活出来。杜行之啊，我骂你怒你，却从不曾害你。我劝你离开长安，为的是远走而避嫌，短退以长进，可是这种实际权宜之辞你怎么会听得进去，你只爱听那些正义的理念，我便只好顺着你，说些重振河山一统社稷的空话。"

"那现在，我又要调兵离开长安了，不正顺了你们所有人的心意，何苦又来当说客，把我这心腹大患留在长安呢！"

韦温雪笑容愈冷：

"因为所有人都没想到，你居然真的能打下来。"

杜路望着他，眼眸中似有什么光亮碎掉了：

"你是说……你从来都不相信——"

"是的，我他妈从来不相信那套收拾山河的空话，只是为了让你耗在那儿找些事做。西蜀富庶难攻，东南势头之盛，当关之固，江淮之险，本足以十年鏖战，可蜀国居然在一年之间突然崩溃，拱手让出千里沃野与荆襄之地。我告诉你制江渡淮、两军合围的战略，本是作为十年水战之远策，可万万没想到，今年五月你就俘虏着东梁七位皇子回到了长安。"

韦温雪抬眼望着他："两年之间平定百年纷乱，收编三国军队，剽掠天府江东，坐拥天下声望。功、兵、钱、名，你全都占了，现在谁敢让你再度拥兵离开中央？如果说两年前，你只是一个令人忌惮的搅局者，那么此刻的你，恰似海啸将升，所有人都谈之色变。

"杜行之，现在所有人都要你表态，你必须服软。否则庙堂之中就要崩了，崩了，你明白吗？"

"这些跟我平定贵州有什么关系？"

"关系大了去了！"黄昏渐暗，冷蓝色的光飘拂在青年周身，淡金色桂花四散，随着呼吸震颤，"三国并立时，任你带兵外出，自有敌军耗战。如今天下已定，谁敢让你再度拥兵起战？"

冷蓝的光镀在杜路身上：

"连你都不信我吗？"

"我信不信你有什么用，你是京兆杜氏孙，这两年关陇贵族在太后打压中有多式微，你自然清楚，可为什么现在韦家裴家柳家宁愿去找山东人谈，也不会来找你？那是因为所有人都明白覆巢之下焉有完卵的道理。要先保住巢，才能撕扯彼此那些小利。杜行之啊杜行之，这些事我已经讲得够清楚了吧。没有人会允许你在这个时候再调兵，你得认，你得服软，你要是再不服气再在大殿上对太后吼，巢就掀了！"

"我只是想还政于王而已。"

"陛下才十一岁，你就是还政给他，他又能做什么？不过是赶下去淑德太后，换个人上来摄政罢了。换谁，换你？"

闻言，杜路抬头，眼眸被镀上冰蓝色。

他从没用那样的眼神看过韦温雪。

那仙人容貌的青年站在蓝影花树下，又被逗笑了，那笑容极动人，那声音极嘲讽：

"你以为你是正义，是鞠躬尽瘁的忠臣，可皇家最忌惮的，恰恰就是大功臣大英雄。你但凡去辅佐他，等他长大了，眼里也决容不下你。到时候，你树敌天下、君王嫌恶，又该如何善终？"

那映着冰蓝的眼眸一眨不眨：

"我在前方浴血杀敌，你们坐在长安城的金玉屋里，就在想着这些事？"

"呵，你看看你这个人，一谈到实际的权宜，就一副势不两立的样子。行，我说你最爱听的话，说礼乐，说正统，说经史。"韦温雪带笑盯着那冰蓝的眼眸，"圣贤如周公，在伐纣灭商短短两年后武王即崩、成王幼弱之际，亦是摄王之政假为天子，

297

东征诛管蔡，南面朝诸侯，七年之后方才还政于王，彼时成王壮，能听政，方才不至于大局动荡、天下叛周。我知道你看不得大权旁落，一心想还政于幼帝，可凡事不可一蹴而就，陛下需要时间成长，你又何必急于与外戚决一死战呢？"

杜路也笑了：

"真奇怪，我们读着同样的史书，为什么读懂的却是截然不同的事呢？"

"不要再和我辩经史了！"

"不是辩，是相信。"那映着冰蓝的眼眸盯着他，一字字道，"我从小都相信，周公不是摄政，而是在相王室。当是时，周公以夙夜之勤辅佐成王，管叔蔡叔二人却造谣周公有篡位之心，以此挑拨，使成王疑心。为了避嫌，周公和属臣自退东都，第二年却被成王逮捕，诛杀无辜属臣，国之乱政自此而始。小人当道，避退又有什么用？微蛀已渐，等待又有什么用？"

"你什么都忍不了，哪能做成大事——"

"你们什么都忍得了，就做成什么大事了吗？"

"听我说，杜行之，屈寸而伸尺，小枉而大直，圣人为之。"

"诎寸而信尺，小枉而大直，吾弗为也！"

桂花狂飞。

两人对视着。

天色愈暗，大片大片铅灰色的阴云凝滞。

"你们总是说什么小不忍则乱大谋；说什么以退为进枉尺直寻。如今牝鸡司晨，内外结党，你们眼睁睁看着王室倾危之祸渐近，却干了什么呢？一群人跑过去与太后党羽谈和，朝廷上跪在太后那边一声不吭。还在退让什么，还在等待什么，你们一群大儒，怎么连防微杜渐的道理都不明白？非要等国家上下全被蛀空了，才能想起东汉窦太后的故事？乱苗自当从萌芽斩断，今若无丁鸿，我自当学丁鸿止祸！"

"杜行之，这真的不一样，你得忍住——"

"别再劝我忍了！你们总是这样，什么都能容忍，什么都能妥协，只要能保住你们那点世家之利。我不如你们聪明，我做不到隔岸观火，更不能无动于衷。"杜路在幽暗中望着韦温雪，"我得去贵州，那里生灵涂炭——"

"你不能去，你得顾全大局。你若是调了兵，太后就会治你谋反，到时候你怎么办？逼进宫门真造反吗？"韦温雪注视着杜路，"这是一场博弈，她在设套等你忍不住先动手，你明白了吗，杜行之？这根本不是贵州不贵州的事。"

"这就是贵州的事！"杜路吼道，"我真讨厌你们这群自保的蛀虫，你们总把一切都当成博弈，那不是砝码，那是千千万万百姓的人命！"

两人沉默着对视，呼吸粗重。

幽暗中，韦温雪眼眸里千百种情绪汹涌，盛怒且悲忧，似乎有千言万语想要奔腾而出。

但最终，他只是垂眼，苦笑道：

"算了，话都说尽了。我走了，你好自为之。"

杜路攥紧了手中的军事地图：

"你走吧，流血自当从我和我的弟兄们开始。"

遥远的内堂里，黑衣的赵燕站在窗前，远远望着韦温雪离开。

幽暗中寂寂的高树下，韦温雪转身，漫空桂花像细小的金黄色蜜蜂一样，追随着他而去。

冷蓝寂静，四面风起。

第三十九章

十三年前，一月，长安。

良天佑三年，秋，杜路罔顾军令，擅调兵十万赴黔平乱，朝野震骇。

十月，急报称杜路中苗寨埋伏而兵败身死，众人疑而未信。

冬月，大胜传捷。

天佑四年一月，师凯旋，幼帝出宫门而迎，隐隐匍匍，独不见路。副将赵燕见帝，未语泪流，帝亦泣，始知前报不虚矣。

杜陵园林里，韦温雪呆呆地站着。

前几日落了大雪，白茫茫地覆着山石池塘。满树梅花却招摇地钻出雪来，没心没肺地盛开，红的白的一束束捅上天，香得连绵。

桂花，却早落了。

他抚摸着光秃秃的树干，忽地一拳打了上去。

满树积雪摇落。

他却拂衣而去，踏雪疾步走出杜陵，不再看故景一眼。

门外枕石上，搓着手等待的车夫赶紧站起身，担忧地望着他：

"二爷，人死不能复生，千万不能伤心，毁了身体，万事节哀——"

韦温雪径直掀帘入车：

"走，去赌场。"

车夫一愣，随即反应过来，面露喜色："这就好，这就好，小的这就带二爷去平德坊散散心——"

他被冷冷地打断：

"去金光门。"

城西金光门旁，不起眼的小柜坊。

明明是大白天，柜坊的矮门却已垂下厚帘。车夫掀开门帘，只见狭小的房间里昏暗静寂，账本钥匙上都蒙着薄灰。雪光从铁栅栏的小窗里映进来，照亮了破旧的柜台，柜里只摆着一块破玉片。一个童子坐在那儿支着头打瞌睡，便是这惨淡经营中唯一的伙计了。

有谁能想到，这是长安最恐怖的黑赌场呢？

就在积满薄灰的柜台下，一声撕心裂肺的惨叫声响起，叠叠账本震颤，童子却只是坐在那儿，眼皮都不抬地打着瞌睡。

地下。

黑瘦的老人双手捂着嘴倒在地上，大口呼气，浑身痉挛，手指间血流如注。

一小截粉红的舌头，湿漉漉地躺在地上。

"软，真的好软。"那人用指尖不断地掐着舌头，兴奋得眼睛发亮，"好姐姐，你说得果然没错，人的舌头更软！"

莹白肥润的女子躺在贵妃榻上，掩口而笑：

"老板，你还等什么，把那个小输鬼的舌头也割下来，一起揉着玩啊！"

闻言，满堂戴着兽面具的赌客纷纷拍手喝彩，齐声大喊道："快割！快割！"红衣妖媚的妓女们依偎在男人怀中，转身望着，笑着，洁白的纤手击掌清脆。唯有赌桌另一旁的苗族少年奋力挣着身上的绳索，发出疯狂又恐惧的叫声，那叫声像冰块，像铃，像银饰响，像群鸟沸腾，丁零零。

却就是不像人的语言。

老板笑得更甚了，一手捏着断舌，一手提着尖刀，锋利的刀刃贴上了少年红润的嘴唇：

"不会说人话的舌头，留着有什么用！"

少年紧咬牙关，疯狂摇头。

"乖，张嘴，啊。"

对峙中，他丧失了耐心，冰冷的刀尖直接插向温暖的嘴唇——

"嗷呜！"

就在这时，紧闭的铁门处，传来一声幼兽奶声奶气的吼叫。

所有人循声望去：

铁门下面，一只还没猫大的小老虎钻了进来，正瞪着圆溜溜的眼睛，好奇地望着屋内，两只小圆耳朵高高地立着。在众人的目光下，它器宇轩昂地迈着小短腿向前走，圆滚滚的小肚皮一甩一甩的。

瞬间，老板扔下了刀。

他冲了过去，一把抱起毛茸茸的小虎，歪头往小虎身上蹭。谁知这老虎年龄不大，脾气不小，嗷嗷地叫着，扑腾着，一巴掌就往来人脸上扇。

老板毫不生气，反而一把攥住它的小爪子，痴迷地抚摸起来，那足间毛发洁白，肉垫粉粉嫩嫩的，老板低头一粒粒捏着。小虎叫得愈发愤怒，终于抓住机会，扑通一下跳了出来，不顾屁股着地，它赶紧迈着小短腿逃走，钻出门，跳进门后人的怀抱中，发出委屈的呜咽。

老板一把拉开了铁门。

冷风四啸。

仙人模样的公子抬眸，翩翩白衣，抱虎而立，月白的发带和漆黑的发丝长长地飘荡。

"韦……韦无寒？"

一瞬间，屋内所有人都大惊失色，已经开始麻利地收拾桌上细软，准备随时开溜了。

那老板更是像耗子见了猫一样，向后猛地跳了一步，赶紧拉上铁门。

白衣公子伸手，握住了他拉门的手腕。

那是只写字的手，洁净而修长，松松地扣在腕上，毫不用力。但那刚刚还凶恶残暴的老板，此刻却一动也不敢动，从门缝中挤出一个笑容：

"二爷，大过年的，饶了小店，去别处寻乐子吧。"

白衣公子拉着他，对他粲然一笑：

"长安城还有哪处比你这亡命店更好玩呢？"

"二爷您又说笑，天冷，您不如去吃吃花酒，账都记我名下！前一阵我还看见一对昆仑奴和大食人搭班，说书特有意思，您还没听过吧，我这就安排，给您请府上去——"

"可我今儿不想摸女人，只想摸牌。"

"二爷，实话跟您说吧，别说是我这亡命店，就是放眼整个长安城，现在有哪家赌场敢让您进去？您前年一夜之间赢光了金玉坊，弄得曹老板最后带着女儿跳河的事，我现在还心有余悸呢。再说了二爷，就算我让您进来了，也没人敢跟您赌啊——"

"我看未必。"韦温雪一手撑门，一手托着小虎，晶莹的眸子扫过老板，扫视店中热热闹闹的面具赌客和赌桌旁被紧绑在椅背上瑟瑟发抖的少年。

"你看，那两个苗族人不就很想和我赌吗？"

老板讪讪笑了：

"他们可没法再赌了，他们连命都输光了。"

"谁说我要拿钱赌他们的命了？"公子笑了，呼出白汽缥缈，"今天，我是来赌自己的命的。"

此话一落，满座哗然。

亡命店，是所有赌场的终点。

在长安任何一家赌场欠下巨债的穷鬼，只要过了期限补不上窟窿，就会被五花大绑着送进这里，用仅剩的一条贱命为注，拿命来赌。

赢了，哪怕是天大的窟窿，亡命店都能给他补上。

输了，不会死，但会生不如死。

天底下总有那么多见不得光的欲望，那么多难以满足的癖好和那么多难以实现的乐子。

人类追求刺激。

金玉满堂中，锦衣人却早已看倦了，春去秋来的一席接一席歌酒、女人一具具莹白的胴体，赌场中摇着骰子的声音连绵，鞭打与射箭流出的血留下一片又一片殷红。乐子，刺激的乐子，是世间最稀奇的东西。

只有亡命店里，才有真正的乐子。

无法无天的、为所欲为的、凌驾于皇帝和神仙之上的乐子，是长安最肮脏的疤，流着脓，腥臭香艳，吸引着天南地北的豪商穿过金光门，来到这家毫不起眼的柜坊，存下无数行李金条，戴上兽皮面具，只为交换一张进入那扇地下铁门的入场券。

他们来赌别人的命。

只要有钱，就能实现心底压抑最深的欲望。

老板迷恋世间最柔软的东西，他也经常赢，于是有资格亲手血淋淋地割下少女的胸乳，制成标本，一左一右地挂在墙上；他也曾将刀插进婴儿的后脑勺中，在号啕大哭中取出过一小块粉嫩嫩湿淋淋的脑髓，然后将婴儿还给绑在赌桌前的母亲，大笑着目睹母亲抱着孩子哭着逃走。

白胖菩萨则酷爱在男人身上打下鲜红的烙印，有次她赢得了一个眼眸湛蓝的波斯少年，将那苍白瘦弱的身躯剥光了吊在赌桌上，烧得通红的炭块伸进股沟中，嘶嘶的白汽中肆意扭转，少年的惨叫声连绵十几日。所幸她不常赢，只得不甘地看着老板处置战利品，不时出谋划策，指挥老板抓住湿淋淋的舌头割下——这也正是亡命店的迷人之处，即使你没赢，你也能共享这极刺激的乐子。

金鹏对人体的极限充满好奇，他不追求刺激，追求知识，在他的强烈要求下，亡命店里建了斗兽场和解剖室，后来又增加了一个观察室——他经常将数男数女关进里面，日日灌以他最新发明的春药，直到十月后婴儿诞生，便可实验滴血认亲的准确性了。

孔雀是金鹏的拥趸，但他显然对自然地理更为好奇，被他赢了命的人要瑟瑟发抖地坐上大船，一路向东，越过东瀛，无尽地追逐太阳，直到最终被风浪沉没。

饕餮迷恋怪胎，她收藏侏儒、阴阳人、连体婴等等异形，每当亡命店出现这样的"命"时，她总能一骑绝尘押下天大的赌注，然后心满意足地带着她赢得的"命"离开亡命店。没人知道那些收藏品去了哪里。不过相比店中那些真正的狠角儿，她这还不算什么……

一群有权有钱的变态。

韦温雪的目光从一张面具扫向另一张，今日的亡命店里，白胖菩萨、金鹏、孔雀、饕餮、罗汉、石猴、罗刹、火凤凰……这些声名远扬的怪物都在，此刻正齐刷刷地望着他，面具的开孔中露出一双双漆黑的眼仁，有的无限震惊，有的却已兴奋燃烧起来，贪婪的目光跃跃欲试地盯着他的那张脸。

月白衫拂荡，双眸晶莹，像是站在极遥远的银色冰原的风声中，垂眸落雨，呵气成雾。

高贵的世家，一尘不染的公子，写诗的手。折磨这样白玉无瑕的生命，割残他，鞭笞他，烙印他，看他鲜血四流，赐他堕入地狱，欣赏那张脸因痛苦而狰狞地流泪，看他跪在脚下满身伤痕地颤抖。折磨贵族，该是多难得的极乐。

白衣公子回望着所有人，微笑着：

"是的，我拿命和你们赌，如果你们赢了，你们就能在我身上做任何事。"他举起手中的小虎，"还有它，刚出生一个月的虎崽，软得像团面，也是赌注。"

老板还未发话，身后戴着关羽面具的男人已按捺不住了：

"放他进来！"

话音一落，无常哪吒牛头马面纷纷拍起桌来，骰子摇得震天响，齐声喊道："进来！进来……"

303

他们身旁，更多赌客迟疑着，互相交换眼色。美人们望着门外白衣清绝的公子，忧心忡忡。

老板转身，做了个停止的手势，目光威严地扫视众人："再起哄的都滚出去！知道这是什么人吗！"随即他转过身，对着门外人作揖，声音平静，"外地的商人不认识二爷，唐突了，我给二爷赔个罪。二爷的命他们玩不起，还是请回吧。"

"怎么会玩不起呢。"毛茸茸的脑袋往怀里钻，韦温雪低头，抚摸着虎崽的后颈，"玩叶子戏，我坐庄，你们三十五个人联手，只要一个人先赢，就算我输。"

"赌不起，二爷那一手叶子戏，天底下怕是找不到对手。"

"那这样吧，只要你们一个人赢，就算你们所有人赢。我愿赌服输，任割任剐，三十五个人轮流来，想做什么做什么。"他带笑望着白胖菩萨，"姐姐先来，在我身上烙满名字，这样够玩了吗？"

白胖菩萨眼中的光芒闪烁不定，终于，她抬起头，盯着那张脸："可是你说的。"

一语落下，赌场登时沸腾，无数手脚拍着跺着，旋转的盅骰咕噜噜地响，众人呐喊道："进来！进来！拿命来赌……"

韦温雪抱着小虎，在雷声般的呼叫中踏进门——

"够了！"

老板转过身，望着满庭拍桌呐喊的兽面赌徒，脸上带着毫不掩饰的嗤笑："你们还真以为他只是个写诗的？他是韦家逍遥公房的二少爷，宰相的孙子，三岁上赌桌替昌公主抓牌，九岁在三春园里对弈赢了二十国手，前年靠单手摇骰子就一夜间赢光了金玉坊，凡赌不输，从此被长安所有赌场禁足。跟韦无寒赌，你们是嫌钱太多，还是嫌命太长？

"别以为你们三十五个打一个就能赢。他们韦家最擅长的就是叶子戏。二十年前，恭帝最宠爱的昌公主风光大嫁给韦氏平齐公房，赐钱五百万贯，陪嫁了半个国库的珍宝珠玉。韦家惶恐，对昌公主百依百顺，而公主尤爱玩叶子戏，天黑仍不尽兴，就用红琉璃盘盛满晶莹的夜光珠，广袍僧人端着红琉璃盘站在房间里，夜光珠光芒璀璨，一家人便在满堂光芒中通宵畅玩。那时候韦无寒就被抱上桌打叶子牌了，一整套叶子牌四万六千六百五十张，他能记得一张不差。

"我好话说到这儿，你们谁自以为比他聪明，就去跟他赌啊。输得倾家荡产的时候，我这亡命店可不念旧情！"

话毕，一片寂静中，韦温雪含笑抬眸：

"老板，你这是不赌就认输了？那这两个苗族穷光蛋就让我带走吧。"

老板仍背对着他：

"这两个穷鬼的命在我手里，我又没和你赌，哪有什么输赢。"

"你赌遍长安城无敌手，当真不想和我试试？"

"我不和你赌。"

"给你明牌，你也不赌？"

闻言，老板诧异转身："你说什么？"

"一套叶子发完牌，让你们三十五个人互相看牌，玩吗？"

老板登时惊得说不出话来。

一套叶子牌是固定的，只要其他人知道了彼此的牌，就能算出韦温雪手中的每一张牌，而韦温雪根本没法知道其他三十五个人手中各是什么牌，明牌打暗牌，他必输无疑！

这个疯子到底在想什么！

"你……你就是为了救这两个苗族人？"

"不，我就是手痒，想找你玩牌。"白衣公子望着老板，"三十五个人通牌打我一个人，这样，总够宁国手跟我玩一局了吧？"

在众人惊愕的目光中，他俯下身去，贴在老板耳旁：

"十八年里，你不是一直想找机会一雪前耻，在我身上好好把仇报回来吗？过了今天，我可是不会再给你机会了。我的……宁老师。"

他的睫毛擦过老板的脸颊，抬起。

老板的眼瞳在颤。

我的……宁老师。

十八年前，广厦内一颗颗夜光珠流溢的光芒下，抱着三岁的韦温雪上桌玩牌的人……是他。

轻声教导嘱咐的人是他，握住小手一步步黑白落子的人是他，骄傲地向全家夸奖学生的人是他，笑着抱住迎面跑来的孩子的人也是他。

事情，到底是从哪里开始出错了呢？

一个人，可以有多恨自己的学生？

一个光明天才的诞生，又会使多少才俊的人生从此陷入阴影？

他曾牵着孩子的小手，在盛夏的傍晚走过长街，站在柜前，笑着抱起孩子一根根挑选喜欢的小毛笔，而后他们手拉着手，踏着长街的金光树影，慢慢悠悠地走回去。

他也曾坐在孩子对面，门外风雪连天，面前黑白纵横，孩子咬着苹果侧头逗着猫咪笑，他如堕冰窟地坐在那儿，五指握紧又松开，最终一拳砸在无可救药的棋局上，水晶棋子跳跃，他垂下身去，脸颊贴着棋盘颤抖。

他曾是最年轻的围棋国手。

他本拥有令人惊羡的才华和无限光明的人生。

那孩子趴在他怀中，白白软软的一小团，声音乖甜地喊他宁老师，努力伸着小胳膊放下一枚黑子，仰头问他："老师，这里对不对？"

那孩子披着灰色鹤氅坐在金殿的中央，在天子宴群臣的众目睽睽之下，落子如疾雷飙风，摧毁他，就像迅疾的光亮劈裂蒙昧的晨雾。

他逃出了翰林棋待诏。

"败于九岁童之手"的笑话从此和他的名字紧紧联结。

他没脸再回翰林，更无法忍受再教人弈棋，为了谋生，他开始赌棋。一介宫中国手沦落到红尘蛊骰之间，自是无人能敌，手边金银砝码堆成小山，他也从围棋转战到叶子戏、弹棋、樗蒲、双陆……越赢越多，越陷越深。

直到有一天，他坐在赌场中听见满桌的金银哗啦啦响，心中却没有一点感觉。他环顾四周，商人们满眼血丝地盯着面前旋转的蛊骰，赌妓兴奋地跳着，面容枯槁的赌徒发出痛苦的号叫，众人都在紧张着，可他只是像望着很远的事一样，没有一丝兴奋，只有满心疲倦和无聊。

寻常的赌局再也无法刺激他。

他陷入一种深深的苦闷，苦闷的梦中又是那个风雪交加的白昼，纵横的棋盘跳跃着破裂。他本以为常赢和暴富早已让他找回尊严，但在嘶喊着醒来那一刹，他终于自嘲地承认，他的心仍旧怀有深深的不甘，深深的屈辱。

直到那个兽面老人找上门来。

赌钱能有什么意思。你知道，什么是赌命吗？

那个兽面老人如是说，牵着他的手走进了金光门旁一家不起眼的小柜坊，穿越地下铁门，到达了兽皮面具拂动的猩红赌场。满庭喧嚣中，他手心出汗，惶惶地想逃，直到突然抬眼，望见了绑在赌桌中央瑟瑟发抖的小男孩。

他浑身的血液一下子凝住了。

那男孩正蜷缩着抱住自己，黑睫垂颤，晶莹的泪水缓落在柔软的脸蛋上，后颈白净而柔软。

"宁老师……"

恍惚间，他听见软软的童声在喊。

浑身血液一下子发热上涌，兽面人拍着手大笑，猩红的赌桌旋转，黑的白的棋子四溅……银色的利刃悬挂在房梁之上，越逼越近，冷白的刀光映着那弱小柔软的脊背，一只大手抓住刀，猛地刺了下去——

温热的血流淌于洁白的肚脐。

稚声撕心裂肺地叫。

他握紧那柄冷刃，恍惚间无数画面环于四周，那个白白软软的、见人就笑的孩子奔跑着向他扑过来……盛夏的傍晚，金光拂荡的长街，小手握着一根根映光的毛笔……夜明珠在透红的琉璃盘中晃荡，满庭流溢的明光中，孩子坐在怀中垂头掀开一张张叶子牌，柔软的脸蛋上光影晃动……广厦金殿之上，落子果决如攻城杀戮，那稚嫩的脸望着猫咪笑，转头间，却露出了冰凉的微笑与赤裸的嘲讽。

老师，你输了。

他一生的荣光被自己亲手教大的孩子摧毁。

风狂雪暴，散飞的行李和耻笑声一同落地，如同凌乱的鸽子中箭于漆黑的冰寒中，利刃下心脏鲜血四流地扑腾，他掩面逃出了翰林。

银色的利刃穿越柔软的皮肤，血流出来了，带着稚嫩的清香。

致命的快感在血管中燃烧。

他的眼睛亮了起来。

赌桌上的男孩在刀刃下尖叫，那样柔弱，那样无辜，那样虚伪。他握紧银刀在脂肪间划动，切割下那柔软的肚皮，就像摧毁一切看上去柔软无害的东西，血脂四溅。

这是迟来的惩罚。

那白白净净总是神情无辜的孩子，那心性残酷却见人就笑的孩子。他从未瞧得起这位老师，却依旧乖巧地喊着老师，佯装笨拙地落子，完美地隐藏住天赋锋利的光芒，直到在最恰当的时刻迎面刺出怀中那一剑，一剑封喉，功成名就。

柔软的假面，虚伪的眼，年幼的虎狼。他切割着一切柔弱，惩罚，对柔弱的惩罚，惩罚，惩罚。

他兴奋得浑身发颤。

白色纱布裹住洁白肚皮上的血洞，昏迷的男孩被抬出去的一刹，他紧紧攥着那一片柔软粉红的肉，终于瘫倒在猩红的软榻上，长长地呼气。

这是他的第一件战利品。

后来，他戴上兽面，在兽面老人的暗中授命下，里外打理着亡命店，出面邀请各路权贵富豪共赴极乐。于是无人可知，亡命店里杀人不眨眼的兽面老板，曾是举国最年轻有为的棋手，二十岁即入翰林，前途不可限量，目光如炬，落子如雨。

一代青年国手，却囿于黑暗铁门之下，唯有冷刃滑行于皮肉血管中以发泄毕生的苦闷，天才的虚光熄灭后，无处可去自缚。

错因孽果，那骄纵而残酷的孩子，已然戏弄了他一生的命运。

"这是你唯一能赢了我的机会。"多少年后，那白衣公子又站在他面前，露出漫不经心的微笑，"宁老师，你该惩罚的人是我，你就是虐害再多婴童，又哪有在我身上复仇来得爽快？"

他垂下头，垂下颤抖的眼："韦无寒，我最后给你一次机会离开——"

"啰唆什么！三十五个人暗牌打一个人的明牌，还打不赢吗？"

"是你自个儿非要跳进火坑的。"

他终于拉开了铁门，抬起头：

"进来！拿命来赌！"

一声令下，众声喧嚣，无数壮汉从赌场四处拥出，将白衣公子五花大绑起来，粗鲁地按在赌桌旁的椅背上。

小老虎怒叫着，那位苗族少年急得眼中带泪，他哇啦哇啦地讲话，却被老板一脚踹在脸上，连人带椅子撞翻在地。一声巨响，小老虎一哆嗦，跳下了赌桌，缩进了韦温雪怀里。

"玩彩选格还是玩一整套叶子牌？"

"玩彩选格。"

老板嗤笑一声，从紫檀柜中取出一套牌，洗过几遍，扔到专门放牌的小方桌上。

他转身落座，赌场长桌的另一侧，三十五位赌客坐成一长排，彼此对视着笑了："无寒公子，彩选格的牌少，你还会输得更快些。"

"是吗？"白衣公子抚摸着衣衫下的幼虎，并不抬头，"我也觉得，牌少些好。一整套叶子四万多张，你们的脑子又算不清牌，到时候赖我身上，可就不好了。"

"你——"

"我什么？"他终于抬眼，"我这一辈子，只和昌公主玩过整套牌，你们是什么人，也值得我陪你们玩那么久？"

一语落下，全场寂静。

添酒奉茶的美人们僵住了，彼此私语的赌客们僵住了，所有人的目光都落在他身上。

那双晶莹的眸子扫视着所有人，微笑着，双唇轻启：

"你们，配吗？"

兽面具下一双双黑幽幽的眼睛盯着他，有人露出了被激怒的神情，白胖菩萨眼中却燃起了痴迷的火焰，那纤尘不染的白衣，那挑衅的高高在上的神情，美丽的猎物，骄傲的眼。

"韦无寒！等你落到我们手中时，可千万别求饶！"

"奉陪。"绳索的束缚下，他勉强转过头，懒洋洋地望着小方桌上那一套彩选格，"发牌吧。"

身着银铃纱丽的美人取过纸牌，一张张绘着金刚莲花的纸牌如鸟雀般飞向每一位赌客。

叶子戏，是从扔骰子中演绎出的纸牌游戏，原是赌博双方各掷出六个骰子，点数最大者胜利。

后来，人们将六个骰子能掷出的所有点数都画在纸牌上，这种纸牌被称为叶子格。这样一来，叶子格便有六的六次幂种变换，一共四万六千六百五十张，实在繁杂，于是人们挑选一部分纸牌来进行游戏，被选出的牌就称为彩选格。

他们玩的彩选格是一百八十一张。每张牌从上到下画着六个骰子，六个骰子加起来是七点的有六张牌，加起来八点的有六张牌，以此类推，直到三十五点都是六张牌，这是一百七十四张"常牌"，只许出单和出对，点数大的胜出。然后有六张"吉牌"，即牌上画着六个一点，六个二点……六个六点，以六个六点为最大，但最小的吉牌仍胜于最大的常牌。此外，只有一张王牌，从上到下依次绘着一点二点三点四点五点六点，次第相重，由幺至六，是叶子戏中最大的牌。

他只有三十六分之一的概率拿到王牌。

牌越发越薄，韦温雪坐庄，于是最后的第一百八十一张牌又轮到了他，他有了六张牌，旁人五张。

不仅是明牌打暗牌，还生生多出一张，被绑在椅背上的苗族少年焦急地挣动着，他费力地仰头望着赌桌上彼此看牌的赌客们，突然，他愣住了：

王牌发到了老板手上！

从这个角度，他刚好能看见老板捏住一张赤红的牌，手指微微颤抖，眼底竭力隐藏着终于能报仇雪恨的海啸喷薄般的快意。

他手中，正抓着一副难以置信的绝好的牌：

四张三十五点，一张王牌。

旁边的赌客们全都盯着老板的牌张大了嘴巴：王牌和最大的对牌都在老板手中——也就是说，韦温雪只要第一轮出单牌，就会被老板的王牌终结，随后老板扔出两张三十五点，这是最大的对牌，无牌可打，韦温雪只能看着老板再扔出最后两张三十五点，四步之内赢得赌局！

赌客们凑在一起紧张地计算着韦温雪手中的纸牌，苗族少年心急如焚，暗暗祈祷，但愿剩下的两张三十五点都在韦温雪手中，这样韦温雪第一轮出对三十五，场上无牌可打，说不定还有一丝胜算……不！韦温雪没有任何胜算，在扔出两张三十五点后，他只要出单就会被王牌终结，然后老板两对三十五点迭出，五步之内取得胜利；而他只要出对就会被老板的两张三十五点终结，随后是王牌、两张三十五点，依旧是五步之内老板胜利！

韦温雪根本没有胜利的可能！

苗族少年之前还满怀希冀，以为白衣公子之所以敢用明牌打暗牌，是因为他早已想好了巧妙的脱身之策，还等着看赌桌上的智谋决斗。可万万没想到，对面竟是这样天赐的好牌！

五步之内，必输无疑。猩红赌场中的烙铁已在滋滋冒着白汽，三十五张兽面下肮脏的欲望，轮流而上的酷刑与折磨……苗族少年趴在地上，不敢再看接下来发生的事。

就在这时，场上传来一声惊呼。

少年怔怔地抬头，却难以相信眼前的一幕：

纸牌如细雪般在长桌两侧纷飞，白衣公子一手拈牌，一手托牌，指间如花扇连绵。在众人还没来得及算完牌的一刹，他忽地甩腕，纸牌如洁白的鸟群笔直地飞向长桌中央，依次展开：

六个一点，六个二点，六个三点，六个四点，六个五点，六个六点。

所有吉牌在长桌中央一张张排开，天大的彩头！

他摊开手，两掌间已空空如也。

"宁老师，你又输了。"

他仍被绑在椅背上，歪着头注视着老板，笑了：

"真可惜，这一次你连牌都没来得及出。"

老板捏着王牌的手指一下子攥紧，骨节发青。

白衣公子坐在那儿，扫视众人：

"诸位，愿赌服输，放人吧。"

老板还未说话，有人已拍桌站了起来：

"慢着！这牌不对！"

"怎么可能会六张吉牌都在你手上，你到底对牌做了什么？"

韦温雪懒洋洋地靠在椅背上：

"发牌的是你们，洗牌的是你们，我从进店就被绑在这儿，你哪只眼看见我摸牌了？"

"韦无寒啊韦无寒，都叫你笑面狐狸，我们今天可是给足了你面子。你可千万别不识抬举。"有人将手中一沓纸牌"啪!"地摔到桌上,"如果这牌查出来不对,别怪大家都难看!"

韦温雪笑了:

"查呗。"

长桌震颤,兽面赌客纷纷将手中牌砸在案上,砰砰声连绵,金刚莲花纷纷翻面,美人轻声数着牌,愤怒的喧嚣如海涛般翻涌。韦温雪却连眼都没抬,垂手抚着怀中的幼虎。

一百八十一张牌,在长桌上连续铺开。

一张不差,一张不错。

拿牌的是老板,洗牌的是老板,放牌的是几米外的小方桌,发牌的是店员,他从始至终被绑在椅背上一动都不能动,却精准地拿到了全部吉牌,怎么可能……沉默中,赌客们面面相觑,目光扫来扫去,最后落在老板身上,等待着他先发话。

老板垂头盯着长桌,恍惚间黑白纵横。

那骄纵残酷的孩子又坐在他对面,望着他手中紧紧攥着的王牌和对三十五,漫不经心地说:

"你看,你也不是毫无希望嘛,你只是,又差了这么一点。"

孩子侧头逗着怀中的幼虎:

"不过呢,有的人一辈子也就这样,每次都差那么一点,于是一辈子翻不过来身。大家只好惋惜地说,他只是时运不好罢了。"

幼虎钻进衣衫,孩子终于抬起头,露出冰凉的微笑:

"所以老师,你想出来了吗?"

他坐在那儿,苦苦凝思。

像是坐在红尘浓烈云雾之中,盯着命运纵横交错,口舌干裂,黑白棋子在宇宙间迸溅着跳跃。

他仰头,四域白茫茫。

雨水从白茫茫的天上落了下来,漫天大雨,落进他仰视的眼珠中。

他掩住冰冷的眼,站起身:

"你走吧。"

不顾周围的惊疑和拉扯衣角的手,他转身走入黑暗,扶正脸上的兽面。

他已经输了。

六张鲜亮的吉牌像是一把长刀刺着他的眼,他却始终没看出来,对面人是如何出千的。

看不出来，就是输了。

身后，韦温雪活动着手腕从散开的绳索中站起身，盯着他渐远的背影，旁若无人地吼道：

"代我给景国公问个好，祝他老人家仙福永享，寿与天齐！"

在众人震惊的目光中，韦温雪抽刀，斩断了苗族少年身上的绳索，抚住少年仍颤抖的肩，抬头喊道：

"我哥说，八月十五云遮月，正月十五雪打灯，今年雪大，请他快些来韦曲赏灯，来晚了，灯可就打没了。"

老板背影一颤。

"人我都带走了，有些人时运不好，就早些准备退路，大雪落下的时候，可是不长眼的。"

"上车！"

柜坊外，狂风吹积雪，白衣公子掀开车帘，苗族少年赶紧扶着前襟带血的苗族老人进车，瘫在温暖的软榻上，发出劫后余生的喘气。

车夫忧心忡忡地望着："二爷，都说亡命店是景国公的地盘，你救这些人出来，可是要闯祸了，更何况景国公和老爷素来有嫌隙——"

韦温雪冷笑一声：

"都已是覆巢下危卵，他还有心思管这些。"

马车辘辘地行进，韦温雪从怀中掏出一块淡蓝月色的帕子，递给对面的老人。少年赶紧接住，按住老者血流不止的伤口，抬头对他露出了感激的笑。

"谢谢，"他用生硬的汉话一遍遍说，"谢谢，谢谢……"

白衣公子摇头，抚摸着怀中睡着的幼虎，目光远远地望向窗外，不知在想什么。

幽暗的雪光映在他脸上。

突然，一声巨响。

他回头，却见那苗族少年忽地跪倒在地上，冲他猛烈地磕头，脸上鼻涕眼泪肆流，口齿不清地努力重复着："谢谢，谢谢，谢谢……"

少年抱住他的膝盖，颤抖着哭了。

他柔声劝着，抬手用衣袖为少年擦着泪，白袖下渐渐露出一张带着稚气的脸，少年哭得双眼通红，像是一只被惊吓过度的猫终于找到一处温暖安全的地方，紧紧抱住他，一声声地抽泣。

"别怕，都过去了。"韦温雪摸着少年的脑袋，伸出双臂抱住他，神情带着少有的温柔，"不怕了，我在这儿呢，不怕了。"

少年却在他的怀抱里号啕大哭起来。

"你叫什么名字？"

"南……南。"

"好了南，不要哭了。"韦温雪轻轻拍着他的背，"我会送你回贵州，不过，你愿意帮我一个忙吗？"

韦曲。

雪下来了。

韦温雪望着窗外出神，他手中握着笔，长长的黑发垂落在身后，透明浅蓝的发带蜷曲在一旁，无数细雪飞翔。宣纸上已隐约勾出了轮廓。

有人没有敲门，直接推门而入：

"雪郎，你今天真是胡闹，为什么要跑去招惹景国公？"

韦温雪猛地回神：

"哥。"

他飞快掩住案上的画纸，站起身："我是替你约他。"

"用得着约那么大的阵仗？大庭广众的，你非要说那番话，也不怕传到太后耳朵里传成什么样？"

"怕他不肯来。非得传到太后耳朵里了，他才不得不来。"

"一个老家伙，来了又有什么用，昏聩古怪的，天天就只想着他那点见不得人的腌臜癖好。但凡萧家还有个镇得住场的老人，朝堂上也不至于弄成这样的乱摊子。"

"但凡还有镇得住场的老人，也早在灵帝登基前就死光了。"韦温雪低头笑了，"不就是靠着昏聩古怪，老家伙才能活这么久吗？"

韦棠陆闻言一愣："你是说，他年年月月待在亡命店里，都是为了自污而保？"

"留些把柄给皇家，皇家才对他放心。"韦温雪低头把玩着镇纸，"老家伙聪明着呢，三朝不倒，靠得不就是装疯卖傻和两耳不闻的本事？他还真沉得住气，到现在这时候还不露面，他在等谁先出头呢？不逼他出来，他还真能坐着看国舅们换了国号不成？"

"我们韦家不能先出这个头。"

"我知道，所以我今天去找他。要打倒太后党羽，必须让这老家伙出面打旗。"

"动手要快，太后那两个哥哥已经在收编杜路的百万军队了。杜路啊杜路，说他什么好呢，把本来能从长计议的局面砸得稀巴烂，把一切博弈都变得剑拔弩张，建立这般巨大的功业，又一瞬间湮灭，留下巨大的空子，最后全被季家人吞进嘴里。他这一死，季家权势大涨，天平终于撑不住了，快翻了。"

韦温雪望着幽暗中的落雪，沉思不语。

小杜既没，王室倾危之祸近矣。

"你在画什么？"一瞬间，手底宣纸已被抽出，大哥看着纸上金盔黑甲的青年，皱眉道，"杜路？你画他干吗？"

韦温雪手指一颤："我想找他。"

"他已经死了。"

"我只是……想找到他的尸首。"

大哥注视着他，突然叹了口气：

"你也听见昨天夜里的事了？杜家做得确实过分，悄悄在祖坟里挖了个衣冠冢潦草埋了，没人愿意为他披麻，也没人给他寻个尸首回故乡。想杜路活着的时候，他那些族兄族弟个个耀武扬威，如今杜路一死，个个是唯恐牵连自己，他们也知道自己是没几天好日子了。"

"他们是没几天好日子了。"

"那群草包，杜路活着的时候，对杜路又巴结又怕，杜路一死，个个数落起他的不是来了，怨他得罪太后连累了所有人，怨他一手把持军政，没给族兄弟们分兵权，也不想想这几年，他们有谁出过长安上战场。"

"我倒宁愿杜路提拔草包们，他用的那个赵燕，并不是什么好东西。"

"雪郎你从小就不喜欢赵燕，可这人其实天资不差，此次平苗乱破南诏，是他全权指挥的，可谓速战速决。"

"狗仗人势罢了。"

"你这张嘴呀。"韦棠陆摇头，"此人是杜路的旧部，人人都称他忠义，他在军中很有声望，可以拉拢。"

"忠义？"韦温雪几乎要笑出声了，"他是仆，杜路是主，他没救出来杜路就算了，连杜路的尸体都没带回来，仆役踩着主人建自己的军功，这叫哪门子的忠义？"

"话不能这么说，当时杜路是无符擅调兵，他一个副将冒着杀头的风险跟杜路去平苗乱，就已是勇义了。杜路死后，他没让杜路白死，而是承着遗志孤军南进，奋力复命，大破南诏，算得上是尽忠无愧了。他昨天刚回长安，今天就被太后关起来秋后算账，不知道以后下场如何。"

韦温雪抿唇不语。

"尸首那事，只能说杜路命不好，军中派人找了两个多月，深山老林里找不到。"

韦棠陆叹了口气，"想来杜路也真是可怜，生来是个遗腹子，没兄没弟的，活着的时候孤零零，死了也没人收尸体。雪郎，你和他从小一块长大，若想派人去找他，我不拦你。"

哥哥把画像递给他。

韦温雪伸手，又轻轻垂了下去：

"算了，杜家人不找，赵燕不找，我又怎么好去找他呢？这些年他和我也……没那么熟了。"

"他当初若是听了你的话，也就不至于落得今日的下场。说到底，是他不信你。"

"我知道，他不信我，他觉得我们都是蛀虫佞臣，可我明明……能再去说一次他啊。"韦温雪笑了，黑夜流雪都落在眼眸里，"他同我置气，我为什么要同他置气呢。"

"今日之难，全因他刚愎自用，跟旁人没有关系，你又何必自责？"

"真的没有关系吗？"夜雪在眼眸中颤动，长发飞动中，韦温雪转过身，"如果当日金殿上我们没有跪在太后那边，事情又如何会到了这般田地？"

"雪郎你——"

"是我们陷他如此的。让季家权势大涨的不是杜路的身死，而是我们每个人的妥协。当日一言不发，今日自食恶果。"

大哥望着二弟，长长叹了口气：

"朝政瞬息万变，谁又能料想到今日的事呢？去年六月杜路在朝堂上大刀阔斧，颇有摄政之意，而杜家与我们家素有争列嫌隙，若是放任武将夺权，他日必当自害。当时父亲令我们交山东而拥太后，实属防备之对策。走宴席，结新友，都是为了韦家。

"可谁又想得到呢？短短半年之后，战无不胜的杜路死了，留下了他的三国军队和内外重兵。季家人肯定做梦都在笑，心腹大患没了，兵权换了，山东羽翼已盛，而小皇帝才十一岁。狼子野心之下，萧良王室还能保住多久？那日消息传来，父亲急火攻心一阵大咳，薛家裴家柳家赶紧连夜派人商议。谁都知道覆巢之下焉有完卵的道理，他日还只是哪方摄政的问题，今日却真是抗戚保皇迫在眉睫了。"

"这个时候大家怎么不想着再跪得整齐点？"韦温雪扔了镇纸，"什么萧皇帝季皇帝，我又不是杜路，关我什么事。国号换了也好，我还能进宫当个面首，在太后面前接着为韦家争光。"

"你是要气死你哥吗？"韦棠陆望着他，"让你去考功名，你拖了这么多年，若是真换了天，还有你的出头之日吗？"

"那我就不考了，轻松自在多了。"

"你是轻松了，韦家怎么办？新主人的筵席上，可还容得下旧宾客的位置？"

"要撑得起韦家，还是要靠我哥，我是指望不上的。"韦温雪摇头笑了，"我只会吃喝嫖赌，今天赌赢了，把景国公约在了正月十五。若到时候他不来，我就只好当面首去了。"

"嚣浮！"韦棠陆敲了下弟弟的脑门，"小子你也就在你哥面前没正经，敢在父亲面前这么说，看他不打折你的腿。现在，可是没有爷爷护着你了。"

"这不是有哥吗？"韦温雪揉着脑门，眸中带笑，"我这辈子只想轻轻松松玩玩闹闹，天塌了，我哥给我顶着呢。"

"那你还跑去亡命店，害你哥担心？"韦棠陆眼见他额上红了一小块，伸手帮他揉着，"不许去那种地方了。韦家办事，还不需要你去跟别人赌命。"

"再也不去了。"

"头发都是冷的。以后再干什么都先告诉我。毕竟天底下，只有我和你是亲兄弟。"

韦温雪抬眸望着哥哥笑了：

"是啊。"

"都出来吧。"

门外韦棠陆的身影一消失，屋内韦温雪登时暗了眸色，转身，望向昏暗的内室。连绵的书柜后面，苗族少年和老人轻轻探出了头。

"刚刚那人是我哥，你们在府中千万小心，别被他看见。"韦温雪一边说，一边拉开衣橱，取出厚衣银两递给他们，"明天早上会有人来接你们，把你们一路送回苗寨。西蜀'陈苏白林'中铸剑那个陈家，你们知道吗？"

两人点头。

"那些人是陈家的门客，他们是杜路的朋友，也愿意帮我这个忙。"韦温雪半俯下身，亲手帮少年系好了衣带，"你们到了苗寨，就说是陈家侠客们从赌场救出你们的，千万不要提我的名字，懂吗？"

"懂。"少年望着衣带，又抬头望着韦温雪，"谢……谢……"

韦温雪拍了拍他的肩，从怀中掏出一沓纸，一张张画像上杜路笑貌俊朗恍如昨日。此刻，他卷起画递给了少年，声音低沉：

"帮我找他。"

少年接过一沓画，口齿不清道：

"尸……尸体？"

"不。去苗寨打听他到底是怎么死的。这事太古怪了，骗得了我哥，骗不了我。"

少年重重点头。

"会写汉字吗？"

少年摇头，指了指身旁老人，示意他会。

韦温雪站起身，提起一只蒙布鸟笼，递给老人："我驯了三只鸽子，你随身带着。一旦有杜路的消息，就立刻飞鸽寄信给我，能做到吗？"

老人接过鸟笼，对他抱拳行礼。

"那就这么说定了，我明天就送你们回家。"韦温雪正吩咐着，怀中突然钻出一个毛茸茸的小脑袋，他便垂下头抚着小脑袋，轻声问，"胖胖，你睡醒了？"

虎崽眯着眼呜了一声，小爪子在他怀里乱蹬。

突然，蹬飞了一张金刚莲花的纸牌，从胸襟弹落到地面上。

少年捡起牌，登时惊得合不拢嘴：

那张牌的正面画着六枚骰子，由幺至六，次第相连，正是彩选格中最大的王牌！

纸面上冷湿湿的，还带着虎崽小小的牙印。

少年转头盯着韦温雪，满面震惊。

"怎的，没见过无赖出千吗？"韦温雪单手托着小虎笑了，拉开衣衫，从怀中掏出一沓纸牌，摔到桌上，"今天宁老板洗出的那套牌，都在这儿呢。"

少年惊得说不出话来。

"它叼着，换了一整套的牌。"小老虎蹭着衣襟耍赖，韦温雪笑着，打了下圆滚滚的小屁股，"天天吃了就睡，也就换牌的时候有点用处。"

三个时辰前。

白衣公子垂眸，盯着门缝中的亡命店，衣袖中藏着一套新牌。

小老虎从门底下嗷呜着钻了进去，老板扔下刀抱住幼虎；门外，他默数着店中人头，双手十指飞动地洗牌。

铁门被猛地拉开的一刹，他抬眸而立，已然在怀中藏好了那套牌。由他坐庄，六张吉牌每相隔三十五张，依次插入。

赌局开始，老板拿出牌，洗了几遍，扔在小方桌上。

白衣公子被绑在赌桌前，一边隔着衣襟抚摸怀中的幼虎，一边冷眸扫视所有人："你们，配吗？"

所有人愤怒的视线落在他身上，这一刹，他的怀中其实是空的。毛茸茸的幼虎正叼着那套牌，在桌子底下穿梭，跳上小方桌，松开了虎牙。

一沓纸牌轻轻落下。

幼虎咬住另一套牌，刺溜跳下方桌，穿过桌底跑了回去，跳到白衣公子膝上，又瞬间钻回怀中。

"知道你为什么赢不了吗？"韦温雪望着少年仍震惊的脸，笑着说，"哪有什么好运气，不过是那群无赖会出老千罢了。你这小呆子，什么都不懂也敢犯赌瘾，那种地方可是有你受的。"

少年在他的目光中羞愧地低下了头。

"别难受，你下次来长安，我带你去赌，把你这趟输了的东西都赢回来。"韦温雪俯身摸着他的脑袋，声音温柔，"你说好不好啊，小郡王？"

少年猛地挣开了他的手，目光惊恐。

"小郡王"三个字如同平地惊雷，老人向前一步护住少年，警惕地望着韦温雪。

"别怕，我若是想把你们抖出去，今日也不会冒死去救人。"韦温雪仍是那副温柔体贴的模样，半低着身，单手拽了拽少年领口的系绳，"现在长安城中知道小郡王真实身份的，只有我一个人，你们大可放心。"

老人的目光登时更戒备了。

"你是想问，太后和国舅都不知道的事，我怎么会知道，对吗？"

老人沉默地点头。

韦温雪拉着系绳笑了："今天亡命店的柜台上摆着一件玉片，童子说是抵赌债的，我要喜欢就买去。我当时看一眼就愣了，见过破落的，可从没见过在长安城里卖玉圭的。你说说你，郡王年龄小，你怎么能带他去那种地方胡闹？连三百年前朝廷封地的玉圭都输光了，害不害臊？"

闻言，老人连忙摆手解释，口中断舌呜呜呜，却污血四溅，说不出话。

这事要追溯到三百年前大良初立的时候，良高祖率领强大的铁骑横扫四境，天下一统，八方归顺。为了管理庞大的疆区，良高祖将天下内外分野而异制，外藩以羁縻属之，不与华夏同制。至于西南，则拉拢各部落的酋长寨主，承认世袭，封以王侯，纳入朝廷管理。这一方造型古朴的苗文玉圭，便是那时封授的。

而五鹿之乱后，随着南方起义和天下三分，萧良王室再也无力控制西南，滇黔各族分立，豪酋群起，三苗国、罗殿国，六诏国等纷纷自立，有的投奔西蜀，有的受东梁接应，小国之间打得也是热火朝天。六诏国彼此吞并，牂牁蛮和昆明蛮混战，苗族各寨自立又火拼，滇黔对峙，哀牢侵略……这百年来西南一团乱麻的历史，恐怕是没人说得清楚。

而小杜结束了天下百年混战。随着他收西蜀而得荆湘，破东梁而揽闽粤，势力较弱的西南小国部落纷纷归顺大良，唯有南诏傲慢，踞剑南而窥黔中，不肯应诏。

五月小杜凯旋，六月各族纷纷派使节抵达长安，列队于金殿中井然叩拜，齐声高颂皇恩荫庇。朝廷按照高祖留下的名单，恢复了各地土官郡王的世袭。却不知这一次册封，就是中秋苗乱的导火索。

这一百年间，西南势力格局早已大变。

苗寨新出现了一位法力无边的神秘红衣圣女。她的父亲依靠着女儿的术力，在过去的二十年间，逐渐成了苗寨的实际统治者。

可是朝廷偏偏恢复了三百年前苗族老郡王的封地。

去年中秋，叛乱爆发，老郡王被杀。

小郡王逃了出来，当时苗乱未平，他们害怕朝廷降罪，东躲西藏，竟在赌坊间越陷越深，直到今日流落到亡命店里，得亏韦温雪看见了那一片玉圭。那时老人被割掉舌头的尖叫声从楼底传来，韦温雪便抱了幼虎直冲到楼下，好歹救下了小郡王的舌头。

"我今天本是去找景国公的，想着要赌一场才能进门，便带了纸牌和胖胖。看见那块写满苗文的玉圭。想必是景国公不在，店里人没见过那玩意儿，又不懂苗文，竟当个典当物随意出售了，这才被我看见。别怕，我不会把你们交给朝廷，只要回到苗寨，你们就安全了。"

少年攥着画像，望了望老人，又望着韦温雪。

"我只要杜路的真正死因。以小郡王在苗寨的身份，此事不难打听，寄只鸽回来，我们就两清了。"

老人望着韦温雪，终于点头。

"今夜你们在书房暂住，把门锁好了。"韦温雪转头望向少年，又露出温柔的笑容，"放心，明天早上我就来接你。"

他推门离去，身后狂风夹雪冲进书房，一张张画像呼啦啦地翻，露出白纸背面凌乱的墨痕。

门又合住了。

小郡王低头，好奇地翻看着一张张画像。老人神色渐缓，一手捂着嘴缓缓坐下。小郡王低头看了一会儿，突然觉得自己脖子上勒得慌，便拽着系绳递给老人，让他帮自己松一松。老人接过系绳一看，发现竟乱七八糟绑了个大死结，他赶紧伸出双手捋顺小郡王的领口，心里觉得好笑，刚刚韦温雪这样一个白衣公子亲自俯身系绳，看似体贴温柔，其实是在瞎系一通，也是，这样的金门显赫之家，想必他生下来就没有自己穿过衣裳。

这边老人解着结，那边少年低头翻着一张张画像，突然，看见了背面一行墨迹。

他不认字，拿给老人看，老人系绳的手指猛地一顿。

"那个哥哥写的是什么啊？"少年用苗语问老人，"他的字为什么这么乱，为什么写了又抹掉？"

老人捂着满口血，说不出话。

那纸背上恍惚写道：

> 君死他乡孤鬼夜，风声白雪满人间。
>
> 明灯金瓦半生梦，何处茫茫寂静山。

他走出门，面上的笑容便消失了。

漫天大雪吹得他浑身发抖，他绷了一日，在亡命店里绷着，在大哥面前绷着，在小郡王面前绷着，可这一刻他终于忍不住了，垂下了头。

一滴温热的泪水，砸进雪夜里。

他生下来就不会哭。

他终于为一个人落了泪。

第四十章

十三年前，一月至四月，苗寨。

> 苗乱既平，帝既往不咎。副将赵燕因功获赏，官拜定远将军，后领兵北出长安，镇守雁门。

这是将军被困在这里的第八十三天。

山里到底是湿冷的，小月牙想，她见他昨夜缩在棉被和夹板间睡去，好看的眉宇间微皱着，水汽打湿额前的碎发。他好像才二十一岁，有时像个舒朗的少年，身子骨倒强壮得很，像抽枝的树。

旁人从那么高的地方摔下去，怕是救不回来了。他倒好，脊梁没摔断，脑子也没撞傻，她只是帮腿骨和胳膊打上夹板，他躺在床上呼噜呼噜地睡觉，就像猪崽一样嗖嗖嗖地长着。

他恢复得一天比一天好。

作为看护人，她其实还挺有成就感的。

"你可看好他，既别让他死了，也别让他跑了。"父亲几乎每天都要和她说一遍，"我们和长安谈判的希望就在他身上了。"

她撇嘴，颇不服气："他都那么惨了，长安怎么可能还管他——"

"你懂什么！"父亲呵斥她，"他可是杜路啊！只要他活着，长安就得忌惮我们……"

男人们总爱谈论小杜这两年收蜀灭梁的功业，她捧脸听着，盯着父亲一张一闭的嘴巴渐渐跑神，苗语里面，杜路听起来像秃噜一样，她一跑神，耳边就全成了秃噜秃噜秃噜……

她噗地笑了。

百无聊赖照看杜路的时候，她耳旁突然又响起了秃噜秃噜秃噜的声音，她盯着他黑发茂盛的头顶，突然想他秃了是什么样子，先是鬓角越来越高，然后是地中海，再然后就成了个大光头……她捂着肚子笑了。

"你笑什么？"

不好，被抓包了。

她赶紧捂着面纱在床后蹲下。

"我看见你了。"杜路也笑了，他懒洋洋地睁开眼，转动着自己唯一能动的眼珠，"别躲了，你趁着我睡觉，在笑我什么？"

"你问我干什么，"她蹲在那儿嫌弃地想，"我说苗语你又听不懂。"

杜路被夹板固定在床上，目光只能盯着天花板，又问："喂，我的手脚什么时候能好呢？我感觉我要躺成一块床板了。"

她还是不说话。

"喂什么喂，"她在心里想，"你下次再喊'喂'，我就不理你。"

"这么久了，我还不知道你叫什么名字呢。"杜路叹了口气，颇伤感的样子，"你告诉我好不好？"

她有点犹豫。

父亲说过不要回答杜路的任何问题，可她不想再被他"喂"来"喂"去了，要不……

"要不，我叫你小花吧！"

床上夹板中的人突然来了精神，对着天花板喊道："小花，小花，小花，小花，你喜不喜欢这个名字——"

她终于忍不住了，蹦起来，打了他一巴掌。

"秃噜，"她骂他，"你再乱说话，我就让你手断腿断一辈子，不给你治了。"

可惜他听不懂。

她有些泄气地想，为什么他听不懂苗语呢，她骂得这么狠，他为什么还在傻笑，像只傻乎乎的小猪崽一样。

"秃噜？"小猪崽边笑边问她，"这不会是我的名字吧？怎么这么难听？"

她终于找到了机会报"小花"的一箭之仇，趴在他耳旁喊道："秃噜秃噜秃噜秃噜……"

"饶了我饶了我。"他终于投降，"你再念下去，我感觉我都要秃了。"

这次她终于忍不住了，笑着滑到床后。

这是第九十七天。

二月到了，山里没那么冷了。夜间暖意一阵阵袭来，花香在窗外像是掀开笼的雾气，幽绿草丛上白色的小虫子成群拂荡，银色的溪水在流，山里寂寂的，又像是在涌动。

窗外传来了歌声。

她编着手中的一根根草秆，席子在她手下越来越长。

"我听见他们唱山歌，你为什么不去？"

身后，男人问她。

"你不懂，唱山歌的人是要去谈恋爱。"她在腹诽，"我是圣女，圣女最好无情无欲，因为只要内心清净，我的血液就可以解开世间的百毒。"

"你为什么每天都来照顾我，不出去玩吗？"

"我出不去呀，哦，对了，你是不知道的，房子外面是封锁着的，这是一个阵法，外面看不见里面，里面出不去外面。父亲为了锁住你，就把你挪到这里了。"

"是他让我天天来照顾你。"

"对了，你知道下蛊吗？世界上真的有蛊吗？"

"当然有啊，"她心想，"我就是蛊师啊，否则你以为这些年我父亲怎么当上的老大。"

"我是不相信的。"她这边还没腹诽完，他那边就得意扬扬地说，"天行有常，哪有那么多怪力乱神的事，都是骗人的，要相信正道——"

"啪！"的一声，她忍无可忍地扔出一根草秆，打中了他的脸。

"闭嘴。"她转过头说，"你可真是个烦人的小猪崽。"

他有点委屈地看着她，伸手，摸了摸自己被打中的脸。

"咦，"他突然惊喜地对她说，"你看，我的手好了！"

322

终于，一百天了。

小猪崽今天急哄哄的，仿佛终于要从猪圈里放出来了，要去撒欢。

父亲派了几位少年来草屋里帮忙，大家忙里忙外，帮他拆夹板，贴膏药，活动手脚。嬷嬷端着鸡汤进屋了。"我能行，我自己就行。"他嚷嚷着，单脚一跳一跳地去接嬷嬷手中的碗，吓得嬷嬷往后一仰，身后少年赶紧把他按回到床上。

"谢谢各位医者仁心，这些日子以来多蒙照料。"他一边喝着嬷嬷喂来的鸡汤，一边双手闲不住地给大家抱拳，"还请诸位放心，杜某回长安后会给大家传信报平安。大家青山不改绿水长流，后会有期……"

嬷嬷和少年们忙着端药拆夹板，没人理他那一张呱啦啦说不停的嘴。

他仿佛以为自己马上就能挎着银枪上马杀回长安似的，小月牙扶额不忍看，他清醒一点，他是苗寨的俘虏啊。

不过，好像也确实没人跟他说过这一点。

说了他也听不懂啊。

他大概还以为自己遇见了一群苗寨好人吧，小月牙翻白眼，好人们先爬到悬崖底下把他吊了上来，再悉心照顾他一百天，天天给他炖鸡吃，让他浑身筋骨恢复得结结实实，等到告别的那一天，他坐在马背上对大家挥手说感谢父老乡亲们，苗寨父老对他说不用谢不用谢，说不定在他的幻想里大家还要给他一路唱着山歌，他在歌声中拍着马，刺溜刺溜地跑过春山一路北上，身后父老们抹着眼泪微笑，大家依依不舍，含泪挥别……个屁。

小月牙敢说，如果不是因为杜路还能威慑朝堂，她父亲恨不得拿刀把杜路这小子给宰了。

她父亲经营了这么多年，苗寨本来过得好好的，都怪良朝皇帝那一次瞎册封。居心叵测的南诏人搬出来一个消失多年的老郡王，竟污蔑起她父亲造反，残忍地屠杀大良百姓来栽赃。苗寨内战中，父亲带领的军队屡次战胜南诏，杀了老郡王，即将大获全胜的时候，杜路突然从长安带兵十万开赴黔中，竟让南诏人鼓动的苗族势力趁机南逃，十万长安军镇压了父亲的军队，弄得他们现在只能逃到深山的远村里保命，多亏还有这些阵法保护他们。而自从父亲被赶走，外面的苗寨里再也没有了往日的欢声笑语，到处都是大良驻兵，他们在这里大摇大摆，吃香喝辣。前几日，听说回来了一个乳臭未干的小郡王，身边带着一个哑巴老人，不过驻兵们不把他们放在眼里，父亲说，大良会直接派官员过来，苗寨再也不是以前的苗寨了，都是因为杜路这混蛋。

不过杜路也算罪有应得，仗还没打完，他竟被自己的部将拿匕首插进心脏，推下悬崖，恨不得摔掉脑壳。

"这是天赐的好机会。"她爸说，"只要我们拿杜路当砝码，长安不得不把驻兵撤回去。就算太后再不喜欢杜路，她现在也担不起杀功臣的罪名……"

这些事小月牙也不是很懂，但她知道，杜路现在还走不了，这就够了。

他要走了，日子该多无聊啊。

何况她有点担心，放哨的少年讲过，部将暗杀杜路的那一天，杜路还正笑着呢，部将就从怀中猛地掏比首出来一刀捅进心脏，面色特别狰狞吓人。杜路要是回去了，还会遇见那个坏部将吧，她可不想自己养好的小猪崽再被别人杀了。

这边小月牙腹诽着，那边杜路呱啦啦说累了，冲大家又是一抱拳："诸位保重，杜某就此告别！"

没人理他。

大家该洗碗洗碗，该搬夹板搬夹板，小月牙坐在小板凳上，望着杜路单脚跳了出去。

他很快又单脚跳了回来，满面震惊。

"没见识过门外这样厉害的阵法吧，"小月牙得意扬扬地想，"叫你说下盅是假的，叫你不相信术力。"

"怎么和海恩似的，"他不可思议地望着满屋人，"那你们是人是鬼啊？"

全屋人停下了手中的活计，同时望着他。

他似乎突然发现了什么致命的错误，捂住自己的额头："等等，我说诸位，难道说我已经摔死了，你们这些天悉心照料我，但其实我们大家都已经……"

他在说什么昏话？在他的叽里呱啦中，屋里人彼此交换着视线，目光担忧。

"……还是说！"他像是突然抓住了什么盲点，猛地挺直了身体，"其实你们是波斯和尚派来的？你们和波斯和尚是什么关系？"

波斯和尚？

和尚都是天竺来的，波斯哪有什么和尚。

大家齐刷刷地望着他，目光更担忧了。

"这间屋子的外面居然是海水啊，你们不惊讶吗？"他望着满屋人，打着手势，"我们像是住在海底一样，一打开门，只能看见从天到地深蓝色的水，可是明明我们在山里面啊，我手指伸出去摸到冰凉的海水，耳边却传来山歌的声音，鼻子闻见了春日的花香……海恩，这里肯定是海恩的另一个幻术。"

"我一定是在梦里。"他揪着自己的头发，拍着自己的脸，"醒来啊，快醒来，长安还有那么多事要做，我不能死在这里，我消失了，季家和太后再也没有忌惮——"

她终于看不下去了。

"安静！"她用苗语说，坐在小板凳上，抬手指着他的嘴。

瞬间，杜路失去了声音。

他的嘴巴还在一开一合地动，双手还在拍打着自己，但却像是默剧似的，发不出一丁点响声。

他抬头，震惊地盯着她。

她咳嗽了一声，低下头，揽着红面纱遮好自己的脸。

这个噤声的小方术能持续一盏茶的工夫，这期间杜路终于安静了下来，打量着满屋人，若有所思。

"所以，圣女是真的存在的？苗寨巫术也是真的？"在噤声失效的一刹，杜路迫不及待地开口，"我一直以为波斯和尚是我的梦，说书人讲的方士都是假话，但其实你们都……实际存在？"

满屋人望着他，轻轻点了点头。

门外，万亿吨海水从地上垒到天空，无数道金色的光线穿越幽海渐渐暗淡，成群的鲸鱼摆尾，荡起无数泡沫旋转，蓝银色的小鱼追逐着闪动，一只鲨鱼张着血盆大口，冲着屋门猛地撞了过来。

在撞上屋门的一刹，鲨鱼碎成了无数白沫。

春风吹来了泥土的香气。

万顷闪动的波光下，杜路仰望着门外茫茫的海水，一时有些感慨。

他想他终于明白韦温雪十一岁时的那段话了。

幼年时，韦温雪一直在求证一件事，那就是，历史到底是什么。

世上存在一个真正的历史吗？还是说，历史只是文字、故事和修辞。如何理解过去的世界，过去的世界是否真如文字所言？高祖斩白蛇是真的吗？霸王别姬时唱的歌词是真的吗？华胥氏履帝武敏歆是真的吗？还是说，一切只是一场夜篝火狐鸣，是想象，是镜子中虚构的影子。如果这些部分不可理解，那么青史中其他部分还可靠吗？全真和全实是不可并存的吗？

韦温雪面前摆着两条路，人们要么相信历史的全实，即所有记载的背后都是有实物和实事的，是发生过的、存在的，只是记载和描述在变形，高祖斩了一条死蛇，人们故意说成了斩白蛇而已；项羽刘邦在鸿门处入帐宴饮，太史公添油加醋地想象了范增举玦而已；描述本身就在无意识地说谎。人们要么相信历史的全真，即描述本身是可靠的，但这件事未必存在，史官只是在依真记载一个他相信的世界，他说了他相信的真话，人们相信高祖真的斩了白蛇，所以这样传下来；太史公相信范增

325

真的举了玦，所以这样写；他们都没有说谎，虽然他们都没见过这件事。

前者说明史实中充满了虚构；后者说明历史本身与存在无关。

一个是真实世界中的谎言，一个是真话塑造的虚幻世界。

质疑史书，不断考证的人，就落入了一个全实的陷阱；笃信史书，以史为鉴的人，就落入了一个全真的陷阱。

那年夏天，十一岁的韦温雪坐在散场后灯烛昏暗的栅栏内，望着收拾摊位的天竺教士沉思。

杜路打着哈欠，要拉着他回家。

"杜路。"少年韦温雪平静地望着他，"我想我们需要第三条路，来理解历史的真与实。"

"我听不太懂你的话。"

"你相信天竺教士讲的，八个神仙下凡轮回的故事吗？"

"我不相信。"

"那你相信天命玄鸟，降而生商，简狄吞鸟蛋而怀孕的故事吗？"

"我不知道。"

"那你相信重耳出亡，野人与之块，曹共公观其骈胁，狐偃做钟的故事吗？"

"我相信。"

"你相信重耳一路上的事情都是真的？"

"对。"

"那你相信左丘明写出的每一个字都是真的？"

"或许……文字上可能会出现那么一点偏差吧，但应该——"

"那你怎么相信事情全是真的？"

"我……"杜路想了想，"它再不真，起码比八个神仙下凡轮回这种荒诞故事要真啊。"

夜风吹拂着韦温雪的衣衫，少年坐在那儿，安静地笑了。

"这真是你们杜家的治史做派。"昏暗的灯烛越燃越低，他对杜路轻声说，"我看了你爷爷写的二百篇，他一直在考据，一直试图把谎言从历史中驱逐出去。但是，当他试图去恢复全实时，他就无可避免地陷入了全真，因为他写的只能是他相信的。他笃信自己的全实，他说的每一句都是真话，因此他构建出了一个自以为真实的世界。"

"我还是不太明白。"

"我在想，真话并不能保证实事，而实事也不一定会用真话记载。你若是相信重耳出亡真的发生过，就要承认《左传》的记载或许存在着不吻合之处，因为任何实事都无法保证记载的真；你若是相信《左传》每个字都是真话，就要承认《左传》的每一个记载在重耳出亡的实际中不一定都存在，因为再真的记载都无法还原每一件发生过的实事。"

"这两者有区别吗？"

"反过来想，即使你认为八个神仙都不存在，但讲史诗的人或许在说真话——他自己相信这个故事；即使你认为说书人是在瞎编，但假话中也可能碰巧击中了实际的存在，比如历史上某个皇妃真的淹死过数个孩子，你不能保证这种影射不发生。真和实，二者本身是没有关联的；虚和假，也是没有关联的。"

"我有点懂你的意思了。"

"言辞的真假，存在的虚实，本来是两件事，历史就是用言辞描述存在的一个过程。因此真假虚实无可避免地缠绕起来。真与实固然可靠，虚与假固然可憎，但更多时候是真和虚、假和实之间的互相掺杂。史官们用真话描述了一个不存在的东西，又用谎言描述了一个确实存在过的东西。如此想来，最荒诞的和最真实的，都需要警惕。不要太相信经史的真，也不要太相信志怪的假。"

"要按你这么说，八个神仙真的偷过奶牛下过凡，汉高祖真的是赤帝的儿子，我们身边真的存在谶语、筮法和幻术？"

"从逻辑上讲，每一个假的故事，都有实的可能。"

"韦二，我觉得你把自己绕进去了。"杜路担忧地望着他，"你看了太多闲书了，竟把假的当了真的。"

十一年后，青年杜路望着草屋外滔天的水波，终于明白了韦温雪十一年前在想的问题。

他亲眼看见了历史既假又实的那部分。

砍柴人王质烂柯；武陵人误入桃花源；华胥氏履脚印而生伏羲；大泽湖边一条蛟龙趴在刘媪身上，天地间电闪雷鸣……所有被他嗤之以鼻的故事在这一刻都浮现在脑海中，史书与志怪，不易之典与流俗胡说，在这一刻全都模糊了界限，他恍然处在一片变幻莫测的宇宙间，身旁千百代古人迎面，后万世来者擦肩，他们共处同一纬度，史书间神鬼并存，宇宙间怪力异象，万千紫电青霜与一束束流星璀璨地燃烧。他站在荒原上，坚实的大地瞬间成了海洋，一脚踩空，无尽跌落。

他想起历史上那些著名的方士，丁令威、吴猛、左慈、谢允、郭璞、东方朔……他抬头，望着眼前红衣蒙面的女子，心有余悸地抬手，摸了摸自己的嘴巴。

一个故事纵然是假的，但它可能击中了某种精神实质。

他终于明白了。

"这里到底是哪里？小花，你拥有术力对吗？能不能把我送回长安去？"他单脚跳到红衣女子身旁，焦急地追问。

春风吹门而入，洁白的光芒透过山窗满地晃动，红衣女子一双明亮如水的眼睛望着他，睫毛眨了眨，用白皙的手捂着嘴笑了。

"长安要发生大事。"他愈发认真而紧张，"我再不走，就真要乱翻天了。"

她看他神情如此，似乎意识到自己不该笑似的，放下了手，如水的眼睛怯怯地盯着他。

他压抑地叹了一口气。

"长安好着呢，世界没了你照样转。"那个会说汉话的少年一边拧着滴水的手巾，一边扭头对杜路说，"长安新年里热热闹闹的，白雪红墙的，很快又是春天了，朱雀大街上摆满了花。你的部将也升了官，正领着你的军队去雁门关呢。"

杜路的手指猛地一颤。

"说起来，你那个部将为什么要杀你？他不是你的好兄弟？他恨你吗？"

满屋人坐直身支起了耳朵。

杜路却没说话。

"那你恨他吗？"光芒中，一滴滴晶莹的水珠在盆间溅落，少年又问，"他抢了你的一切，你回长安想找他报仇吗？想把你的东西都夺回来吗？"

杜路坐回到床上。

"不要问了。"他望着天花板，轻声说，"不要问了。"

第一百七十天，夜里下了雨。

四月的天气已经很湿热了，明亮的烛火在屋里跳动，大雨声敲在山林里，安安静静的。她趴在山窗前，无聊地望着外面的海水，看透明的雨线从天到地在深蓝色中滑落，击中鲸鱼，一个个粉碎。

"小花，"身后，杜路轻声喊她，"你想喝点热汤吗？"

她闻见了香味。

拆夹板那日，少年流儿会说汉话，给杜路解释了一下他已经被俘虏的事实。他瞪大眼睛，呱啦啦地追着屋里每个人，口干舌燥地解释着长安的朝政叵测和他必须回去的急迫性。大家不堪其扰，纷纷告别，草屋里又只剩他和她大眼瞪小眼。

然后，他夺门而出，单脚跳着要逃跑。

然后，他一逃出去就迷了路，单脚金鸡鹤立在无边海域中，一脸蒙地看着她笑得从板凳上滑下去。

后来他又逃了几次，不管怎么挣扎都会迷路。那么高大一个将军，却被从天到地的海水困住，站在气泡和白鲸之间，非常没有出息地用双手环着嘴，冲天空大喊："小花！小花——"

她边笑边走出屋，像是把一只小猪崽拎回来。

后来，她以为他气馁了，他乖乖地任人喂药，跟在嬷嬷身后帮忙杀鸡，还一边打手势一边说着稀巴烂的苗语，要跟嬷嬷学做饭。别说，他那一双伤痕累累的手，拿起餐刀来嗖嗖地溜。

这把餐刀很快就架到了流儿脖子上。

"得罪了。"他一手持刀，一手环住流儿，带着歉意扫视着屋中众人，"我不伤他，只要你们放我回去——啊！"

她坐在小板凳上，一抬手指，餐刀便隔空而落，狠狠地砸在他那只刚好的脚上。

流儿翻了个白眼，瞬间从他手中脱身出去。

"小花你……你们……"

他又单脚跳了几日。

后来他终于学乖了，他开始暗中观察，观察那些嬷嬷、少年是如何从草屋离开的。可是别人一推门，就消失在了海水里，他怎么揉眼，都看不清其中的关键。

他决定跟别人搞好关系，好套出话来。但自从上次持刀事件后，大家再也不相信他了，嬷嬷只准他去熬汤，少年们连根绳都不给他。他每天围着他们比画着叽里呱啦，别说，虽然没套出别人的话来，可他自己的苗语越说越好了。

汤也做得越来越好喝了。

"秃噜你别走了，留在这儿多好啊。"雨声中，她一边埋头喝着香气腾腾的热汤，一边对面前的青年说，"外面那么乱，你这么弱小，再受伤了怎么办？"

他笑了。

"我会好好保护你的。"她说，红面纱上明亮如水的眼睛扑闪着望向他，极认真地说，"你给我做饭，我帮你打架，以后没人敢欺负你的。"

他靠在椅背上笑，笑得鼻子上起了细小的褶，牙齿亮晶晶的。

"外面有什么好的嘛。"她撇嘴，"有比窗外更壮阔的海吗？有更好闻的花香吗？有这么大的雨声吗？喂，你笑什么？我知道你现在听得懂苗语了，秃噜你说话啊。"

"外面啊，或许比不上这里安宁，但却有许多这里没有的东西。"明亮柔和的光照在他年轻的脸上，他支着头，眼睛中还带着些少年似的认真。

"比如说长安有许许多多的人，黄昏时寺庙一座接一座地敲钟，有红色的宫墙覆着金色的琉璃瓦，冬天里白雪中开着梅花；江南有明月下的碧箫声，扬州涨着海潮，刮着风，春夜下一片花灯如海；草原上，黄昏时天幕血色欲滴，大风吹着你，你边走边喝酒，影子黑漆漆的，你觉得自己像是世界上最后一个人了……"

"是这样吗？"她挥手。

一瞬间，窗外景色在大雨声中须臾变换，无垠海水瞬间被搬空了，鲸鱼珊瑚海草全都爆炸成碎屑散开。白雪落了下来，一粒粒从天到地地飘拂，钟声齐鸣，花灯如海，紫红色的云霞燃烧着在天幕上旋转，枯黄的草原铺向远方，一只小兔子抽动着长耳朵，缩在火光和白雪间安眠。

"你看。"她歪头，"你说的东西，这里都有了呀。"

他怔怔地望着窗外，燃烧的云霞与拂荡的白雪都映在面上，眼睫镀上一层光。

"你想要什么，我都给你变。"

她喜滋滋地望着他。

他却沉默了。

她不太懂他眼中的情绪，他怎么不笑了呢？他笑起来多好看啊。

她想要一只开开心心的小猪崽啊。

她渐渐发现小猪崽是有些不开心的。

有时，她深夜推门进来，屋里却没有点灯，男人颓然地坐在草床上，膝上放着他的盔甲。

他还经常偷偷写信，一见她进来就猛地坐直，自以为藏得很好，其实她早就看见了。小月牙撇嘴，她去问了流儿，那些信多是写给一个叫韦温雪的人，还有写给陈家的，写给苏家的，写给高虓的，写给萧念安的，内容是说他还活着，请收信人救他出去。可惜他一封都寄不出去。她望着他叠了一个又一个纸飞机，哈着气往外扔，幽幽地降落在海底，缓缓溶化。

他或许永远都不会明白，他们并不在山里，这间草屋在一个世人无法到达的地方……一个，不是空间的空间。

她感受到他的痛苦，可她不懂为什么。

他心底却急疯了。

纵然他骁勇沙场，纵然他捭阖朝野，可他此刻就是束手无策，睁着眼望着天花板上时间飞速流逝，草屋像是隔绝了一切有关长安局势的消息，他竖起耳朵，却没有一丁点办法。

他不肯承认那个假设，他不想听任何人问。

但那个可怕的假设像是猫爪一样日日夜夜地挠着他的心，他绷着自己不让自己想下去，事发几个月了他还是不想面对，可在一日日的消磨中，他终于绷不住了，黑夜里面对着墙壁，他必须正视这个问题：

赵燕……是不是早已投靠了太后？

山东士族羽翼已盛，两个国舅把持重权，赵燕带着军中威信平步青云，此三股势力都站在太后这边，那么关陇贵族岂不成了大变局洪流之中挡车的螳臂？

韦温雪，他还好吗？

第四十一章

十三年前，五月，长安。

杜路既没，朝堂军政之势旋踵大变。赵燕领老弱残兵数千人北出雁门，裴拂衣卸甲赋闲归河东，故一时之间百万蜀梁战俘士兵滞留长安，众军无首。

季太后临政既久，长兄光年、仲兄茂年各擅威权，授金印虎符，官拜大将军，全权重编百万禁军，北门日新，南牙惶惶。

萧良王室之祸将近，关中望族大姓自危。是年元宵，景国公入韦曲赏灯；即寒食，左补阙上书刺言二将军府中蜡烛；至端午，蛇鼠虫蚁横行于御道。

流言四起，暗潮汹涌。

"雪郎，你就不怕我真的生气？"

闷热夏夜，大雨。

美丽的男人倚在床背上，单膝微曲。他披着月白衣衫，黑发沿着脊背垂落。一支长长的烟杆托在手中，青色烟雾袅袅沿着鼻尖升腾，他眼睫眯着，望着黑裙女人沿床坐下。

陈旧的香尘四荡。

"你也想杀了我吗？"她转过明艳的脸，渐渐逼近，漆黑的猫眼透亮地盯着他。

一片青色的烟雾缠绕住两人。

他低头，轻轻吻了她。

"怎么会。"他声音很低，似在胸膛里震着她一样，"我怎么舍得你。"

她笑了。

"有时候我真会被你骗了，真会以为你会动情似的。可你都是装的，就像你连吸烟都不会上瘾一样。"

他放下了手中的烟杆。

"你是怎么发现的？"他也笑了，伸臂揽住她的肩膀，"你的梦烟草吸起来太迷人，有时我自己都以为，我再也离不开了。"

"我暗中给你换过好几种了，一种比一种烈，每一种都足以让你从此匍匐在我脚下日夜乞求。我想把你永远留在这宫里，让你离不开我。"黑裙女人仰头望着他，"可你这个人奇怪得很，你的身体对什么都不会上瘾。"

"我已经为你上瘾了。"

"哦？你不是正在谋划着杀我吗？"

他和她望着彼此，身旁青烟弥散。

"我们从正月说起吧。"黑裙女人伸着懒腰。她是个猫一样的美人，有着纤细的腰和浑圆的臀，在床上撑着脸望向韦温雪时，一条美丽的曲线从脖颈伸到脚尖："你大庭广众之下联络景国公，当真是把手伸到我脸上打啊。"

外面的雨急促敲打着芭蕉。

"这几个月来，你们韦家联络薛家柳家裴家，旁敲侧击，含沙射影，两位大将军凤夜在公整顿百万禁军，你们一群文人揣手站在堂上颇有微词，朝野之中人心异动，当真是要还政于王、一清君侧了？"

韦温雪抬手，吐出青烟徐徐。

"你一边睡在我榻上，一边撺掇着你父亲大哥，真指望着一纸上书革了所有人的命？寒食那日左补阙呈上来刺言，文章之势澎湃贯穿，气格超拔，怕也是雪郎你执的笔吧？"

窗外轰然惊雷。

帐内，烟雾缭绕中，她抬头望着青年俊美的脸："你一个无功无名的二公子，游走于朝野之中广结党羽，以文乱法，煽动人心，是当真不把我这个太后放在眼里？还是真不怕我生气了，只想血荐轩辕当个百世师表？这会儿才想起你的高洁刚烈，不觉得晚了吗！"

亮白的闪电猛地照亮室内，雨哗啦啦落下，打在摇摇欲坠的红海棠上炸掉。

青年平静地望着她。

"你怎么会生气呢？"他俯下身，伸手解着她的发髻，"你现在应该开心得装都装不下去了。你男人帮你办了这么多的事，你不好好谢他，反而还吓他，这是什么道理？"

"我现在就是在生气，我恨不得把你拖出去斩了。"

"斩了我，谁还能帮你对付你那两个哥哥？"

他从发底抽出一支玉簪，扔下床去，青石击地，喔的一声响。

"你我都知道，还政于王不过是个名头，还谁的政，清谁的人，其中大有文章，谁成了正义一方的忠臣贤良，谁就能把刀戟和恶名指向别人的胸膛。时局已然如此，关陇诸家蠢蠢欲动，南牙异心已定，恰似洪水将决，无法疏堵。朝中早晚会有人起事，五百年世家不可能坐视大厦倾塌。所谓正统，从来不过是一面包裹着刀戟的旗帜。现在，所有人都在争这面旗。"

"所以，你在杜路死讯传来的第二天就去找了景国公？"

"这不正是你希望我做的吗？"他又扔下去第二支玉簪，"洪水迫在眉睫，与其别人来掌这面旗，不如我来掌这面旗，与其别人来执这个刀，不如我来执这个刀。你希望我来做这个掌旗的人，让我成为你手中的一把刀。"

"可你并没有做这个掌旗的人，你把旗夺了过来，然后转身交给了你哥。"

"我，或者我哥，有什么区别吗？"

"你哥可是远不如你聪明。"黑裙女人摇头，嗤笑道，"弄出御道上那种把戏，他还真以为是要清君侧，他没懂你。"

"双簧嘛，总要有人不知情才演得像。"雨声中，他靠在满床金绣粉枕之间，寒眸清冷，"总之，韦家现在夺了旗，团结了关陇诸姓，保皇之势蓄而待发。你该做的不过是借力打力，好好教训你那嚣张跋扈的哥哥们，他们还真以为有了兵权，就能踩着你另起炉灶了？那群山东人，到底是你的党羽，还是他们的党羽，怕是山东人现在自己都搞不清了。龙争虎斗之时，你只需作壁上观，挟天子，惩佞臣，借陛下之口，应南牙之文辞，损彼益己，安排亲信，等山东人看清局势投奔你，等两位国舅重新依顺你。如此一来，一可借南牙之刀而泄其怨，化洪水于无形；二可打压国舅们的势力，稳固你自己的心腹；三可使两派互相制衡，而你抚南牙保二季，得到两边的依仗和感激，坐稳自己的位置。"

"一手掀起抗戚保皇的滔天洪水，一手又早就策划好了从洪水中谋利。雪郎啊雪郎，你倒真是自攻自守，双手对弈啊。"

"我有什么利可图，不都是在给你谋利吗？"

"刀都架到脖子上了，我还敢不倚重韦家吗？"

韦温雪盯着她笑了。

那笑容像是某种晶莹纯洁的玻璃皿盛着光，须臾即逝，他垂下眼睫，雨声弱了下去，满窗湿淋淋的流光。

"你简直是在趁火打劫，拿一把匕首把那些人挖出来，再把韦家的人塞进去。"望着青年这张脸，她也气不起来了，猫着腰凑过去，呵气打湿他脆弱的睫毛，"雪郎，我有时候真的搞不懂你，你为韦家做了这么多事，又为什么要把功劳都推到你哥哥头上呢？"

他抬眸盯着她。

白雾中，她蹭着他的鼻尖，一点点靠近，声音柔哑如昏红暮色缓缓覆上冰山原野：

"别人不知道，我都知道。两年前韦老宰相去世的时候，山东诸姓出仕，韦家权势日落，是你以一人之力硬生生阻挡了家族的颓势。我永远记得那一天，你和我打赌说，你三日之内就能让杜路带着重军撤离长安，你赢了，我只好放过了你父亲的舞弊案。"

韦温雪眸色微寒，洁白的手指攥紧了青玉烟杆，仰头任她的柔躯靠近，面无表情。

"怎么了？"她双手揽着他的肩，问道。

他沉眸望着她：

"你杀了杜路，就不怕我真的生气？"

"原来是这个，你私自放走小郡王的事，我还没和你算账呢。"她赤着的脚在他腿侧放下，懒洋洋地问，"是小郡王打听出来的吧，你的耳朵可真是尖，线人也真是广。没错，是我指使别人暗杀杜路的，我警告过他很多次了。怎么呢，你跟他还是朋友吗？"

"你不该瞒我这件事。"

"你瞒我的还少吗？"

"不一样，如果你早点告诉我，你如此介意杜路去贵州，我可以帮你说服他。你不必这样杀了他，不至于此。"

"可我就是想杀了他。"她望着他，红唇挑起了一抹笑容，"我现在不杀了他，他以后也会杀了我。我从他的眼睛里看出来了，他是个坚毅的男人，世间没有他做不成的事，他和其他所有人都不一样。"

韦温雪又吸了一口烟。

雾气在两人的影子间飞着，女人侧着身，倚在他的怀抱中。

"我想不到，你竟会因为他的事来追问我。"她趴在他的心口，声音变得柔沉，"你竟对他还有些情谊，可你们明明是一点都不像的两类人。"

"我们是不太一样。"

他抬手，轻轻拍着她的脊背。

"我讨厌杜路，我讨厌他的一切。"她趴在那里继续说，"我不想再看见任何男人在我面前耀武扬威。我做姑娘的时候，我要听爸爸哥哥的话，他们粗声粗气地骂我，却不让我还嘴。我做妃子的时候，不能抬眼随便看我的丈夫，那么多礼仪，那么多服从，吃饭时我不能多说一句话，却要听进去他说的每一句话。当上太后的那一天，外面也下了暴雨，我一个人走在深广巨大的宫里，走遍每一个角落。阴暗中四周空旷得可怖，我感受到黑暗在大殿中流动，颤抖着，却感觉到了自由。

"有些人无法忍受孤独，有些人无法忍受不甘，而有些人只有手握权力，才能感受到自由。

"我坐在高高的金座上，对所有人发号施令，让红官服的才俊们匍匐在我脚下；我召你进宫，抚摸着世间最美丽的男人的睫毛，我像是在亵神一样，二十八年了，我才第一次感受到性的美妙；我与朝堂上所有男人博弈，像个乐此不疲的冒险家，我十九岁时就能扳倒废后，这世界上我什么都不怕，我感到快乐。

"除了杜路，他在大殿上只和小皇帝说话，把我当作透明人的时候，我真的失控了，我仿佛又回到了幼年的餐桌上，父亲和两个哥哥坐在明室中指点河山，我却被命令不许上桌，不许说一句话，像个隐形的哑巴一样坐在狭小的灶房中，没人正眼看我，没人和我说一句话。从始至终，杜路他不看我，他要把我逼疯了。

"雪郎，我很喜欢你。因为你尊重我，你像尊重一个人一样尊重我，而不是把我当那个守寡的太后。"

"我也很喜欢你。"

"骗人，你难道不是最喜欢那个金发的胡姬吗？你牵着她去赏桃花，还把她带回家了。"

韦温雪轻声笑了，低低的声音颤着她的耳朵："你吃醋了吗？"

"和你这样的烂人，是没什么醋要吃的。"

"我喜欢你，喜欢你的聪明，你跟得上我说话的速度，还老能拆穿我。涟漪，你比那些朝堂上的男人都聪明。"

"被你夸聪明，像是被公输夸我的小木棍削得真好一样。"

"在这场大洪水中，我可是把注押在你身上了。"

"我劝你慎重，历代弄权的女人都没有好下场的，我很清楚，我只想在还能呼吸的时候，彻彻底底地感受自由。"

"男人可以拥有权力，女人为什么不能？我向来喜欢女人，她们干净、理性，富有智慧，比自大好色暴虐的男人们强多了。"

"所以你想做一件古往今来正人君子都不做的事，去扶持一个女人？"

"我要牵着你的手，把你一步步送上世间最高的位置。"

"你在开玩笑吗？"

"古往今来第一位女帝，这不是很好玩的事情吗？"白衣公子抬眸注视着她，"我押你了，洪水、旗帜和刀子也给你准备好了。"

"我开始紧张了。"她笑着从他怀里抬起头，猫一样的眼睛发亮。

男人揽住她，微凉的手指贴着她的脸颊，声音柔和，仿佛一个儒雅的私塾教师，"在洪水将起之时，要先确保宫中的安全，羽林军换成你的人。名头这种事总是很好想的，彻查饷空？对，就彻查饷空吧，赶下去一批人，换上来一批人，这是你擅长的……"

"你真是熟悉我的心思。"

"何止是心思，我还熟悉你身上的……"男人贴在她的耳旁，压低了声音，语句破碎间她的耳朵烫了起来。

"烂话。"

她伸手要打他，却被他握着手腕，从背后严严实实抱住了。他趴在她的肩头，漆黑的长发垂在她身上，月白的衣衫将他们两人盖住，在风声中像是两片羽毛做的翅膀，似飘未飘地低垂。

雨水还在下。

"所以，你会因为杜路的事和我生气吗？"

她打了个哈欠。

韦温雪压着她的肩头，雨线在寒眸中划出亮光，他沉默着。

"你真的会在意杜路吗？"她又问。

他转过头，侧脸贴在洁白的耳垂上，鼻尖擦着她，说：

"不会。"

"我也知道你不会。"她说，"你是看得清大局的人，也是冷血无情的人。"

"我只是个政客。"

"哪有不露脸的政客呢？雪郎，这么多年你藏在你哥身后，为他做得够多了，你也得为自己的麒麟画像想一想了。"

"免了，我只想收拾完这堆乱摊子。等事成了，你便当女帝，我就下江南。听说江南很美，我想去找美人喝甜酒，坐在青竹小筏上慢悠悠地过江。"

"那朝中谁人执牛耳呢？"

"让我哥来辅佐你，他是能成大事的人。"

"这是你爷爷死前嘱托你的吗？雪郎，你可真是在下劲儿辅佐你哥啊。可惜他真不如你，他比你笨，比你慢，他自己还不明白。"

"他毕竟是我哥。"白衣公子趴在她肩头，垂睫笑了，鼻尖的热气冲得她耳垂上玉珠一颤，"我有时候嫌他笨，嫌他慢，又不忍心他发现自己的笨和慢。"

窗外，湿雨吹来了一朵石榴花，落在床帷间。

他插花于她鬓上。

"你就真想听那些老家伙的话吗？"她也笑了，"他们不懂你是什么人，我还不懂你吗？你装作一个轻浮纨绔子，不进科举，不入翰林，却转手一推而掀翻朝堂高庙，拂袖之间将诡谲政变全盘玩弄于股掌之间，一叶知秋，翻云覆雨，却又身藏于暗处，白衣不染。雪郎，你才二十出头，你前途不可限量。"

"我哥他——"

"雪郎！你我都知道，日后能够首列群臣的人，只有你。"

白衣公子垂睫：

"我只负责收拾烂摊子，结束了我就走。"

"是吗？"她歪头，玉石一样的黑眸映着他清绝的脸，"你其实不想去江南吧，你舍不得长安，你甘心就这么退出吗？"

眼瞳的映影中，他抬手，面孔被一片青烟模糊。

"何出此言？"

他吸着烟，安静地注视着她。

"我不知道你和那些老家伙有什么约定，也不知道你爷爷临死前嘱咐了你什么，更不知道你们家族为什么会全力扶持你哥当新一代的砥柱。但我知道，你这样的人，怎么会不渴望权力？

"是你不想和他争罢了，你不想让他难过罢了。

"你从小到大的朋友——杜路，十九岁就扬名天下，不世之功业将把他永远放在青史的璀璨名册中；东梁的旧宰相翁朱，十四岁神童入仕，叱咤一生若直驱轻舟疾行于汪洋大浪；连你一直看不上眼的赵燕，都已经军功赫赫，大破南诏而一战成名了。江南虽美，可那点美景怎么能安抚得了你躁动的野心？你渴望的，从来都是千世万代的声名。

"只有长安，才有你要的一切；只有我，才能满足你要的一切。"

青烟在潮气中凝固。

两个人的侧影低垂在床帏间。白衣公子吸着长长的烟，抱着她，慵懒地笑了：

"涟漪，你真是很爱拆穿男人们。"

"无心官场这种话，只爱美人这种话，你骗骗杜路和你哥还可以，能骗得了我吗。"她在他怀中摇着头，"时机是不等人的，洪水就在眼前了，我也就在你眼前。"

"你在诱惑我吗？"

"这不就是无寒公子的真实目的吗？"

一声惊雷。

雨声床帐之间，她笑着望向他：

"无寒公子可是高傲得很，他不走荫庇，不考功名，不谋官职，因为这一切需要等待的事情他都看不上。他想要的是什么？他要的是一匡天下九合诸侯，是功成名就立任卿相，是在大变局大动荡之中，谋一人之下万人之上的位置。三顾茅庐的假矜持，姜太公钓鱼的假另类，终南山上隐居的假道士，你和他们没什么区别。你盯着天大的利润，还把韦家当什么幌子？

"旁人都以为你是什么高洁公子，只有我知道，你从骨子里头就是一个烂人。

"你既渴望，又面带清高；你既阴险，又假装身不由己；你既钻营，又把一切说成是对家族的奉献；你既贪婪，又扮成一个厌倦长安的潇洒浪子。你想让别人求着你，双手把你要的东西奉上来，你再蹙着眉假装不愿接。

"你一直在等我先说出这句话，等我诱惑你出仕，等我劝你不再照顾你哥的心情，等我直逼你展露自己的天才光芒。而你一步步矜持地后退，说你只想辅佐你哥，说你只想避世下江南。从古至今的男人们，都很爱装作自己才是被引诱的那一个。

"别在我面前装矜贵了，无寒公子，我早就明白你的真实目的。"

他温热的嘴唇很软。

"你真是一个很聪明的女人。"

他猛地吻了下来，以那个背后拥抱的姿势，双臂紧紧挟着女人纤柔的身体，温热的唇用力堵着她的嘴，影子越来越低，像是两只缠绕在同一只茧中的蝴蝶，狂风吹了进来，青烟往一旁飞，两片月白色的衣衫向着同一个方向翻飞。

他身后，雨水磅礴。

石榴花在燃烧，金光破碎摇晃，水流和影子在地上撞来撞去，墨绿的芭蕉湿淋淋地伫立着，猫儿在叫，尖锐的一声，湿淋淋的一声。

有人做着下流的事，脸上却寒眸清冷，静静地凝视着情欲的旖旎。

她喘着气笑出声："后世会怎么写我们？守寡的太后和她的小面首？"

"不。"

他压着她，按下她的腰，低音沉哑地说：

"女帝和她的帝王师。"

第四十二章

十三年前，七月，长安。

七月，太后彻查羽林军饷空。什长王念畏罪遁逃。

军中乱棒杀人，老百夫长遭当街射杀，民愤怨怼。南牙群臣上书，太后兼听则明，裴拂衣复职，革职二季部下，重整禁军。

人心既定，局势渐缓。

夏，多事。

这是一个兵荒马乱的七月。

韦曲高楼，日夜灯火通明。暴雨中，红衣的官员们沿着高楼上下，负手遥望紫禁寂寂。晓更轰然敲响，老人摘下了脸上的兽面具。金殿之上，苍老的臣子取下冠冕，暗红色的血液在砖石间弥漫。小皇帝握紧拳头，又回头张望着帘幕。明亮刺眼的阳光下，黑压压的官兵当街射死了逃窜的军官，人群嘈杂，一辆马车擦肩而过，白衣公子挑开小窗，又轻轻放下。

河水暴涨，荒野的风吹上岸，漫天绿荻如大裙旋飞，千里万里连绵拂荡。

他在河里划船。

顺流而下，水浪打窗，他听见两岸禁军操练的号声，哗然雷鸣劈开世界，轰轰烈烈地传向四野。金盔黑甲的将军坐在高马上，穿过众人，身后列队森严，如一条长龙般绵延向南。在将军刚走过的北边，有人轻轻嘘了一声，高马突然停住。

他在风里执笔。

落墨之处，一张张白纸像被瞬间击碎的冰面，裂成无数锋利的刀片，在狂风中冲向金殿，又在半空中凝固，居高临下地指向女人的鼻尖。女人抱住小皇帝，平静地望着座下文武群臣，伸手，摘下了空中一把冰刀。

她把刀扔了下去。

他在花楼里酣睡，眯着眼，听见远处爆炸的巨响。

"二公子。"半个时辰后，他听见门外车夫恭敬的声音，"老爷找您，裴大人明日复职，今夜老爷倦了，让小的来接二公子，去裴家送贺礼。"

他按住怀中动弹的滑嫩少女，抓起枕头，"砰"的一声砸上门，鼻音懒散地喊："别扰我，有事去找我哥——"

木门被"哐"的一声踢开。

"把他小子给我拉起来！"背着光，他看见了他哥铁青的脸，后者望见屋里的一片旖旎，怒其不争地摔上了门。

那夜，裴拂衣复职，二公子和大少爷前去贺酒，本是喜事，席上这兄弟俩却吵了起来。话说二公子脾气好，生来就笑，亲切和顺，从不与旁人起抵牾，不知怎的今天偏偏就惹到他哥了。不顾众人拉劝，韦棠陆当场甩了袖子，把二公子丢在席上，他自己一个人摆轿回家了。众人便又拉韦温雪，要他快去追上他哥赔个不是，这素来言笑晏晏的二公子，这次却摇了摇头，举杯与旁人喝酒，笑道："他是他，我是我，他想做大丈夫真君子，那就让他自己修身齐家治国平天下去吧，我喝我的酒，怎么还碍了他的眼？"

席上，有人窃窃私语，冷哼一声。

韦温雪登时拍案。

"这席上我又碍了谁的眼？"白衣公子扫视众人，一只匀净漂亮的手拍着桌板，脸上似笑非笑，"赶紧走，请便。"

旁边的柳公子连忙来打哈哈，一手拉着韦温雪，一手拍着他的肩膀拥着他坐下，对桌上人笑道："人家兄弟俩自己的事，我们跟着起什么哄？棠陆兄是这几个月来的大功臣，我辈翘楚，日后国之栋梁，这几个月来实在劳累了他，且让他早些休息去吧。我们这席上有韦二公子作陪还不够吗？无寒倜傥，长安城哪家不是盼着他来赴宴？今日给裴先生祝贺，我们这小辈桌上且笑且闹，别给主人家看了笑话。"

"是啊，今天是大家伙庆功的日子。"

"吃菜吃菜。"

"笑话？"几个人交换了眼神，意味深长道，"是啊，别给看了笑话。"

"都说了今天是给裴先生祝贺的！谁这么有本事想看笑话？"柳公子按住了韦温雪的肩膀，转头扫视众人，"谁再在这里阴阳怪气，自己罚酒离席！"

"本事？"角落里传来一声嗤笑，"有人就是有本事，上了太后的床，亲哥都嫌丢人回家了，他还能在这里拍桌子？"

桌下传来酒杯坠落的破碎声。

是韦温雪没有拿稳。

闻声，柳公子低头，目光担忧："无寒，你别听他的……"

低头的一刻，柳公子在韦温雪脸上看见了一种惊诧的神情，但这种惊诧瞬间消散了，那白衣公子手滑摔了酒杯，便顺势靠在椅背上，若有所思："我说怎么回事，

340

他怎么今天看见我就不痛快，原来是这样……"

大厅中却早已细语纷纷，凉风穿行，吹乱了满园星星点点的烛光。有人惊闻此等大逆不道之事，有人暧昧地咬耳朵含糊着说床帏荤话，有人说"这无寒放着阳关道不走，一代世家公子竟把自己作践成这样"，有人说"你这就不懂了吧，这可是扶摇直上九万里的法子，旁人还走不上这条路呢，非得是他那样的好皮囊"。有的还说，"这几个月来就着二季整编禁军的事人心惶惶，轮番上书敲打，今日立此等大功，本以为是韦家出力，谁知道背后是这么个出力法"。还有人说，"韦家知不知道还另说呢，你没见今天堂上，他爹和他哥被气成什么样"。

大逆不道。

扶摇直上。

韦家……这么个出力法……

柳公子抿唇，转身望向独坐一旁的二公子，目光担忧。

满院流光中，合欢花树婆娑，只见韦温雪坐在花影之下，长发垂落，白衣月亮般的边缘镀着烛火的金光，大风卷起花火飘闪，像是要幻化而飞去了。

他一言不发，任由人言人语的嘈杂海浪将他包裹。

"别瞎说了！"柳公子终于看不下去了，"他一个连荫庇都不补的懒散人，大庭广众之下，谁在这儿传谣言呢？"

"柳公子，你还不知道呢，今日殿上，景国公时隔三十年首次入朝，言辞激烈，要求严惩军官杀人。那二季兄弟，只因练军检阅时有人嘘了一声，便命令几个部将把那人乱棒打死；此次彻查饷空，二季更是擅权弄威，肯掏钱的人没事，不肯掏钱的就被拉进牢里安上了罪名，一个跟着杜家干了五十年的老百夫长不忿，好不容易逃出去了要去状告，竟被当街击毙，白发血污的尸体穿着军服躺在大路上，行人侧目。那景国公面对着小皇帝，说着说着在殿上涕泪满面，陈情道，禁军乃帝国重器，军中万不可一姓专权，目无王法，暴虐失道，败坏的可是萧良三百年基业，臣一把老骨，九死不悔，唯望陛下严惩。半朝臣子摘了官帽，以头抢地，齐声恳求陛下肃清军纪。满地流血中，小陛下犹豫不决，又往帘后望去。就在大家都以为太后又要包庇二兄的时候，却没想到，帘后的太后翻看着奏表，已经气得浑身发抖。其实太后是识大体的人，她兼听则明主持正义，严声问责二季，安抚南牙群臣，顺着朝中众议，也请陛下严惩。陛下松了一口气，当堂革了季光年手下几个部将的职，调裴大人来参与禁军编制，赐赏了景国公和几位谏官。下堂的时候，二季的面色极其难看，众人也都没想到，季家的亲妹妹今日竟没保他们。就在大家偷偷打量的时候，突然，那季茂年走到韦家父子身旁，大声问韦棠陆说：'你弟弟今天晚上还来不来宫里？'"

柳公子登时变了脸色。

身后，韦温雪"扑哧"笑了。

柳公子担心地转身望去，却见那白衣公子靠在椅背上，单手握拳抵着自己的鼻尖，笑得浑身发颤。

"原来如此，原来是在今日政事堂上……我说我爹怎么不肯来呢，原来是嫌我丢人，不敢来见裴先生了。"韦温雪仍靠在那儿，自顾自地拿了一个新杯子倒满酒，扬手举杯，对着诸位挑眉道，"来，我敬诸位一杯，今日让你们看笑话了，多多担待。"

"无寒！"身后，柳公子拉他袖子。

"我今夜就不回去了，我爹那儿没我好果子吃，你那儿能借我住一宿吗？"不等对方回话，韦温雪扔了酒杯，起身道，"算了，我且回醉花楼去吧，这次只希望我哥别半夜踹门了，兄弟相见还怪不好意思的。"

满座哄堂大笑。

他不以为恼，踏着笑声穿过满院花影，挥手潇洒地冲大家告别，白衣在夏夜里飘荡。

他居然被人这样摆了一道。

"聪明，真聪明……"黑影幢幢的路上，他边走边笑出声来，"我真是越来越喜欢她了。"

他喜欢她一边说爱他，一边暗地里给他下绊子的样子。

难得棋逢对手，人生快意。

那日政事堂上韦家上书立功，二季削权，裴拂衣复职，都是喜事。老爷却一回家就气得发抖，裴家派人来请宴，老爷也不去，摆手说自己没脸参席。大少爷倒是去坐宴了，可半场就甩袖回来了，亦是唉声叹气。倒只有二公子，一夜不归，不知上哪里潇洒快活去了。

这一夜，老爷派人来别院寻了他几次，说是要好好管教这不成器的孽子。孽子没找着，倒是撞见了半岁大的虎子，两爪抓地对着来人一阵低吼，吊睛白额，黑夜中两只绿眼亮如灯笼，白白的尖牙已足有小指长，扑上去就要扒着大腿往腰上咬。仆人连滚带爬地逃出了别院，带着满脸泪花向韦老爷告状，气得韦老爷登时吹胡子，破口大骂道："养虎为患，养虎为患！"

花积心惊肉跳了一夜。

七月天亮得早，猫狗还在燥热中昏睡，满院金灿灿的流光。花积心神不宁，干脆梳头出门，抱着个胡乱拿的绣件，往后山那里找个高高的凉亭坐着，边绣边等二公子，心想他若是早上从后门回来，便正好截住他，交代他再去外面躲几天，别赶在老爷气头上。

谁知她再一抬头，吓得不轻，只见二公子居然从正门回来了，正独身穿过游廊，冰蓝色的水面在他脚下晃荡，大片大片墨绿的叶子舒展开来，金色的光影在湖上摇摇摆摆，公子打了个哈欠，眉眼还带着些轻轻的笑意，伸手拍了拍挂在梁上的画眉鸟笼。

那年公子二十二岁。

很多年后的暴雨中，花积躲在石桥下，又想起了这个燥热明亮的早晨，突然间满脸泪水。她在彼时才意识到，那是她记忆中最后的美好一幕，七月的绿色在寂静的庭院中流动，公子的白衣在金光中翩飞，他踮脚逗着鸟，笑意愈浓，眼中是小男孩天真的专注。他身后，清晨的露水从白荷花上一声声滴落，阳光炽热，世界昏睡而宁静。

那一刻，花积跑向了他，绛紫色的裙摆在金光中乱飞。

他却没有听见。

暴雨中，落魄半生的公子疲倦地躺在她膝上，伸手，从下往上轻轻抹干了她的泪水。

亭台楼阁在金光中熠熠生辉，莺鸟在梁上如碧玉碎响，少爷笑着，侧脸上光芒跳跃。他仰头专注地挑选着，终于伸手进笼子抓了一只扑簌的彩雀，要带回屋里玩。

那是一生的美好时代，那一刻，本该一直一直地绵延下去，等少爷长大，等他更有耐心，等他成人娶妻，等他的兴趣从这件事再转到那件事上去，等他一生安乐，等他富贵绵延前程似锦，等他过完……他本该过的一生。

暴雨中，衣衫褴褛的公子把破荷叶支在她头顶，用断指的手掌，他背着她踏过泥泞，满脸雨水地继续向南走。

那一刻，花积没有跑过时间。

她捂着肚子喘着气，站在湖水的另一侧，眼睁睁看着游廊上的二公子被几个仆役拦下，二公子要走，他们却硬拦着，拉扯中，一只彩雀从白衣袖底飞出，高歌着冲金光蓝天而去了。

他们把二公子带向了老爷那里。

花积冷汗涔涔地望着，茫然地握着手中的绣件，心说完蛋了，他这回是真玩脱了。

茫然了一会儿，她转身跑去找大少爷，心说可得快点把救兵搬到了，可别真让老爷把腿打折了。

另一边，仆役们带着二公子推了门，便看见韦老爷阴沉着脸从未点灯的暗室里走了出来，韦老爷一望见二公子，嘴唇哆嗦着拎起了桌上三尺长的马鞭。仆役们念着二公子平日的情义，赶紧上前去劝，却被老爷甩手一抽，怒目吼道："都出去，非等他捅破天了闯出大祸不成，还嫌不够丢韦家的脸吗！"鞭声啸落，震得门窗轰鸣，小厮们捂着头鸟兽般四散。

仆役们逃出门后，只听见屋内重声起落，夹杂着桌椅砸断的声响，老爷怒骂着孽子，二公子倒是不吭声，长鞭震得门外台阶上青苔都在一声声颤。仆人们面面相觑，听得都有点不忍心，照顾二公子从小长大的王老爹更是盯着紧闭的房门，大门每震一次，他就像被踩了尾巴的兔子一样，耸着肩膀，口中连连嘶气，仿佛那鞭子敲在了他身上一样。

门后。

韦温雪站得挺直如竹，他面无表情，右手正用力握着一柄三尺长的马鞭，唰唰地往门上抽。

他身后，韦父坐在黄花梨椅上，一边低头喝着白汽袅袅的热茗，一边适时地抬头，声震如雷地喊着几句孽子。

半刻钟前。

当仆役四散，房门被紧紧关上的一刻，韦徽猷望着儿子，叹了口气，扬手举起了长鞭。

"爹你别真打呀。"韦温雪看见鞭子，吓了一跳，"做个样子就行了，真打下来多疼啊。"

韦父看了他一眼，突然扬起了手中的长鞭，狠狠落下——

"唰！"的一声，鞭子抽中了门框，击碎朱漆四溅，两扇门板连在一起砰地往前跳，被门闩拉了回来，哐哐地震个不停。

"你呀你。"

韦父叹气，手臂上青筋暴起，对着门框又是猛地一甩鞭："在家躲好了，躲不够一个月别出去。下次再出这种纰漏，没人给你收摊子。"

"我也没想到她会在最后摆我一道。"韦温雪反应过来，接过父亲手中的鞭子，接着往门框上抽打，"堂上刚用了我的文书，下堂就当众借刀杀人，这委屈我跟谁说去？幸亏爹反应快，赶紧派人接我去裴家宴上，兄弟俩当众翻了脸，才好把韦家从这事里择出去。"

韦徽猷松了鞭子，拿一块汗帕擦着手："择不择得出去还另说呢。"

"是我疏漏了，淑德……真是不简单，千算万算，本以为全身而退，算漏了她把后手留在这里，硬是把韦家拉了出来当挡箭牌。"

"何止是挡箭牌，她简直是铁了心要把韦家和她绑死在一条船上，要沉一起沉，不再给留退路。"

"爹你放心，这件事到我为止，一桩花花公子胡混到太后头上的宫闱丑闻而已，韦家绝不知情——"

"雪郎！就算只是一桩宫闱丑闻，往后毁的可是你的仕途名声！"

门框砰砰震个不停。

韦温雪平静地抽着鞭子："没事的，我不在乎这个。"

"雪郎。"韦徽猷望着儿子，重重叹了口气，"我经常在想，你本不该这么委屈。有些安排，或许从一开始就不公平……"

三年前。

"叫你陪小陛下读书，你不去；叫你参加秋闱，你不去；叫你补个荫庇领个饭吃，你还不去。天天耗在花柳巷里写些歪诗艳词，拿着你太奶奶的翡翠去送花魁，雪郎啊雪郎——"春日洁白的光芒中，韦老宰相望着孙子，露出有点苦恼的笑，"你以后到底想做什么？"

"我想再玩两年——"

"再玩两年你爷爷就老咯，谁来帮你打点妥当，好让你轻轻松松地玩闹一辈子，我的小孙子？"

"哎哟，我的好爷爷，儿孙自有儿孙福，我就是去赌牌都饿不死。"

"靠着你那点三脚猫的功夫出老千？"韦老宰相捋着白胡子，摇头，"要不是仗着韦家的面子，你腿都叫人打折几回了。"

"谁说的，我都好久没去赌了。"

"冬天的时候赢光了金玉坊，害得老板带着姑娘跳河，从此人家赌场都不许你进了是吧？"韦老宰相坐在几案前，轻轻拍了一下面前站着的韦温雪，"没良心的东西，那你这几个月又跑哪里胡闹去了？"

"就……到处瞎玩呗。"

"你还有什么可玩的？你小子没耐心，厌劲儿大，一本书读不了第二遍，交个相好都坚持不了半年，长安城还有什么是你没玩烦的？以前还有个杜路陪你玩，得，人家早就干正事去了，就你十九了还在瞎闹。"

"爷爷您说得对，我没耐性，当不了大官，得我哥去——"

"别打岔！你这几个月干什么去了？昨晚，还有人看见缘禄店的伙计给你送银子来了。稀罕，天天花钱如流水，怎么还挣上钱了？"

"唉，爷爷，我……"

"说呀。"

"行吧，我说了您可不许骂我。"柳叶的影子一条条在书房的墙壁上垂下，面前，月白春衫的韦温雪俯下身，脸上还带着些少年的稚气，对韦老宰相低语道，"我不自己赌了，我下注，赌别人下棋的输赢。我回回都赌对。"

"哟，你小子还得意上了，别人的输赢，我就不信你回回都能猜对。"

韦温雪笑着摇头："我不猜。"

"那你怎么挣的钱？"

"我两边下注。"

凉风穿堂，青年靠着幽绿的窗，线条好看的下颌上跳动着浅光："看不清局面的时候，押赢了固然是好事，但押错了就全盘皆输。我宁愿少赚一点别人的银子，也不能赔了自己的本钱。"

"两边下注，输赢相抵，你又该如何挣钱呢？"

"瞬息万变之中，不输便是赢。"

韦老宰相抬头。

光影拂动中，衣衫浅蓝的青年明眸望着爷爷，身后草木深影："世间或许没有常赢的办法，但确实有……永远不输的办法。"

"你这样不赔不赚，不嫌耽误时间吗？"

"不耽误。"

"为什么不耽误？"

"因为我知道……赌局，有结束的一天。"

韦老宰相带着笑意望向孙子：

"这就是你小子不陪皇帝读书的原因？"

凉风穿过庭院沙沙。

"正是。"

一滴透亮的水珠，从白毫的笔尖上砸了下来，晶莹四溅。

"这才是我的孙子啊。"韦老宰相笑着喝茶，"我有时候想，或许是老天爷搞错了，你本该是我儿子，却晚生了这么多年。"

"我是生得晚了，赶上这样的乱局面，只好先等一等。"

"看来你小子是想退一步做渔翁，等别人当鹬蚌？"

"我只是想等赌局结束罢了。明明能等的事，为什么要头破血流，非要赶着上场押命来帮一边赌赢呢？"

"只怕置身在风暴中央的时候，你不想赌，别人要硬压着你上牌桌。"

"那便是分身之术了。"

"哦？"

"我和我哥。"

"这就是你小子迟迟不肯入仕的打算？"

"是的，明知有不得不赌的一天，那就在走上牌桌之前，提早留好退路。"韦温雪面对着幽绿窗色，轻声说，"我给我哥当退路。"

春天的阴凉在四周拂荡。

"雪郎啊雪郎，你是真正为家族考量的人。我的儿孙们，也只有你一人，最像我。"

"我只为韦家做事，不为什么大道，不为什么忠义，更不为什么正统。"韦温雪转过身，望着桌前的老宰相，"我只在乎我的亲人和家族。韦家这艘大船，已经驶过了五百年，还要小心翼翼渡过暗礁口，再平安地驶上五百年。"

"那我的小孙子，你有什么再驶五百年的法子？"

"我想，一艘船或许没有永远前进的办法，但确实有……永远不沉的办法。"

"何谓？"

"走好前路，留好退路。"

春光跳跃中，鬓须花白的老宰相笑着，示意韦温雪坐到身旁："你小子啊，到底怎么看如今的局势，全说出来吧。"

浅蓝春衫的青年在老人身旁坐下，替老人轻轻捶着腿："爷爷，你向一个酒色徒问政事，当真是难为他了。"

"说吧。"老人拍了拍他的脑袋，"不要再和爷爷卖关子了。"

"那我便瞎说了，想来想去，当今的局势应该是八个字——"韦温雪低头，为杯中倒上新的热茶，袅袅白汽猛地笼罩了两人：

"分崩离析……藕断丝连。

"灵帝尸骨未寒，季家狭势弄权。我面前是一方叵测难料的棋局，外有胡兵与蜀梁南北交敌，内有关陇和山东左右对峙，我不敢下注，因为我看不到任何一方稳赢的希望。我出生在一个困难的时代，成帝年间的辉煌已经远去百年，只留下草原上马刀锃亮和东梁的千里繁华，此刻的大良恰若木屋将碎而未碎，我在屋中，不敢

347

高声语，欲弃屋而去则无处可去，欲加固修葺又怕木屋一触即崩。木屋之所以未碎，是因为撑着木屋的两根柱子，一根是关陇八姓，一根是山东诸家，而连着两根柱子的，正是小皇帝和外戚。

"这样复杂的局势下，别人要赌，是因为别人原本就空手而来，乱世中赌赢了便可满载而归。可是韦家这艘大船，怎么能赌？又凭什么要押上五百年的基业，帮别人站队？

"在这样的危屋之下，韦家该做的不是战胜于朝廷，而是维稳制衡。

"别让木屋碎了，这是首要之义。我们得看好两根柱子，连好两根柱子，别让藕丝真断了，别让任何一方走极端。为此，朝中需要一个去沟通关陇和山东的角色，但是，没有一家担得起这样的恶名，这就是道义和朝政的死局之一。

"死局之二在于，要想长久地保住木屋，未来一定还是要靠陛下，要重新回到萧良皇室和关陇集团的稳局；可如果现在就扶持幼帝，木屋立刻就会塌了，又谈何未来？两根柱子之所以相安无事，是因为一根柱子相信利益在日后，另一根柱子相信利益在眼前。小皇帝日益长大，终有一天会移回权柄，这是关陇八姓和先帝老臣为大良当柱子的原因；而太后此刻摄政，恰是山东和二季为大良当柱子的原因。我认为棋局之困境恰在于此，既要让他们接着为大良当柱子，又要把利益渐渐夺过来，这个过程或许会需要八年十年，一个子一个子慢慢往外移。而现在不敢动子，我怕木屋先塌了。

"死局之三还在于摄政本身。杜路、高虓等人还滞留在战场上，朝廷一直把灵帝暴毙的消息封锁起来，避免外面的驻军知道，可这消息又能瞒得了多久？一旦武将回朝，摄政的问题会更加严峻。如果一定要在武将和太后之间选一个的话，已经不是哪方更好的问题了，而是哪方更糟。太后摄政，虽然会使山东和二季坐大，但并非不可制衡；可若是武将坐大，事态真有可能全然失控。我不知道杜路有没有摄政之意，但我知道爷爷您是不想蹚这浑水的，因为草莽是草莽，世家是世家，韦家眼里是千秋万代的福泽，而不是一时的豪赌。那么到时候，我们会被迫站队。"

韦老宰相一边听，一边微微点头，笑道："那照你看来，未来哪方会获胜，韦家又该站哪边的队？"

"恕孙儿愚钝，并不能看清未来，只能看到满眼凶险。"绿影晃动，韦温雪低头添水，"但是，孙儿看明白了一件事。"

"哦，你看见什么？"

"赌局总有结束的一天。"韦温雪抬起头，"我们只要不提前输了，就总有赢的一天。"

348

"这就是你要韦家两边下注的原因？"

"正是。"韦温雪望着爷爷，双手将茶盏递出，"世事如赌，千机万变，与其猜测未来，不如确保自己在每一个未来中都能得利。"

"可若是两边下注，那这三个死局岂不会越拖越久？"老宰相接过韦温雪递来的热茶，低头吹气。

"我倒有一个解法。"

"哦？"

"太后需要一个伙伴，我们可以成为这个伙伴。而关陇需要一个领袖，我们也该成为这个领袖。"

韦老宰相停住了手中的茶杯，双眼望着他。

春日寂静。

"我知道这听上去阴险，可这既是两边下注的办法，又是破除三个死局的根本之法。"韦温雪低声说，"于韦家，可立于不败之地进退自如；于大局，可加固藕丝以防木屋破碎；于摄政，可制衡外戚又防武将夺权；于幼帝，可在稳局之中督促权柄渐移；于外敌，可团结内部以防可乘之机。"他嘴角勾出一丝浅笑，"看似是韦家自保之法，实则是韦家能为大良做的最好的事。"

"可世人是不会懂的。"老宰相摇头，"青史上，韦家惹上的可是出卖王室、两面三刀的恶名。"

"所以，韦家需要一个朝堂之外的暗中人，来沟通淑德太后和山东党羽。"幽绿色在韦温雪的眼瞳中摇荡，他垂下了睫毛，"我可以做这个人。"

"胡闹，你是二公子，这种事怎么能让你来。"

"没有人比我更适合做这件事，我没什么信念，没什么禁忌，只有一双审时度势的眼、一双敢作敢为的手和一颗谨慎下注的心。"他抬起头，"让我来做别人不能做的恶事。"

"你是我最聪明的子孙。"韦老宰相又是摇头，"你应该做的，是去施展你的宏图抱负，是把你的青春才华得到最大的施展，而不是当一个家族阴影里的暗中人。"

"我不在乎。"风过拂衫，韦温雪温柔地笑了，"我哥现在已经被卷入了朝堂上的赌局，我担心他，我得帮他留条退路。"

韦老宰相再欲言。

"更何况，现在也不是我出仕的好时机了。"韦温雪笑着打断了爷爷欲出口的疑虑，"在太后摄政期间，一旦入仕就要卷入朝堂站队问题。我若当了幼帝的伴读，简直一辈子就钉死在这方赌桌上了，要么成要么死，只能抛头颅洒热血硬碰硬地帮小皇帝夺权；而我若是走了科举或荫庇，朝堂上必须和爷爷父亲哥哥站在一起。从此韦家就得一条路走到黑，用光了所有棋子，没法回头。

"其实，爷爷您虽在外人面前催我入仕，但实际上也并没有什么动作，这些年您对我的胡闹睁一只眼闭一只眼，大概也是有这样的隐忧吧？"

"你呀你，简直是爷爷肚子里的小蛔虫。"金光渐移，韦老宰相注视着面前人，"我虽然不像杜佐，韦家小辈人丁兴旺，但用得上的，还是只有雪郎和棠陆你们两个。"

"所以说，应该把我和我哥分别押注。让我哥走阳光下的大道，他是韦家的前途，是光荣和明亮的未来；而让我，去走黑夜里的小路，这是韦家的一条隐路，一线生机。

"只有我不出仕，才能暗通山东联络太后，才能为韦家保留棋子。

"若是真有格局大变的一天，正大光明的路断了，韦家还有这条隐路可以走，到时候摇身一变，大船便可转个弯接着稳行。若是像我们最希望的那样，未来重回到萧良王室的正轨，我们韦家更是这些年来拥护幼帝的忠良，我到时候从花柳街里踱步出来，揉揉眼，才是人生第一次出仕。

"在风云叵测之中，没有什么比韦家更重要。等几年而已，我等得起。"

花影斑驳中，蓝衫青年的声音温柔而坚定。

那年他十九岁。

十九岁时，淑德扳倒了皇后，将长公主念安移入三春园里漏雨的瓦房里，欣赏着后者在饥饿和残害中度过了童年；十九岁时，杜路在草原上鏖战，金面具下少年双眼明亮，他带领着一支最勇猛最悲壮的军队，几个月后，他们将一战成名永垂不朽；十九岁时，赵琰默默无名地跟在杜路身旁，那时他还叫赵燕，不怕死也不想家，满心只望着他的将军，在流血拼杀中军功一件件升高；而十九岁时，韦温雪站在风吹光影的寂静春庭内，柔声说，他等得起。

为了家族和亲人。

离乱的时代里，别人都在狂流中大步向前，而他退后一步，走向了遮蔽身影的黑暗中。

"这是万全之法，可是，"鬓须花白的老宰相揉着自己的眼睛，"可是，家族真的需要你来牺牲自己的青春前途吗？局面真的凶险至此吗？草原上已经耗战了这么多年，武将一旦后退就会遭遇追击，抽身回朝之事谈何容易？而二季和山东，也都只是些庙堂之争而已，有你爷爷在这里坐镇，又能搅出多大的水花？如果韦家全力支持陛下，团结关陇，也未尝不可。"

"这条路我也想过。"韦温雪说，"但是，如果我们不两边下注，而别人两边下注了呢？"

"雪郎你是说——"

"除了韦杜，关陇其他六姓，未必就没有别的心思。"韦温雪捏着手中的茶杯，"如果有人表面上团结关陇八家，喊着口号要还政于王，实际上已经暗通太后了呢？"

韦老宰相长吁了一口气，仰头望向房顶，若有所思。

身旁，韦温雪注视着爷爷："为了青史名声，为了保住在关陇集团中的威信和利益，所有人在表面上都要做南牙忠臣，不可能倒戈卖皇室。但是，人皮底下都在怀着什么鬼胎，爷爷你比我更清楚。

"真正死心眼忠于皇室的家族，在未来数年会被打压得相当厉害。一面是山东诸家的堂上争夺，一面是关陇八姓的各怀心思，想和太后做伙伴的人有很多，在江浪互逐中，有些家族一旦衰败下去，就永久地给别人挪了位置。

"即使韦家不联络太后，关陇中也会有别人联络；即使韦家不两面下注，也会有别家两面下注。到了那一天，韦家就成了别人的砧上肉。太后、二季、山东人、关陇人，任何一方都会盼着韦家跌下去。

"太后需要伙伴，而韦家即使不当太后的伙伴，也至少要当一个调和人，把矛盾转移到武将和太后之间。韦家站到调和人的角色上，这样才是安全的。也唯有如此，才能稳住木屋，督促数年之后权柄渐移，恢复大良的江山。"

浮光寂静地在墙上跳跃。

良久，韦老宰相长吁一口气，他转过身，问身旁的小孙子：

"那你都想好了？"

"我都想好了。"

"你不委屈？"

"我心甘情愿，绝不后悔。"

三年前，爷孙二人在春庭中喝着热茶谈论未来局势，却谁都没有想到，局面何止是凶恶至此，日后的三年，大良简直每时每刻都是在弦上漫步，稍不小心就一脚跌空，万劫不复。

可惜韦老宰相再也看不到了。

几个月后，老宰相在一个闷热的夏夜溘然长逝，床榻前跪满子孙，个个抹泪啼哭。用最后一丝力气睁眼的老人，颤抖的手却绕过了韦徽猷和韦棠陆，独独指着无功无名的二公子，颤声如悬丝："你对了，是两边……"手指沿着床沿无力地垂落，

"下注吧。"

那时，杜路罔顾军令，擅自带着胜利的大军从雁门关一路向南的消息已经传遍了长安，小皇帝坐在金座上晃着脚张望，帘后银丝孔雀羽的裙摆在沙沙颤抖，私语纷纷，朝野震惊。

那时，韦徽猷的舞弊案宗已经被交到了淑德手中。空椅之旁，山东诸家虎视眈眈。

那时，公子穿着一袭白衣，走进了高高低低的红宫墙。

宿卫接过银鱼符，他一笑，年轻的宿卫便晃了神，还是身后一位老什长打开了门锁。这位名叫王念的老什长，神情复杂地望着韦温雪进门，听他温柔道谢，又望着他踏着月色和风声，走进了幽宫深处。

门锁又砰地扣上。

"都说这韦二公子好看，竟长得比画上的人还好看，像个仙人似的。"有人小声说，扒着门楼张望道，"你说这太后做得，比皇帝还有福咯。"

年轻的宿卫抿唇不语。

他盯着那背影。

夏夜银冰色的月光在一片深宫幽景中淌落，缓缓的冰河流动，那公子像是白霜和薄雾的幻梦，身影孤独，走入连夜飘沉的大雪中。

那时，公子带着明亮的笑容，拍着杜路的肩膀喝酒。

看两人的仪表，旁人总是难以想到，其实韦温雪的酒量比杜路更好。纵然杜路那时已算是酒中豪杰了，可韦温雪他是一个不会醉的人。十岁时，小杜路第一次从家里偷酒出来喝，豪迈地举杯，要和韦二一醉方休。最后，却成了小温雪背着呼呼大睡的小杜路，一路背回了韦曲。

那一次，杜路却依旧没有长教训。

他知道他已经醉了，他望着他满是刀疤的手，听着他关切的声音，望着他熟悉的眼神。那一刻风声往天上涌，灯幡在四周飘，但他知道自己要做一个决定了，他们不可能是一辈子的朋友，他们此生都无法摆脱家族争斗的宿命，惺惺相惜又彼此算计。那让他先开始吧，他当年拉起他的手，现在要放下了。

"你应该去南方。"他听见自己的声音在风声中一字一字清晰地落下，"大丈夫自当为国奋战，早日收拾河山。杜行之，大良的国祚都肩负在你身上，你又怎能在金玉屋中安坐？"

果不其然，他看见面前人的眼睛亮了起来。

别相信我的鬼话，他在心里说，别离开长安，那是十年耗战永不回头，蜀梁战场是没有尽头的无底洞，会把你吃得连骨头渣都不剩。什么大良国祚，什么社稷江山，我只是在胡扯，你可以不信我的。

"韦二，只有你是真的懂我。"

他却听见了这句话。

他不可思议地抬头，对上了面前人带着醉意的笑眼，摇晃的手跟他碰杯，牙齿明亮："韦二，既然你都这么说了，我便不再疑惧。只是不能见到你了，地久天长，等我回来。"

杜路一饮而尽。

他痛苦地看着面前人，脸上却笑盈盈的，举起了酒杯。

杜路在第二日带重军离开长安奔赴战场，他赢了，淑德头戴一支白绢花端坐在黄昏的柔光中，他站着，漫不经心地打量着她，抬手撕掉了舞弊案的卷宗。洁白的纸片在修长的手指间纷纷扬扬，雪花般飘落在女人肩上。

"涟漪。"

他平静地说，黄昏中有一刻他的身影靠得很近，他的气息几乎将她压住，手指触碰肩膀，轻轻扫掉了一片碎纸，又毫不留恋地离去。

那两年里，他心情复杂地听着远方大胜传捷的消息，想象着杜路穿戴金盔黑甲，站在巨大楼船的甲板上横槊渡过粼粼春江的模样，大概是少年意气，英姿勃发。他也收到过一次杜路的来信，信上仍然是那激昂的腔调，感谢韦二使他最终下定决心，勉励二人作为青年共同为大良奋进。"小杜"的名字传遍了天下，那人的坚定炽烈，使他成了一位最有感染力的英雄领袖，到处都是他的朋友，无数拥趸追随着金面具的传奇，收编三国军队，剽掠天府江东，势如破竹地征战不休。等到东梁国破的消息真正传回长安时，垂帘静默，星河在春夜中涌动，韦温雪负手望向遥遥紫禁，却看见了朝堂上一片愁云和惊恐。阴谋的味道，像是诡异腐烂的花朵，萦绕在重重的红色官服之间。花灯烁烁满座，他和哥哥与山东人举起了酒杯。

"你不能去贵州。"

这一次，他说的是真话。

他却不再信他。

事情本不该如此的，他在那个雪夜里流着泪走远，他想自己终究是对不起那个人的。那个人不知道，世上并不是所有人都有坚定的信念和炽烈的梦的，不是所有人都愿意献身为大道义做忠烈魂的，美丽的人皮之下，是一颗虚与委蛇的心、一双两面三刀的手和一双含笑算计的眼。他甚至不会因为杜路的死亡而报仇，即使他已经知道了暗杀的真相，可他依然安睡在艳丽女人的侧榻。他迷恋她，他们才是同类，是势均力敌的猎手，握着刀尖相爱。

"从古至今第一位女帝……我押你了。"

他抛给了她鱼钩。

"你哥是真不如你。"

她递给他一杯权力与嫉妒的毒药，他含笑饮下。

"我们是女帝和帝王师。"

她以为他饮毒了，正如他以为她上钩了。

"你弟弟今天晚上还来不来宫里？"

堂上，季茂年望着气得浑身发颤的韦家父子，露出了有些下作的笑容："一个淫乱后宫，一个扰乱军心，里应外合，真不愧是亲兄弟。"

韦家本来是能全身而退的。一个团结关陇忠心保皇的栋梁青年，一个暗中扶持女帝的花柳酒色徒，两边押注，滴水不漏。

可惜她没上钩。

她对二季，假借宫人之口透露了一出庆安世与赵后的故事。全是因为韦家二公子的引诱和淫通，她昏了头，脆弱的女人听信了枕边风，这才让韦家的挑拨之计得逞，竟为着景国公和南牙的净言而限制两个哥哥的兵权。淑德和二季的关系，既唇齿相依，又复杂危险。韦温雪正是撬开了这一点，顺着淑德防备二季的心思完成了这场权力移交的双簧，可就在他功成身退的一刻，淑德反手把他从黑影中拉了出来，推给了二季，当成整件事的挡箭牌。

如此，她把自己和二季的矛盾祸水东引，给了韦家。

他便将错就错了。

昨夜裴家席上，他刚激怒哥哥完成一出兄弟不和的戏码；今日清晨，父亲又抽着门框声势震天地教训着孽子。他必须把韦家从这场祸水中择出去，因此他必须是那个叛逆的、不合群的、荒唐的子弟。他必须让所有人相信，他遭到了家族的遗弃和驱逐。只有这样，韦家才是那个立场坚定的关陇领袖，而不能是暗通款曲的叛徒。

可鞭子下这扇颤抖的门突然被人用力托住。

"弟弟！"

他握着鞭子，听见门外韦棠陆焦急的声音，他哥用力地托着那扇门，倾着身说："不要打他！父亲，是我没教好弟弟，您别再打他了，要打该打我啊。"

面前，韦徽猷从热茶上抬起头，对着门外吩咐："棠陆你回去。"

"父亲！"

韦温雪靠着门，听见了门外砰一声，他哥倾身跪在那里，与他只有一门之隔，

354

喘气的声音震着他的手掌："是我宠坏了他，才让他做出这样无耻无义的丑事，可雪郎从小就是个宽厚善良的孩子，他只是年龄太小，是一时糊涂受了奸人引诱。求父亲不要再打他了，他生下来就让我抱着长大，一身细皮嫩肉，怎么能挨得了这样的鞭子？我不忍心看他遭罪，跪在这儿求您，饶了他这一回吧。"

屋内，韦徽猷放下了茶盏，望着二儿子："看看你，你让你哥多心疼。"

韦温雪抚摸着门板，低下了头。

"哥，你回去吧。"他的声音有点发涩，"是我做错了。"

"你还有脸认错。"门外的声音却突然激烈了起来，"你做出这些事之前，有跟我说过一声吗？还在这儿逞强，挨鞭子的时候怎么一声不吭，你哥要是不来，你是准备一直不认错直到被打死吗？"

"我……"

"算了算了，让棠陆进来。"韦徽猷止住了二儿子，"你哥不见到你，怎么会放心。"

韦父拿过鞭子，示意韦温雪去暗室中躺着。随后，韦左司推门而出，厉声对众人道："除了棠陆，谁都别进去，不许心疼这孽子！"火冒三丈地甩袖，扬长而去。

"谢谢父亲。"

韦棠陆跪着目送父亲远去，然后顾不得拍一拍身上的尘土，便冲进了房中，望见暗室中躺在床上的韦温雪，焦急地抚摸着他的额头："疼不疼？伤到哪里了吗？"

韦温雪看见他哥的眼神，本想脱口而出的话，在巨大的羞愧中怎么也说不出口了。

"我给你喊郎中了，你先忍一忍。"韦棠陆看见弟弟的神情，却不由得更紧张了，刚刚的责备也变成了自责，"昨天晚上是我没带你回来，才让你今天早上遭了毒打，我不该和你分开走。"

韦温雪抬手，碰了碰他哥的脸："我没事。"

"别乱动了，你会疼。"韦棠陆轻轻握住了那只手，放回到弟弟身旁，"你睡会儿吧，睡着就不疼了。"

"哥，我——"

"我给你摇着扇子。"他哥垂眼，拿起了一面老旧的芭蕉扇，坐在榻上白衣公子身旁轻轻摇着，轻声说，"像我们小时候那样，你五六岁的时候还和我睡在一张床上，夏天嫌热，我总是先给你摇扇子，哄你睡着了，再给自己摇，摇着摇着眼皮打战，便松了扇子睡着了。你那时多小一个人啊，我去哪里你就跟到哪里，从来不会走开。我有时候还在想，你要是一直那么小就好了，我拉着你抱着你，你怎么都不会走开……"

韦温雪本还有话要说，可他昨夜没睡好，此刻扇底风拂面，细语在耳旁飘着飘着，他竟真的眼皮打架，一歪头，安睡在了他哥身旁。

等他醒来时，他哥已经不见了。

一个人打着哈欠，他从暗室里缓缓踱步出来，避开他人的目光，抄小路走回了自己的院子。花积已经在院中等了一个上午，正心神不宁地坐在窗外，一见到公子衣衫不整地走回来，急忙上前，看他是哪里打伤了。

"没挨打没挨打。"二公子摆手，"只是在我爹房里睡了一个回笼觉，我哥还给我扇扇子呢。"他边说边往屋里走，发带不知道丢哪里了，锦缎般的长发在腰间乱飘，一缕被枕乱的头发翘在头顶，随着他的步子一跳一跳的。丫鬟们见了他头顶那缕毛，都捂着嘴偷笑，他则有些蒙地望着她们，眼里还带着刚醒的水光。

"谢天谢地，幸亏有大少爷。"花积跟在他身后仔细检查了一圈，终于松了口气，笑得眉眼弯弯，"多谢菩萨保佑。"

"哪有什么菩萨——"

花积赶紧捂住了他的嘴。

"可不许这么说话。"她一脸紧张，嗔道，"多大的人了，说起话来还嚣张又乖僻，不能这样了。"又赶紧低头念道，"菩萨不怪罪，菩萨不怪罪。"

"好啦，姐姐，我不乱说了。"

"坐下吧，让我把你这一头鸟窝梳好，别让别人再笑话。"

铜镜中，粉衣温柔的女子挑起青年的长发，低头拿着小梳子，白皙的手缓缓穿过如瀑黑发，一下又一下，灰尘在安静的光芒中旋转。

他牵过女子的香囊，放在鼻尖嗅着。

花积束好了发髻，蹲下身，为他仔细整理衣裳，一条又一条地束好衣带，金光打在她洁净柔和的侧颜上，她垂着睫毛盯着他衣襟上的褶皱，一边捋着，一边轻声说："你呀你，什么时候才能长大？"

"长不大了，让姐姐照顾我一辈子。"他坐在金光中，笑着，漂亮的喉结起伏，"我说今天捉的雀儿怎么跑了，原来里面这件衣服也要打结呀。"

花积忍着笑，摇了摇头："天天对鸟对虎那么上心，怎么就不知道对书本上上心呢。"

"书哪有老虎好玩？"韦温雪抬手接过了绿果儿递来的温开水，喝了两口，又递了回去，"对了，胖儿子怎么样了？昨天一夜没见着我，是不是已经有点郁闷了？"

花积终于没忍住，扑哧笑了。

旁边的绿果儿笑得手中茶盏都在颤，忍着说："你的胖儿子好着呢，刚刚还蹦起来抓了只鸽，正玩得不亦乐乎呢。"

"嘿，没良心的东西，我去看看这小胖子。"韦温雪松开了香囊，起身，边走边往园里呼喊，"胖胖！胖胖！我回来了，还不快点过来慰问你老爸——"

说时迟，那时快，一道橙黑的身影从竹林里嗖地就蹿了出来，双爪拍地砰砰砰砰响，见到韦温雪兴奋得两眼发亮，猛地就冲了过来，没刹住闸，一下子滑了出去。

幸亏韦温雪闪得快。

他那胖儿子一天吃四只鸡，壮实得像个小铁桶，平日蹦到桌子上的时候，桌子都得抖三抖。虽然现在虎子只到膝盖高，可要是真撞上了韦温雪，谁倒下去还不一定呢。

"胖儿子，想不想我？"白衣公子笑着蹲下身，两只手搓着胖乎乎的虎头，"你看看你，脸越吃越大，以后就不好看了。嘴上还血淋淋的，又在偷吃什么？我给你擦擦——欸，这鸽子毛是从哪里来的？"

他狐疑地挑起一根洁白的羽毛，突然站起身：

"胖儿子，你是把我的鸽吃了吗？"

虎子呼噜了一声，圆脑袋还在往他腿上蹭，一副挠痒还没挠够的样子。

"你真吃了？"韦温雪难以置信地捏着那一根羽毛站在那儿，"鸽子的骨头在哪儿？身上的信呢？"

虎子听出了那语气的严厉，有些不满地低吼了一声，站起身，踱步准备离开韦温雪。

"那是苗寨的信。"它看见漂亮主人盯着自己，神情是从来没有过的严肃，"你要是真把它吃了，我把你吃了知道吗！傻儿子，把剩的鸽子给我。"

韦温雪看见虎子站了一会儿，若有所思的样子，然后，它抬起头，撒开腿跑走了！

"嘿，你长大了还敢跟爸爸闹脾气了！"屋里的丫鬟们扶着门框哄堂大笑，只见园里二公子一把抓起白衫下摆，追在老虎后面，束发摇晃，金光下长发四处飘散，"我就不信还追不上你！"

听见脚步声，虎子回头，满脸都是"你来追我呀"的兴奋，转头跑得更快了！

眼看小虎就要钻进竹林，白衣公子伸手，握住了墙根一柄修长的两股虎叉，眯眼，瞄准，松手，银白光长长地划过，迅疾落下！

"砰！"的一声，正好卡住了虎子的后颈，虎叉狠狠插下！虎子吓得一缩，两边铁尖扎进了地面的湿土中。

"少爷真厉害!"一片脆声娇笑中,房檐下的少女们拍着手加油,女孩们彩色的衣衫和风铃声一起在夏日庭院中飘荡。他转过身,带着些少年得意的笑,对女孩们挥了挥手。花积拿着绣件站在一旁,对上他得意的目光,摇着头笑了,又低下头绣着那朵一直没完成的花。

白衣公子便接着在森绿的庭院中飞奔,一把拔出银虎叉,坐上虎背,按下小耳朵低压的虎头:"嗯?不跑了?鸽子呢?"

被按得胖脸都变形了,虎子一边低压着耳朵,一边龇着牙,发出警告的呜呜声。

韦温雪一把掰开了虎嘴。

"还学会咬爸爸了,嗯?"他单手握拳,伸进了森白锋利的虎牙中,一直伸到喉咙处,胖胖被撑得嘴都闭不上,想要咬他,但那四颗又长又曲的虎牙却成了障碍,竟绊着它自己咬不成。僵持了一会儿,胖胖终于发出了讨好的鼻息声。

韦温雪松开了它。

胖胖却没有站起身,它像幼崽一样躺着,蹭着主人打了个滚,这是一种确认地位的示好。韦温雪捏了捏它的后颈皮:"我看见你的小金库了。"

他站起身,向竹林里那一小摊血肉走去。

胖胖没有起身,仍躺在那儿,眼睁睁望着主人捧走了自己的猎物。主人路过的那一刹,它闻着血味满怀希冀地抬头,却看见主人头都不抬,单手一抛,就把那半只血肉模糊的鸽子"扑通"一声扔进了池塘,溅得虎子胖脸一脸水。

但胖胖会被这种小事打击到吗?

胖胖不会。

它舔了舔自己的脸,然后站起身,也"砰"的一声跳进了池塘里,轻车熟路地游到池中央,一个猛子扎进去,虎头再浮起来的时候,嘴里已经衔着半只鸽子了。

怕主人再抢自己的食物,它泡在浅水处,两爪抱着那半只鸽子吃完了,然后才心满意足地抖身上岸,舔了舔自己湿漉漉的爪子,留下半池红痕越染越远。

就在这时,它听见了主人的笑声。

远远地,它看见主人握着那一张被血水弄得脏兮兮的信纸,站在亭中,一个人笑着,笑得眉眼都弯在一起,满背细细散落的长发,也都温柔地摇动着。

"少爷,什么事这么开心呀?"小凝霜抱着几枝新剪的白花,从亭旁穿过,垂着两个小辫探头道。

"有个混蛋还活着。"公子一边说,一边又忍不住笑了,"烦人精,竟是骗我为他落泪呢。"

"那他肯定没骗成,少爷你又不会哭。"

358

"当然没骗成。"公子摆手，"小凝霜，去和屋里几个姐姐都说，这几天没事就去外面嚼嚼舌根，说我被老爷抽了一顿，打得皮开肉绽，正躺在床上养伤呢，没有个把月出不了门。"

"嘿，好嘞！"小凝霜抱着花，眼睛发亮，"我正想去外面玩哩！"

"那就放你三天假，到处去玩，见人就说我的伤势，说得越严重越好。哦，对了，"他眼球一转，露出了有点顽劣的笑容，"别忘了加两句，说季太后独守空房，夜夜寂寞，正暗恨着她那两个哥哥，思念着我日夜抹泪呢。"

所谓三人成虎，便是这谣言在长安城中越传越离谱，起初只是说那大逆不道的韦无寒被韦左司拿鞭子抽得鲜血淋漓，又去祖宗牌位前跪了一夜，骂他丢了韦家的脸；后来又说，那韦左司鞭子都抽烂了，韦无寒被打断了腿，躺在床上好不可怜，太后远在宫中都为他伤心呢；后来关于太后那段传得更邪乎，说太后为了无寒公子茶饭不思，以泪洗面，甚至屡屡想要殉情，只求来世再做夫妻，是个可怜的痴情女子……编得有鼻子有眼，大抵是传到了涟漪耳朵里，她生气了，于是流言一夕之间变成了韦温雪破了相，是太后不要他了，他正躲在家里捧着一张破脸伤心呢。

韦温雪让花积去打听谣言，每天听了被逗得哈哈大笑，只听到最后一个时边笑边拍大腿："对啊，伤了脸，我怎么没想到呢！"

一个月后，他再出门时，右脸上带着一条条支离破碎的红痕，从眼角划到下巴，紫黑的血痂一块块垂着，诡异而妖美。旁人见了他，都是猛地吸一口气，然后又摇着头，不忍心地叹气。

八月的几天，他就在长安瘸瘸拐拐地走来走去，展览他那张破碎的脸。

天空阴郁。

一身靛蓝，头上戴着黑色斗笠的女侠与他迎面而来，擦肩。

韦温雪一袭黑衣，顶着那半仙半鬼的花脸站在路中央，优雅地伸手，拦住了女侠的去路。

女青年从斗笠的阴影中沉默地看了他一眼。

"若我没有猜错，陈女侠，你是为了追查一封神秘的信而来到长安。"黑衣的韦温雪侧身，用那月光般皎洁的半边脸望着她，"那封信，关乎你一个故人的下落。"

韦温雪单手挑开车帘，转身，露出那如鬼如魅的半边脸："上车吧，你不会拒绝最后的答案。"

女侠不动：

"所以，这一个月间向西蜀武林送了那么多拼凑谜语信的人，就是你？"

半仙半鬼的黑衣公子颔首。

"那我是唯一找到你的人吗？"

"刚刚是的，但是，"韦温雪望着摇晃的门帘，白玉无瑕的左脸冲着车厢里笑了，"现在不是了。"

车中，一位面貌平凡的中年男人已然坐着，长剑放在身侧。

没人看见他是怎么进去的。

这便是声名传奇的天下第一盗王：白山林。

"小净，是我。"他对上蓝衣斗笠女青年的目光，冲车外点了点头。

"白伯伯，你也来了？"车外，名为陈宁净的女青年吃了一惊，"自从三年前蜀国那一夜，你就销声匿迹，今日竟然肯为了杜将军——"

"上来说吧。"

黑衣公子拍了拍陈宁净的肩，一起坐进了车厢，厚重的车帘迅速垂下，遮住了路人打量的目光。

半个时辰后——

韦温雪一人从车厢中走了下来。

身后，那辆马车奔跑着一路向南，穿过启夏门，卷起滚滚烟尘，向着南方苗寨冲去。

八月的雨，沥沥地落下来。

他一个人穿着黑衣服，穿过雨水中一家家亮起灯的长安城，闻着湿漉漉的风，只觉得痛快。

去年这时候，他们还在桂花树下吵架。

他低头笑了。

如果杜路现在又站在他面前，又用那种熟悉的天真热烈的目光望着他，那么他也会望着杜路，和他好好喝一壶酒。在杜路喝醉的时候，他再轻声告诉杜路，不会有那么一天的。

人间的热闹在身旁喧嚣，他开始认真地思考着杜路两年前的那封信。金色的雨水在头顶滴落，青年们并肩为国家的未来而奋战，这或许也是一个不错的打算。虽然他肯定不会把筹码全部押在这里，但是，和杜路做盟友，或许是件可以信任的事吧。如果一定要在武将之间选择的话，二季与杜路，这还有什么比较的必要呢？二季与韦家的嫌隙已然埋下，而杜路，他们还不了解彼此吗？他们终是默契的朋友，是一转身就会去寻找对方的人。

纵然我骗过你一次。他在雨水中笑着走远：可你被别人骗得更惨啊，杜路大傻子，最后还是我把你救回来了。我们之间清了，我甚至觉得，你之前那些天真的话也有些道理了。

我开始思考一个站在你身边的未来。

我开始想象一个更好的大良。

那些呈上去的文字只是杀人的刀笔吗？他想起了那个被乱棍打死的小兵，才十六岁，在麻袋里缓缓地咽气，肿胀的尸体被抛给河岸上追逐的野狗，年轻的手脚被咬掉。哭瞎一只眼的母亲，接过半吊钱，只听说儿子在军中染了恶疾去世，多问两句，就被新上任的军官狠狠地推开，瘦弱的身体趴在地上喘气，锃亮的军靴从面前踏过去。白衣公子平静地执笔，写到最后，却握着笔在深夜里浑身发颤。

他开始理解有些事不只是博弈。

他开始盼望杜路早点回来，趁着桂花还没落下，他要和杜路重新进行上一次的谈天，他保证自己不会再用那样嘲讽的语调，他会好好地听杜路说完。但他知道，若是杜路听说了他和淑德的丑事，大概会生气和失望，但关于这件事他不打算认错，更不会辩解。那些教条礼法本身就是错的啊，他想，一个那么年轻美丽的女人，被锁在空房间里老去，那才是残忍的事吧。

头顶清凉滴落的雨水，却突然被挡住。

一个人的影子垂了下来。

黑衣湿淋淋的韦温雪转身，看见了一双明亮的微笑的眼，那素来温润谦和的柳公子正站在面前，望着他，为他撑起一把素白的油纸伞。

"柳兄呀，好久不见啊。那夜我还不如去找你，让你收留我呢，别提了，第二天回家，我被我爹打得好惨——"

柳公子不语，只是望着他笑。

"怎么了？见我被打成这样，你倒高兴了？"

"不是，"雨水中，柳公子笑着伸手，摸了摸韦温雪的脸，又抬起自己被染红的手指，"无寒的伤疤都被淋湿了，红的紫的正往下流呢。"

韦温雪也笑了，比了个"嘘"的手势。

柳公子会意地点点头："真开心又看见无寒，你没事就好。今夜雨这么大，让我送你回家吧。"

"别了别了。"韦温雪推开了他的伞："我刚捅出这样的丑闻，名声不好。你可不要被别人看见和我走在一起，别坏了你的名声。"

"不会，能和无寒走在一起，我就很开心了。"

"你就不觉得我……无耻吗？"

"那夜在裴家筵席上第一次听见那些事，我是很震惊的，难以相信无寒这样的人会……我有段时间烧了你的诗，我很抱歉。"一颗颗透明的水珠在素白的纸伞上凝结，柳公子带着一缕微湿的鬓发低头，"但是，我后来想明白了，无寒无论做什么样的事，无寒都是写出了那些诗句的人。平常人无法理解无寒，就像是他们永远无法读懂你的诗一样。我怨你的时候，其实应该想想，到底是你写错了，还是我读不懂呢？"

雨水在伞上噼啪作响。

"我是真的很想和无寒做朋友的。"柳公子攥着伞柄，猛地抬头，"从我读到无寒的第一首诗开始，我就知道，你一定会有非常非常光芒四射的未来。所以请无寒你千万不要说那些自怨自艾的话呀，也不要一个人淋着雨走路啊。我想送你走回去，因为日后，说不定我就没有和你并肩的机会了，你一定会成为我们……仰视的人。"

那年他们二十二岁。

孩子们在四溅的积水中跳跃，树叶亮绿得耀眼，水汽温湿。他们相视笑着，撑着同一把伞，站在一场充满希望的金光大雨中。

这是良朝的最后一个夏天。

第四十三章

十三年前，八月，苗寨。

北漠屡犯边境。

太后封赵琰为定远将军，领重兵北上。

八月，太后赐嫁长公主念安，定远将军赵燕恭迎。辇辞阙，入雁门，鸾书既至，暮婚礼成。

"嘿，你们知道吗？他的女人嫁了他的部将！"流儿提着木屐，踩着木屐噔噔噔地追上同伴，"这才几个月，太后赐的婚，他的未婚妻居然就嫁了，他的部将居然也娶了！"

红面纱的少女猛地停住了脚步。

"我是看不懂大良人的弯弯绕绕了。我听三叔说，太后这次嫁公主，是为了拉拢赵燕。她先前把杜路留下的军队交给两个哥哥整编，现在又害怕了，居然用赵燕、裴拂衣、高嫮这些外人，来分自己亲哥哥的兵权，你说奇怪不奇怪。"少年小飞一边走在摇摇摆摆的吊桥上，一边说。

"大良人就是这么奇怪，别说亲兄妹了，恭帝还杀了那么多自己的儿子呢。天天讲些礼啊，德啊，结果都在暗地里捅刀子，抢女人，乱搞一通。"流儿噔噔噔跑过吊桥，回头对小飞做了个鬼脸，"派来的大官还说，我们在野地里唱歌夜宿有伤风化，屁，两情相悦的事，谁管得着，比他们那些虚伪的家伙好多了！"

"就是！"

"我也听我伯伯说了，寨主最近特别着急。他原本想把杜路藏好，等关键时刻再搬出来。结果时间越久，军队编得越散，再拖下去杜路就什么都不剩了。更何况去年大破南诏之后，赵燕越来越得军心。威望这种事，最经不起时间了。"

"那我们到底该把杜路怎么样呢？"

"哎呀，不用想啦，反正马上就要祭祀秋神了，秋神会启示我们如何处置杜路的。"

流儿已经率先跑到了，他放下木夯，一条八爪缆绳在手中嗖嗖地绕圈，猛地掷了出去，"砰"的一声扒住峭壁上的石头。

他仰头，望着千丈高耸着通向天涯的峭壁，拉了拉手中的攀岩绳。

云雾在脚下飘荡。

瀑布咆哮。

"圣女大人，你把药材给我，我一并挂在腰上好了。"流儿说完就把攀岩绳咬在嘴里，双手拿起地上的木饭盒，绑在腰上，转身，去接红衣少女手中的药包。

红衣少女盯着地面发呆。

"嘿！"他吐出攀岩绳，一手拉住绳，另一只手在少女的面纱前晃着，"在想什么呢？"

"啊？"

小月牙猛地回神，红面纱上一双明亮如水的眼睛抬起，茫然地望着流儿。

"你在担心秋神祭典的事吧？"流儿拿过药包，低头在腰间绑着，"苗寨发生了这样的动乱，今年是没什么收获，我们摊上杜路这小子，还费了不少只鸡。下个月给秋神的献祭少得可怜，你作法的时候，要多小心一点。"

"嗯，我会小心的。"

"好在阵法还能运转，大家都还在一起，熬过大良官兵的搜查就好了。"流儿一边说，一边率先向千丈山壁上攀爬。小月牙拉过攀岩绳，跟在他后面，"是啊，只要今年祭典成功，秋神肯定会保佑我们的。"

"那我们要抓紧时间，再去外面多搜集采摘些食物，也好度过今年冬天。"流儿把自己侧挂在岩石上，从怀中掏出另一根攀岩绳，嗖嗖地扔了出去，八爪钩钩住头上的另一块石头，"我可不想冬天再爬这座山了，想想都冻手。"

"说不定我们冬天就出去回家了呢，再也不用这么辛苦。"队伍最后面的小飞转身，收起第一根攀爬绳，递给最前面的流儿，"我好想我家隔壁的好朋友啊，他当时留在寨子里，不知道现在怎么样了。"

三人就这样一边聊着天，一边靠着两根绳向上攀爬。巨大高耸的山壁上，他们仿佛三个小小的点，一尺一尺地挪动，衣带在风中飘颤。

日光一寸一寸落下。

蓝粉色的黄昏在身后渐渐涂开，云层愈发浓重，暮光绚丽，黑色的游鸟结伴归巢。

在漫天紫金色的火烧云升起来的一刹，他们终于停下了攀登的脚步。

此刻再向下望去，只觉得头晕目眩，层层石峦往下冲去，云雾发颤，悬崖上的吊桥小得像一条细细的蚯蚓，万仞青山都远在脚下，更下面是无尽深渊。

他们三个人扒着两个石穴，下半身悬在空中，两脚晃啊晃。

周围，无数座峰峦绝崖耸立着，隔空对望；面前，巨大的黑灰色石壁参天而立，光滑平展如一面铁镜，巍巍乎可畏，再往上望不到尽头，神明般庄重的阴影笼罩着三人的头顶。

可就在这险恶之境，竟有古人用斧凿留下了密密麻麻的石穴。

而顺着一个个石穴再往上望去，就在眼前绝壁的最中央，出现了一口悬棺。

风一吹，漆黑的棺材就在半空中摇来摇去，似乎稍有不慎就会摔下万丈悬崖，摔个稀巴烂，只有几根细细的线把棺材吊了起来，绑在两根木桩上。这两根木桩更是奇特，竟直接插进平滑的石壁里，丝毫没有开凿的痕迹，更没有胶水黏合，就这么贴着垂直的石壁伸了出来，仿佛从石壁里长出来似的。

流儿和小飞扶着红衣少女，她小心翼翼爬入最高的石穴中，缓缓站了起来，摸到了两根木桩。

棺材就在她面前摇着。

她深吸一口气，向前一步，双手握住一根木桩，解开了上面的一根细线。

悬棺瞬间一角倾倒，向着下方跌了下去。

流儿眼疾手快，"嗖！"的一声扔出攀岩绳，八爪钩扣住悬棺，流儿用力一拉，棺材猛地到了身旁。

红衣少女这时也爬了下来，三人并肩站在小石穴里，悬着的棺材在面前摇摇晃晃，他们共同伸出手去，推开了沉重的棺材盖子。

棺材里露出了一个青年的脸。

青年蜷缩在狭小的棺材里，裹着棉被，无数洁白的花瓣堆满棺材，散发出刺鼻的香味，他好看的眉宇微皱着，山间的水汽打湿额前的碎发，沉睡中呼吸绵长，银色的头盔放在他身旁。

是杜路。

他已经被装进棺材悬在这里吊了一年，却丝毫不知道自己在梦中。

千万只白纸鹤在门外摇曳，从天到地，黑夜中哗啦啦地飞翔，轻薄的纸面呼啸着银光点点泻落。

木屋里，杜路靠门坐在地板上。

他把信纸垫在膝盖上，就着门外那点银光，歪着身子写道：

"韦二，现在我也不知道自己在哪里，但请你一定、一定要相信我接下来说的每一个字。我像是误入了桃源的渔人，像上了仙台的刘晨阮肇，像邢子追着狗闯进了仙人的洞穴，但我却怎么都走不出去了。这一年来我被困在一间木屋中，门外是滔天海水和变幻莫测的奇景，几位苗族少年和巫女每日来探视我，可我看不见他们是怎么进来的，更不知道他们如何消失。木门随时都敞开着，我曾无休止地在外面奔跑，在海洋鲨鱼间奔跑，在云雾仙宫中奔跑，在巨人猩红的腹部奔跑，跑过一层层幽蓝网结的血管和巨大的跳动着的心脏，却永远找不到出口。

"我没有死，也没有发疯。

"唯一的线索就是，这是在山里，我有时听见风声，有时是男女对唱的山歌声，有时雨水湿润，有时花香充满整间木屋。

"这是我给你写的第三十六封信，我已经快用完了桌子上的宣纸。我希望你能收到它，这个世界上可能只有你，能够解开这个迷宫。

"警惕那个巫女，她拥有无法想象的法力。"

他听见了门外的脚步声。

猛地停下笔，将手中信纸熟练地对折，从窗口扔了出去，杜路跳回到了床上，一裹被子，假装自己熟睡了。

窗外，对折的信纸在黑暗中缓缓展开，飞翔着，慢慢融化。

红衣少女和两个少年推门进来。

"秃噜！秃噜！"小飞上去摇着他，"快起床做饭！我还要吃你上次做的羊肉汤和臊子面！"

"嗯，我都睡下了……"棉被间，杜路迷离地睁开眼，用苗语说，"你们今天怎么来得这么晚？"

"我们刚才去——"

"又套话！小飞，你不要理他！"流儿猛地捅了一下同伴，转头，给了杜路一个警告的目光，"起床吧，大无赖，我知道你在装睡。"

杜路笑着从棉被中坐起身，接过小飞手中的食材，提进厨房中。一阵乒乓响声后，青年端着热气腾腾的汤菜出来了，招呼三人道："快拿碗来吃吧！"

少年闻着香味如兴奋的小鸟，飞快地聚集在桌前，狼吞虎咽了起来。红衣少女则背过身去，汤勺伸进面纱里，一小口一小口喝着。

"小花，你从小吃饭都不去面纱吗？"再好吃的羊肉都填不上杜路这张嘴，"你天天戴着面纱，就不怕上半边脸晒黑了，下半边脸还是白的吗？到时候你在夜里一去面纱，嚯，老远就看见半边白脸飘过来了——"

小月牙不想理他。

她一抬手指，长桌的另一头，杜路立刻蹲下身去捂住了自己的脚尖："别踩我，我不说了！"

"圣女大人，算了。"小飞有些不忍心，"毕竟他忙这么久给我们做饭吃，也怪辛苦的。"

"你不要同情他，他可是时刻想着逃走呢。"流儿两手托碗咕噜咕噜地喝着汤，有些同情地看了一眼桌下的杜路，"杜路啊，看在这碗汤的面子上，我给你一个忠告，你不要急着出去了，你要是现在回到长安，会很伤心的。"

杜路在桌子底下闷闷地说："我知道——"

"你不知道！最近你的未婚……唉，算了算了。"小飞左右手各拿着一根筷子，低头搅拌着臊子面，"虽然你是个混蛋，但今天我同情你一天，男人间的同情！"

"你们到底在说什么？"杜路松开了那只脚，抬头，准备从桌底起身坐回去，"难道大良真换国号了？只要二季不造反，长安就还没到最糟的一天。你们说吧，再坏的消息我也有准——"

他忽然间僵住了。

蹲在昏暗的桌底下，他抬头，死死地盯着某处，捂住了自己的嘴巴。

"杜路？杜路你怎么了？"

"没什么。"桌子下的声音有些发颤，"我……我抽筋了。"

"你还好吗？"头顶上传来了小月牙的声音，红裙摆在面前挪动，她猛地探下头来，明亮的眼睛盯着黑暗中蹲下身发抖的杜路，"你捂着嘴干吗？你嘴抽筋了？"

杜路赶紧放下了手，勉强露出一个笑容："没有，脚，脚抽筋了。"

小月牙狐疑地盯着他。

杜路笑着望着她，背后的手指还在发颤。

就在这面桌子的下方，就在他们此刻对视的幽暗中，无数洁白的光点正在小月牙的脸上和身上拂动，像是跳跃的冰碴，瞬间散开，又瞬间凝固成一张写着文字的光图：

> 如果你正在读这段话
>
> 你已经昏迷一年了
>
> 我正在试图唤醒你
>
> 我不知道这段信息会出现在你梦境的哪里
>
> 但不管有多惊讶你都不要表现出来

杜路望着对面的人，眼眸中对面的人脸上光点四散，突然暗了下去，他猛地吸了一口气，拍拍自己的脚："好了，又好了！"

他们两人缓缓从桌底站了起来。

小月牙还盯着他。

"吃……吃饭呀。"他举起自己面前的汤碗，坐下身的时候，凳子发出突兀的一声响，他吸溜着喝了一大口，热气混着滑嫩的羊肉一下子充满喉咙，"今天煮得真好吃啊！"

小月牙仍站在那儿。

"杜路。"她猛地拽下了红面纱，电光石火之间，明亮如炬的眼睛盯着杜路，轻声道："忘记你刚刚看到的东西。忘记。"

杜路双目溃散地站起身。

羊汤从他嘴中流了出来。

他扑通一声跌回到座位上，呆呆地注视着桌上的碗筷，一动不动。

窗外，千百只闪烁银光的纸鹤，还在黑暗中哗啦啦地飞翔，长夜寂静。

"白伯伯，你说的这个办法行不通啊。"黄昏中一座险峻的高峰上，黑斗笠蓝衣的女青年眯着眼说，她正握着一块水晶石贴在右眼上，紧张地望着对面的千仞绝壁。她身旁，白山林趴在地上，双手拿着一根长鱼竿，下面绑着长线，摇摇晃晃地甩向了对面半空中的悬棺。

长鱼竿下钓着一沓黄色的道符，在风中哗啦啦地起飞，像一团金色的火。

他在试图把道符甩到悬棺上。

"我年轻的时候，偷丢过一次东西。"白山林握着鱼竿趴在那儿，一边调整角度甩着鱼竿，一边低声说，"你们这些小辈，听说过银色孔雀宫吗？"

"银色孔——"从水晶石中，陈宁净望见渔线猛地冲了过去，"好！这次正好……唉，又空了！应该再往右一点。等等，银色孔雀宫？那个被诅咒的宝藏？"

"你竟然知道。"

"因为我有亲戚也去寻过宝，我的一个舅舅苏照和他的表哥林乐，结伴去南诏国寻找银色孔雀宫。那是二十年前的事了吧，他们一路顺着拼凑出的地图，在暴雨夜到达了一间森林中的旅店，店里已经住下了十八个先到的寻宝人。夜雨噼里啪啦地敲打着屋顶，老妇人在一楼大厅中熬着热汤，肉香在整个明亮温暖的旅店里飘荡。大家都锁了房门，结伴下楼去喝汤，二十个年轻人很快便熟络了起来，讲着笑话活动着筋骨。我的那个舅舅有写日记的习惯，他坐在一片欢歌笑语中，一边喝汤，一边埋头写着当时的情景：大家都很兴奋，约定明天早上一起去森林里寻宝，就在这时，旅店外响起了敲门声——"

"他们开门了吗？"

"我不知道。"天色越来越暗，陈宁净放下了眼前那块水晶石，揉着发昏的眼睛，"因为当我们再找到那个舅舅时，他已经疯了，身旁只放着这一本残破的日记，怀里抱着他表哥发臭的尸骨。这本日记上详细写了他们一路上的艰辛，记录了他们走进旅店，最后一页上，还有一大滴肉汤的污渍。而日记本上的最后一句话就是：旅店外响起了敲门声。'声'字还没写完，他就仓促地放下了笔，墨水晕了好大一片。我的姥爷反复问那个舅舅，门响之后到底发生了什么，疯掉的舅舅抱着怀里的骨头不撒手，嘴里嘟囔着一句……一句所有人都听不懂的话。那些年里，苏家找了各种语言来比对，没有人听懂他在说什么。他们说那句话根本不像人的语言，而像是——"

"像是什么？"

"像是哭声。"山间终是黑了下去，陈宁净打了个哆嗦，"他们说那个舅舅坐在那儿仰着头，眼里没有泪，脸上也没有表情，只是空洞地盯着每一个路人，嘴里哇哇哇哇、呱呱呱呱地大喊着，像是期盼别人能听懂一样，一边叫一边摇着怀里生蛆的白骨。"

夜风起，面前的棺材摇晃着黑影在石壁上飞翔，密密麻麻的石穴像是睁开又闭上的眼睛。

山野寂静。

"其实，你们听懂了。"白山林垂下了手中的鱼竿，"那就是哭声，是婴儿的哭声。"

"什么？"

"二十年前的大雨夜，森林里唯一亮着灯的旅店里，屋里青年们笑闹着喝汤，突然，外面传来了诡异的敲门声，青年们面面相觑，不知是否该开门。你舅舅放下了笔，墨水在日记本上越晕越长。而此时，他的表哥已经等不及了，站起来大喊道：来者何人？那个雨夜敲门的人便回道——"他低下了头，"是我，白山林。"

他猛地抬起头，望着面前目瞪口呆的陈宁净：

"是的，我，就是那个二十年前的敲门人！让我告诉你，那夜你舅舅放下笔之后，旅店里到底发生了什么……"

一刻钟后，陈宁净喘着气坐在山岩上，握着那一块水晶石，眸子还在颤抖。

白山林坐在她身旁，拍着她的肩膀。

"所以说……"陈宁净猛地抓住了白山林的手，"那个银色孔雀宫不仅是一座宫殿，还是一个婴儿？"

"是的。"

"而你们二十一个人，走进的并不是森林中的旅店，而是那个婴儿的大脑？"陈宁净扶住自己疼痛的脑袋，"暴雨旅店中的那一夜，是你们集体的梦境？"

"是的，我们进入银色孔雀宫的石室后，一听见婴儿的哭声就被催眠了，二十一个人陆续走进了梦境中的旅馆。肉汤锅里捞出滴答答的尸体，上锁的密室里惨死的侠客，银白的闪电劈燃一根根蜡烛，在暴风雨围困的黑夜中，身旁一个又一个人诡异地死去……你舅舅抱着奄奄一息的表哥夺门而出，在森林里大叫着奔跑，我追着他，高喊着'危险，快回来'！他却红着眼转身，拔剑要和我决斗……

"暴雨森林中，我技不如人，被他用巨剑从肋下一击击穿，一瞬间四溅的血水模糊了我的视线，一块冷铁在我的血肉中碾动数下，又猛地拔出！我跌坐在庞大榕树的根部，身后，苏照的黑影对我举起了巨剑——

"无数银白的雨滴降落在幽绿的森林，叶子跳了一下，洒下无数光点。

"突然静止。

"在那极短的一瞬，在那万千银白雨滴悬浮于身侧，榕树一根根蟒蛇般的长须将要垂下的一刹，我肋间喷出的血流突然暂停，在那巨剑的黑影中，我不可思议地睁开眼，却看清了一段跳动光符组成的文字：

如果你正在读这段话
你已经被人催眠了

我正在试图唤醒你

　　我不知道这段信息会出现在你梦境的哪里

　　请你快点醒来

　　"我甚至不能将这段话再读第二遍，叶子弹回空中，万千银白的雨滴猛地落了下来，温热的血流从我肋下汹涌喷出，巨剑的黑影陡然一动，'唣'的一声斩断榕树的长须，向我迎头落下——

　　"'假的！'

　　"我在暴雨中大吼，在他的长剑贯穿我的一刹，我昂头吼道：'是假的！你怎么能把假当了真！'

　　"长剑把我的心脏推出了胸膛，热乎乎地跳着，那样鲜红，在雨线中冒着热腾腾的白汽。我一手捧着自己的心脏，一手握着他的刀尖，缓缓转过身，望着目瞪口呆的苏照：'走！我们快走！'

　　"他像是见了鬼一样，松开了剑，瞪着我一个劲儿地后退着。

　　"'走啊！这是场梦啊！梦你明白吗！'我'啪'的一声把跳动的心脏扔到泥泞中，不顾满手血水要去拉苏照，他却望着我，尖叫了一声，抱着他表哥的尸体疯狂逃向了森林的幽暗中。

　　"我又赶紧飞奔着去追他，可就在我踩到自己心脏的一刹，像是一包血在脚下砰地踩爆，地面突然间变得像水一样柔软，我猛地陷了下去，一脚踩空，无限下坠。

　　"终于，我落回到了坚硬的地面上，睁开眼睛，看见了一间封闭的石室，一盏橘红的油灯在跳动，地上零零散散睡着二十个人。而在石室的正中央，是一个婴儿的小床，上面还放着两只小鞋和一个布老虎，小褥子凌乱，婴儿却不知所终了。

　　"我在那时才记起来，三天前，我一路顺着寻宝的地图，找到了深藏在地底下的迷宫。我利用头脑破解谜题，突破一层层障碍，找到了迷宫尽头藏着宝藏的核心石室。推开石室门的一刹，我惊呆了，因为地上正躺着许许多多昏迷的人，他们像是一群沉睡的墓葬石雕，拱卫着房间最中央沉睡的小婴儿。见我进来，婴儿转过头望着我，哇哇地大哭了起来。

　　"而我，被这哭声催眠了。

　　"和地上躺着的先进门的寻宝人一样，我也不由自主地摔在地上，陷入了昏睡。梦里，是一座暴雨中的森林，我看见了一间亮着灯的旅店，里面传来肉汤的香味和青年们的笑语，我便走上前去，抬手，敲了敲房门，而随着我这个不速之客的到来，旅店里一件又一件诡异的事情发生，苏照抱着表哥的尸体冲了出去，我追着他，他和我决斗。终于，我一脚踩爆了自己的心脏，醒来了。我不知道自己被婴儿的哭声催眠了多久，但此刻，婴儿不见了，被第二十二个人带走了。

"就在这时，我才注意到我的肋下被人贴了一沓奇怪的黄符，上面隐隐透着金光。

"我数了数，正好二十一张。

"一瞬间我突然明白了，梦里传递给我消息的光符，正是这些贴到我身上的黄符。这或许是第二十二个走进石室的人留下的，这个人很懒，全部贴在了我身上，像是料到了我醒来之后一定还会把黄符贴给别人。不一会儿，很多人胸前贴着黄符，纷纷从梦中醒来，看到石室中的一切，全都大吃一惊。

"有些人，却再也没有醒来。

"比如苏照的表哥林乐，他浑身满是刀伤，在梦境中流干了浑身的血。再比如苏照，一辈子成了个只会学婴儿大哭的疯子，或许在他的世界里，他还抱着表哥的尸体，在无穷无尽的森林里狂奔吧。"

"只有这些黄符，我从二十年前保管到现在，就是希望不要再遇见上一次的惨剧。我相信只有它们才能唤醒小杜将军，今天贴不上，我们明天再来，我相信一定会有成功的一天。"

说到这儿，白山林有些哽咽。

一直扶着自己额头的陈宁净，这时候却缓缓抬起了头：

"白伯伯。"她的声音在颤，"你不觉得这个故事的结局有点不对劲吗？"

"什么？"白山林望着她。

"那个日记本。"陈宁净说，眼眸颤抖着望向白山林，"如果森林中的旅店是你们的梦境，那么，苏照舅舅留下的日记本上，应该结束在他在现实中走进石室的那一刻，又为什么会记录着你在梦中走进旅店！"

白山林猛地愣住。

"森林里的旅店绝对不是你的梦！"陈宁净盯着他，"白伯伯，你为什么要在雨夜里敲门，你到底是去干什么的——"

"我想不出来！"白山林双手抓住自己的头发，痛苦地把头埋在双肩里，"我，那间旅店是我的梦啊——"

"那不是！"陈宁净吼道，"如果森林旅店里发生的一切都是梦，那为什么石室里的二十一个人醒来后，有人活着，有人死了？白叔叔，你可是在梦里死了，可为什么你一醒来就活下来了，别人没有呢！"

"我……不知道。"

"如果苏照舅舅真的迷失在梦境里，那么，他这二十年里为什么不说梦里的昏话，为什么一直在重复梦外婴儿的哭声呢！你们在梦里，不是记不起梦外的事吗？"

白山林猛地坐直了："小净，你……你再说一遍。"

"哭声，我是说，你们在梦里记不得梦外的哭声。"

"我想起来了。"白山林猛地抬头，满脸不可思议，"我突然想起来了，这二十年来，我为什么会忘记这件事……"

二十年前。

银白暴雨中的幽绿森林，白山林站在一间明亮旅店的房檐下，怀中抱着一个沉睡的婴儿。他抬手，敲响了旅店的房门。

店里的笑语声骤然停住。

"来者何人？"

他听见了是老朋友林乐的声音，便说："是我，白山林。"

"喂，快来开门，是盗王回来了！"一阵忙乱的脚步声，所有人都簇拥到门前，好奇的目光往白山林怀里张望。连苏照都停下了写日记的笔："喂，老白，又是你先得手了吗？那银色孔雀宫里到底藏着什么宝贝？"

"唉，别提了。"白山林在草垫上蹭了蹭鞋上的水，这才走进门，"顺着地图最后找到了个地下的迷宫，这么大的阵仗，我以为这南诏还真有什么宝贝。走到迷宫最里头，是一间石室。推开石门，只看见地上躺了好多睡着的人，一个小床摆在正中央，床上一个小娃娃，睡得正香呢。再看看周围，除了一盏油灯，四壁空荡荡的，屁都没有。"

"嘁，你肯定是把好东西独吞了，编这套谎话来骗我们。"

"我骗你们干吗？"白山林猛地拉开周身湿淋淋的斗篷，露出怀中一张小小的、酣睡的脸蛋，"我怕这小娃娃困在石室里面饿死，把他抱过来了！"

"哎哟！还真是个娃娃！"大家凑得更近了，那婴儿太小，想摸又不敢摸，"你说这南诏国师真奇怪，一边建个迷宫守宝藏，一边又往天底下发寻宝图，结果宝藏是个小娃娃，莫不是把咱们骗过来给他带孩子呢！"

白山林没理他们，转头看向了火炉旁的老妇："沈妈，给这小娃熬点米汤吧，不知道关在迷宫里多久了，南诏人也不怕饿死小家伙。"

"好嘞。"老妇应道。

"我去上楼换身干衣服。你们谁抱一下这个小娃娃？"

围着白山林的众人都猛地退后了一步，齐齐摆手。

一位皮肤黑黄的男人坐在不起眼的角落中，埋下头，悄无声息地解开了自己的衣带。

"那个……林乐，就你吧，林乐！"

林乐噌地后退了一大截，望着白山林抱着孩子走近，像是老鼠见猫一样，躲在了表弟苏照身后。

"好吧，我来。"苏照笑着摇了摇头，束起自己散落的发丝，解开身上佩带的巨剑，动作轻柔地抱住了软乎乎的小婴儿。

"我一会儿就下来。"白山林跨上了楼梯，留下身后一串湿淋淋的脚印。

林乐凑到苏照身边，看他怀里的小婴儿，小声说："你猜他是男的还是女的？"

苏照一脸不可思议地望着他："我说林乐，我怎么知道？"

林乐嘿嘿笑了："你猜嘛，看我俩谁猜对了。"

苏照又望了他一眼，深深吸了一口气，不说话。

"是个女娃。"

身旁，突然有人冷不丁地说。

林乐转过头去，笑道："嘿，你怎么知道的——"

他的笑容僵在了脸上。

面前，皮肤黑黄的苗族人手持一把弯刀，刀尖已然抵在他腹上，脸上神情凶狠，盯着林乐大吼道："让苏照把婴儿给我！否则我就杀了你！"

苏照根本没抬眼。

他一边抱着婴儿，一边抬脚挑起了桌下的矮凳，侧过身，在矮凳落下的一瞬间"砰"地踢了出去，以迅雷不及掩耳之势冲向了苗族人的膝盖，"喱！"的一声，连人带凳子砸在地上。

"你小子还会偷袭我了。"林乐把地上人揪了起来，一把夺过弯刀，"看你也是来寻宝的，先来后到愿赌服输，武林规矩懂不懂啊你，人家老白先找到的，你凭什么抢啊！"

黑黄皮肤的男人立刻求饶："大侠，大侠我一时糊涂，饶了我这一回吧——"

苏照蹙眉走了过来："武功这么差劲，却敢当着我们十九个人的面偷袭林乐，不应该啊。"

"大侠饶命，大侠饶命。"那人被林乐擒着，却像是听不见旁人说什么似的，只是一个劲儿地求饶。

苏照抱着婴儿站在林乐旁，蹙眉望着苗族人，突然间发现了什么，提高了声音："耳朵，林乐你看他的耳朵，他为什么用布条塞着耳朵——"

苏照却等不到回答了。

"都去死吧！"

苗族人猛地踢起腿来，尽管双臂还被林乐后擒着，但他的脚尖准确地落在了婴儿头顶上，狠狠一撞！

瞬间，婴儿的啼哭声响彻了整个暴雨中的旅店。

所有人都精神一晃。

脚步踉跄，浑身发软，哇哇的哭声像是索命的鬼语，在雨声中成百上千倍地回荡，意识迅速地游离出窍，视线变得模糊，旅店中的人一个又一个摔倒，哐的一声砸在长凳上，惊得笔架上毛笔摔下，落在日记本上晕开一片墨迹……除了那个提前塞好双耳的苗族人，他挣开了林乐的擒拿，捡起弯刀冲向了抱着婴儿的苏照："把孩子给我！"

催眠的哭声中，苏照双目无神，僵硬地举起了手中哇哇大哭的婴儿。

"不能给他！"

身后，林乐捂着双耳，大吼着跑了过来。

可在巨大的哭声中，苏照身形不稳，俨然就要摔倒，眼皮打着战，就要松开手中的婴儿——

"苏照！苏照你醒醒！"

林乐扑了过去。

他捂住了苏照的耳朵。

以自己的后背为盾牌，他挡在苏照身前，两臂伸长，死死捂住了苏照的耳朵，用自己的身体支撑着苏照怀中号啕大哭的婴儿。身后，苗族人提着弯刀刺了过来！

"哐！"

弯刀刺进林乐的后背。

鲜血流了出来。

苏照双目无神地看着。

林乐颤抖着站稳，双手还紧紧捂着苏照的耳朵，眼皮已然在这充满魔力的哭声中打战，死死咬住自己的嘴唇。

"闪开！"

背后，苗族人红着眼大吼道，双手握刀柄从血肉中拔了出来！又"噗"一声第二次刺进林乐的后背！

林乐像是被扔进沸水里的活鱼一样猛地仰起头。

"苏照。"林乐颤抖着，浑身流血中双手捂着苏照的耳朵，盯着他大吼，"醒过

374

来！醒过来！"

"我说了把婴儿给我！"

身后，苗族人冲林乐吼道："他不会醒来的，你们所有人都会在梦里忘记今夜的事。把婴儿给我，我饶你们不死！"

突然，一片静寂。

婴儿好奇地盯着面前的林乐，盯着他颤抖的眼皮，又黑又亮的圆眼睛带着泪痕愣了一会儿，突然挥着小手咯咯地笑了起来。

林乐颤抖的眼皮猛地停住。

他松开苏照的耳朵，后背上还插着那把弯刀，迅速转过了身，望着神情震惊的苗族人，从长桌上抽出一把大刀，踏桌奔跑，双手握刀，"哐！"的一声凌空跳起，冲着对面人竖斩而下——

满室烛光猛地摇曳。

大刀从苗族人肩头直劈而下，整条手臂与肩膀分离，骨肉伤口整齐，甚至来不及出血，他在胳膊扑通落地的一刹，爆发出了痛苦的惨叫。

林乐双手持竖刀，警戒地望着地上一摊流血中叫唤的苗族人，他自己背上的伤口也已崩裂得惨不忍睹。

身后，婴儿"哇"地哭了起来。

见鬼！

瞬间大刀在手中摇晃，眼前再次昏花，林乐当机立断扔了刀，双手捂耳飞奔回苏照身旁，飞速伸手，死死捂住了婴儿大张的嘴巴。

哭声没了，可林乐的眼皮越颤越厉害，头脑一阵眩晕。

婴儿在他手下涨红了脸呜咽。

"没用的。"身后的苗族人越走越近，用仅剩的独臂，使劲儿拔出了林乐背后的弯刀，"你捂不住她的，只要她在哭，无论有没有声音，她都会催眠你！"

林乐猛地松开了婴儿，抬起双手，再次捂住了自己的耳朵。

他却晚了一步。

身后，浑身血迹斑斑的苗族人独臂举刀，插进了林乐的侧腹。

血流喷了出来。

鲜红温热的液体砸落在婴儿洁白的脸蛋上，她吓得一缩，哭得更激烈。

"松开你的耳朵，听着她的哭声睡着吧！"身后，苗族人靠在林乐身后，用独臂握住刀柄，却已无力拔出，于是他握着刀柄旋转，冷刃在腹腔中旋转着切割一块块血肉，血流如注，"我可以不杀你，只要你现在睡过去，只要你在梦中忘记今夜的事！"

浑身都在痛苦地痉挛着，侧腹仿佛被千刀齐捅，林乐却仍没有放下捂着耳朵的手。在激烈震天的哭声中，他仍抬着颤抖的眼皮，颤声说：

"我不会忘记。"

浑身像漏斗一样，血水和力气都从伤口中滴落，身后苗族人红着眼怒吼，万吨暴雨噼里啪啦地在屋顶上震鸣，林乐用抽搐的双手捂紧自己的耳朵，弯刀在体内血肉中横冲直撞，他却仍痛苦地清醒着，他不肯忘记。

终于，弯刀从他身体的另一侧捅了出来，苗族人松开了刀柄。

他捂着双耳倒了下去。

身下，满地血河，在昏暗烛火跳动的长夜里向着八方越流越长。

苗族人抬脚迈过他，走向了双目无神地抱着婴儿的苏照，毫不费力地，苗族人从苏照手中抱出了那个孩子。

婴儿还在蹬着腿大哭。

地上，林乐双手捂紧耳朵，虚弱地倒在血泊中，瞪着鼓凸的双眼，盯着苗族人独臂抱住婴儿，转身离开。

"哐！"

林乐动了，在催眠的哭声大响，身旁同伴全部倒地的一刹，他撑住最后一丝力气，用自己的身体砸向了苗族人的后背！

婴儿从苗族人手中飞了出去。

独臂人与捂住双耳的林乐纠缠在一起厮打，不远处，婴儿砸在地面上，嗷嗷地大哭起来。暴雨咆哮，一条断臂在鲜血淋漓的地面上滚来滚去，幽暗森林的长夜覆盖着灯火通明的旅店，屋内，十九个青年和一个老妇呆若木鸡。

就在这时，旅店外传来了敲门声！

一群不速之客砸门而入，杂乱的脚步声在地板上奔跑，厮打中的林乐用尽力气抬头，只看清了一群衣衫飘荡的下摆——闯入者在进门前就解开了衣带，提前塞住了自己的双耳！

紫衣金纱的女人把地上的婴儿抱了起来。

"乖，乖，不哭喽。"她柔声安抚婴儿，轻轻摇晃，"让我看看，哪里砸疼宝宝啦。"

婴儿的抽泣声渐渐停住了。

与此同时，其他人冲到林乐和苗族人身旁，一把揪起林乐，把他从苗族人身上掀了下去，扶起了独臂的苗族人，后者还在剧烈地喘气。

"老大，我们来晚了。"

"你们在石室里睡了多久？"苗族人坐在椅子上，喘着气用独臂拿出了耳中的布条，问这群人道。

"三天。"

"三天吗？"他若有所思道，"听一回婴儿的哭声，可以忘记当天的事，还可以被催眠三天……"

"本来是这样，等他们三天后醒来，就记不得今夜的事了。可你把旅店搞得这么脏，又是胳膊又是血，这群人又不瞎，一醒来就会知道这里发生过搏斗，说不定还会查到我们头上。"女人也掏出了耳中布条，有些不满地说道。

"你没见着那是我被砍断的胳膊吗？"苗族人深吸了一口气，按捺住自己的情绪，"姑奶奶，你就是有一千件一万件该怪罪的事，这次却唯独不该怪罪我！那个地上的人还没死透，你动手吧。"

"我为什么要杀这个人，得罪南诏国还不够吗？还要西蜀武林的人追着我们报仇吗？"

"因为他不肯睡着，他不肯做梦，他不肯忘记！"独臂的男人近乎咆哮，"如果我们不杀了他，他就会记得是我们偷走了银色孔雀宫！你想让全天下都来追杀我们吗！"

"我倒有一个主意。"

"什么？"

"我们把这二十个人抬走，然后把这间旅店烧了，让这些血迹和打斗痕迹都消失。"女人抚摸着怀中熟睡的婴儿，"这样，等他们醒来的时候，就以为暴雨中的旅店只是一场梦了。"

男人点头，随即又问道："那我们把他们抬到哪里呢？"

女人低头沉思。

"不如抬回到迷宫的石室里。"有个不起眼的小个子说，"这样他们醒来时，就会以为是自己走进了石室，晕倒在哭声中，所以才失忆了。"

"那这个人怎么办？"苗族人指着地上在咳着血的林乐。

"反正他也活不了几个时辰了，不如把他也抬进石室里，他在那里慢慢失血而亡，像是在梦中自己死亡了一样。即使有人怀疑是他杀，他们也早就忘了旅店的事，只会去找南诏人寻仇。"

"如此甚好。"女人挑起了一抹笑，"这个雨夜和雨夜中的我们，将会从人们的记忆里彻彻底底地消失。"

"圣女大人真是聪明无双——啊！怎么回事，我的身体！"小个子还在谄媚地拍马屁，突然间面色狰狞起来，他不可思议地望着无数粉色的蠕虫从自己的腹部钻了出来，爆发了惊恐的尖叫，"为什么，为什么要这样对我！"

"因为少了一个人。"紫衣金纱的美人抚摸着怀中的婴儿，黑睫浓密的美目望着小个子在虫堆中挣扎，微笑道，"旅店里本来有二十一个青年，老大一走，只剩下了二十个，当然要留你充数了。"

数个时辰后，昏暗的石室内，地面上躺着二十一个青年，他们沉睡着，正在梦境中暴雨的旅馆里狂奔。

石室外，紫衣女人抱着沉睡的婴儿，独臂的男人站在一侧，众人缓缓关上了石门。

唯一一双清醒的眼睛，正颤抖着死死盯着他们，盯着石室的巨门缓缓合上，盯着外面的光线一丝一丝消失殆尽。

在昏睡的众人身旁，林乐躺在那儿，浑身热血渐渐流干。他连抬起手指的力气都没有了，只有那双眼睛依然瞪大，清晰地映着这一夜的所作所为，映着不肯遗忘的罪恶。

"可你终究将被遗忘，今夜唯一一个清醒者，唯一一个不肯忘记的人。"紫衣女人怜悯地望着他，"梦里的人，记不得梦外的事。"

巨门被毫不留情地关闭。

一盏盏油灯在昏暗中摇曳，封闭的石室内，二十个青年紧闭着双眼昏睡，只有一个人孤独地睁着眼。寂静中，林乐能听见自己流血的声音，生命在一丝一毫地消亡，他抓紧时间想做什么，他拼了命地想记住什么，他像是躺在孤独的墓穴里，有那么要紧的事要说，身旁却没有一个人醒着。

不要……不要遗忘。

有人在篡改你们的记忆，不要弄混了！

他在心中大喊，他试图翻过身，想要蘸着自己的血留下字迹。可他连移动手腕的力气都没有了，身下，他的肠子像鲜红的长虫附在地面的尘沙中，他感觉到自己腹腔中的器官内脏都在下坠，那是死神的手在拉扯着他，在这寂静的石室，他无人能言，他被捂住嘴巴，他拼上命要记住的东西终究要遗忘，别人都在身旁酣睡，而他只能望着他们，渐渐死去。这悲哀的孤独，使他平躺在血泊中瞪大双眼，满脸热泪滑落。

"苏照……"

他望着离自己最近的表弟，嘶哑地吼道："苏照、苏照、苏照……"他平躺在原地，喉咙中的血沫呛得自己激烈咳嗽，他却在咳嗽中大张着嘴巴，已经发不出声音了，却仍在呼喊，"醒过来，醒过来，醒过来……你不能忘，要记得，要记得，要记得！"

身旁，苏照在沉睡中突然颤了一下。

"苏照！"

他猛地爆发出吼叫，像是被万箭穿心的大雁双翅击拍着奋力往上飞，震得满地血肠都在颤："快起床！师父来了！"

苏照条件反射地坐了起来。

他还不甚清醒，半睡半醒间用双手摸索着身周，想要穿上练功的衣服，好去赶师父的早课。双眼紧闭着，他整个身子摇摇晃晃，像是下一秒就会跌回到床褥中接着熟睡。

"师父来了！你睁开眼，你听我说！"

这一刻，林乐在嘶吼，他不知道梦中的苏照能不能听见，眼前越来越黑，身上越来越冷，这是他仅有的机会，在苏照短暂清醒的一刻，在他生命的最后一刻，他要从梦境的无情吞咽中夺回记忆，像是以血肉之躯和口述历史来完成一场悲烈的搏斗。我来过，这个存在过，纵然时光卷腾如海啸，一切轰然倒塌，一方方漆黑的棺材在漫天白花中缓缓下葬，墓地的旁边，黑暗的梦魇与混乱的意识大口大口吞噬着生者的记忆，书本被焚烧，青铜器被熔化，不朽的宫殿沦为尘土废墟，被斩首的史官缓缓闭上眼睛，癔症与幻梦折磨着渐渐老去的灵魂，记混了，记错了，记不起来……不，你不存在……没有文字，没有青铜，没有石碑，他在濒死中瞪大了眼睛，像是一个人对着浩瀚漆黑的宇宙孤独地喊话，乞求应答：

"苏照你能听到我说话吗！苏照你听见了吗？"

昏暗中，苏照的身体仍在摇晃。

"师父过来了！师父真过来了！"林乐咬着牙，突然吼，"你尿床了！"

苏照一个激灵，猛地睁开了眼！

他的目光还不甚清醒，恍然间像个小男孩胆怯的眼神，那是七岁那年和表兄一起进山学武时留下的恐惧记忆，他惊慌失措地问："怎么办！师父又要打我了，怎么办！"

"苏照你听我说！"林乐抽着鼻子里的血水，全身用力地喊道，"今天晚上白山林抱过来一个婴儿，在旅店里被苗族人偷走了，你要记住！"

"什么婴儿？"苏照在呓语中问。

"一个哇哇大哭的婴儿！哭声可以催眠我们所有人，今天晚上被白山林抱来的！

婴儿真的存在，旅店也真的存在……"

那边林乐激烈地吼道，这边苏照眼皮打着战，缓缓闭上。

"苏照，苏照，我知道你马上又要睡过去，但你一定要记住，今天晚上曾经有一个啼哭的婴儿，你抱过那个婴儿，你千万不要忘记！"

苏照头一勾一勾的，不知道在点头，还是已经又睡着了。

"你抱过一个哇哇大哭的婴儿，千万不能忘！你马上又要睡过去，但在这清醒过来的片刻，你不要忘记！"

苏照砰的一声摔回了地上。

寂静的石室内，二十个青年在梦乡中沉睡，而林乐注视着自己的死亡，缓缓闭上了眼睛。

三日后。

波斯和尚驮着肩上一个穿道袍的小男孩，推开了石室的门。

"哟，怎么回事？"小男孩见了地上躺倒的二十一个人，吓了一跳，"怎么还有血？"

"看来我们被人截了。"波斯和尚望着石室中央空荡荡的小床，有些沉闷地说。

"银色孔雀宫又不见了，好烦啊。"小男孩有些痛苦地扶额，"我都不想干了，反正大师兄现在才两岁，你不如直接绑了他扔河里去，我们重来一遍得了。"

"二师兄，不如你先回去，这次我负责。"

"别以为我不知道你打的什么算盘。"小男孩瞪了他一眼，跳下了他的肩头，小道袍晃荡着落地，"我才不回去呢，免得你又心疼大师兄，害得我们永远结束不了。"

"李鹤师兄，我没有——"

"怎么没有，上个月偷偷绑了我，要把我和银色孔雀宫一块沉海里的人是谁？师弟你还真有本事，我现在才多大啊，你都下得去手？幸亏我这次选了个不死之躯，否则还真能让你得逞了。"

大个子的和尚在小男孩的训斥下低下了头，红着脸说："误会，都是误会，我怎么敢试图淹死二师兄呢。"

"我跟你说过多少次了，你真想对大师兄好，就得心狠一点。"小男孩一边说，一边从自己肩上的小褡裢里摸出一沓金黄的道符，蘸着唾沫点数，"你心疼他，我就不心疼他吗？这样没完没了，不是更折磨人吗？"

"是，是，李鹤师兄教训得是。"

小男孩把手中的二十一张黄符"啪"的一声贴到了白山林身上。

"走吧。"他招呼和尚把自己抱起来，叹气道，"银色孔雀宫失窃，恐怕也是定数，我们就静观其变吧。但愿不要有人拿她来做坏事。"

波斯和尚驮着小男孩离开。

不一会儿，梦里的白山林一脚踩爆了自己的心脏，猛地惊醒。他环顾石室四周，而后迟疑地揭下了自己肋下的黄符。

"我为什么会忘记呢？那一夜，明明是我从石室里带走了熟睡的婴儿，是我把婴儿抱进旅店，交给了苏照。我是在楼上换衣服的时候，听到了哭声，我还来不及下楼，就晕倒在地上做了一个梦。梦里，没有婴儿，只有我一个人敲开了暴雨中森林旅店的门，旅店中发生了种种诡异的事，苏照抱着表兄的尸体冲出去，我追着他，他和我决斗，我踩到自己的心脏醒来。环顾四周，是那间昏暗的石室，婴儿的小床已经空了。

"我就理所当然地以为……旅店中的事，都是一场梦。

"事实上是，我的记忆被梦境覆盖了，梦中的旅店覆盖了真实的旅店。"白山林有些唏嘘地摇了摇头，"醒来后我看见石室，就以为三天前我是在这里听见了婴儿的哭声，所以才昏迷的。人们总是理所当然地以为，自己睡着和醒来是在同一个地方，都是在石室。只有苏照留下的日记本，无声中揭露了被埋葬的真相。"

黑漆漆的山野中，陈宁净手中的水晶石反射着微弱的光。

"所以说，林乐不是死在梦里，而是被人杀死的。"

"可惜我一上楼就睡着了，我真想知道，那一夜旅店一楼到底发生了什么。是谁杀死了林乐，苏照又为什么发疯。"

"我想，或许我舅舅不是发疯了。"

"那是——"

"是铭记。"陈宁净转过脸注视着白山林，"他在用生命、用动作、用所有原始的本能来铭记。"

白山林怔怔地望着她。

"我想，苏照那个举动是在说：婴儿，他怀里有一个正在啼哭的婴儿，这是他即使陷入梦境也要努力去铭记的东西。他不肯从梦中醒来，因为他知道自己一旦清醒，就会忘了他在梦中记住的事情。"

陈宁净说着说着叹气："或许，苏照在梦中听见了什么人的嘱托。因此他不敢醒来，他怕自己把这句话忘了。"

"原来如此。"白山林有些感慨，"而我一醒来，就忘记了自己曾经抱过一个婴儿。"

"梦里的人记不得梦外的事，而梦醒后的人，又何尝能记清梦中的事呢？"

"为了铭记，人们总是要付出很大的代价。"

山风在两人之间呼啸，鱼竿下面，金黄的道符在黑夜里飘荡。

"不过，随着我找回雨夜旅馆的记忆，我还想起了一件事。"

"什么？"

"当我偷走那个婴儿的时候，她脖子上戴着一块银牌，走起路来丁零零响。我怕被人发现，便用一块黑布把银牌裹住了。凑近的一刻，我看见银牌子上刻着汉字，或许是那个婴儿的名字。"

"刻了什么？"

"三个字……"白山林垂下鱼竿，眯着眼一个字一个字回忆道，"小……月……牙。"

"哗！"的一声响！

白山林声音刚落，山间登时扬起了一股飙风，飞沙走石之间，大风席卷着鱼竿下的细线，哗啦啦地冲向了对面石壁上的悬棺！

二人吓得攥紧了鱼竿。

一抬头，却看见对面高崖的两根木桩之下，漆黑的悬棺正中央已然贴上了一沓金黄如火的道符！在大风中随着悬棺一同摇晃！

两人屏住了呼吸，目不转睛地盯着悬棺，在这样寂静诡异的黑夜中又发怵又期待。

突然，悬棺猛地动了一下！

陈宁净和白山林交换了一个兴奋的目光。

悬棺砰砰砰地乱颤，像是被压了五百年的孙猴子准备逃出石山，坠得木桩吱吱得响，像是稍有不慎就会砸向万丈深渊。悬棺抖动得越来越厉害，像是有什么东西再也压抑不住了，要冲出来了……他们甚至听见了杜路的声音，虽然那是一句令人费解的话："吃……吃饭呀。"风声中杜路的声音听上去有些紧张，"今天煮得真好吃啊！"

"砰！"的一声。

就在这句话落下后，悬棺猛地静止了！

金黄的道符像是被什么突如其来的力量击中，从悬棺上跌落，又"砰"的一声被甩了回来，差点甩到陈宁净的脸上。

浩大的风声瞬间消失。

寂静的黑夜里，两人面面相觑，良久，才颤抖着拾起了地上的鱼竿。

"圣女大人，外面是怎么回事？"望着跌坐在桌椅上双目失神的杜路，小飞起身问道。

"有人要叫醒他。"红衣少女扶着杜路躺下，为他掖好被子，轻轻蹙眉，"奇怪，阵法明明还在起作用，除了我们以外，没有任何人和东西能够靠近悬棺，除非——"

"除非什么？"

"没什么，我想那不太可能。"红衣少女垂下眼，"秋祭还有几天？"

"三天。"

"真希望快点秋祭。"流儿说，"我可不想再给杜路炖鸡了，夜长梦多，快点让秋神做决定吧！"

红衣少女把头垂得更低。

"可是一旦问神，就没有任何人能够更改启示了。"小飞盯着杜路，突然有些不忍地说，"万一神决定让我们杀死杜路，圣女大人，你……会执行吗？"

三人都猛地沉默。

"不会吧。"良久，流儿说，声音在木屋里有些干巴巴的，"应该不会吧。"

第四十四章

十三年前，九月，长安。

天佑四年九月，塞上传急报，北漠撕毁城下之盟，大军卷土重来，晋北代北失守，忻州发发。赵燕一日连发十二块金字牌，请求朝廷速调援兵支援雁门，一旦雁门失守，敌军不日之内可围晋阳，利剑将直指长安咽喉。

当是时，季光年、茂年两兄弟正困于禁军状告，闻讯大喜，立请命领三十万禁军北上。韦左司、柳补阙等人极言不可。崔宰相则称此事十万火急，切勿重蹈五鹿之覆辙。

九月的凝云在金殿外压了下来。

宦官尖厉的声音还在念着塞上的死伤。

殿上，左文右武，两列排开。阴云的光影在殿上变换，沉默中，一列绯衣紫衣的文臣，和一列饰虎饰豹的武将，正目光交叉着打量彼此。

裴拂衣望向柳补阙和韦左司，而崔宰相正在望着季光年和季茂年。新科状元冯忠瞧瞧这个又看看那个，终于低下头去，盯着自己靴子上一只灰色的蚂蚁慢慢往下爬。

崔宰相向对面轻轻点了一下头。

季氏二兄弟对着金座上抱拳，高声道："启禀陛下，塞上军情十万火急，臣等请命，即刻带兵北上支援。禁军已然整编完成，正是为国效忠之际！"

小皇帝又长高了一些，坐在金座上，消瘦的身形像竹竿般挺直，乌黑的眼睛望着座下的二人，沉声道："禁军情况如何？"

两兄弟交换了一下目光，由季光年上前说道："禀陛下，此次整编禁军声称百万，实则五十万有余。而此次编完，却只剩下三十万了。"

一语落下，堂上私语纷纷。

金袍的少年坐直了身："怎么回事？半年前朕令你们重新整编军队，怎么倒越编越少了？"

"回陛下，其中为难之处实在太多。如果再不出兵，禁军只怕会继续减少下去。"

"有什么难处，便讲出来。"

"谢陛下，自从年初末将与舍弟担上了重编禁军的任务，便像是私吞了什么天大的馅饼，惹得人见人嫌。可谁能想到，这禁军看似威武重器，实则是烫手山芋。今日，就让我为诸位讲明白，这杜路大将军留下的五十万禁军到底从何而来。

"六年前，也就是先帝在时的宁安八年，杜佐老将军战死，杜路十六岁第一次上战场。当时大良的驻外军队是多少？南方十万，北方十二万，重兵设防在河北和山西，其中高虎领三万，杜佑领五万。

"而三年前，杜路大胜北漠后，带大军回长安时，带了多少人？八万人。那么，杜路多出来的三万兵是从哪儿来的？藏了掖了这么多年，我们查问了好几个月，终于问出了结果：这是杜路在山西当地招募的，事实上是雇佣军！"

堂上登时一片哗然。

"武将在外，擅自募兵，这是要做什么？死者为大，我们也不好再说什么。总之三年前，杜路带着这八万人的军队，与南方的十万边军汇合，朝廷后来从各地陆续征发了八九万的府兵支援。也就是说，总数二十七万左右。

"去年五月，杜路灭梁凯旋，那时手中已经号称三国编军了。但到底有多少人，这些兵从哪儿来，恐怕只有杜路清楚。去年中秋苗乱，杜路调的兵是十万，这个大家都知道，但恐怕大家有所不知的是，今年一月，赵燕带回来的兵——是十七万！"

登时，堂上一片寂静，连金座后的锦绣帘幕都颤了一下。

"我们调查出来，在前往南方的途中，杜路趁着赈济又募了至少七万的兵。苍天有眼，他到底要做什么？若不是杜路在苗寨遇害，只怕等他带着十七万兵回长安时，便是你我都不想看到的局面了。"

帘后传来了一声长长的吸气。

"不过，杜路虽然死了，当他却还有一个很得力的副将——赵燕，他可是帮着杜路把十七万边兵又混了回去，在蜀梁俘虏数量上做了手脚！我们最开始拿到的花名册上，是三十万的边兵和府兵，二十万左右的蜀梁军队俘虏。但这个数字肯定不对，诸位，在你们忙着参我们一本又一本的时候，怎么就不能算一算这个账呢？

"五十万人的军队里，只有二十四万的边兵和府兵，却有至少十万的雇佣兵，蜀梁俘虏大概十六万。要算上这些年里的伤亡人数，府兵和边兵只可能更少。而杜路在蜀梁战役中有没有另外募兵，就很难查清楚了。他是怎么养活如此庞大的募兵的？想必诸位都听说过，他把蜀皇宫的银器洗劫一空，又绑了东梁的皇帝皇子敲诈黄金的传闻。但东梁的皇帝皇子在哪儿？银器金子又在哪儿？都是无头悬案。

"养兵，养兵，兵字中间一张口，五十万人的军队滞留在长安，算算每天的口粮，岂是儿戏？关中的粮食一直都靠东边漕运，自顾不暇，好在今年还有江南四川供给，否则就连二十万人的军队都养不了半年。末将此番编军，实在狼狈。

"十万府兵解散回家务农；俘虏中有想回家的，也都放回去了，陆续走了六万俘虏。六月时，太后选了八千精锐充入宿卫和羽林；七月陛下有旨，往河北、山西和江南共调了四万兵。此外，为了解决军粮的问题，臣等把五万兵移到了洛阳就食。这样勉勉强强，才保住了三十万人的军队，艰难度日。若是再养兵千日下去，朝廷就真是承担不起了。"

小皇帝倾了倾身，乌黑的眼睛望着两位舅舅，声音变得柔软："二位大将军不易，实在是朕疏忽了。"

"但凡能为国出一份力，又何言辛苦。"季光年抱拳道。身后，季茂年亦是抱拳："而正所谓用兵一时，此次北漠大举来犯，正是我大良三十万禁军为国效力之时！定将肃清来犯，一荡国门，永除后患！"

范侍郎打头，一片慰劳和称赞声中，年轻的状元冯忠低头望着那只蚂蚁一圈圈乱爬，在心里翻了个大大的白眼。

什么叫混淆重点，什么叫浑水摸鱼，他此番可是领教到了。几句话下来，众人都被杜路大量雇兵有谋反之心吸引了注意力，可杜路谋反只是个假设，现在问题的关键是，二季把人弄哪里去了。

看起来像是季光年说的，从五十万人里勉强保住了三十万人的军队。但实际上，这一整套说辞本身就有问题。

战争结束后，府兵本来就是要兵散于府的，杜路死后，朝廷也不可能再养俘虏。也就是说，所谓的"百万禁军"从一开始就不可能有五十多万，应该是三十四万左右。谁都知道长安养不起三十万的兵，所以年初时太后应该是信任二季，让他们把杜路的军队编碎，然后再陆续外派出去。可半年过后，二季分明是要把军队全部握在手里屯在长安，狼子野心已然如此显露了。

太后利用重整羽林和外派驻军，勉强从二季手中夺出来四万八千人。二季便借着粮食的名义，把五万军队移到了洛阳。所以，长安现在的禁军，是二十四万左右。

二季很聪明，之前关陇贵族和太后已经联合一出，借着军中杀人案，从他们手中割了兵权。再耗下去，这二十四万禁军也会越割越少。所以，他们太需要这场战争了。

没有一个武将不是在战争里发家的。

趁着北方的危急，赶紧躲开太后和关陇的围剿，带着完整的大军离开长安。只需要一场抵御外敌的大胜利，二季就可以像杜路一样，在众军拥护中建立起自己的威望，甚至……做出比杜路还大的事。

"臣以为，派兵之事还需三思。"他听见了身旁柳补阙的声音，"三十万大军北调，只怕风险太大了些吧，像是把长安一下子抽空了似的。"

季光年还没说什么，季茂年却已忍不住了，回头怒视道："你什么意思？军情如此紧急，还在堂上挑拨些什么？"

"就是字面的意思。"柳补阙捋着长须，不卑不亢道，"如果臣没算错的话，现在关中屯着二十四万禁军，洛阳屯着五万禁军。让这五万人从孟津出发，支援晋阳，岂不是更快？何况高虓就在河北带兵，怎么不直接从东边支援？二十四万禁军的当机要务，是拱卫京师，怎么能只想着支援手脚却暴露了自己的心脏！"

季茂年嗤笑一声："净是些文人胡言。军队如果从关中出发，在蒲津渡河，然后一路北上畅行无阻，急先锋七日之内可达晋阳。可若是从洛阳出发，听柳补阙的话在孟津渡河，就直接遇上太行山和王屋山挡路。要想从洛阳到晋阳，军队得先往西走绕到河东，才能接着往北走，七日之内未必能到晋阳。至于调高虓支援则更是可笑，晋北与燕西唇齿相依，高将军正在陈兵于飞狐口、倒马关、紫荆关三处，扼守北漠东进，不给他援兵就算了，倒痴心妄想拆了东墙补西墙，文人误国，可见一斑！"

卢侍郎也上前一步，行礼道："军情已然危急如此，雁门关能否扛住接下来的七天还未可知，当务之急是快些增援！从长安传令到洛阳同样需要时间，无论从何处发兵，都请陛下早做决定！"

金座上，少年咬住自己的嘴唇又松开，最终看向了左手边的崔宰相："爱卿以为如何？"

"启禀陛下，晋北已失，雁门千万不可丢！一旦雁门关被攻破，忻州随即陷落，北漠大军离关中之间只剩晋阳、蒲津和潼关三处可守！百年前五鹿之乱，就是祸起雁门，千万不可再重蹈覆辙！"

"那崔相以为，这关中和洛阳的三十万禁军，该如何调配？"

"臣斗胆，以为从关中发兵到山西为上策，一路可加固蒲坂、潼关、晋阳与雁门关四处的屏障，由南至北呈长枪出鞘之势，进可远攻，退可回守。"

季光年亦是上前一步："崔宰相说得有理。陛下看得清听得明，不会被某些文人的负手妄言所蒙蔽，一切从军情地形出发。时间越来越少，须得果断决策。"

身后，韦氏父子对视一眼，韦棠陆上前行礼道："还望陛下三思，晋阳固然重要，潼关固然重要，但确保天元之威才是首要之义。重兵出于外野，紫微何以衡之？"

卢侍郎冷不丁地道："韦侍郎这是在说，两位大将军带兵抗外侮，不是在拱卫紫微，反而是在威慑紫微了？"

韦棠陆冷冷地看了他一眼："我没这么说。"

"那你是什么意思——"

"他是说，别抽空了长安，到时候弄得天元自身难保！"武将列中，须发雪白的裴拂衣出列，清癯而皴裂的脸上已然有些愠怒："臣一把老骨头了，说起话来也就顾不得好不好听！才拿了几天虎符，大良才有过几天'百万禁军'的日子，就想兴师动众，要一路从关中摆师到雁门？如此决一死战的架势，真是不怕把那点薄底儿都挥霍完了！"

"裴将军的担忧不无道理。"韦徽猷抬眼，不急不缓道："五鹿之乱后，百年间大良与北漠摩擦不断，但从未有过此等举国之力的死战之势。胡马趁秋南下，一向只为打谷草而来，双方在忻代盆地拉锯，只是为了抬高谈和筹码，先打再谈，心照不宣。今年的仗虽要打，但这仗要打到多大，耗到多久，什么时候该打什么时候能谈，还请二位将军在请兵之前，先给朝廷做个打算。"

"谈和，谈和，天天仗还没打，就想好怎么给敌人纳贡了！你们这群世家总是这样，中饱的是子孙的私囊，败坏的可是陛下的江山！"季茂年气得盔上红缨都在颤动，季光年拉他，被他一甩袖挣开了，双目望向殿上那两扇紧闭的帘幕，他激昂道，"好一个三百年大良，五百年世家，我算是看清楚了，来日若有人卖国求荣，他们韦家第一个跑在前头！"

"季将军，这是在朝中议事！"老态龙钟的薛尚书突然说，他仍站在文官队列里面，声音低沉而充满威压。

"议事？朝中有些人分明是在鼓吹投降，众口铄金。"季茂年嗤笑一声，"当初大良南北交困，你们那时绥靖求和，还不显得太奸诈。可如今天下一荡，三十万重军蓄势待发，正是斩草除根之时。哪些人再为了一己私利而继续绥靖，养虎为患，日后就自己去给青史谢罪吧！"

"斩草除根？北漠人擅长骑射，一遭失败立刻纵马后退，大漠上风烟滚滚黄沙千里，季将军要如何杀得尽？"

季茂年瞪着韦棠陆。

韦棠陆同样望着季茂年。他身旁，韦左司开口说道："今年如此大的阵势，只怕明年会遭到北漠更大的报复。大良边境千里，不可能处处设防，北漠骑兵却轻易流动无孔不入，今年季将军带着三十万禁军赢了军功赫赫，明年边境上的百姓怎么办？季将军可是要长年驻守在边境上，谁来杀谁吗？"

季茂年喘着粗气盯着韦家父子。

柳补阙再次对着金座行礼："陛下，微臣以为，对付北漠还是要派出使者，且战且谈和。一切需从长远考虑，不可贪一时之得失。"

季茂年正要说什么，被他的长兄季光年拦下，后者环视着殿上文武诸臣，露出了意味深长的神情："一时之得失？失去土地，失去岁币，失去国之威仪，你们不以为耻，反而沾沾自喜，因为这些都只是一时之得失？你们不要忘了，十二年前是哪些人决定把先帝的亲妹妹萧逢香和亲给北漠人，那场悲剧该由谁负责！你们站在这儿，一个个冠冕堂皇义正词严，人家母子可是死在了黄沙里，凄惨得连件衣服都没有。这一次，你们又准备好了要牺牲谁呢？"

金殿上猛地静寂。

"萧逢香"的名字像是一个咒语，一个本该烂在地底下的上锁盒子，突然被人暴露在青天白日之下，猛地打开。

狂风穿堂而过，一条条青帷翻飞，拂过每个人的眼睛。

薛尚书揉了揉自己昏花的老眼：

"没有说要牺牲谁。"他缓慢地说，声音很疲倦，"只是说要两手准备，眼光长远。"

季光年突兀地笑了一声。

寂静中，他身着黑甲挺立在金殿中央，抱臂审视着众人。

少年皇帝焦急地望着他们。

"大良刚有几年扬眉吐气的日子，有些人啊，就又想跪下去了。"卢侍郎又是冷不丁的一句。

"不是有人想跪下去，而是让大良扬眉吐气的那个人，已经没了！"

"柳补阙你——"

"各位真要揣着明白装糊涂吗？北漠已经安分四年了，为何偏偏在今年卷土重来？是因为那个让他们忌惮的人死了！山中无虎，自然引来了豺狼！"

帘幕后猛地一动。

"况且，你们真有把握能守住雁门吗？大良好不容易喘匀了一口气，怕是重军移到了外面，敌人没杀多少，倒是把自己的这口气折腾没了！"柳补阙一生诤言，此刻已然红了脖子，震得两条长须都在抖，"一口一个'切勿重蹈五鹿之覆辙'，可你们有想过五鹿之乱的根源到底是什么吗？说什么祸起雁门，明明是好大喜功硬打了十年仗！自己把自己给拖垮了！南方这才安定了一年，大良朝正是喘气的时候，万一你们打输了，天下刚稳住的心可就又全乱了！"

"杜路以区区八万之师直斩可汗首级，今日三十万大军在手，为何要妄自菲薄，只想卖国求和！"

"因为他是杜路！"裴将军用浑浊的老眼望向殿上二季，"你们但凡耀武扬威地去，可千百年后青史记住的，永远只是那个二十一岁就战死的杜路！"

帘幕后，又摔碎了一柄如意。

文武两列在殿上僵持。

"诸位不要伤了和气，都是耿臣，都是在为大良考虑。只是塞上军情紧急，还是要先商量个办法出来。"崔宰相摩挲着手中的笏板，谁也不看，众人的目光却都落在他身上，"臣以为，不如博采众议。既然韦侍郎担忧长安空虚，就由小季将军留在长安镇守，大季将军与裴将军领兵北出支援雁门关。而柳补阙的担忧也不无道理，此战只能赢不能输，因此臣提议，禁军留守长安四万，其余二十万全部外派，一仗扬名打出国威，使天下归心！"

一语落下，朝堂上几乎炸开了锅。

柳补阙和薛尚书几乎是在怒目瞪着崔宰相，季氏二兄弟与卢侍郎对视一眼，悄悄比了个赞许的手势，殿上人语沸腾，新科状元冯忠将头埋得更低，在官靴涌动之间又看见那只灰蚂蚁，它终于爬了下来，劫后余生似的冲着青砖缝里奔去。

突然，裴拂衣摘下了自己的头盔，对着金座跪下，满脸褶皱斑斑：

"请恕老夫难以担此重任。"他的声音很沙哑，跪在那儿，将头盔轻轻放在身旁，"我四十年来在江淮带兵，实在不熟悉北方的地势军情。我昏聩糊涂，日后定会添乱，不如现在就提前请罪。还望陛下保全骸骨。"

小皇帝习惯性地往身后的帘幕望去。

帘幕一动不动。

崔宰相却接着说话了："既然裴老将军辞职，便只好劳累小季将军与大季将军一同北上带兵了，两兄弟做正副将，凡事也顺畅。"

389

"说的这是什么话！"柳补阙终于忍不住了，怒目道，"一家一姓，带着二十万人的军队出长安？只留下四万人，跟不留有什么区别！"

"看来，朝中还是有人觉得长安空虚。"崔宰相仍不看任何人，声音在金殿上回荡，"不如这样，把洛阳的五万人调回长安来，大将军以为如何？"

"那是自然。"季光年说道，"正好关中的粮食空了出来，洛阳的五万人移回长安来，顺理成章。但是，洛阳、孟津也需要有人驻守啊——"

"不如从二十万人里分兵出来。大部队走蒲津去晋北，分两万人走潼关，一半留在潼关，一半去洛阳。二位将军以为如何？"

柳补阙嗤笑一声："分两万人？你跟不分有什么区别？"但这语气之中，已然有些佯怒的味道了。

小皇帝也缓了口气，望向崔相，目光中隐隐有些感激。

这一刻，众人都在等着二季的回话，新科状元冯忠低头盯着蚂蚁，看似无动于衷，心底却在为崔相这一番话拍手叫好。

这区区两万人，大有名堂。

今日朝堂上，这一窝人精个个声东击西，都是在指桑骂槐。他们吵的这半个时辰，看似是"求和"和"开战"的分歧，其实，是在争另一件事：

中央和晋北该怎么分兵权。

山东人要帮二季争取带更多的军队出去，而关陇集团要把更多的军队留在长安。

前者关乎国家的胜败，后者则是皇权的安危。

良高祖依靠关陇集团得天下，关陇集团与萧良皇室有着根深蒂固的利益纠缠，不可能轻易换庄；而已经被打压了三百年的山东士族们，现在比起押太后，似乎更想把宝押在两位大将军身上。

长安的羽林宿卫加起来，是七万八千人。如果真是四万禁军留长安，二十万禁军被二季带走，这种兵力近乎一比二的失衡，是关陇集团绝对无法接受的。

而把洛阳的五万人调回来后，长安是接近十七万，二季手中是二十万。这是一个很微妙的状态了，小皇帝不会轻易松口，二季也不可能接受削兵。

但是从潼关分出两万兵，就是个绝妙的主意了。

二季看似带走了二十万，实际上控制的是十八万。长安看似留下了四万，实际上是十七万，且以潼关两万为后备。这样在二季外出之后，中央和地方的兵力依然是平衡的，不至于在二季带军回来时，对长安产生剧烈的威压。

三年前，杜路不就是这样做的吗？靠着八万人的军队，威压了整个朝堂，文臣可是记着教训呢。二季想模仿杜路的那一套，关陇就千方百计地防着第二个"杜路"

诞生。

而崔宰相以两派都能接受的方式，为二季争取了最大的兵权。

关陇人虽然还在佯怒，但他们已知道，自己不可能再从二季嘴里抠出更多的东西；季光年和季茂年虽然还装作沉思不说话，但他们知道，这是唯一能在关陇眼皮子底下把二十万禁军带出长安的办法。

"崔相考虑得周全，我自然没什么意见。"面对着满殿群臣的目光，季光年终于开口，"末将与舍弟带二十万禁军出长安，十八万北上作战，两万走潼关。这一整个计划，已经采纳了今日朝堂上所有人的意见，想必不会再有什么异议了吧？"

殿上没人说话。

卢侍郎在一旁说道："崔相，既然计划已拟好，便请呈报给陛下。薛尚书，兵部也得早点批了。现在军情紧急，耽误不起，让两位大将军尽量今晚就能发兵，赶紧去雁门关支援吧。"

捋着长须的薛尚书看着他，颇没好气："这也是你能说的？陛下还没发话呢！"

"薛尚书，卢侍郎说得有道理，何必生气呢？"

崔宰相如是说，语气一贯地温和。他身旁，卢侍郎和季茂年对他笑着点了点头，崔宰相的目光终于落在季茂年身上，也回了一个笑容，然后转回头去，继续温和地说道："陛下也说过，朝中要互相听取，连夜发兵就是个好提议，早些支援，才能保住雁门关。今日大家一番面折廷争，群策群力出了好结果，韦侍郎、柳补阙、卢侍郎几位都有功。对了，我怎么能把韦左司忘了呢？他那一腔担忧不无道理，今年赢了军功，明年边境上的百姓又要遭殃。对付北漠骑兵，不是一时半会儿的事，而是要有良朝大军常驻啊。"

季茂年脸上的笑容凝住了。

地上，还跪在那儿以头顶地的裴老将军，难以置信地抬起了头。

诧异中，冯忠猛地一哆嗦，失脚踩死了那只刚刚逃出去的蚂蚁。

崔宰相在众人惊讶的眼神中抬头，谁都不看，目光笔直，望向了紧闭的帘幕："辛苦二位大将军了，主动请缨去苦寒之地，不嫌岁长，不怕等待，一心想着斩草除根，恢复我大良的威仪。如此意气，真是令我辈赧颜！史册一定会立传盛扬二位将军的美名！"

不等任何人说话，崔宰相盯着帘幕，再次高声道："只是边塞苦寒，长期驻守，二十万大军恐难养给。幸亏陛下圣明远见，今年已经着手疏通运河，等到来年，可随时遣兵到东南就食！"

金座上，小皇帝露出了今天第一个笑容，乌黑的眼睛望着殿上群臣，声音年轻而坚定：

"众爱卿今日有功，这个众议朕很喜欢。崔宰相，散朝后你与薛尚书一同去兵部，直接拟旨批准；兵符今晚就发给二位大将军，辛苦二位连夜领兵北上，势必要保住雁门，一战扬我国威！还有裴将军，也辛苦你去兵部候旨领符，朕离不开你，也舍不得老将军去边塞吹风沙，你就帮着二位季将军，领兵去洛阳吧。"

"谢……谢主隆恩。"

"散朝！"

人潮奔涌而出，柳补阙扶起裴老将军，两个老人向殿外走去，脸上的惊诧却迟迟没有散去。他们迎面撞见了卢侍郎，后者脸上是同样惊愕的神情。他身后，两位季将军面色铁青。越来越空的金殿上，崔宰相和韦左司仍站在原地，望向彼此，目光中竟有些惺惺相惜的笑意。

小皇帝跳下了金座。

"母亲！"他猛地掀开绣帘，扑进了美丽女人的怀里，"我今天没有害怕，全按你教的一句一句说完了，你开不开心？"

"我很开心。"一缕金光打在帘后女人雪白的脖颈上，她抱着自己十二岁的儿子，目光宁静，"你会做得越来越好。"

望着父亲和崔宰相，韦棠陆这才明白过来发生了什么，转身对淑德太后行礼道："今日堂上这一场双簧，着实令下官佩服。"

"还是韦家二公子谋划得好。"淑德从帘后抬起头，黑亮的双眼中是毫不忌惮的肆意，"回去捎信给他，把今日二位将军口中的军队来历跟他说了。"

"雪……雪郎？"韦棠陆望了望父亲，又看着淑德太后，"他怎么也掺和进朝中事来了？"

"那小子的耳朵不是向来比狗都灵吗？"淑德笑了一声，"晋北三天前失守，他昨夜就收到了消息，可比朝廷的金字牌都早到了半天。"

"我还是不明白。"韦棠陆揉了揉眉心，"大家明明知道二季的野心，二十万大军，结果就这么让他们带走了？"

"他们把三十万大军屯在长安、洛阳，我们就安全了吗？不异于日日夜夜把剑尖抵在陛下的脖子上。"崔宰相摸着手中的笏板，仍是那很温和的语气，"怪就该怪杜路，留下了这样一柄重剑，无论握在谁手里，都是悬在大良头上的隐忧。"

"哀家本是不信这个邪的。"昏暗幕帘后，金钗云鬓的女人低头笑了，"正月时哀家以为，疏不间亲，只要三兄妹内外齐心，就能把重剑一点点敲碎了。可哀家不曾想到，拿了剑的人，又怎么舍得放下呢？"

"因为这柄重剑，朝廷已经鸡犬不宁了半年，有些人的脑袋渐渐跟着剑转歪了。我们敲打了几个月，才勉强敲碎下来四万八千的兵。再往下敲下去，二位大将军还真能把兵全移到洛阳，自立一个小朝廷了？"崔宰相低头笑了，"困局又逢胡乱，幸亏有无寒公子，指了条明路出来。"

"舍弟到底说了什么？"

"鱼不可脱于渊。"

"他不是不喜欢黄老之学吗？"韦棠陆摇头，"军队还可以慢慢敲碎，但二十万士兵一走，无异于放虎归山。"

"昨夜，我也问了令弟这句话，令弟回答说：把一只虎从笼里放出去，它会归山称王；可把一群鱼从缸里泼出去，它们只会暴鳃自烂。"

韦棠陆猛地怔住。

"二季把五十万人的军队编到三十万，不是因为对我们妥协，而是因为关中实在养不起；同样地，他们也会把二十万人的军队编到十万，因为晋北实在养不起。

"无寒公子昨夜一句话点醒了我：买鹿制楚，买缟灭鲁，要敲碎一个二十万人的军队，其实不需在堂上争吵，也不需剑拔弩张，只要操纵银子和粮食就够了。他们今夜带着二十万人出了长安，自以为逃过了下一轮的削权，其实是鱼儿脱离渊水的开始。"

"可那毕竟是二十万人的军队，长安缩了二季的补给，万一他们带兵回来鱼死网破了呢？"

"他们如果有鱼死网破的能力，早几个月就动手了。"韦左司望着自己的长子，笑着摇了摇头，"你没明白，他们为什么如此着急要去晋北打仗，为什么宁愿送回来九万禁军，也要带二十万人去作战呢？因为他们缺少了一样东西。"

"缺少什么？"

"军心。"

秋天黄昏的金光，在殿上拂荡，一帘帘青纱光影分明。

"我明白了。"韦棠陆轻轻吁了一口气，"官位能压人听话，但人心和拥戴，却不是压来的。他们没有底气。两个从没上过战场的'大将军'，所谓的重新编军，就是把从上到下大大小小的军官教头，全部换成自己的亲信，几个月来弄得臭名昭彰。何况七月朝中严惩军官杀人案，造了那么大的声势，名声一变，事情可就全都变了。"

"他们虽然手持重剑，却没有底气让重剑听话。"

"哪怕在朝堂冲突最激烈的七月，他们也只是把军队转移到了洛阳，而没有在长安挥下那一剑，也是同样的顾虑。"

"所以，他们需要一场战争，也被迫要参与战争。"韦棠陆拊掌道，"要想获得军心，二季必须建立自己的军功，没有什么比一场战胜异族的战争能带来更大的声望。相反，如果错过这场战争，军心只会继续溃散，也给了长安更多的把柄来分割兵权。除了打赢这场仗，他们别无选择。"

"而即使打赢了这场仗，他们也并不能得到想要的东西，因为战后的粮食和银子都在长安手里。"

"你们就不怕到时候，那十八万禁军真的拥戴了二季，杀回长安来？"

"我昨天也问了令弟这个问题，无寒他笑了，说无须担心，要是杜路的军队没粮了，下面的士兵能把自己煮了给杜路吃；可要是二季的军队没粮了，下面的士兵能把二季煮了给自己吃。"崔宰相说着说着，忍俊不禁，"何况无寒说，还有后手。"

"什么后手？"

"他不肯说，只说到时候有惊喜。"

"无寒那小子啊，哀家怀疑他早在半年前就预谋好了后面这一连串的事。从正月的景国公开始，一个子接一个子地往下造势，直到逼着两位大将军不得不离开长安。"柔和的光线中，淑德扶额笑了，"且看他还有什么花招吧。"

"我弟弟他还是个小孩子，天天吃了就玩，怎么能都听他胡言呢。"韦棠陆又是摇头，"重剑外出，终是件让人心神不安的事。"

"我们这些臣子，又如何能阻挡重剑外出呢？"韦左司和崔宰相对视了一眼，"赢得最后一场战争，然后解散军队，这就是重剑最后存在的意义了。塞上传来的战况之惨烈，不派出十八万禁军怕也难以稳胜。杜路大将军死后，北漠开始了疯狂的报复——"

"不要在我面前提他的名字。"

突然，帘后传来了女人的声音，听上去很平静。

她是真的讨厌杜路，讨厌他的一切。

讨厌他死后的名字，依然用威严压着她。

"派出十八万禁军，这是哀家的决定。"帘幕遮住了她的半张脸，只露出红唇上一抹嘲讽的笑，"哀家就不信，没了他，大良就不能战胜北漠了？哀家要让天下人知道，有了这十八万禁军，谁都可以做到！他并不重要，也根本不是什么英雄！"

她身旁，一直竹竿般坐得笔直的金袍少年，突然抬起了乌黑的眼睛："母亲，我有一天也可以吗？"

黄昏的风声中，淑德的手抚向自己的儿子，眼睫上落满金光。

"可以，但你不需要。"她将儿子的目光引向金殿下，"因为你是天下的皇帝，是驾驭他们的人。"

秋风在金殿上狂响，青纱飞舞，一根根木柱摇晃，少年安静地坐着，顺着母亲的手指，望向了座下叩跪的臣子：

"陛下圣明隆德，万年永昌。"

三人的声音在金殿上回响。

得到恩准后，他们起身道别，一只只官靴陆续踏过金殿上雕花的青砖，那里，躺着一只灰蚂蚁细小的尸体。

黄昏的光芒暗了下去。

金殿静谧而空旷。

而千百万只微小的蚂蚁，正穿梭在高宇中幽暗的房梁上，沙沙沙沙地啃木，在这个幽暗的长夜里，奔波不止，巨殿摇颤。

那一夜，军队从关中陆续发兵，急先锋的兵马先行，二十万大军像河水般长长地跟着。

而韦氏父子回到家中后，却没有找到韦温雪。

后者正在一家地下的酒肆里，和十几个斗笠蒙面的侠客坐成一桌，一边不改色地举杯畅饮，一边制订着杜路的营救计划。

这就是他留的后手。

等二季带着军队灰头土脸地在晋北激战，而杜路"死而复生"地回到长安时，他几乎可以想象二季那种几乎要吃了人似的神情。到了那时候，二季再想回到关中，可就不容易了。

"杜将军有友如此，实在令人敬佩。"旁边有人真诚地敬酒道。

白衣的韦温雪接了那杯酒，一饮而尽。

"其实我是想借着杜路制衡兵权，"韦温雪在心里说，"这只是一个成熟政客该做的事情。"但他的嘴角忍不住地往上扬，喝这杯酒时，也格外地心安理得。

通宵谈完，他困得在酒肆睡下了，醒来时已是第二天的黄昏，他又接着昨夜，开始了新的酒局。

因此，他错过了一件事。

淑德太后原本嘱托了韦棠陆，要转告给韦温雪，二季口中军队的真实来历。

那堆数字里面，他本可以发现一个重要的疏漏。

而这个疏漏，将在三天后的夜里，造成一场疾风雷霆般的大变故，彪炳史册，震惊千古。

它也将摧毁每一个人原有的命运。

后来很多年里，韦温雪总在一个个孤独的黑夜里辗转反思：良朝的国变，本来不该发生。他其实是有机会来阻止这一切崩坏的。

韦温雪把自己一生这个可耻的失误，归结到那两个晚上，他在忙着宴请侠客们营救杜路。以至于在扬州的十年落魄中，化名温八的他坐在病榻旁，总是恨铁不成钢地说："杜路啊杜路，怎么事情一牵扯到你，就会向着千奇百怪的方向发展呢？"

而十三年前，就在大军向着蒲津徐徐行进，韦温雪坐在酒肆里宴请众人的这一刻，千里之外的苗寨，杜路躺在黑棺材里昏睡，正在被盛装打扮的人们抬去祭祀秋神。

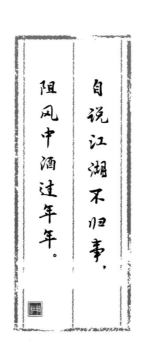

自说江湖不归事，
阻风中酒过年年。

图书在版编目（CIP）数据

唐诗生死局：全二册 / 汤介生著 . -- 长沙：湖南文艺出版社，2023.1（2024.4 重印）

ISBN 978-7-5726-0879-7

Ⅰ . ①唐… Ⅱ . ①汤… Ⅲ . ①长篇小说－中国－当代 Ⅳ . ① I247.5

中国版本图书馆 CIP 数据核字（2022）第 179984 号

上架建议：畅销 · 青春文学

TANGSHI SHENGSIJU：QUAN ER CE
唐诗生死局：全二册

著　　者：	汤介生
出 版 人：	陈新文
责任编辑：	刘雪琳
监　　制：	邢越超
策划编辑：	郭妙霞
文案编辑：	白　楠
营销支持：	文刀刀　周　茜
封面设计：	商块三
版式设计：	李　洁
插画绘制：	RedMatcha　圣　圣
内文排版：	百朗文化
出　　版：	湖南文艺出版社
	（长沙市雨花区东二环一段 508 号　邮编：410014）
网　　址：	www.hnwy.net
印　　刷：	三河市鑫金马印装有限公司
经　　销：	新华书店
开　　本：	680mm×955mm　1/16
字　　数：	903 千字
印　　张：	47.75
版　　次：	2023 年 1 月第 1 版
印　　次：	2024 年 4 月第 3 次印刷
书　　号：	ISBN 978-7-5726-0879-7
定　　价：	86.00 元（全二册）

若有质量问题，请致电质量监督电话：010-59096394
团购电话：010-59320018